HEYNE BÜCHER

W0353499

Fantasy

Herausgegeben von Wolfgang Jeschke

Von Paula Volsky erschienen in der Reihe
HEYNE SCIENCE FICTION & FANTASY:

Der Zauberer-Zyklus:

Die Lady des Zauberers · 06/4735
Das Vermächtnis des Zauberers · 06/4736
Der Fluch des Zauberers · 06/4938

Das Glück des Relian Kru · 06/4939

PAULA VOLSKY

DER FLUCH DES ZAUBERERS

Dritter Roman
des
Zauberer-Zyklus

Deutsche Erstausgabe

WILHELM HEYNE VERLAG
MÜNCHEN

HEYNE SCIENCE FICTION & FANTASY
Band 06/4938

Titel der amerikanischen Originalausgabe
THE SORCERER'S CURSE
Deutsche Übersetzung von Irene Holicki
Das Umschlagbild malte Dieter Rottermund
Die Illustrationen im Text
zeichnete Johann Peterka

Redaktion: E. Senftbauer

Erstausgabe bei Ace Books/The Berkley Publishing Group, New York

Printed in Germany 1992
Umschlaggestaltung: Atelier Ingrid Schütz, München
Technische Betreuung: Manfred Spinola
Satz: Rudolf Schaber, Satz- und Datentechnik, Wels
Druck und Bindung: Ebner Ulm

ISBN 3-453-05865-8

Prolog

In den Höhlen tief unter der Insel Dalyon versammelten sich die Sippen der leuchtenden Vardrul am Ufer des Todesteiches der Grizhni. Dicht neben dem Wasser lag der erloschene Körper von Grizhni Neun und wartete darauf, versenkt zu werden. Die zierliche, kleine Gestalt mit dem im Tode erstarrten Gesicht wirkte fast kindlich. Sie war in ungewöhnlich jungen Jahren zu den Ahnen eingegangen, für ihre Sippe war eine so frühzeitige Vereinigung freilich charakteristisch.

Trotz der überschäumenden Vitalität einzelner Angehöriger hatte es der Grizhni-Sippe insgesamt schon immer an Lebenskraft gemangelt. Es schien, als habe sich die Natur über die abartige, mit kognitiven Mitteln bewirkte Verschmelzung zwischen Vardrul und Menschen empört, auf der die ganze Linie gründete, und sich an diesem Geschlecht gerächt, indem sie ihm einen wesentlichen Funken normaler Lebensenergie vorenthielt. So war das Leben der Grizhni geprägt von Glanz und Kürze. Es gab nur wenige Nachkommen, und die Sterblichkeitsrate unter den Säuglingen war grausam hoch. Im Laufe vieler Großer Vens hatte die Linie am konzentrierten Übermaß ihrer eigenen Exzentrizität gekränkelt und war immer weiter geschrumpft, bis nur noch ein kläglicher Rest übrig war. Von der einst für ihre Genialität und ihre Disharmonie berühmten Sippe waren nur noch zwei Mitglieder geblieben, um diese jüngste Vereinigung mit den Ahnen zu feiern. Das eine war der schon ältere, gelehrte Grizhni Inrl, das andere Grizhni T'rzh, der Patriarch seines Clans und Bruder/Gemahl der Dahingeschiedenen.

Der Grizhni stand auf dem flachen Sprecherstein. Auch ohne dieses Podest hätte er die anderen Anwesenden überragt, denn er war für einen Vardrul, ja sogar für einen Menschen ungewöhnlich groß. Seine weiße Gestalt war äußerst hager, fast abgezehrt, aber er hatte breite Schultern und straffe Muskeln, die vermuten ließen, daß er über beträchtliche Körperkräfte verfügte. Seine Züge wirkten kräftig, befehlsgewohnt und sehr eckig, die Gesichtsknochen traten deutlich hervor. Seine dunklen, von Macht und Geist sprühenden Augen waren weit größer und strahlender als die Augen eines Menschen, aber ihre nachtschwarze Färbung, ein Hinweis auf menschliches Erbgut, war für einen Vardrul ungewöhnlich. Auch seine Hände waren menschenähnlich. Der Grizhni schlug seinen Vorfahren nach und besaß gegliederte Finger, die mehr Kraft besaßen, dafür aber weniger biegsam waren. Er hielt sich aufrecht und ein wenig steif und erschien dadurch gleichzeitig weniger anmutig und robuster als die Angehörigen anderer Sippen. Die für einen echten Vardrul typischen fließenden Bewegungen und Gesten fehlten ihm; unter den Menschen wäre er dennoch durch seine Geschmeidigkeit und Körperbeherrschung aufgefallen.

Der Hiir, das persönliche Leuchten des Grizhni, war erwartungsgemäß sehr schwach. Die endgültige Vereinigung eines Verwandten mit den Ahnen war an sich ein freudiger Anlaß, doch in der Realität war eine so makellos uneigennützige Haltung nicht immer zu erreichen. Die Trauer des Patriarchen über den Verlust seiner innig geliebten Schwester/Gemahlin — die wie so viele Grizhni-Verwandte kinderlos gestorben war — war zwar ein Zeichen von Disharmonie, aber doch nur allzu verständlich. Zu irgendeinem späteren Zeitpunkt mochte sich der Grizhni eine neue Gemahlin aus einer anderen Sippe wählen, aber sie konnte niemals eine wahre Schwester/Gemahlin sein — dieser Weg war ihm mit dem Tod von Grizhni Neun für immer verschlossen.

Der Grizhni begann zu sprechen, und seine Stimme war, verglichen mit dem flötenden Trillern seiner Rassengefährten, ungewöhnlich leise und klangvoll. Sein

Gesicht verriet nichts, die ausdrucksvollen Muskelwülste, die seine großen Augen umgaben, waren bis fast zur Unsichtbarkeit entspannt. Dennoch konnten die Zuhörer seinen Kummer deutlich an seinem Fleisch ablesen, das sich nicht aufhellen wollte. Die Ansprache des Patriarchen war kurz und schlicht, wie es dem Vardrul-Brauch entsprach. Ihr Inhalt wäre für ein menschliches Publikum großenteils unverständlich gewesen, selbst wenn man für eine wörtliche Übersetzung gesorgt hätte. Kein Mensch hätte den Bezug auf das Gleichgewicht des Hdsjri oder auf das Erkennen der Ahnen verstanden. Und kein Mensch hätte jemals hoffen können, die ganze Kraft und Bedeutung der nun folgenden Zeremonie zu erfassen. Der Patriarch brachte seine Bemerkungen mit einer fremdartig anmutenden Teilnahmslosigkeit vor, die für die Grizhni-Sippe charakteristisch war. Wäre der Zustand seines Hiir nicht gewesen, seine Gefährten hätten fast den Eindruck haben können, der Verlust berühre ihn nicht.

Der Grizhni beendete seinen Nachruf, stieg vom Sprecherstein herab, und Grizhni Inrl nahm seinen Platz ein. Auch er sprach nur kurz, aber sehr gefühlvoll, denn er war bei weitem nicht so verschlossen wie der Patriarch. Dann ergriffen verschiedene Angehörige der anderen Sippen das Wort. Der Grizhni lauschte mit ausdruckslosem Gesicht, die schwarzen Augen starr auf die Leiche seiner Schwester/Gemahlin gerichtet. Obwohl er eine außergewöhnlich schöne Stimme besaß, blieb er stumm, als die Vardrul sich anschickten, Grizhni Neun mit ihrem Gesang zur endgültigen Vereinigung mit den Ahnen zu begleiten. Der Körper wurde dem Todesteich übergeben, Grizhni Neun sank hinab und nahm ihren Platz zwischen ihren Verwandten ein. Die Besucher verließen die Höhle, und die beiden letzten Grizhni-Sippenangehörigen blieben allein zurück.

Inrl streckte dem Patriarchen die leuchtende Hand entgegen, und der umfaßte sie mit festem Griff. Klassische Vardrul-Tentakel berührten atavistische Knochenfinger, und jeder der beiden Vardrul wurde von der mächtigen Woge von Wärme, Verständnis und Zuneigung erfaßt, die nur beim physischen Kontakt mit einem Verwandten aufwallte. Der Patriarch spürte die Liebe des anderen und seine Trauer, aber da war noch mehr. Er begriff, daß Inrl gefährlich krank war. Auch für seinen Lehrer war die Vereinigung mit den Ahnen nicht mehr fern. Bald schon würde der Grizhni-Patriarch allein zurückbleiben, als letzter Angehöriger seiner Sippe. Und der Hiir des Grizhni, der sich leicht verstärkt hatte, als ihn die Clan-Wärme durchströmte, sank in neue Tiefen.

Inrls eigenes Licht schwächte sich mitfühlend ab, aber er äußerte keine Beileidsbekundungen, denn Worte waren hier völlig unzureichend. Der Druck der Hand, die sich weitenden Augenwülste, das schnelle, sprunghafte Flackern seines Fleisches drückten weit mehr aus, als die Sprache es vermocht hätte. Laut erkundigte er sich nur: »Kommt mein geliebter Schüler/Patriarch mit mir?«

»Ich bleibe noch eine Weile«, antwortete der Grizhni. »Ich will die Ahnen erkennen, vielleicht begegne ich dabei auch der verlorenen Grizhni Neun.«

Inrl bewegte zustimmend die Finger, und sein Hiir wurde schwächer. Er war betrübt, aber nicht überrascht. Eine ausgedehnte und intensive Kommunikation mit den Dahingeschiedenen stellte für die Trauernden oft eine gefährliche Verlockung dar. Im Extremfall führte sie manchmal sogar zu einer unangebracht frühen Vereinigung der Lebenden mit den Ahnen. Am besten beschränkte man solche Kontakte, aber der Kummer des Grizhni T'rzh war noch so frisch und schmerzlich, daß man ihm diesen Trost nicht verwehren konnte.

»Übermittle den Ahnen meine Grüße«, bat Inrl, »und auch Grizhni Neun, solltest du ihr begegnen.«

»Das werde ich tun, geliebter Verwandter/Lehrer.«

Stumm, mit mattem Fleisch verließ Grizhni Inrl die Todesteichkammer.

Der Grizhni nahm kaum wahr, daß sein Verwandter gegangen war. Seine Augen waren auf das schimmernde Wasser gerichtet, in dessen Tiefen nun seine Schwester/Gemahlin ruhte. An ihrer Seite lagen andere Sippenangehörige, jene vielen anderen, die er im Laufe der Großen Vens seines bemerkenswert disharmonischen Lebens verloren hatte. Reihenweise hatten seine Verwandten ihn verlassen, und jetzt verspürte er zum ersten Mal den Wunsch, ihnen zu folgen. Sie würden ihn trotz seiner fremdartigen Gliederfinger und seines stürmischen, menschenähnlichen Wesens sicher freudig willkommen heißen. Schließlich war er einer der Ihren, und vielleicht würde er in ihrer Umarmung zur Harmonie gelangen. Bei dem Gedanken verstärkte sich sein Hiir, das weiße Fleisch begann schwach zu leuchten, und er spürte, daß er bereit war, seinen Vorfahren zu begegnen.

Es war nicht leicht. In den letzten Großen Vens hatten die Ahnen sich immer weiter zurückgezogen, und man fand nicht mehr so ohne weiteres Zugang zu ihnen. Der Grizhni mußte alle Kräfte zusammennehmen und sich über einen längeren Zeitraum vollkommen konzentrieren, ehe er spürte, daß er sich auf dem inneren Weg ererbter Erinnerungen befand, der zum Erkennen der Ahnen führte, und sich in der Zeit zurückbewegte. Langsam zuerst, sehr langsam, doch dann setzte er seinen Willen gezielt ein, griff weit in die Tiefe, weit zurück, tiefer und tiefer in die Vergangenheit, bis sein Hiir sich mit einem Schlag verstärkte, sein Fleisch strahlend aufleuchtete, die Wärme ihn durchströmte und die Ahnen bei ihm waren.

Zuerst traf er auf die nächsten Verwandten, die ihm noch am vertrautesten waren. Seine Eltern erwarteten ihn — er spürte den starken Geist des Vaters, die ruhige Heiterkeit der Mutter. Seine Großeltern sowie einige seiner Geschwister, die zu seinem Schmerz von ihm gegangen waren, befanden sich in der Nähe. Grizhni Neun schien nicht unter ihnen zu sein — ihre sanft verspielte Gegenwart nahm er nicht wahr. Er vermißte sie, aber wenn sie nicht willens oder nicht fähig war, sich zu manifestieren, hatte es keinen Sinn, nach ihr zu forschen, denn solche Begegnungen waren nicht allein dem Willen unterworfen. Sie würde ein anderes Mal zu ihm kommen. Jetzt umgab und erfüllte ihn das Einssein mit jenen, die ihm im Leben so nahegestanden hatten, und linderte seinen Schmerz. Vielleicht hätten sie ihn heilen können, wäre er bei ihnen geblieben, aber das war nicht möglich. Allzubald riß ihn der Strom des Erkennens aus ihren Armen und trug ihn weiter in der Zeit zurück, zurück durch die Generationen, immer weiter und tiefer in eine frühere Epoche der Geschichte seines Volkes, eine Epoche entschlossener, dynamischer Ahnen voller Energie und Initiative. Ihre Motive, Absichten und Wünsche befremdeten ihn, und doch waren auch sie mit ihm verwandt, Blut von seinem Blute, und er spürte ihre Liebe über die Großen Vens hinweg.

Weiter und tiefer. Jetzt veränderten sich die Grizhni-Stimmen, die Ahnen wurden immer fremder. Der Grund dafür war nicht schwer zu finden. Er näherte sich jener schicksalsträchtigen Verschmelzung — vor so vielen Generationen —, als sich das Blut der Menschen mit dem der Vardrul gemischt hatte, als die Grizhni-Sippe entstanden war. Je dichter er an diesen Konvergenzpunkt herankam, desto schroffer lärmte das Menschsein in den Herzen der Ahnen. Die Stimmen klangen schrill, die Impulse waren hemmungslos, gewalttätig, für einen echten Vardrul unbegreiflich.

Oder vielleicht doch nicht?

Dem Grizhni waren diese wilden menschlichen Begierden auf eine gleichzeitig verführerische und verwirrende Weise vertraut. Mit ihrer Heftigkeit weckten sie seine eigenen, zutiefst disharmonischen Reaktionen, und sein Verlangen nach Gemeinschaft mit diesen Ahnen war fast ebenso stark wie seine Angst davor. Diese Angst hatte ihn bisher bewogen, sich zurückzuhalten, stets hatte er sich im letzten Augenblick abgewandt, um einer Begegnung mit seinen menschlichsten Vorfahren auszuweichen. Soweit hatte er seinen Geist und seine Impulse immer noch unter Kontrolle gehabt — bis jetzt. Diesmal war der Sog zu stark. Etwas hatte sich verändert, eine verheerende, unbekannte Kraft erfaßte ihn, trug ihn so weit zurück, wie er sich bisher noch nie gewagt hatte, und riß ihn tief hinein in einen schwarzen Strudel menschlicher Gefühle.

Jetzt waren sie bei ihm, jene fernen, von Disharmonie geprägten Grizhni-Verwandten. Sie erfüllten sein Inneres, überschwemmten ihn mit ihrer Leidenschaft und ihrer Grausamkeit. Ihr mysteriöser Zorn ergriff von ihm Besitz, und inmitten seines Abscheus wurde ihm bewußt, daß ihm diese Emotionen vertraut waren, daß er sie wiedererkannte.

Doch damit war das Erkennen nicht zu Ende. Immer weiter und tiefer ging es zurück. Der Grizhni wehrte sich nicht länger, denn gegen die Kraft, die ihn erfaßt hatte, gab es keinen Widerstand. Weiter und tiefer, über alles Begreifen hinaus in eine Zeit, in der seine Verwandten zu Fremden wurden. Und dort begegnete der Grizhni-Patriarch zum ersten Mal dem von Menschen abstammenden Fal Grizhni Terrs, der sich selbst zum Adepten ausgebildet, sich mit seiner menschlichen Kognition die Gestalt eines Vardrul verliehen und damit die Vardrul-Sippe der Grizhni begründet hatte. Nicht einmal die Kognition hatte jedoch Geist und Herz dieses Vorfahren verändern können. Das Menschliche in der Stimme des Fal Grizhni Terrs ließ sich nicht unterdrükken. Es war eine starke, drängende Stimme, deren Besitzer niemals wahren Frieden gekannt hatte. Bitterkeit lag darin, Feindseligkeit, Rachsucht, und alles dies richtete sich gegen die Menschheit. Der Grizhni-Patriarch spürte den Haß seines Stammvaters und teilte ihn. Ein brennender Groll pulsierte in seinem Blut, doch inmitten dieser Erbitterung staunte sein innerstes, sein eigentliches Ich. Unbegreiflich, unglaublich fast, daß die Ahnen — bislang eine niemals versagende Quelle des Trostes und des Einsseins — nun ihren Verwandten zur Disharmonie aufstacheln sollten. Diese stumme Billigung jener Empfindungen, die er stets in sich zu unterdrücken gesucht hatte, war abstoßend und doch zugleich auf abartige Weise beglückend.

Die unverhohlene Feindseligkeit des Fal Grizhni Terrs konzentrierte sich auf ein ganz bestimmtes Ziel. Aber erst als der Grizhni-Patriarch noch weiter zurückging, erkannte er, worum es sich dabei handelte.

Zurück, weiter und tiefer, weiter, als er es je für möglich gehalten hätte, viel tiefer, als er eigentlich gehen wollte. Und immer noch zerrte ihn diese Kraft, die keinen Widerstand zuließ, durch die blutwarme Dunkelheit, hinab durch die verschiedenen Ebenen des Urbewußtseins, wo Orkanböen vergessener Gefühle seinen Geist erschütterten, bis er endlich etwas durchdrang, das ihm wie eine Mauer aus unsichtbarem Feuer erschien. Der Begriff ›Mauer‹ drückte das Gefühl des Patriarchen, durch eine Barriere zu gehen, von einem Reich in ein anderes überzuwechseln, am besten aus. Und dann hatte er das Feuer hinter sich, durchquerte die unvorstellbaren Gefilde reiner, unvermischter Menschlichkeit und erblickte darin eine Reihe schrecklich verzerrter Selbstbildnisse, die alle seine Vorfahren waren. Schrecken, Verwirrung und Erregung kämpften im Inneren des Grizhni. Die mißtönenden Stimmen dieser Ahnen fachten die ihm angeborene Disharmonie noch weiter an. Die Vardrul-Seite seines Wesens setzte sich noch zur Wehr, aber der Widerstand wurde immer schwächer, je mehr er von der Quelle des Hasses und der Dissonanzen angezogen wurde.

Weiter und tiefer, hinab zu den tiefsten Wurzeln der

Grausamkeit und Kraft, über den Fal Grizhni Terrs hinaus zum Ersten Grizhni, dem legendären, von Oben stammenden Adepten und Patriarchen.

Und hier, im Angesicht dieses gewaltigen, erbarmungslosen Willens verdunkelte sich das Universum. Frieden und Einssein, innere Heiterkeit und Harmonie starben. Der Geist des Ersten Grizhni berührte den Geist seines Vardrul-Nachkommen, und rein menschliche Empfindungen bemächtigten sich des Grizhni-Patriarchen. Er erkannte seinen schrecklichsten Ahnen in aller Tiefe und Wahrheit. Kein Wort wurde gewechselt, es bedurfte keiner Worte.

Eroberung. Rache. Blut.

Das leidenschaftliche Verlangen seines Vorfahren floß brennend durch die Adern des Grizhni-Patriarchen.

Rückgewinnung der Gebiete des Oben, die den Vardrul-Sippen einst gestohlen worden waren. Gerechtigkeit für die ermordeten Ahnen.

Zerstörung. Tod. Krieg. Die Zeit ist gekommen.

Rache. Finsternis. Finsternis.

Jetzt.

Diese Empfindungen stürmten mit solch verheerender Wucht auf den Grizhni ein, daß der Schreck ihm die Kraft verlieh, sich vom Kontakt mit den Ahnen loszureißen. Die Trennung war so schmerzhaft wie eine Amputation. Eine Weile war er so erschüttert, daß ihm der Verstand den Dienst versagte. Als ihm endlich wieder zu Bewußtsein kam, wo er sich befand, war bereits der Übergang zur Violetten Koloration herangekommen. Er stand allein in der Todesteichkammer seiner Sippe. Seine Augenwülste zuckten krampfhaft, und sein Hiir flakkerte wild. Staunend bemerkte er, wie sein Fleisch abwechselnd hell aufstrahlte und wieder matt wurde. Endlich verließ er erschöpft und zutiefst aufgewühlt den Raum.

Draußen im Korridor wartete die F'tryll'jnr-Matriarchin zusammen mit Dfjnr'l Gallr und dem R'jnrllsch-Patriarchen. Sie hatten es nicht gewagt, den Grizhni in seiner einsamen Trauer zu stören, denn das wäre ein Verstoß gegen die guten Sitten gewesen. An der Intensität ihres kollektiven Hiir war jedoch abzulesen, daß sie gute Nachrichten brachten.

Auf die gleichgültige Frage des Grizhni verkündete der F'tryll'jnr, man habe ein rätselhaftes Phänomen entdeckt. Direkt oberhalb der K'fr'llsch-Grotte, in der Region, die das Zentrum der großen Insel Dalyon darstellte, sei die Atmosphäre schwarz geworden. Irgend jemand oder irgend etwas habe die Sonne verdrängt, und die Dunkelheit wolle nicht mehr weichen, nicht einmal während der Kolorationen, die normalerweise dem augenversengenden Tageslicht des Oben gehörten. Der Schatten selbst sei dem Vernehmen nach höchst erquicklich — warm, wohlriechend und belebend. Diejenigen Verwandten, die sich nach Oben gewagt hatten, um die Veränderung zu erforschen, seien mit strahlendem Fleisch und neuen Kräften zurückgekehrt. Der Ursprung und die Beschaffenheit dieser atmosphärischen Veränderung seien noch unbekannt, aber eine erfreuliche Tatsache stehe fest — die Finsternis dehne sich aus und bedecke immer größere Flächen des Landes.

Der Grizhni lauschte aufmerksam, und am Ende des Berichts bemerkte er nur: »Das müssen wir uns selbst ansehen.« Die Finger seiner Begleiter zuckten, und ein nicht zu unterdrückender Impuls zwang ihn, hinzuzufügen: »Vielleicht ist unsere Zeit nun endlich gekommen.«

Sie starrten ihn mit ihren riesigen hellen Augen an, und der Hiir der F'tryll'jnr-Matriarchin leuchtete schlagartig auf. Seine Worte waren sofort verstanden worden, denn die Weissagungen der Ahnen lebten im Gedächtnis aller fort.

Die Vardrul würden eine Welt betreten, die bereit war, sie aufzunehmen. Sie würden das Oben zurückerobern, von dem man sie vor langer Zeit vertrieben hatte. Das war ihnen prophezeit worden, und wer wollte an der Weisheit der Ahnen zweifeln?

Noch etwas hatte man ihnen verheißen — einen großen Führer. Und wer sollte dieser Führer sein, wenn nicht Grizhni T'rzh, verschlossen und unergründlich wie alle Angehörigen seiner Sippe, doch erfüllt von einer Kraft und ausgestattet mit glänzenden Anlagen, die weit über die Begabung anderer Vardrul hinausgingen? Die ihm angeborene Disharmonie machte ihn zum Kämpfer, und seine menschliche Zielstrebigkeit befähigte ihn, Krieg gegen die Menschen zu führen. Vielleicht war dies seine Bestimmung.

Ihre Gedanken und Gefühle waren leicht zu durchschauen. Der Grizhni betrachtete die strahlenden Gefährten und spürte, wie sein eigener Hiir sich verstärkte. Die Erregung ließ sein Fleisch aufleuchten, konnte aber ein leises Gefühl unsäglicher Disharmonie nicht bannen.

Die Zeit ist gekommen. Rache. Finsternis.

Der Haß des Ersten Grizhni lebte weiter.

Es war wahrhaft finster geworden.

01

»STEHENBLEIBEN, DU DIEB! DU ABSCHEULICHE KLEINE RANGE, GIB DAS ZURÜCK!«

Der das rief, ein alter Mann mit Brille in einer abgewetzten schwarzbraunen Livree, schrie und gestikulierte wild. Der Beschuldigte, ein halbwüchsiger Bursche mit einem Engelsgesicht, warf einen Blick über die Schulter und lief noch schneller. Fest an die schmale Brust gedrückt hielt er einen Lederranzen, den er kurz zuvor dem alten Mann aus den Händen gerissen hatte.

»ICH BEFEHLE DIR, STEHENZUBLEIBEN! IM NAMEN DES GESETZES, DU ROTZNASE! HÖRST DU MICH?«

Der Bengel gehorchte nicht.

»HALTET IHN! FREUNDE, KAMERADEN, BÜRGER VON LANTHI UME! HALTET DEN DIEB!«

Viele Leute auf den Kais blieben stehen und gafften, aber niemand rührte einen Finger, um dem Alten zu Hilfe zu kommen. Die Untätigkeit mochte schlichtem Unverständnis entsprungen sein. Der weißhaarige Hysteriker brüllte nämlich auf Szarisch, und dieser Sprache waren nur wenige seiner lanthianischen Zuhörer mächtig. Der alte Mann wandte sich an seinen Begleiter — einen sehr jungen Herrn, nicht mehr als achtzehn Jahre alt, trotz seiner schäbigen Aufmachung und seines bleichen, ausgehungert wirkenden Gesichts von sympathischem Äußerem. »HERR DEVRAS — ER HAT DIE DOKUMENTE! FANGT IHN! TÖTET IHN! ABER HOLT SIE UM JEDEN PREIS ZURÜCK!«

»Ich werde es versuchen, Grono.« Allerdings schien Herr Devras für Mord und Totschlag völlig ungeeignet. Von mittlerer Größe und von Natur aus schlanker Gestalt, eine Veranlagung, die durch leichte Unterernährung noch verstärkt wurde, mit seinen wirren braunen Locken, den verträumten grauen Augen und den feingeschnittenen blassen Zügen wirkte er kaum wie ein Mann der Tat. Trotz seines intellektuellen Aussehens reagierte er jedoch sofort, und im nächsten Augenblick spurtete er über die Kais hinter dem gestohlenen Ranzen her.

Der Bengel hatte offenbar Erfahrung in der Kunst des Entkommens, schlug Haken und schlängelte sich behende zwischen den zahlreichen Paletten und Ballen auf der Ufermauer hindurch. Von Zeit zu Zeit kippte er eine Kiste oder einen Korb um und versperrte seinem Verfolger damit den Weg. Devras umging erfolgreich alle Hindernisse, bis ein großer Tragekorb mit strellischen Seifenfrüchten vor seinen Füßen auf den Kai krachte. Der Korb sprang auf, und die großen, überreifen, gelben Kugeln rollten in alle Richtungen. Beim Aufprall auf den Boden platzten sie, und der goldene Schaum, nach dem sie benannt waren, ergoß sich über die Planken. Das klebrige Zeug war verflucht glitschig. Schnell breitete sich ein brodelnder Sumpf über dem Kai aus. Devras setzte einen Fuß in den duftenden Schleim und spürte, wie er rutschte. Dann trat er mit der Ferse auf eine Frucht, und aus dem Rutschen wurde eine unkontrollierbare Schlitterpartie. Unter dem Jubel der Zuschauer strebte er geradewegs dem Rand der Kaimauer zu. Nur ein heftiger Zusammenstoß mit einer der Befestigungen rettete den jungen Mann vor einem Sturz ins kalte Meerwasser.

Devras klammerte sich kurz an die Brüstung, dann drehte er sich um und sah seine Beute in einem schmalen Gang zwischen zwei alten Lagerschuppen am anderen Ende des Kais verschwinden. Als er dem Jungen folgte, fand er sich in einem Labyrinth gewundener Gassen wieder. Der Dieb war nirgendwo zu sehen. Devras suchte schnell hintereinander mehrere Seitengäßchen ab, mußte sich aber bald geschlagen geben.

Junge und Ranzen waren verschwunden. Schweren Herzens und mit schleppenden Schritten kehrte er zu seinem Diener zurück, der den kärglichen Rest ihrer Habseligkeiten bewachte. Die beiden kleinen, abgestoßenen Koffer und die große Bücherkiste standen immer noch dort, wo man sie aus dem szarischen Schiff, der *Erzherzog Jalonzal,* ausgeladen hatte.

Grono saß auf den Büchern. Jetzt erhob er sich und fragte: »Kein Glück gehabt, Herr Devras?«

Devras schüttelte stumm den Kopf.

Grono erbleichte. Seine Hand umklammerte den Knauf seines Spazierstocks, und er bemerkte mit zitternder Stimme: »Wir sind ruiniert. Ruiniert. Vollkommen ruiniert.«

»Grono, so schlimm ist es nun auch wieder nicht.«

»Es könnte kaum schlimmer sein! Ich sage Euch, wir sind ruiniert! Vernichtet! Erledigt! Verloren! Herr Devras, in diesem Ranzen befand sich unser ganzes Geld!«

»Das stimmt nicht ganz.« Der junge Mann wühlte in der Tasche seiner fadenscheinigen Jacke und zog fünf szarische Kupfer-Dumies und einen lanthianischen Dakkle hervor. »Hier, das habe ich für Notfälle beiseite gelegt. Wir sind arm, aber nicht völlig mittellos.«

Grono betrachtete die kleinen Münzen ohne große Zuversicht. »Herr Devras, Ihr habt keine Ahnung, wie es in der Welt zugeht. Das ist doch nicht mehr als ein *Almosen!* Damit überstehen wir — mit knapper Not — höchstens zwei Tage. Und danach? Wir werden hungern und frieren! Ich werde für Euer Lordschaft von Tür zu Tür gehen und betteln, und diese dekadenten Lanthianer werden ihre Hunde auf mich hetzen — oh, ich sehe das Gesicht der Zukunft vor mir, und es ist eine gräßliche Fratze!«

»Ganz und gar nicht.« Devras blieb gelassen. »Wir sind nämlich nicht völlig hilflos. Wir müssen uns eben unser Brot verdienen, das ist alles.«

»Verdienen! Verdienen? Sind wir Dienstboten, sind wir Händler?«

»Nein, und dafür gibt es einen guten Grund — wir sind beide vollkommen unfähig dazu. Ich überlege gerade, für welche Tätigkeit wir geeignet sein könnten.«

Devras dachte nach und fand bald eine Antwort. »Übersetzungen. Wir sprachen beide fließend Lanthianisch und Szarisch. Damit läßt sich doch sicher etwas anfangen. Außerdem kann ich Hochstrellisch, Travornisch, Altumisch, Neraunci und sogar Vipponesisch. Es gibt jede Menge Klassiker, die ich aus dem Original übersetzen könnte. Denk doch nur an die gesammelten Werke des Verehrungswürdigen Disitch ...«

»Zum Henker mit dem Verehrungswürdigen Disitch, Sir! Ein unbeachtetes Dasein als kleiner Schreiberling, wie Ihr es mir schildert, ist unter der Würde des neuen Lords Har Fennahar! Ein Lord Har Fennahar hat auf seine Stellung zu achten, denn die Augen der Welt ruhen auf ihm!«

»›Lord‹ Har Fennahar«, überlegte Devras. »Es klingt irgendwie fremd. Ich kann mich kaum als Lord sehen, und schon gar nicht als Lord von Lanthi Ume, einer Stadt, in der ich noch nie war. Ob ich mich wohl jemals daran gewöhnen werde?«

»Euer Lordschaft *werden* sich daran gewöhnen«, versicherte ihm der alte Diener hoheitsvoll. »Das ist die Pflicht und das Recht Eurer Lordschaft. Ihr seid der Letzte aus dem Geschlecht der Har Fennahar, Sir, und auf Grund dessen seid Ihr der Erbe des Titels. Ihr seid der Herr des Hauses Fennahar — eines der größten Paläste, wie ich höre —, und ihr seid der rechtmäßige Erbe des riesigen Fennahar-Vermögens. Und selbst wenn Ihr nicht der Letzte Eurer Dynastie wäret, könnte man die Ansicht vertreten, daß Euch der Titel von Rechts wegen zusteht, denn wenn man Prenns *Adelsregister* genau studiert, so entdeckt man, daß Euer edler Vorfahr Rillif Har

Fennahar zum Zeitpunkt seiner Übersiedelung nach Szar der wahre Lord Har Fennahar war.«

»Ich weiß nicht, ob er ein Lord war oder nicht, auf jeden Fall hat er großartige Berichte über seine Forschungsreisen geschrieben. Ich war von meinem Urur ... — Wie viele Urs sind es eigentlich? — Großvater Rillif immer recht angetan.«

»Er war der Lord Fennahar«, beharrte Grono. »Was ihn bewogen hat, seine Heimat zu verlassen und auf seine Stellung zu verzichten, weiß ich nicht, aber er war in der Tat der rechtmäßige Lord. Deshalb seid Ihr, sein direkter Nachfahre, ebenfalls Lord. Und sobald wir das bewiesen haben, wird der Name Har Fennahar wieder so hell erstrahlen wie in alten Zeiten! Sobald wir es bewiesen haben ...« Der Diener verstummte unvermittelt, weil ihm die traurige Wirklichkeit wieder zu Bewußtsein kam. »Aber wie sollen wir es beweisen, Herr Devras? Die Dokumente, die Briefe, die Ahnentafeln, die Referenzen und das von Erzherzog Zargal persönlich unterzeichnete Beglaubigungsschreiben — alles befand sich in dem gestohlenen Ranzen. Alles ist auf immer dahin! Wie sollen wir ohne diese Unterlagen die Identität meines jungen Herrn belegen? Es wird uns niemals gelingen! Wir sind verloren, wir sind ruiniert!«

»Beruhige dich, Grono!« mahnte Devras. »Irgendwie werden wir schon zurechtkommen. Und jetzt nur Mut. Menschen haben schon viel größere Schicksalsschläge überstanden. Erinnere dich nur an den moralischen Triumph des Verehrungswürdigen Disitch, der geblendet wurde und in der Enge seines Kerkers die ganze Welt entdeckte. Denk an den Philosophen Omee Nofid, der Krankheit, Armut und Vorurteile überwand und seine *Antithesen* verfaßte. Oder an Heselicus, der schrieb: ›Widrigkeiten haben drei Gesichter. Sie sind die Mörder der Schwachen, die Bettgenossen der Gleichgültigen und die Lehrmeister der Mutigen.‹«

»Gestattet mir die Bemerkung, Sir, daß dieser Heselicus nicht gerade die Feinfühligkeit eines Gentleman besaß.«

»Das mag sein, aber er war ein ziemlich kluger Mann. Außerdem amüsiert er mich.«

»Er amüsiert Euch, Sir? Er amüsiert Euch? Da bricht das Unglück über uns herein, und Euer Lordschaft zeigen sich belustigt? Überlegene Gelassenheit, fast hochmütige Gleichgültigkeit im Angesicht einer Katastrophe, eine solche Haltung wäre der Würde eines großen Aristokraten nicht unangemessen, aber die Reaktion Eurer Lordschaft grenzt an Frivolität. Das ist regelrecht unnatürlich, Sir.«

»Nicht unbedingt. Wenn du dich an Kapitel Vier von Zebbefores *Samenkörner der Zivilisation* erinnerst, so wird dort argumentiert, das Wesen der Menschheit umfasse im Grunde sechs ...«

»Das ist Eure Schwierigkeit, Herr Devras«, fiel ihm Grono gnadenlos ins Wort, »das ist Eure große Schwäche! Ständig beschäftigt Ihr Euch mit alten Büchern, mit greisen Philosophen, mit obskuren geschichtlichen Dokumenten und ähnlichen Belanglosigkeiten! Welchen Wert soll das haben? Immer müßt Ihr Euch im Land der Träume und der Phantasie verlieren!«

»Kein unerfreuliches Land, Grono.«

»Visionen, Hirngespinste, Illusionen! Ihr verliert die wirkliche Welt aus den Augen, Sir!«

»Was manchmal nicht unbedingt von Nachteil ist.«

»Pah! Ihr seid viel zu jung für solch müßige Grillen. Man kann nur hoffen, daß mit zunehmendem Alter Euer Fundus an Lebensklugheit wächst. Bis dahin ist zum Glück für alle Beteiligten Grono zur Stelle, um die Interessen Eurer Lordschaft zu wahren. Ich werde sie mit meinem Leben beschützen, Sir! Ich bedauere, daß ich mich kurzfristig von Mutlosigkeit habe überwältigen lassen, denn offensichtlich bedürft Ihr dringend meines Wissens und meiner Erfahrung. Ich stehe Eurer Lordschaft zu Diensten! Ich habe bereits meinen ganzen Einfallsreichtum zusammengenommen und einen Plan geschmiedet, der unser weiteres Vorgehen bestimmen wird.«

»Du hast meine volle Aufmerksamkeit.«

»Wir werden uns sofort zu den Geldverleihern begeben«, erklärte Grono. »Euer Lordschaft werden ein größeres Darlehen aufnehmen. Mit diesem Darlehen werdet Ihr Euch so ausstatten, wie es der Würde und der Bedeutung des neuen Lord Har Fennahar entspricht. Ihr werdet Euch neu einkleiden, eine Unterkunft anmieten und Euch gebührend prunkvolle Karossen und Equipagen beschaffen. In dieser Aufmachung werdet Ihr Seiner Hoheit, dem Herzog Bofus Dil Shonnet Eure Aufwartung machen und Anspruch auf den Euch zustehenden Platz in der Gesellschaft erheben. Sobald man Euch den Titel und das Vermögen des Lord Har Fennahar zugesprochen hat, könnt Ihr das Darlehen zurückbezahlen, und von da an wird für alle Zeiten die Sonne über Eurem Haupte scheinen. Das ist alles, Sir. Die Einfachheit selbst, und wir sind der Notwendigkeit enthoben, uns eine erniedrigende Beschäftigung zu suchen!«

»Das ist ein sehr interessanter Plan, aber ich befürchte, daß wir auf ein Hindernis stoßen werden. Wir sind zwei hungrige, zerlumpte Fremde, die keinen Groschen in der Tasche haben. Wir kommen aus einem anderen Land, haben keine Beziehungen und kennen niemanden, der für uns bürgen würde. Wer wird uns vertrauen? Wer wird uns auch nur einen einzigen Dakkle leihen?«

»Ein scharfes Auge erkennt stets den natürlichen Glanz wahrer Vornehmheit ...«

»Würdest *du* zwei mittellosen Fremden aus Szar vertrauen, wenn du ein Geldverleiher wärst?«

Grono schwieg.

»Ich habe einen anderen Plan«, fuhr Devras fort. »Die Zeit verrinnt, und bald wird es dunkel. Wir suchen uns erst einmal eine Unterkunft für die Nacht. Dann essen wir, so gut es eben geht. Morgen früh suche ich mir eine Anstellung als Schreiber, Sekretär oder Übersetzer. Währenddessen durchstreifst du die Stadt und heftest die Flugschriften an, die ich verfassen werde und in denen ich eine Belohnung für die Rückgabe meiner gestohlenen Papiere aussetze — ohne daß Fragen gestellt würden. Außer mir kann niemand mit den Dokumenten etwas anfangen, deshalb ist es nicht unmöglich, daß sie wieder auftauchen. In der Zwischenzeit schreibe ich nach Szar und fordere Duplikate an. Wir warten eine Weile — sagen wir, etwa zwei Monate — auf Antwort, und wenn diese Frist abgelaufen ist, wenden wir uns, ganz gleich, welchen Erfolg wir mit unseren Bemühungen hatten, an den lanthianischen Herzog und tragen ihm unseren Fall vor. Was meinst du dazu?«

»Euer Vorhaben ist nicht unvernünftig, aber ganz zufrieden bin ich nicht damit«, antwortete der Diener zögernd. »Ich zöge es vor, wenn wir unsere kämpferischen Fähigkeiten aktiver zum Einsatz bringen könnten.«

»Die Tugenden des Krieges verkörpern den Triumph der Angst über den Selbsterhaltungstrieb.«

»Wieder Heselicus?«

»Wer sonst?«

»Ein vulgärer Grobian, wie er mir nur selten vorgekommen ist. Herr Devras, ich mache mir große Sorgen. Es ist unter der Würde eines Lord Har Fennahar, wie ein Bauer für seinen Lebensunterhalt zu schuften, und ich kann das guten Gewissens nicht zulassen. Ich werde eine Möglichkeit finden, uns vor dem Verhungern zu bewahren, aber Euer Lordschaft dürfen keine Hand rühren, um schmutzige Arbeit zu tun.«

»Arbeit ist niemals schmutzig, Grono. Wenn du Fu Kruneleef gelesen hättest — aber nein, jetzt ist nicht der rechte Moment, um darüber zu debattieren. Sieh nur, wie lang die Schatten schon geworden sind — bald wird es dunkel sein! Wir sollten uns lieber nach einem Nachtquartier umsehen.«

»Wie Ihr meint.« Der Diener unterdrückte mit sichtlicher Anstrengung seine Einwände und hob die Augen zu den funkelnden Türmen von Lanthi Ume. Über den Spitzen leuchtete ein roter Lichtpunkt, viel zu groß und hell für einen gewöhnlichen Stern und auch während des Tages deutlich sichtbar. »Wir kennen uns hier nicht aus. Wo sollen wir ein anständiges Zimmer finden, das wir uns auch leisten können? Und wie sollen wir unsere Habseligkeiten befördern? Wir können nicht zwei Koffer und eine Kiste mit alten Büchern schleppen. Etwas müssen wir zurücklassen, am besten die Bücher.«

»Die Bücher kommen mit!« widersprach Devras ungewohnt heftig. »Selbst wenn wir einen Träger nehmen müssen. Was ein Quartier angeht, so habe ich eine Idee. Veebs *Spaziergang durch Lanthi Ume* enthält eine Schilderung eines uralten Viertels — malerisch, stimmungsvoll, farbenfroh, ursprünglich und vor allem nicht teuer. Dort werden wir unser Glück versuchen.«

»Das klingt verheißungsvoll, Sir. Und wie heißt dieser reizvolle Zufluchtsort?«

»Man nennt ihn die Destula.«

Auf einer stillen Lichtung direkt über der K'fr'llsch-Grotte hatten sich zwei kleine Vardrul-Gruppen versammelt. Die beiden letzten Angehörigen der Grizhni-Sippe waren anwesend. Bei ihnen standen die F'tryll'jnr-Matriarchin, der R'jnrllsch-Patriarch, Dfjnr'l Gallr und mindestens ein Vertreter aller anderen Sippen. Die Stimmen der Sippenangehörigen waren gedämpft und ihre Augenwülste starr vor Staunen, denn nie zuvor in den ererbten Erinnerungen ihrer Rasse hatte ihnen das Oben einen so herzlichen Empfang bereitet. Die Atmosphäre war wundervoll. Tiefschwarz, dicht, feuchtwarm und von schweren Düften erfüllt, streichelte sie die Vardrul fast so zärtlich wie die Hand eines Verwandten. Die Dunkelheit übte eine unbeschreiblich aufmunternde Wirkung aus und weckte

Hoffnung, Unternehmungsgeist und Harmonie. Die Sippenangehörigen reagierten darauf, indem sich ihr Hiir verstärkte. Ihre Körper strahlten wie Leuchtfeuer durch die Nacht, das Blut brauste ihnen stürmisch durch die Adern. Selbst die beiden Grizhni blieben davon nicht unberührt. Grizhni Inrl war zwar alt und kränklich, aber auch er hellte sich merklich auf, und einen Augenblick lang schienen die Kraft und Energie seiner Jugend zu ihm zurückzukehren. Der Grizhni-Patriarch nahm einen tiefen Atemzug, und sein Fleisch entzündete sich und glühte so grell, wie es sonst nur zu geschehen pflegte, wenn man den Vorfahren begegnete.

Seine Gefährten wußten nichts davon, aber was das Herz des Patriarchen schneller schlagen ließ, hatte große Ähnlichkeit mit dem Erkennen der Ahnen. Ihr Wille lastete schwer auf seinem Geist, und ihr heftiges Drängen erfüllte ihn. Die schwarze Luft wirkte wie ein belebendes Elixier. Ein Gefühl der Unvermeidlichkeit hatte von ihm Besitz ergriffen, und es war keine disharmonische Empfindung. Sein Weg lag klar vor ihm.

Auch wenn der Hiir des Grizhni seine innere Verfassung widerspiegeln mochte, seine Worte taten es nicht. Er bemerkte nur: »Es ist wahr. Das Oben ist verwandelt und heißt uns willkommen.«

»Wie es die Ahnen verheißen haben.« Die F'tryll'jnr-Matriarchin leuchtete kaum weniger stark als der Grizhni selbst. Auch die Angehörigen der verschiedenen Sippen strahlten hell und waren wie trunken von der herrlichen schwarzen Luft.

Alle hatten seinen erhöhten Hiir, seine innere Sicherheit bemerkt und strebten unwillkürlich zu ihm hin.

»Sprechen die Ahnen zu Euch, Patriarch?« erkundigte sich Dfjnr'l Gallr.

»Das ganze Oben spricht«, gab der Grizhni zurück.

»So ist wahrlich die Zeit gekommen, und Ihr werdet uns führen? Ihr werdet Euch zum Großpatriarchen aller Sippen aufschwingen?«

Eine wilde Begeisterung erfaßte den Grizhni, und sein Hiir erstrahlte in unglaublicher Stärke. Im Moment waren alle Zweifel erst einmal überwunden, und er bewegte trotz seiner hinderlichen, fremdartigen Knochen zustimmend die Finger.

02

»Grosse Neuigkeiten, Euer Lordschaft! Große Neuigkeiten!« Grono betrat vor Aufregung zitternd den Raum und warf mit lautem Knall die Tür hinter sich zu. Ein Schwarm von Kakerlaken stob auseinander. »Das Schicksal zeigt sich uns gewogen!«

Devras Har Fennahar hob den Blick von seiner Arbeit. Er saß in einer muffigen, häßlichen, fast leeren Kammer. Der Raum lag unterhalb des Kanalniveaus und hatte keine Fenster, deshalb war eine qualmende Öllampe auch am Mittag die einzige Lichtquelle. Ein schwacher gelber Schein tanzte über die schleimigen, mit Salzablagerungen verkrusteten Wände, von der niedrigen Decke fielen ständig kalte Tropfen, und auf dem feuchten Steinboden wimmelte es von Kakerlaken. Im Kamin brannte kein Feuer, und es war kalt. Devras saß, umgeben von Büchern, Folianten, Schreibgerät und Papierbögen, auf einer elenden Pritsche, die ihm gleichzeitig als Bett und als Schreibunterlage diente. Die Blätter waren mit kleiner, sauberer Schrift bedeckt, was darauf schließen ließ, daß die neueste Übersetzung aus dem Vipponesischen gute Fortschritte machte. Der Text wuchs und gedieh, was man vom Übersetzer freilich nicht sagen konnte. Selbst im schwachen, flackernden Licht der Ölfunzel war die ungesunde Blässe des jungen Mannes nicht zu übersehen. Er hatte sich in eine zerlumpte Decke gehüllt, um sich vor der Kälte zu schützen, aber die mottenzerfressenen Falten konnten nicht verbergen, wie erbärmlich abgemagert er war. Trotz aller Entbehrungen hatte Devras jedoch seinen bedächtigen, fast verträumten Humor nicht verloren. Er lächelte ein wenig über die unverwüstliche Großspurigkeit seines Dieners, legte den Federkiel beiseite und fragte ermunternd: »Was gibt's?«

»Es bietet sich eine Gelegenheit, Sir! Endlich hat sich unser Glück gewendet!« Als sein Herr ihn nur stumm ansah, erklärte Grono: »Ich habe erfahren, daß Seine Hoheit, der Herzog Bofus, morgen seine berühmte, alljährlich stattfindende Abendgesellschaft gibt, ein Fest zu Ehren des gesamten lanthianischen Adels, dem ohne jeden Zweifel auch der Lord Har Fennahar zuzurechnen ist. Euer Lordschaft werden unter den Großen der Stadt glänzen! Nun, Sir, was habt Ihr dazu zu sagen?«

»Ein Fest?« Devras zeigte nur wenig Interesse. »Ich wüßte nicht, wozu das gut sein soll.«

»Wozu das gut sein soll? Wozu das gut sein soll?« Grono richtete sich auf, Streitlust funkelte in seinen Augen. Sein Doppelkinn bebte mißbilligend, ein sicheres Zeichen, daß er gleich in einen längeren Wortschwall ausbrechen würde.

Devras bemerkte die unheilvollen Symptome und wappnete sich innerlich mit gutmütiger Gelassenheit.

»Darf ich fragen, Sir, was Ihr Euch eigentlich denkt?« wollte der Diener wissen. »Kann es denn sein, daß Euch entgangen ist, welche Möglichkeit diese Zusammenkunft der Reichen und Mächtigen für Euch darstellt? Begreift Ihr nicht, daß diese Abendgesellschaft sich als die beste Gelegenheit erweisen könnte, die hohen Herrschaften auf Euch aufmerksam zu machen, und daß sich daraus unvorstellbarer Gewinn ziehen läßt? Für einen Mann von Verstand, Sir, sind solche Anlässe wie ein Befehl der Götter. Dieser Befehl, Euer Lordschaft, kommt freilich nicht von den Lippen irgendeines Gottes, sondern aus dem Munde einer Göttin — der Göttin des Glücks.«

»Göttin des Glücks. Das ist gut, Grono, das gefällt mir. ›Göttin des Glücks‹ ist ausgezeichnet.«

»Es steht Euer Lordschaft wohl an, Euch über meinen Rat zu mokieren! Das Gewicht meiner Jahre ist schließlich kaum ein Grund, mir Höflichkeit entgegenzubringen, und meine Weisheit verdient keinen Respekt ...«

»Du weißt ganz genau, wie sehr ich dich achte ...«

»Dann beweist es, indem Ihr meiner Empfehlung folgt! Ihr könnt nicht ewig in diesem Kerker verfaulen und Eure Jugend und Eure Gesundheit auf dieses elende Gekritzel vergeuden. Wie lange sind wir nun schon an diesem entsetzlichen Ort?«

»Etwa sieben Wochen, glaube ich.«

»Sieben Wochen! Daß es mit dem letzten Angehörigen des edlen Hauses Har Fennahar so weit kommen mußte! Wollen Euer Lordschaft etwa auf diese Weise das Geschick Eurer Familie bessern?«

»Solange ich meine verlorenen Dokumente nicht zurückbekomme, kann ich nicht viel unternehmen — außer zu arbeiten, um nicht zu verhungern«, bemerkte Devras. »Und wenn ich mich jetzt nicht wieder an meine Übersetzung mache ...«

»Übersetzungen — pah! Elende Gelehrtenplackerei. Euer Lordschaft legen einen beklagenswerten Mangel an Ehrgeiz an den Tag.«

»Du findest also, ich sollte lieber Gesellschaften besuchen und mich jedem andienern, der sich vielleicht als nützlich erweisen könnte, anstatt die Zeit zum Studium der Klassiker zu verwenden, um meinen geistigen Horizont zu erweitern? Ja, Grono?«

»O Sir, Ihr habt eine so verschrobene Art, die Dinge zu sehen.« Grono schnitt, wie immer gereizt über die offenbar unheilbare Verdrehtheit seines jungen Herrn, eine Grimasse. »Gegen Bildung ist nichts einzuwenden, ich gebe es zu. Ein ausgebildeter Verstand ist gewiß eine passende Ergänzung zu einem edlen Namen. Er ist zwar nicht so wichtig wie die Beherrschung der Reitkunst, aber er hat vermutlich durchaus seine Bedeutung. Trotzdem — die Welt bietet Schätze, die viel mehr wert sind als ein paar tote Brocken trockener Geschichte, Philosophie und Literatur.«

»Und welche wären das?«

»Der Herr, der die Würde seines Hauses zu wahren

versteht, ist gewiß der glücklichste unter den Sterblichen, denn er erfüllt seinen höchsten und wahrsten Lebenszweck«, erklärte Grono, aber seine abgetragene Livree und sein faltiges, ausgemergeltes Gesicht straften seinen belehrenden Tonfall Lügen. »Ein solcher Herr darf das Licht der Öffentlichkeit nicht scheuen. Er ist ein Höfling, ein großer Krieger und Staatsmann und wird bewundert, geachtet und gefürchtet. Vor allem aber lebt er in einem Glanz, der seinem Rang entspricht, und er zeigt sich stets als Aristokrat, als Mann, der sich von der gemeinen Masse abhebt. Der Charakter und der Wert eines Menschen werden allgemein nach der Pracht seiner äußeren Erscheinung beurteilt — leider leben wir in so verkommenen Zeiten!«

»Das war vermutlich niemals anders, Grono. Heselicus schreibt ...«

»Aber wir schweifen ab«, fiel der Diener seinem Herrn schonungslos ins Wort und fuhr dann mit neuem Elan fort. »Die Angehörigen Eures edlen Hauses waren einst berühmt für ihre lässige Extravaganz und ihren Prunk. Mein Gewährsmann dafür ist kein geringerer als Prenn mit seinem *Adelsregister.* Darin steht, daß Euer Vorfahr Giniver Har Fennahar einst ein Fest gab, das sieben Tage und sieben Nächte dauerte. Dreiundfünfzigtausend wilde Waldvögel wurden verspeist, die Gäste aßen von saphirbesetzten Tellern aus massivem Silber, fünfhundert Sklaven und Kriegsgefangene wurden zur Unterhaltung der Geladenen getötet, und man warf schwarze Perlen unter die lanthianische Bevölkerung. Das war wirklich ein Herr!«

»Sehr romantisch«, räumte Devras ein. »Aber du mußt einsehen, daß sich die Welt verändert hat — die Exzesse unserer Vorfahren würden in unserem von der Vernunft regierten Zeitalter nur noch lächerlich wirken. Wir schwelgen nicht länger in extravaganten Freßorgien, und unsere modernen Hinrichtungen werden mit viel mehr Diskretion durchgeführt. Was mich angeht, so glaube ich, daß ich mich in aristokratischem Prunk niemals wohlfühlen könnte, weil ich nicht damit aufgewachsen bin. Wir haben immer sehr zurückgezogen und einfach gelebt ...«

»Und in bitterer Armut«, vollendete Grono seufzend den Gedankengang. »Ich weiß, Herr Devras. Es ist ein großes Unglück. Euer armer Vater war zwar ein edler Herr, aber er besaß keine Lebenserfahrung. Sein blinder Glaube an das mythische Wundermittel von Aaldri führte ihn in den finanziellen Ruin und war schuld an seinem frühen Tod.«

»Hätte man das Allheilmittel jedoch entdeckt, so wäre es ein Segen für die ganze Menschheit gewesen.« Zum ersten Mal seit Beginn des Gesprächs geriet Devras' distanziert-belustigte Haltung ins Wanken. Er konnte sich kaum an seine Mutter und seinen Vater erinnern. Beide Eltern waren gestorben, als er noch ganz klein war, und der Verlust seiner ganzen Familie und sämtlicher Verwandter hatte in ihm ein Gefühl der Isolation entstehen lassen, eine schmerzliche Leere, die nicht einmal die Fürsorge des treuen Grono ganz auszufüllen vermochte.

»Sehr richtig, aber ein Universalmittel hat es nie gegeben — eine Tatsache, mit der Euer armer Vater sich nicht abfinden wollte, und das war sein Untergang. Er war ein Idealist von hoher Gesinnung, aber unpraktisch, unrealistisch, naiv trotz seines scharfen Verstandes — Eigenschaften, die Euer Lordschaft zweifellos von ihm geerbt haben.«

»Dann bin ich ihm also ähnlich?«

»Sehr, sowohl im Aussehen als auch im Charakter. Ihr braucht Euch jedoch keine Sorgen zu machen, Ihr werdet sein trauriges Los nicht teilen, denn Grono wird ein solches Unglück zu verhindern wissen. Und nun hört gut zu, Herr Devras. Als letzter überlebender Abkömmling dieser erlauchten Dynastie ist es die heilige Pflicht des gegenwärtigen Lord Har Fennahar, seiner

Familie die glanzvolle Stellung wiederzubeschaffen, deren sie sich einst erfreute, auf daß der Name Har Fennahar wieder so hell erstrahle wie in vergangenen Zeiten! Und deshalb«, fuhr Grono siegesgewiß fort, »dürfen Euer Lordschaft nichts unversucht lassen, Ihr müßt jede Gelegenheit nützen — und deshalb müßt Ihr auch morgen abend die Gesellschaft des Herzogs besuchen!«

Devras, der dies alles kommentarlos, wenn auch ohne große Begeisterung über sich hatte ergehen lassen, überlegte kurz, und dann strahlte sein Gesicht auf, weil er glaubte, ein Schlupfloch gefunden zu haben. »Das geht doch gar nicht«, wandte er ein.

»Ihr *müßt* es tun, oder Ihr entzieht Euch der Verantwortung für Eure Familie. Wann wird sich eine solche Gelegenheit wohl wieder bieten? Bedenkt doch, Sir — sogar die höchsten Vertreter der Esoteriker werden anwesend sein. Der Lord Vaxalt Gless Vallage, Großmeister der Esoterikerloge und engster Vertrauter des Herzogs, wird erwartet. Wenn Ihr nur die Gunst des Lord Gless Vallage erringen könntet ...«

»Es ist unmöglich«, wiederholte Devras.

»Die herzogliche Küche hat einen sagenhaften Ruf. Wenn Euer Lordschaft zu dieser Abendgesellschaft gehen, werdet Ihr zum ersten Mal seit Wochen eine köstliche und kraftspendende Mahlzeit zu Euch nehmen können«, schmeichelte Grono listig.

»Verführerisch. Aber unmöglich.«

»Ich will die Einwände Eurer Lordschaft gar nicht hören! Kein Hindernis ist unüberwindlich!«

»Denk doch noch einmal nach. Ich habe keine Einladung«, erinnerte Devras seinen Diener. »Du kannst mich ›Lord‹ Har Fennahar nennen, soviel du willst, das ändert nichts an der Tatsache, daß niemand ohne Einladung in den herzoglichen Palast gelassen wird.«

»Und wenn Ihr eine solche Einladung hättet, würdet Ihr dann gehen?«

»Vermutlich schon. Aber ...«

»Dann können Euer Lordschaft sich freuen. Eure Probleme sind gelöst. Seht her!« Aus den Tiefen seiner Tasche zog Grono ein Stück feinen weißen Kartons heraus, auf dem das verschlungene Wappen des lanthianischen Herzogs aufgeprägt war. Es war eine Einladung, auf der für den folgenden Abend die Anwesenheit Seiner Lordschaft Devras Har Fennahar im herzoglichen Palast erbeten wurde.

»Grono, woher hast du das?«

Der Diener schwieg.

»Oh, das ist ein gutes Zeichen! Es kann nur eines bedeuten. Der Herzog hat meine Briefe gelesen und erkennt an, daß meine Ansprüche berechtigt sind ...« Devras brach ab und betrachtete sich die Einladung genauer. »Was klebt denn da? Da blättert doch etwas ab ...«

»Nicht berühren, Herr Devras! Laßt bitte die Finger davon!«

»Was ...?« Devras untersuchte die Karte eingehend und fuhr mit dem Finger über die glänzende Oberfläche. »Weiße Farbe, um den ursprünglichen Namen zu verdecken, und mein Name mit Tinte darüber geschrieben. Das Ding ist eine Fälschung!«

»Nein, Sir! Es ist eine durch und durch echte Einladung, nicht mehr als drei oder vier Jahre alt, das hat mir jedenfalls der Raritätenverkäufer versichert, bei dem ich sie erstanden habe. Nur Datum und Name wurden verändert, um die Interessen eines Unschuldigen zu fördern.«

»Dein Werk?«

Der Diener senkte bescheiden den Kopf.

»Grono, was fällt dir eigentlich ein? Das verstößt gegen das Gesetz. Möchtest du, daß man mich mit einer Geldstrafe belegt, mich einsperrt oder deportiert? Ist das dein Ziel?«

»O nein, Sir! Ich wünsche mir, Euer Lordschaft glücklich, in Sicherheit, geehrt, allgemein beliebt und sagenhaft reich zu sehen.«

»Und du bildest dir ein, das läßt sich erreichen, indem man eine Einladung zu einer Gesellschaft fälscht?«

»Vielleicht. Wenigstens ist es eine Chance, und Ihr müßt es wagen. Die Pflicht, Sir. Ihr seid es Euch schuldig. Außerdem habt Ihr es versprochen. Wenn Ihr eine Einladung hättet, ginget Ihr hin, habt Ihr gesagt. Euer Lordschaft haben mir Euer Ehrenwort gegeben.«

Die Falle war zugeschnappt, doch Devras leistete noch immer schwachen Widerstand. »Da gibt es eine weitere Schwierigkeit«, wandte er ein, aber es klang nicht sehr überzeugend. »Ich habe alle meine Kleider verpfändet, bis auf die Lumpen, die ich auf dem Leibe trage. Mit dem Geld haben wir unser Essen in den letzten drei Tagen bezahlt. Bei allen Veranstaltungen im herzoglichen Palast ist festliche Kleidung vorgeschrieben, und so wie ich aussehe, kann ich mich dort wohl kaum blicken lassen.« Grono öffnete den Mund zu einer Antwort, doch Devras hob abwehrend die Hand. »Und wir haben keine Aussicht, meine Kleider wieder auszulösen. Wir haben kein Geld, und wir besitzen auch nichts mehr, was wir versetzen könnten.« Er überlegte. »Bis auf das Armband. Das ließe sich vermutlich verkaufen, früher oder später muß ich mich wohl ohnehin davon trennen.« Am linken Handgelenk trug er ein sehr altes Armband aus massivem Silber mit eingravierten Symbolen der Esoteriker von Lanthi Ume. Es befand sich seit vielen Generationen im Besitz des szarischen Zweigs der Familie Har Fennahar.

»Das Armband ist ein Familienerbstück! Euer edler Vorfahr Rillif Har Fennahar hat es aus Lanthi Ume mitgebracht, und Ihr habt kein Recht, es zu verkaufen!« rief Grono. »Wieviel könnten Euer Lordschaft wohl für diese alten Bücher erlösen?«

»Nicht die Bücher!« lehnte Devras erschüttert ab. »Vor den Büchern gebe ich lieber noch das Armband her!«

»Nicht, solange ich lebe! Niemals, Sir! Glücklicherweise brauchen Euer Lordschaft keine so drastischen Maßnahmen ins Auge zu fassen.« Grono trat zu den Koffern, die in einer Ecke auf dem Boden standen, öffnete einen davon, holte ein Kleiderbündel heraus und reichte es mit schwungvoller Geste seinem Herrn. Devras öffnete das Bündel und fand darin seinen einzigen guten Anzug, sauber und unversehrt.

»Grono! Wie hast du die Sachen zurückbekommen? Woher hast du das Geld?«

»Das war ein Kinderspiel, Euer Lordschaft. Ich habe lediglich dem Wundersamen Weevulp etwas von meinem Blut verkauft, als Futter für seine berühmten Vampirfische.«

»Grono, du hast *dein eigenes Blut verkauft!* Das hätte ich niemals zugelassen, wenn ich es gewußt hätte! Das ist ja ein Skandal.«

»Das war doch nicht der Rede wert, Sir! Ein belangloses Opfer im Hinblick auf den Gewinn, den Euer Lordschaft daraus ziehen werden.«

»Aber mein lieber Freund, dein eigenes Blut zu verkaufen …! Ich werde mir das nie verzeihen!«

»Sir, macht Euch deshalb keine Gedanken. Ich sage Euch doch, mir geht es gut. Der Schmerz und die Schwäche, unter denen ich zu leiden hatte, sind Bagatellen, die ich um Euer Lordschaft willen gern auf mich genommen habe. Die Möglichkeiten, die ich Euer Lordschaft damit bieten kann, machen die Pein erträglich, sogar angenehm.«

»Grono, was soll ich noch sagen?«

»Sagt gar nichts, Sir! Manchmal ist das Herz zu voll, und dann fehlen einem die Worte. Da ich für das Wohl Euer Lordschaft buchstäblich mein Herzblut hingäbe, genügt es mir zu wissen, daß ich die Interessen Eurer Lordschaft wirksam wahren konnte. Mehr verlange ich nicht.«

»Grono, ich werde dich dafür entschädigen!«

Der Diener senkte bescheiden die Lider, um den Triumph zu verbergen, der in seinen Augen aufloderte. Nun würde Lord Devras Har Fennahar doch die Abendgesellschaft des Herzogs besuchen. Er konnte sich nicht mehr herauswinden.

03

Die Ermahnungen seines Dieners dröhnten Devras Har Fennahar noch immer in den Ohren, als er sich zu elegant später Stunde zum herzoglichen Palast begab. Gronos Vorstellungen von vornehmer Lebensart verlangten eine standesgemäße Beförderung, und deshalb nahm Devras trotz der Kosten ein öffentliches Dombul. Das spektakuläre Opfer des Dieners verdiente schließlich, daß der Herr im Gegenzug in gewissen Dingen auch seine Wünsche berücksichtigte. Nach vierundzwanzig Stunden nüchterner Überlegung hatte Devras in diesem Punkt freilich einige Klarheit gewonnen.

Was er getan hat, um mir meine Kleider wiederzubeschaffen, macht mich zu seinem Schuldner, und das nützt er natürlich weidlich aus. Grono entspricht fast in jeder Hinsicht Heselicus' Beschreibung des Moralisch Manipulativen Menschen. Ein beneidenswertes Talent. Die Kleider selbst schienen ein so großes Opfer kaum wert zu sein. Devras trug einen altmodischen Anzug aus kohlschwarzer Seide, eine taubengraue Weste mit silbernem Blumenmuster, ein korrektes Spitzenjabot mit dazu passenden Manschetten, weiße Strümpfe, das einzige Paar ohne Löcher, Schuhe mit silbernen Schnallen und einen Dreispitz. Er bot zwar keinen prächtigen, aber doch respektablen Anblick, und wenn seine Aufmachung auch übertrieben schlicht war, so konnte man das der szarischen Neigung zum Asketizismus zuschreiben. In Wirklichkeit verlangte die Mode von Szar unter der Herrschaft des äußerst beliebten Erzherzogs Zargal juwelenbesetzte Halstücher und gefiederte Handschuhe, aber es bestand kein Anlaß, die vornehme Gesellschaft von Lanthi Ume über diese Tatsache zu informieren.

Devras' Dombul legte vom Destula-Pier ab, glitt über den alten Strichwasserkanal und hatte bald das stinkende Armenviertel hinter sich gelassen, in dem er die letzten sieben schrecklichen Wochen verbracht hatte. Ringsum glitzerten die märchenhaften Paläste von Lanthi Ume, eine Szenerie, die in Wirklichkeit fast ebenso bemerkenswert war, wie es in den Legenden geschildert wurde. Was die Legenden freilich nicht vermittelten, war die Atmosphäre der Dekadenz und des Niedergangs, von der die ganze Stadt durchdrungen war. Vom Verfall der großen öffentlichen Gebäude, vom Schmutz der Kanäle, von der unbeschreibliche Verkommenheit der sich immer weiter ausbreitenden Elendsviertel, von der Verzweiflung der Bewohner wurde kein Wort gesagt. Unerwähnt blieben auch die Legionen obdachloser Bettler, die vagabundierenden Banden halbwüchsiger Schläger und die gefürchteten Flotten von Piratensendilli, die des Nachts die Wasserstraßen unsicher machten, ebenso die Existenz der Shonnet-Anstalt, eines grauenhaften Käfigs voll tobender Irrer, Schwachsinniger und erwiesenermaßen gefährlicher Außenseiter. Nur wenige Menschen außerhalb der Neun Eilande hatten von den Bankrotteurtrupps aus zur Zwangsarbeit verurteilten Schuldnern gehört, die auf den Straßen und Werften schufteten. Und noch weniger bekannt war die Hungergasse, der Fundort mehrerer Kinderleichen, die dem Hunger zum Opfer gefallen waren. In Lanthi Ume wußte jeder über diese Dinge Bescheid, aber das Wissen hatte sich noch nicht weit über die Stadtgrenzen hinaus verbreitet.

Das Dombul trieb weiter, vorbei am Shonnet-Park, am Alten Marktplatz und an der Kristallstatue des Adepten Jun, die im Laufe der Geschichte dreimal gesprochen hatte, um den Bürgern in Augenblicken höchster Gefahr gutgemeinte, aber nicht sehr praktische Ratschläge zu geben. Dann ging es den Sandivell entlang auf die wohlhabenderen Stadtteile zu, wo Leute von Welt auf den beleuchteten Kanalpfaden promenierten. Während der Fahrt beobachtete Devras, wie sich die

Zusammensetzung der Menge veränderte, und bemerkte mit einigem Mißfallen die Anwesenheit drei verschiedener Arten von Soldaten: herzogliche Gardisten in den bekannten grüngoldenen Uniformen, schwarzgekleidete Offiziere mit dem doppelköpfigen goldenen Drachenemblem, das sie als Angehörige der Esoterikergarde auswies, einer noch nicht lange bestehenden Truppe, und braununiformierte Soldaten aus Gard Lammis. Jeden gebürtigen Lanthianer, der auch nur ein wenig Sinn für nationale Identität besaß, hätte die Allgegenwart der lammischen Krieger empören müssen, die zu Ehren ihrer auffallend geformten Kopfbedeckungen salopp als ›Nachttöpfe‹ bezeichnet wurden. Die in der Vayno-Festung stationierten lammischen Truppen, die angeblich, wie es der gegenwärtige Keldhar von Gard Lammis ausdrückte, für ›die Erhaltung der glückseligen Ruhe in unserer geliebten Schwesterstadt‹ zu sorgen hatten, stellten eine fast unerträgliche Verletzung der städtischen Autonomie dar. Devras, der sein ganzes bisheriges Leben im Stadtstaat Szar verbracht hatte, berührte dies jedoch nicht allzusehr.

Nach weiteren zehn Minuten erreichte das Dombul den Zusammenfluß des Sandivell- und des Lureis-Kanals, wo ein uralter, bemooster Trümmerhaufen dem Vernehmen nach die Stelle markierte, an der einst der Grizhni-Palast gestanden hatte, die Höhle des dämonischen Adepten Terrs Fal Grizhni, eines grimmigen Schreckgespenstes dieser Stadt. Devras beachtete die Ruine nicht und kümmerte sich auch nicht um das rote Licht, das direkt über dem verwunschenen Ort am Himmel leuchtete. Das Licht — kein gewöhnlicher Stern — war auch bei Tage deutlich sichtbar und stand schon seit einigen Wochen an dieser Stelle. Vermutlich verkündete das Phänomen irgendein größeres Glück oder Unglück, aber der junge Mann machte sich darüber weiter keine Gedanken. Seine Aufmerksamkeit galt vielmehr einem ganz bestimmten Gebäude — altehrwürdig, eindrucksvoll, mit vier schlanken blauen Türmen geschmückt — einer der bemerkenswertesten unter den vielen prächtigen Palästen, die den Lureis-Kanal säumten. Das war Haus Fennahar, der Stammsitz der Familie Har Fennahar und sein rechtmäßiges Eigentum, sobald er einmal in der Lage wäre, es zu beweisen. Im Moment war Haus Fennahar bis auf den Hausmeister und ein paar Gehilfen unbewohnt und wartete auf das Eintreffen eines neuen Herrn. Falls sich niemand meldete, der dem Gesetz nach erbberechtigt war, würde der gesamte Besitz an den lanthianischen Herzog fallen. Trotz seines tief verwurzelten Vertrauens in die Menschen konnte sich Devras des leisen Verdachts nicht erwehren, der Herzog habe ein durchaus persönliches Interesse an der ganzen Angelegenheit, denn seine fünf zunehmend dringlicheren schriftlichen Bitten um eine Privataudienz waren von Seiner Hoheit Bofus Dil Shonnet bisher weder beachtet noch beantwortet worden.

Des Nachts, wenn die Paläste hell erleuchtet waren und die Venerisen so prächtig wie schwimmende kleine Herrensitze vor Anker lagen, bot der Lureis-Kanal noch immer einen zauberhaften Anblick. Direkt vor Devras ragte der herzogliche Palast auf — riesig, gewaltig, im Schein zahlloser Kerzen erstrahlend. Im Mondlicht wirkte der plumpe, alte Goldkoloß noch immer eindrucksvoll. Die Zeit hatte das grelle Glitzern der goldenen Blattornamente und der Buntglasscheiben gedämpft und den hemmungslosen architektonischen Überschwang früherer Zeiten ein wenig gebändigt. Der überladene Pomp des Palastes versteckte sich hinter der trügerisch schönen Fassade des Alters. Am Fuß des Bauwerks drängte sich eine ansehnliche Flotte von kleinen Privatschiffen. Das alljährlich stattfindende Spektakel des Herzogs für den gesamten Adel der Stadt war sichtlich gut besucht.

Das Dombul legte am herzoglichen Ankerplatz an. Devras entrichtete den Fahrpreis und trat auf den Kai.

Das Boot fuhr ab und ließ ihn an einem vergoldeten Gestade zurück. An der Anlegestelle drängten sich viele späte Gäste in Pelzen und Brokat und mit kostbaren Juwelen behängt. Die Art, wie sie sich lauthals begrüßten, verriet sorglose Sicherheit, und Devras fühlte sich in ihrer Mitte fast unsichtbar. Etwas zögernd folgte er dem glitzernden Schwarm durch das große offene Portal in eine verwirrend riesige Eingangshalle, die sich über vier Stockwerke erstreckte, über eine Treppe aus rosageädertem Marmor zu einem reichverzierten Treppenabsatz und weiter zu einer Empfangshalle von überwältigenden Ausmaßen. Am Eingang reihte er sich in die Schlange der Neuankömmlinge ein, die einzeln angekündigt wurden, und hörte die großen Namen, die in der lanthianischen Geschichte eine so bedeutende Rolle spielten — Dule Parnis, Kor Malifon, Wate Basef, Rion Vassarion und andere. Schritt für Schritt schob sich die Reihe weiter, und seine Nervosität wurde immer größer. Die Hand, mit der er die Einladungskarte umklammert hielt, war schon ganz feucht. Wenn er nicht aufpaßte, würde er mit seinem Schweiß noch die Tinte verschmieren und Gronos sorgfältige Arbeit und so manches andere zunichte machen.

Er warf einen kurzen Blick in den vor ihm liegenden Raum, sah aber nicht mehr als einen Wirbel von Farben und Bewegung. Nun hieß es Haltung bewahren. Nach außen hin unbekümmert reichte er einem Lakaien in grüngoldener Livree die gefälschte Einladung, und der nahm sie widerspruchslos entgegen. Die Karte wurde an den Haushofmeister weitergegeben, und dann hörte Devras seinen eigenen Namen:

»Der Lord Devras Har Fennahar.«

Devras betrat den riesigen Raum, in dem sich die vielen Berühmtheiten drängten, und gleich darauf hätte er lieber wieder das Gefühl gehabt, unsichtbar zu sein. Alle Augen richteten sich auf ihn. Alle beobachteten ihn, entweder offen oder, was noch schlimmer war, verstohlen. Und ihm fiel ein, daß man den berühmten Namen Har Fennahar allgemein für ausgestorben hielt, daß sein Anspruch auf diesen Titel bisher nicht einmal bestritten worden war — man hatte ihn schlicht übersehen. Nun, von diesem Abend an würde die lanthianische Gesellschaft von seiner Existenz Notiz nehmen, aber man würde ihn wahrscheinlich als Hochstapler oder als gefährlichen Irren abstempeln. Auch jene, die erwägen mochten, ob seine Behauptung möglicherweise berechtigt war, würden aufmerksam nach Anzeichen eines Schwindels Ausschau halten. Man würde ihn sorgsam mustern, jedes seiner Worte auf die Goldwaage legen, seine Geschichte auf Unstimmigkeiten durchforsten. Man würde sein Äußeres, seine Haltung, sein Auftreten analysieren. Die Angelegenheit würde den gelangweilten Höflingen endlosen Stoff für Klatsch und Tratsch liefern, und das fing bereits in diesem Moment an. Nach einem Augenblick überraschten Schweigens setzte im ganzen Saal ein aufgeregtes Raunen ein.

Devras schoß das Blut ins Gesicht, und sein Puls raste. Würde man ihm auf der Stelle die Tür weisen? Er glaubte schon fast die Hand des Lakaien am Arm zu spüren, das Gelächter zu hören, während er zum Ausgang gedrängt wurde. Aber in einem solchen Augenblick durfte er sich auch nicht die leiseste Unsicherheit anmerken lassen, und so suchte er in seinem Gedächtnis verzweifelt nach Worten, die sein wankendes Selbstbewußtsein wieder aufrichten konnten. Was hatte Ees Wulleroy noch geschrieben? ›Wenn das Herz schwer wie Blei in der Brust liegt, muß man sich ein Gesicht aus Marmor meißeln.‹ Ein guter Rat. Devras nahm die Schultern zurück und näherte sich festen Schrittes dem Begrüßungskomitee. Er verzog keine Miene, als ihn die verdutzten Beauftragten des Herzogs willkommen hießen. Überall schlug ihm nur kühle Zurückhaltung entgegen, aber noch bezichtigte ihn niemand offen des Betruges. Die allgemeine Überraschung und Verwirrung wirkten sich zu seinen Gunsten aus. Einen Augenblick noch, dann war es vorüber — er hatte den Empfang überstanden und war mehr oder weniger als Gast aufgenommen worden.

Was sollte er jetzt tun? Das Fest genießen, im lanthianischen Überfluß schwelgen? Wohl kaum. Er war nicht zum Vergnügen hier. Er war gekommen, um etwas für seine Zukunft zu tun, ein Vorhaben, zu dem er von Natur aus nicht besonders befähigt war. Er mußte die Aufmerksamkeit der hohen Herren, am besten die des Herzogs selbst auf sich ziehen, mußte erreichen, daß der Herzog ihm Gehör schenkte, mußte sich bei Seiner Hoheit einschmeicheln, um irgendwie zu erreichen, daß sein berechtigter Anspruch auf den Titel und das Vermögen der Fennahar anerkannt wurde. Der Gedanke an alle diese höfischen Intrigen war ihm zuwider, aber es mußte sein. Am besten machte er sich gleich ans Werk und versuchte gleich als erstes, den Herzog aufzuspüren.

Devras sah sich suchend um. Er erblickte glattrasierte Männer in Kniehosen und Brokatjacken, mit üppigen Spitzenjabots, edelsteinbesetzten Schwertern und blitzenden Schnallen; Frauen in raschelnden pastellfarbenen Seidenkleidern über engen Miedern, die die Taille einschnürten und den Busen nach oben drückten, was für ein prachtvolles Dekolleté sorgte; altmodisch gekleidete Matronen; Töchter in heiratsfähigem Alter, die in frivoler Eleganz in halb durchsichtigen Gewändern einherstolzierten; hier und da eine würdevolle Gestalt in der traditionellen dunklen Robe mit dem doppelköpfigen Drachenemblem der Esoteriker. In den farbenprächtigen Gruppen unterhielt man sich angeregt, und viele neugierige Blicke wanderten zu dem einsamen Fremden, der als stummer Zuschauer am Rande stand.

Devras hatte, verfolgt von Geflüster und spitzen Bemerkungen, die seine qualvolle Verlegenheit noch steigerten, systematisch die ganzen Empfangshalle abgesucht. Den Herzog hatte er nicht gefunden, und so schritt er endlich erleichtert durch die großen vergoldeten Türen, ging eine kurze Galerie entlang und betrat den gewaltigen Ballsaal, wo die Paare zu den Klängen des neuen Linnianna herumhüpften. Da Devras den Tanz nicht kannte, konnte er auch nicht teilnehmen. Der Herzog war nirgendwo zu sehen, und er hatte eigentlich keinen Grund, länger hier zu verweilen. Aber die Musik ging ins Ohr, er hatte seit vielen Wochen nichts Besseres mehr gehört als das Geflöte der Straßenmusikanten, und so blieb er stehen, um ein wenig zu lauschen. Dabei beobachtete er auch die Tänzer und stellte fest, so fruchtlos das gegenwärtig auch sein mochte, daß einige der Aristokratentöchter in ihren koketten, tief dekolletierten Flattergewändern außergewöhnlich hübsch waren. Die Paare glitten gekonnt durch die Schrittfolgen, und plötzlich schoß Devras der Gedanke durch den Kopf, daß eine ganze Reihe von ihnen wahrscheinlich mit ihm verwandt war. Seine Har Fennahar-Vorfahren waren über zahllose Generationen hinweg in Lanthi Ume ansässig gewesen. Gewiß hatte es Eheschließungen zwischen den vornehmen Familien der Stadt gegeben, so daß in den Adern vieler Anwesender noch Spuren von Fennaharblut fließen mußten. Er hatte Verwandte hier — Reste einer Familie —, aber sie verbargen sich hinter der Maske unbekannter Namen und Titel. Er war ihnen fremd, würde es wahrscheinlich auch bleiben und fühlte sich einsamer denn je.

Er sah den Tänzern noch ein wenig zu, dann wandte er sich unvermittelt ab, verließ den Ballsaal, setzte seine Suche in mehreren für das Glücksspiel reservierten Räumen fort und betrat schließlich einen Salon, wo es ruhiger zuging. Aus Feuerbecken stiegen farbige Rauchwolken auf und hüllten die Freunde der Regenbogenessenz der Inneren Heiterkeit in einen besänftigenden Nebel. Etwa ein Dutzend von ihnen lag auf seidenen Kissen und betrachtete mit glasigen Augen die dahintreibenden Wolken. Herzog Bofus war nicht darunter, und Devras wurde schwindlig von dem Qualm. Schnell eilte er davon und durchquerte eine endlose Folge von protzig ausgestatteten Räumen und Galerien, bis er den überfüllten Bankettsaal erreichte, wo ein Büffet aufgebaut war.

Das war endlich etwas nach seinem Geschmack. Das Büffet — ein Paradies für den ausgehungerten Erben des Geschlechts der Har Fennahar — bot alle nur erdenklichen Delikatessen. Da gab es große Bratenstücke, mit Petersilie und Lorbeerblättern garniert, Enten, Hühner und Wildvögel in Blätterteig gebacken, duftende Ragouts in goldenen Rechauds, kalte rosa- und silberfarbene Fische in Aspik, mit Wasserlilien bestreut, eine Platte mit verschiedenen exotischen Meerestieren, in Form von Blumen und Tieren geschnittenes Gemüse, saftige Sommerfrüchte und ein kunstvolles Arrangement aus glasiertem Konfekt. Devras häufte sich einen Teller voll, suchte sich einen Stuhl und begann zu essen. Wie Grono prophezeit hatte, war es die nahrhafteste Mahlzeit, die er seit Wochen bekommen, und zweifellos die erlesenste, die er in seinem ganzen Leben gekostet hatte. Eine Zeitlang stopfte er sich nur voll, ganz damit beschäftigt, seinen chronischen Hunger zu stillen. Als sein knurrender Magen sich beruhigte, wurden seine Kaubewegungen langsamer, und seine Augen wanderten vom Teller zum Tisch.

Ob wohl eine Möglichkeit besteht, etwas davon hinauszuschmuggeln, um es Grono mitzubringen?

Diebstahl? fragte sein Gewissen, und die Antwort kam sofort: *Mundraub.*

Er stellte den leeren Teller ab, erhob sich und schlenderte ans Büffet zurück. Dort holte er sich einen frischen Teller und häufte ihn hastig mit dicken Scheiben Fleisch, Geflügel und Käse voll. Als er aufblickte, sah er, daß ein paar andere Gäste ihn mit gierigen Blicken beobachteten, wie sie gewöhnlich nur der Leberpastete vorbehalten waren. Gronos Proviant unbemerkt einzupacken, war unmöglich, und er konnte es sich nicht leisten, dabei gesehen zu werden. Doch dann sah er die ausgemergelte Gestalt des Alten vor sich und entschied, daß Grono sein Festmahl bekommen sollte, ganz gleich, was passierte.

Devras drapierte eine Serviette über den Teller, gab sich den Anschein, als sei er mit seinen Gedanken weit entfernt, drehte sich um und strebte gemächlich dem Ausgang zu. Seine Beute trug er ganz offen vor sich her, und viele Gäste streiften ihn mit schiefen Blicken, wenn er, offenbar ohne sich der allgemeinen Aufmerksamkeit bewußt zu sein, an ihnen vorüberging.

Im Korridor vor dem Bankettsaal herrschte großes Gedränge. Devras stieg auf der Suche nach einem ungestörten Winkel eine geschwungene Treppe hinauf, die zu einer vergleichsweise wenig besuchten Galerie in der vierten Etage führte. Auch hier war er nicht allein. Ein paar Meter weiter im Korridor stand schnatternd und kichernd eine Gruppe kostbar gekleideter Höflinge. Um ihnen nicht begegnen zu müssen, bog Devras ab und schlüpfte durch eine unverschlossene Tür in einen herrlich ruhigen, leeren Raum. Er stellte seinen Teller auf den nächsten Tisch, schob die Speisen schnell auf die Serviette, knotete das Tuch zusammen und steckte es in seine Manteltasche, die sich jetzt unauffällig wölbte. Erst dann sah er sich um, und sofort hob sich seine Stimmung.

Er hatte wie von seinem Instinkt geleitet den Weg in die Bibliothek des Herzogs gefunden. Hier wurde er nicht von glitzernder Pracht geblendet. Die weiche Patina auf dem alten Holz, den Lederbezügen und den Pergamenten war wohltuend für die Augen und beruhigend für den Geist. Ringsum ragten Bücherregale bis an die Decke — mit Tausenden von Bänden, die ein Dutzend Generationen zusammengetragen hatte. Die Herzöge der Dil Shonnet-Dynastie waren nicht gerade für ihre Belesenheit berühmt, aber sie waren leidenschaftliche Sammler. Es brauchte nur bekannt zu werden, daß das Werk eines Gelehrten selten, ungewöhnlich, fast nicht erhältlich war — und ein Exemplar davon landete unweigerlich in den Shonnet-Archiven. Diese Bibliothek war eine wahre Fundgrube, und der Drang, sie zu erforschen, erwies sich als fast unwiderstehlich. Hier würde Devras seine Beute, den Herzog, zwar nicht aufstöbern, aber es konnte nicht schaden, sich ein paar Minuten in dieser Umgebung zu gönnen — ein paar kurze Minuten nur ...

Bald stieß er auf einen verborgenen Schatz: Die *Geschichte der Esoteriker* von dem zu Unrecht in Vergessenheit geratenen lanthianischen Adepten Rev Beddef. Vorsichtig zog Devras den Band aus dem Regal. Ein von dem armen alten Beddef, diesem brillanten Geist, der ein so schreckliches Ende gefunden hatte — er war vom wütenden Pöbel der Stadt ermordet worden — eigenhändig signiertes Exemplar hatte er noch nie in Händen gehalten. Dieses Buch mußte er sich in aller Ruhe ansehen.

Es gab genügend bequeme Sitzgelegenheiten, aber der Tisch und der Stuhl in der Mitte des Raumes fielen aus dem Rahmen. Der Sessel war erbarmungslos feudal, mit dicken Plüschkissen gepolstert und mit goldenen Fransen und Quasten besetzt. Der Tisch, ein massiver, reich mit Reliefs verzierter Marmorblock, hatte in der Mitte einen tiefen quadratischen Schacht. Weder Sessel noch Tisch schienen in eine Bibliothek zu gehören. Devras musterte beide Möbelstücke einen Moment lang skeptisch, trat dann heran, beugte sich über die Öffnung im Tisch und spähte hinein. Er sah nichts. Das Loch war pechschwarz, unnatürlich schwarz. Mit nachdenklich gerunzelter Stirn sank er in den allzu weichen Lehnstuhl. Sofort erkundigte sich eine einschmeichelnde Stimme in verschwörerischem Tonfall: »Was ist Euer Begehr, Erhabener? Wie kann ich Euch dienen?«

»Wer ist da?« Devras blickte sich um. Der Raum war leer.

»Was wünscht Ihr, Strahlender? Wie kann ich Euch behilflich sein?«

Die Stimme kam aus dem Schacht in der Tischplatte. Devras beugte sich vor und spähte ins Nichts. »Ist da unten jemand?«

»Mit welchem Werk darf ich Euer Herrlichkeit erfreuen?« fragte der Tisch mit glatter, öliger Stimme.

»Mit welchem Werk — meinst du damit ein Buch?«

»Jedes Buch, das Euer Erhabenheit mit Eurer Aufmerksamkeit zu beehren geruhen. Allerdings«, fuhr der Tisch anzüglich fort, »habe ich auch andere Schätze zu bieten, Köstlichkeiten, die reizvoller sind als jedes Buch und Eurer Beachtung vielleicht würdiger, Vollkommenheit.« Leise, sinnliche Musik wogte aus der Öffnung. Die Luft war plötzlich mit Jasminduft geschwängert.

»Was meinst du damit?«

»Beugt Euch herab, beugt Euch herab!« flüsterte der Tisch. »Blickt tief in meine Öffnung, und Ihr werdet es selbst sehen, zu Eurer ewigen Freude.«

»Was werde ich sehen?«

»Das läßt sich mit Worten nicht ausdrücken. Habt Vertrauen. Beugt Euch herab, beugt Euch herab, beugt Euch herab ...« Die Stimme verhallte schmachtend.

»Bist du noch da?« fragte Devras.

Aus dem Schacht kam keine Antwort.

»Ist da unten jemand?« Immer noch Stille, und Devras beugte sich vor, um einen Blick in das Loch zu werfen. Sofort umhüllten schwere, süßlich duftende Dämpfe sein Gesicht. Alles verschwamm ihm vor den Augen, sein Puls hämmerte wild. Er sank in die schwellenden Polster zurück und rang keuchend nach Luft. Einen Moment lang lag er betäubt da. Als sein Blick sich klärte, sah er den Raum mit anderen Augen. Plötzlich ging ihm auf, wie schön, wie bedeutungsvoll hier alles war. Herrliche Formen, unaussprechlich prachtvolle

Farben. Jede Figur, jede Blüte, jedes Tier, alles, was in den Fuß des Marmortisches vor ihm eingemeißelt war, besaß ein eigenes Leben. Er hatte doch eben eine Bewegung entdeckt? Und Devras erkannte, daß der Schleier vor seinen Augen, der ihn seit seiner Geburt daran gehindert hatte, wahrhaft zu sehen, endlich verschwunden war.

»Sind Euer Erhabenheit zufrieden?« erkundigte sich der Tisch.

»Ja«, seufzte Devras. »O ja. Ja.«

»Was könnte das Vergnügen Eurer Erlaucht noch steigern? Euer elender Diener ist nur zu gern bereit, Euch jeden Wunsch zu erfüllen.«

»Ich wollte mir hier — etwas ansehen. Ein Buch.« Devras hatte Mühe, sich zu erinnern. »Buch.«

»Ich sehne mich danach, mich zu Eurem Sklaven zu machen, Erleuchtung. Welches Buch wünscht Ihr?«

»Es war ...« Devras rang mit seinem Gedächtnis und hatte Rev Beddefs Abhandlung, die er noch immer in einer Hand hielt, völlig vergessen. »Es gibt so viele ...«

»Ihr seid Euch nicht sicher? Laßt mich Euch behilflich sein«, bettelte der Tisch. »Beugt Euch herab, Brillanz. Blickt tief in meinen Schacht. Beugt Euch herab ... beugt Euch herab ...«

Benommen gehorchte Devras. Neue Dampfschwaden streichelten sein Gesicht, küßten seine Lippen, drangen in seinen Mund, seine Nase, seine Lungen. Wieder sank er, mühsam keuchend, kaum noch fähig zu sehen, in seinen Sessel zurück. Er wollte sprechen, brachte aber kein Wort heraus.

»Euer Wunsch, Transzendenz? Euer Begehr?«

Devras schnappte nach Luft.

»Ich verstehe. Euer Vornehmheit wünschen, beraten zu werden«, bemerkte der Tisch mit unüberhörbarer Befriedigung. »Euer Wille ist mir in allem oberstes Gesetz, Allmacht, aber dürfte Euer elender Diener einen Vorschlag machen?«

johann peterka '92

Devras winkte ziellos mit der Hand.

»Ich möchte Euch mit einer seltenen Ausgabe von Veemefers *Quintessenz der Ekstase* erfreuen — ein großartiges Werk, bemerkenswert durch seinen Erfindungsreichtum, seine Raffinesse und seine lebhaften, detaillierten Beschreibungen. Die Ausgabe, die ich Euer Gelehrsamkeit zu präsentieren wünsche, enthält auch eine Serie der Lebenden Kupferstiche des Künstlers Nardin, Spektabilität. Die Stiche zeigen zwar noch nicht die unübertreffliche Subtilität von Nardins reiferen Werken, aber dennoch verraten sie die Hand des Meisters durch die glänzende Ausführung der anatomischen Einzelheiten, durch ihr sprechendes Mienenspiel und durch die Auslotung der fast unendlichen Flexibilität des menschlichen Körpers. Ihr gestattet, Dignität?«

Begleitet von leiser Musik, stieg langsam ein großer Foliant aus dem Schacht und stellte sich schräg, so daß Devras ihn bequem betrachten konnte. Vor dem getrübten Blick des jungen Mannes öffnete sich die *Quintessenz der Ekstase* bei Kapitel Eins. Auf der rechten Seite befand sich der gedruckte Text, auf der linken vollführten Nardins wunderbar gearbeitete Figuren ihre Kapriolen. Mit glasigen Augen glotzte Devras auf die zuckenden und zappelnden kleinen Gestalten. Eine salbungsvolle Stimme drang gedämpft in sein Bewußtsein. Der Tisch las die Worte laut vor, vermutlich, um ihm die schwere Arbeit des Lesens abzunehmen. Wenn er am Ende einer Seite angelangt war, wurde automatisch umgeblättert.

Devras' Verstand arbeitete so langsam, als sei er unter zähem Schlamm begraben. Seine Zunge war halb gelähmt. Mit größter Mühe riß er den Blick von den munteren Kupferstichen los und murmelte: »Halt.«

»Ich gehorche Euch mit größtem Vergnügen, Stattlichkeit. Ist das Tempo zu schnell, um Euch zu ergötzen? Gibt es vielleicht Abschnitte, die Ihr gern noch einmal hören möchtet?«

»Das — ist nicht — was — ich — wollte ...«

Sofort sank das Buch in den Schacht zurück.

»Es gibt noch viele andere«, beteuerte der Tisch. »Ihr braucht nur zu wählen. Euer gehorsamer Diener nimmt Euch mit Freuden jede Mühe ab. Euer Feierlichkeit brauchen sich nur herabzubeugen und in meinen Schacht zu blicken, beugt Euch herab, beugt Euch herab ...« Die Musik umschmeichelte den jungen Mann. Wieder stiegen die Dämpfe auf.

»Aber ...«, preßte Devras mit höchster Anstrengung heraus, »hast du denn kein Werk des Verehrungswürdigen Disitch?«

Als Antwort auf diese Frage ertönte schallendes Gelächter, und als Devras sich umdrehte, sah er einen Fremden neben sich. Das Kerzenlicht spiegelte sich auf einem glänzenden kahlen Schädel, der von einem krausen braunen Haarkranz eingefaßt wurde, und in zwei blanken, zynischen, sehr lebendigen braunen Augen. Viele kleine Fältchen in den Augenwinkeln verrieten, daß der Eindringling sich der Mitte seines Lebens näherte. Er trug einen welligen, mit grauen Fäden durchzogenen, nicht sehr sorgfältig gestutzten Bart und einen ebensolchen Schnurrbart, die kräftige Nase krönte ein knubbeliger Höcker, und die Zähne, die er jetzt in einem fröhlichen, wenn auch sarkastischen Lächeln zur Schau stellte, strahlten weiß. Er war knapp mittelgroß, beleibt und trug eine schlechtsitzende dunkle Robe aus feinem Stoff. Der doppelköpfige Drache der Esoteriker funkelte so zornig auf seiner Schulter, als fühle er sich dort höchst unbehaglich. Devras nahm jede Einzelheit wie durch eine beleuchtete Lupe wahr. Ein Faden, der von der dunklen Robe hing. Ein gelber Fleck auf einem Schneidezahn.

»Verzeiht mir, Sir, aber Ihr befindet Euch in einem Irrtum«, bemerkte der Adept in trockenem Plauderton. »Der Verehrungswürdige Disitch würde wohl kaum zu Eurer Erheiterung beitragen. Darf ich ein geeigneteres Werk empfehlen — Veemefers *Quintessenz der Ekstase* zum Beispiel oder auch die *Rote Dunkelheit* des Meisters Partherald. Aber doch nicht den Verehrungswürdigen Disitch.«

Devras war nicht so benommen, daß er den dick aufgetragenen Spott nicht bemerkt hätte. »Ich weiß selbst, was ich will«, murmelte er verärgert und fuhr sich mit der Hand über die Augen mit den stark geweiteten Pupillen.

»Das könnte man fast glauben.« Das Lächeln des anderen wurde breiter, und schließlich ließ er ein keckerndes Lachen hören.

»Ihr zweifelt an meiner Kenntnis der — der — der Klassiker, Sir?«

»Von welcher Art von Klassikern sprecht Ihr, Sir?« Der dickliche Kognoszent amüsierte sich sichtlich.

In Devras breitete sich allmählich ein dumpfer Zorn aus, und er riß sich zusammen, so gut er konnte. Seine Sprechweise war stockend, und er lallte ein wenig, aber die Worte kamen einigermaßen verständlich heraus. »Ich kenne die Klassiker. Ich liebe sie. Ich habe Disitch gelesen. Ich habe auch Heselicus gelesen. Lapivoe. Omee Nofid. Wulleroy. Zebbefore. Fu Krun ...«

Die Liste wäre endlos weitergegangen, hätte der andere nicht etwas überrascht dazwischengefragt: »Ihr habt Omee Nofid gelesen?«

»Ja. Man sagte mir zwar, es sei Zeitverschwendung, aber das kann mich nicht abschrecken.«

»Seid Ihr ein Gelehrter?«

Devras nickte mühsam, als müsse er seinen Kopf durch Kleister bewegen.

»Warum gebt Ihr Euch dann mit diesem schmierigen alten Kuppler von einem Tisch ab?«

Devras dachte angestrengt über diese Worte nach und brachte schließlich unter Aufbietung aller seiner Kräfte eine Frage zustande: »Ist das nicht etwa eine Bibliothek?«

»Oh, gewiß, und noch dazu eine sehr gute. Aber dieser Tisch — das Ding wurde im vorigen Jahrhundert von den Esoterikern entwickelt, um die Herzöge von Lanthi Ume zu ergötzen und ihre Moral zu untergraben. Unser Herzog Bofus hat kaum Verwendung dafür, aber bei den Höflingen ist er noch immer sehr beliebt. Wußtet Ihr das nicht?«

Devras schüttelte müde den Kopf. »Nein. Ich danke Euch, Ehrenwerter ...«

»Raith Wate Basef«, antwortete der Fremde. Der Name klang aufreizend vertraut. »Und Ihr seid ...«

»Devras Har Fennahar.«

»Har Fennahar — aha!« Der Name schien es dem Adepten unverständlicherweise angetan zu haben. »Sehr interessant, wenn es stimmt. Ich dachte, die Linie sei ausgestorben.«

»Nur in finanzieller Hinsicht«, antwortete Devras in souveräner Ahnungslosigkeit, wieviel er mit dieser Aussage preisgab.

Wate Basef unterdrückte ein spöttisches Keckern und bemerkte: »Auch ein benommener, sich etwas wirr ausdrückender Har Fennahar ist ein wahrhaft seltener Fund. Irgendwann wird dieses Exemplar der Sprache wieder mächtig sein, und dann können wir uns Großes erhoffen. Kommt, mein Junge!« Ohne die Klagen und Proteste des Tisches zu beachten, zog er Devras aus dem Sessel hoch. »Ihr müßt dringend an die frische Luft. Stützt Euch auf mich!« Verfolgt von den flehentlichen Bitten des Tisches, führte er den Erben der Familie Har Fennahar aus der Bibliothek, durch unzählige Korridore und Galerien und schließlich hinaus auf einen Altan, wo man die Sterne am Himmel funkeln sah und einen feuchten Lufthauch spürte, der vom Lureis heraufdrang.

Devras war leidenschaftlich angetan vom Spiel der Lichter auf dem Kanal, von den Wirbeln und Strudeln im Wasser, von der geschwungenen Linie einer Orangenschale, die direkt unter ihm vorbeischwamm. Sein

Begleiter beobachtete ihn scharf. Während Devras dastand und in vollen Zügen die kühle Nachtluft einatmete, stieg ein Satz aus dem Gespräch in der Bibliothek an die Oberfläche seines Geistes und trieb dort dahin wie die Orangenschale auf dem Lureis.

»Ihr sagtet«, fragte er, sehr sorgfältig artikulierend, »die Bibliothek sei von den Esoterikern geplant worden, um die Moral der Herzöge von Lanthi Ume zu untergraben?«

»Richtig. Im allgemeinen hoffte man, sich mit solchen Dingen die herzogliche Gunst zu erwerben.«

Devras grübelte ein wenig darüber nach, doch dann schweiften seine Gedanken ab, und er merkte, daß er die Goldfäden in dem gestickten Drachen auf Raith Wate Basefs Schulter zählte. Entschlossen riß er den Blick los. »Aber ...« Nun dämmerte es ihm langsam. »Ihr seid selbst Mitglied der Esoterikerloge?«

»Heutzutage kann man aber auch kein Geheimnis mehr bewahren.«

»Ihr schmäht Euren eigenen Orden?«

»Angesichts der Kräfte, die gegenwärtig die Esoterikerloge regieren, darf man Respektlosigkeit als eine Tugend betrachten.«

Devras betrachtete seinen Begleiter mit schwachem Interesse. Wäre er im Vollbesitz seiner Kräfte gewesen, so wäre er übergesprudelt von Fragen. In seinem jetzigen Zustand verspürte er freilich nur ein schattenhaftes Unbehagen. Es war doch gewiß unklug, wenn nicht sogar gefährlich, die mächtigen Esoteriker so offen zu kritisieren. Der Nebel über seinem Geist lichtete sich ein wenig, und dann fiel ihm ein, daß er den Namen dieses Mannes schon irgendwo gehört hatte, vielleicht aus dem Mund des geschwätzigen Antiquars auf dem Alten Marktplatz. Die alte, edle Familie Wate Basef hatte den Ruf, unstet und wankelmütig zu sein. Und der jetzige Herr der Burg Io Wesha, dieser Raith Wate Basef — sagte man ihm nicht nach, er sei der Unberechenbarste von allen? Weithin war er als genialer Adept der Esoterikerloge bekannt. Sogar seine Feinde — deren es viele gab — vermochten seine kognitiven Fähigkeiten nicht zu leugnen. Seine Gaben hatten ihm jedoch nicht zu einer Karriere innerhalb seines Ordens verhelfen können, dem standen sein Eigensinn, sein überzogener Individualismus und seine Streitsucht entgegen. Er war ein Unruhestifter, ein Störenfried, ein lächelnder Rebell in den Reihen der Esoteriker — unbesonnen, aufsässig, verheerend freimütig in seinen Äußerungen. Kurzum, ein berühmter, aber gefährlicher Mensch.

Wate Basef hatte unbeirrt weitergesprochen, während Devras' Gedanken eigene Wege gingen, und jetzt drängte sich die Stimme wieder in das Bewußtsein des jungen Mannes. Was sagte der Mann gerade?

»Und deshalb läßt sich nicht bestreiten«, erklärte Wate Basef überzeugt, »daß dieses Vertuschen von Informationen — von Berichten, die das bemerkenswert hohe Maß an kognitiver Aktivität im Landesinneren betreffen, von Gerüchten über einen sich ausbreitenden Schatten — unmittelbar die Grundsätze verletzt, auf denen die Esoterikerloge ursprünglich begründet wurde. Sicher, wir hatten immer unsere Geheimnisse. Dagegen habe ich nichts einzuwenden. Aber Informationen, die für die allgemeine Öffentlichkeit von so großer Bedeutung sind, wurden ihr bisher noch nie vorenthalten, und das sollte auch jetzt nicht geschehen.«

Devras' leerer Blick und sein Schweigen verrieten, daß er kein Wort verstanden hatte.

Wate Basef verzog das Gesicht wieder zu seinem sarkastischen Lächeln, wodurch die Augen fast verschwanden, und bemerkte: »Keine Sorge, die Nachwirkungen der Dämpfe werden bald verschwinden. Aber vielleicht würdet Ihr gern den Großmeister Vaxalt Gless Vallage kennenlernen, da Ihr Euch offenbar so sehr für die Esoteriker interessiert. Er will uns heute abend mit seinem Charme, seinem Witz und seinen gewissenlosen Lügen erfreuen. Ich fürchte, ich werde nicht an mich halten können.«

Devras war noch zu wirr im Kopf, um den Adepten um eine Erklärung zu bitten, und fragte deshalb nur: »Wo?«

»Im Theater des Herzogs. Ich bringe Euch hin. Keine Sorge, ich habe nicht die Absicht, Euch aus den Augen zu verlieren.«

Devras fragte sich unbestimmt, warum. Aber er hatte wenig Zeit, darüber nachzudenken, denn schon wurde er wieder in das prächtige Labyrinth zurückdirigiert.

04

Passiv wie eine Marionette an ihren Schnüren schlurfte Devras durch die bunte Menge. Der Puppenspieler, Raith Wate Basef, manövrierte ihn geschickt die Spiegelgalerien entlang, bis sie die sogenannte Shonnet-Kaprice erreichten, ein kleines Privattheater, Schauplatz der Masken- und Historienspiele, die von jeher dem Geschmack der Herzöge von Lanthi Ume entsprachen. Wate Basef sicherte ihnen gute Plätze, nicht weit von der Bühnenrampe entfernt. Devras sank dankbar in den Samtsessel, denn er war trotz seiner euphorischen Stimmung verwirrt und fühlte sich schwindlig. Hier konnte er sich ausruhen. Sein Begleiter versorgte ihn mit einem nicht abreißenden Strom von Erklärungen und Kommentaren, die alle möglicherweise einmal nützlich werden konnten, aber im Moment fast ausnahmslos über Devras' Kopf hinwegrauschten. Zwei Hinweise drangen jedoch durch den Nebel.

»Das ist Seine Hoheit von Lanthi Ume«, bemerkte Wate Basef und deutete unauffällig auf einen der Anwesenden. »Der Herzog Bofus Dil Shonnet.«

Devras folgte dem Finger und erblickte einen rundlichen kleinen Mann mit rötlichem, bereits leicht ergrautem Haar in einem prächtigen weißgoldenen Brokatgewand. Da saß er in voller Lebensgröße — der Herrscher über die Königin der Stadtstaaten, Nachkomme von hundert Fürsten, Richter über die Geschicke der Fennahar.

Er sah gar nicht so aus. Der Herzog hatte weiche, pummelige Hände und ein fliehendes Kinn mit einem kümmerlichen Spitzbart, und seine Haltung war alles andere als stramm. Sein pausbäckiges Gesicht wirkte etwas willensschwach, die vollen Lippen waren zu einem gutmütigen Lächeln verzogen. Die großen himmelblauen Augen mit den langen Wimpern strahlten die Menge liebenswürdig an, schienen sie aber gar nicht wahrzunehmen.

So sehr sich Devras auch bemühte, er entdeckte nichts an Bofus Dil Shonnet, was ihn besonders beeindruckt hätte. *War da nicht etwas, worüber ich mit ihm sprechen sollte? Einerlei.* Der Gegenstand seiner Aufmerksamkeit lutschte im Moment zufrieden an einem Bonbon.

»Ein Hüne unter den Menschen«, bemerkte Raith Wate Basef und keckerte leise. Wieder deutete er mit dem Finger. »Die Tochter des Herzogs und seine Nachfolgerin — Lady Karavise Dil Shonnet.«

Man konnte sich kaum eine Tochter vorstellen, die weniger Ähnlichkeit mit ihrem Vater hatte. Lady Karavise war sechsundzwanzig Jahre alt und zur Bestürzung ihrer künftigen Untertanen immer noch unverheiratet. Sie war hochgewachsen, überschlank, hielt sich so aufrecht wie ein Gardist bei der Parade und hatte ein intelligentes, aristokratisches Gesicht, aber als Schönheit im strengen Sinne konnte man sie nicht bezeichnen. Wo waren die vollen rosigen Wangen, der Schmollmund und die schmachtenden Augen, die das Schönheitsideal verlangte? Karavises Züge waren ebenmäßig und klar, aber zu stark ausgeprägt — die Backenknochen zu hoch und zu weit vorspringend, die markante Kinnlinie zu kräftig, die Stirn zu hoch. Der wohlgeformte Mund verriet zuviel Entschlußkraft. Die großen himmelblauen Augen unter den geschwungenen schwarzen Brauen hätten durchaus als schön gelten können, wäre da nicht dieser Ausdruck gewesen. Die Augen einer jungen Frau sollten einen sanften Schmelz besitzen, vielleicht durfte noch ein schalkhafter Funke darin aufblitzen. Die Augen von Lady Karavise blickten hingegen kühl, durchdringend und, ihren Kritikern zufolge, berechnend. Das kastanienbraune Haar war wie eine Krone aufgesteckt und streng aus der Stirn gekämmt, und sie trug ein Seidengewand, dessen fließende Linien ihre fast schon hagere Figur etwas fülliger erscheinen ließen.

Devras konzentrierte sich, und langsam formte sich ein Gedanke. »Lady Karavise ist nicht gekleidet wie eine unverheiratete Frau.«

»Lady Karavise hat ihren eigenen Kopf«, gab Wate Basef ungewohnt respektvoll zurück.

Devras verfolgte das Thema nicht weiter. Er ließ seinen Blick über das Publikum schweifen und sich von dem Farbenspiel, dem Blitzen der Edelsteine, dem schwindelerregenden Aufgebot an Federn und Spitzen verzaubern. In seiner Benommenheit hätte er stundenlang so zusehen können, glücklich, ohne zu denken, hätte man ihn nur in Frieden gelassen. Aber jemand hatte ihn am Arm gepackt, jemand schüttelte ihn kräftig.

»Aufwachen, mein Junge! Achtung!« kommandierte Wate Basef. »Vor uns steht Gless Vallage. Die Komödie beginnt.«

Die Shonnet-Kaprice hatte sich inzwischen gefüllt, Hunderte von Höflingen drängten sich auf engem Raum. Alle beobachteten aufmerksam, wie Vaxalt Gless Vallage, der Großmeister der Esoterikerloge, die Bühne bestieg. Ihm folgten zwei Lakaien in Atlaslivree mit der Mitternachtslinse — einem hochempfindlichen, komplexen Gebilde aus Schirmen, Prismen, Kristallen und Linsen, gekrönt von einer großen schillernden Blase aus hauchdünnem Glas. Die ganze Konstruktion war fast so groß wie ein Mensch. Angesichts dieses rätselhaften Geräts strengte sich Devras gewaltig an, um die Herrschaft über seinen Verstand zurückzugewinnen, und zum Teil hatte er auch Erfolg. Er sah, daß der neben ihm sitzende Raith Wate Basef ein zynisches Grinsen aufgesetzt hatte, und ein schneller Blick über die anderen Zuschauer zeigte ihm, daß Karavise, die Tochter des Herzogs, Gless Vallage mit eisiger Feindseligkeit musterte.

Falls Großmeister Vaxalt Gless Vallage den Spott oder die Abneigung, die ihm entgegenschlugen, überhaupt wahrnahm, so ließ er sich nichts anmerken. Der hochgewachsene, distinguierte und in seiner dunklen Amtstracht eindrucksvoll wirkende Adept gab sich unbefangen und selbstbewußt. Das kantige Gesicht unter dem dichten, makellos gepflegten Silberhaar war heiter. Vallage war ein erfahrener Redner mit einer volltönenden, bezwingenden Stimme und elegantem, sicherem Auftreten. Nun entließ er mit einer Handbewegung seine Diener und hielt eine kurze Ansprache, in der er, mit vielen Komplimenten an die Adresse von Herzog Bofus, sein Vorhaben erklärte. Dem kindlich entzückten Lächeln nach zu urteilen, das die Züge des Herzogs erhellte, genoß Bofus die Schmeichelei. Lady Karavise dagegen nicht. Der unverhohlene Abscheu in ihrer Miene wurde noch stärker.

»Und so wenden wir uns allmählich«, beendete Gless Vallage seine Einführung, »von den heute abend hier versammelten Lichtern unserer Stadt ab und jenen weit schwächeren, fernen Lichtern zu, die unseren Himmel schmücken.«

»Heuchler«, bemerkte Wate Basef.

Gless Vallage nahm keine Notiz von ihm, vielleicht hatte er den Zwischenruf auch gar nicht gehört. »Die Sterne, meine edlen Freunde«, fuhr er ohne Stocken fort, »sind freilich viel mehr als eine Himmelszier. Ihr Einfluß umgibt uns zu allen Zeiten, sie lenken und gestalten unser Leben von der Geburt bis zum Augenblick des Todes. In völliger Gleichgültigkeit beherrschen sie unser Geschick. Und doch geruhen sie, zu uns zu sprechen, so fern sie uns auch sein mögen. Der Himmel ist wie ein offenes Buch, und jene unter uns, die über das nötige Wissen verfügen, können nach Belieben darin blättern.«

»Spricht er nicht berückend?« fragte eine stark geschminkte Matrone in Devras' Nähe ihre Nachbarin.

Die andere nickte. »Welch für eine Stimme! Und diese Augen!«

Das spöttische Grinsen auf Wate Basefs Gesicht vertiefte sich. Devras fiel es inzwischen nicht mehr ganz so schwer, sich zu konzentrieren.

»Nur wenige von uns vermögen in den Sternen zu lesen«, räumte Gless Vallage mit einem scherzhaft bedauernden Kopfschütteln ein. »Für den, der nicht lange Jahre mit dem Studium dieser Kunst verbracht hat, ist ihre Sprache so unverständlich wie für mich das Hochstrellische.«

Beifälliges Gelächter quittierte diesen Geistesblitz. Auch Herzog Bofus kicherte. Das Gesicht seiner Tochter blieb eisig.

»Deshalb freue ich mich, Euch bei dieser Gelegenheit mit den besten Grüßen von Euren Freunden unter den Esoterikern die Mitternachtslinse vorführen zu dürfen, die man als Dolmetscher des Weltalls betrachten könnte. Heute abend werden wir mit Hilfe dieser Linse die Rätsel der Sternenbotschaften entwirren.«

»›Dolmetscher des Weltalls‹ — den Ausdruck sollte man in den Kanal werfen, damit er untergeht!« rief Wate Basef. »Es ist ein besseres Beobachtungsgerät, aber mehr nicht.«

Viele hörten ihn, und in seinem Teil des Zuschauerraums wurde es unruhig. Lady Karavise warf einen kurzen Blick nach hinten, dann kehrten ihre Augen zu Gless Vallage zurück.

»Es ist uns zu Ohren gekommen«, — nun klang tiefe Besorgnis aus der wohllautenden Stimme des Großmeisters —, »daß einige Bürger bestürzt sind über ein vor kurzem aufgetretenes Phänomen: einen Stern, der am hellen Tage am Himmel über Lanthi Ume zu sehen ist. Viele haben ihre Verwirrung, ihre Unsicherheit, ja sogar ihre Angst zum Ausdruck gebracht und halten diesen Stern für eine unnatürliche Erscheinung.«

»Hübsch ist er, das muß ich sagen«, bemerkte Herzog Bofus.

Wate Basef kicherte.

»Aber nicht allen Menschen ist der ritterliche Mut Eurer Hoheit zu eigen.« Gless Vallage verneigte sich vor dem Herzog. »Wir Esoteriker sind von vielen Seiten um Auskünfte bezüglich dieses Sterns gebeten worden. Mit Hilfe der Mitternachtslinse möchte ich nun eine Erklärung anbieten, die Euch alle beruhigen wird. Ich möchte gleich zu Anfang klarstellen, daß kein Grund zur Angst besteht — nicht im mindesten. Ihr könnt diesen einzigartigen Stern als neuen Edelstein in der Krone unserer schönen Stadt betrachten. Und nun — merkt bitte auf — aktiviere ich die Mitternachtslinse.« Gless Vallage sprach ein paar Worte, wob gekonnt einige Gesten, und plötzlich erstrahlten die Kristalle und Prismen am Fuß der Linse in kräftigen Farben. Als die Prismen sich zu drehen begannen, erhob sich bewunderndes Gemurmel im Publikum. Die große Glasblase verdunkelte sich, wurde wieder klar und zeigte ein Bild des Lureis-Kanals, wie er noch vor wenigen Stunden ausgesehen hatte. Die Nachmittagssonne stand am blauen Himmel über den Palästen und Booten. Der neue Stern — ein heller roter Lichtpunkt — war deutlich zu erkennen. Spontaner Beifall brandete auf, und Gless Vallage lächelte gönnerhaft. »Betrachtet den Stern von Lanthi Ume«, forderte er seine Zuhörer auf. »Gewiß die schönste Huldigung der Natur an unsere Stadt! Ein wahrhaft himmlisches Kompliment!«

»O Vallage, ein Lügner wie Ihr sollte gehängt werden.« Diesmal sprach Raith Wate Basef leise und verbittert.

»Wir werden den Stern nun genauer untersuchen.« Auf Gless Vallages Befehl hin wechselte das Bild in der Mitternachtslinse, nun stand der rote Stern im Mittelpunkt. Wieder sprach der Großmeister einige Worte, der blaue Himmel färbte sich erst violett, dann schwarz, während die anderen Sternbilder aus ihrem Versteck kamen und an den gewohnten Stellen aufleuchteten. Der neue Stern verbreitete eine Helligkeit, die alle anderen bei weitem übertraf. Wieder klatschte das Publikum Beifall.

»Und nun«, — Vallage machte eine Pause, um die Spannung zu steigern —, »sollen uns die Sterne ihre Geheimnisse enthüllen. Hoheit, meine Damen und Herren, beobachtet bitte die Kristalle und Prismen, die die Himmelskugel tragen. Wie Ihr seht, leuchten sie in verschiedenen Farben. Diese Farben sind Spektralmanifestationen der Sternemanationen, und jede Schattierung hat eine genau umrissene, eigene Bedeutung.«

Wate Basef stieß mit leisem Zischen den Atem aus. »Scharlatan!« murmelte er mit zusammengebissenen Zähnen. »Marktschreier! Du mit deinem kostspieligen Glasscherbenhaufen!«

»Da die Emanationen von vielen komplexen Phänomenen beeinflußt werden, ist eine genaue Interpretation nicht weniger eine Kunst als eine Wissenschaft ...«

»Lügen, Vallage, nichts als Lügen!«

»... und ich kann nur hoffen, daß ich dieser Aufgabe gewachsen sein werde. Meine edlen Freunde. Ihr habt vielleicht bemerkt, daß die Prismen der Mitternachtslinse vorwiegend blau und grün reflektieren. Diese beiden an sich schon günstigen Farben bieten besonderen Grund zur Freude, wenn sie zusammen auftreten. Eine solche Konjunktion verheißt eine Periode sensationellen Wohlstandes für Lanthi Ume und alle seine Bewohner. Die flackernde Indigoschattierung am Fuß des untersten Prismas symbolisiert die Meereswellen, auf denen unsere Handelsschiffe von fernen Gestaden nach Hause segeln werden, beladen mit Schätzen, um unsere Gewölbe zu füllen.« Vallages Stimme klang voll und warm, beruhigend und verführerisch wie die einer erfahrenen Kurtisane.

Herzog Bofus und die meisten seiner Gäste lauschten verzückt diesen glänzenden Versprechungen. Anders Raith Wate Basef. *»Damit wirst du nicht durchkommen!«* gelobte er, und dann, offensichtlich unfähig, sich noch länger zu beherrschen, hob er die Stimme, so daß er deutlich im ganzen Theater zu hören war. »Großmeister — ehe Ihr fortfahrt, gestattet mir eine Frage.«

»Wer spricht?« Gless Vallage hatte den Störenfried bald entdeckt. Feindseligkeit blitzte in seinen Augen auf, um gleich wieder zu verschwinden. »Ach, Kognoszenz Wate Basef gibt uns die Ehre. Ich möchte Euch bitten, alle Fragen bis zum Ende meiner Demonstration zu verschieben. Meine edlen Freunde«, fuhr er fort, »Ihr habt sicher diese orangefarbenen Streifen bemerkt ...«

»Ich würde meine Frage lieber jetzt stellen«, unterbrach ihn Wate Basef mit kristallharter Stimme. »Das werdet Ihr mir doch gewiß gestatten.«

Gless Vallage hielt unwillig inne.

Überraschtes Gemurmel unter den Zuschauern.

»Warum hat er aufgehört?« beschwerte sich Herzog Bofus bei seiner Tochter. Sie streichelte seinen Arm, sagte aber nichts.

Gless Vallage zögerte, als wöge er ab, wie er reagieren solle. Schließlich entschied er sich für eine freundschaftlich tolerante Haltung. »Raith, Raith, ich hätte mit Eurer berühmten Neugier rechnen müssen.« Vallage lachte amüsiert in sich hinein und unterstrich damit den Kontrast zwischen seinen eigenen guten Manieren und der rüpelhaften Schroffheit seines Gegners. »So sprecht denn. Gibt es etwas, was Ihr nicht versteht?«

»Ich konnte recht gut folgen«, bemerkte Herzog Bofus zu seiner Tochter. »Und dieser Basef soll doch angeblich ein so kluger Kopf sein.«

»Pssst!« mahnte sie. Er starrte sie gekränkt an, dann hob er die Schultern und stibitzte sich ein weiteres Bonbon.

»Einiges begreife ich tatsächlich nicht«, gab Wate Basef mit breitem Lächeln zu. »Zum Beispiel, wie der Großmeister eine Abhandlung über den Tagesstern beginnen kann, ohne die uralten Prophezeiungen zu erwähnen, die uns sein Erscheinen vorhersagen.«

»Unsere Zeit hier ist begrenzt.« Die Muskeln in Vallages Kiefer spannten sich fast unmerklich. Davon abgesehen blieb seine Miene unverändert wohlwollend. »Ich möchte meine edlen Zuhörer nicht mit überflüssigen Einzelheiten langweilen. Sie wünschen sich eine knappe Darstellung der wesentlichen Fakten.«

»Vielen Dank, Lord Vallage. ›Eine knappe Darstellung der wesentlichen Fakten‹, sagtet Ihr? Wie will unser Großmeister dann die Unterschlagung der wichtigsten Fakten in dieser Sache rechtfertigen — jener Tatsachen, die die Sicherheit jedes Lanthianers, ja, jedes Menschen auf der ganzen Insel Dalyon betreffen?«

»Mein Kollege Wate Basef ist von jeher für sein ungestümes Temperament bekannt«, wandte sich Vallage an die Zuhörer, wie um sie an einem Scherz teilhaben zu lassen. Sein Lächeln vermittelte meisterhaft den Eindruck nachsichtiger Belustigung. »Ihr solltet nicht allzu streng über ihn urteilen. Und Ihr, Freund Raith, könnt ganz beruhigt sein, unser edles Publikum hat nichts zu befürchten.«

»Braucht man die schrecklichen Verwünschungen des Lord Terrs Fal Grizhni nicht zu fürchten?«

Damit hatte Wate Basef die Aufmerksamkeit aller Versammelten auf sich gezogen, denn obwohl inzwischen soviel Zeit vergangen war, lebte die düstere Erinnerung an Fal Grizhni im Bewußtsein der Lanthianer immer noch fort. Im Laufe der Jahre war um den Namen des unseligen Adepten eine Vielzahl von Legenden entstanden. Grizhni, der mächtige, dämonische Zauberer, der schreckliche Sohn der Ert, spielte in Dutzenden von beliebten Volksmärchen die Rolle des eigenartig faszinierenden Bösewichts. Man schrieb ihm Taten von unsäglicher Verruchtheit zu, und in manchen Kreisen glaubte man, daß dieser Unhold unsterblich sei und eines Tages zurückkehren werde, um sich an der Stadt zu rächen, die ihn gekränkt hatte.

Die Gäste des Herzogs musterten Wate Basef in gespannter Erwartung. Bofus selbst zupfte an seinem Spitzbart und fragte Lady Karavise hoffnungsvoll: »Will er uns etwa eine Fal Grizhni-Geschichte erzählen?«

Gless Vallage konnte die Pose der Gutmütigkeit nicht länger aufrechterhalten und wandte sich mit zusammengekniffenen Augen an Wate Basef. »Ich habe schon einmal gesagt, daß wir uns nicht für diese Altweibergeschichten interessieren. Sie sind hier fehl am Platze. Habt Ihr mich verstanden, Kognoszenz?«

»Ich verstehe Euch sehr gut, Großmeister, vielleicht besser, als Euch lieb ist, aber darum geht es im Augenblick wohl nicht. Ich frage Euch noch einmal, denn wir alle haben ein Recht, es zu erfahren: Warum wollt Ihr verheimlichen, daß dieser neue Stern eine Katastrophe ankündigt?«

Im Publikum wurde aufgeregt getuschelt, während Devras sich mit seinem benebelten Verstand bemühte zu entscheiden, ob sein neuer Bekannter wohl ganz bei Sinnen war.

»Kognoszenz, Ihr vergeßt Euch.« Gless Vallages Gesicht war starr vor Zorn. »Ihr faselt von Legenden, Träumen und Fabeln. Ich kann nicht zulassen, daß ein Adept der Esoterikerloge seine Torheit in aller Öffentlichkeit so zur Schau stellt. Um Eurer selbst willen befehle ich Euch, damit aufzuhören.«

»Befehlen? *Befehlen?*« Wate Basef lachte aufreizend. »Mit welchem Recht erdreistet Ihr Euch, mir *Befehle* zu erteilen, Vallage?«

»Kraft meiner Autorität als Euer Vorgesetzter in der Loge. Habt Ihr das vergessen? Wenn ja, dann wird der Rat der Esoteriker Euer Gedächtnis gewiß auffrischen.«

»Ihr gebt Euch Illusionen hin.« Wate Basef setzte sein selbstsicheres Lächeln nun offenbar als Waffe ein. »Vielleicht seid Ihr auch einfach unwissend. Um zu verhindern, daß Ihr Euch noch mehr zum Narren macht, muß ich Euch daran erinnern, daß Eure Macht als Großmeister durch die Satzung eingeschränkt wird. Über das

Privatleben von Ältesten der Loge habt Ihr nicht zu bestimmen.«

»Aber ich habe durchaus die Macht, gegen jedes Mitglied vorzugehen, ob Ältester oder nicht, das sich der Insubordination schuldig macht. Wenn ein Adept mit Worten oder Taten unseren ganzen Orden öffentlich in Verruf bringt, bin ich gezwungen, diese Macht auszuüben. Und das tue ich hiermit.« Gless Vallages Selbstbeherrschung war bewundernswert. Seine Augen funkelten zornig, aber seine Stimme blieb kühl und ruhig.

»Meine Worte bringen keineswegs die Esoterikerloge in ihrer Gesamtheit in Verruf. Aber selbst wenn dem so wäre, hätte ich das Recht zu sprechen, denn in der ursprünglichen Satzung der Loge ist ganz klar festgelegt, daß die Interessen der Esoteriker unbedingt hinter den Interessen der Stadt Lanthi Ume zurückzustehen haben. Seite sechsundzwanzig, Paragraph zwei, Unterabschnitt e, falls Ihr Euch vergewissern wollt.«

»Ich bin nicht daran interessiert, juristische Haarspalterei zu betreiben.« Gless Vallage verströmte Verachtung. »Euer Benehmen heute abend ist, wie schon so oft, eine öffentliche Blamage. Ihr stellt mit Euren verrückten Launen die Geduld aller hier Versammelten auf eine harte Probe. Ich gebe Euch hiermit den Befehl, Euch zu entfernen.«

Seiner Miene nach zu urteilen, wäre Wate Basefs Erwiderung vielleicht sehr aufschlußreich gewesen. Aber seine Meinung ging der Nachwelt verloren, denn in diesem Moment ertönte von der Rückseite des Theaters die Stimme des herzoglichen Kammerherrn. »Ein Reiter aus Fenz bittet unverzüglich um Audienz bei Seiner Hoheit. Eine dringende Botschaft für Seine Hoheit!«

Durch den Mittelgang kam eine Gruppe von Dienern, die den Reiter aus Fenz führten, einen erschöpften, schmutzigen Mann in der schlichten Kleidung eines Pioniers aus dem Landesinneren. Der Reiter — blutbefleckt und unter seiner Sonnenbräune totenblaß — wurde von zwei Lakaien gestützt und an den verdutzten Höflingen vorbei vor den Herzog gebracht. Als man ihn losließ, taumelte er, konnte sich aber mit Mühe auf den Beinen halten.

Der Herzog riß verwundert die blauen Augen auf. »Wärt Ihr im Bett nicht besser aufgehoben?« erkundigte er sich freundlich.

»Hoheit«, krächzte der Fremde, und es klang mitleiderregend, »ich bringe Nachricht von einem Massaker. Fenz wurde vernichtet!«

»Wo ist Fenz?« fragte Herzog Bofus.

»Berichtet!« befahl Lady Karavise.

Der Bote holte tief Atem und mußte alle Kraft zusammennehmen, um verständlich zu antworten. »Zuerst war da die Finsternis. Wir hatten schon Wochen zuvor von den Flußhändlern davon gehört, doch niemand wollte ihnen glauben. Aber sie hatten recht. Die Finsternis kam, wie sie es sagten. Eines Morgens sahen wir sie am Horizont, gleich über dem Dambar-Kamm. Drei Tage später hatte sie Fenz erreicht.«

»Was erreichte Fenz? Wo ist Fenz überhaupt?«

»Die Finsternis kam, Hoheit«, erklärte der Reiter. »So etwas hat die Welt noch nicht erlebt. Es muß Kognition gewesen sein.«

»Beschreibt sie!« verlangte Karavise.

Die Höflinge hatten sich von ihren Plätzen erhoben, waren nach vorn geeilt und drängten sich nun um den Reiter. Devras fühlte sich von Raith Wate Basef durch den Gang geschoben. Irgendwie, wie es zugegangen war, hätte er nicht sagen können, stand er schließlich direkt unterhalb der Bühne in der vordersten Reihe der Menge, die den Fremden umringte.

»Schwarz. Schwärzer als alles, was Ihr Euch vorstellen könnt. Fackeln und Laternen können sie nicht erhellen. Ihr wißt ja nicht …« Einem Moment lang versagte dem Mann die Stimme. »Sie war heiß und so feucht, daß man sich am ganzen Körper schmutzig fühlte. Und sie verströmte einen Gestank wie ein verwesender Sumpf. Nach ein paar Tagen fühlten sich die ersten merkwürdig, dann wurden sie krank. Sie konnten ihr Essen nicht mehr bei sich behalten, und sie waren nicht mehr fähig zu arbeiten.«

»Dann starben die Siedler an einer Seuche?« fragte Karavise.

»Nein.« Der Reiter schüttelte den Kopf. »Laßt mich erzählen. Noch einige Tage später, und es ging uns allen sehr schlecht. Die Hälfte von uns lag flach, und so richtig wohl fühlte sich keiner. Das Herumstolpern in der Finsternis drückte allen aufs Gemüt, und es wurde nie mehr hell, keine einzige Stunde lang. Als wir dann völlig verzweifelt waren, kamen sie.«

»Wer kam?« erkundigte sich Bofus, den die Geschichte sehr fesselte.

»Ich weiß es nicht, Hoheit. Sie hatten Ähnlichkeit mit Menschen, aber es waren keine Menschen. Ganz weiß waren sie, und sie strahlten ein Licht aus, das man sogar in dieser Finsternis sehen konnte. Sie gingen auf zwei Beinen wie Menschen, und sie trugen Waffen wie Menschen, aber ihre Gesichter — sie haben so riesige Augen ...« Der Reiter schauderte. »Wer immer sie waren, die Finsternis störte sie nicht so wie uns. Und sie verstehen sich aufs Kämpfen. Sie haben Fenz wie ein ausgebildetes Heer angegriffen. Ehe wir überhaupt merkten, daß sie kamen, waren sie schon über uns, und dann haben sie einfach alles kurz und klein geschlagen. Sie haben alle niedergemetzelt. Kinder — Frauen — alle. Ihr Anführer hat allein mindestens sechs Männer getötet. Wer immer er sein mag — Mensch, Bestie oder Dämon —, er will uns vernichten.« Die Kräfte des Reiters waren erschöpft. Sein Kopf sank herab, und er taumelte wie ein Betrunkener.

»Wißt Ihr, woher diese Wesen kamen?« Karavise beugte sich vor. »Warum haben sie Eure Siedlung angegriffen, und was wollten sie?«

»Vernichtung. Sie wollten die totale Vernichtung.«

»Haben sie geplündert?« fragte sie weiter.

»Nein, sie haben nur getötet.«

»Aber warum?« staunte Herzog Bofus. »Warum?«

»Wer weiß, Hoheit?« murmelte der Reiter schwach. »Vielleicht ist das ihre Art. Herzog, die Gefahr nähert sich Eurer Stadt. Laßt Euch warnen. Schickt Eure Armeen aus, um sie jetzt auszurotten, bevor es zu spät ist.« Nun ließen ihn die Kräfte völlig im Stich, die Knie knickten ihm ein. Der Kammerherr und ein Lakai konnten ihn gerade noch auffangen.

Herzog Bofus betrachtete den geschwächten Mann mitleidig und verständnislos. Unter den Höflingen summte es wie in einem Bienenschwarm.

Vaxalt Gless Vallage war an den Rand der Bühne getreten, um die Botschaft des Reiters besser hören zu können. Jetzt sah Raith Wate Basef dem Großmeister fest in die Augen und rief hitzig: »Ist es das, was Ihr wolltet, Vallage? Es hat begonnen, wie Ihr seht. Sollen wir ihnen nun die Wahrheit erzählen, solange noch Zeit dazu ist, oder seid Ihr noch immer nicht überzeugt?«

Vallage beugte sich herab und zischte böse: »Ihr werdet in der Öffentlichkeit über diese Sache kein einziges Wort mehr verlauten lassen. Ihr werdet den Namen Grizhni an keinem öffentlichen Ort mehr erwähnen. Dies ist ein ausdrücklicher Befehl Eures Großmeisters. Wenn Ihr nicht gehorcht, werde ich Euch zertreten. Dann könnt Ihr Euer Leben als Geächteter beenden.« Die Blicke der beiden Männer bohrten sich ineinander.

Herzog Bofus betrachtete besorgt den halb ohnmächtigen Reiter. Nach einer Weile fiel ihm etwas ein. »Jemand muß sich um ihn kümmern!«

Auf einen Befehl von Lady Karavise hin trugen Diener den Boten aus dem Theater und übergaben ihn der Obhut des herzoglichen Leibarztes.

Wate Basef wandte sich an den Herzog. »Darf ich fragen, ob Hoheit die Absicht haben, Truppen in die Gegend um Fenz zu entsenden?«

»Ich soll auf die unbestätigte Meldung eines einzigen Boten hin so viele Männer ausschicken?« Bofus zauderte. »Das weiß ich im Augenblick noch nicht. Eine solche Maßnahme bedarf reiflicher Überlegung.«

»Wenigstens eine kleine Patrouille«, drängte Wate Basef. »Stellt wenigstens eine kleine Patrouille ab und laßt den Bericht des Reiters überprüfen. Und ich möchte Euch dringend empfehlen, es schnell zu tun.«

»Ich verspreche Euch, mich bei nächster Gelegenheit mit verschiedenen Ministern zu beraten. Bei allernächster Gelegenheit.« Bofus blickte seine Tochter an, als suche er Unterstützung. »Es gilt viele Fragen zu bedenken. Wir sollten noch einmal mit diesem Reiter sprechen, meinst du nicht auch?«

Wate Basefs Stimme klang scharf vor Ungeduld. »Ihr könnt Euch keine Verzögerung leisten. Begreift Ihr denn nicht ...«

»Ihr habt Eure Antwort erhalten, Kognoszenz«, bemerkte Gless Vallage knapp. »Seine Hoheit hat Euch seine Absichten kundgetan, und die Angelegenheit betrifft Euch nicht weiter. Wenn es an der Zeit ist, werden die Untertanen Seiner Hoheit — darunter auch Ihr — von der Entscheidung ihres Herrschers in Kenntnis gesetzt werden.«

Wate Basef zögerte nur für einen Augenblick, dann hob er die Stimme, bis sie im ganzen Theater zu hören war. »Meine Damen und Herren, es gibt gewisse Tatsachen in Zusammenhang mit dem Auftauchen des neuen Sterns — ebenso wie mit der kognitiven Finsternis und mit dem Angriff auf Fenz —, über die ich in der Öffentlichkeit nicht sprechen darf. Mir ist jedoch kein Gesetz bekannt, das mir verbieten würde, dies in privatem Kreise zu tun.« Das angriffslustige Lächeln erschien wieder auf seinem Gesicht, und er sah, daß Gless Vallages Züge in zorniger Überraschung erstarrten. »Wer unter Euch weitere Informationen wünscht — kurzum, wer an der Wahrheit interessiert ist —, ist hiermit eingeladen, mich morgen früh Schlag neun in meiner Wohnung in der Mauranyza-Kuppel aufzusuchen. Jeder ist willkommen.«

Gless Vallage war sprachlos, und den meisten Höflingen erging es nicht anders. Die erste, die das Schweigen brach, war Lady Karavise. »Ich werde mir anhören, was Ihr zu sagen habt, Sir«, erklärte sie ruhig. Ihr Vater staunte sie mit seinen blauen Augen an.

Und Devras Har Fennahar hatte eine Eingebung. Gab es eine bessere Möglichkeit, die Mächtigen auf sich aufmerksam zu machen? Ein breiter goldener Pfad zu Wohlstand, Anerkennung in der Gesellschaft und Wissen tat sich vor ihm auf. Die Welt war in einen zauberhaften Schein getaucht, und die Nebel, die seinen Blick trübten, waren rosig angehaucht. Wie aus weiter Ferne hörte er seine eigene Stimme mit überschäumender Begeisterung verkünden: »Auch ich werde dasein!«

05

»Was hat Euer Lordschaft nur dazu bewogen, diese Einladung anzunehmen?«

»Das weiß ich, ehrlich gesagt, nicht so genau, Grono. Der gestrige Abend ist ganz verschwommen — ich kann mich nur an einzelne Ausschnitte erinnern. Aber ich bereue es nicht. Warum ziehst du überhaupt ein so finsteres Gesicht? Du wolltest doch, daß ich ausgehe und Menschen kennenlerne. Nun, genau das tue ich jetzt.«

»Sehr schön, aber die Auswahl Eurer Lordschaft erscheint mir fragwürdig. Dieser Wate Basef ist ein Mann von zweifelhaftem Ruf. Es heißt, seine Streitsucht habe ihn die Gunst seiner Vorgesetzten gekostet, seinen Aufstieg in der Esoterikerloge verhindert und sogar die Kraft seiner Kognition geschwächt. Das alles habe ich aus sehr berufenem Munde.«

»Und wem gehört dieser Mund?«

»Ixi Meep, dem Fischhändler am Alten Marktplatz, einem Mann von gesundem Urteilsvermögen und einwandfreiem Charakter.«

»Aha, ein Weiser also.«

»Jedenfalls eher als Euer hochgeschätzter Heselicus, Sir. Herr Devras, wenn Ihr Euch mit diesem Wate Basef einlaßt, wird das Eurem Ansehen in den Augen der Welt schaden, und das könnt Ihr Euch nicht leisten.«

»Ach, Unsinn! Du machst dir überflüssige Sorgen. Wahrscheinlich bist du nur eingeschnappt, weil ich dich über so viele Stufen schleppe.«

Devras und Grono stiegen die Treppe hinauf, die an der gewölbten Innenwand der Mauranyza-Kuppel entlangführte. Raith Wate Basefs Wohnung nahm das ganze oberste Stockwerk des Gebäudes ein, und der Weg nach oben war weit. Die Morgensonne schien gedämpft durch das dicke rote Glas der Kuppel und tauchte den

Treppenschacht in ein merkwürdiges rötliches Licht. Durch die Wand hindurch konnte Devras Lanthi Ume unter sich liegen sehen, die Paläste leuchteten unnatürlich rot, und die Kanäle schienen bis zum Rand mit Wein gefüllt.

Die Glocke von Ka Nebbinon schlug gerade neun, als sie Wate Basefs Tür erreichten. Der Adept, gezeichnet von den Spuren einer schlaflosen Nacht, öffnete sofort.

Wate Basefs Wohnung bestand aus einem einzigen riesigen Raum, der wie eine umgedrehte rote Schüssel geformt war. In die Wände und in die Decke waren große farblose Glasscheiben eingesetzt, die das Tageslicht einließen. An Möbeln gab es ein ungemachtes Bett, ein paar durchgesessene Lehnstühle, etliche abgestoßene Schränke, Bücherregale und einen riesigen runden Arbeitstisch. Auf jeder ebenen Fläche stapelten sich Massen von Papieren, Büchern, Werkzeugen, schmutziger Kleidung, gebrauchtem Bettzeug und ungewaschenem Geschirr. Gronos Doppelkinn zitterte bei diesem Anblick, und seine Lippen kräuselten sich, als habe er in eine Zitrone gebissen. Mit sichtlicher Mühe zwang er sich zum Schweigen.

Im ansehnlichsten Sessel saß kerzengerade, in einem geschmackvollen Vormittagskleid aus graugrünem Samt, Lady Karavise Dil Shonnet. Als die Neuankömmlinge eintraten, bedachte sie sie mit einem kühlen, abschätzenden Blick. Wate Basef machte seine Gäste miteinander bekannt, und sofort war Gronos finstere Miene wie weggeblasen, der Diener strahlte die Tochter des Herzogs selig an und rief: »Heute lacht meinem edlen jungen Herrn das Glück! Eure Anwesenheit, Euer Gnaden, ist ein Geschenk der Vorsehung, so als vertreibe das Sonnenlicht die dunkle Nacht der Ungerechtigkeit.«

Karavises Augenbrauen gingen erstaunt in die Höhe.

»Jawohl, Mylady!« Grono war nicht mehr zu halten. »An Euch und Euer weibliches Mitgefühl kann mein junger Herr sich in der Stunde der Not wenden. Euer

Gnaden, mein Herr ist der rechtmäßige Lord Har Fennahar, Erbe des Titels und sämtlicher Besitzungen der Familie Fennahar. Bisher wurde sein Anspruch von Herzog Bofus nicht anerkannt, aber ich zweifle nicht, daß Eure Fürsprache ...«

»Grono!« knirschte Devras in höchster Verlegenheit.

»Verzeihung, Mylord, aber ich muß sprechen. Euer Gnaden, mein Herr hat nicht weniger als fünfmal an Seine Hoheit, Euren Vater, geschrieben.« Der Diener ließ sich nicht einschüchtern. »Seine Bitten um eine Audienz wurden nicht beantwortet, der Eingang seiner Briefe nicht einmal bestätigt. Mylady, mein junger Herr ist im Recht, und doch lebt er im Elend ...«

»*Grono!* Das reicht!« flehte Devras, puterrot im Gesicht. »Dies ist weder die rechte Zeit noch der passende Ort!«

»Da bin ich mit Verlaub anderer Meinung, Herr Devras! Wenn Ihr Eure Sache nicht selbst vertreten wollt, dann werde eben ich ...«

»Ich möchte mich für meinen Diener entschuldigen«, fiel ihm Devras verzweifelt ins Wort. »Er stellt Eure Geduld auf eine harte Probe ...«

»Entsprechen seine Behauptungen der Wahrheit?« erkundigte sich Karavise ernst, obwohl ihre Augen belustigt funkelten.

»Ja, aber ich hätte nicht gerade diesen Augenblick gewählt ...«

»Dann müssen wir die Aufmerksamkeit Seiner Hoheit auf Euer Anliegen lenken.« Sie wandte sich an den Diener. »Grono, wenn die Ansprüche des Herrn Har Fennahar gerechtfertigt sind, dann werde ich ihm helfen. Doch wie dein Herr bereits ganz richtig bemerkt hat, ist dies weder die Zeit noch der Ort, um sich mit diesem Fall zu beschäftigen. Wir sind heute hier zusammengekommen, um uns mit dem Kognoszenten Wate Basef zu besprechen. Kognoszenz, ich glaube, Ihr wolltet uns gewisse Mitteilungen machen.«

»Das ist richtig, aber ich hätte erwartet, daß mehr Leute sich dafür interessieren würden. Können sie denn so gleichgültig sein?« fragte Wate Basef.

»Weniger gleichgültig als skeptisch. Nachdem Ihr gestern abend gegangen wart, hat Großmeister Gless Vallage zu den Höflingen gesprochen. Er hat ihnen versichert, die Gefahr existiere nur in Eurer Phantasie, und er hat weiter erklärt, Ihr wärt in letzter Zeit bedrückt gewesen, weil es Euch nicht gelungen sei, in den Reihen der Esoteriker weiter aufzurücken. Kurzum, er hat Zweifel an Eurem Verstand geweckt«, schloß Karavise trocken.

»Die meisten Anwesenden schienen ihm Glauben zu schenken, soweit ich mich erinnern kann«, fügte Devras hinzu. »Und das gilt auch für den Herzog.«

»Seine Hoheit würde Vallage *immer* vertrauen«, räumte Karavise leise, mit merkwürdig metallisch klingender Stimme ein.

»Er könnte sein Vertrauen ebensogut an einen Flekken Treibsand verschwenden«, bemerkte Wate Basef.

Karavise lächelte, Grono fand diese Bemerkung jedoch keineswegs komisch. »Das darf ich nicht dulden, Sir!« protestierte der Diener. »Angesichts solcher Verleumdungen kann ich nicht schweigen! Großmeister Gless Vallage, der Sproß eines alten Hauses, verdient gleichermaßen Anerkennung für seine Leistungen wie Respekt für seine edle Herkunft. Gewiß wird er allseits geachtet und bewundert!«

»Nicht ohne Ausnahmen«, entgegnete Wate Basef mit leisem Keckern.

»Und wer seid Ihr, daß Ihr ihn schmähen dürft, Sir? Gesellschaftlich steht Ihr unter ihm, und in der Esoterikerloge ist er Euer Vorgesetzter.«

»Und jetzt ist endgültig Schluß, Grono!« rief Devras, unerträglich gedemütigt. »Du wirst in unser Quartier zurückkehren und dort auf mich warten.« Der Diener starrte ihn fassungslos an.

»Ach, Junge, schickt ihn doch nicht weg, weil er die Wahrheit sagt«, mahnte Wate Basef. »Wenn Freund Grono erst einmal die Tatsachen kennt, wird er sich vielleicht zu meinen Ansichten bekehren. Wir wollen es darauf ankommen lassen. Erstens: Ist Euch beiden aus Szar der Name des lanthianischen Adepten Terrs Fal Grizhni vertraut?«

»Aber gewiß«, antwortete Devras, der in der Geschichte Bescheid wußte wie kaum ein anderer. »Es ist bekannt, daß Fal Grizhni unter der Regierungszeit des Herzogs Povon Dil Shonnet Großmeister der Esoterikerloge war. Er war ein großer und niederträchtiger Adept — angeblich ein Dämonenfürst, der von allen gehaßt wurde. In seiner Bosheit und seiner Machtgier plante er, den guten Herzog zu ermorden. Das Komplott wurde aufgedeckt, sein Palast geschleift und Grizhni selbst von den Gardisten des Herzogs getötet. Es heißt, er habe den Keller, in den er sich schließlich flüchtete, mit schwarzem Feuer angefüllt und schwarze Dämonen zu Hilfe gerufen, damit sie für ihn kämpften. Die Tapferkeit der Gardisten triumphierte jedoch, und ehe Fal Grizhni starb, verfluchte er die ganze Menschheit. Ich schätze, die Geschichte enthält sehr viele Ausschmückungen, aber ein Körnchen Wahrheit steckt wahrscheinlich doch darin.«

»Richtig.« Wate Basef nickte. »Und das Körnchen, mit dem wir uns beschäftigen müssen, betrifft diese Verwünschungen, die zufällig recht eindeutig waren. Fal Grizhni bediente sich offensichtlich der höchsten nur möglichen Kognition — er war vielleicht der größte Adept aller Zeiten — und belegte die Insel Dalyon mit einem Fluch der Finsternis. Dieser unheilvolle Schatten, bewohnt von Wesen, die der Menschheit feindlich gesinnt sind, soll — so hat es Grizhni prophezeit — entstehen, wenn ein Stern am Mittag scheint und ein Löwe einen Drachen gebiert.«

»Woher wißt Ihr das?« fragte Karavise.

»Ich habe in den Archiven der Esoterikerloge ein Dokument entdeckt«, erklärte Wate Basef. »Es war ein Protokoll der offiziellen Untersuchung im Anschluß an die Zerstörung des Grizhni-Palastes, und es war von Großmeister Jinzin Farnis, Terrs Fal Grizhnis unmittelbarem Nachfolger, eigener Hand geschrieben. Mehrere an dem damaligen Angriff beteiligte Gardisten sagten bei der Untersuchung aus, und daher haben wir einen vermutlich zuverlässigen Bericht über Fal Grizhnis letzte Augenblicke, über seine Drohungen und seine Prophezeiungen.«

»Was habt Ihr mit diesen Informationen getan?« fragte Devras.

»Wie es vorgeschrieben ist, habe ich Großmeister Gless Vallage, meinem Vorgesetzten in der Esoterikerloge, eine Abschrift übergeben, aber er nahm einfach keine Notiz davon. Ich will nicht ungerecht sein, Vallage *konnte* praktisch nichts damit anfangen, denn wie die Dinge jetzt liegen, muß ich gestehen, daß wir so gut wie hilflos sind. Nur, wenn wir etwas über Grizhnis Vorgehensweise wüßten, könnten wir hoffen, seine Pläne zu durchkreuzen, und selbst dann brauchte man einen außerordentlich fähigen Adepten, um diese Aufgabe zu bewältigen. Jedenfalls«, fuhr Wate Basef fort, »vergingen Monate, ohne daß etwas geschah, und meine Befürchtungen legten sich wieder. Es schien kein unmittelbarer Anlaß zur Besorgnis zu bestehen, vielleicht würde sich die Gefahr ja niemals realisieren, das redete ich mir jedenfalls ein. Dieses trügerische Gefühl der Sicherheit geriet ins Wanken, als vor mehreren Wochen der Tagesstern am Himmel erschien. Kurz darauf stellten die Esoteriker weit im Landesinneren kognitive Aktivität fest — eine unerklärliche Aktivität von höchster Intensität. Als ich versuchte, die Frage bei einem Kongreß der Esoteriker anzuschneiden, weigerte sich Vallage, mir das Wort zu erteilen, und hinderte mich auf diese Weise, vor dem Rat zu sprechen. Dies war der Zeitpunkt, da ich neue Munition brauchte, also durchsuchte ich noch einmal die Archive der Esoteriker, und dort stieß ich auf Gold.«

Aus dem Durcheinander auf dem Arbeitstisch zog Wate Basef ein altes vergilbtes Pergament hervor. »Ich fand diesen an Großmeister Jinzin Farni addressierten Brief. Die Siegel waren noch intakt. Nachdem ich ihn geöffnet, das Datum überprüft und mit der Chronik der Esoteriker verglichen hatte, wurde der Grund dafür offenbar: Großmeister Farni starb mehrere Tage vor dem Eintreffen der Botschaft, und so hatte sie die ganzen Jahre über unberührt und ungelesen zwischen seinen Papieren gelegen. Der Brief kam aus dem Stadtstaat Szar und war von einem gewissen Rillif Har Fennahar geschrieben.«

»Von meinem x-fachen Urgroßvater Rillif?« rief Devras zutiefst erstaunt aus. »Dem Forschungsreisenden?«

»Demselben, mein Junge, und ich hege große Hoffnungen daß Ihr als sein Nachkomme vielleicht in der Lage seid, unseren Schatz an Informationen weiter zu bereichern. Zweifellos werdet Ihr Euch alle drei den Brief persönlich ansehen wollen, aber um Zeit zu sparen, werde ich den Inhalt kurz zusammenfassen. Es sieht so aus, als sei Devras' Vorfahre Rillif Har Fennahar ein Neffe des Großmeisters Jinzin Farni gewesen. Großmeister Farni — zweifellos ein kluger Mann — teilte meine Befürchtungen bezüglich der Verwünschung Fal Grizhnis. Wie ich mußte er, um das Problem angehen zu können, einiges über die kognitiven Methoden seines Vorgängers erfahren. Im Gegensatz zu mir hatte er jedoch eine Vorstellung, wo dieses Wissen zu finden sei. Irgendwelche Informationen oder Belege, die uns nicht überliefert sind, ließen Farni zu dem Schluß gelangen, Fal Grizhnis Aufzeichnungen und Arbeitsmaterialien seien in den Höhlen des Nazara Sin verborgen. Ich weiß nicht, wie Farni zu dieser Folgerung kam, aber der alte

Knabe hatte völlig recht. Er schickte seinen Neffen Rillif in die Höhlen, damit er nach den Unterlagen suche. Und diesem Brief zufolge hat Rillif sie dort auch entdeckt.«

»In diesem Fall«, schaltete sich Karavise ein, die der Erzählung aufmerksam gefolgt war, »können wir doch davon ausgehen, daß Rillif Har Fennahar Fal Grizhnis Unterlagen nach Lanthi Ume zurückbrachte und sie Großmeister Jinzin Farnis Nachfolger übergab.«

»Leider nicht. Rillif fand die Unterlagen — in seinem Brief beschreibt er eine Mappe mit Notizen, eine Pergamentrolle, eine goldene Plakette und so weiter —, aber es war ihm nicht möglich, diese Dinge aus den Höhlen mitzunehmen. Die Bewohner hinderten ihn daran.«

»Bewohner?« fragte Devras fasziniert. »Höhlenmenschen?«

»Keine Menschen«, verbesserte Wate Basef. »Die Höhlensysteme, die einen so großen Teil unserer Insel durchziehen, werden von den Vardrul bewohnt — scheuen, intelligenten, humanoiden Geschöpfen, die von den Unwissenden als ›die Weißen Dämonen aus den Höhlen‹ bezeichnet werden. In früheren Zeiten bemühten sich einige Angehörige der Esoterikerloge um die Freundschaft dieser Wesen. Fal Grizhni hatte wohl zu diesen Adepten gehört, denn er hat sein Lebenswerk in ihre Obhut gegeben. Irgendwann kam es jedoch zu einer Katastrophe. Offenbar gab es einen Zwist oder einen Aufruhr, und das schwache Band zwischen Menschen und Vardrul zerriß. Die Vardrul versiegelten die bekannten Eingänge zu ihren Höhlen, kapselten sich ab und haben die ganzen Jahre über die Menschen sorgsam gemieden. Diese Vardrul waren es, die Rillif Har Fennahars Bemühungen durchkreuzten. Nachdem man ihn aus den Höhlen ausgewiesen hatte, kehrte er nicht nach Lanthi Ume zurück, sondern begab sich offenbar direkt nach Szar, von wo aus er an seinen Onkel schrieb, den Großmeister.«

»Das ist sonderbar. Warum kehrte er nicht nach Hause zurück?« fragte Karavise.

»Ich weiß es nicht, und in dem Brief wird es nicht erklärt. Man bekommt fast den Eindruck, als habe Rillif beim Schreiben gewisse Vorsicht walten lassen — vielleicht fürchtete er, der Brief könnte in falsche Hände geraten. Er sagte — Moment ...« Wate Basef überflog schnell das Pergament. »Er schrieb:

›*Aus Gründen, die Du gewiß sehr gut verstehst, kann ich nicht nach Lanthi Ume zurückkehren. Der Titel Lord Har Fennahar kann auf meinen jüngeren Bruder Frev übergehen, der ohnehin viel besser dafür geeignet ist als ich. Mach Dir deshalb keine Sorgen, Onkel Jin, denn ich bedaure es nicht im mindesten. Was ich gewonnen habe, ist mir mehr wert als tausend solcher Titel.*‹«

»Der Beweis — der Beweis! Rillif Har Fennahar war in der Tat der rechtmäßige Lord, und sein Titel hat sich in direkter Linie auf meinen jungen Herrn Devras vererbt!« jubelte Grono. »Ich wußte es, ich wußte, daß es so ist! Ach, ich wußte es!«

»Wahrscheinlich hast du recht, aber darüber sollten wir ein andermal sprechen«, schlug Wate Basef vor. »Um die Sache mit dem Brief abzuschließen: Rillif schreibt von seiner Heirat mit einer Frau, die er nur als ›Verran‹ bezeichnet, verleiht seiner großen Freude Ausdruck und ähnlichen Unsinn und kehrt dann gegen Ende zu wichtigen Dingen zurück. Am Schluß schreibt er:

›*Fal Grizhnis Unterlagen bleiben in den Höhlen; dort sind sie in Sicherheit, aber jedem Zugriff entzogen. Du kannst gewiß sein, daß die Vardrul sie niemals herausgeben werden. Ich sehe im Augenblick keine Möglichkeit, weiter für Dich tätig zu sein. Also bleibt nur zu hoffen, daß Du Dir die Unterstützung aller Esoteriker sichern kannst. Vielleicht erreichen diese genialen Männer mit vereinten Kräften und durch Anwendung Höherer Kognition, was mir nicht gelungen ist, nämlich ein Mittel zu finden, um die Gefahr abzuwenden, die ganz Dalyon bedroht. Wenn Bereitwilligkeit, Einsatz und Kühnheit bei diesem Unternehmen von Nutzen sein können, so weißt Du, daß Du auf meine aktive Mithilfe zählen kannst.*

Dein Dich liebender Neffe,
Rillif Har Fennahar‹«

»Natürlich«, bemerkte Wate Basef, »starb Farni und konnte daher den durchaus vernünftigen Rat seines Neffen nicht befolgen. Es mag durchaus sein, daß Rillif niemals davon erfuhr — ein Briefverkehr mit überseeischen Ländern war zu jener Zeit so gut wie unmöglich, und er verfügte nicht über die Kognition, die ihm hätte helfen können. Vermutlich hat er nie erfahren, daß sein Brief — bis auf den heutigen Tag — ungelesen blieb.«

»Und jetzt?« fragte Karavise. »Werdet Ihr die Esoteriker davon in Kenntnis setzen?«

»Das ist leichter gesagt als getan«, erklärte Wate Basef. »Als ich Rillif Har Fennahars Brief entdeckte, nahm ich das Original an mich und ließ Gless Vallage eine Kopie zukommen, denn das hielt ich für klug. Anstatt die Angelegenheit an den Rat der Esoteriker zu verweisen, führte Vallage seine Autorität als Großmeister ins Feld, um mich zum Schweigen zu verpflichten und das Original des Briefes zu verlangen. Ich habe mich geweigert, es ihm auszuhändigen, und dabei ist es bisher geblieben.«

Seine Zuhörer starrten ihn verständnislos an.

Endlich bemerkte Devras: »Das gibt überhaupt keinen Sinn.«

»Sensationshascherei! Elende Verleumdung!« murrte Grono.

Und Karavise erkundigte sich kühl: »Warum sollte der Großmeister Informationen unterdrücken wollen? Was hätte er dabei zu gewinnen?«

»Ich weiß es nicht«, gestand Wate Basef. »Er ist ehrgeizig, vielleicht fürchtet er, die Sache könnte ein schlechtes Licht auf die Esoteriker und ihr Oberhaupt werfen oder etwas dergleichen. Ich habe weder Zeit noch Lust, die Kloake von Vallages Geist auszuloten. Im Augenblick geht es mir einzig und allein darum, Fal Grizhnis Unterlagen zu finden, denn unsere Zeit läuft bald ab. Die Prophezeiungen haben sich erfüllt. Ein Stern scheint am Mittag. Über den Löwen und den Drachen weiß ich nichts, aber sie müssen irgendwo sein, denn die giftige Finsternis ist entstanden, und sie breitet sich vom Landesinneren zum Meer hin aus. Wenn es uns nicht gelingt, sie aufzuhalten, dann fangen wir am besten sofort damit an, unsere Flucht aus Dalyon vorzubereiten, denn dann ist bald die gesamte Insel verloren. Ich brauche jede Unterstützung, die ich finden kann. Darf ich auf Euch zählen?«

Auf diese Frage erhielt er keine Antwort, und endlich wurde die Stille durch ein Klopfen an der Eingangstür unterbrochen.

»Ausgezeichnet, wir bekommen Verstärkung.« Wate Basef öffnete die Tür und sah sich einer Gruppe bewaffneter Esoterikergardisten gegenüber. Bei ihnen stand eine kleine zierliche Frau unbestimmten Alters in Männerkleidung aus grauer Merinowolle. Ihre gelben, fast phosphoreszierenden Katzenaugen paßten nicht in das spitze Mäusegesicht. Auf ihrer Schulter saß zuckend und schnatternd ein fleischfarbenes nagetierähnliches Geschöpf mit großen, ja, riesigen Ohren.

»Nun, Snarp?« wandte sich Wate Basef verlegen an die Frau.

»Nun, Basef?« gab Snarp mit flacher tonloser Stimme zurück.

Der hochgewachsene Kommandant der Garde salutierte schneidig. »Ihr seid der Kognoszent Raith Wate Basef?« erkundigte er sich höflich.

Wate Basef nickte.

»Nerrel, Hauptmann der Esoterikergarde. Ich muß Euch zu meinem Bedauern mitteilen, Sir, daß Euch der Großmeister Gless Vallage unter Arrest gestellt hat. Ihr dürft Eure Wohnung nicht verlassen.«

»Das ist doch lächerlich«, antwortete Wate Basef nach einer Schrecksekunde. »Was bildet sich dieser doppelzüngige, intrigante Taschenspieler eigentlich ein?«

»Ihr habt in diesen Räumen zu bleiben, Sir, bis man Euch dem Rat der Esoteriker zur Aburteilung vorführt.«

»Dem Rat vorführen! Darf ich fragen, was man mir zur Last legt?«

»Der wichtigste Anklagepunkt ist die Enthüllung geheimer Informationen, ein Verstoß gegen die Interessen der Esoterikerloge. Daneben beschuldigt man Euch schwerer Insubordination, eines für den Ruf der Esoteriker abträglichen Verhaltens in der Öffentlichkeit sowie einer ganzen Reihe kleinerer Vergehen gegen den Kodex der Loge.«

»Ha! Diese Vorwürfe lassen sich niemals aufrechterhalten.«

»Das hoffe ich aufrichtig, Sir«, gab Nerrel nicht ohne Mitgefühl zurück.

»Hört mich an, Hauptmann«, bat Wate Basef. »Seid Ihr Euch darüber im klaren, daß Gless Vallage in keiner Weise befugt ist, mich unter Arrest stellen zu lassen? Er kann mich vor den Rat schleppen, wenn er töricht genug ist zu glauben, daß ihm das etwas nützen wird, aber er hat nicht das Recht, mich einzusperren.«

»In solchen Dingen kenne ich mich gar nicht aus, Sir.«

»Snarp, sagt Ihr es ihm!« verlangte Wate Basef.

Snarp schwieg.

»Glaubt mir, Hauptmann«, drängte der Adept, »wenn der Rat mich schuldig spricht, dann kann man mich mit einer Geldstrafe belegen, mich meines Amtes entheben oder mich aus der Loge ausstoßen. Nach dem Ausschluß kann man mich, wenn die Situation es erfordert, den herzoglichen Behörden zur Bestrafung überstellen. Aber Vallage selbst kann mich nicht einsperren lassen.«

»Er hat recht«, stimmte Lady Karavise zu. »Der Großmeister maßt sich herzogliche Befugnisse an. Und«, fügte sie in eisigem Zorn hinzu, »dafür wird er sich zu verantworten haben. Hauptmann, Ihr werdet jetzt zu Gless Vallage zurückkehren und ihm mitteilen, daß seine Handlungsweise ungesetzlich ist.«

»Das würde ich ihm gern selbst sagen.« Wate Basef tat einen Schritt auf die Tür zu.

»Bedaure, Sir, aber Sie müssen hierbleiben.« Nerrel versperrte ihm geschickt den Weg.

»Hauptmann, wißt Ihr, wer ich bin?« fragte Karavise.

»Ja, Euer Gnaden«, antwortete Nerrel respektvoll.

»Ich habe Euch angewiesen, den Kognoszenten Wate Basef freizulassen. Erkennt Ihr nicht an, daß ich befugt bin, solche Befehle zu erteilen?«

»Ehrlich gesagt, Mylady, ich weiß es nicht genau.«

»Snarp, sagt Ihr es ihm!« verlangte Wate Basef erneut.

Schweigend hob Snarp eine hagere Hand und streichelte das schnatternde Wesen auf ihrer Schulter.

»Ich verstehe.« Karavises Augen wurden schmal. »Würdet Ihr in diesem Fall eine schriftliche, vom Herzog persönlich unterzeichnete Freilassungsorder anerkennen? Wären damit Eure Zweifel beseitigt, Hauptmann?«

»Vollkommen beseitigt, Mylady.«

»Dann werde ich Euch eine solche Order besorgen. Kognoszenz Wate Basef, ich versichere Euch, daß Ihr bald wieder in Freiheit sein werdet. Ehrenwerter Har Fennahar und Grono, wir werden uns gewiß wiedersehen. Und was den Großmeister Gless Vallage angeht, so wird er noch von dieser Sache hören.« Karavise wandte sich an die Gardisten und befahl: »Macht Platz!«

Die Männer gehorchten sofort. Snarp überlegte einen Moment lang und trat dann widerstrebend zurück. Lady Karavise fegte wie ein Wirbelwind aus kaltem Samt aus dem Raum, und hinter ihr schlossen die Gardisten wieder die Reihen.

»Sie hat ganz richtig gehandelt«, teilte Grono seinem Herrn mit gedämpfter Stimme mit. »Und Ihr solltet dem Beispiel Ihrer Gnaden folgen, Sir. Meine ersten Bedenken waren durchaus begründet! Dieser Wate Basef ist ein zweifelhaftes Subjekt, und wenn Ihr Euch weiterhin in seiner Gesellschaft zeigt, wird sein schlechter Ruf auch auf Euch abfärben! Um des guten Namens und des Leumunds der Har Fennahar willen muß ich Euer Lordschaft bitten, diese Wohnung sofort zu verlassen!«

»Das ist unter Umständen leichter gesagt als getan, Grono«, antwortete Devras mit einem nachdenklichen Achselzucken. Er wandte sich an Nerrel. »Hauptmann, können mein Diener und ich ungehindert gehen?«

Nerrel zögerte.

Und Snarp sagte: »Nein.«

Das Privatdombul, das Lady Karavise bestiegen hatte, flitzte über die glänzenden Adern von Lanthi Ume. Die junge Frau lehnte sich in einen Stapel Kissen zurück und verschränkte die Arme. Sie hatte die Lippen zusammengepreßt und schaute sorgenvoll zu dem roten Stern auf, der über ihr am blauen Himmel glühte. Die Sorge verstärkte sich, als ihr Blick vom Himmel zum Uferdamm wanderte. Sie studierte die Zusammensetzung der Menge auf der Straße, stellte fest, daß sie überwiegend aus zerlumpten Bettlern bestand, und registrierte auch die Anwesenheit arroganter, lammischer Soldaten. Endlich legte das Boot am herzoglichen Kai an, und der Dombulführer half ihr an Land.

»Warte hier!« befahl sie, betrat den Palast und machte

sich auf die Suche nach ihrem Vater. Sie fand Herzog Bofus in seinem Arbeitszimmer, wo er gerade ein Kartenhaus errichtete.

»Vater«, rief Karavise und trat in den Raum, »ich brauche deine Hilfe!«

Der Herzog legte die Karten sofort beiseite. »Aber gewiß, meine Liebe«, antwortete er, und väterliche Sorge verdüsterte seine Züge. »Was ist denn geschehen?«

»Raith Wate Basef wurde unter Arrest gestellt.«

»Tatsächlich? Was hat er denn jetzt wieder angerichtet?«

»Nichts, Vater. Überhaupt nichts. Er muß freigelassen werden.«

»Aber sicher, meine Liebe, wenn ich dir damit eine Freude machen kann. Und was muß man dazu tun?«

»Du brauchst nur eine Order zu unterschreiben. Ich fertige sie aus, und du setzt deinen Namen darunter. Und wenn ich schon dabei bin, sollte ich wohl vorsichtshalber auch gleich eine für Devras Har Fennahar vorbereiten.«

»Für wen?«

»Devras Har Fennahar. Ist dir der Name nicht bekannt? Ein ganz junger Mann — nicht mehr als achtzehn Jahre alt —, der vor kurzem aus Szar hierhergekommen ist. Er behauptet, der letzte Nachkomme seiner Familie zu sein, der rechtmäßige Lord Har Fennahar. Ich habe keine Ahnung, ob das stimmt oder nicht. Er hat ein sehr gewinnendes Wesen, aber danach kann man natürlich nicht urteilen. Jedenfalls behauptet er, er habe dir innerhalb der letzten zwei Monate fünfmal geschrieben und um eine Audienz gebeten.«

»Fünfmal! Tatsächlich? Hat er das wirklich getan? Das muß aber ein fleißiger junger Mann sein!«

»Du hast noch nie von ihm gehört? Das begreife ich nicht...« Karavise blätterte flink die Schriftstücke durch, die den Korb auf dem Schreibtisch des Herzogs bis zum Überquellen füllten. Endlich entdeckte sie einen

Brief, das Siegel war noch unversehrt und zeigte das berühmte Wappen der Har Fennahar. Kurz darauf grub sie einen zweiten aus und auch noch einen dritten. »Vater, diese Briefe sind mehrere Wochen alt! Hast du sie denn nicht einmal gelesen?«

Herzog Bofus wand sich vor Verlegenheit. »Kara, du willst mich doch nicht etwa schelten?« fragte er. »Ich bekomme so viele Briefe, und alle von Leuten, die etwas von mir wollen. Wenn ich auf dem laufenden bleiben wollte, wäre ich den ganzen Tag lang nur damit beschäftigt, sie zu lesen. Das kann doch wohl nicht der Sinn des Lebens sein! Keine Sorge, meine Liebe. Ich werde mich mit den Briefen des jungen Sowieso beschäftigen, das verspreche ich dir. Wenn dir soviel daran liegt, werde ich sie mir sogar gleich jetzt ansehen ...«

»Vater, am meisten liegt mir daran, Raith Wate Basef und dem jungen Har Fennahar ihre Freiheit wiederzugeben. Wirst du dafür sorgen?« Karavise griff nach dem Federkiel und begann, eine dementsprechende Order zu verfassen.

»Natürlich. Aber die Sache ist sehr eigenartig«, überlegte der Herzog. »Ich schwöre dir, daß ich diesen Arrest niemals angeordnet habe.«

»Das weiß ich. Gless Vallage hat ihn angeordnet, aber dazu hat er nicht das Recht, und das wird ihm noch leid tun.«

»Gless Vallage hat Wate Basef und diesen Sowieso einsperren lassen? Nun«, — der Herzog nahm nachdenklich einen Schluck von seiner heißen Gewürzmilch —, »dann sollten wir vielleicht lieber nichts überstürzen. Wenn Gless Vallage das getan hat, dann hat er sicher seine Gründe dafür. Er ist ein sehr kluger Mann, meine Liebe.«

»O ja, das ist er — das ist mir nur allzu deutlich bewußt. Vater, du begreifst nicht, worum es geht! Gless Vallage kann nicht einfach einen Bürger unter Arrest stellen — dieses Recht steht ganz allein dir zu und niemandem sonst. Er maßt sich deine Befugnisse an, siehst du das nicht? Außerdem hat sich Wate Basef zufällig gar keines Verbrechens schuldig gemacht. Du mußt ihn freilassen, Vater.«

»Nun ja, meine Liebe, das würde ich gewiß gern tun, aber ich weiß nicht so recht. Ich weiß wirklich nicht so recht. Ich glaube, ich frage besser erst einmal Gless Vallage. Schade, daß ich vor einer Stunde noch nichts davon wußte, sonst hätte ich mit ihm sprechen können, als er hier war.«

»Vallage war vor einer Stunde hier? Was wollte die graue Schlange denn von dir?«

Der Herzog sah seine Tochter schmerzlich erstaunt an. »Kara, mein Liebes, es gefällt mir gar nicht, wenn du so sprichst«, mahnte er sanft. »Es ist nicht nett von dir. Gless Vallage ist ein wirklich feiner Mann. Warum kannst du ihn nur nicht leiden?«

»Er ist ein Lügner, ein Speichellecker, ein Heuchler, und es überläuft mich eiskalt, wenn ich nur in einem Raum mit ihm sein muß, aber das sind Bagatellen. Weit wichtiger ist — er ist politisch gefährlich, glaube ich. Ihm stehen alle Mittel und Möglichkeiten der Esoterikerloge zur Verfügung, und soviel Macht verträgt ein Untertan mit dem Ehrgeiz eines Vallage nicht. Er ist hinterhältig, und ich fürchte, er würde keine Sekunde zögern, dich an deine Feinde zu verraten oder dir höchstpersönlich ein Messer in den Rücken zu stoßen, wenn er der Meinung wäre, das sei zu seinem Vorteil. Er will zuviel, und dabei hat er bereits zuviel. Genügt dir das als Antwort, Vater?«

Herzog Bofus lächelte. »Kara, mein Liebes, du brauchst dich nicht zu ängstigen. Du bist mein kluges Mädchen, aber diesmal irrst du dich, du irrst dich ganz bestimmt! Gless Vallage ist unser Freund. Ich weiß es, denn er hat mir seine Freundschaft tausendfach bewiesen. Und du solltest unseren Freund nicht ablehnen, mein Liebes, denn er hat eine sehr hohe Meinung von dir. Ständig lobt er dich in den höchsten Tönen. Unter uns gesagt, ich glaube, er ist ein wenig verliebt in dich. Weißt du, Kara — ich möchte, daß du glücklich wirst. Das ist mir wichtiger als alles andere.« Die Augen des Herzogs — der Form und der Farbe nach denen seiner Tochter so ähnlich, im Ausdruck jedoch so grundlegend verschieden — wurden feucht. »Eine junge Frau braucht jemanden, der für sie sorgt, und ich — nun, ich kann nicht ewig für dich da sein. Nun ist im letzten Jahr die Frau von Gless Vallage gestorben ...«

»Sie ist die Treppe hinuntergefallen, nicht wahr?« warf Karavise zerstreut ein. »Oder hat man sie gestoßen?«

»Er ist ein sehr begehrenswerter Mann, mein Liebes, und ich wünsche mir oft, daß du und er ...«

»O nein. Nein. Nein!« Karavises Körper versteifte sich abwehrend. »Davon will ich nichts hören!«

»Aber mein Liebling ...«

»Wenn du mich schon unbedingt mit jemandem verloben willst, dann wäre der Herzog von Hurba eine viel bessere Wahl. Ein Bündnis mit Hurba wäre gegenwärtig sehr zu unserem Vorteil. Mit der hurbanesischen Militärmacht im Rücken wären wir endlich in der Lage, die lammischen Soldaten aus der Vayno-Festung und aus Lanthi Ume hinauszubefördern. Dir ist doch hoffentlich bewußt, wie uns die lammische Garnison im Würgegriff hält.«

»Kara, mein Liebling, du kannst den Herzog von Hurba nicht heiraten! Dann müßtest du ja in Hurba wohnen, und das ist so weit weg! Und was den Herzog angeht, so schlägt er seine Diener und stinkt nach Knoblauch. Er ist kein feiner Herr, und ich kann mir nicht vorstellen, daß du als seine Frau glücklich wärst.«

»Ich würde nicht seine Frau werden — so weit brauchte man nun wirklich nicht zu gehen. Eine einfache Verlobung würde für unsere Zwecke momentan genügen. Und wenn die lammischen Soldaten einmal die

Stadt verlassen haben, würden wir schon einen Weg finden, Hurba wieder loszuwerden oder ihn bis in alle Ewigkeit zu vertrösten, je nachdem, was günstiger ist.«

»Ach, meine Kara, du weißt ja gar nicht, wie kalt sich das anhört — wie herzlos. Schließlich ist der Herzog von Hurba ein Mensch, und es kann doch nicht richtig sein, seine Gefühle so zu mißbrauchen.«

»Wenn die Interessen von Lanthi Ume es verlangen, dann ist es richtig. Die Lage unserer Stadt wird immer verzweifelter. Und was den Herzog von Hurba angeht, so kannst du ganz beruhigt sein, er liebt mich nicht mehr als ich ihn, und deshalb kann ich seine Gefühle, falls er überhaupt welche hat, wohl kaum verletzen.«

»Das weißt du nicht, mein Liebes, und es ist falsch, andere Menschen zu benützen, ganz gleich, zu welchem Zweck. Ich wäre sehr traurig, wenn ich glauben müßte, daß du das eben ernst gemeint hast.«

Karavise seufzte.

»Nein«, fuhr der Herzog fort, »mein liebes Mädchen sollte am besten einen Adeligen lanthianischen Geblüts heiraten, dann kann sie hier in ihrer eigenen Stadt und in der Nähe ihres liebenden Vaters bleiben. Und um auf Gless Vallage zurückzukommen ...«

»Du sagtest, er habe dich heute besucht. Was wollte er denn?«

»Er hat mich von einem neuen Angriff auf eine Siedlung im Landesinneren informiert, ähnlich dem Vorfall in Fenz, wo immer das sein mag.« Der Herzog bemerkte nicht, daß seine Tochter plötzlich ganz still geworden war. »Ein weiteres Dorf wurde im Dunkeln zerstört. Gless Vallage war so freundlich, mir die Nachricht persönlich zu bringen, denn er wollte nicht, daß ich durch entstellte Gerüchte und unzuverlässige Meldungen in die Irre geführt würde. Vallage hat mir auch mitgeteilt, daß sich die Esoterikerloge der Sache annehmen wird. Er will die Untersuchung sogar persönlich führen, ganz diskret, um die Öffentlichkeit nicht zu beunruhigen. Er war äußerst liebenswürdig und hat mich sehr beruhigt.«

»Tatsächlich?« fragte Karavise aufgebracht. Sie ließ den Federkiel fallen und baute sich vor ihrem Vater auf. »Jetzt hör mir gut zu. Diese Angriffe sind wichtig. Wir können es uns nicht leisten, sie zu übersehen.«

»Ach, mein Liebes, sie sind doch so weit weg. Und diese Siedlungen im Landesinneren schweben ständig in irgendwelchen Gefahren — das ist leider nichts Neues!«

»Lanthi Ume ist in Gefahr. Ganz Dalyon ist in Gefahr. Dies alles bestätigt, was Wate Basef mir gesagt hat ...«

»Sind wir jetzt wieder bei Wate Basef?«

»Ja, du mußt ihn freilassen, Vater! Und du mußt dir anhören, was er zu sagen hat, am besten noch heute. Außerdem müssen sofort Patrouillen ins Landesinnere entsandt werden ...«

»Liebling, das kann ich doch alles gar nicht tun«, antwortete Herzog Bofus friedfertig.

»Das ›kannst‹ du nicht? Was soll das heißen? Warum kannst du nicht?«

»Weil ich Gless Vallage versprochen habe, in dieser Sache nichts zu unternehmen, ohne mich vorher mit ihm abzusprechen. Angesichts seiner Freundschaft und seiner Ergebenheit fand ich, das sei das mindeste, was ich tun konnte.«

»Aber Vater — *du* bist hier der Herrscher!«

»Ich habe mein Wort gegeben, Liebes. Du möchtest doch sicher nicht, daß ich es breche.«

»Dann sprich nur mit Wate Basef. Hör dir an, was er zu sagen hat.«

»Wie soll ich denn, wenn er unter Arrest steht? Aber ich werde bei nächster Gelegenheit mit Gless Vallage über diesen Fall reden. Wenn Vallage falsch gehandelt hat, wird er seinen Irrtum einsehen, und dann wird Basef gewiß freigelassen. Du wirst sehen, Kara, am Ende wird sich alles zum Guten wenden, auch wenn es im

Moment nicht so aussieht. Was immer auch geschieht, es war eben so bestimmt.«

Karavise knirschte hilflos mit den Zähnen. »Aber Vater!« protestierte sie.

»Und jetzt hörst du auf, dir Sorgen zu machen, mein Liebes, denn das stört nur deine Verdauung. Du wirst sehen, alles kommt in Ordnung.« Der Herzog nahm sein Glas zur Hand und trank einen Schluck. »Die Gewürzmilch schmeckt köstlich. Möchtest du auch ein Glas?«

»Aber *Vater*...« Karavises sonst so blasses Gesicht war vor Zorn gerötet. »Willst du denn nicht einmal ...«

»Zieh kein so finsteres Gesicht, mein Liebes, das betrübt mich. Ich weiß, was mein schönes Mädchen aufheitern wird. Ich werde dir eine neue Halskette kaufen. Gefiele dir das? Gless Vallage wird heute abend bei uns speisen, und ich möchte, daß du dich für ihn hübsch machst.«

»*Zum Henker* mit Gless Vallage!« platzte Karavise heraus.

Fassungslos sah der Herzog seiner Tochter nach, als sie aus dem Zimmer stürmte und die Tür hinter sich zuschlug.

Schweigen herrschte unter der roten Glasschüssel im obersten Teil der Mauranyza-Kuppel. Raith Wate Basef, Devras Har Fennahar und Grono saßen müßig um den runden Tisch herum. Zwischen diesen dreien und dem Ausgang standen Hauptmann Nerrel und seine Gardisten. Seitlich davon, ein Stück von den anderen entfernt, drohte wie ein Nebelfleck die Ehrenwerte Snarp.

Die Gefangenen spielten mit einem Päckchen obranesischer Karten Antislez. Das Sonnenlicht strömte durch die Fenster und ließ Wate Basefs kahlen Schädel aufleuchten, glitzerte auf Gronos Brille und schlug Funken aus dem silbernen Har Fennahar-Armband an Devras' Handgelenk. Die drei Männer schlürften Tee aus Bechern und betrachteten stirnrunzelnd ihre Karten.

Endlich wandte sich Devras mit leiser Stimme an seinen Gastgeber, doch der Aufmerksamkeit der Wachen entgingen seine Worte nicht. »Jetzt ist sie schon seit drei Stunden fort.«

»Geduld!« riet Wate Basef, ohne die Augen von seinen Karten zu heben. »Mein König nimmt Euren Prinzen. Zwei ins Burgverlies. Abwerfen, Grono.«

Widerwillig legte Grono eine Karte auf den Stapel. Als sein Gastgeber den Tisch verließ, um die Teekanne nachzufüllen, flüsterte der Diener seinem Herrn aufgeregt zu: »Darf ich Euer Lordschaft daran erinnern, daß dieses Mißverständnis zwischen Kognoszenz Wate Basef und Großmeister Gless Vallage nicht Sache Eurer Lordschaft ist?«

»Sieht so aus, als steckten wir jetzt ebenfalls mit drin, Grono«, antwortete Devras gelassen. »König gegen die Zehn. Werfe nichts ab.«

»O nein, Herr Devras! Euer Lordschaft brauchen nur eine kurze Erklärung an Großmeister Gless Vallage zu schicken und darin sein Bedauern über den Vorfall zum Ausdruck zu bringen. Angesichts der Jugend und Unerfahrenheit Eurer Lordschaft und der schlechten Gesellschaft, in die Euer Lordschaft bedauerlicherweise, aber unabsichtlich geraten ist, wird der Großmeister gewiß bereit sein ...«

»Ich glaube nicht, daß ich das tun werde. Ich möchte mehr über diese Sache erfahren. Außerdem, wie könnte ich guten Gewissens nach den Privilegien des lanthianischen Adels streben, ohne auch dessen Verpflichtungen auf mich zu nehmen? Zebbefore hat ganz richtig bemerkt: ›Die größten Schulden eines Menschens werden nicht in Gold bezahlt, sondern in wertvollerer Münze, und paradoxerweise bereichert gerade eine solche Bezahlung den Schuldner.‹«

»Dieser schmutzige Schreiberling von Zebbefore hat

den Verstand Eurer Lordschaft vergiftet!« Gronos vor Erregung halb erstickte Antwort wurde dennoch von Wate Basef gehört und mit lautem Gekeckere quittiert. Entrüstet fuhr der Diener den Adepten an. »Macht Euch nur lustig, Sir, macht Euch nur lustig! Ich empfinde für Euer Hyänengelächter nur die Verachtung, die es verdient!«

»Ich kann dir versichern, Freund Grono, daß ich unsere gegenwärtige Lage alles andere als erheiternd finde.« Wate Basef kehrte an den Tisch zurück, schenkte frischen Tee ein und nahm seine Karten auf. »Scharfrichter übersticht König, Dame, Prinz und Gesandten. Burgverlies schwimmt in Blut.«

Das Spiel wurde durch die Rückkehr von Lady Karavise unterbrochen. Als sie den Raum betrat, wirkte sie so beherrscht wie immer, nur ihre Augen und die bebenden Nasenflügel verrieten ihre innere Anspannung.

»Hat der Herzog unterzeichnet?« fragte Wate Basef ohne weitere Einleitung.

»Nein, ich konnte ihn nicht dazu überreden.« Die ungewohnte Hartnäckigkeit ihres Erzeugers schien sie zu erstaunen. »Er sagt, er wird keinen Finger rühren, ohne sich vorher mit Gless Vallage abzusprechen. Ich weiß nicht, wie lange ich brauchen werde, um ihn umzustimmen.«

»Ich kann Großmeister Vallage nicht begreifen«, überlegte Devras. »Es ist doch gewiß nicht sein Wunsch, daß Lanthi Ume vernichtet wird.«

»Nein. Nichts läge ihm ferner, als Schaden über die Stadt zu bringen, über die er so gern herrschen möchte«, pflichtete Karavise ihm nachdenklich bei. »Er müßte in seinem eigenen Interesse loyal sein, und deshalb ist mir sein Verhalten ein Rätsel.«

»Wir sollten den Großmeister erst einmal vergessen«, schlug Wate Basef vor. »Wir haben wichtigere Dinge zu bedenken. Würdet Ihr alle drei mit mir kommen? Ich muß Euch etwas zeigen.« Ohne eine Antwort abzuwarten, erhob er sich und begab sich auf die andere Seite des Raumes, wo er den Fußboden freizuräumen begann. Nach kurzem Zögern folgten ihm die anderen und halfen ihm, die letzten Teller und Wäschestücke zu beseitigen, bis schließlich eine große sechseckige Platte aus schwarzem Glas zum Vorschein kam. Unter der polierten Oberfläche glitzerten Tausende von goldenen Pünktchen wie eine ganze Galaxis und schienen sich auf Grund irgendeines optischen Kniffs in unermeßliche Fernen zu erstrecken.

Wate Basef beantwortete die unausgesprochene Frage. »Man nennt dies ein *Ophelu* — das ist ein altes krunisches Glas der Erkenntnis. Wer sich auf das Glas stellt und eine Anrufung an Krun spricht, dem werden Visionen gewährt. Ich hoffe, wir können Zeugen der Vernichtung von Fenz werden, denn daraus ließe sich vieles entnehmen. Seid Ihr bereit?«

Verwirrtes, zustimmendes Gemurmel.

»Dann tretet auf das Glas. Ihr alle. Auch du, Grono. Nur zu!« Als alle vier auf dem Ophelu standen, zog Wate Basef ein winziges Fläschchen voll weißer Kristalle heraus und schüttete kleine Häufchen davon an den Spitzen des Sechsecks.

»Was ist das?« fragte Grono argwöhnisch.

»Ja, was ist das, Sir?« wollte auch Hauptmann Nerrel wissen, der näher getreten war und sie nun aufmerksam beobachtete.

»Nur Weihrauch, Hauptmann. Man braucht ihn zur Beschwörung, er ist völlig harmlos«, erklärte Wate Basef.

»Haltet ihn auf!« befahl Snarp.

»Ich möchte das gern selbst sehen, Sir«, bat der Hauptmann.

»Gewiß.« Basef streute eine Prise des Pulvers in Nerrels ausgestreckte Hand, und der Gardist betrachtete die Substanz mit ratloser Miene.

»Haltet ihn auf!« wiederholte Snarp.

Wate Basef senkte den Kopf und begann zu sprechen. Als die rhythmischen Silben sich von seinen Lippen lösten, entzündeten sich die sechs Pulverhäufchen. Flammen schossen in die Höhe und umringten das Ophelu. Dichte weiße Dämpfe stiegen auf.

Devras sah bewundernd zu, wie Raith Wate Basef, dessen kognitive Fähigkeiten selbst seine größten Feinde anerkennen mußten, sich aufrichtete und die alte Beschwörung an Krun sang. Auf die versprochene Vision von Fenz wartete er jedoch vergeblich. Die Dämpfe wurden dichter und veränderten sich, wurden zu schwindelerregend wirbelnden weißen Spiralen. Durch die wogenden Nebel schienen der rote Glasraum und alle darin befindlichen Möbelstücke einen Linnianna zu tanzen. Flüchtig sah er die Gardisten durch den Raum rasen. Nerrel stand ganz in der Nähe, das Schwert in der Hand, den Mund weit aufgerissen, aber die Worte des Hauptmanns waren nicht zu hören. Und dann wich alles — die Glaskuppel, das Mobiliar, die Gardisten, die Waffen, Snarps spitzes Gesicht — zurück, verblaßte und verschwand in einem schneeweißen Sturm. Devras spürte, wie er fortgerissen, heftig durch einen blendend weißen Raum geschleudert und dabei hilflos hin- und hergeschüttelt wurde, als sei er in eine sich brechende Welle geraten. Er schloß die Augen, sein entsetzter Aufschrei ging unter im Tosen des kognitiven Hurrikans. Und dann war es vorüber, und er wurde unsanft an einem völlig unbekannten Ort abgesetzt.

06

Vorsichtig öffnete Devras die Augen. Er stand auf einer sechseckigen Platte aus schwarzem Glas, die in den Boden einer Steinkammer eingelassen war. Alles war still. Ein frischer, kalter Wind wehte durch ein offenes Fenster herein und brachte den Duft weiter Räume mit. Dicht neben Devras stand Raith Wate Basef mit gesenktem Kopf. Lady Karavise hielt mit beiden Händen ihren Federhut fest. Grono stützte sich noch immer auf seinen Stock.

Als erster fand der Diener die Sprache wieder und schnauzte Wate Basef mit wild funkelnden Augen an. »*Was habt Ihr mit uns gemacht?* Ich verlange eine Erklärung, Sir! Wo sind wir? Antwortet! WAS HABT IHR GETAN?«

»Ich habe mir erlaubt, Euch alle aus der Mauranyza-Kuppel hierher zu versetzen«, antwortete der Adept und trat von der Platte herunter. »Wir befinden uns in meinem Arbeitszimmer auf Burg Io Wesha, ein paar Meilen außerhalb von Lanthi Ume. Meine Herren, meine Dame, ich heiße Euch in meinem Hause willkommen.«

Die höfliche Begrüßung konnte Grono nicht beschwichtigen. »Wie konntet Ihr es wagen, Sir?« wollte der Diener wissen, und fast schien es, als sträube sich sein weißes Haar. »Wie konntet Ihr es wagen, uns einfach aufzuheben und herumzuschleudern wie ein paar Rübensäcke? Ihr habt uns gegen unseren Willen fortgebracht — Ihr habt uns entführt, Sir! Ja, Ihr habt uns entführt, aber wir wissen uns zu wehren. Wir fürchten Eure verfluchte Zauberei nicht!«

»Ich entschuldige mich für das nicht sehr würdevolle Verfahren«, räumte Wate Basef mit ernster Miene ein. »Zu meiner Verteidigung kann ich nur anführen, daß keine andere Methode uns so gute Dienste geleistet hätte. Ich versichere Euch jedoch, daß Ihr keinen Grund habt, Euch zu fürchten.«

»Ich fürchte mich nicht, Sir, ich bin empört! Ihr habt Euch in Eurem Wahn dazu hinreißen lassen, eine Dame von Stand, die künftige Herzogin von Lanthi Ume, zu verschleppen. Außerdem seid Ihr im Begriff, meinen jungen Herrn Devras zugrunde zu richten — einen tugendsamen jungen Mann, der zu großen Hoffnungen Anlaß gibt, allerdings bedauerlich wenig Lebenserfahrung besitzt und daher ein leichtes Opfer für Eure Einflüsterungen ist! Ihr habt die Esoterikerloge verärgert, man hat die Hand gegen Euch erhoben, und nun wollt Ihr auch noch meinen Herrn in Eure schmutzigen Machenschaften verwickeln. Aber ich versichere Euch, dazu wird es nicht kommen! Ihr werdet ihn nicht mit Euch ins Elend reißen, denn ich werde es verhindern! Der Lord Har Fennahar wird Eure Schmach nicht teilen! Ich verlange, daß Ihr uns auf der Stelle nach Lanthi Ume zurückbringt!« Grono hob seinen schweren Stock und bedrohte damit den verdutzten Adepten.

»Das reicht, Grono!« Devras' ungewohnt zorniger Tonfall ließ den Diener im Schlag innehalten. »Du weißt nicht, was du tust. Kognoszenz Wate Basef war im Recht und hat großen Einfallsreichtum bewiesen, als er uns hierher versetzte. Ich bin jetzt überzeugt, daß seine Absichten lauter sind, und ich bin bereit, ihm zu helfen, soweit es in meiner Macht steht. Merk dir das und verhalt dich dementsprechend.«

Grono starrte ihn gramerfüllt an. »Herr Devras, ich kann nicht untätig dabeistehen, während Ihr durch Eure jugendliche Einfalt Euer Leben und Eure Hoffnungen ruiniert! Sir, soll ich zusehen, wie Ihr schwankend am Rande eines Abgrunds steht, ohne zu versuchen, Euch zurückzureißen?«

»Du meinst es gut, mein lieber Freund, aber es wird Zeit, daß ich meine Entscheidungen selbst treffe.«

»Überlegt doch, Euer Lordschaft. Es ist auch jetzt noch nicht zu spät. Ich bin sicher, wenn Ihr Euch direkt an Großmeister Gless Vallage wendet und versprecht, Euch künftig wohlzuverhalten ...«

»Grono, du mußt dich damit abfinden. Ich bleibe hier.«

Der Diener wandte sich flehentlich an Karavise. »Mylady, Ihr kennt Euch aus in der Welt. Wollt Ihr meinem bedauernswerten jungen Herrn nicht durch Eure Klugheit ein Beispiel geben? Befehlt diesem Entführer, uns in die Stadt zurückzubringen. Er wird es nicht wagen, sich *Euch* zu widersetzen.«

»Ich habe den Verdacht, daß er es durchaus wagen würde«, antwortete Karavise mit einem schwachen Lächeln. »Aber wir werden es gar nicht erst darauf ankommen lassen. Wie dein Herr so neige auch ich immer mehr dazu, dem Urteil von Kognoszenz Wate Basef zu vertrauen und seine Befürchtungen zu teilen. Zumindest muß diese Angelegenheit eingehend untersucht werden, und deshalb möchte ich im Augenblick nicht nach Lanthi Ume zurückkehren. Es tut mir leid, Grono.«

Damit war die letzte Hoffnung des Dieners zerstört, und er musterte seinen Herrn mit ratlosen, kummervollen Blicken. Als Wate Basef den aufrichtigen Schmerz in seiner Miene bemerkte, verblaßte sein gewohntes Grinsen, und er bemerkte nicht unfreundlich: »Grono, selbst wenn ich ein Entführer sein sollte, ein Kerkermeister bin ich nicht. Du brauchst nur ein Wort zu sagen, und ich befördere dich wieder in die Mauranyza-Kuppel. Die Gardisten werden dich verhören, aber sie werden dir nichts zuleide tun. Möchtest du gern zurück?«

Grono richtete sich auf und sah seinen Feind fest an. »Nein, Kognoszenz«, erklärte er würdevoll, »ich bleibe hier. Wenn mein Lord Har Fennahar schon auf seinem tollkühnen Weg beharrt, so soll er ihn wenigstens nicht ohne meinen Rat gehen. Ich bin nicht damit einverstanden, aber ich bleibe bei seiner Lordschaft.«

»Ausgezeichnet. Und nun«, schlug Wate Basef vor, ohne die vorwurfsvollen Blicke des Dieners zu beachten, »können wir unser Gespräch in Ruhe fortsetzen.« Er führte seine Gäste aus dem Arbeitszimmer und über eine Granittreppe hinab in seine Privaträume. In einem davon standen ein Tisch und mehrere Stühle, und im Kamin war bereits Holz aufgeschichtet. Wate Basef rief einen Diener, ließ das Feuer anzünden und verlangte, daß etwas zu essen aufgetragen werde. Seine Anweisungen wurden schnell befolgt. Die Hausdiener von Io Wesha waren an das unberechenbare Kommen und Gehen ihres Herrn gewöhnt und sorgten dafür, daß stets alles für seinen Empfang bereit war. Innerhalb von wenigen Minuten war der Raum warm, der Tisch gedeckt, und Schüsseln mit kaltem Hammelfleisch, Brot und Obst wurden serviert. Die Gäste hatten gerade zu essen begonnen, als ihr Gastgeber ihnen erklärte: »Wir haben wenig Zeit für Pläne oder Vorbereitungen. Man wird uns gewiß hier finden, vielleicht noch vor morgen früh.«

Die Eröffnung wurde schweigend aufgenommen.

»Die Esoterikergardisten werden sich bald denken können, wohin wir verschwunden sind, wenn sie sich das Ophelu genauer ansehen«, erklärte Wate Basef. »Snarp weiß gewiß, was es ist.«

»Wer ist eigentlich diese Snarp?« erkundigte sich Karavise mit leichtem Abscheu in der Stimme.

»Die Ehrenwerte Snarp wurde zur Vollstreckerin der Esoterikerloge ernannt und hat die Aufgabe, die vom Rat verhängten Urteile und Strafen zu vollziehen sowie in vielen inoffiziellen Fällen die persönlichen Rachepläne des Großmeisters auszuführen. Für diese Tätigkeit besitzt sie alle Voraussetzungen — Eifer, Skrupellosigkeit, fanatisches Pflichtbewußtsein. Sie ist als Expertin im Aufspüren und Verfolgen von Flüchtigen berühmt, sie kann mit jeder Waffe umgehen und versteht sich meisterhaft auf die Kunst des Tötens. Sie verfügt über einen scharfen Verstand und ist in beschränktem Maße befähigt, sich der Kognition zu bedienen, da Vallage es leider für angebracht hielt, sie darin zu unterweisen. Menschliche Bindungen kennt sie nicht, und Zuneigung ist ihr fremd. Wenn sie überhaupt eine Schwäche besitzt, dann für ihr zahmes Quibbid — jenes rattenähnliche Wesen mit den großen Ohren, das ihr stets auf der Schulter sitzt. Einige Toren behaupten, es sei Snarps Kind, das Ergebnis einer inzestuösen Vereinigung mit ihrem eigenen Vater, einem Dämon der Ert — die Geschichte ist so hübsch, daß ich wünschte, ich könnte daran glauben. Leider hat Snarp keine Dämonen unter ihren Vorfahren. Ich habe sogar meine Zweifel, ob sie überhaupt Vorfahren irgendwelcher Art besitzt.«

»Was soll das heißen?« fragte Devras.

»Ich bin der Ansicht, daß Snarp eine kognitive Schöpfung ist, die entwickelt wurde, um Gless Vallages Zwecken zu dienen. Wohlgemerkt, das kann ich nicht beweisen, aber es gibt gewisse Anhaltspunkte — jedenfalls glaube ich, daß Vallage sie in seinem Arbeitszimmer erzeugt hat.«

»Wollt Ihr damit sagen, daß diese Frau nicht *lebendig* ist?«

»Ich will damit sagen, daß sie nicht ganz menschlich ist. Ihr solltet Euch alle vor ihr hüten.«

»Sie würde sich wohl kaum erdreisten, *mich* zu belästigen.« Karavise warf hochmütig den Kopf.

»Mag sein, aber ich ließe es, offen gestanden, nicht darauf ankommen. Hoffen wir, daß eine solche Situation niemals eintritt. Und nun«, — Wate Basef schob seinen erst zur Hälfte geleerten Teller beiseite —, »müssen wir uns mit dem Hauptproblem befassen. Wir brauchen nicht noch einmal alles zu wiederholen, deshalb kommen wir jetzt zu der Frage — was man in der momentanen Lage am besten unternimmt. Meiner Meinung nach gibt es nur eine Lösung. Wir brauchen Terrs Fal Grizhnis kognitive Schriften. Es gibt Anzeichen dafür, daß diese Unterlagen noch existieren und in den

Höhlen der Vardrul versteckt sind. Daher ergibt sich die Notwendigkeit, den Spuren von Devras' Vorfahren Rillif Har Fennahar zu folgen. Wir müssen in die Höhlen eindringen und erreichen, was Rillif nicht gelungen war: Wir müssen diese Unterlagen in die Hand bekommen.«

»Wir sollen Urgroßvater Rillifs Spuren folgen?« Devras' Augen leuchteten auf. »Großartig! Aber wie sollen wir den Weg in diese Höhlen finden? Habt Ihr uns nicht erzählt, die Bewohner hätten die Eingänge verschlossen?«

»Ihr könnt sicher sein, daß dies nicht für alle Eingänge gilt«, erklärte Wate Basef. »Und ich habe Karten, die uns eigentlich helfen müßten.«

»Die Bewohner, diese Vardrul«, bemerkte Karavise, »scheinen die Menschheit nicht besonders zu lieben. Wir können nicht auf ihre Unterstützung rechnen. Rillif blieb sie jedenfalls versagt.«

»Rillif verfügte auch nicht über die Hilfe der Kognition. In diesem Punkt sind wir besser gerüstet.«

»Vielleicht war auch Urgroßvater Rillif nicht ganz ohne solche Mittel. Der Familienüberlieferung nach besaß sein silbernes Armband ungewöhnliche Eigenschaften. Hier ist es.« Devras streifte sich das Schmuckstück vom Handgelenk. »Manchmal scheint es sich ohne erkennbaren Grund zu erwärmen. Davon abgesehen ist mir nie etwas Besonderes daran aufgefallen.«

Wate Basef nahm das Armband und betrachtete interessiert die eingeritzten Zeichen. »Hübsche Arbeit«, stellte er fest. »Zweifellos von den Esoterikern hergestellt und sehr alt. Die Inschrift im frühen Esoterikercode sagt uns, daß sich das Armband in der Nähe kognitiver Gegenstände erwärmt. Für Rillif Har Fennahar war es bei seiner Suche nach Fal Grizhnis Unterlagen und kognitiven Hilfsmitteln in den Höhlen zweifellos von unschätzbarem Wert. Uns wird es ebenso gute Dienste leisten.« Er gab das Armband seinem Besitzer zurück.

»Hat Euer Vorfahr noch etwas hinterlassen, Schriftstükke vielleicht, Karten, Artefakte oder ähnliches?«

»Nur die Berichte über die Forschungsreisen, die er nach seiner Emigration unternahm. Offenbar hatte er ein aktives, langes und erfülltes Leben. Man sagt, er habe auch eine glückliche Ehe geführt. Seine Gemahlin — eine Frau namens Verran, die alten Familienchroniken sprechen nur von einer ›schönen lanthianischen Witwe, die das Sonnenlicht liebte‹ — gebar ihm mehrere Kinder, an deren Namen ich mich auf Anhieb nicht erinnern kann. Und viel mehr weiß ich nicht über Großvater Rillif.«

Wate Basef war enttäuscht. »Ich hatte gehofft, Ihr besäßet umfassendere Informationen.«

»Die würdet Ihr auch zweifellos brauchen, Sir«, bemerkte Grono. »Wir wollen einmal annehmen, daß wir auf Euren grotesken Vorschlag eingehen — daß wir Euch zu den Höhlen folgen — und daß wir trotz aller Schwierigkeiten die Schriften finden, die Ihr sucht. Was dann? Ihr habt uns erklärt, Terrs Fal Grizhni sei der größte Adept gewesen, der je das Licht der Welt erblickt hat. Seid *Ihr* ihm ebenbürtig, Sir? Hat Euch die Natur oder die Kognition mit den nötigen Mitteln ausgestattet, um rückgängig zu machen, was der Meister geschaffen hat?«

Devras hatte damit gerechnet, daß Wate Basef mit einem sarkastischen Lächeln und einem ganzen Schwall von Gegenargumenten antworten würde, und als nichts geschah, blickte er seinen Gastgeber überrascht an. Wate Basefs Gesicht war ungewohnt ausdruckslos. Nach einer kurzen Pause antwortete der Adept: »Ich bin mir nicht sicher. Es besteht eine gute Chance, daß es mir gelingt, und ich werde mein Bestes tun. Außerdem gibt es, Gless Vallage möglicherweise ausgenommen, in ganz Lanthi Ume niemanden, der geeigneter wäre, es zu versuchen.«

Für einen Augenblick sprach niemand ein Wort. Sogar Grono wirkte eingeschüchtert. Endlich wechselte Karavise in ihrer ruhigen Art das Thema. »Sicher haben wir alle in Erwägung gezogen, daß es zwischen den legendären ›Weißen Dämonen aus den Höhlen‹ und den tückischen weißen Wesen, die uns der Reiter aus Fenz beschrieben hat, eine Verbindung geben könnte.«

»Wir können nur hoffen, daß eine solche Verbindung nicht besteht, Mylady«, antwortete Wate Basef. »Aber zur Sicherheit sollten wir lieber davon ausgehen, daß dem doch so ist.«

»Dann werden sie uns töten, wenn sie uns in ihren Höhlen entdecken.«

»Das wissen wir nicht, aber diese Möglichkeit ist keineswegs von der Hand zu weisen. Wir müssen uns darauf verlassen, daß die menschliche Kognition dem Kampfeseifer der Vardrul überlegen ist.«

»Aber warum sollte«, fragte Devras, »zwischen den Vardrul aus den Höhlen und dem Racheschwur Fal Grizhnis eine Verbindung bestehen? Grizhni mag ein Freund der Vardrul gewesen sein, aber das ist doch noch keine ausreichende Erklärung.«

»Nein, und ich kann Euch auch keine bessere liefern«, gestand Wate Basef. »Aber wir haben keine Zeit, um uns über diese Frage den Kopf zu zerbrechen. Wenn Ihr gestattet, möchte ich Grono jetzt bitten, sich nach unten zu begeben und meinen Dienern auszurichten, sie sollen die Kutsche bereitmachen und mit Proviant für etwa sechs Tage versehen. Sag Ihnen, wir planen eine Fahrt ins Nazara Sin, und bitte sie, alle für eine solche Expedition erforderlichen Vorbereitungen zu treffen. Sie wissen dann schon, was sie zu tun haben.«

»Ich nehme von Euch keine Befehle entgegen, Sir«, begehrte Grono trotzig auf.

»Grono. *Bitte*«, drängte Devras.

»Nun gut, Mylord. Wenn *Ihr* es wünscht.« Der Diener drehte sich um und stolzierte hocherhobenen Hauptes aus dem Raum. In der Küche angekommen, stellte er sich Wate Basefs Dienern vor und kommandierte sie dann herum. Es war die erste Befriedigung, die ihm an diesem Tag zuteil geworden war.

Während der Abwesenheit des Dieners planten die anderen ein heimliches kognitiv unterstütztes Eindringen in die Höhlen. Noch ehe eine Stunde vergangen war, wurden sie unterbrochen. Plötzlich erschien jemand in der Tür. Devras hatte Grono erwartet, drehte sich nichtsahnend um und fuhr erschrocken zusammen, als er eine kleine, zierliche, in graue Merinowolle gekleidete Gestalt erblickte. Auf der Schwelle stand die Ehrenwerte Snarp. Sie hatte die Hände in die Taschen ihrer weiten Hose gesteckt, das Quibbid mit seinem boshaften kleinen Nagergesicht zappelte ihr auf der Schulter.

»Wate Basef«, verkündete Snarp mit ihrer monotonen Stimme, »ich werde Euch jetzt nach Lanthi Ume zurückbringen.«

Die drei starrten sie an wie vom Donner gerührt.

Endlich fand Wate Basef die Sprache wieder. »Ihr seid allein hierhergekommen, über das Ophelu?«

Sie ging nicht auf die Frage ein. »Wir werden jetzt gehen.«

»Ich gehe nirgendwohin mit Euch. Gless Vallage ist nicht befugt, mich festnehmen zu lassen.«

»›Befugnisse‹ können vielerlei Formen annehmen.« Die tonlose Stimme veränderte sich nicht, aber irgendwo hinter den gelben Augen funkelte ein merkwürdiges Licht auf.

»Snarp, Ihr seid widerrechtlich hier eingedrungen. Ich rate Euch, mein Haus wieder zu verlassen.«

»Wir werden zusammen gehen.«

»Ihr vergeudet meine und Eure Zeit.«

»Ihr habt eine Antwort erhalten, Weib«, bemerkte Lady Karavise eisig. »Überbringt sie Eurem Herrn Vallage. Und jetzt geht.«

»Die anderen zählen nicht«, gab Snarp zurück und

wandte sich wieder an Wate Basef. »Muß ich Euch zwingen?«

Wate Basef lächelte sie an. Bei genauem Hinsehen hätte man vielleicht bemerkt, daß sich auf seinem bärtigen Gesicht Schweißtropfen bildeten. Er verschränkte die Arme und lehnte sich in seinem Stuhl zurück. »Das klingt sehr mutig. Aber diesmal habt Ihr Eure Gardisten nicht mitgebracht.«

»Ich brauche sie nicht.« Mit tödlicher Schnelligkeit zog Snarp die rechte Hand aus der Tasche, und zwischen den Fingern sah man einen dünnen Faden glitzern. Sie schleuderte ihn, fast ohne zu zielen. Wie ein silberner Blitz zischte die Schlinge aus lebendem Draht durch die Luft und legte sich um Raith Wate Basefs Hals. Snarp riß die Hand zurück und fauchte einen Befehl, die Schlinge straffte sich und grub sich tief ins Fleisch. Wate Basef rang keuchend nach Luft, die Augen traten ihm aus den Höhlen. Da er nicht sprechen konnte, war es ihm auch nicht möglich, zur Kognition zu gelangen. Vergebens an dem Ding zerrend, das ihn zu strangulieren drohte, rutschte der Adept vom Stuhl und fiel auf die Knie. Sein Gesicht färbte sich dunkelrot, eine feine Blutspur erschien an seinem Hals. Der Draht fauchte leise, und das Quibbid kreischte wütend.

Devras sprang auf und wollte sich auf Snarp stürzen. Die Frau sah ihn kommen, riß die linke Hand aus der Tasche und schleuderte ebenso geschickt einen zweiten lebenden Draht. Er legte sich um den Hals des jungen Mannes und spannte sich. Devras' Hände flogen an die Kehle, und er würgte verzweifelt. Snarp ließ beide Drähte fallen, löste ein Paar Handschellen vom Gürtel und näherte sich Raith Wate Basef.

Dieses Bild bot sich Grono, als er aus der Burgküche zurückkehrte. Der Diener reagierte sofort. Er näherte sich Snarp von hinten, hob seinen Stock und ließ ihn auf Snarps breitkrempigen Hut niedersausen. Snarp kippte vornüber, prallte mit dem Kopf auf den Boden

und blieb reglos liegen. Das Quibbid sprang ihr quiekend von der Schulter und huschte in den Schatten unter dem Tisch. Mit beträchtlicher Anstrengung riß Grono den lebenden Draht von der Kehle seines Herrn, während Karavise auf die gleiche Weise Wate Basef zu Hilfe kam.

Grono schleuderte den Draht zu Boden. Sofort bildete sich am vorderen Ende eine Schlinge, und das Ding kroch auf sein Opfer zu. Immer wieder schlug Grono mit seinem Stock darauf ein, bis der Draht schließlich krampfhaft zuckte, sich zusammenringelte wie ein Korkenzieher und leblos liegenblieb. Der zweite Draht suchte flink Schutz unter dem Körper der ohnmächtigen Snarp.

Devras und Wate Basef hatten zwar blutige Striemen an der Kehle, aber davon abgesehen waren sie nicht ernsthaft verletzt. Sie erholten sich schnell, und bald war der Adept in der Lage, sich mit rauher Stimme zu erkundigen: »Ist sie tot?«

Lady Karavise untersuchte angewidert Snarps reglose Gestalt und meldete: »Sie atmet noch.«

»Das ist gut.« Wate Basefs Stimme war nur ein heiseres Krächzen. »Sehen wir zu, daß wir hier wegkommen, ehe sie aufwacht.«

Karavise warf ihm einen überraschten Blick zu, doch ihre Stimme blieb kühl, als sie bemerkte: »Ich begreife nicht, warum wir uns wegen dieser Frau besonders beeilen sollten. Burg Io Wesha besitzt doch gewiß einen sicheren Raum, in dem man sie beliebig lange festhalten kann.«

»Das nützt nichts.« Wate Basef schien es zu bedauern. »Zum einen hat sie sicher die Esoterikergarde von ihrer Absicht unterrichtet. Wenn Snarp nicht binnen einiger Stunden nach Lanthi Ume zurückkehrt, werden die Gardisten Io Wesha stürmen. Als Tochter des Herzogs seid Ihr, Euer Gnaden, vor ihnen sicher, aber für die beiden anderen hier — und auch für meine Diener

— gilt das nicht. Die einzige Möglichkeit, die Ehrenwerte Snarp unschädlich zu machen, wäre, sie zu töten, und dazu bin ich nicht bereit. Unter diesen Umständen ist es am besten, wenn wir sofort aufbrechen. Grono«, wandte er sich an den Diener, »hast du meine Diener verständigt?«

»Jawohl, Sir. Sie scheinen ganz brauchbar zu sein, recht flinke Burschen, aber natürlich brauchen sie einige Zeit für die Vorbereitungen ...«

»Die haben sie nicht. Was immer sie bis jetzt geschafft haben, muß genügen.«

»Nein, Sir!« Grono baute sich vor dem Adepten auf wie ein Ritter vor einem Drachen. »Es genügt nicht! Mein Herr ist verletzt und kann noch nicht reisen.«

»Doch, ich kann reisen«, widersprach Devras. Sein Gesicht war aschgrau, aber seine Augen glänzten.

»Das ist Wahnsinn, Sir! Die Kutsche ist kaum für eine solche Reise ausgerüstet, die Vorbereitungen sind noch nicht einmal zur Hälfte erledigt — Euer Lordschaft, überlegt doch einen Moment lang! Dieser Mann führt Euch auf Abwege, er wird Euer Untergang sein ...«

»Ich gehe mit ihm, Grono. Wirst du uns begleiten?«

Der Diener öffnete schon den Mund, um hitzig aufzubegehren, zögerte aber und starrte seinen ruhig, aber ungewohnt entschlossenen jungen Herrn an. Devras begegnete dem flammenden Blick freundlich. Einen Augenblick lang herrschte gespanntes Schweigen, dann gab Grono sich vorerst geschlagen. »Ich komme mit. Aber nur unter Protest, Euer Lordschaft. Unter heftigem Protest.«

»Wenn das entschieden ist, wollen wir uns die Kutsche ansehen«, drängte Wate Basef. Zu seinen Füßen regte sich Snarp und stöhnte leise.

Alle vier eilten aus dem Zimmer, die Treppe hinunter und durch die große Eingangshalle, um schließlich im grellen Licht der Nachmittagssonne ins Freie zu treten. Im Hof erwartete sie eine schäbige, robuste, etwas plumpe Kutsche mit einem Gespann von vier Pferden. Der Stallknecht legte gerade letzte Hand an das Zaumzeug der Tiere, während der Haushofmeister die letzten Proviantkörbe im Innenraum unter den Sitzen verstaute. Auf dem Gepäckständer auf dem Dach stapelten sich Kisten und Säcke.

»Gut gemacht«, lobte Karavise, »aber könnten wir nicht Zeit sparen, indem wir das Beförderungsmittel verwenden, das uns hierherbrachte?«

»Nein, Mylady. Wir könnten nur zwischen den beiden Hälften des Ophelu hin- und herwechseln; zu mehr ist diese Einrichtung nicht fähig. Die beiden Hälften sind verbunden durch ein höchst ungewöhnliches — aber nein, das werde ich Euch ein andermal erklären.«

Während Karavise, Devras und Grono die Kutsche bestiegen, gab Wate Basef seinen Dienern eilends letzte Anweisungen. Zweimal zeigte er auf das Fenster des Arbeitszimmers, aber die anderen konnten seine Worte nicht verstehen. Dann kletterte der Adept auf den Kutschbock und griff nach den Zügeln. Um seinen Hals zog sich noch immer ein tiefroter Streifen, aber das konnte seiner Energie keinen Abbruch tun. Er knallte mit der Peitsche, und der Wagen setzte sich ratternd in Bewegung.

Die Kutsche passierte den großen Torbogen von Io Wesha und fuhr hinaus auf den Morlin Hill, wo der kalte Wind pfiff und die Fahrgäste nach allen Seiten weit übers Land sehen konnten. Verlassene, von Unkraut überwucherte Felder breiteten sich unter ihnen aus, ein paar Meilen südlich erhob sich Lanthi Ume, dessen Türme und Kuppeln in der Sonne prächtig glänzten, und jenseits der Stadt glitzerte tiefblau das Meer. Nach Norden führte die Straße in Windungen den Morlin Hill hinab, umging den Fuß der Schroffen und zog sich weiter durch die Gravula-Wüste bis zu den Hügeln des Nazara Sin.

Die Peitsche in Wate Basefs Hand sang, und die

Kutsche donnerte wie eine Lawine den Morlin Hill hinab.

Die Schatten wurden bereits länger, als die graue Gestalt auf dem Steinboden wieder zum Leben erwachte. Mit weit geöffneten Augen blieb Snarp eine Weile reglos liegen. Endlich setzte sie sich langsam auf, und das schnatternde Quibbid kam heran und beschnüffelte ihren Stiefel. Snarp streckte eine klauenähnliche Hand aus, stieß das Wesen leicht an, griff sich dann an den Kopf und nahm den breiten Hut ab. Ein paar spärliche, fast farblose Haarsträhnen fielen ihr ins Gesicht. Sie betastete vorsichtig den Schädel und fand bald eine Beule. Bei der Berührung zuckte sie zusammen, und jetzt verzerrte sich ihr Gesicht zu einer furchterregenden Grimasse, die Haut wurde fahlgelb, und die Lippen spannten sich straff über die in Zorn und Schmerz zusammengebissenen Zähne.

Sie legte kurz die schweißbedeckte Stirn auf die eiskalten Hände, dann erhob sie sich, stolperte zum Tisch, griff nach einem Becher Wein, den jemand stehengelassen hatte, und leerte ihn auf einen Zug. Als die Übelkeit sie erfaßte, krümmte sich die Vollstreckerin, würgte ein paarmal und spie dann ihren Mageninhalt über Tisch und Boden. Sekundenlang stand sie keuchend da, dann übergab sie sich noch einmal.

Das Quibbid schlich heran, die großen Ohren zuckten. Es beschnüffelte das Erbrochene auf dem Boden und begann es aufzulecken. Snarp hinderte es nicht daran. Sie goß sich noch ein Glas Wein ein, spülte sich damit den Mund, spuckte den Wein aus und trank den Rest ohne nachteilige Folgen. Dann tränkte sie eine Serviette mit Wein und legte sich das Tuch auf die Stirn. Als die Übelkeit nachließ, ging sie zur Tür, versuchte sie zu öffnen und stellte fest, daß sie von außen verschlossen war. Wütend rüttelte sie an der Klinke, dann hielt sie inne, weil ein neuer Schwindelanfall sie zum Taumeln brachte. Snarp starrte das Hindernis an. Ihr Gesicht veränderte sich nicht, nur die gelben Augen glühten fanatisch auf.

»Lauf, Wate Basef!« Sie sagte es, als könne ihr Feind sie hören. »Ich werde dir auf den Fersen bleiben. Versteck dich, und ich werde dich finden. Vergeblich wirst du Zuflucht suchen. Ich bringe dich nach Lanthi Ume zurück — tot oder lebendig.«

Nachdem sie ihren Gefühlen dergestalt Luft gemacht hatte, ging sie an die Arbeit. Unter ihrem Hutband war eine sehr dünne, biegsame, zweischneidige Stahlklinge verborgen. Mit diesem Werkzeug bearbeitete sie die verschlossene Tür.

An diesem Abend erhielten zwei bedeutende Persönlichkeiten in Lanthi Ume eine Botschaft.

Die Sonne war bereits untergegangen, als Herzog Bofus' Kammerdiener das Eintreffen eines Kuriers von der Burg Io Wesha meldete.

Der Bote wurde vorgelassen, verneigte sich tief und erklärte: »Hoheit, ich überbringe Euch Grüße von meinem Herrn, dem Kognoszenten Raith Wate Basef. Er hat mir aufgetragen, Euch zu versichern, daß er Eurer Hoheit allen schuldigen Respekt entgegenbringt und Euch stets zu Diensten steht, sollet Ihr seiner im Rahmen Eurer herzoglichen Pflichten bedürfen ...«

»Einen Augenblick«, unterbrach ihn der Herzog. »Kommst du nicht von der Burg Io Wesha?«

»So ist es, Hoheit.«

»Wie kannst du mir dann Nachricht von Raith Wate Basef bringen?« Tiefe Falten gruben sich in die bemerkenswert glatte Stirn des Herzogs. »Ich dachte, er stehe in Lanthi Ume unter Arrest.«

»Das kann nicht sein, Hoheit. Mein Herr und die anderen sind gegen Mittag in Io Wesha erschienen.«

»Das ist sehr merkwürdig.« Dann kam dem Herzog eine Idee. »Vielleicht hat Gless Vallage ihn doch freigelassen. Hoffentlich. Da wird Kara sich aber freuen.« Bofus lächelte freundlich.

»Man hat mich geschickt, um Eurer Hoheit eine Botschaft von Lady Karavise Dil Shonnet zu überbringen.«

»Von Karavise?« Bofus war verblüfft. »Aber wo steckt sie denn?«

»Ihre Gnaden schickt diese Nachricht von Io Wesha.«

»Karavise auf Io Wesha? Aber warum? Was hat sie denn *da draußen* zu suchen?«

»Ich kenne die Absichten Ihrer Gnaden nicht.«

»Aber was will sie dort? Das verstehe ich nicht, und ich finde es auch nicht richtig. Sie sollte sich nicht so einfach in der Gegend herumtreiben. Karavise und Wate Basef ...« Die blauen Augen des Herzogs wurden groß. »Meinst du — hältst du es für möglich, daß sie miteinander *durchgebrannt* sind?«

»Das glaube ich nicht, Hoheit. Sie waren nicht allein, sondern wurden von einem jungen Herrn und seinem Diener begleitet. Dem Gebaren des Dieners nach zu urteilen, muß sein Herr von sehr hohem Stand sein.«

»Ein hoher Adeliger! Wer mag das sein?« Bofus zupfte sich besorgt am Spitzbart.

»Lady Karavise sendet Euch mit allem schuldigen Respekt Ihre Grüße und läßt Eurer Hoheit durch mich mitteilen, daß sie vorhat, mit den anderen einen kurzen Ausflug ins Nazara Sin zu unternehmen. Sie rechnet damit, noch im Laufe dieser Woche nach Lanthi Ume zurückzukehren.«

»Karavise will in den Höhlen umherkriechen? Zusammen mit Raith Wate Basef? Und einem anderen, dessen Namen ich nicht einmal kenne? Was fällt ihr eigentlich ein?« Als der Kurier nicht antwortete, fragte er nach: »Sonst hat sie nichts gesagt?«

»Nein, Hoheit.«

»Nein. Ach, würde das Mädchen nicht immer solche Dummheiten machen! Das wünschte ich wirklich! Was werden die Leute sagen? Sie hat so merkwürdige Einfälle und ist so entsetzlich eigensinnig! Und sie hätte sich keinen schlechteren Zeitpunkt aussuchen können. Schlimmer könnte es wirklich nicht sein!«

»Hoheit?«

Die blauen Augen des Herzogs blickten bestürzt. »*Gless Vallage kommt heute abend zum Essen!* Hat sie daran denn gar nicht gedacht?«

Gless Vallage freute sich schon auf die Einladung und hatte keine Mühe gescheut, um sich gebührend prächtig auszustaffieren. Dazu hatte er seine üblichen Gewänder mit einem herrlich gearbeiteten Anzug aus dezentem Silberbrokat vertauscht, einem Meisterwerk an prunkvoller Eleganz. Mit seinen wohlgeformten Zügen, dem Silberhaar und der stattlichen Gestalt bot der Großmeister in der Tat einen imposanten Anblick. Allerdings war seine Miene keineswegs heiter. Wie Herzog Bofus so hatte auch er einen Besucher empfangen; der seine war im Schutz der eben erst hereingebrochenen Dunkelheit gekommen.

Der Großmeister stand in seinem privaten Empfangssalon im dritten Stockwerk des Hauses Vallage, einem Herrensitz, der an Größe nur vom herzoglichen Palast und an Schönheit von keinem anderen Gebäude übertroffen wurde. Gless Vallage sammelte mit Leidenschaft Kunstwerke und Skulpturen, antike Möbel, Manuskripte, teure Raritäten und thaumaturgische Geräte. Sein Palast zeugte von ausgeprägtem Besitzinstinkt, aber auch von makellosem Geschmack.

Der Besucher strich wie ein schwarzes Gespenst um den offenen Kamin herum und wollte sich offenbar nicht mehr als höchstens einen Schritt vom lodernden Feuer entfernen. Obwohl es kein besonders kühler Abend war, hatte er sich von Kopf bis Fuß in einen dunklen Kapuzenumhang gehüllt. Die Hände hielt er ständig in den Falten des Mantels verborgen, und die altmodische Gesichtsmaske legte er nicht ab, obwohl es allgemein der Brauch war, im Innern des Hauses auf eine solche Tarnung zu verzichten. Unter dem Rand der Kapuze strahlte ein schwaches kaltes Licht hervor. Als der Fremde zu sprechen begann, verblüffte seine Stimme — er hatte einen merkwürdigen Akzent und redete etwas stockend, als sei er mit der Sprache von Lanthi Ume nur unzureichend vertraut. Die melodischen Töne hatten einen schönen, aber unbeschreiblich fremdartigen Klang.

»Ich spüre eine Dissonanz. Warum?«

»Keineswegs. Alles ist so, wie ich es versprochen habe«, gab Gless Vallage zurück.

»Sie haben eine Warnung erhalten.«

»Aber sie haben nicht daran geglaubt. Sie wissen nichts. Es gibt keinen Grund für Euch, hierherzukommen und Euch damit in Gefahr zu bringen«, mahnte Vallage in besorgtem Tonfall.

»Einer hat gesprochen. Es ist ...« Der Besucher zögerte und suchte vergeblich nach einem bestimmten Wort oder Begriff, endlich behalf er sich mit einem anderen, der nur ungefähr ausdrückte, was er sagen wollte. »... nicht so geschehen, wie Ihr es versprochen habt.«

»Der Sprecher besitzt keine Glaubwürdigkeit. Dafür habe ich gesorgt.«

»Er könnte noch einmal das Wort ergreifen.«

»Nein, er wird keine Gelegenheit mehr haben, in der Öffentlichkeit zu sprechen. Ich werde alle nötigen Maßnahmen ergreifen, um ihn zum Schweigen zu bringen. Darauf gebe ich Euch mein Wort.«

»Euer — Wort?« Hinter der Maske bewegte sich etwas.

Vallage sah, wie die strahlenden Augen sich prüfend auf ihn richteten. »Mein persönliches Versprechen«, antwortete er mit betonter Aufrichtigkeit.

»Die Esoteriker dürfen nichts davon wissen.«

»Keine Sorge, die Esoteriker werden nichts erfahren. Ich bin ihr Anführer, und sie werden meinen Weisungen folgen, die mit Rücksicht auf Eure Interessen formuliert wurden. Ihr könnt mir vollkommen vertrauen, ich bin Euer Freund.«

Wieder eine leichte Bewegung hinter der Maske. »Wir vertrauen unserem Freund Vallage.« Die Stimme vibrierte, summte fast. »Er hat viel zu gewinnen und viel zu verlieren.«

Der Großmeister wehrte mit eleganter Geste ab. »Dies ist nicht der Augenblick, von materieller Belohnung zu sprechen«, murmelte er.

»Ich spreche nicht nur von — Belohnung.«

Gless Vallage musterte seinen Gast, als suche er nach organischen Mißbildungen. Unter dem alles verhüllenden Umhang war nichts dergleichen erkennbar, und endlich antwortete Vallage mit sorgsam einstudierter Offenheit: »Ich will nicht leugnen, daß Ihr mir große Dinge versprochen habt. Aber eine große Gunst verdient schließlich auch einen großen Gewinn.«

»Das ist wahr. Die Lichtkristalle von J'frnial habt Ihr bereits erhalten. Ihr seid der erste Mensch, der so etwas je besessen hat, und Ihr wißt, was sie für die Sippenangehörigen bedeuten. Später wird alles, was die Esoteriker besitzen, Euch gehören. Mit diesem Wissen könnt Ihr Euch an einem anderen Ort zum — König — machen. Weit weg von Dalyon.«

»Vielleicht. Aber ich habe mich nicht bereit erklärt, Euch zu helfen, weil ich auf Gewinn spekuliere, sondern weil«, — Vallages schöne Augen glühten in leidenschaftlichem Licht —, »ich wahrhaft — von ganzem Herzen — glaube, daß Eure Ansprüche begründet und berechtigt sind.«

»Aus diesem Grund — um der Gerechtigkeit zu dienen, indem Ihr die Schuld der Menschen an unsere Ahnen begleicht — habt Ihr durch Kognition nach Art der alten Adepten-Patriarchen Verbindung mit den Sippenangehörigen aufgenommen?«

»So ist es, mein Freund. Euer Volk hat viel unter uns

gelitten, jetzt ist es an einigen von uns, Wiedergutmachung zu leisten.«

»So.« Die Stimme des Besuchers veränderte sich, ein leiser Unterton schwang mit, der Vallage entging, weil ihm die Art des Fremden, mit stimmlichen Mitteln Ironie auszudrücken, unbekannt war. »So.«

»Ich glaube«, fuhr der Großmeister unbeirrt fort, »an Euren Sieg. Ich bin überzeugt davon, daß Ihr Erfolg haben werdet.«

»Und deshalb seid Ihr uns zu Diensten — das leuchtet mir eher ein. Ihr handelt klug, denn so wird es geschehen. Unsere Zeit ist gekommen. Die — die Himmel selbst verkünden es. Die neue Finsternis öffnet uns den Weg. Das Reich ist unser.«

»Und die Menschen?«

»Sie werden nicht bleiben. Aber das betrifft Euch nicht. Ihr müßt Euch Eure — Belohnung — verdienen. Die Esoteriker müssen weiterhin in Unwissenheit gehalten werden. Ihr werdet Ihnen Augen und Ohren — verstopfen.«

»Ihr habt mein feierliches Versprechen. Die Esoteriker stehen unter meiner Kontrolle.«

»Alle bis auf einen.«

»Die kleine Schwierigkeit, auf die Ihr anspielt, ist bereits gelöst.« Der Großmeister wurde aus seiner augenblicklichen Verlegenheit gerettet, als unter einer trichterförmigen Kristallhaube auf einem Tischchen mit Intarsien aus Gold und Onyx plötzlich ein blaues Licht aufglühte. »Ah — da ist ja bereits die Nachricht. Entschuldigt mich kurz, mein Freund.« Vallage trat an das Tischchen. Unter der Kristallhaube bildeten sich Dampfschwaden und drehten sich wie ein winziger Zyklon. Dabei verdichteten sie sich immer mehr, wurden träger und kondensierten schließlich zu einem faustgroßen Klumpen aus mattgrauer Materie. Das Licht erlosch. Vallage holte den Klumpen heraus und schlug ihn hart gegen die Tischkante. Das graue Zeug zerkrümelte, und eine zusammengefaltete Botschaft kam zum Vorschein. Als der Adept sie las, zuckten ihm Überraschung und Mißfallen übers Gesicht:

> *Großmeister,*
> *Wate Basef ist entkommen. Ich werde ihn verfolgen und nach Lanthi Ume zurückbringen. Das schwöre ich.*
> *— S.*

»Ist die Harmonie wiederhergestellt?« wollte der Besucher wissen.

»Ja.« Gless Vallage wandte sich der vermummten Gestalt zu. Er hatte seine Züge wieder völlig unter Kontrolle, und nichts als Befriedigung spiegelte sich darin. »Ausgezeichnete Neuigkeiten. Raith Wate Basef wurde gefaßt. Er befindet sich in der Obhut meines vertrauenswürdigsten Gehilfen und wird uns nicht weiter stören.«

»Das ist erfreulich«, gab der Fremde rätselhaft zurück. »Hoffentlich bleibt es dabei. Ich werde meinen ...« Wieder suchte er nach einem Wort und verwendete schließlich eines, das ihn offenbar nicht zufriedenstellte. »... Patriarchen informieren.«

»Tut das.« Vallage warf Snarps Botschaft lässig ins Feuer. »Darf ich Euch nun die Gastfreundschaft meines Hauses anbieten, mein Freund?«

»Ich werde gehen.«

»Mein Dombul steht Euch zur Verfügung.«

»Nein, ich nehme den Lichtlosen-Tunnel-in-feuchtem-weichen-Stein-der-nahe-der-Oberfläche-durch-nassen-Boden-führt.« Der Besucher zögerte, dann fügte er hinzu: »Eure Sprache ist ... karg, sie vermag so vieles nicht auszudrücken.«

»Übermittelt Eurem großen König meinen tiefen Respekt.«

Ein kurzes Abschwächen der Lumineszenz unter der Kapuze des Besuchers war die einzige Antwort.

Kaltes Schweigen.

»Dann wünsche ich Euch einen guten Abend«, sagte Gless Vallage endlich.

»Lebt wohl. Enttäuscht uns nicht.« Der Besucher zog sich so lautlos zurück wie die Nacht, wenn der Morgen kommt.

Nachdem sein Gast gegangen war, blieb Gless Vallage noch für eine Weile, in tiefe Gedanken versunken, allein im Empfangssalon stehen. Minutenlang stand er so da, und seine innere Spannung steigerte sich immer mehr. Dann, ganz unvermittelt, wie von einem Impuls getrieben, der sich nicht länger unterdrücken ließ, eilte der Adept aus der Tür. Er durchquerte hastig mehrere prunkvolle Räume, bis er eine fest verschlossene Tür erreichte, hinter der eine kleine, schlichte, fensterlose Kammer lag. Ursprünglich war dieses Gemach als Schlafstätte für den Leibdiener oder den Kammerherrn des Hausherrn bestimmt gewesen, der gegenwärtige Lord Gless Vallage hatte ihm jedoch einen ganz anderen Verwendungszweck zugewiesen.

Vallage schloß die Tür auf und trat ein. Die Kammer war spärlich möbliert und enthielt nur einen Tisch, einen Stuhl und zwei sehr massive, eisenbeschlagene, kognitiv verschlossene Schränke. Vallage zog sorgsam die Tür hinter sich zu, trat an einen der Schränke und öffnete ihn. Auf dem mittleren Bord stand auf einer Glasplatte ein großer Hohlkegel aus dünnem Glas. Obwohl das Glas farblos war, erschien der Kegel so schwarz wie ein Riß im Gefüge von Raum und Zeit. Hastig, fast verstohlen nahm Vallage das Gefäß heraus und stellte es auf den Tisch. Einen Augenblick lang starrte er es an, dann berührte er es vorsichtig mit der Hand. Das Glas war warm, merklich wärmer als der übrige Raum. Sehr behutsam hob er den Kegel an der Unterkante ein Stück weit an. Sofort quoll ein scheinbar massiver schwarzer Splitter durch den Spalt und wölbte sich in einem unwahrscheinlichen Bogen. Die heiße dunkle Substanz verströmte einen intensiven Geruch nach verwesenden Pflanzen, und die Nasenflügel des Adepten zuckten. Schnell drückte er den Rand des Kegels wieder auf die Platte und schnitt damit einen kleinen Halbmond aus kognitiver Mitternachtsschwärze ab. Der Halbmond schwebte träge über die Tischkante, fiel zu Boden und blieb dort liegen. Gleich darauf verschwammen seine Umrisse, seine Form veränderte sich, und die befreite Finsternis breitete sich erst langsam, dann mit zunehmender Schnelligkeit aus.

Gless Vallage sah aufmerksam zu. Dann trat er, um den Prozeß zum Stillstand zu bringen, wieder an den Schrank, holte eine Reihe kognitiver Hilfsmittel heraus und machte sich an die Arbeit.

Trotz seiner vielgerühmten Fähigkeiten gelangte der Großmeister nicht leicht zur Kognition, sondern mußte sich endlose Minuten lang angestrengt konzentrieren. Vallage atmete keuchend, der Schweiß stand ihm in dikken Tropfen auf der Stirn, und die Finsternis auf dem Boden hatte sich bereits auf das Doppelte ihres ursprünglichen Volumens vergrößert, als ihn endlich wie ein Blitzschlag das Begreifen und die vollkommene Sicherheit durchfuhren, die das Zeichen für den Erfolg waren.

Langsam öffnete er die Augen. Sein Atem ging immer noch mühsam, und seine Glieder waren schwer wie Blei. Aber die körperliche Erschöpfung, die nach größeren kognitiven Leistungen unvermeidlich war, vermochte Vallages Triumphgefühl nicht zu dämpfen, als er sah, wie der häßliche finstere Fleck auf dem Boden sich zusammenzog, immer weiter schrumpfte und dabei ständig heller wurde, bis schließlich nur noch ein winziger grauer Rauchfleck übrig war. Einen Augenblick später hatte sich auch dieser letzte Schleier aufgelöst.

Vallage richtete sich auf. Der Sieg hatte eine sichtlich belebende Wirkung, die Müdigkeit fiel von ihm ab. Mit federnden Schritten stellte er den schwarzen Kegel in den Schrank zurück. Dann blieb er einen Augenblick stehen, dachte über das Spiel nach, das er spielte, und wog die Risiken gegen den zu erwartenden Gewinn ab.

Seit Generationen kursierten unter den Esoterikern Gerüchte über die grauenerregende kognitive Technik, die zum Tod des Lichts führte. Dem Vernehmen nach war dies die letzte und schrecklichste Leistung des dämonischen Terrs Fal Grizhni gewesen, und er hatte das Geheimnis mit ins Grab genommen. Bis auf den heutigen Tag hatte kein Mensch das Verfahren wiederentdeckt. Kein Sterblicher hatte sich als fähig erwiesen, die komplexe, völlig unberechenbare Kognition zu erfassen oder gar zu beherrschen, die den giftigen Zerfall des Lichts bewirkte. Viele hatten sich daran versucht, und alle waren kläglich gescheitert — alle, bis endlich Vaxalt Gless Vallage kam, der größte Adept der Neuzeit, vielleicht der größte Adept aller Zeiten, selbst Fal Grizhni nicht ausgenommen. Wer außer Vaxalt Gless Vallage wäre dazu fähig gewesen? Sobald sein Erfolg einmal bekannt wurde, würde er als Held in die Geschichte der Esoterikerloge eingehen, aber das war erst der Anfang, denn die Talente des Vaxalt Gless Vallage waren keineswegs nur auf den Bereich der Kognition beschränkt.

Es war offensichtlich und wurde von niemandem bestritten, der unvoreingenommen urteilte, daß Vaxalt Gless Vallage über seltenes diplomatisches Geschick verfügte, verbunden mit enormer Geisteskraft, einem umfassenden Wissen, Entschlossenheit, großem Weitblick, einem fast magischen persönlichen Charme und Charisma — kurzum, über alle Eigenschaften eines großen Herrschers. Da wäre es doch fast ein Verbrechen, wenn sich ein Mann von solchen Fähigkeiten mit der Verwaltung der Esoterikerloge begnügte, während ganz Lanthi Ume verzweifelt eines begnadeten Führers bedurfte. An diesem kritischen Punkt in der Geschichte konnte das Genie eines einzelnen Mannes das Schicksal der Stadt wenden, den langen Niedergang aufhalten und ihr ihre einstige Größe zurückgeben. Gerade in diesem Augenblick war eine Mischung, eine Verschmelzung der zeitlichen Macht des Herzogs mit dem Wissen der Esoteriker das Beste für die Stadt, und eine solche an sich schon mächtige Verbindung würde sich gewiß als unbesiegbar erweisen, wenn sie von einem außergewöhnlichen Mann verkörpert wurde.

Vaxalt Gless Vallage war dieser Mann, er war zum kognitiven Herrscher und zum Retter von Lanthi Ume bestimmt.

Damit blieb nur noch die Frage offen, wie der Aufstieg des Großmeisters wohl am besten zu bewerkstelligen sei. Ein einfacher Staatsstreich war zwar nicht völlig ausgeschlossen, aber wohl kaum dazu angetan, ihm die Zuneigung seiner künftigen Untertanen zu gewinnen. Eine zweite Möglichkeit lag in der diskreten Beseitigung des liebenswerten, aber einfältigen Herzogs Bofus. Sollte der Herzog Opfer eines ›Unfalls‹ werden, so konnte sich Vaxalt Gless Vallage vielleicht selbst zum Regenten für die junge, noch unerfahrene Karavise erklären. Wenn er sie obendrein noch heiratete, würde das seine Stellung sehr festigen. Bei diesem Plan gab es allerdings einen wunden Punkt, und das war Karavises Charakter. Jung und unerfahren mochte sie sein, aber sie war weder schwach noch dumm. Außerdem war nicht zu übersehen, daß sie ihn aus Gründen, die er nicht durchschaute, aus tiefster Seele haßte. Und falls er ihr, wie sanft auch immer, seinen Willen aufzwang, war diese eiskalte Teufelskatze durchaus fähig, die ganze Stadt gegen ihn aufzuhetzen. Ein solcher Aufstand ließ sich vielleicht niederschlagen, aber es entsprach eben nicht Vaxalt Gless Vallages Vorstellungen, mit solch barbarischen Mitteln an die Macht zu gelangen.

Bisher hatte den Großmeister noch keine Methode völlig befriedigt — erst als er insgeheim die Tod-des-Lichts-Kognition gemeistert hatte und fast gleichzeitig Terrs Fal Grizhnis alter Fluch wirksam geworden war, hatte sich ihm die Chance seines Lebens geboten. Die meisten Menschen mochten die Ausbreitung der giftigen Finsternis für eine Katastrophe halten, für Vaxalt Gless Vallage, der nun die Macht besaß, die Gefahr nach Belieben zu bannen, war sie nicht weniger als ein Geschenk der Vorsehung.

Diese Macht würde er jedoch erst einsetzen, wenn er damit die größtmögliche Wirkung erzielen konnte.

Man mußte zulassen, daß die giftige Finsternis sich ungehindert ausbreitete. Die damit verbundenen Opfer an Menschenleben und Privateigentum waren zwar bedauerlich, aber im lanthianischen Interesse notwendig. Diejenigen, die dieser Praxis am ehesten Widerstand entgegensetzen konnten — die Adepten der Esoterikerloge nämlich —, mußten so weit wie möglich in Unwissenheit gehalten werden. Deshalb mußte man alle Informationen über den wahren Charakter der Bedrohung — Informationen, wie sie der widerliche Raith Wate Basef unters Volk bringen wollte — um jeden Preis unterdrücken. In diesem Punkt schienen sich die Ziele Vaxalt Gless Vallages und der jetzt aus ihren Höhlen auftauchenden kriegerischen Vardrul zu decken, und diese trügerische Gemeinsamkeit hatte den Großmeister auf die Idee gebracht, den Einsatz noch zu erhöhen und den Höhlenbewohnern im Austausch für die unbezahlbaren Lichtkristalle von J'frnial seine Dienste anzubieten — ein so meisterhafter Schachzug, daß er bei dem Gedanken daran ein schadenfrohes Lächeln kaum zurückhalten konnte. Die Vardrul würden ihren Fehler früh genug erkennen, aber Vallage würde im Besitz der Kristalle bleiben.

Die Finsternis mußte bis zu den Mauern von Lanthi Ume vorrücken. Und dann, wenn die Angst ihren Höhepunkt erreichte und die Bürger sich schon aufgegeben hatten — erst dann und keinen Augenblick früher —, würde Vaxalt Gless Vallage ganz allein Fal Grizhnis Kognition brechen, er würde die Finsternis zurückschlagen und damit für alle Zeiten zum Helden, zum einzigen Retter seiner Stadt werden.

Unwillkürlich verzog sich Vallages Gesicht zu einem Lächeln, als er sich die Szene ausmalte — er selbst, eine imposante Gestalt in seinen schwarzen Gewändern, ein einsamer Kämpfer, stand allein auf den Mauern der Vayno-Festung, von Hoffnung und Furcht erfüllt waren die Augen der ganzen Stadt flehentlich auf ihn gerichtet, und er sprach die Worte der Macht, die die Finsternis wie reinigende Feuerstrahlen durchdringen würden.

Und danach — danach würden alle vor Dankbarkeit fast den Verstand verlieren. Ganz Lanthi Ume würde ihm zu Füßen liegen, und er würde faktisch, wenn auch nicht nominell der Herrscher sein. Dann würde man ihm die Hand der Herzogstochter aufdrängen — man würde ihn anflehen, sie doch zu nehmen, und diese Heirat würde fast eine Garantie dafür bieten, daß er binnen kurzem den Thron besteigen konnte. Nicht einmal Karavise selbst, wie immer sie auch für ihn empfinden mochte, konnte etwas dagegen einwenden, ohne undankbar zu erscheinen.

Beim Gedanken an seine künftige Braut wurde das glückliche Lächeln des Adepten etwas schwächer. So unbegreiflich es auch war, sie hegte eindeutig eine tiefe Abneigung gegen ihn. Für den Erfolg seiner Pläne war es zwar nicht unbedingt erforderlich, daß das Mädchen ihm freundliche Gefühle entgegenbrachte, aber es würde doch alles sehr vereinfachen. Außerdem reizte ihn die Herausforderung. Er würde sie für sich gewinnen, er würde sie mit seinem Charme verzaubern. Er war entschlossen, dieses Projekt zu einem triumphalen Ende zu führen, und zweifelte keinen Augenblick lang an seinem Erfolg, denn er wußte aus Erfahrung, wie unwiderstehlich die Ausstrahlung der Vallage war. Karavise mochte eine eisige Feindseligkeit an den Tag legen, aber sie war eine Frau wie alle anderen, und früher oder später würde sie schon auftauen.

Ja, es war ein schwieriges, heikles und gefährliches Spiel, aber der Gewinn — Ehre, Herrschaft, Ruhm und unsterbliche Größe — war jeden Einsatz wert. Außerdem, waren die Risiken denn überhaupt so groß? Angesichts der Mittel, die ihm zur Verfügung standen, konnte Vaxalt Gless Vallage doch fast nicht scheitern. Bei diesem Gedanken straffte der Großmeister die Schultern und verließ, ein frohgemuter, siegesgewisser Freier, den Raum.

07

Stockfinstere Nacht. Wolken verhüllten den Mond und die Sterne. Der Morlin Hill und seine ganze Umgebung lagen unter tiefen Schatten verborgen. Nicht gerade die günstigsten Verhältnisse, um eine Reise anzutreten, aber die Ehrenwerte Snarp ließ sich nicht entmutigen.

Sie ritt einen schnellen feurigen Hengst, ein sehr ausdauerndes Tier, Wate Basefs Lieblingspferd. Ihre Satteltaschen waren prall gefüllt mit Proviant, den sie den verschreckten Dienern von Io Wesha unter Androhung von Gewalt abgezwungen hatte. Vor ihren Knien hingen schwankend zwei Laternen. Das Quibbid klammerte sich an den Sattelknopf.

Vor ihr verschwand der steile Hang im Dunkeln. Der Schein der Laternen erhellte nur ein paar Meter der Straße, und sie bewegte sich in einer kleinen trüben Lichtblase durch die Nacht. Obwohl die Dunkelheit, das starke Gefälle und das unbekannte Gelände Vorsicht verlangten, jagte sie das Pferd bedenkenlos, mit halsbrecherischer Geschwindigkeit den Morlin Hill hinab.

Am Fuß des Berges, wo die Straße wieder eben wurde, trieb sie das Pferd in Galopp und jagte wie ein selbstmörderisches Gespenst über die Felder und Weiden. Mehr als eine Meile hielt sie diese rasende Geschwindigkeit durch, und das kräftige Pferd spürte ihr Federgewicht kaum. Nach einer Weile wurde das Tier dennoch müde und langsamer, obwohl Snarp ihm rücksichtslos die Sporen in die Flanken rammte. Mit einem ungeduldigen Zischen riß sie an den Zügeln. Der Hengst schnaubte, als sich ihm das Gebißstück schmerzhaft ins Maul preßte, stemmte die Hufe ein und kam zitternd zum Stehen.

Snarp stieg ab und kramte hastig in ihrer Ledertasche, bis sie sie eine mit grünen Kristallen gefüllte Phiole fand. Sie zog den Korken heraus, tupfte ein paar Körnchen in die geweiteten Nüstern des Pferdes und rasselte die Silben zur Aktivierung des Pulvers herunter, die ihr Mentor Gless Vallage sie gelehrt hatte. Die Wirkung trat sofort ein.

Mit einem gequälten Aufschrei riß sich der Hengst los, bäumte sich auf und zappelte mit den Vorderhufen in der Luft herum. Dann schlug er mit beiden Hinterbeinen aus und bockte wild. Das Quibbid wurde vom Sattel geschleudert und landete ein kleines Stück entfernt im weichen Gras. Eine der Laternen fiel zu Boden und erlosch. Immer noch verängstigt wiehernd, stieg das Pferd von neuem und warf in Schmerz und Entsetzen den Kopf hin und her. Gemächlich verschloß Snarp die Phiole und verstaute sie wieder in ihrem Beutel. Dann sprang sie, den tödlichen Hufen geschickt ausweichend, auf das Tier zu, bekam die Zügel zu fassen und schwang sich wieder in den Sattel. Ihr Opfer stürmte Hals über Kopf davon, sie grub ihm die Sporen in die schaumbedeckten Flanken und riß mit aller Kraft an der Trense. Das Pferd schnaubte und spie blutigen Schaum. Als der Schmerz in seinen Nüstern nachließ und von neuen, noch schlimmeren Qualen abgelöst wurde, beruhigte es sich schließlich und blieb zitternd stehen. Snarp stieß einen scharfen Pfiff aus. Sofort kam das Quibbid mit einem Satz auf den Steigbügel gesprungen, kletterte am Bein seiner Herrin hinauf und nahm seinen alten Platz auf dem Sattelknopf wieder ein. Ein Sporenstich, und schon ging es weiter.

Die grünen Kristalle, was immer sie waren, hatten gute Arbeit geleistet, der Hengst raste ebenso munter wie zuvor, sogar noch schneller durch die Nacht. Snarp kauerte im Sattel wie ein Jockey. Die einzige noch verbliebene Laterne tauchte ihr hageres Gesicht mit den schmalen verkniffenen Lippen und dem langen Unterkiefer von unten in ein unheimliches Licht. Sie flogen über die stillen Felder und gelangten tatsächlich bis an den Fuß der Schroffen, ehe die Erschöpfung den großen Rapphengst von neuem überwältigte. Er stockte, stolperte und fiel schließlich in einen ungleichmäßigen Trab.

Snarp parierte ihn zum Stehen durch und sprang aus dem Sattel, um ihm eine zweite Ration der kristallinen Qual zu verabreichen. Diesmal beschränkte sich die Reaktion des Pferdes auf ein klägliches Wiehern und ein merkwürdig ersticktes Stöhnen. Seine Augen waren matt geworden, und sein Atem hatte einen stechenden Geruch angenommen. Snarp beachtete diese bedenklichen Symptome nicht, sondern saß wieder auf und spornte das Tier erbarmungslos an. Mit mörderischer Geschwindigkeit galoppierte sie um den Fuß der Schroffen herum und dann eine lange steinige Anhöhe hinauf. Oben hielt sie an, die ganze Gravula-Wüste breitete sich vor ihr aus. Es hatte ein wenig aufgeklart, und ein kränklicher, höckeriger Mond kämpfte gegen die Wolken. Snarps Tasche enthielt auch ein kleines ausziehbares Fernglas, das sie nun an die Augen hob, um über die stumme Wüste hinauszuspähen. Viele Meilen entfernt sah sie einen schwachen rötlichen Schein. Sie stellte das Glas scharf, und der Schein löste sich in drei deutlich erkennbare Lichtpunkte auf. Sie nickte, verstaute das Fernglas und stach wieder mit ihren blutigen Sporen zu.

Das Pferd regte sich nicht, es ließ den Kopf hängen, und seine Augen waren stumpf. Snarp zischte verärgert, stieg ab, streute ihrem Opfer eine weitere Dosis grüner Kristalle in die Nüstern und sprang in den Sattel zurück. Eine Minute lang geschah gar nichts, und auch ihre in den Flanken herumwühlenden Sporen richteten nichts aus. Dann wirkte das Aufputschmittel, ein Zittern durchlief den Hengst. Ein unheimlicher Pferdeschrei gellte schaurig über die Hügel. Das Tier bäumte sich auf, warf sich hintenüber und wälzte sich verzweifelt herum, um seinen Reiter zu zermalmen. Hätte Snarp nicht so ausgezeichnete Reflexe besessen, der Versuch wäre gelungen.

Sie schleuderte die Steigbügel ab und warf sich zur Seite, um sich außer Reichweite des mächtigen Körpers und der schlagenden Hufe zu bringen. Sie landete auf den Füßen und wirbelte sofort herum, als das Pferd stieg. Nun war auch die letzte Laterne erloschen, die einzige Lichtquelle war der Mond. Der Hengst hatte die Ohren flach angelegt und die Zähne gefletscht. Selbst im schwachen Schein des Mondes konnte man das Weiße in seinen Augen wild aufblitzen sehen. Das Tier nahm seine letzten Kräfte zusammen und ging kreischend zum Angriff über.

Snarp suchte Schutz hinter einem der vielen Felsvorsprünge, mit denen die Gravula übersät war. Ihr Gesicht war ausdruckslos, die gelben Augen blickten unbekümmert. Sie zog ein Messer mit breiter Klinge aus der Scheide und wartete, sprungbereit auf den Fußballen wippend. Ihr standen raffiniertere Waffen zur Verfügung, aber sie hielt es nicht für nötig, darauf zurückzugreifen. Als der Hengst um den Felsen herumkam, trat sie ihm einen Schritt entgegen. Das Tier stieg, schlug mit seinen eisenbeschlagenen Hufen aus, kam wieder auf die Erde und brach völlig erschöpft zusammen. Die schwarzen Flanken waren mit blutigem Schaum bedeckt. Die Beine zuckten schwach, und aus den glasigen Augen war die Panik gewichen, sie zeigten nur noch Verwirrung.

Snarp erledigte das Pferd mit einem einzigen Streich ihres Messers und trat dann zurück, um nicht von seinem Blut bespritzt zu werden. In aller Ruhe hob sie die Laterne auf, zündete sie wieder an und sah sich um. Als erstes sah sie die Knopfaugen ihres kleinen Begleiters im Lichtschein rot aufblitzen. Das Quibbid hatte sich erst am Ende des Kampfes aus seinem Versteck hervorgewagt und kauerte nun zu Füßen seiner Herrin. Snarp kniete nieder und setzte sich das kleine Tier wieder auf die Schulter. Mit einer Hand streichelte sie ihm das Rükkenfell, während sie mit starrem Gesicht in Richtung auf das im Dunkeln liegende Nazara Sin blickte. Bis sie Raith Wate Basef und seine Komplizen überholen konnte, mußte sie nun wohl zu Fuß weitergehen. Es war finstere Nacht, die Straße unbekannt, der steinige Boden tückisch.

»Morgen, meine kleine Schönheit«, versprach sie laut. »Sobald es hell wird.« Das Quibbid drückte sich gegen ihre kraulende Hand.

Ein kalter Wind fegte über die Gravula. Snarp kehrte zu dem toten Hengst zurück und holte aus einer der Satteltaschen eine dünne Decke. Dann duckte sie sich in den Windschatten eines großen Felsblocks neben der Straße, kniete nieder, öffnete ihre Tunika und entblößte ihren Oberkörper. Die rechte Brust war klein, aber normal geformt. Wo sich die linke Brust hätte befinden sollen, war alles flach. Sie streckte den Arm aus, zirpte leise, und das Quibbid huschte in ihre Hand und rollte sich zu einer fleischfarbenen Kugel zusammen. Sie drückte das Wesen an ihr Herz und sprach leise ein Wort. Die Form veränderte sich, die Umrisse verschwammen, Grenzen verwischten sich, das Quibbid verschmolz mit seiner Herrin und stellte wie jede Nacht die Symmetrie ihres Körpers wieder her. Nachdem das vertraute Ritual abgeschlossen war, machte Snarp sich zum Schlafen bereit. Ein Feuer entzündete sie nicht, sie wickelte sich nur in die Decke und streckte sich, mit dem Rücken zum Felsen, den Kopf auf ein Grasbüschel gebettet, auf dem Boden aus. Der Schlaf kam nicht sofort. Lange lag sie noch wach, und ihre weit geöffneten Augen glitzerten im Mondlicht wie Schwefelkristalle.

Devras wurde wach, weil ihm der Duft von gebratenem Speck in die Nase stieg. Er öffnete die Augen. Es war früh am Morgen, am trüben Himmel zogen Wolken dahin. Ringsum türmten sich die riesigen Prismen der Granitweisen, jener rätselhaften Monolithen unbekannter Herkunft. Die unentwegten frischen Brisen der Gravula-Wüste spielten dazwischen Verstecken. Der Boden war kalt, und Devras taten alle Knochen weh. Ausgeruht war er nicht. Quälende Visionen hatten seinen unruhigen Schlaf in der letzten Nacht gestört. Geisterhafte, weiße, leuchtende Gestalten hatten seine Träume bevölkert, und er wurde den Verdacht nicht los, daß es nicht nur Phantasiegebilde gewesen waren. Das war natürlich Unsinn — eine Ausgeburt überreizter Nerven, einer blühenden Phantasie, vielleicht auch einer gestörten Verdauung, aber gewiß keine Gespenster.

›Die Ablehnung des Übernatürlichen durch den Menschen‹, hatte Grif Zeezune geschrieben, ›kennzeichnet den größten Triumph der Vernunft über die Wirklichkeit ...‹

Devras fröstelte. Es hatte keinen Sinn, hier liegenzubleiben und sich mit Hirngespinsten herumzuquälen. Er warf die Decke ab, stand auf und trat aus dem Schatten der Monolithen in den Sonnenschein, wo Grono und Wate Basef bereits an einem kleinen Feuer saßen. Grono briet den Speck. Dicke gestreifte Fleischscheiben zischten in der Pfanne und dufteten köstlich. Außerdem gab es Buttertoast, eine Schale mit verschiedenen Trockenfrüchten und eine Kanne Orangentee. Wate Basef reiste offenbar gern mit allem Komfort. Doch trotz der ungewohnt reich gedeckten Tafel strahlte Gronos Haltung Mißbilligung, sogar Empörung aus. Er hatte den Kopf tief zwischen die Schultern gezogen und fixierte mit zusammengepreßten Lippen zornig die Bratpfanne. Ihm gegenüber, auf der anderen Seite des Feuers, saß Wate Basef und studierte mit hochgezogenen Augenbrauen und süffisantem Grinsen eine große Landkarte, die er vor sich auf dem Boden ausgebreitet hatte.

»Guten Morgen«, grüßte Devras.

Wate Basef murmelte etwas, ohne den Blick von der Karte zu heben.

»Guten Morgen, Sir.« Gronos säuerliche Miene verschwand, während er eine Riesenportion Speck und Toast auf einen Metallteller häufte. »Wie haben Euer Lordschaft letzte Nacht geschlafen?« Er reichte seinem Herrn den Teller.

»Schlechte Träume.« Devras warf einen unbehaglichen Blick auf die Granitweisen. »Man könnte fast an die alten Geschichten über diesen Ort glauben — Geister und weiße Dämonen und was nicht sonst noch alles. Erstaunlich, wie wirklich einem Träume vorkommen können.« Er aß mit überraschend wenig Appetit. »Wo ist Lady Karavise?«

»Ihre Gnaden hat uns noch nicht mit ihrer Anwesenheit beehrt. Vielleicht müssen Euer Lordschaft sie sogar wecken. So mancher Kavalier würde Euer Lordschaft um diese Aufgabe beneiden!« Der Diener spähte hoffnungsvoll über den Rand seiner Brille, um zu sehen, ob diese Bemerkung irgendwelche neuen Perspektiven eröffnet hatte, aber Devras schien sie gar nicht gehört zu haben. Grono seufzte.

»Plant Ihr unsere Route, Raith?« erkundigte sich Devras.

»Richtig. Auf dieser alten Esoterikerkarte sind vier Eingänge zu den Höhlen des Nazara Sin verzeichnet. Der nächste befindet sich *hier*«, — er tippte mit dem Zeigefinger auf die Karte —, »und ich glaube, er ist nicht mehr als vier oder fünf Stunden entfernt.«

»Ich dachte, die Bewohner hätten die Eingänge versiegelt.«

»Einige gewiß, aber sie werden sich wohl kaum selbst unter der Erde eingesperrt haben. Die eine oder andere Pforte hat man sicher offengelassen, auch wenn sie zweifellos getarnt wurde, und diese hoffen wir zu finden. Wir werden alle Stellen ausprobieren, früher oder später müssen wir doch auf einen Zugang stoßen. Ich habe hier den kürzesten Weg von einem Eingang zum anderen eingetragen, und ich glaube, wir können sie nötigenfalls alle innerhalb eines einzigen Tages abfahren.«

»Das wäre ja sehr schön«, murmelte Grono, »wenn es *alles* wäre, was er getan hat.«

Es ist alles, was ich *getan* habe«, versicherte Wate Basef mit einem Keckern und fügte dann an Devras gewandt hinzu: »Diesmal nimmt Freund Grono eher an meinen Absichten Anstoß als an meinen Handlungen.«

»Und es sind sehr gefährliche Absichten — gefährlich und töricht!« rief Grono aus, und es klang so, als knüpfe er an eine früher begonnene Auseinandersetzung an. Er wandte sich hilfesuchend an seinen Herrn. »Euer Lordschaft, dieser Mann plant einen Angriff auf Großmeister Gless Vallage. Ich brauche wohl nicht zu erklären, daß ein solches Unterfangen mit den schrecklichsten Gefahren behaftet ist, nicht nur für den eigentlichen Täter in seiner maßlosen Arroganz, sondern auch für alle, die so schlecht beraten sind, sich mit ihm zu verbünden. Ihr habt mich doch verstanden, Sir?«

»Einen Angriff?« erkundigte sich Devras.

»Mit legalen Mitteln«, erklärte Wate Basef. »Wie ich bereits mehr als einmal erwähnte, hat Gless Vallage seine Befugnisse als Großmeister weit überschritten. Er hat Informationen unterdrückt, die für das öffentliche Wohl von lebenswichtiger Bedeutung sind, er hat versucht, mich in Lanthi Ume einzusperren, er hat sich gegen meinen Besitz und meine Person — übrigens auch gegen Euch — vergangen, und damit hat er gegen fünf Artikel der Esoterikersatzung, drei Bestimmungen in den Leitsätzen der Esoterikerloge und vier lanthianische Erlasse verstoßen. Glaubt er wirklich, daß er damit ungestraft durchkommt? Er ist zu weit gegangen, viel zu weit, und diesmal nagle ich ihn fest. Wenn ich mit ihm fertig bin, steht er als Angeklagter vor dem Rat und nicht ich. Er hat mir alle Beweise geliefert, die ich brauche, einschließlich Zeugen ...«

Grono entfuhr ein entrüsteter Aufschrei. »*Wir sind nicht Eure Zeugen!* Seine Lordschaft wird sich nicht in Eure Streitigkeiten mit den Esoterikern hineinziehen lassen. Das ist nicht Sache Seiner Lordschaft! Es ist sogar *gefährlich!*«

»Raith hat nicht unrecht«, bemerkte Devras. »So etwas kann man Vallage nicht durchgehen lassen. Mein Hals ist immer noch wund, wo sich der lebende Draht dieser Frau hineingegraben hat, und dafür ist Gless Vallage verantwortlich. Du redest doch ständig von der Würde der Fennahar, Grono. Bist du wirklich der Ansicht, daß der Lord Har Fennahar sich eine solche Behandlung gefallen lassen sollte?«

Grono dachte über diese Bemerkung eingehend nach. »Es gibt einen Unterschied«, entschied er schließlich, »zwischen widerlicher Feigheit und weiser Vorsicht ...«

»Vallage hat das Gesetz gebrochen«, beharrte Wate Basef. »Begreifst du das denn nicht? Man muß ihm Einhalt gebieten. Dein Herr hat die Pflicht, das Gesetz zu schützen, und für dich gilt das ebenfalls.«

»Ihr braucht mir nicht zu erzählen, was meine Pflicht ist, Sir! Das weiß ich selbst sehr gut! Könnt Ihr von Euch das gleiche sagen? Es ist nicht meine Pflicht, Sir, und auch nicht die Pflicht meines Herrn, uns zu Handlangern Eurer Rachegelüste am Großmeister machen zu lassen, weil der es nicht für richtig gehalten hat, Euch zu befördern!«

»Grono, der Mann hat mich ohne triftigen Grund einsperren und fast erdrosseln lassen«, gab Devras zu bedenken. »Zählt das für dich denn gar nichts?«

»Ach, Euer Lordschaft, der Großmeister *glaubte* zweifellos, einen triftigen Grund zu haben.«

»Und wenn schon? Rechtfertigen seine Absichten jedes Vergehen? Nef Domeas schreibt ...«

Domeas' weise Worte kamen jedoch nicht zur Anwendung, denn das Gespräch wurde durch das Eintreffen von Lady Karavise unterbrochen, die endlich aus der Kutsche auftauchte, wo sie die Nacht verbracht hatte. Karavise wirkte so gepflegt und adrett wie immer — das graugrüne Samtkleid war faltenlos glatt, die hochhackigen Schuhe spiegelblank, und jedes Haar saß an seinem Platz. Die elegante Gestalt, die so gar nicht in die Gravula-Wüste paßte, trat aus den Schatten, die den Fuß der Granitweisen verfinsterten, und schritt vorsichtig über das unebene Gelände ans Feuer. Sie begrüßte ihre Reisegefährten, setzte sich und griff nach der Teekanne. Grono, ganz Fürsorglichkeit, goß ihr sofort ein und reichte ihr erst die Tasse und dann einen Teller mit Essen, wobei er sich untertänig erkundigte: »Hoffentlich hat diese unwirtliche Umgebung die Ruhe Euer Gnaden nicht über Gebühr gestört?«

Karavise zögerte ein wenig, als fürchte sie, man könne sie für schrullig halten, doch dann hob sie die Achseln. »Ich habe schlecht geschlafen«, gab sie trocken zu. »Ich bin in der Nacht mehrmals aufgewacht, weil ich das Gefühl hatte, ich sei nicht allein. Ich glaubte, weiße Wesen zu sehen, aber als ich hinausschaute, war niemand da. Natürlich nichts als Einbildung.« Sie rührte angelegentlich in ihrem Tee.

Die drei Männer wechselten betretene Blicke. Eine Weile saßen sie noch schweigend da und tranken, dann standen sie auf und packten ihre Sachen zusammen. Als die Pferde wieder angeschirrt waren, gab es nicht mehr viel zu tun.

Wate Basef hatte ein kleines Teleskop neben dem Feuer am Boden liegengelassen. Nun hob Devras es auf und betrachtete damit die Landschaft. Ziellos ließ er den Blick von Osten nach Westen über die Gravula schweifen, und als er das Fernrohr wieder zurückführte, stutzte er plötzlich. Er beugte sich vor, starrte angestrengt hinein und erklärte dann: »Da draußen bewegt sich etwas. Und es kommt auf uns zu.«

»Ein Tier, Sir?« fragte Grono.

»Das kann ich noch nicht sagen. Es ist grau und hebt sich kaum vom Hang ab.«

»Grau? Das möchte ich sehen.« Wate Basef nahm das Teleskop. Sein Unbehagen war so offensichtlich, daß es die Aufmerksamkeit seiner Begleiter erregte.

»Tier oder Mensch?« wollte Karavise wissen.

»Mensch, mehr oder weniger jedenfalls. Es ist Snarp«, verkündete Wate Basef tonlos. Die anderen verlangten lautstark nach dem Fernglas. Als alle ihre Neugier befriedigt hatten, mahnte der Adept: »Wir sollten uns auf den Weg machen. Sie kommt schnell voran.«

»Sie ist allein, und wir sind zu viert«, gab Karavise zu bedenken.

»Ihr fürchtet Euch vor einer einzelnen Frau, Sir?« erkundigte sich Grono. »Und was ist mit Eurer vielgepriesenen Kognition? Könntet Ihr sie nicht von unserer Spur ablenken? Sie an einen anderen Ort versetzen? Uns vielleicht unsichtbar machen?«

»Grono, ich bin Adept, aber ich kann keine Wunder wirken.«

»Braucht es denn ein Wunder, um mit einer einzelnen Frau fertigzuwerden«?

»Du kennst diese Frau nicht.«

»Könntet Ihr sie nicht unschädlich machen?«

»Nicht auf diese Entfernung, jedenfalls nicht ohne ein Gerät zur Bündelung meiner Kräfte. Auf jeden Fall wäre es gleichbedeutend mit einem Mord, wollte ich sie hier mitten in der Wildnis außer Gefecht setzen, und ich habe bereits gesagt, daß ich dazu nicht bereit bin. Am besten ist es, wenn wir einfach weiterfahren. Unbegreiflicherweise ist Snarp zu Fuß unterwegs. Wir haben eine Kutsche und gute Pferde und werden sie, vorausgesetzt, wir brechen sofort auf, bald weit hinter uns gelassen haben.«

Sie verstauten den Rest ihrer Habe, löschten das Feuer und bestiegen die Kutsche. Wate Basef nahm auf dem

Kutschbock Platz, und diesmal kletterte auch Devras hinauf und setzte sich neben ihn. Nach einem letzten besorgten Blick über die Schulter ließ der Adept die Peitsche knallen, und der Wagen rollte nach Norden. Sie hielten ein gutes Tempo, und bald war die graue Gestalt hinter ihnen nicht einmal mehr durch das Teleskop zu sehen.

Die Zeit schleppte sich dahin. Lange bevor das wellige Gelände der Gravula-Wüste in die steileren, schrofferen Hügel des Nazara Sin überging, hatte Devras die öde, aus Felsen, Gestrüpp und Wagenspuren bestehende Szenerie satt. Der blaugraue Himmel mit den darüber jagenden Wolken war eine Weile interessanter, aber mit der Zeit verlor auch er an Reiz. Endlich nahm der junge Mann seine Umgebung nicht mehr wahr, spürte das Rütteln der Kutsche und den peitschenden Wind nicht mehr. Seine Gedanken wandten sich nach innen, und er sah sich gezwungen, sich seinen eigenen Zweifeln zu stellen. Hatte er wirklich einen Fehler begangen, als er sich mit dem berüchtigten Raith Wate Basef zusammentat? Wäre es nicht besser gewesen, in Lanthi Ume zu bleiben, wie Grono es ihm so eindringlich geraten hatte? Wate Basefs Geschichte klang phantastisch und in höchstem Maße unwahrscheinlich, aber Gless Vallages Handlungsweise war unbestreitbar fragwürdig, und auch der Brief seines eigenen Vorfahren Rillif Har Fennahar hatte Gewicht. Außerdem glaubte er in seinem tiefsten Innern ganz instinktiv, daß Wate Basef recht hatte — er hatte ihm vom ersten Augenblick an vertraut, und deshalb war es fast seit dem Moment, als er die Einladung in die Mauranyza-Kuppel angenommen hatte, so gut wie unvermeidlich gewesen, daß er an sich diesem Unternehmen beteiligte. Dennoch konnte er sich nicht von dem Verdacht befreien, daß alles nur ein verrückter Zufall war. Solche Gedanken waren beunruhigend, und Devras gab sich alle Mühe, sie zu verdrängen. Er wandte sich an Wate Basef und erbot sich: »Gebt mir für eine Weile die Zügel. Ihr braucht doch sicher Ruhe.«

»Die Pferde brauchen sie mehr als ich«, antwortete der Adept und hielt an. »Wir legen eine kurze Rast ein.« Als sie vom Kutschbock hinunterkletterten, stiegen auch Karavise und Grono aus. Während die anderen sich die Beine vertraten, richtete Grono auf einem sonnenbeschienenen flachen Felsen Kekse und Wein an.

Sie hatten die Hochebene erreicht. Hinter ihnen lag die Gravula-Wüste, trübselig, schutzlos den Winden preisgegeben. Die Granitweisen waren kaum noch zu sehen. Ringsum ragten schroff und abweisend die Hügel des Nazara Sin auf. Sie schienen weder menschliches noch tierisches Leben zu beherbergen, und auch der Pflanzenbewuchs war nur sehr spärlich. Das frostige Seufzen des Windes drückte aufs Gemüt, und zum ersten Mal bedauerte Devras lebhaft den Verlust seines einzigen Paars Handschuhe, das er vor Wochen verkauft hatte, als sein Wirt energisch die Miete verlangt und ihm gedroht hatte, ihn auf die Straße zu setzen. Der junge Rotwein aus den Kellern von Io Wesha war ein gutes Mittel gegen die Kälte, und Devras nahm gern einen Becher davon entgegen. Während er trank, wanderte sein Blick zum Himmel, wo der rote Tagstern von Lanthi Ume leuchtete. Er bat um das Teleskop und studierte den Stern ausgiebig, dann senkte er das Glas zur Gravula und spähte über die wogende Landschaft. Weit in der Ferne, fast am Horizont, konnte er gerade noch eine winzige Gestalt erkennen, die sich bewegte. Nachdenklich und schweigend beobachtete er, wie sie sich langsam, aber unaufhaltsam näherte, dann gab er das Glas an seinen Besitzer zurück. Auch Wate Basef betrachtete die Landschaft. Die beiden Männer sahen sich an.

»Ist es noch weit bis zu diesem ersten Eingang, Raith?« erkundigte sich Devras wie nebenbei.

»Zwei Stunden, schätze ich«, antwortete der Adept ebenso gleichmütig. »Kommt jetzt, wir haben genug Zeit vertrödelt.«

Grono und Karavise waren zwar ein wenig überrascht, gehorchten aber widerspruchslos. Die Fahrt wurde schweigend fortgesetzt, nur das Klappern der Hufe auf der Straße und das Rattern und Knirschen der alten Kutsche störten die Stille. Die Hänge waren jetzt steiler und die Luft kälter geworden. Ringsum ragten farblos und eintönig die Berge auf. Die dünne Schicht aus Erde und Pflanzen konnte das Felsskelett kaum verdecken, und oft schimmerte es durch die Fetzen seines fadenscheinigen Gewandes. Alles wirkte ausgedörrt und tot. Man konnte sich kaum vorstellen, daß sich unter dieser einförmigen kahlen Landschaft ein kompliziertes Höhlenlabyrinth verbergen, und noch weniger, daß dieses Labyrinth von intelligenten Wesen bewohnt werden sollte.

Die Zeit verging, und jeder der Reisenden war in seine eigenen Gedanken versunken. Die Hügel zogen in ermüdender Gleichförmigkeit vorbei. Die Straße wurde immer schmaler und unwegsamer, und schließlich verengte sie sich zu einem fast unsichtbaren Pfad, der nur an den schwachen Spuren namenloser Fahrzeuge zu erkennen war. Bald verschwanden auch diese Spuren. Der Pfad verlor sich, und die Kutsche ratterte über kahles, wegloses Gelände. Ein paar hundert Meter weit konnten sie noch fahren, dann wurde der Felshang immer steiler, der Wagen immer langsamer, und die Pferde mußten sich schwer ins Geschirr legen. Bald darauf brachte Wate Basef das Gespann zum Halten und teilte seinen Gefährten mit: »Von hier aus geht es zu Fuß weiter.«

Karavise warf einen skeptischen Blick von dem steinigen Hang auf ihre leichten hochhackigen Schuhe, aber sie sagte nichts.

Wate Basef führte sie den Hügel hinauf, blieb stehen,

um sich auf der Karte zu orientieren, und schwenkte dann scharf nach Nordosten ab. Nach weiteren zwanzig Minuten erreichten sie den gesuchten Eingang, ein breites, ziemlich auffälliges Loch in der Flanke eines Hügels, jene einstmals große Pforte, der die Bewohner die Bezeichnung Mvjri-Blendloch gegeben hatten. Man hatte keine Anstalten gemacht, die Öffnung zu tarnen, denn das war nicht nötig. Sie war mit mehreren Tonnen Stein verschlossen. In enttäuschtem Schweigen betrachteten alle die Barriere, bis Grono fragte: »Nun, Ehrenwerte Kognoszenz? Könnt Ihr es öffnen?«

»Ist das dein Ernst? Das ist massiver Granit.«

»Und wenn schon? Ihr seid doch ein Adept, jedenfalls erzählt Ihr uns das ständig. Was sind so ein paar Steine für einen großen Adepten?«

»Von ein ›paar Steinen‹ kann man hier wohl kaum sprechen«, bemerkte Devras.

Raith Wate Basef lachte bellend. »Grono wird niemals aufhören, von meiner Kognition Wunder zu erwarten.«

»Keine Wunder, Sir — nur Leistungsfähigkeit, falls Ihr darüber verfügt.«

»Ich glaube nicht, daß das für dich einen Unterschied macht. Tatsächlich könnte ich mit Hilfe meiner Kognition diese Pforte öffnen, aber es würde möglicherweise Wochen dauern, die geeignete Methode zu finden.«

»Sehr schön. Ihr könnt also die Tür nicht öffnen. Wenn, wie Ihr behauptet, die Höhlen direkt unter uns liegen, warum schafft Ihr uns dann nicht einen eigenen Eingang?«

»Das wäre nicht viel anders, als wenn ich die Tür öffnen wollte.«

»Aha, wieder eine Ausrede. Es gibt immer eine Ausrede.«

»Grono, ich bin dir nicht böse, da deine Klagen eher deiner Unwissenheit als deiner Bosheit entspringen«, grinste der Adept.

Gronos Doppelkinn bebte, und er holte tief Atem.

Devras erkannte die Anzeichen und fuhr schnell dazwischen: »Auf Euren Karten sind doch auch noch andere Eingänge vermerkt, Raith.«

»Drei.«

»Dann machen wir uns besser auf den Weg, wenn wir sie heute noch erreichen wollen.«

»Ja, wir vergeuden nur Zeit«, stimmte Karavise zu.

»Das habe ich von Anfang an gesagt«, murrte Grono. »Vom ersten Augenblick an.« Seine Gefährten stellten sich taub.

Sie kehrten zur Kutsche zurück und fuhren weiter. Die kaum noch sichtbare Straße schlängelte sich zwischen den trostlosen, unwirtlichen Hügeln dahin. Der steile Anstieg kostete die Pferde viel Kraft, so daß sie in regelmäßigen Abständen eine Ruhepause brauchten. Und als die Gruppe den zweiten Eingang erreichte, eine Öffnung, die einst, allerdings nicht den Menschen, als das Fledermaustor von F'jnruu bekannt gewesen war, fielen bereits lange Schatten über das Land.

Auch das Fledermaustor von F'jnruu war fest verschlossen. Die verwitterten alten Steine befanden sich seit vielen Jahren an dieser Stelle.

Um zur Kutsche zurückzugelangen, mußten sie zwei Meilen weit zu Fuß gehen, und als sie am Ziel waren, hinkte Karavise. Ihre für diese Wildnis völlig ungeeigneten, hochhackigen Schuhe drückten nicht nur schmerzhaft, sondern boten auch keinen Halt — zweimal war sie auf dem unebenen Boden damit ausgeglitten. Sie beklagte sich nicht, aber als sie einstieg, war ihr Gesicht maskenhaft starr.

Der Nachmittag ging schnell seinem Ende entgegen, und die Sonne stand bereits rot am Horizont, als sie endlich die Gegend erreichten, wo sich der dritte Eingang befinden sollte. Die Öffnung war nirgendwo zu sehen, und für eine Suche war es zu spät, so schlugen sie auf dem windigen Hang ein Nachtlager auf. In den Proviantsäcken fanden sich Trockenfleisch, Bohnen und

Wurzelgemüse, und Grono bereitete daraus einen recht schmackhaften Eintopf. In dieser Nacht schliefen alle fest, und keine großen weißen Wesen störten ihre Träume.

Der Morgen dämmerte diesig, fahl und bewölkt herauf. Der Wind hatte sich für kurze Zeit gelegt, und ein dünner, milchiger Nebelschleier verhüllte das Nazara Sin, löschte den Himmel aus und sammelte sich in den Senken. Die Witterung war ihrem Vorhaben nicht gerade förderlich, als sie einen Hang nach dem anderen nach dem dritten Eingang absuchten. Wate Basefs Karte war alt, und eine Reihe von Landmarken war verschwunden oder hatte sich verändert. Die Reisenden wußten nicht einmal genau, wo sie sich im Moment befanden, und die Lage des Höhleneingangs war noch weniger gewiß. Die Minuten verstrichen, sie fanden nichts als Fels und Gestrüpp, und es schien immer wahrscheinlicher, daß sie ihr Ziel völlig verfehlt hatten.

Devras kroch auf Händen und Knien auf dem Boden dahin und scharrte eifrig im Gestrüpp herum. Er war müde, alle Glieder taten ihm weh, Enttäuschung plagte ihn, und in diesem Moment neigte er fast dazu, Gronos Zweifel an Raith Wate Basefs kognitiver Kompetenz zu teilen. Was konnte man von einem Adepten erwarten, der nicht einmal fähig war, den Zugang zu den angeblich riesigen Höhlen des Nazara Sin zu finden?

Warum kann er uns nicht einfach — hinversetzen oder was immer diese Adepten angeblich tun? Mit seiner Kognition scheint es nicht so weit her zu sein, und wenn er doch etwas davon versteht, dann muß man die ganze Expedition wohl tatsächlich als Zeit- und Kraftverschwendung betrachten. ›Ein aussichtsloses Unterfangen ist der beliebteste Zeitvertreib der Untüchtigen von edlem Stande‹, schrieb Heselicus.

Vielleicht hatte Grono doch recht gehabt. Ein Stück weiter stolzierte der Diener auf und ab, stocherte mit seinem Stock auf dem Boden herum und murrte leise vor sich hin. Als er dem Blick seines Herrn begegnete, wurde das Stochern heftiger. Ein Ausbruch stand kurz bevor, aber gerade diesen Augenblick suchte Wate Basef sich aus, um seine Niederlage einzugestehen.

Enttäuscht, aber auch erleichtert kehrten die vier zur Kutsche zurück und ratterten weiter, der vierten Pforte zu. Es war ein langer Weg, aber diesmal hatten sie wenig Mühe, zu finden, was sie suchten. Nach einem vollen Tag erreichten sie einen schroffen Abhang, den die Kutsche nicht befahren konnte. Ein halbstündiger Fußmarsch brachte sie an eine senkrecht aufragende Klippe mit messerscharfen Kanten. Ein unterirdischer Erdstoß hatte in längst vergangener Zeit einen großen Spalt in die Granitfassade der Klippe gesprengt, und der hatte eine ganze Ewigkeit lang offen gestanden wie das Maul eines Idioten. Nun gähnte er nicht mehr, er war mit Steinen zugeschüttet worden, und damit war die einst als das Große Kf'rj bekannte Öffnung für immer verschlossen. Schweigend gaben sich die Reisenden geschlagen, und schweigend stapften sie zur Kutsche zurück.

An diesem Abend wurde am Lagerfeuer nur wenig gesprochen, aber Grono war leicht ums Herz, als er sich daran machte, das Essen zu bereiten. Er ging großzügig, fast verschwenderisch mit den Vorräten um, denn für ihn war es klar, daß sie nicht mehr lange reichen mußten. Für die Rückreise nach Lanthi Ume würde man nur drei oder vier Tage brauchen, und für diesen Zeitraum hatte man mehr als genug zu essen. Stumm tat er seine Arbeit. Als großherziger Sieger gestattete er sich keine einzige Bemerkung, die ungebührliche Befriedigung verraten hätte, aber das Glitzern in seinen Augen, der federnde Schritt und das schadenfrohe Lächeln auf den Lippen verkündeten seinen Triumph deutlicher, als Worte es vermocht hätten.

Gronos Hochstimmung hielt während der ganzen Mahlzeit an, doch am Ende holte Wate Basef wieder eine seiner verfluchten Karten hervor und begleitete diese Handlung mit der Aufforderung: »Es wäre mir lieb, wenn Ihr Euch das alle anschauen würdet.«

Grono überlief es eiskalt, und das ungute Gefühl verstärkte sich, als er bemerkte, mit welchem Eifer der junge Herr Devras dem Adepten über die Schulter blickte. Auch Lady Karavise schien sehr interessiert — eine große Enttäuschung, denn er hatte gehofft, *sie* würde mehr gesunden Menschenverstand beweisen. Grono selbst mißachtete die Karte demonstrativ.

»Wir befinden uns hier an den Nordwesthängen des Nazara Sin.« Wate Basef hielt das Pergament schräg in den flackernden Feuerschein. »Wir haben alle bekannten Eingänge in der Umgebung besucht, und alle waren blockiert. Wir könnten nun weiter in den Hügeln umherstreifen, in der Hoffnung, durch Zufall über eine verborgene Pforte zu stolpern, aber das könnte Wochen dauern. Außerdem gibt es eine Alternative, die mehr Erfolg verspricht. Diese Höhlen haben eine gewaltige Ausdehnung, und das Nazara Sin ist keineswegs das einzige Gebiet, von dem aus man zu ihnen Zugang hat. Im Landesinneren sind zwei weitere Pforten eingetragen — hier und hier.« Wate Basef tippte mit dem Finger auf die Karte.

»Ziemlich weit weg«, bemerkte Karavise.

»Ja, und das ist ein gutes Zeichen. Wegen der großen Entfernung von Lanthi Ume wurden die dortigen Bewohner wahrscheinlich nie von Menschen gestört, und deshalb könnten die Eingänge bis auf den heutigen Tag geöffnet sein. Anstatt hier noch mehr Zeit zu vergeuden, schlage ich vor, daß wir uns ins Landesinnere begeben und danach suchen.«

Devras und Karavise schwiegen. Grono beobachtete argwöhnisch das Gesicht seines Herrn. Endlich erkundigte sich Devras: »Raith, wenn es nun in der Nähe einen verborgenen Zugang gibt, könnt Ihr ihn dann nicht mit Hilfe Eurer Kognition ausfindig machen?«

»Ich meine, das dürfte für einen Adepten nicht allzu schwierig sein«, fügte Karavise hinzu.

»Alle Kognition ist schwierig — immer —, sogar für einen Adepten. Außerdem ist das hier eine ganz spezielle Aufgabe.« Manchmal schien es, als sei Wate Basefs ständiges Lächeln nur ein unbewußter Tick. »Um eine verborgene Öffnung in einer Bergwand aus Granit zu finden, benötige ich ein ganz genau auf diesen einen Fall zugeschnittenes Verfahren, und mir ist keines bekannt. Natürlich ließe sich so etwas entwickeln — eine Variante von Tasms Enthüllung der Leere würde sich wahrscheinlich eignen —, aber ich müßte herumexperimentieren, und ich kann schwer schätzen, wie lange es dauern würde, noch dazu habe ich weder meine Bücher noch meine kognitiven Unterlagen bei mir und nur einen kleinen Teil meiner Gerätschaften. Ich halte es alles in allem für das beste, es mit den Eingängen im Landesinneren zu versuchen.«

»Wie lange würden wir brauchen, um dorthin zu gelangen?« fragte Devras.

»Euer Lordschaft ziehen diesen Vorschlag doch wohl nicht ernsthaft in Erwägung!« Gronos Vorahnung verwandelte sich in schreckliche Gewißheit. »Das können Euer Lordschaft doch nicht ernst meinen.«

»Soll ich etwa gleich beim ersten Rückschlag aufgeben?«

»Ich würde mir nur wünschen, daß Ihr ein wenig Weisheit und Reife an den Tag legt. O Sir, dieser Wahnsinn muß ein Ende haben. Seit Tagen folge ich Euch nun klaglos und geduldig durch die Wildnis. Seit Tagen halte ich mich zurück und benehme mich so, wie es sich für einen Diener des edlen Hauses Har Fennahar geziemt, aber ich kann nicht ewig schweigen. Erkennt Ihr die Wahrheit denn noch immer nicht? Dieser Wate Basef hat Euer Lordschaft genarrt. Auf sein Geheiß haben wir vergeblich diese kahlen Berge abgesucht, ohne ein Tor zu finden. Die Zeit, die wir hier verbracht haben, ist vergeudet, daran läßt sich nichts mehr ändern, aber Ihr wollt Euren Fehler doch wohl nicht noch vergrößern! Ihr werdet doch diese Flausen nicht weiter treiben! Wate Basef hatte ausreichend Gelegenheit, den Beweis für seine Geschichte anzutreten, er ist wiederholt gescheitert, und jetzt ist es Zeit, ein Ende zu machen. Euer Lordschaft — und auch Ihr, Euer Gnaden —, Ihr müßt doch einsehen, daß es an der Zeit ist, nach Lanthi Ume zurückzukehren!«

Devras und Karavise wechselten unschlüssige Blicke. Wate Basefs Grinsen veränderte sich nicht. Endlich antwortete Devras: »Ich bin noch nicht bereit, die Sache aufzugeben.« Erst als ihm diese Worte über die Lippen kamen, wußte er, wie seine Antwort lautete. Sobald er die Entscheidung ausgesprochen hatte, war sie endgültig, und die inneren Zweifel verstummten.

»Es hat keinen Sinn, dem Unmöglichen nachzujagen!«

»Ach, ich weiß nicht. ›Die Größe eines Menschen‹, schreibt Heselicus, ›ist gleich der Summe seiner Fähigkeiten, nach dem Unmöglichen zu streben, das Unwahrscheinliche zu tun und das Unaussprechliche hinzunehmen.‹ Es tut mir leid, Grono.«

»Ich wünsche diesem Heselicus die Pocken an den Hals!« Der Diener wandte sich verzweifelt an Karavise. »Euer Gnaden ...?«

»Ich werde vorerst dem Kognoszenten folgen«, gab sie zurück.

Gronos Schultern sanken nach vorn. Schuldbewußt wandte sich Devras wieder der Karte zu. »Wir sollten uns vielleicht vom Nazara Sin aus nach Nordwesten halten, bis wir auf den Fluß Yl stoßen«, empfahl er mit vorgetäuschter Gleichgültigkeit. »Wenn wir am Fluß entlang ins Landesinnere vordringen, können wir uns nicht verirren.«

»Am Yl gibt es Siedlungen«, bemerkte Karavise. »Dort können wir Nahrungsmittel kaufen.«

»Richtig; unsere Vorräte werden allmählich knapp«, stimmte Wate Basef mit einem schnellen Blick auf Grono zu. Der Diener starrte trübsinnig vor sich hin und reagierte nicht.

»Diese Eingänge«, fuhr Karavise nachdenklich fort, »sind nicht weit von der Siedlung Fenz entfernt. Wenn der Reiter uns die Wahrheit gesagt hat, dann liegt dieses Gebiet jetzt im Dunkeln. Wenn wir die Höhlen erreichen, werden wir also auch der Finsternis begegnen.«

»Schon lange zuvor«, erklärte Wate Basef. »Vergeßt nicht, die Finsternis breitet sich schnell aus.«

Stundenlang blieben sie noch sitzen und schmiedeten Pläne, ohne daß Grono sich daran beteiligte, dann zogen sie sich zurück. Sie schliefen tief und fest, beim Morgengrauen erwachten sie erfrischt, und drei der vier konnten die Weiterreise kaum erwarten. Nach einem kräftigen Frühstück aus Salzfisch, Fladenbrot und Seifenfrüchten bestiegen sie die Kutsche und machten sich auf den Weg. Mit einem Gefühl der Erleichterung ließen sie die Hügel hinter sich und fuhren hinab in das friedliche Grasland von Dask, das sanft zum Daskyl-Bach hin abfiel, einem Zufluß des Yl. Die Kutsche ratterte nach Nordwesten. Die Insassen sahen nicht zurück zu den Hügeln, und deshalb bemerkten sie auch die kleine graue Gestalt nicht, die ihnen lautlos folgte.

08

Im Nordwesten schloss sich an das Grasland von Dask ein ausgedehntes Waldgelände an — der letzte Ausläufer der großen Wälder im Landesinneren. Zwischen den Bäumen schlängelte sich der Daskyl-Bach, ein Zufluß des Yl, rasch dahin. Ein schmaler Pfad führte dicht am Wasser entlang, und dort wanderte die Ehrenwerte Snarp dahin, das Quibbid auf der Schulter, einen Ranzen auf dem Rücken. Trotz der schweren Last marschierte sie mit schnellen federnden Schritten. Ihre stahlharten Muskeln trugen sie in stets gleicher Geschwindigkeit unermüdlich über das Land. Zwei Tage zuvor war der wenige Proviant, den sie in ihrem Ranzen mit sich führte, zu Ende gegangen. Seither lebte sie von der Beute, die sie in Fallen fing und tötete, und diese Kost bekam ihr gut. Ihre gelben Augen glitzerten wie Metall, und sogar die sonst so blassen Lippen hatten etwas Farbe angenommen.

Undeutliche Wagenspuren zogen sich über den Pfad. Snarp studierte die Furchen und runzelte ärgerlich die Stirn. Sie kam Wate Basefs Kutsche nicht näher.

Auf der nächsten kleinen Anhöhe trat sie aus den Bäumen in die heiße Mittagssonne. Sie legte die Hand über die Katzenaugen, um nicht geblendet zu werden, und spähte in die Ferne, konnte jedoch ihre Beute nicht entdecken. Einen Moment lang zögerte sie und kraulte leicht die riesigen Ohren des Quibbid. »Ein Pferd, meine kleine Schönheit«, erklärte sie ihrem Begleiter. »Wir brauchen ein neues Pferd.«

Das Quibbid schnatterte leise. Snarp hielt sich nicht länger auf, und bald danach war die magere graue Gestalt zwischen den dünnen grauen Bäumen verschwunden.

Am Spätnachmittag erreichte sie eine dicht am Daskyl-Bach gelegene Siedlung. Die Ortschaft verdiente fast nicht, als Dorf bezeichnet zu werden, sie bestand nur aus einer Handvoll kleiner Häuser und Stallungen, ein paar Scheunen, einer Reihe von Gemüsegärten und einem Friedhof. Durch den Bau eines Damms war an dieser Stelle ein tiefer Weiher entstanden. Wahrscheinlich lebten die Dorfbewohner zum Teil von den Fischen, die den Daskyl bevölkerten.

Snarp trat näher, ohne die Schaulustigen zu beachten, die sie mit unverhohlener Neugier anstarrten. Ihr Interesse galt den wenigen kleinen Karren und Wagen, die sich die Straße entlangquälten. Gezogen wurden sie von langsamen Miskins, mit denen sie nichts würde anfangen können. Doch dann fand sie, was sie suchte — ein Pferd, höchstwahrscheinlich das einzige im ganzen Dorf, das in einer eingezäunten Koppel hinter einem der größeren Häuser frei herumlief. Es war ein einigermaßen junges und lebhaftes Tier, wahrscheinlich nicht besonders schnell, aber es mußte genügen.

Snarp ging zum Haus und klopfte an die Tür. Eine Frau, untersetzt, hausbacken, in trister Kleidung, blickte heraus. Interessiert und ein wenig argwöhnisch musterte sie die Besucherin, die von der Reise beschmutzte Männerkleidung, das Quibbid, die ungewöhnlichen gelben Augen.

»Holt mir Euren Mann«, verlangte Snarp.

»Was wollt Ihr denn von Jarn?« Die Besucherin würdigte diese Frage keiner Antwort, und die Augen der Hausfrau wurden schmal. Sie zögerte, als wolle sie sich widersetzen, doch dann hob sie die Schultern. »Kommt herein!«

Snarp betrat das Haus. Als sich die Tür hinter ihr schloß, stoben die Kinder auseinander, die ihr auf der Straße nachgelaufen waren, um die Nachricht von der Ankunft der Fremden überall zu verbreiten. »Holt Jarn!« befahl Snarp.

Feindselig begegneten die braunen Augen dem

gleichgültigen gelben Blick. Eine kurze Pause, ein neuerliches Achselzucken, dann schlurfte die Frau hinaus, und Snarp blieb allein im Haus zurück. Sie verschaffte sich einen schnellen Überblick über den einzigen großen Innenraum, nahm die schlichten ländlichen Möbel wahr, die überall herrschende Reinlichkeit. Nichts von Interesse. Die Tür war mit einer ungewöhnlich schweren Riegelstange versehen. Auf einem Regal in der Nähe der Feuerstelle lag ein Holzball mit einem Schläger. Jarn und seine Frau mußten also mindestens ein Kind haben. Snarp trat ans Fenster und spähte durch die Schlitze der geschlossenen Läden. Draußen im Garten stand die Hausfrau bei einem Mann, vermutlich Jarn. Auf der Koppel graste das braune Pferd. Snarps Aufmerksamkeit war auf das Tier gerichtet, den Menschen gönnte sie kaum einen Blick.

Einen Augenblick später kamen Jarn und seine Frau zurück. Jarn war ein stämmiger Mann mit einem Bart und pfiffigen Augen. Er musterte Snarp kurz und bemerkte: »Zur Zeit wimmelt's in den Wäldern nur so von Fremden.«

»Ich brauche das Pferd«, sagte Snarp. »Wieviel?«

»Ihr seid eine Frau.« Jarn war sichtlich verdutzt. »Seit wann laufen anständige Frauen allein in der Gegend rum, sind wie Männer angezogen und wollen Pferde kaufen? Wer seid Ihr überhaupt?«

»Wieviel?« wiederholte Snarp.

»Das einzige Pferd im ganzen Dorf.« Die Augen des Bauern funkelten. »Glaube nicht, daß ich's verkaufen will. In dieser Gegend is'n Pferd nicht so leicht zu kriegen. Habt Ihr schon mal an'n Miskin gedacht?«

»Zwei Shorns«, bot Snarp ungerührt an.

Jarns Frau grinste.

Jarn musterte die Besucherin scharf und schüttelte den Kopf. Seine Frau starrte ihn entgeistert an.

»Drei«, sagte Snarp.

Jarns Frau keuchte hörbar auf. Jarn warf ihr einen

warnenden Blick zu und befahl: »Hol uns Bier!« Sie gehorchte widerstrebend und mit finsterer Miene. Jarn wandte sich wieder der Kundin zu. »Kann gar nicht glauben, daß Ihr soviel Geld bei Euch habt.«

Furchtlos zeigte ihm Snarp eine Handvoll Silber. Jarn fielen fast die Augen aus dem Kopf, und er beugte sich vor und fragte in verschwörerischem Ton: »Habt Ihr das denn auch ehrlich verdient?«

»Drei Shorns.« Snarp gab sich so teilnahmslos wie immer, aber das Quibbid auf ihrer Schulter, dessen Verhalten manchmal als Barometer für die Stimmung seiner Herrin dienen konnte, sträubte das Fell und fletschte die winzigen Zähne.

»Weiß nicht so recht.« Jarns Geschäftssinn war geweckt. »Muß ich mir erst überlegen. Eigentlich will ich das Pferd gar nicht hergeben. Vielleicht sucht Ihr euch doch besser 'n Miskin.« Seine Frau brachte das Bier. Er nahm einen Humpen, setzte sich und lehnte sich in gut gespieltem Gleichmut zurück. Snarp beachtete die dargebotene Erfrischung nicht, sondern fixierte ihren Gastgeber mit starrem Blick, und Jarn konnte den wilden Tieraugen nicht standhalten. »Ich muß es mir überlegen«, wiederholte er. »Kommt morgen wieder.«

»Heute«, sagte Snarp.

»Immer mit der Ruhe. Ich hab noch nicht gesagt, daß ich's überhaupt verkaufe, oder?«

»Vier Shorns«, sagte Snarp.

Jarns Frau fiel die Kinnlade hinunter. *»Greif zu!«* zischte sie.

»Halt du dich da raus, Frau!« Jarn spielte mit dem Humpen und tat so, als grüble er angestrengt. »Kommt morgen wieder«, entschied er endlich. »So was soll man nicht überstürzen. Aber«, fügte er noch hinzu, »kommt nicht auf die Idee, die Nacht im Freien zu verbringen.«

Snarps Lippen wurden schmal. »Ich bin die Vollstrekkerin der Esoterikerloge. Ich brauche das Pferd.«

»Ihr wollt 'n Mitglied der Esoteriker sein?« Jarn betrachtete ungläubig die zierliche Gestalt seiner Besucherin.

»Ich bin die Vollstreckerin. Ich biete vier Shorns. Gebt das Pferd heraus, sonst muß ich Euch dazu zwingen.«

Jarn erhob sich und baute sich vor Snarp auf. »Zwingen wollt Ihr mich, Herrin? Mit mir und meiner Frau wollt Ihr Euch anlegen? Ganz allein, was?« Er lächelte nachsichtig auf sie hinab.

Jarns Frau fand die ganze Sache nicht so erheiternd. »Eine solche Dreistigkeit ist mir doch noch nicht ...«, begann sie.

»Eure Antwort?« fragte Snarp.

»Ich hab Euch gesagt, ich werd's mir überlegen. Kommt morgen wieder und bringt Geld mit.« Er sah seine Besucherin an, und etwas in ihrem Gesicht bewog ihn hinzuzufügen: »Und wenn Ihr vorhabt, irgendwelche Dummheiten zu machen, versucht's gar nicht erst. Hier helfen sich die Nachbarn gegenseitig, und Fremde sind nicht gern gesehen. Ihr kämt nicht weit.«

Snarp blickte nach draußen. Vor Jarns Haus hatte sich eine größere Gruppe von Dorfbewohnern versammelt, in der Hoffnung, einen Blick auf die Fremde werfen zu können. Falls sie sich tatsächlich einen Plan zurechtgelegt hatte, so gab sie ihn in diesem Moment auf. Schweigend ging sie zur Tür.

»Das muß 'ne Irre sein«, vermutete Jarns Frau. »So wie sie angezogen ist und wie sie redet! Ich wette, die ist verrückt genug und verbringt die Nacht im Freien!«

»Halt den Mund, Frau!« befahl Jarn, aber sie ließ sich nicht einschüchtern.

»Halt du selber den Mund! Sie hat dir vier Shorns für diesen unnützen Haferfresser geboten, und du bist zu schlau, um das Geld zu nehmen. Du bist so gerissen, daß du dich noch mal selbst übers Ohr hauen wirst!«

Als Snarp das Haus verließ, brach hinter ihr ein heftiger Streit aus.

Draußen war es kühl, die Sonne sank bereits zum Horizont hinab, und Snarp knurrte der Magen. Mindestens zwanzig Dörfler lungerten neugierig auf der Straße herum, und sie hätte sich mühelos eine Mahlzeit und ein Quartier für die Nacht kaufen können. Sie wollte jedoch auf niemanden angewiesen sein und wanderte daher, gefolgt von einem Dutzend Einheimischen, zum Daskyl-Bach hinunter. Als sie sich dem Weiher hinter dem Damm näherte, wurden die Leute unruhig, und als sie sich am Ufer niederließ und Angelleine und Haken hervorzog, steigerte sich die Erregung noch.

Die Dorfbewohner blieben stehen und besprachen sich hastig, dann näherten sie sich der Fremden. Snarp schien sich nur auf das Angelzeug in ihrem Schoß zu konzentrieren, und man konnte fast den Eindruck haben, als nehme sie die herankommenden Bauern gar nicht wahr. Aber sie hatte jeden Muskel angespannt, und ihre Hand war nur wenige Zentimeter vom Griff ihres Messers entfernt.

Die Dörfler kamen jedoch in friedlicher Absicht. »Ihr wollt'n bißchen angeln, Herrin?« fragte einer der Männer ganz freundlich.

Snarp nickte.

»Kein guter Platz dafür.« Seine Begleiter stimmten mit eifrigem Kopfnicken zu. »Gar nicht gut. Ist nämlich nicht ratsam, sie aufzuwecken.«

»Sie?« fragte Snarp.

»Ja. Sie.« Unter den Zuhörern erhob sich ein Gemurmel, das ängstlich, vielleicht auch traurig klang. Zum ersten Mal hob Snarp die schwefelgelben Augen und sah ihre unerwünschten Begleiter an. Die Einheimischen erwiderten den Blick neugierig und etwas besorgt. »Kommt lieber weg hier, Herrin. Wir werden dafür sorgen, daß Ihr nicht zu hungern braucht. Aber kommt weg von hier.«

»Warum?« fragte Snarp.

»Ich sag Euch doch, es is riskant, besonders für Fremde. An Fremde sind sie nicht gewöhnt, da wachen sie bestimmt auf. Und das Tierchen da auf Eurer Schulter macht alles nur noch schlimmer. Kann sogar sein, daß sie rauskommen, um sich's anzusehen.«

»Erklärt mir das genauer.«

»Nicht nötig! Ihr braucht nur reinzuschauen, dann seht Ihr's selbst. Schaut in den Weiher hinunter!«

Snarp gehorchte und kniff die Augen zusammen, weil die Sonne sich auf dem Wasser spiegelte. Auf dem Grund des Teiches drängten sich Dutzende von reglosen grauen Formen. Zuerst schienen es Felsen zu sein, aber bei näherem Hinsehen stellten sie sich als menschliche Gestalten heraus, deutlich zu erkennen, obwohl sie zum Teil bereits verwest und grotesk aufgequollen waren. Leichen also. Die Dorfbewohner begruben ihre Toten nicht, sondern warfen sie einfach in den Daskyl. Snarps Nasenflügel zuckten verächtlich. Sie wollte sich schon abwenden, als eine Bewegung sie innehalten ließ. Durch die klaren Tiefen des Weihers schoß ein silberner Fisch. Eine der grauen Gestalten regte sich, hob einen langen algenbewachsenen Arm, streckte eine Knochenhand aus, von der die Hautfetzen wie Zierbänder herabhingen, und haschte träge nach dem Fisch. Das Tier brachte sich erschrocken außer Reichweite. Das Kadaverwesen drehte langsam den Kopf auf einem Hals, dessen nackte Wirbel weiß leuchteten, und schien ihm nachzuschauen. Dann wandte es die Überreste seines Gesichtes den Menschen zu, die neben dem Weiher standen. Lange saß es so da und starrte mit leeren Augenhöhlen zu ihnen herauf. Dann schwebten beide Arme, in flehentlicher Geste himmelwärts. Die Finger spielten im Wasser, die Arme schwangen hin und her. Nun erwachten auch die anderen Leichen, bewegten sich, starrten nach oben. Die meisten befanden sich in verschiedenen Stadien des Verfalls, manche waren fast nur noch Skelette, andere gräßlich aufgetrieben. Einige schienen fast unversehrt und waren vollständig bekleidet, die Züge waren erkennbar, und ihr Haar wogte sanft im Wasser. Die rabenschwarzen langen Locken eines jungen Mädchens hatten sich gelöst und umgaben ihr Gesicht wie eine dunkle Wolke. Einige der Toten hatten noch Augen, und das war vielleicht am schlimmsten. Die entseelten mattweißen Kugeln wirkten weit schrecklicher als die leeren Höhlen. Am entsetzlichsten war, daß die toten Gesichter sich veränderten, als sie durch das Wasser nach oben blickten. In den zerfressenen Zügen spiegelte sich eine ganz unpassende, mitleiderregende Sehnsucht. Die Arme streckten sich nach den Lebenden aus, viele Arme, die wie ein Wald von Schilfhalmen hin- und herschwankten.

Snarp starrte ausdruckslos auf die lebenden Toten hinab und wartete auf eine Erklärung.

»Seht Ihr jetzt, warum's hier gefährlich ist, Herrin?« fragte der Mann, der sie als erster angesprochen hatte. »Wenn sie die Lebenden, und noch dazu 'nen Fremden sehen, werden sie immer munter. Kann sogar passieren, daß sie rausklettern, weil sie Euch aus der Nähe sehen wollen, und das wäre wirklich ein Unglück. Den anderen Fremden hab ich das neulich auch schon erzählt, und Euch sag ich dasselbe, Herrin.«

»Fremde? Wann?« fragte Snarp.

»Gestern früh. Sie wollten sich nicht lange aufhalten, und das war auch gut so, meine ich. Zu viert waren sie.«

»Ja«, fiel ein junges Mädchen eifrig ein, »zwei Herren, ein Diener und eine Dame, alles Leute aus der Stadt. *Ihre* Kleider hättet Ihr sehen sollen! Alles aus Samt, mit Federn und Stickereien, und ihre Schuhe — die Absätze waren *so* hoch! Sie muß mindestens eine Herzogin ein. Kennt Ihr sie, Herrin?«

Snarps Blick war auf die versunkenen Leichen gerichtet. Die toten Augen starrten noch immer zu ihr herauf, die Arme waren weiter sehnsüchtig erhoben. »Wer sind die Toten?« fragte sie.

»Die sin an der Seuche gestorben«, antwortete der erste Sprecher. »Gestorben und doch nicht tot.« Snarp warf ihm einen kurzen Blick zu, und er sprach weiter. »Die Seuche is vor Wochen über uns gekommen, etwa um die Zeit, als der neue Stern auftauchte, der bei Tag und bei Nacht scheint. Der Stern hat den Nachthimmel so verändert, daß manche Leute behaupten, das alte Sternbild des Löwen sei zu einer großen Schlange geworden, und sie sin dazu übergangen, es den Drachen zu nennen. Die gleichen Leute haben auch gesagt, der Drache habe uns mit seinem fauligen Atem angehaucht und die Luft verpestet. Ob das nun stimmt oder nicht, jedenfalls war das die Zeit, da die Seuche über uns kam. Wer davon befallen wurde, der brannte vor Fieber und war am ganzen Leib mit Flecken bedeckt, von denen sich die Haut ablöste. Alle Kranken sind sehr schnell gestorben, und wir haben sie tief in der Erde begraben.«

»Aber sie sind nicht in ihren Gräbern geblieben«, mischte sich das junge Mädchen ein.

Snarp sah sie kalt und mißtrauisch an.

»So ist es«, bestätigte der erste Sprecher, der den Blick richtig deutete. »Die gestorben waren, fanden keinen Frieden. Jede Nacht, wenn der Mond aufging, gruben sie sich aus der Erde und streiften durch das Dorf, um nach ihren Freunden und Verwandten zu suchen. Man merkte ihnen an, daß sie Sehnsucht nach denen hatten, die ihnen im Leben lieb und teuer gewesen waren. Manchmal fanden sie sie, und dann wehe uns! Die Toten umarmten die Lebenden, die Lebenden wurden krank und starben, und so hat sich die Seuche immer weiter ausgebreitet.«

»Es war schrecklich anzusehen, wenn sie bei Nacht umherwandelten, die Erde ihrer Gräber hing noch an ihnen, und ihre toten Augen leuchteten«, warf das Mädchen mit einer gewissen Sensationslust dazwischen. »Ich hab so manche Nacht durch die Läden gelugt und alles gesehen, wirklich!«

»Wir glaubten schon, wir seien verloren«, fuhr der

Mann fort. »Die Toten wurden immer dreister und wagten sich sogar bei Tageslicht heraus. Und in der Nacht ... Wir konnten unsere Häuser nicht mehr verlassen, mußten die Türen verriegeln und alle Läden schließen ...«

»Und Nacht für Nacht klopften die Toten an die Türen und kratzten an den Fenstern, bis der Tag anbrach.«

»Wir wußten uns keinen Rat mehr. Bis eines Tages die Leiche der armen Nula daherkam und nach ihrem Kind suchte. Der Junge flüchtete am Ufer des Bachs entlang, und irgendwann stolperte er und fiel da vor Euch in den Weiher. Nula folgte ihm. Das Kind schwamm heraus und war gerettet, aber Nula sank auf den Grund, und dort blieb sie. Tage vergingen, und sie saß immer noch da, ohne sich zu regen. Jeder konnte sehen, daß das Wasser sie beruhigte und ihr Frieden gab. Als wir das begriffen hatten, führten wir auch die anderen Toten in diesen Weiher, so schnell wir konnten. Hier geben sie Ruhe, bis ihnen das Fleisch von den armen Knochen fällt, dann ist alles vorbei, und sie sind endlich wirklich tot.«

»Aber solange es nicht soweit ist«, schloß das Mädchen, »sollte man sie lieber nicht stören.«

»Sie sollten vernichtet werden.« Snarp musterte die Leichen ganz sachlich. »Verbrannt, zermalmt oder aufgelöst.«

Die Menge murrte empört.

»Ach, Herrin, das versteht Ihr nicht«, antwortete der Mann. »Es sind doch unsere eigenen Leute — Eltern, Schwestern und Brüder, Söhne und Töchter. Wie könnten wir ihnen das antun? Seht Ihr da unten?« Er zeigte auf eine liegende Leiche, an deren Schädel noch ein paar silberne Haarsträhnen hafteten. »Das ist Livils Mutter. Könnte Livil sie zermalmen? Das schwarzhaarige Mädel da drüben — das ist die Frau vom jungen Crevin. Letzte Woche gestorben, und sie war sein ein und alles. Und das Kleine da unten — das ist Jarns einziger

Sohn. Glaubt Ihr, Jarn würde ihn verbrennen oder ließe zu, daß andere es tun? Nein, Herrin, ich sage Euch, wir können sie nicht zerstören. Ich finde, wir müssen sie da unten sitzen lassen, es soll wohl so sein.« Als Snarp nicht antwortete, fügte er hinzu: »Und Ihr kommt jetzt am besten mit mir. An unserem Tisch ist noch Platz für Euch, und in unserem Schuppen könnt Ihr schlafen. Ihr dürft die Nacht nicht im Freien verbringen.«

Snarp ließ zu, daß er sie vom Weiher weg und die Straße hinauf zu einem der Häuser führte, wo sie wie versprochen eine warme Mahlzeit und Gerstenbrei für das Quibbid erhielt. In den nächsten Stunden war sie vollauf damit beschäftigt, wohlmeinenden Fragen auszuweichen. Endlich gab sich ihr bäuerlicher Gastgeber geschlagen, beendete das Verhör und wies ihr ein kleines Feldbett im Schuppen an. Lange saß Snarp in dem finsteren kleinen Raum und lauschte. Eine Weile hörte sie noch Schritte hin- und hergehen. Dann — Stille. Die Zeit verging, Schnarchgeräusche waren zu vernehmen. Snarp wartete in unnatürlicher Reglosigkeit. Mindestens zwei Stunden waren verstrichen, und sie saß immer noch da wie erstarrt. Das Quibbid war in ihrem Schoß eingeschlafen.

Mitten in der Nacht, als das ganze Dorf schlief, erhob sich Snarp. Sie integrierte das Quibbid, schnallte sich den Ranzen auf den Rücken und drückte sich den breiten Hut auf den Kopf, dann verließ sie lautlos den Schuppen und betrat das Haus. Der Raum war nur ganz schwach erhellt, weil das Mondlicht durch die Ritzen der geschlossenen Läden sickerte, aber für Snarps Katzenaugen genügte es. In einer Ecke stand ein großes Schrankbett, in dem ihr Gastgeber und seine Frau sich verschanzt hatten. Die Kinder schliefen auf Feldbetten am anderen Ende des Zimmers. Eines warf sich wimmernd hin und her, wachte aber nicht auf. Snarp schlich leise zur Tür und hob langsam, ganz langsam die massive Riegelstange an. Die eisernen Angeln quietschten, die Tür gab nach, und sie schlüpfte in die Nacht hinaus.

Über dem Dorf strahlte hell der Mond. Die Straße, die dunklen Häuser, die Gärten, alles war gut zu erkennen. Nicht weit entfernt stand Jarns Häuschen, dahinter die Koppel und der Stall mit dem Pferd, auf das Snarp es abgesehen hatte. Sie umging das Dorf in weitem Bogen, näherte sich der Koppel und begann den Zaun zu erklettern. Ehe sie noch oben angekommen war, bewog sie ein leises Knurren zum Innehalten. Unten standen mit wild funkelnden Augen Jarns Wachhunde — vier große, hagere, wolfsähnliche Tiere mit spitzen Schnauzen und mächtigen Reißzähnen. Normalerweise waren sie ums Haus herum postiert, doch heute nacht hatte ihr Herr sie in die Umzäunung gebracht, weil er sein Pferd in besonderer Gefahr wähnte.

Wieder knurrte einer der Hunde, seine Lefzen zogen sich zurück und legten die Zähne frei, und ein leichtes — fast belustigtes — Zucken glitt über Snarps Gesicht. Sie konnte die Hunde natürlich töten, aber damit würde sie zwangsläufig das ganze Dorf aufscheuchen. Hier mußte man anders vorgehen, und es dauerte nicht lange, bis sie sich einen Plan zurechtgelegt hatte.

Sie sprang vom Zaun hinab und schlich die Straße entlang und den dornenüberwucherten Hang hinab an das Ufer des Weihers. Im leicht bewegten Wasser spiegelten sich helle Lichtreflexe, zitternde Sterne, ein verzerrter Mond. Vergeblich hielt Snarp Ausschau nach den Grauen, die unter dem Wasser träumten. Die Tiefen waren in Dunkelheit gehüllt und trügerisch ruhig.

Sie wandte sich dem Damm zu, einem plumpen Gebilde aus Steinen und Holz, die Fugen mit Moos und Blättern abgedichtet, primitiv, aber wirkungsvoll, denn dadurch war der Weiher für die Leichen entstanden. Unterhalb des Damms war der Daskyl sehr viel schmaler und floß weitaus weniger reißend als zuvor dem Yl zu. Schwere, tief im Boden versenkte Holzpfosten stützten die Mauer aus Felsbrocken. Die Pfosten waren fest verankert, denn sie sollten dem Druck des Wassers standhalten können, aber einem Angriff der Vollstreckerin der Esoterikerloge waren sie sicher nicht gewachsen. In Snarps Ranzen befand sich ein Fläschchen, ebenfalls eine Gabe des stets großzügigen Gless Vallage. Sie bediente sich dieses Gefäßes nur selten, aber manchmal war sein Inhalt von unschätzbarem Wert, und dies war ein solcher Anlaß.

Snarp wählte drei Stützpfosten im Zentrum des Dammes, zog Stiefel und Strümpfe aus und watete ins Wasser hinaus. Der Boden war weich, mit kaltem Schlamm bedeckt, dazwischen ragten tückische, von glitschigen Algen überzogene Steine hervor, und sie mußte achtgeben, um nicht den Halt zu verlieren. Der Bach wurde immer tiefer, und schließlich reichte ihr das eisige Wasser bis an die Brust. Snarp schenkte der Kälte keine Beachtung. Sie betrachtete Vallages Fläschchen und sah, daß von der Flüssigkeit nicht mehr viel übrig war, kaum genug für ihr Vorhaben. Ganz vorsichtig zog sie den Stöpsel heraus und goß auf jeden der Pfosten ein paar Tropfen. Mit dem Rest besprengte sie die Steine des Dammes, dann warf sie die leere Flasche von sich und watete, so schnell sie konnte, ans Ufer zurück.

Dort setzte sie sich, zog Strümpfe und Stiefel wieder an und beobachtete den Damm. Zuerst geschah gar nichts, und ihre Kiefermuskeln spannten sich. Einen Augenblick später stieg dichter beißender Qualm auf. Das Wasser des Bachs begann wild zu brodeln und zu zischen. Snarps scharfe Ohren vernahmen ein schwaches Knistern, dann gingen die Holzpfosten mit einem heftigen Knall in Flammen auf. Die Steine wurden weich, warfen Blasen, schmolzen und zerflossen. Vereinzelte Rinnsale aus flüssigem Stein glitten ins Wasser, vereinigten sich zu einem Strom und schließlich zu einem weißglühenden Sturzbach. Gewaltige Dampf- und

Rauchwolken wogten gen Himmel, hüllten alles ein und glühten rötlichgelb im Schein der Flammen. Sobald die Steine sich aufgelöst hatten, konnte Wasser durch den Damm dringen. Die angekohlten Pfosten bekamen Sprünge, gaben nach und stürzten in den Bach. Felsbrocken prasselten nieder wie Hagelkörner. In der Mitte des Damms tat sich eine Lücke auf, und die Wasser des Daskyl stürzten, endlich befreit, mit triumphierendem Tosen hindurch. Der Weiher hinter dem Damm leerte sich allmählich. Nun wurden in den nächstgelegenen Häusern die ersten Fenster hell.

Snarps Blick wanderte vom Damm zum Weiher, dessen Wasserstand schnell abnahm. Das Wasser fiel immer weiter, auf der vorher so ruhigen Oberfläche bildeten sich Wirbel und Strudel. Dann streckte sich langsam eine fleischlose Hand aus der schäumenden Flut.

Snarp sprang auf und flüchtete in die Schatten. Das Wasser floß weiter ab. Eine zweite Hand erschien, noch mit Muskeln und Sehnen behaftet. Ein gräßliches Haupt tauchte auf, ein Kadaver schleppte sich aus dem Daskyl und stand zögernd am Ufer. Der Größe nach war er einst ein Mann gewesen, sonst waren keinerlei Geschlechtsmerkmale zu erkennen. Er mußte schon seit einiger Zeit tot sein, denn das Fleisch war zum größten Teil verwest. Die Augenhöhlen waren leer, und das Gesicht bildete nur noch eine breiige Masse. Um den Hals hing ihm ein Medaillon an einer silbernen Kette, das bei jeder Bewegung des Wesens mit schaurigem Klirren gegen das freiliegende Schlüsselbein schlug.

Das Wesen blieb unschlüssig stehen und schien den zerstörten Damm fast staunend zu betrachten. Offenbar hatte es keine Ahnung, wohin es gehen oder was es anfangen sollte. Als die ersten verwirrten Dorfbewohner auf den Damm zuströmten, hatte es ein Ziel. Es streckte seinen ehemaligen Mitbürgern die Arme entgegen und stolperte auf sie zu. Die Dörfler drehten sich erschrokken um und flüchteten schreiend in ihre sicheren Häuser. Die Leiche folgte ihnen. Immer mehr Fenster wurden hell.

Ein Zittern durchlief das Wasser, und dann erschien eine grausige Schar aufgescheuchter Toter: Männer, Frauen und Kinder mit trüben Augen und aufgequollenem Fleisch. Nacheinander, allein und in Gruppen, taumelten die triefenden Kadaver aus dem Weiher und auf die lockenden Lichter zu. Snarp folgte ihnen unbemerkt. Sie konnte einige Gesichter erkennen — rührende, tote, von Liebe, Sehnsucht und sogar Hoffnung erfüllte Gesichter. Die Knochenhände waren ausgestreckt, als wollten sie nach der entschwundenen Wärme des Lebens greifen.

Nun brannten überall im Dorf die Lampen und erhellten eine wandernde Horde von Leichen. Zu Dutzenden durchstreiften sie die Straßen auf der Suche nach ihrem einstigen Zuhause. Snarp hörte ein Schlurfen hinter sich, wirbelte herum und sah sich einer toten Frau gegenüber, die mit weit ausgebreiteten Armen auf sie zuwankte. Die Warnung vor der tödlichen Anstekkung kam ihr in den Sinn, sie drehte sich um und rannte davon. Das Wesen blieb weit zurück. Sie strebte Jarns Haus zu, und auf dem Weg dorthin kam sie an Leichen vorbei, die an verschlossene Türen klopften, an verriegelten Fensterläden rüttelten und mit bleichen Fingern an Schlüssellöchern kratzten. Aus den belagerten Häusern drangen Schreie der Todesangst. Ein Kadaver entdeckte ein unzureichend gesichertes Fenster, die Läden gaben nach. Langsam kletterte er hinein, und von drinnen war entsetztes Kreischen zu hören.

Ein Stück weiter pochte eine schwarzhaarige, weißhäutige Frau, in der sie Crivens Gattin erkannte, an eine verriegelte Tür, während ein junger Mann, vermutlich Criven selbst, sie durch die Läden beobachtete. Nach einer Weile öffnete der Mann die Tür und ließ das Mädchen ein.

Jarns Haus war verschlossen, und in allen Fenstern

brannte Licht. Offensichtlich waren die Bewohner hellwach. Aber kein Kadaver strich auf dem Gelände herum, der einzige Eindringling schien Snarp selbst zu sein.

Ohne ihre Absicht zu verhehlen, stürmte sie auf den Zaun zu, kletterte flink hinauf und sprang in die Koppel. Sofort kamen die Hunde angelaufen, ihr Gebell hallte durch die Nacht. Der mutigste griff sie an und verbiß sich in ihrem Ellbogen. Wie durch Zauberei erschien ein Messer in Snarps freier Hand, und im nächsten Augenblick steckte die Klinge bis ans Heft in der Schulter des Tieres.

Sie war noch dabei, ihren Arm zu befreien, als bereits der nächste Hund wütend nach ihren Knöcheln schnappte. Mit einem fast beiläufigen Messerstich erledigte sie den Angreifer, und die zwei letzten Tiere traten klugerweise den Rückzug an, umgingen den Eindringling in sicherer Entfernung bellten dann immer lauter. Snarp achtete nicht darauf. Ohne Hast schlich sie zu dem mit einem Vorhängeschloß gesicherten Schuppen, zog die Stahlklinge unter dem Hutband hervor und machte sich geschickt an dem Schloß zu schaffen.

Als die Hunde in der Koppel nicht aufhörten zu lärmen, öffnete sich endlich ein Fenster im Haus, und Jarns bärtiges Gesicht schaute heraus. Er blickte sich suchend um, entdeckte den Eindringling und stieß einen wütenden Schrei aus. Snarp gönnte ihm nicht einmal einen Blick. Das Schloß in ihrer Hand öffnete sich klikkend. Sie zog es aus dem Haken und warf es beiseite.

Krachend flog die Haustür auf. Jarn stürmte fluchend und einen Stock schwingend heraus. Kaum hatte er das Haus verlassen, als eine kleine weiße Gestalt aus den Schatten gewackelt kam, eine Kinderleiche im nassen Totenhemd, bei ihrem Tod nicht mehr als zwei Jahre alt. Jarn blieb wie angewurzelt stehen und starrte die kleine Gestalt an. Das Kind streckte ihm die pummeligen kleinen Arme entgegen. Jarn war wie versteinert. Das Kind trat näher, legte beide Arme um das Bein des Vaters, blickte mit leeren Augenhöhlen zu ihm auf, und Jarn stieß einen heiseren Schrei aus, der seine Frau zur Tür lockte. Als sie ihren Mann und ihren Sohn so eng umschlungen dastehen sah, schrie sie entsetzt auf.

Snarp riß die Stalltür weit auf, schlüpfte hinein und bemächtigte sich des braunen Pferdes. Sie griff ihm in die Mähne, schwang sich auf den Rücken und rammte ihm die Sporen in die Flanken. Das Tier schnaubte erschrocken und stürmte aus dem Stall. Von den Knien seines Reiters ermuntert, übersprang es mit einem überraschend hohen Satz den Koppelzaun und galoppierte donnernd die Straße hinunter.

Snarp sprengte mitten durch das Herz des leidgeprüften Dorfes, vorbei an erleuchteten Häusern, an eingeschlossenen Bewohnern und umherwandernden Leichen. Sie hatte das Kinn vorgereckt, die dünnen Lippen waren zu einem starren Lächeln verzogen. Innerhalb weniger Sekunden hatte sie das Dorf hinter sich gelassen. Die Schreie wurden immer leiser, und bald waren sie ganz verklungen.

09

Sie hatten das Nazara Sin weit hinter sich gelassen und folgten den Windungen des Flusses Yl, der wie eine große silberne Arterie das Herz Dalyons mit dem Meer verband. Seit vielen Jahren diente der Fluß Siedlern, Händlern, Forschungsreisenden und Geächteten als wichtigster Verkehrsweg; auf ihm konnten sie ein Gebiet durchqueren, das sonst als unpassierbar galt, und so war es noch immer, jetzt sogar mehr denn je. Auf ihrer Fahrt waren Devras Har Fennahar und seine Gefährten einer bunten Vielfalt von Reisenden begegnet, von denen sie oft Proviant erstehen konnten. Die Flüchtlinge — meist einfache Leute aus den Siedlungen im Landesinneren — wollten die Küste erreichen. Gewöhnlich waren ganze Familien unterwegs. Sie kamen in Miskin-Karren, auf die sie ihre kärglichen Habseligkeiten geladen hatten, in kleinen Booten und auf Flößen oder zu Fuß, die Habe auf den Rücken geschnallt. Die Gesichter waren angespannt, sie wirkten müde und hatten bemerkenswerte Dinge zu berichten. Des langen und breiten erzählten sie von der Finsternis, die über das Land zog — eine dichte erstickende Schwärze, tödlich für Körper und Geist, bevölkert von schrecklichen weißen Dämonen, die erbarmungslos und ohne alle Hemmungen mordeten.

Freilich hatten, wie sich herausstellte, nicht viele die Finsternis oder die Dämonen tatsächlich mit eigenen Augen gesehen. Vor der nahenden Katastrophe gewarnt, waren die meisten nur so lange in ihren Dörfern geblieben, bis sie den Schatten am Horizont auftauchen sahen, dann waren sie um ihr Leben gerannt. Eine Minderheit von skeptischen oder störrischen Siedlern hatte ausgeharrt, um die Finsternis am eigenen Leib zu erfahren, aber von ihnen hatten nur wenige lange überlebt.

Die Hitze, die fast nicht atembare Atmosphäre, das entsetzliche Gefühl blinder Hilflosigkeit — all dies hatte die menschliche Entschlossenheit schnell untergraben. Die vereinzelten Unverwüstlichen, die dann noch übrig waren, um ihre Heimat zu verteidigen, waren der Wut der Invasoren zum Opfer gefallen, und bis auf eine Handvoll waren alle umgekommen.

Nicht nur einfache Siedler waren vor der Finsternis geflohen. In den Gebieten im Landesinnern wohnten alle möglichen seltsamen Wesen. Da gab es die Eatch, Abkömmlinge jener primitiven zwölffingrigen Zauberer, die vor dem Aufstieg der Esoteriker Lanthi Ume und seine Schwesterstadt Hurba tyrannisiert hatten. Es gab Vemi mit violetten Haaren, in schmutzige Lumpen gekleidet, denen ihre Religion verbot, sich zu waschen oder Wasser zu trinken und die deshalb eine vampirähnliche Gier nach Blut entwickelt hatten. Die scheuen großäugigen Bexae wohnten in einer wandernden Stadt in den Tiefen des Waldes und mieden gewöhnlich den Anblick der Menschen. Die Zoniander lebten in den Sümpfen von Jire und hatten eine so enge Beziehung zur einheimischen Pflanzenwelt entwickelt, daß ihre Kinder grünhäutig waren und Rankenfinger hatten, mit denen sie Feuchtigkeit und Nahrung direkt aus dem Boden entnehmen konnten. Weiterhin gab es die betrügerischen Turos, die androgynen Dender, die zwergenhaft kleinen Feeniad, die Sumpfspritzer mit den Schwimmhäuten an den Füßen, die kannibalischen Burbies und die flammenäugigen Flüchtlinge des Zoushe. Die beiden letzteren stellten eine echte Gefahr dar, und deshalb war Devras, als er an einem ansonsten ereignislosen Abend allein unterwegs war, um Feuerholz zu sammeln, ziemlich erschrocken, als es ganz in seiner Nähe im Gebüsch raschelte.

Er erstarrte und strengte alle Sinne an. Das Geräusch klang zaghaft, verstohlen und war daher um so verdächtiger. Einen Augenblick lang lauschte er, dann hatte er festgestellt, woher es kam, und stürzte sich, Wate Basefs Beil in der Hand, auf die Stelle. Das Rascheln verstärkte sich zu einem panischen Scharren. Die Büsche bewegten sich, und eine kleine, graubraune Gestalt brach aus ihrem Versteck hervor. Devras warf sich auf den Flüchtling und stellte fest, daß er ein kleines, verdrecktes, langhaariges Wesen in den Armen hielt. Der Knirps zappelte und quiekte, und die Schreie klangen so hilflos und verzweifelt, daß Devras' Ängste sich legten. Sein Griff lockerte sich ein wenig, das Kreischen verstummte. Er starrte in schreckensstarre große Augen, richtete sich auf, ohne das Handgelenk des Wesens loszulassen, und sah sich an, was er da gefangen hatte.

Es war ein Mädchen — klein, schmutzig, tränenüberströmt, nicht älter als fünf oder sechs Jahre. Sie hatte langes, verfilztes, schwarzes Haar, die Haut unter der Schmutzschicht war weiß, und die langen, schräg nach unten gezogenen braunen Augen wurden von ungewöhnlich dichten Wimpern so stark überschattet, daß Pupille und Iris nicht voneinander zu unterscheiden waren. Die Kleine war sehr mager und schäbig gekleidet. Aber das ungewöhnlichste an ihr waren ihre Hände, die mit jeweils zwei Daumen versehen waren.

»Was tust du hier?« fragte Devras.

Sie starrte ihn verständnislos an.

»Wie heißt du? Wo sind deine Eltern?«

Keine Antwort. Nur die Tränen flossen schneller.

»Woher kommst du?«

»Geh weg!« befahl das Kind und wehrte sich heftig. Es hatte in einer provinziellen Abart des Alt-Umischen gesprochen, einem Dialekt, mit dem Devras einigermaßen vertraut war. »Geh *weg!*«

»Schon gut«, beschwichtigte Devras sie in ihrer eigenen Sprache. »Niemand will dir etwas tun. Nun beruhige dich doch.«

Sie reagierte mehr auf den Klang seiner Stimme als auf seine Worte, faßte sich aber allmählich. Die Tränen versiegten, und das verzerrte Gesichtchen entspannte sich.

»Wie heißt du?«

»Glindi«, antwortete das Mädchen. Die Angst war bereits verschwunden, und es starrte ihn mit unverhohlener Neugier an.

»Ich heiße Devras.«

»Das ist ein komischer Name.«

»Aber nicht da, wo ich herkomme. Warum bist du ganz allein im Wald, Glindi? Hast du dich verlaufen?«

Glindi hob die Schultern und senkte den Kopf.

»Wissen deine Eltern, wo du bist? Sind sie weit weg von hier?«

»Sie sind tot. Alle sind tot.« Wieder füllten sich die dunklen Augen mit Tränen. »Die weißen Wesen, die in den Höhlen leben, sind gekommen und haben sie getötet.«

»Die weißen Räuber sind die gleichen Wesen wie die Bewohner der Höhlen? Bist du da ganz sicher?«

Sie nickte.

»Sie haben deine Leute getötet? Wann?«

»Ich weiß nicht. Ich bin fortgelaufen, zum Fluß, und dann bin ich am Wasser entlanggegangen. Nach einer Weile war es nicht mehr dunkel.«

»Du warst die ganze Zeit über allein?«

Weit aufgerissene Augen, aber keine Antwort.

»Du bist ein sehr tapferes Mädchen.« Devras war von der Geschichte der Kleinen zutiefst gerührt. In ihrer gegenwärtigen Lage hätte sie fast bei jedem Menschen Mitgefühl erweckt, aber seine Reaktion ging noch weiter, vielleicht weil sie verwaist war, weil sie ihre ganze Familie verloren hatte und weil er genau wußte, wie man sich in dieser Situation fühlte. »Aber jetzt ist das Schlimmste vorüber — jetzt bist du nicht mehr allein. Hast du Hunger?«

»Ja.« Sie nickte so heftig, daß ihr die wirren schwarzen Locken über die Augen fielen.

Devras strich sie ihr aus der Stirn. »Dann komm mit.« Er streckte eine Hand aus, nahm ihre schmutzige kleine Pfote und machte sich mit ihr auf den Weg durch den Wald. Sie folgte ihm in blindem Vertrauen. »Ich bringe dich zu meinen Freunden.«

»Sind sie auch Zehnfinger so wie du?«

»Hm, ja.« Devras warf einen Blick auf die sechsfingrige Hand, die er umfaßt hielt. »In deiner Familie haben vermutlich alle solche Hände wie du?«

»Mein ganzes Volk«, gab Glindi stolz zurück. »Alle. Wir leben im Ring, und wir sind Freunde der Erde.«

»Freunde der Erde?«

»Ja, das sind wir alle.«

Für weitere Erklärungen blieb keine Zeit mehr, denn sie hatten das Lager erreicht. Es lag auf einem ebenen freien Platz neben dem schmalen Pfad, der dem Yl folgte. Beim Anblick der Kutsche riß das Mädchen erstaunt die Augen auf. Wahrscheinlich hatte sie ein solches Gefährt noch nie gesehen. Kaum weniger faszinierend fand sie die vier angebundenen Pferde. Nicht weit von der Kutsche brannte ein Feuer in einem Kreis aus Steinen, und dort rührte Grono in einem Topf, der über den Flammen hing. Aus dem Kessel stieg ein köstlicher Duft, und Glindis Nasenflügel zuckten. Neben dem Feuer saß die Erbin von Lanthi Ume und schälte Kartoffeln — zu Gronos unübersehbarer Entrüstung. Auf dem Kutschendach kramte Raith Wate Basef in Taschen und Bündeln herum. Alle drei hielten in ihrer Arbeit inne und starrten die Neuankömmlinge überrascht an. Wate Basef stieg sofort herunter.

Devras führte seinen kleinen Schützling ans Feuer. »Das«, stellte er vor, »ist Glindi. Offenbar hat sie als einzige ein Massaker überlebt, und sie hat die Mörder ihres Volkes als Vardrul aus den Höhlen identifiziert. Sie scheint sich dessen ganz sicher zu sein. Sie ist Waise, steht ganz allein auf der Welt, und sie hat Hunger. Ach ja, und sie spricht nur Alt-Umisch.« Er wandte sich dem

Kind zu und erklärte ihm in seiner eigenen Sprache: »Glindi, das sind meine Freunde und jetzt auch die deinen. Das ist Karavise. Raith. Und Grono.«

Die Kleine sah zu Karavise auf. »Du bist hübsch. Ich dachte immer, Zehnfinger seien häßlich«, sagte sie.

»Danke, Glindi«, antwortete Karavise in gestelztem Alt-Umisch. Sie konnte den Dialekt einigermaßen lesen, war aber noch nie in die Lage gekommen, ihn sprechen zu müssen. »Du bist auch hübsch.«

»Ja, weil ich ein Freund der Erde bin.« Glindi zögerte, dann deklamierte sie feierlich, wie man sie es offensichtlich gelehrt hatte: »Ich grüße euch im Namen des Rings. Möge eure Freundlichkeit euch hunderttausendfach vergolten werden.«

Selbst Grono, der einzige unter den Anwesenden, der kein Alt-Umisch sprach, war hingerissen. Jede Spur von Mißbilligung war aus seinem Gesicht verschwunden, als er ihr eine große Portion Eintopf aus dem Kessel servierte.

»Das ist eine wunderschöne Begrüßung, Glindi«, sagte Devras, »aber ich weiß nicht genau, was sie zu bedeuten hat.«

»Es bedeutet ganz einfach, daß sie eine Eatch ist«, erklärte Wate Basef. »Seht Ihr die Hände mit den zwei Daumen? Die Eatch sind zwölffingrige Magier und gaben einst in Lanthi Ume den Ton an. Sie besitzen ein — wie soll ich es ausdrücken — instinktives Verständnis einiger Naturphänomene, und das verleiht ihnen einen gewissen Einfluß auf ihre physikalische Umgebung. Ihre Kräfte sind nicht mit der Kognition der Esoteriker zu vergleichen, von denen sie vor Generationen aus Lanthi Ume verdrängt wurden, aber manchmal bringen sie doch erstaunliche Dinge zustande. Die Eatch, die es noch gibt, leben in Verbänden, die sie Ringe nennen und die im allgemeinen aus mehreren Familien bestehen. Jeder Ring spezialisiert seinen Einfluß auf einen bestimmten Bereich. Wenn das kleine Mädchen sich als

Freund der Erde bezeichnet, so will sie damit vermutlich sagen, daß ihre Angehörigen mit ihren Kräften auf das Land einwirken können — für Bauern natürlich eine sehr nützliche Fähigkeit.« Wate Basef wandte sich an das kleine Mädchen und verfiel ins Alt-Umische. »Glindi, ich habe den anderen eben erklärt, daß du eine Eatch bist und daß die Leute deines Ringes Macht über den Boden haben. Ist das richtig?«

»Ja, Raith.« Sie sprach den fremden Namen sehr sorgfältig aus, mit einem Akzent, der allen ein Lächeln entlockte. Dann nahm sie von Grono die Schale mit dem Eintopf entgegen und bedankte sich höflich auf Alt-Umisch, ohne jedoch Devras' Hand auch nur ein einziges Mal loszulassen. Sie betrachtete den jungen Mann offenbar als ihren speziellen Freund und Beschützer und wich ihm auch nicht von der Seite, als er sich selbst eine Portion Eintopf holte und sich ans Feuer setzte. Erst als sie sich so dicht neben ihm niedergelassen hatte wie nur möglich und sicher war, daß er nicht die Absicht hatte, wegzugehen, gab sie seine Hand frei.

Als alle versorgt waren, wurde schweigend gegessen, und allmählich verdichtete sich die Dunkelheit, und die Welt verschwand. Endlich bemerkte Karavise: »Wir sind unterwegs schon mehreren Eatch-Gruppen begegnet, wahrscheinlich werden wir noch weitere treffen. Vielleicht finden wir jemanden, der das Kind aufnehmen kann.«

Glindi hatte das Wort ›Eatch‹ herausgehört und blickte Devras fragend an, bis der ihr die Worte übersetzte. Die Kleine schien verwirrt. »Kann ich nicht bei euch bleiben?« fragte sie.

»Wir könnten nicht richtig für dich sorgen«, erklärte Devras sanft, konnte aber ihrem gekränkten Blick nur mit Mühe standhalten.

»Das ist mir egal!« rief Glindi, und ihr Gesicht wurde trotzig.

»Aber uns nicht«, erklärte Wate Basef. »Du solltest

bei deinen eigenen Leuten sein, das wäre das beste für dich.«

»Ich will bei euch bleiben.« In Glindis Augen glitzerten die Tränen.

»Uns wäre das auch lieber«, versicherte ihr Devras, um sie zu trösten. »Aber wir sind auf dem Weg in die Finsternis, der du eben entkommen bist. Dorthin willst du doch sicher nicht zurück, oder? Wir wollen sogar in die Höhlen, und deshalb können wir dich nicht mitnehmen.«

»Das ist viel zu gefährlich«, kam ihm Karavise zu Hilfe. »Das verstehst du doch, mein Kind?«

Glindi hatte verstanden, daran gab es keinen Zweifel. So hungrig sie auch gewesen war, sie stellte den erst halb geleerten Teller beiseite, und ihr Gesichtchen verzog sich, als wolle sie gleich zu weinen anfangen, aber es kamen keine Tränen. Mit bebender Stimme warnte sie: »Ihr dürft nicht dorthin. Dort sind die weißen Wesen, und sie werden euch fangen.«

»Wir gehen ihnen aus dem Weg«, versprach Devras, aber es klang nicht sehr überzeugt.

»Das könnt ihr nicht. Sie können im Dunkeln sehen — es sind Magier. *Bitte,* geht nicht dorthin!«

»Die Vardrul sind keine Magier, Kind«, sagte Wate Basef. »Das kann ich dir versichern.«

»O doch!« beharrte Glindi. »Der ganze Ring hat unseren Freund, die Erde, um Hilfe angerufen, und die Erde hat uns auch geholfen, aber die weißen Wesen sind trotzdem eingedrungen. Also sind sie Magier.«

Keiner der Zuhörer verstand, was sie meinte. »Könntest du uns das genauer erklären, Glindi?« fragte Devras.

»Wir waren zu Hause, dann kam die Nacht, und dann wurde es nie mehr Morgen«, begann das Kind. »Es war sehr heiß, und es roch schlecht, und alle fühlten sich elend. Vundi mußte sich ständig übergeben, aber ich nicht, weil ich schon groß bin.«

»Warum ist deine Familie nicht weggelaufen?« fragte Karavise.

»Daddy sagte, wer Vertrauen zur Erde hätte, würde bleiben.«

»In dieser Finsternis?« fragte Wate Basef. »Darin konntet ihr doch nicht lange überleben.«

»Daddy sagte, wir könnten dort leben, wir müßten nur tapfer sein und der Erde vertrauen. Überall brannten Feuer, und deshalb konnten wir auch sehen. Alle, die zum Ring gehörten, versammelten sich um das große Feuer, und alle haben zur Erde gesprochen. Dann hat die Erde eine hohe Mauer für uns gebaut, rings um die Häuser. Die Mauer war so hoch, daß niemand darüberklettern konnte, und sie hatte keine Tür.«

»Die Erde hat ihnen eine Mauer gebaut? Das ist sicher bildlich gemeint«, bemerkte Karavise auf Lanthianisch.

»Nicht unbedingt«, antwortete Wate Basef in der gleichen Sprache.

»Und was geschah dann?« ermunterte Devras. »Sind die weißen Wesen über die Mauer geklettert?«

»Nein, das hat die Erde nicht zugelassen. Aber sie haben die Erde überlistet und sind von unten gekommen. Sie sind Magier, sie haben Tunnel durch den Stein, und der Stein ist stärker als die Erde. Ein Tunnel endete in Pulnis Räucherhaus, und durch den sind sie hereingekommen.«

»Haben deine Leute versucht, gegen sie zu kämpfen?« fragte Karavise.

»Einige schon, aber die meisten waren zu krank. Die weißen Wesen waren so viele, und sie waren stark. Sie hatten spitze Stöcke und Schwerter, und sie haben jeden getötet. Der größte war ihr Anführer, und er hat Daddy erschlagen. Dann waren die weißen Wesen überall, und Daddy, Mutter und Vundi waren tot. Ich bin weggelaufen, und da hat er mich gefangen.«

»Du meinst, der Anführer hat dich gefangen?« fragte Wate Basef.

»Ja. Er war ganz voll Blut. Darunter hat seine Haut geglänzt, und er hat so rot geleuchtet wie eine Kohle im Feuer. Ich dachte, er werde mich töten, aber das hat er nicht getan. Er hat mich lange angesehen. Seine Augen waren ganz schwarz. Die anderen weißen Wesen hatten helle Augen, aber seine waren schwarz. Dann hat seine Haut auf einmal nicht mehr so hell geleuchtet. Er hat mich in das Faß neben dem Schuppen gesteckt und den Deckel zugemacht.«

»Das Abschlachten der Kinder überläßt er offenbar lieber seinen Untergebenen«, murmelte Karavise auf Lanthianisch. »Wir haben es mit einem recht zart besaiteten Geschöpf zu tun.«

»Ich habe mich in dem Faß versteckt, bis sie fort waren«, erzählte Glindi weiter. »Als ich herauskam, waren alle tot. Ich habe die Mauer der Erde gebeten, mich durchzulassen, und sie hat es getan. Dann ging ich an den Fluß hinunter und lief fort.«

»Armes Kind, es ist ein Wunder, daß du noch lebst«, sagte Devras.

»Dann werdet ihr nicht dorthin zurückgehen? *Bitte* geht nicht!« Wieder brach sie in Tränen aus.

»Was fehlt denn der armen Kleinen?« fragte Grono, der von der ganzen Geschichte kein Wort verstanden hatte. »Weint sie um ihre Eltern?«

»Ja, und sie fürchtet, daß wir alle in der Finsternis umkommen werden.«

»Nun, dann gebt ihr noch etwas von dem Eintopf, Euer Lordschaft. Das wird sie sicher ein bißchen aufheitern.«

»Ich glaube nicht, daß Essen eine Lösung ist.«

»Bei *Euch* hat es meistens gewirkt, Herr Devras.«

»Still, Glindi«, beruhigte Devras das schluchzende Kind, »hab keine Angst! Uns wird niemand erwischen, das verspreche ich dir.«

»O doch«, beharrte Glindi. »Es sind Magier.«

»Nun, selbst dann macht das auch nichts. Auch Raith

kann mit Magie umgehen.« *Allerdings haben wir bisher noch nicht viel davon gemerkt.* »Und jetzt sei ein tapferes Mädchen. Alles wird gut.«

Zögernd verstummte das Schluchzen. Sie flehte nicht mehr, aber ihre tragische Miene verriet, wie erfolglos Devras' Beschwichtigungsversuche gewesen waren.

»Das Kind ist erschöpft. Sie braucht Schlaf«, verkündete Grono mit dem gewichtigen Tonfall eines Experten. »Und ein Bad«, fügte er leiser hinzu.

»Müde, Glindi?« fragte Devras.

»Nein!«

»Nun, ich glaube, du wirst bald müde werden, aber du kannst noch ein wenig bei uns sitzen bleiben.«

Und sie blieb so lange bei ihnen und bemühte sich, dem Gespräch zu folgen, das ihr großenteils unverständlich war, bis ihr der Kopf schwer wurde und ihr die Augen zufielen.

»Legt das Kind in die Kutsche«, befahl Karavise. »Sie kann dort schlafen, bis wir jemanden finden, der sie in seine Obhut nimmt.«

Devras hob Glindi auf und trug sie zur Kutsche. Auf dem Weg schlang sie ihm die Arme um den Hals und murmelte, schon halb im Schlaf: »Geh nicht dorthin zurück!«

Er legte sie auf den weichen Ledersitz und deckte sie mit der Wolldecke zu, die normalerweise für Karavise reserviert war. Dann drückte er ihr einen Kuß auf die Wange, schloß die Tür und kehrte zu seinen Gefährten zurück. Sie saßen noch eine Weile am Feuer und unterhielten sich über den Bericht des Kindes, der einen wichtigen Punkt bestätigte — die Nähe der Finsternis. Nun würde es nicht mehr lange dauern, bis sie sie erreichten.

»Aber zuvor müssen wir uns darum kümmern, daß die Kleine gut untergebracht wird«, mahnte Grono salbungsvoll. »Denn ich glaube, nicht einmal der Kognoszent Wate Basef, der durchaus bereit ist, die Existenz eines hoffnungsvollen jungen Lords zu ruinieren, ließe sich so weit herab, das Leben eines hilflosen kleinen Mädchens zu zerstören. Schon gar nicht, wenn er dabei nichts zu gewinnen hat.«

Das Feuer brannte allmählich herunter, und die Schatten drangen immer weiter vor. Es wurde Zeit zum Schlafen, wenn man im Morgengrauen wieder aufstehen wollte. Die Nacht war mild, und so brauchten sie das Zelt nicht, das zusammengerollt auf dem Kutschendach verstaut war. Ohne weitere Diskussion richtete man sich auf die Nacht ein. Devras streckte sich auf seinem provisorischen Lager aus, und Sekunden später war er eingeschlafen.

Er hatte keine Ahnung, wie lange er geruht oder was ihn schließlich geweckt hatte — vielleicht das Trommeln von Pferdehufen, vielleicht auch einfach sein Instinkt. Es mußte einige Zeit verstrichen sein, denn der Mond war untergegangen und das Feuer erloschen. Nicht einmal eine Handvoll Glut war noch übrig. Wieso konnte er dann so deutlich sehen? Devras setzte sich mit einem Ruck auf.

Ein violetter Schein erhellte die Nacht. Große dunkle Gestalten zogen durch sein Blickfeld, und er brauchte einen Augenblick, bis er sie als Pferde erkannte. Die vier Tiere hatten sich losgerissen und entfernten sich in nervösem Trab vom Lager. Devras sprang mit einem Schrei auf, der gleichzeitig seine Gefährten weckte und die Pferde in vollem Galopp in die Nacht hinaustrieb. Ihre Flucht fand kaum Beachtung, denn alle Augen richteten sich ungläubig auf die Kutsche oder vielmehr auf den Boden, auf dem sie stand.

Die Erde war in ein violettes Licht getaucht. Von ihrer heftig brodelnden Oberfläche strahlten Hitzewellen aus. Die Kutsche befand sich im Zentrum eines blasenwerfenden leuchtenden Kreises von etwa fünfzehn Metern Durchmesser. An seinem Rand stand mit ausgebreiteten Armen eine winzige Gestalt, die sich nur als schwarzer

Umriß gegen den violett leuchtenden Hintergrund abzeichnete.

»Glindi! *Was tust du denn da?*« Devras lief auf das Kind zu.

Die Kleine drehte sich um und blickte zu ihm auf. In dem eigenartigen Licht wirkten die dunklen Augen unergründlich. »Ich habe die Erde um Hilfe gebeten.«

»Hilfe? Welche Art von Hilfe?«

»Das wird die Erde selbst entscheiden.«

Im Augenblick war vermutlich nicht mehr aus ihr herauszubekommen, und außerdem hatte er ohnehin keine Zeit für ein Verhör. Die vom Boden aufsteigende Hitze ließ seine Augen brennen. Er wandte kurz das Gesicht ab und sah, daß seine drei Gefährten in der Nähe standen und die Szene entgeistert betrachteten. Der Boden zu seinen Füßen hob und senkte sich. Die Beschaffenheit der Erde hatte sich verändert, der Boden war nun zäh und breiig wie Lava. In diesem Zustand bildeten sich Erhebungen und Senken, kleine Wirbel entstanden und sandten viele zähfließende Wellen aus, die sich am Rand brachen. Anfangs schienen alle Bewegungen völlig willkürlich zu sein, allmählich konzentrierte sich jedoch die heftigste Bewegung auf den Umkreis der Kutsche. Dort formte sich die Erde zu langen Graten, die aufschwollen und sich wieder abflachten, in dem langgezogenen Wulst erschienen Einkerbungen, Steine rollten geschäftig hin und her, eine bestimmte Kontur schälte sich heraus. Noch war nicht erkennbar, was daraus werden sollte.

»Meine kognitiven Gerätschaften!« Wate Basef hatte endlich die Sprache wiedergefunden. »Sie sind auf dem Gepäckständer!« Er lief auf die Kutsche zu, doch sobald sein Fuß den Boden innerhalb des Kreises berührte, gab der brodelnde Sumpf unter ihm nach, er sank knietief ein und schrie in schmerzlicher Überraschung auf. Die Erde war glühendheiß und brannte noch durch die Stiefel und die Strümpfe hindurch auf der Haut. Während er dastand und zappelte, verstärkte sich der violette Schein um ihn herum, die Temperatur stieg an, und ein schlammiger Auswuchs schob sich in die Höhe und griff nach seinem Bein. Wate Basef drohte das Gleichgewicht zu verlieren, und Devras packte schnell seine ausgestreckte Hand und zog den Adepten mit Gronos Hilfe auf festen Boden zurück.

Im Zentrum des Kreises bekam die Wölbung, die sich um die Kutsche herum bildete, spitze Extremitäten. Große Steine stiegen an die Oberfläche und ordneten sich in zwei Reihen an.

»Ihr dürft nicht auf die Erde treten!« flehte Glindi. »Ihr werdet sie erzürnen!«

»Glindi, *was tust du?*«

»Nichts! Es ist die Erde!«

»Sag ihr, sie soll damit aufhören!« befahl Devras.

»Das kann ich nicht! Sie will helfen!«

»Ich muß diese Sachen zurückbekommen, wir brauchen sie unbedingt.« Ein nervöses Lächeln zuckte um Wate Basefs Lippen.

»Warum müssen wir eigentlich annehmen, daß sie in Gefahr sind?« erkundigte sich Karavise gelassen. »Was wir sehen, ist ungewöhnlich, aber nicht notwendigerweise bedrohlich.«

»Wir können das Risiko nicht eingehen. Wer weiß schon, was dieses Eatch-Kind da entfesselt hat?« Wate Basef tat einen Schritt auf den Kreis zu. Seine Gefährten protestierten wirr durcheinander.

»Ich werde sie holen«, erbot sich Devras im Bewußtsein seiner jugendlichen Kraft und Behendigkeit.

»Brav, mein Junge. Es geht um die Ledertasche an der Rückseite des Ständers. Und um die Reisetasche, wenn Ihr sie tragen könnt.«

»Herr Devras, was habt Ihr vor?« fragte Grono.

»Bitte tritt jetzt nicht auf die Erde! Das darfst du nicht tun!«

Ohne die beiden einer Antwort zu würdigen, zog sich

Devras bis ans Ende der Lichtung zurück, nahm einen langen Anlauf bis zum Rand des Kreises und sprang auf die Kutsche zu. Als er vom Boden abhob, hörte er Glindis schrillen Schreckensschrei und spürte gleichzeitig wie einen Schlag die vom kochenden Boden aufsteigende Hitze. Der Sprung trug ihn hoch über den glühenden Schlamm hinweg, und als er herunterkam, erfaßte er mit ausgestreckter Hand den Rahmen der Kutsche.

Er landete auf den Füßen und sank bis zur Wade in den weichen Brei ein. Einen Augenblick später versengte ihm die heiße Erde das Fleisch, und je tiefer er hineingeriet, desto größer wurde der Schmerz. Der Schlamm zog ihn so schnell nach unten, daß er fast geneigt war, Glindis merkwürdigen Glauben an ein bewußtes Handeln der Erde zu teilen. Nur der Umstand, daß er sich mit einer Hand an der hin- und herschwingenden Kutschentür festhielt, verhinderte, daß er noch schneller versackte. Zentimeter für Zentimeter kämpfte er sich auf das Gefährt zu, bis er endlich einen Fuß herausziehen und ihn auf die Trittstufe setzen konnte. Damit erregte er jedoch den Zorn der Erde. Das violette Licht strahlte grell auf, das Brodeln wurde heftiger. Die Kutsche neigte sich schwindelerregend zur Seite, und Devras mußte alle Kraft aufwenden, um sich zu halten. Ein Fuß steckte noch immer zur Hälfte im Boden, und als er ihn mit Gewalt herauszureißen versuchte, verstärkte die Erde den Griff. Ein Stengel aus weichem Lehm stieg auf, seine Spitze schwoll an. Die Beule wurde größer und trieb Knospen und Schößlinge, die sich schnell zu sechs Fingern mit massiven Knöcheln verlängerten. Einen Augenblick später war das Lehmabbild einer menschlichen Hand mit zwei Daumen und einem Arm fertig. Die Hand schnellte nach vorn, umfaßte Devras' Knöchel und zerrte kräftig daran. Devras rutschte ein Stück zurück. Als er spürte, wie der Schlamm anstieg, um ihn zu verschlingen, umklammerte er die Tür und trat verbissen zu. Der Griff seines

Feindes lockerte sich. Schnell zog er sein Bein nach und brachte es außer Reichweite der Lehmhand. Im Moment war er frei, aber schon bildeten sich auf allen Seiten Dutzende von neuen Lehmspeeren, trieben Knospen und Finger. Viele Hände griffen nach ihm, packten ihn, zerrten an ihm, verschmierten ihre zähe Masse auf seinen Gliedern und rissen ihn trotz aller Gegenwehr in den brodelnden Schlamm hinab. Plötzlich ließ seine Hand die Kutschentür los, dann hatten sie ihn, er fiel längelang zu Boden.

Nur ein paar Meter weit entfernt hörte er seine Freunde schreien, konnte aber die Worte nicht verstehen. Er vermochte sie auch nicht zu sehen, denn ein Wald von hin- und herzuckenden, schwankenden, hocherhobenen Armen verstellte ihm den Blick. Er lag bäuchlings im Schlamm, sein Körper trieb auf der zähen wogenden Oberfläche. Das Zeug brannte — nicht lebensgefährlich, aber doch so, daß es schmerzte. Weitaus bedrohlicher waren die Hände, die so eifrig bestrebt waren, ihn in die Tiefe zu ziehen. Er spürte, wie eine ihn am Nacken berührte, nach oben wanderte, das Haar mit Lehm verklumpte und ihm das Gesicht nach unten drückte.

Unter Aufbietung aller Kräfte gelang es Devras, sich auf den Rücken zu wälzen. Nun konnte er wieder atmen und sah kurz die Sterne, doch dann legte sich ihm eine feuchte Hand über Augen und Nase. Er griff danach, bekam den vielgliedrigen zweiten Daumen zu fassen und bog ihn nach hinten. Der unendlich formbare Lehm gab nach, bis er das Handgelenk des Lehmarms berührte. Devras drehte mit aller Kraft, hielt den abgerissenen Daumen in den Fingern, knetete ihn, bis er die Form verloren hatte, und schleuderte ihn weit von sich. Die verstümmelte Hand zuckte zurück, sein Blick wurde frei, und er sah magere Arme wie Schlangen über seinen Körper kriechen. Einer lag ihm quer über der Brust, die Hand bewegte sich auf seine Kehle zu. Er packte die mittleren Finger, bog sie nach hinten, drehte und zerrte. Sie lösten sich, und er spürte sie wie zappelnde Würmer in seiner Hand, ehe er sie zerdrückte. Die Lehmhand zog sich zusammen, ein Beben durchlief sie, sie wich ein wenig zurück, und dann trieb sie zwei neue Finger als Ersatz für die verlorengegangenen. Devras überwand seinen Ekel, drehte die ganze Hand am Gelenk ab, und daraufhin glitt ihm der Armstumpf von der Brust und landete platschend im Schlamm.

Die Arme wurden immer zahlreicher. Einer an der Schulter. Ein anderer am Knie, auf der Brust, an dem Schenkel. Wieder berührte etwas seine Kehle. Mit verzweifelter Hast drehte Devras Lehmhände von Lehmhandgelenken. Die Hände, die er zerdrückte und fortwarf, kehrten nicht zurück, aber andere traten an ihre Stelle. Schneller jetzt, er mußte die Hände schneller zerstören, als sie sich regenerieren konnten. Der Kampf, der sich qualvolle Minuten lang hinzuziehen schien, dauerte in Wirklichkeit nur Sekunden. Ein letztes Glied an seiner Schulter, er verstümmelte es, schleuderte es von sich, dann war er frei und konnte über das kleine schwankende Stück Boden robben, das ihn von der Kutsche trennte. Er griff nach der Trittstufe, hievte sich aus dem Schlamm, kletterte auf den Kutschbock und weiter auf das Dach. Dort kauerte er sich zusammen, erschöpft, schmutzig, mit schmerzenden Gliedern, aber außer Reichweite der Erde.

Einen Augenblick, um zu verschnaufen, und dann an die Arbeit. Unter ihm kippte und wackelte die Kutsche. Mühsam schob er sich auf verbrannten Händen und Knien nach hinten zu dem schwankenden Gepäckständer, fand die Ledertasche mit Wate Basefs kognitiven Gerätschaften und stand auf, um sie mit einem gut gezielten Wurf in Sicherheit zu bringen. Seine Gefährten am Rand des Kreise schrien und gestikulierten, aber er begriff nicht, was sie ihm sagen wollten. Keine Zeit, sich darüber Gedanken zu machen! Er holte aus, und die Tasche flog Raith Wate Basef in die Arme. Devras wartete, bis sie sicher gelandet war, und in diesem Augenblick hörte er Grono in panischem Entsetzen schreien:

»Herr Devras! *Rettet Euch!*«

Grono hatte schon immer einen Hang zum Theatralischen gehabt.

Devras wandte sich ab, kniete nieder und kramte die Gepäckstücke durch. Bald hatte er auch die Reisetasche des Adepten gefunden. Wieder stand er auf und warf sie aus dem glühenden Kreis. Dann drehte er sich um und musterte die verbliebenen Bündel. Was mußte am dringendsten gerettet werden? Die bemalte Schatulle mit dem Doppelschloß sah so aus, als sei sie wichtig. Als er sich bückte, um sie aufzuheben, hörte die Kutsche plötzlich auf, sich nach der Seite zu neigen. Ein leichter Stoß ließ den Rahmen erzittern, dann lag das Gefährt still und hatte ein wenig Schlagseite nach Steuerbord. Wieder ein Beben, ein Knirschen, ein protestierendes Quietschen hölzerner Gelenke, das atemlose Gefühl einer unmittelbar bevorstehenden Katastrophe und dann, mit einem Schlag, das Krachen und Bersten von Holz.

Die Kutsche wurde angehoben und geschüttelt wie ein Spielzeug, dann stürzte sie schwindelerregend nach unten. Devras wurde nach vorn geschleudert. Einen Moment lang lag er da und klammerte sich mit einer Hand an das Geländer des Gepäckständers, während sich die Kutsche mit mehreren Stößen, die ihm das Rückgrat zu brechen drohten, immer tiefer senkte. Das Geräusch war jetzt lauter geworden, ein unaufhörliches rhythmisches Klirren, begleitet vom Knistern zerstörter Holzteile und von menschlichen Schreien, die vom Rand des Kreises herüberdrangen. Devras stützte sich auf die Ellbogen und schaute nach unten, und plötzlich begriff er, warum seine Gefährten so außer sich waren.

Das Gebilde, das um die Kutsche herum entstand,

war endlich fertig. Die Erde hatte sich zu einem gewaltigen menschlichen Mund geformt, mit vollen geschwungenen Lippen, einer dicken gespaltenen Greifzunge und einer Doppelreihe von Zähnen aus zackigen Steinen. Der Mund umgab die ganze Kutsche und war im Begriff, sie gemächlich zu verspeisen. Die vier Räder waren bereits verschwunden — einfach abgebissen, zerkaut und in unvorstellbare Tiefen hinuntergeschluckt. Vor Devras' Augen tat sich der Mund weit auf, schnappte zu wie ein hungriger Fisch, und die Granitschneidezähne trennten die Wagenachse ab. Die Kutsche erzitterte, als die Erde zu kauen begann. Die Backenzähne mahlten, und schlammiger Speichel tropfte aus einem Winkel des lächelnden Mundes. Die riesige gespaltene Zunge fuhr heraus und leckte Speichel und Splitter weg. Dann streckte sie sich, glitt über den Kutschenrahmen hinauf bis zum Fenster der offenen, hin- und herschwingenden Tür, legte sich um den Fensterrahmen, riß mit einem plötzlichen Ruck die Tür aus den morschen Angeln und ließ sie in dem gewaltigen Rachen verschwinden. Genüßlich klappten die Granitzähne aufeinander, die hölzernen Bruchstücke wurden hinuntergewürgt, das Lächeln auf den Riesenlippen verbreiterte sich zu einem Grinsen. Wieder erschien die Zunge, schlängelte sich nach oben bis zum Dach und zuckte auf der Suche nach einem verlockenden Bissen hin und her. Mehrere Segeltuchsäcke wurden schnell nacheinander befühlt und verworfen. Dann stieß das Lehmorgan gegen Devras' Bein, schlang sich ihm wie eine Peitschenschnur um den Knöchel und zog.

Devras rutschte auf dem Bauch rückwärts bis zum Dachrand, wo ihn das Geländer des Gepäckständers aufhielt. Der Zug am Bein verstärkte sich, und das schwache Geländer — alles, was ihn noch von dem mahlenden Granit trennte — bog sich schon unter der Last. Vergeblich wand sich Devras, trat um sich und strampelte. Er spürte, wie Bein und Rückgrat in die Länge gezogen wurden, und hörte nicht weit unter sich die Zähne knirschen. Seine tastenden Hände fanden ein zusammengeschnürtes Bündel mit Werkzeugen, und er zog eine Schaufel heraus. Dann drehte er sich um, richtete sich auf, beugte sich über das Geländer und stieß das Schaufelblatt tief in die Zunge hinein. Sein Bein wurde weiter umklammert, und so drehte er die Schaufel und scharrte einen großen feuchten Lehmklumpen heraus, den er beiseite schleuderte. Dies wiederholte er noch drei- oder viermal, bis ein tiefer nässender Trichter entstanden war. Erst jetzt schien die Zunge den Schmerz zu spüren, sie gab seinen Knöchel frei und zog sich zurück.

Devras kroch auf die andere Seite des Daches, blickte hinab, sah, wie die großen Lippen sich öffneten, spürte den Schlag, als die grauen Zähne sich um Holz schlossen. Die Kutsche verschwand rasend schnell. Wenn er nichts unternahm, würde er mit ihr verschlungen werden. Die Schreie seiner Gefährten bestätigten diese Einschätzung. Devras stand auf. Einen Moment lang balancierte er auf dem Rand des Daches, dann sprang er, die Schaufel noch in der Hand.

Er wurde hoch über das gierige Maul hinweggetragen, legte mehr als die Hälfte des Weges bis zum Kreisrand zurück und landete hart. Seine Füße sanken tief ein, und er drohte unterzugehen. Rings um ihn blubberte der Schlamm, die dürren grauen Arme schossen aus dem Boden wie Unkraut. Devras schwang energisch seine Schaufel und drängte die Angreifer zurück. Langsam, ohne Unterlaß sechsfingrige Lehmhände beiseite schlagend, kämpfte er sich dem festem Boden zu. Als er sich dem Rand des Kreises näherte, krochen Wate Basef und Grono ihm entgegen. Ihre Hände schlossen sich um seine Arme, und dann zogen sie ihn aus dem Schlamm.

Devras sank auf den kühlen Boden. Sein Körper schien zu brennen, er atmete in keuchenden Stößen. Einen Moment lang ruhte er sich aus, dann bewog ihn ein

Splittern und Knirschen, wieder zur Kutsche herumzufahren.

Das Gefährt war fast verschwunden. Nur der obere Teil und das Dach waren noch übrig, und auch sie sollten ihrem Schicksal nicht entrinnen. Vor Devras' Augen öffnete sich das Maul, die gespaltene Zunge schlängelte sich heraus und zog die letzten Teile der Kutsche in den Schlund. Ein unterirdisches Schlucken, ein befriedigtes Grummeln, dann war es vorüber.

Die Erde hatte ihr Ziel erreicht, nun wich das Leben aus ihr. Die Oberfläche glättete und beruhigte sich. Das große Maul klappte zu, die Lippen erstarrten in einem gesättigten Lächeln. Eine Hand nach der anderen hörte auf zu greifen, wurde hart, ragte reglos in die Luft. Das grelle Leuchten verblaßte, bis nur noch ein matter violetter Schimmer zu sehen war. In diesem gespenstischen Licht betrachtete Devras nun die Gesichter seiner Gefährten — Grono war totenbleich, und seine Augen blickten starr vor Entsetzen, Wate Basef biß sich die Lippen blutig, Karavise hatte das Kinn vorgereckt und wirkte völlig gelassen, und die kleine Glindi zitterte vor Angst und Erleichterung.

»Mir fehlt nichts«, versicherte Devras. »Ich bin ein bißchen angeschlagen, aber das ist alles.«

»Ihr werdet am ganzen Körper verbrannt sein wie ein neubekehrter Sonnenanbeter«, bemerkte Wate Basef, »aber dagegen habe ich eine Salbe. Hier in der Tasche, die Ihr gerettet habt. Sie enthält auch die kognitiven Gerätschaften, ohne die wir unsere Expedition unmöglich hätten fortsetzen können. Gut gemacht, mein Junge!«

»Man hätte sie besser versenken sollen! Und die ganze Expedition gleich mit!« Grono ging wütend auf Wate Basef los. »Was zählt denn Euer wertloser Ramsch im Vergleich zum Leben Eurer Lordschaft, Sir? Wenn Herr Devras umgekommen wäre, wäre es *Eure* Schuld gewesen! Eure nicht weniger als die dieses — dieses *verdorbe-*

nen, widernatürlichen Kindes!« Er funkelte Glindi erbost an.

Glindi verstand das Lanthianisch des Dieners nicht, aber sein Gesicht und sein zorniger Tonfall machten jede Übersetzung überflüssig. Sie brach in Tränen aus. »Ich wollte doch nur helfen!« heulte sie.

Gronos finstere Miene glättete sich, als er die weinende Übeltäterin betrachtete.

Karavise kniete neben dem Kind nieder. »Was wolltest du denn eigentlich tun, Glindi?« fragte sie, nicht schroff, aber in einem Ton, der keine Ausflüchte zuließ.

»Ich wollte nicht, daß ihr mich fortschickt. Und ich wollte nicht, daß ihr in die Finsternis zurückgeht. Ihr werdet euch verirren, und die weißen Wesen werden euch erwischen. Deshalb habe ich die Pferde laufen lassen und die Erde gebeten, euch aufzuhalten.«

»Indem sie Raiths Sachen zerstörte und Devras beinahe getötet hätte?«

»Ich wußte doch nicht, daß die Erde es auf diese Weise machen würde! Ich wollte Devras nicht verletzen, und ich wollte auch keine Sachen kaputtmachen! Ich wollte nur helfen!«

»Du hast uns nicht geholfen, sondern uns sehr geschadet. Du hast es vielleicht gut gemeint, aber das ändert nichts.«

»Es tut mir leid! Seid nicht böse!« Die Tränen flossen reichlicher. »Es tut mir *leid!*«

Karavise ließ sich erweichen, und ihr Gesicht wurde milder. »Glindi, du hast besondere Gaben und mußt sehr vorsichtig damit umgehen, sonst wirst du dir selbst oder anderen noch einmal großen Schaden zufügen. Hast du das verstanden?«

Glindi nickte. »Ich werde vorsichtig sein, ich verspreche es.« Mit gesenkten Kopf wandte sie sich an Devras und murmelte: »Es tut mir leid. Es tut mir leid, daß die Erde dir weh getan hat.«

»Ich bin ja nicht schwer verletzt, und ich weiß auch,

daß du es nicht böse gemeint hast. Es ist schon gut, Glindi.«

»Es tut mir auch leid wegen der Kutsche, Raith.«

»Mach dir deshalb keine Gedanken, Kind. Unfälle gibt es immer.«

Ihre Augen waren fest auf den Boden gerichtet. Unmöglich, ihren Ausdruck zu erkennen. »Jetzt könnt ihr nirgendwo hingehen. Ihr müßt hierbleiben.«

Wate Basef lachte kurz auf. »Keineswegs. Morgen früh setzen wir unsere Reise zu Fuß fort. Wir gehen weiter, Kind, da kannst du sicher sein.«

Sie hob den Kopf nicht.

Wate Basef fachte das Lagerfeuer wieder an, und in seinem Licht ging Devras zum Fluß, um sich den zähen Schlamm abzuspülen. Als das kalte Wasser seine Haut berührte, begannen seine Verbrennungen heftig zu schmerzen. Schon jetzt waren seine Glieder voller Blasen und seine Hände deutlich geschwollen. Während Devras badete, wusch Grono die verschmutzten Kleider seines Herrn, trug sie zum Feuer zurück und breitete sie zum Trocknen aus. Als Devras in eine Decke gehüllt zurückkehrte, hatte Wate Basef die versprochene Salbe gefunden. Devras bestrich seine Brandwunden damit und spürte sofort Erleichterung. Kurz darauf legten sich alle hin, um weiterzuschlafen, Glindi kroch zu Karavise unter die Decke. Der völlig erschöpfte Devras sank so unvermittelt in einen tiefen traumlosen Schlummer, als hätte ihn der schwarze Rachen der Erde verschluckt.

Als sie am Morgen erwachten und sich den kläglichen Rest ansahen, der von ihren Habseligkeiten noch übrig war, stellte Devras fest, wie gut Wate Basefs kognitive Salbe wirkte. Die Blasen wie auch die Schwellung waren verschwunden, die Haut war nur noch leicht gerötet, und der Adept versicherte ihm, daß auch das schwache Unbehagen, das er noch spürte, bald vergehen würde. Inzwischen gab es dringendere Probleme zu bedenken.

Sie hatten die Pferde, die Kutsche und fast ihr ganzes Gepäck verloren. Geblieben waren ihnen lediglich das Bettzeug, ein Sack mit Proviant, das Kochgeschirr, ein paar Werkzeuge und primitive Waffen, ihre Kleider einschließlich Gronos Spazierstock, der Inhalt ihrer Taschen und die rätselhaften, aber wichtigen Dinge in Wate Basefs geretteter Tasche und Reisetasche. Die Lasten wurden gleichmäßig verteilt. Wate Basef war so freundlich, die hohen Absätze von Karavises lächerlichen Schuhen zu entfernen, und dann machte man sich auf den Weg. Alle waren froh, diesen Unglücksort verlassen zu können.

Das Wetter war gut, die Sonne schien, und die Lasten waren nicht übermäßig schwer. Stundenlang wanderten sie durch den sonnengefleckten Schatten unter den Bäumen am Ufer des Yl dahin, von Zeit zu Zeit legten sie, hauptsächlich des Kindes wegen, eine Pause ein. Glindi ließ kein Wort der Klage hören. Durch ihre jüngste Erfahrung eingeschüchtert, sprach sie überhaupt nur wenig. Aber als die Sonne höherstieg und sich dem Mittag näherte und der Marsch noch immer weiterging, war ihr anzumerken, daß ihr zunehmend beklommen zumute war. Endlich hielt man an, um zu Mittag zu essen — ein bescheidenes Mahl angesichts der stark zusammengeschmolzenen Vorräte —, und die Nervosität des kleinen Mädchens legte sich, flackerte aber sofort wieder auf, als man sich zum Aufbruch anschickte. Stunden vergingen, Glindis Unbehagen wurde immer stärker, und schließlich wurde auch der Grund dafür offenbar. Ihre Gefährten führten sie zurück in die Finsternis, an die sie eine so gräßliche Erinnerung hatte, und bereits jetzt untergrub die Angst die Anhänglichkeit an ihre neuen Freunde. Ihre Schritte wurden langsamer, die Bitten um Rastpausen häuften sich.

Am Nachmittag stießen sie auf eine Gruppe von Eatch, von denen sie Brot und Linsen erstanden. Die Eatch, Flüchtlinge, die einem bedrohten Ring im Walde wohnender Freunde der Erde angehörten, wollten zur Küste. Falls ihnen die Finsternis bis dorthin folgte, so erklärten sie in ihrem ländlichen Alt-Umisch, dann wollten sie nach Strell segeln, wo die Erde dem Vernehmen nach fremdartig, aber nicht feindselig sein sollte. Als die Eatch sich verabschiedeten, ging Glindi mit ihnen — traurig, weil sie sich von ihren zehnfingrigen Freunden trennen mußte, aber im ganzen erleichtert, genau wie alle anderen.

An diesem Nachmittag begegneten sie noch einer zweiten Gruppe von Eatch, einer Karawane von Turos, einer flüchtenden Bauernfamilie und zwei Vemi, deren Sprache unverständlich war, die aber sehr beredt gestikulierten. Alle diese Wanderer waren nur allzugern bereit, von ihrem Unglück zu erzählen. Den Berichten nach zu schließen, mußte die Finsternis sehr nahe sein. Am Ende dieses Tages war jedoch noch nichts davon zu sehen.

Etwa zwölf Stunden nach dem Aufbruch Raiths und seiner Gefährten erreichte die Ehrenwerte Snarp die Lichtung. Sie zügelte ihr müdes braunes Pferd — Zaumzeug und Sattel hatte sie sich von einer bedauernswerten Bauersfamilie beschafft, die das Unglück hatte, ihr auf der Straße zu begegnen —, saß ab, setzte sich das Quibbid auf die Schulter und richtete die gelben Augen auf die Wagenfurchen im Boden. Die Spuren führten zu einem kreisrunden, etwa fünfzehn Meter großen Erdfleck, der sich deutlich von der Umgebung abhob. Der Boden sah an dieser Stelle sehr merkwürdig aus — die Oberfläche war wellig, und zwischen den Wellen ragten zahlreiche senkrechte Schäfte aus hartgewordenem Lehm hervor, die unerklärlicherweise genau wie menschliche Arme mit jeweils einer sechsfingrigen Hand mit Fingergliedern und -nägeln geformt waren. Im Zentrum wölbte sich eine längliche Erhebung. Die Wagenspuren führten quer über die Lichtung und endeten unvermittelt am Rand des Kreises. Snarp ging um die Stelle herum, bemerkte die Hufspuren der geflüchteten Pferde, entdeckte aber kein Zeichen der Kutsche. Diese schien wie vom Erdboden verschwunden zu sein.

Eine Weile betrachtete die Vollstreckerin mit ausdruckslosem Gesicht den Kreis, machte aber keine Anstalten, ihn zu betreten. Endlich ging sie zu einem in der Nähe stehenden Baum und kletterte flink wie ein Wiesel hinauf. Von den unteren Ästen aus hatte sie einen guten Blick auf den Hügel in der Mitte und konnte auch seine Form erkennen. Ohne besondere Neugier studierte sie die vollen, befriedigt grinsenden Lippen und den einzelnen Granitzahn, der zwischen ihnen hervorragte.

Snarp stieg wieder hinab, kehrte an ihren Ausgangspunkt zurück und prüfte den Boden, der sich als fest und hart erwies. Zuerst langsam, dann mit zunehmender Sicherheit durchquerte sie den versteinerten Garten aus Armen und Händen, bis sie neben den Lippen im Boden stand. Dort zog sie einen schwarzen Fetzen aus der Tasche, den sie auf Burg Io Wesha aus einer von Raith Wate Basefs Gewändern herausgerissen hatte, hielt ihn dem Quibbid unter die Nase und ließ es daran schnuppern.

»Such ihn, meine kleine Schönheit!« Sie setzte das Quibbid auf den Boden. »Wenn er da unten ist, werden wir ihn aus seinem Grab reißen.«

Das Quibbid lief in engen Kreisen, die Nase dicht am Boden, zwischen den Lehmgliedmaßen hindurch um den Mund herum. Von Zeit zu Zeit hielt es inne, setzte sich auf die Hinterbeine und fuhr die zuckenden Fledermausohren zu voller Größe aus. Allmählich wurden die Kreise größer, bis das Tierchen sich schließlich jenseits der Arme befand, jenseits des Randes der Lichtung und wieder auf der Straße. Dort nahm es die Witterung der Flüchtigen auf. Die riesigen Ohren rollten sich ein, das Quibbid reckte sich und rief mit schrillem Schnattern nach seiner Herrin.

Snarp trat zu ihrem Liebling, kniete nieder und betrachtete aufmerksam die schwachen Fußspuren im Straßenstaub. »Aha. Jetzt wird es nicht mehr lange dauern, meine kleine Schönheit. Du bist herrlicher als der Ruhm, schöner als der Triumph. Komm!«

Snarp setzte sich das Quibbid wieder auf die Schulter, kehrte zu ihrem Pferd zurück, saß auf und peitschte das arme Tier zu einem müden Trab.

10

Auf dem Yl herrschte in diesen Tagen reger Verkehr, ganze Flüchtlingsscharen bewegten sich auf der silbrig glänzenden Wasserstraße dahin. Sie kamen mit den verschiedensten Booten, Prahmen und Flößen oft exotischer Bauart. Die Feeniad zum Beispiel verwendeten Miniaturgaleeren, die genau auf die zwergenhaften Proportionen ihrer Besitzer zugeschnitten waren. Die Dender fuhren auf Flößen mit strohgedeckten Hütten und mit Spitzenvorhängen vor den kreisrunden Fenstern, deren Form das einzige Zugeständnis an die seemännische Tradition war. Die erfinderischen Kinder der Verlorenen Illusionen flohen vor der Finsternis auf winzigen Prahmen, die mit Bündeln von luftgefüllten Blasen ausgestattet waren und durch kontrolliertes Luftablassen angetrieben wurden. Nach einer Weile glaubte Devras Har Fennahar, er habe sich nun an Wunder gewöhnt und könne durch nichts mehr in Staunen versetzt werden. Am zweiten Morgen nach dem Abschied von Glindi wurde er jedoch eines Besseren belehrt.

Auf dem Yl glitt ein großes Schiff mit quadratischen Segeln daher, der vergoldete Vordersteven und das Heck waren weit hochgezogen und so massiv, wie es in früheren Zeiten üblich gewesen war. Tauwerk und Reling bestanden aus Gold, der Hauptmast war mit Jade eingelegt. Das Schiff hatte große Ähnlichkeit mit den Venerisen, den Vergnügungskreuzern der lanthianischen Adeligen. Aber eine Venerise war ein kostbares Spielzeug der Reichen und wurde stets sorgsam gepflegt und instandgehalten, dieses Fahrzeug hingegen war alt, übel zugerichtet und schmutzig. Die smaragdfarbenen Segel hatten Risse und Flecken, die fransenbesetzten Wimpel waren verschlissen, die feinen Schnitzereien hatten ihren Glanz verloren. Der Name, in verblichenen schwarz-goldenen Lettern aufgemalt, war noch zu entziffern: *Sublimity.* Die Segel waren eingerollt. Ohne Ruder, offenbar allen Naturgesetzen zum Trotz, fuhr das Schiff gegen Wind und Strömung landeinwärts.

Devras und seine Gefährten blieben staunend stehen. Während sie das Schiff noch anstarrten, verlor es an Fahrt. Auf Deck schrie ein bärtiger Mann verzweifelte Befehle, die aber keine Wirkung hatten. Die *Sublimity* wurde immer langsamer, hielt schließlich an und dümpelte wie eine flügellahme Ente im Wasser. Kurz danach klappte ein großes Bullauge dicht über der Wasserlinie auf, und drei längliche Gegenstände wurden herausgeschoben, menschliche Leichen, wie man gerade noch erkennen konnte, ehe sie versanken. Das Bullauge wurde wieder geschlossen. Die Ellbogen auf die goldene Reling gestützt, spähte der bärtige Kapitän mißgelaunt das Ufer entlang. Sein Blick fiel auf die vier Zuschauer. Er rief neue Befehle, einige seiner Handlanger erschienen an Deck. Nach hektischen, verwirrenden Vorbereitungen wurde das Boot der *Sublimity* zu Wasser gelassen und an Land gerudert.

Das Boot legte an, die sechs Insassen sprangen ans Ufer. Ihr Anführer — der Kapitän der *Sublimity* — war ein kräftiger Mann mittleren Alters mit langen Gliedern, einem weichen Bauch, glattem, von Grau durchzogenem Haar und einer gespaltenen Nase. Er trug einen schmierigen, ehemals prächtigen Anzug aus rehbraunem Satin mit Topasknöpfen, dazu Topasohrringe und altmodische Kniespangen; ein Gewirr von Goldketten, Perlen und falschen Edelsteinen schmückte seinen dichten struppigen Bart. Sein Gefolge war ihm dem Aussehen und der Statur nach sehr ähnlich, alle hatten die gleiche gespaltene Nase und waren in verschmutzten Satin gekleidet.

Schweigend, mit einer Zielstrebigkeit, die von langer Übung zeugte, schwärmten die Seeleute aus und umzingelten die vier verblüfften Wanderer. Einer von ihnen, ein hochgewachsener pickliger Jüngling in knallroter, mit künstlichen Rubinen geschmückter Kleidung, schnappte sich Lady Karavise, hob sie hoch, trug sie zu dem kleinen Boot und setzte sie dort ohne viel Federlesens ab. Blaß vor Empörung sprang Karavise auf und versetzte dem Lümmel eine schallende Ohrfeige. Ohne Zögern schlug er so hart zurück, daß sie auf den Boden des Bootes fiel. Sie richtete sich langsam auf, drückte eine Hand an die brennende Wange und sah ihn mit weitaufgerissenen, zornig funkelnden Augen verdutzt an.

»Rüpel!« Grono stieß einen Wutschrei aus. Seine Brillengläser blitzten im Sonnenlicht, als er mit seinem schweren Spazierstock um sich schlug.

Devras ergriff ein Beil und eilte seinem Diener zu Hilfe.

Während die anderen sich mit lautem Geschrei zur Wehr setzten, stand Raith Wate Basef stumm da und drehte den Ring am Finger. Er hielt den Kopf gesenkt, die Augen waren geschlossen, und das Gesicht wirkte unheimlich leer. Als der Ring aufglühte, begann er mit leiser Stimme zu sprechen — gelangte aber nicht zur Kognition.

Die ersten Worte waren ihm noch kaum über die Lippen gekommen, als sich einer der Banditen flink unter Gronos Stock hindurchduckte, ein irdenes Ei zu Boden warf und sich mit einem Satz in Sicherheit brachte. Eine bläuliche Rauchwolke stieg auf und drang den drei Opfern in die Nase. Wate Basef begann zu lallen, geriet ins Stocken und verstummte schließlich. Im nächsten Moment taumelte er, rang nach Luft und fiel besinnungslos vornüber. Einen Augenblick später brach auch Grono zusammen.

Devras beobachtete das Unglück mit glasigem Blick, dann wurde ihm schwarz vor den Augen. Dämmerung senkte sich über seinen Geist. Die Muskeln schienen zu Wasser zu werden, das Beil entglitt seiner Hand. Er schwankte, sackte zusammen, und schnell verwandelte sich die Dämmerung in schwarze Nacht.

Die Banditen warfen die drei bewußtlosen Männer samt ihren wenigen Habseligkeiten unsanft ins Boot und stießen vom Ufer ab. Bald hatten sie die *Sublimity* erreicht, und das kleine Boot wurde an Deck gehievt. Gerade als die schlaffen Körper ausgeladen wurden, kam eine schmale graue Gestalt auf einem geschundenen braunen Pferd aus der Deckung der Bäume. Snarp lenkte das Tier bis ans Wasser und blieb dort stehen, um mit ausdrucksloser Miene zuzusehen, wie ihr Opfer unter Deck verschwand. Minutenlang lag die Venerise noch reglos in der Mitte des breiten Yl, dann glitt sie gemächlich gegen den Wind stromaufwärts. Snarp sah der *Sublimity* noch einen Augenblick lang nach, dann folgte sie dem Schiff am Flußufer.

Der Nebel löste sich zögernd auf, das Bewußtsein kehrte wieder. Der Kopf schmerzte ihm, aber er konnte die Hand nicht heben, um sich an die Stirn zu fassen. Er konnte sich überhaupt nicht bewegen — er war gelähmt. Panik schoß in ihm auf wie überkochende Milch, und Devras riß die Augen auf.

Er lag auf dem Rücken auf einer glatten harten Fläche. Er hörte altes Holz knarren und spürte die Bewegung eines Schiffs unter vollen Segeln, vertraut, aber doch irgendwie anders, als er es je bei einem Schiff erlebt hatte. Mit viel Mühe gelang es ihm, den Kopf zu heben, und dabei entdeckte er, daß er am ganzen Körper mit dünnen weißen Seilen gefesselt war. Diese Seile — glänzend und weich, aber gänzlich unzerreißbar — schlängelten sich ihm über Brust und Stirn, pulsierten im Rhythmus des Herzschlags, umdrängten gierig Hals und Handgelenke, und in diesem Augenblick wurde ihm klar, daß sie lebendig waren und daß sie Hunger hatten. Der Anblick verursachte ihm Übelkeit, und er wandte schnell die Augen ab und sah sich um. Er war in einem grauenhaften Nest gefangen. In dem kleinen Raum, in dem er lag, wimmelte es nur so von sich windenden Schnüren. Wie ein zuckendes Wurmgespinst rankten sie sich über die Wände, über die Decke und über den Fußboden. Er selbst war mit den Wänden durch bleiche Fasern verbunden, und wenn sie pulsierten, spürte er, wie sich eine eisige Kälte in ihm ausbreitete.

Nicht weit entfernt lag Grono. Er war wach, aber sein Gesicht war aschgrau, und auch er war mit weißen Stricken an einen bahrenähnlichen Block gekettet. Auf einer dritten Bahre lag, ebenso gefesselt und außerdem mit einem festen Knebel am Sprechen gehindert, Raith Wate Basef. Seine Augen waren offen, aber noch glasig. Von den vier Gefangenen war nur Lady Karavise unverletzt und konnte sich frei bewegen, allerdings wirkte sie ziemlich mitgenommen. Sie hatte ihren Hut verloren, und das lange Haar hing ihr lose herab. Ihr Spitzenjabot war zerrissen, häßliche Blutergüsse verunzierten ihren Unterkiefer. Obwohl sie offenbar noch vor kurzem in einen aussichtslosen Kampf verwickelt gewesen war, hatte das ihre Selbstbeherrschung nicht erschüttert. Das blaugeschlagene Kinn war entschlossen nach vorn geschoben, die blauen Augen blickten eisig. Neben Karavise standen zwei der Entführer: der picklige Jüngling mit den roten, zu der schäbigen roten Seide seines Anzugs passenden Glasohrringen und der bärtige Kapitän in seiner rehbraunen Pracht.

Der Kapitän hatte bemerkt, daß auch Devras wieder zu sich gekommen war und wandte sich nun an die Gefangenen. »Ihr fragt Euch zweifellos, warum wir Euch hierhergebracht haben.« Er sprach Lanthianisch mit einem provinziellen Akzent und gab sich sehr vornehm und herablassend. »Eure Besorgnis ist verständlich, und deshalb sind wir bereit, Eure Neugier zu befriedigen. Zum ersten wisset — wir sind Seine Majestät Pusstis Whurm Didnis. Hier steht unser geliebter Sohn und Erbe, Kronprinz Krotz Whurm Didnis. Wir, direkte Nachkommen der höchsten Herren von Lanthi Ume, sind Herrscher über das mächtige Jobaal, das berühmte Land, das Prugids Grünen Turm sein eigen nennt. Ja, meine Herren, meine Dame, es ist wahr — Ihr befindet Euch in der Hand einer königlichen Familie. Seid daher ganz unbesorgt und fürchtet nichts.«

»Königliche Familie — pah!« fauchte Grono verächtlich. »Piraten seid Ihr! Briganten! Entführer!«

Kronprinz Krotz griff in Gronos weiße Mähne, riß den Kopf des Dieners in die Höhe, schüttelte ihn, bis die Zähne klapperten, und ließ ihn wieder fallen. »Du wirst Seiner Majestät *Respekt* bezeigen, du Haufen Dreck!« empfahl der Prinz.

»Niemals!« gab Grono unerschrocken zurück. »Er ist kein Monarch, denn er wird in Vornivoes *Königliches Geblüt* nicht aufgeführt. Er ist auch kein Adeliger von Lanthi Ume, denn in Prenns *Adelsregister* wird kein Whurm Didnis erwähnt. Er ist nur ein gewöhnlicher Ganove, und Ihr seid nicht besser, Sir!«

Knurrend ballte der Kronprinz die Fäuste.

»Gebt Frieden, Prinz!« beschwichtigte König Pusstis seinen aufsässigen Erben. »Ihr werdet ihn noch verletzen, und das käme uns sehr ungelegen. Außerdem sollte man den Lakaien nicht allzusehr verurteilen, denn woher sollte er wissen, daß der Name Whurm Didnis von den Feinden unseres Hauses aus Prenns *Adelsregister* gestrichen wurde?«

In den Blicken der Gefangenen spiegelten sich Feindseligkeit und Skepsis in unterschiedlicher Intensität.

»In den Tagen meines großen Vorfahren, des Lord Yans Whurm Didnis und seiner berühmten Tochter Josquinilliu Tigerherz«, fuhr Seine Majestät in vertraulichem Ton fort, »war es der Wunsch der lanthianischen Bevölkerung, daß unsere Familie die Herrschaft in der Stadt übernehme, und dazu wäre es auch gekommen, hätte der lanthianische Herzog Povon nicht auf die Zauberer der Esoterikerloge eingewirkt und sie veranlaßt, mit Magie gegen unsere Verwandten vorzugehen. Yans Whurm Didnis kämpfte sich, unterstützt von einem Heer treuer Anhänger, bis zum herzoglichen Palast vor, doch dann überwältigte ihn die Schwarze Kunst seiner Feinde. Yans wurde verbannt, denn man wagte es nicht, ihn zu töten. Trotz seiner Bedeutung wurde sein Name für immer aus dem *Adelsregister* gestrichen. Unter seinen Getreuen richtete man ein Blutbad an, das in Legenden und Alpträumen noch immer fortlebt. Yans Whurm Didnis flüchtete mit dem magischen Schiff *Sublimity,* einem Geschenk der treuen Bevölkerung, landeinwärts, um sich in der Wildnis ein Reich aufzubauen. Dort schuf er eine Nation, über die seine Nachkommen bis auf den heutigen Tag in Weisheit und Herrlichkeit herrschen. Wißt Ihr nun, wer wir sind?«

»Nein, aber der Name des Schiffes kommt mir bekannt vor«, überlegte Devras. »Es ist geschichtlich belegt, daß der Herzog Povon Dil Shonnet unter sehr rätselhaften Umständen ums Leben kam. In der Nacht seines Todes verschwand Herzog Povons von den Esoterikern entworfene Venerise *Sublimity* auf Nimmerwiedersehen. Man vermutete, die Besatzung habe gemeutert, ihren Herrn ermordet und das Schiff gestohlen. Wenn das zutrifft, dann gehörte zu dieser mordlustigen Besatzung vielleicht auch ein Whurm Didnis.«

»Sie fürchten uns noch immer.« König Pusstis schüttelte staunend den Kopf, und die Goldketten in seinem Bart klirrten. »Und deshalb verbreiten sie solche Lügen und Verleumdungen. Wie auch immer. An dem Tag, an dem wir im Triumph in Lanthi Ume einziehen, die alten Rechte unseres Hauses zurückfordern und als Gleichgestellte mit dem lanthianischen Herzog verhandeln, werden sie die Wahrheit erfahren.«

Karavises Lippen kräuselten sich spöttisch.

Grono hob den Kopf, mehr konnte er nicht bewegen. »Aber das alles erklärt nicht, warum Ihr uns überfallen und entführt, uns an Bord dieses widernatürlichen Schiffs verschleppt, uns an diese verfluchten Blöcke gefesselt und den Kognoszenten Wate Basef geknebelt habt.« Sein Doppelkinn bebte unheilverkündend. »Wir sind freie Menschen, Sir! Welches Recht habt Ihr, uns gefangenzunehmen? Wie könnt Ihr es wagen, uns zu fesseln, Sir? Wie könnt Ihr es wagen?«

»Du bringst uns nicht den Respekt entgegen, der dem Angehörigen eines königlichen Hauses gebührt«, bemerkte König Pusstis, »aber mit Rücksicht auf deine momentane Verwirrung werden wir Gnade walten lassen und dir deine Impertinenz vergeben, solange du im Rahmen bleibst. So wisse denn, mein lieber Lakai, daß wir und unsere königliche Familie uns auf eine Mission der Barmherzigkeit begeben haben. Aus Liebe zu den Menschen setzen wir unser eigenes Leben aufs Spiel und bieten der sich immer weiter ausbreitenden Seuche der Finsternis die Stirn. Kühn rücken wir bis an die Grenze der Vernichtung vor, entreißen die verzweifelten Flüchtlinge dem Rachen des Todes und bringen die dankbaren armen Schlucker sodann gegen ein geringfügiges Entgelt mit unserer braven *Sublimity* in Sicherheit.«

»Und wenn sie nicht bezahlen können?«

»Oh, wir sind nicht herzlos! Wir bestehen nicht auf einer Entlohnung in klingender Münze! Wenn die Taschen unserer Fahrgäste leer sind, so ermuntern wir sie, sich uns auf andere Weise erkenntlich zu zeigen. Die herannahende Finsternis ist ein starker Anreiz, der die Phantasie unserer Kunden beflügelt und sie oft auf ganz erstaunliche Ideen bringt. Wenn ich bedenke, welch origineller Einfall dem buckligen Bauchredner mit der mechanischen Ente gekommen ist — aber ich schweife ab. Es genügt«, schloß König Pusstis, »zu wissen, daß die *Sublimity* die Flüchtlinge bequem und sicher befördert, vorausgesetzt, sie wird entsprechend gewartet. Dieses Meisterwerk, das man einst unserem Ahnherrn Yans

Whurm Didnis zum Geschenk machte, ist nämlich kein Schiff wie alle anderen. Es ist mehr als ein schwimmender Rumpf aus Holz und Metall, es besitzt Nerven, Empfindungen, vielleicht sogar eine Seele. Es lebt, und wie alle Lebewesen braucht es Nahrung — nicht irgendwelche gewöhnlichen Speisen, sondern Emanationen, die unsichtbaren Lebenssäfte aus dem Geist und dem Herzen von Menschen. Solche Emanationen befähigen es, seinen Bug über die Fluten zu erheben und zu fliegen! Ohne sie ist es leblos, ein ganz gewöhnliches Schiff. Und das, ihr guten Leute, ist der Grund, warum wir euch hierhergebracht haben. Eure Emanationen werden unsere *Sublimity* ernähren. Seht, sie zehrt schon davon!«

Die feuchten weißen Triebe, die an Devras klebten, begannen zu pulsieren, und der Gefangene schüttelte sich vor Ekel. Sie bewegten sich jetzt, ringelten sich wie Würmer auf seiner Brust, und das Gefühl wurde unerträglich. Er wehrte sich kurz und warf den Kopf von einer Seite auf die andere, während die weißen Finger gefräßig an ihm saugten. Schmerzen hatte er nicht, aber er spürte eine kalte, benommen machende Schwäche durch die Glieder kriechen, als die Lebenskraft entwich. Er spürte auch die gewaltige Gier, den Hunger des Schiffes, das noch die letzte Spur von Lebendigkeit aus ihm herausholen würde, um ihn dann als leere Hülse fortzuwerfen. Ihm wurde kalt, sein Blick trübte sich, die Gesichter von Freunden und Feinden verschwammen ihm vor den Augen. Ein Seufzer, fast ein Stöhnen entrang sich ihm, die Lider schlossen sich. Die Brust hob und senkte sich nur noch ganz schwach.

Grono schrie: »*Was macht Ihr mit meinem Herrn!?*«

»Nichts«, beruhigte ihn König Pusstis, »die *Sublimity* zehrt nur von ihm, das ist alles. Sie zehrt von ihm und schöpft damit Kraft. Bemerkst du nicht ihre neue Energie?«

Die Geschwindigkeit der Venerise steigerte sich

merklich. Devras lag bleich und erschöpft, mit blutleeren Lippen da.

»Ihr tötet ihn! Ihr tötet meinen Herrn!«

»Keine Angst«, versicherte König Pusstis seinem entsetzten Gefangenen. »Es liegt nicht in unserer Absicht, dem jungen Herrn oder euch anderen Schaden zuzufügen. Das wäre nur zu unserem eigenen Nachteil, denn die *Sublimity* braucht euch, und wir brauchen die *Sublimity.* Deshalb werden wir alles tun, was in unserer Macht steht, um euer Leben möglichst zu verlängern.«

»Was soll das heißen?« Grono stemmte sich vergeblich gegen seine Fesseln.

»Eure Gesundheit ist unser größtes Gut. Wenn die *Sublimity* das nächste Mal Nahrung braucht, wird sie sie von dir oder von dem anderen Herrn dort beziehen, das verschafft deinem Herrn vor der nächsten Spende eine Ruhe- und Erholungspause. Indem wir auf diese Weise abwechseln, erhalten wir die Kräfte aller, und euer Leben wird wesentlich verlängert. Das nennt man sparsames Haushalten.«

»Haushalten!« Grono erstickte fast. »Ihr nennt das …«

»Woher bezog das Schiff seine Nahrung, ehe Ihr uns an Bord genommen habt?« Karavise brach endlich ihr eisiges Schweigen.

»Unsere tapferen Besatzungsmitglieder rekrutierten sich aus den Reihen der Heimatlosen, die am Ufer dahinzogen.«

»Was ist aus ihnen geworden?«

»Sie waren verbraucht«, erklärte Kronprinz Krotz, »und mußten ersetzt werden.«

Karavise nickte, als habe sie nichts anderes erwartet.

»Mörder!« rief Grono. »Ihr seid brutale Mörder!«

»Genug«, warnte König Pusstis, seine Liebenswürdigkeit war im Schwinden begriffen. »Wir sind großmütig, aber unsere Geduld ist nicht unerschöpflich. Du solltest nicht versuchen, unsere Güte auszunützen, Lakai. Vergiß nicht, du sprichst mit einem König.«

»Einem König? Pah! Ein Pirat seid Ihr, ein Mörder, ein Ungeheuer und außerdem ein Prolet.«

»Angehörigen eines königlichen Hauses«, bemerkte Seine Majestät nachdenklich, »hat man mit Ehrfurcht zu begegnen. Du wirst das bald lernen, so wie es die Bauernschaft unseres eigenen Landes unter Anleitung unserer Vorfahren gelernt hat. Bis dahin rate ich dir, mit deiner Energie sparsam umzugehen. Du wirst sie noch brauchen.«

»Soll ich ihm Manieren beibringen, Majestät?« erbot sich Prinz Krotz eifrig.

»Nein, Prinz. In Eurem Überschwang würdet Ihr unsere kostbaren Neuanschaffungen möglicherweise beschädigen.«

»Na und? Wir haben doch Ersatz, oder nicht?« Die Augen des Prinzen richteten sich bedeutungsvoll auf Karavise.

»Du meinst die Dame? Ach, Krotz, Krotz, Krotz ...« König Pusstis schüttelte den Kopf. »Deine Erziehung läßt zu wünschen übrig, du hast offenbar noch viel zu lernen. Die Dame ist mit äußerstem Zartgefühl zu behandeln. Wir, die wir königlichen Geblüts sind, zeichnen uns durch unerschütterliche Ritterlichkeit gegenüber schönen Damen aus!«

»Aber Majestät«, protestierte der designierte Erbe. »Was ist mit all den Bauernmädchen, die wir ...«

»Krotz. Das waren keine *Damen.*«

Grono konnte nicht mehr an sich halten. »Wir sind keine Anschaffungen!« platzte er heraus. »Wir sind freie Menschen! Welches Recht habt Ihr, uns gefangenzunehmen? Ihr habt überhaupt kein Recht dazu!«

»Wie die *Sublimity* keinem anderen Schiff gleicht, so gleicht ein Monarch keinem anderen Menschen«, erklärte König Pusstis mit einem Anflug von Melancholie in der Stimme. »Seine Stellung ist hoch, seine Ziele sind erhaben, und er kann sich nicht den Beschränkungen geringerer Leute unterwerfen. Manchmal, mein lieber Lakai, kommt es dazu, daß gerade die Gesetze, die den einfachen Bürger schützen, die Aktionsfähigkeit eines Königs in Zeiten nationaler Not katastrophal behindern. Ein Monarch braucht wie ein mächtiger Adler die Freiheit, um auf dem Wind der Chancen und Möglichkeiten dahinzusegeln. Welches Recht wir haben, eure Dienste zu verlangen? Die Bedürfnisse eines Königs sind seine Rechte.«

»Erbärmliche Spitzfindigkeiten, Ihr behaarter Grobian! Eure Argumente gehen ins Leere. Wißt Ihr auch, warum, Sir? Weil wir nämlich keine gewöhnlichen Menschen sind, und weil Ihr deshalb auch nicht berechtigt seid, uns als solche zu behandeln, das ist der Grund. Wißt Ihr, wer wir sind, Sir? Möchtet Ihr gern wissen, wen Ihr entführt habt?«

»O ja.« König Pusstis nickte leutselig.

Ein warnendes Krächzen drang durch Wate Basefs Knebel.

Grono ließ sich nicht einschüchtern. »Der junge Herr«, verkündete er, »ist seine Lordschaft Devras Har Fennahar. Das beste und edelste Blut von Lanthi Ume fließt in seinen Adern, er ist der letzte Sproß eines ehrenwerten alten Adelsgeschlechts. Der andere Herr ist der Kognoszent Raith Wate Basef, ebenfalls aus uraltem Hause, ein berühmter Adept und Ältester der Esoterikerloge von Lanthi Ume. Hütet Euch, ihn zu unterschätzen.«

»Ich habe es Euch gesagt, Majestät, nicht wahr?« fiel ihm Prinz Krotz ins Wort. »Ich habe gleich gesagt, er hat irgendeine Gemeinheit im Sinn, als er so dastand, an seinem Ring drehte und vor sich hinmurmelte! Ich habe Euch gesagt, er führt nichts Gutes im Schilde, und ich hatte recht, oder? Nun, wenn er einer von diesen Adepten ist, mit denen man kleine Kinder schreckt, dann sage ich, es ist gefährlich, ihn in der Nähe zu haben. Es genügt nicht, ihn zu knebeln. Kommt, wir schaffen ihn uns gleich vom Hals, ehe er uns noch Schwierigkeiten macht.«

Wate Basefs Augen über dem Knebel weiteten sich erschrocken.

»Haben wir Euch nicht ganz klar gesagt, Kronprinz, daß wir ihn im Moment noch brauchen?«

»Wir brauchen ihn nicht, Majestät«, beharrte Prinz Krotz. »Wenn wir schlau sind und den Hexenmeister jetzt beiseite schaffen, haben wir für die *Sublimity* immer noch das Mädchen.«

Grono bemerkte, wie nachdenklich Seine Majestät geworden war, und mischte sich erneut ein. »Das könnt Ihr nicht tun! Die Dame, die Ihr entführt habt — die Dame, die dort vor Euch steht ...« Karavise schüttelte nachdrücklich den Kopf, aber der Diener achtete nicht darauf. »Diese Dame ist niemand anderer als Ihre Gnaden Karavise Dil Shonnet, die einzige Tochter Seiner Hoheit Bofus Dil Shonnets, des Herzogs von Lanthi Ume! Was sagt Ihr nun?«

Karavise verzog keine Miene, als die Entführer sich ihr zuwandten und sie mit neu erwachtem Interesse musterten.

»Ist das wahr?« fragte Seine Majestät.

Schweigen.

»Sprich, Mädchen!« Prinz Krotz hob die Hand zum Schlag, und Grono keuchte entsetzt auf.

»Die Jugend ist immer so stürmisch«, seufzte König Pusstis. »Geduld, mein Sohn! Es gibt sanftere Mittel.« Er faßte nach Karavises rechter Hand, beugte sich darüber und untersuchte den massiven Ring an ihrem Mittelfinger. »Aha, sieh mal einer an! Der Alte spricht die Wahrheit! Hier haben wir das Dil Shonnet-Wappen!«

»Der Ring ist einiges wert«, bemerkte Prinz Krotz. »Wenn du sie festhältst, ziehe ich ihn ihr ab.«

»Das kommt gar nicht in Frage. Sohn, wirst du denn niemals den gewaltigen Unterschied zwischen einem gewöhnlichen Frauenzimmer und einer Dame begreifen?« König Pusstis ließ die Hand der Gefangenen los.

»Ich sehe da keinen großen Unterschied«, murrte der Prinz. »Dame, Frauenzimmer, Dirne, das ist doch alles eins. Schrille Stimmen, affektiertes Gehabe und ein Loch, mit dem sie einen Mann bei lebendigem Leibe verschlingen können. Sobald man die Kerzen ausbläst, sind sie alle ...«

»Genug, Prinz Krotz!« mahnte König Pusstis mit einem Anflug väterlicher Strenge. »Wir dulden in unserem Beisein keine anstößigen Reden. Das geht gegen unsere königliche Würde. Was die Dame betrifft — und sie ist eine sehr vornehme Dame, Prinz —, so wird man sie mit der ihrer Stellung angemessenen Höflichkeit behandeln. Die Tochter des Herzogs!« Seine Stimme klang plötzlich nachdenklich. »Das läßt die Sache in einem völlig anderen Licht erscheinen. Ein großer Glücksfall — wahrlich ein sehr großer Glücksfall. Wir müssen diese neue Entwicklung mit aller Sorgfalt durchdenken.«

»Aber Majestät — was tun wir, wenn der Großvater dort verbraucht ist? In seinem Alter hält er sicher nicht lange durch. Und wer weiß, was dieser kahlköpfige Schwindler alles anstellt, wenn man ihn auch nur einen Moment aus den Augen läßt.«

»Der Adept kann sich weder bewegen noch sprechen. Derzeit stellt er also keine Gefahr dar. Aber der Seelenfrieden unseres geliebten Erben liegt uns sehr am Herzen, und deshalb geben wir ihm unser Wort, beim Glanz unserer Krone, daß wir bei nächster Gelegenheit zwei Ersatzpersonen beschaffen werden.«

»Und das Frauenzimmer — die *Dame?*« Kronprinz Krotz war noch immer nicht zufrieden.

»Sie wird mit allem schuldigen Respekt behandelt, Prinz, denn das steht ihr zu. Sie ist die Tochter eines regierenden Herzogs und Euch deshalb fast gleichgestellt.« König Pusstis wandte sich an Karavise und erklärte galant: »Gnädigste, wir bedauern die Unannehmlichkeiten, denen Ihr ausgesetzt wart, und hoffen, Euch Wiedergutmachung leisten zu können. Zum Zeichen unseres guten Willens bitten wir Euch, die Gastfreundschaft des königlichen Schiffes *Sublimity* anzunehmen.« Mit einer tiefen Verneigung reichte er ihr den Arm.

Gronos und Wate Basefs Augen richteten sich erwartungsvoll auf Karavise, aber sie warteten vergeblich auf ihren vernichtenden Spott.

»Sir, unsere Begegnung ist ebenso ungewöhnlich wie unerwartet.« Karavise sah den König ruhig an. »Freilich sind Eure Ansprüche bisher nicht bewiesen, doch ich vermag weder an der Aufrichtigkeit Eurer Überzeugungen noch an Eurer Entschlossenheit zu zweifeln. Außerdem sind Flexibilität und Anpassungsfähigkeit an veränderte Umstände Kennzeichen geistiger Reife. Die Klugheit verlangt, sich mit der Realität abzufinden, wie sie ist, und gleichzeitig künftige Möglichkeiten zu erkennen. Deshalb nehme ich die angebotene Gastfreundschaft an und vertraue auf Eure Ritterlichkeit.« Ohne die schockierten Blicke ihrer Mitgefangenen zu beachten, nahm sie den Arm Seiner Majestät.

»Gnädigste, Euer Pragmatismus entzückt mich. Er entspricht meiner eigenen Einstellung.«

Arm in Arm verließen sie den Raum, gefolgt von dem finster blickenden Kronprinzen Krotz, der sorgfältig die Tür hinter sich verriegelte.

Nun folgte eine schreckliche Zeit. Genährt von den Lebenskräften der noch unverbrauchten Gefangenen, pflügte sich die *Sublimity* würdevoll stromaufwärts, ihre verschlissenen Wimpel flatterten im Wind, und die verbeulten Goldtürmchen glänzten in der Sonne. Mancher Wanderer blieb am Flußufer stehen und sah ihr staunend nach. Trotz Königs Pusstis' Versprechen an seinen Sohn nahm man jedoch keine Ersatzgefangenen an Bord.

Für die Opfer war es ein endloser Alptraum. Devras, Grono und Wate Basef blieben ständig inmitten des sich windenden weißen Dschungels an ihre grausigen Lager gefesselt. Die *Sublimity* war unersättlich, und sie zehrte mehrmals am Tag von ihnen.

Devras hatte noch nie etwas so Entsetzliches erlebt. Was er empfand, während er hilflos dalag und die feuchten Würmer über seinem Herzen pulsierten und ihm Kraft und Leben aussaugten, war unvorstellbar. Nichts in den Werken aller seiner geliebten Philosophen hatte ihn auf die Schrecken dieser Hinrichtung auf Raten vorbereitet. Er wußte, daß er seine Bahre erst verlassen würde, wenn die *Sublimity* mit ihm fertig war.

Viele Stunden verbrachte er schlafend — der einzige Ausweg aus einer unerträglichen Realität, in der sich Anfälle von tiefster Seelenqual und Zeiten unbeschreiblicher Langeweile abwechselten. Nach jedem Entzug lebendiger Emanationen war er ermattet und fühlte sich sterbenskrank. Der Schlaf kräftigte ihn und frischte seine Lebensgeister wieder ein wenig auf, aber nicht genug. Stets erschöpft, ausgelaugt und schwach, brachte er nicht mehr die Energie auf, Fluchtpläne zu schmieden, und die Übelkeit ließ nur Raum für den Gedanken an den bevorstehenden Tod.

Grono und Wate Basef erging es nicht besser. In den ersten Stunden der Gefangenschaft zappelte und schrie Grono noch und beschimpfte seine Entführer. Später, als die *Sublimity* ihm immer mehr Vitalität entzog, wurde er still. Die Lider sanken ihm über die leeren Augen, der Unterkiefer fiel ihm kraftlos herab, und man konnte nicht feststellen, ob er überhaupt noch bei sich war.

Wate Basef war die meiste Zeit über zweifelsfrei bei Bewußtsein. Die geistige Disziplin eines hochstehenden Adepten befähigte ihn, relativ wach zu bleiben. Aber da er geschwächt, geknebelt und seiner Bewegungsfähigkeit beraubt war, hatte er keine Möglichkeit, zur Kognition zu gelangen. Als die Stunden vergingen, schwanden seine Kräfte immer mehr, bis es zu mühsam wurde, an eine Flucht auch nur zu denken.

Eine kurze Erholung gab es nur am Abend, wenn König Pusstis für ein paar Stunden vor Anker ging, um der *Sublimity* Ruhe zu gönnen. Zu dieser Zeit, wenn das Schiff reglos im Wasser lag, verlor es seinen Appetit. Dann bekamen die Gefangenen von König Pusstis persönlich, von seinem jüngeren Bruder, dem schmutzstarrenden Herzog Cheedle, oder von einem anderen der vielen widerlichen Lords und Prinzen, die alle dem Königlichen Hause Whurm Didnis angehörten, ihre Abendmahlzeit serviert. An Bord gab es außer Karavise keine Frauen, und sie wollte oder konnte die Ärmsten nicht besuchen. Zu den Mahlzeiten wurde Wate Basef vorübergehend der Knebel abgenommen, aber während der Adept aß, hielt ihm irgendein Whurm Didnis-Lord den Dolch an die Kehle, um zu verhindern, daß er sich seiner Kognition bediente. Vielleicht hätte Wate Basef trotzdem einen Versuch gewagt, aber die bleierne Müdigkeit hatte auch seinen Willen gelähmt.

Als die Stunden sich zu Tagen dehnten, verfielen die Gefangenen immer mehr. Fünfmal beobachtete Devras, wie der kleine blaue Himmelsfleck vor dem Bullauge schwarz wurde, und trotz seines elenden Zustandes regte sich eine schwache Neugier in ihm. Allen Schätzungen nach mußte die *Sublimity* ihre Herren und ihre Opfer nun schon ganz dicht an Fal Grizhnis Finsternis herangetragen haben. Jeden Augenblick würden sie ihr begegnen, und was dann? Vermutlich würde Seine Majestät Pusstis so nahe heranfahren, wie er es wagte, in der Hoffnung, sich die verzweifeltsten Passagiere zu sichern, von denen am meisten zu holen war. Sobald die Fahrgäste an Bord waren, würde die *Sublimity* wenden und mit größtmöglicher Geschwindigkeit flußabwärts fliehen. Das würde die Reserven der drei Opfer vermutlich so stark beanspruchen, daß das Elend der fünf letzten Tage im Vergleich dazu unerheblich erscheinen würde. Es wäre ein Wunder, wenn sie alle überlebten. Die *Sublimity* war ursprünglich wohl kaum darauf angelegt, überlegte Devras, ihre menschlichen Opfer so schnell zu verbrauchen. Eine Konstruktion, bei der es alle paar Tage erforderlich war, Leichen zu beseitigen und neue Gefangene einzusetzen, war eindeutig unzweckmäßig. Wahrscheinlich hatte sich die kognitive Kraft ihres Schöpfers im Lauf der Jahre langsam aufgezehrt. Vielleicht hatte auch der gegenwärtige Besitzer das Schiff aus Unwissenheit falsch behandelt. Wie auch immer, mit einer Behebung des Schadens war nicht zu rechnen, und wenn es für die Gefangenen überhaupt noch Hoffnung gab, dann lag sie bei Karavise, die sich seit Tagen nicht mehr hatte blicken lassen. Hatte der König, ein unübersehbar nachgiebiger Vater, seinem Sohn gestattet, sie zu mißbrauchen oder gar zu töten? Die Frage wurde an diesem Abend beantwortet, als die *Sublimity* anhielt, um wie gewohnt eine kurze Rast einzulegen.

Ein Riegel scharrte, Angeln kreischten, und Devras wandte das Gesicht zur Tür. Der jüngere Bruder des Königs, Herzog Cheedle, stand auf der Schwelle. Neben ihm hatte sich Kronprinz Krotz aufgebaut, den Dolch in der Hand. Herzog Cheedle ähnelte seinem Bruder äußerlich sehr, er hatte eine gespaltene Nase, sein Bart war protzig geschmückt, er trug einen schmierigen, himmelblauen, ehemals prächtigen Satinanzug und gab sich überschwenglich liebenswürdig.

»Meine Herren, das Essen!« Herzog Cheedle schwenkte eine Schüssel mit grauem Haferschleim. »Ruhe. Erfrischung. Das Leben kann doch schön sein!«

Keine Antwort.

»Die *Sublimity* kommt gut voran«, teilte ihnen der Herzog mit. »Der König weiß Euren Beitrag zu schätzen und hält es für angebracht, Euch zu belohnen. Deshalb hat Seine Majestät für den heutigen Abend eine Ruhepause von vollen drei Stunden verfügt.« Er blickte auffordernd von einem Gesicht zum anderen und suchte nach einer Spur von Dankbarkeit. Als er nichts davon entdeckte, hob er die Schultern, stellte die große Schüssel auf den Boden, zog drei biegsame Röhren aus der Tasche und steckte sie in den Haferschleim. Prinz Krotz entfernte Wate Basefs Knebel, man schob den Gefangenen die freien Enden der Röhren in den Mund, und nun konnten sie auf eine Weise, die unangenehm an die Eßgewohnheiten der *Sublimity* erinnerte, Nahrung zu sich nehmen. Prinz Krotz' blitzende Klinge war nur wenige Zentimeter von Wate Basefs Kehle entfernt. In den nächsten Minuten verzehrten die Gefangenen schweigend ihren Brei, bis schließlich ein Gurgeln ankündigte, daß die Schüssel leer war.

Devras ließ das Röhrchen aus dem Mund gleiten, drehte den Kopf und begegnete Gronos weit geöffneten Augen, die in dumpfer Verzweiflung durch das Netz aus weißen Ranken auf den eingefallenen Wangen und der runzligen Stirn blickten.

Ich habe ihn in diese Lage gebracht. Schnell wandte Devras den Blick ab. Auf der Nachbarbahre lag Raith Wate Basef, ohne Knebel, aber klug genug, um zu schweigen. Der wache, keineswegs resignierte, sondern eher grüblerische Gesichtsausdruck des Adepten schien den finsteren Krotz zu beunruhigen. Nach einigem Nachdenken glätteten sich jedoch die Unmutsfalten.

»Hoheit — Onkel — ich habe eine Idee«, verkündete Pusstis' hoffnungsvoller Sohn.

»Ja, Prinz?«

»Ich traue diesem kahlköpfigen Schwindler nicht. Er ist hinterlistig, das sieht man seinen Augen an. Es paßt mir nicht, daß er an Bord ist.«

»Ich weiß, Prinz, aber die Wünsche Seiner Majestät, Eures Vaters ...«

»Richtig. Deshalb werden wir ihn auch nicht töten. Aber es gibt eine andere Möglichkeit, ihn unschädlich zu machen.«

»Wie lautet Euer Plan, Prinz?«

»Wir schneiden dem Hexenmeister ganz einfach die Zunge heraus. Auf diese Weise kann er seine dreckigen Zaubersprüche nicht mehr aussprechen, bleibt aber am Leben und kann die *Sublimity* füttern. Was meint Ihr dazu, Onkel?«

Devras keuchte bestürzt auf. Wate Basefs Gesicht war nichts anzumerken.

Herzog Cheedle erwog den Vorschlag mit aller Sorgfalt, ehe er nachsichtig antwortete: »Eine gute Idee, Prinz, ein wagemutiger Gedanke, eine geniale Lösung unserer unmittelbaren Probleme. Einen Nachteil gibt es freilich.«

»Nun?« Der Prinz wurde ungeduldig.

»Wenn wir dem Adepten die Zunge herausschneiden, wird er dabei eine gewisse Menge Blut verlieren, und das wird ihn schwächen, möglicherweise sogar zu seinem Tod führen.«

»Um so besser, meine ich.«

»Ach, Neffe, ich begreife Eure Besorgnis, aber Ihr müßt an das Wohl des Ganzen, an das höchste Ziel denken. Das ist ein Zeichen von Reife.«

»Ihr kommt vom Thema ab, Onkel.«

»Keineswegs. Der Adept muß so lange wie möglich am Leben bleiben. Die *Sublimity* braucht ihn, und daher ist er für uns alle wichtig.«

Wate Basef ergriff zum ersten Mal das Wort. »Wenn Euch wirklich soviel daran gelegen ist, uns am Leben zu erhalten, so sind Eure Bemühungen nicht sehr wirkungsvoll«, bemerkte er mit heiserer Stimme. Prinz Krotz' Dolch zuckte nervös.

»Wieso?« Herzog Cheedle wandte sich überrascht dem Adepten zu. »Euer Wohl liegt uns am Herzen, Eure Gesundheit ist kostbar. Wir wollen nur das Beste für Euch. Was entbehrt Ihr denn? Sprecht, Sir.«

Wate Basefs Augen huschten zu dem Dolch.

»Laßt ihn sprechen, Prinz«, befahl der Herzog. »Aber behaltet ihn im Auge.« Krotz nickte grimmig entschlossen.

»Ihr enthaltet uns alles Lebensnotwendige vor«, erklärte Wate Basef. »Uns fehlen körperliche Bewegung, Sonnenlicht, frische Luft und ausreichende Ernährung, man entzieht uns unsere Lebenskräfte — so werden wir nicht lange durchhalten.«

»Ihr übertreibt.« Der Herzog sprach ganz vernünftig.

»Nein. Überlegt doch — wie lange haben die Opfer vor uns überlebt?«

»Opfer?« Der Herzog war gekränkt. »Opfer? Hier gibt es keine Opfer, Sir. Eine solche Beschreibung ist unziemlich, ja, sogar verletzend. Eure Vorgänger waren Patrioten, loyale Anhänger des Hauses Whurm Didnis, die freudig ihr Leben hingaben, um damit das Geburtsrecht ihres Souveräns zu verteidigen. Das war ihre Pflicht, und jetzt ist es die Eure.«

»Sind wir Eure Untertanen?« erkundigte sich Wate Basef mit einer Spur seines alten Sarkasmus.

»Jetzt schon«, behauptete Prinz Krotz.

»Niemals!« begehrte Grono trotz seiner Schwäche keuchend auf.

»Meinem Neffen, dem Prinzen, mangelt es an Diplomatie, ein Fehler, der in so jungen Jahren häufig anzutreffen ist«, erklärte Herzog Cheedle vertraulich. »Um Eure Frage zu beantworten, Ehrenwerter Adept, kann ich Euch nur darauf hinweisen, daß wahres königliches Blut überall ganz von selbst Untertanen findet.«

»Das königliche Blut wird sie aber nicht lang am Leben erhalten«, beharrte Wate Basef müde, »ohne ausreichend Nahrung, Ruhe und Bewegung.«

»Manchmal ist es notwendig, große Opfer auf dem Altar der historischen Notwendigkeit zu bringen. Jetzt ist nicht die Zeit für geistige Knausrigkeit, Ehrenwerter Adept. Eine große Veränderung bereitet sich vor. Das Gemeinwohl ist alles. Das letzte, was Euch in einem solchen Augenblick belasten sollte, ist der Verzicht auf ein paar persönliche Annehmlichkeiten. Das wäre das Zeichen einer kleinlichen, selbstsüchtigen Natur.«

Raith Wate Basef wollte seine letzten Kräfte nicht mit nutzlosen Diskussionen vergeuden. Sein Schweigen besänftigte den Herzog, der wie sein königlicher Bruder im Grunde seines Wesens gutmütig war. »Hat es Euch geschmeckt, meine Herren? Fühlt Ihr Euch besser? Hoffentlich auch kräftiger? Voll Energie und Entschlossenheit?« Keine Antwort. »Das ist gut, das ist sehr gut. Ihr könnt gewiß sein, daß Eure Dienste sehr geschätzt werden. Ihr habt Euch die persönliche Dankbarkeit eines Königs verdient — und dazu beglückwünsche ich Euch von ganzem Herzen! Und nun, meine Herren, kann ich noch etwas für Euch tun, ehe ich Euch Eurer wohlverdienten Muße überlasse?«

Um Gronos Mund zuckte es, und Devras hielt es für besser, der Antwort seines Dieners zuvorzukommen. »Wo ist Lady Karavise?« fragte er.

»Ihre Gnaden? Dem hübschen Kind geht es ausgezeichnet! Sie ist wirklich reizend.«

»Lady Karavise besitzt viele hervorragende Eigenschaften«, bemerkte Wate Basef, »Liebreiz hätte ich freilich nicht unbedingt dazugerechnet.«

»Oh, dann seid Ihr kein Menschenkenner«, gab der Herzog zurück. »Ihr habt die weibliche Empfindsamkeit unter der kühlen Fassade nicht bemerkt. Ihre Gnaden sind reizend. Und gütig. Vornehm, aber nicht hochmütig. Weich, aber kein Schwächling. Ein wenig mager, aber schön. Und klug — mit großem Einfühlungsvermögen gesegnet. Sie versteht unseren Ehrgeiz, sieht die Berechtigung unserer Ansprüche ein. Und sie ist die Tochter von Herzog Bofus! Wenn Ihre Gnaden unsere Rechte anerkennen, dann muß die ganze Welt ihr Folge leisten!«

»Eure ›Rechte‹ worauf?« fragte Devras.

»Auf die Ehren und Privilegien, die dem Königshaus des Landes Jobaal zustehen — und auf die handfesteren Vorteile, die dem lanthianischen Adel gewöhnlich aus seiner Stellung erwachsen. Kurzum, wir wollen für das

Unrecht entschädigt werden, das unserem großen Ahnen Yans Whurm Didnis zugefügt wurde. Wir verlangen die Rückgabe aller Titel und des gesamten Vermögens der Whurm Didnis. Wir verlangen Grundbesitz, ein Anwesen in Lanthi Ume und alle damit verbundenen Einkünfte. Überall am Fluß laufen Gerüchte um, daß der große Palast mit dem Namen Haus Fennahar gegenwärtig leersteht. Damit wären wir vollauf zufrieden.«

Wütend stemmte sich Grono gegen seine Fesseln.

»Bis vor kurzem«, fuhr Herzog Cheedle fort, »schienen die Vorbehalte des lanthianischen Herzogs unüberwindlich zu sein. Aber da uns nun das einzige Kind Seiner Hoheit in die Hände gefallen ist, hat sich die Situation in erfreulicher Weise gewandelt. Unsere ganze Position ist verändert! Und ganz besonders sind wir darüber beglückt, daß Ihre Gnaden spontan ihre uneingeschränkte Sympathie für unsere Sache bekundet haben.«

»Karavise unterstützt Euren Anspruch auf die Fennahar-Besitzungen?« fragte Devras und sah aus dem Augenwinkel, wie Gronos Doppelkinn heftig zuckte.

»Richtig. Für eine Frau denkt sie sehr logisch. Sie ist klug — und dabei auch noch schön.« Ein schalkhaftes Funkeln trat in die Augen des Herzogs. »Es könnte durchaus sein, daß unser kriegerisches Unternehmen einen letztlich für alle Seiten befriedigenden Abschluß findet. Eine Verbindung der beiden großen Häuser Whurm Didnis und Dil Shonnet würde alle Wunden heilen.«

»Eine Verbindung?«

»Wenn ich mich nicht sehr irre, hat die Dame eine Schwäche für Seine Majestät. In ihrer jungfräulichen Bescheidenheit bemüht sie sich, ihre Zuneigung zu verbergen, aber sie ist keinem von uns entgangen. Der König hatte schon immer eine Hand für hübsche Frauen! Wenn er es darauf anlegt zu gefallen, hat er noch nie versagt. Gerade heute abend werden Seine Majestät und Ihre Gnaden im Mondschein dinieren. Seid deshalb guten Mutes, Ihr Herren. Eine glückliche Wendung steht unmittelbar bevor!«

Kronprinz Krotz spuckte verächtlich auf den Boden.

Mit verzücktem Lächeln sammelte Herzog Cheedle die leere Schüssel und die Röhrchen ein, während der Prinz Wate Basefs Knebel wieder befestigte. Dann zogen sich die beiden Männer zurück und verriegelten die Tür hinter sich.

Die Wut hatte Grono neue Kräfte verliehen. »Herr Devras«, flehte er mit schwacher, aber leidenschaftlicher Stimme, »sagt mir, daß es nicht wahr ist! Ihre Gnaden haben uns doch nicht wegen dieses Banditen im Stich gelassen! So weit würde sie sich doch nicht erniedrigen!«

»Grono ...«, begann Devras.

»Sie kann seinen Wahnsinnsbehauptungen unmöglich Glauben schenken! Und sie würde diesem Abschaum doch niemals Euer Haus Fennahar überlassen!«

»Grono ...«

»Das Maß meiner Erbitterung ist voll!«

»Grono, denk doch einmal in aller Ruhe nach. Sie ist klug, kaltblütig und entschlossen. Sie wird die Waffen einsetzen, die ihr zur Verfügung stehen, und sie wird es da tun, wo sie die größte Wirkung erzielen.«

Wate Basef nickte.

Das Sprechen war anstrengend gewesen, und die drei Gefangenen sanken bald in einen tiefen Schlaf, der eher einer Ohnmacht glich.

Die *Sublimity* schaukelte sanft im Wasser, für den Augenblick herrschte Ruhe.

11

»GLAUBT IHR AN FÜGUNG, GNÄDIGSTE? Glaubt Ihr an das Schicksal?« fragte Seine Majestät.

»Ich glaube an den Mann des Schicksals, der dieses Schicksal nach seinen eigenen Wünschen formt.« Lady Karavise blickte dem König einen Sekundenbruchteil länger in die Augen, als die Sitte es erfordert hätte. »Ein solcher Mann beflügelt meine Phantasie.«

»Nur Eure Phantasie, Mylady?«

»Er erregt auch meinen Respekt. Und meine Bewunderung.«

»Und was ist mit Wertschätzung?«

»Respekt und Bewunderung bringen von selbst Wertschätzung hervor.«

»Und entfachen unsere Hoffnungen.«

»Und Ihr entfacht meine Neugier, Majestät. Ihr wolltet mir von Euren Plänen erzählen.«

Karavise und König Pusstis saßen in trauter Zweisamkeit im Mondschein auf dem Achterdeck der *Sublimity.* Sie waren eben mit dem Essen fertiggeworden, und Lord Xen, der zweite Sohn von Herzog Cheedle, hatte das Geschirr abgeräumt. Auf dem gedeckten Tisch standen nur noch ein fleckiger Silberkandelaber, eine Karaffe mit Weo auf einer Wärmeplatte und das Zubehör für die altehrwürdige Weo-Zeremonie.

Die drei Ruhestunden waren beendet, die *Sublimity* pflügte sich wieder gleichmäßig stromaufwärts. Es war der fünfte Abend, seit Lady Karavise an Bord gekommen war. In dieser Zeit war sie trotz der bombastischen Ritterlichkeit ihres Entführers keinen Augenblick unbewacht geblieben, außer bei Nacht, und selbst dann wurde die winzige Kammer, die man ihr zugewiesen hatte, von außen fest verriegelt.

»Wie seid Ihr dazu gekommen, Euch auf diese Mission der Barmherzigkeit zu begeben?« beharrte Karavise. »Wann zeigte sich Euer Altruismus zum ersten Mal?«

»Wollt Ihr das wirklich jetzt erfahren?« König Pusstis beugte sich vor und blickte ihr schmachtend in die Augen.

»O ja, Majestät. Wie könnte ich nicht? Wärt Ihr nicht ein solcher Menschenfreund, wir beide wären uns niemals begegnet.«

»Hübsch gesagt! Nun denn, Ihr sollt die Geschichte hören. Wisset, Gnädigste, daß die Monarchen des Hauses Whurm Didnis seit Generationen weise, mit starker Hand und glorreich regieren und von ihren Untertanen sehr geliebt werden. Doch stets nagte eine zweifache Ungerechtigkeit an den Herrschern unseres Geschlechts. Durch Verrat wurden wir unserer Stellung in Lanthi Ume beraubt, und ein unglückliches Schicksal verdammte uns zu provinzieller Bedeutungslosigkeit, was für einen stolzen Geist ein immerwährendes Ärgernis ist. Die ganzen Jahre über harrten wir geduldig aus und warteten auf den Tag, an dem wir nach Lanthi Ume zurückkehren und unsere Ansprüche geltend machen würden. Dann war es endlich soweit, ein neuer Stern erschien am Himmel, ein Stern, der auch bei Tageslicht zu sehen war. Gestattet mir zu bemerken, Gnädigste, daß Ihr ein Stern von gleicher Art seid.«

»Zuviel der Ehre, Majestät. Aber wie geht die Geschichte weiter?«

»Zu der Zeit, als der Stern erschien«, fuhr König Pusstis fort, »kam es uns zu Ohren, daß eine im Landesinneren entstandene große Finsternis sich ausbreitete und dem Meer zustrebte. Viele Reisende, die davor flüchteten, suchten Schutz bei uns, und diese Flüchtlinge drängten uns alle möglichen Geschenke, Tribute und Schätze auf.«

»Vermutlich als Zeichen ihrer Dankbarkeit.«

»Wir faßten es so auf, Gnädigste, und deshalb nahmen wir die Geschenke und hörten uns an, was die Fremden zu berichten hatten. Alle sprachen von schrecklichen weißen Wesen, die die Finsternis bewohnten — Wesen wie Menschen und doch anders, gnadenlose Mörder, Feinde der Menschheit. Sie erzählten auch von einem weißen König, der angeblich über die Kräfte von zwanzig Männern und über die Grausamkeit von vierzig Dämonen verfügte. Dieser Dämonenfürst, so behaupteten sie, sei ein erbarmungsloser Kämpfer und ein genialer Heerführer — gerissen, furchtlos und ohne Skrupel. Es gab Beschreibungen von blutigen Massakern, von Angriffen und Verfolgungen, von niedergebrannten Dörfern, von verwesenden Leichen, die wie Feuerholz aufgeschichtet und liegengelassen worden waren, von Abschlachtung, Verstümmelung, brutaler Zerstückelung und sinnlosem Massenmord — Gnädigste, Eure Augen sind bezaubernd.«

»Majestät machen mich noch eitel«, murmelte Karavise. Im warmen Schein der Kerzen war es schwer festzustellen, aber es schien doch so, als sei sie rot geworden. Ihre leise Stimme bebte vor Ergriffenheit.

»Gnädigste, wir sprechen nur die reine Wahrheit. Liebste Lady Karavise, seit Ihr an Bord der *Sublimity* gekommen seid, hat sich so vieles in unserem Leben verändert ...«

»Mir ergeht es ebenso, Majestät, dessen könnt Ihr gewiß sein. Aber fahrt doch bitte mit Eurer Geschichte fort.«

»Wenn Ihr darauf besteht«, fügte er sich enttäuscht und sprach weiter. »Bald zeigte sich, daß die Berichte der Reisenden ein gewisses Maß an Wahrheit enthielten, denn eines Morgens erschien die Finsternis am Horizont. Bis zum späten Nachmittag war sie ein gutes Stück näher gekommen. An diesem Tag drängten sich die Flüchtlinge in Scharen vor unseren Toren und flehten um Beistand. Sie nötigten uns Gold, Schmuck und andere Kostbarkeiten auf«, erinnerte sich Pusstis und berührte eine der Ketten, die in seinen Bart geflochten war. »Wie konnten wir als Menschenfreunde diese armen Schlucker abweisen? Also nahmen wir sie an Bord der *Sublimity* und brachten sie in Sicherheit.«

»Was, bis an die Küste?«

»Nein, selbst mit den Möglichkeiten der *Sublimity* wären die Entfernungen zu groß gewesen. Deshalb nahmen wir die Fahrgäste so weit mit, bis sie die Finsternis nicht mehr sehen konnten, und setzten sie dann an Land, ungeachtet der Klagen einiger Egoisten, die nicht aussteigen wollten. Danach kehrten wir zurück, um die nächsten zu retten. Und so setzten wir unsere Arbeit fort, bis unsere drei jüngsten Besatzungsmitglieder starben — es waren tapfere Burschen! An diesem Tag begegneten wir Euch, Mylady — und es war der glücklichste Tag meines Lebens!«

»Und jetzt, Majestät? Werdet Ihr Euer Werk weiterführen?«

»Nicht mehr lange. Eure liebreizende Gegenwart hat alles verändert. Wir werden eine letzte Ladung Flüchtlinge aufnehmen, und diesmal werden wir sie bis nach Lanthi Ume bringen, um sodann mit Eurem Vater, dem Herzog, über die Rückgabe der Titel und des Vermögens der Whurm Didnis zu verhandeln. Danach ist unsere Anwesenheit in Lanthi Ume vielleicht nicht mehr vonnöten, und wir werden unser neues Vermögen zum Ausbau unseres Reiches im Landesinneren einsetzen.«

»Und wenn die Finsternis Euer Reich im Landesinneren verschlingt?«

»In diesem Fall trägt uns die *Sublimity* über das Meer. Alle Eventualitäten wurden berücksichtigt, denn Sorgfalt und Weitblick kennzeichnen die Strategie des Siegers. Selbst ein Mann des Schicksals kann freilich von der Schönheit einer Frau bezwungen werden. Dann werden alle Sorgfalt und aller Weitblick zunichte, und sein Genie kann ihn davor nicht schützen.« Sanft nahm er ihre Hand, und sie zog sie nicht zurück. König Pusstis beugte sich vor. Im letzten Moment wandte sie das Gesicht ab, und sein Kuß landete auf ihrer Wange. »Ihr seid kalt, Mylady«, klagte der König.

»Traurige Erfahrungen haben mich gelehrt, den Regungen eines vielleicht töricht weichen Herzens zu mißtrauen.« Sie senkte den Blick.

»Das Herz einer Frau ist ihr zuverlässigster Führer«, gab der König zu bedenken.

»Und wovon läßt ein Mann sich leiten, Majestät?«

»Von seinen Augen, Mylady, denn sie sagen ihm, was schön ist. Von seiner Ehre, denn sie sagt ihm, was gut ist. Von seinem Verstand, denn er erhellt die Möglichkeiten der Zukunft. Lady Karavise, habt *Ihr* jemals über diese Möglichkeiten nachgedacht?«

»Möglichkeiten — Majestät?« Schüchtern erwiderte sie den Druck seiner Hand.

»Möglichkeiten, Gnädigste — für uns beide.«

»Ach, Majestät, Ihr verwirrt mich, ich bin ganz verstört. Ihr seid zu ungestüm.«

»Meine Liebe, wie kann ein Mann zu ungestüm sein, wenn es um Dinge geht, die gut und richtig sind?«

»Wir sind uns fremd, Majestät. Wie kann ich Euch vertrauen? Wie kann ich sicher sein?« Mit einem leisen Seufzer zog sie ihre Hand zurück.

»Wir bieten Euch die erste und einzige Liebe eines lauteren Herzens. Habt Vertrauen zu uns, Mylady. Unsere Liebe ist aus reinem Gold wie unsere Krone.«

»O Majestät — Ihr überwältigt mich. Ich kann nicht mehr denken — ich kann nicht mehr sprechen ...«

»Ich werde Euch ein Glas Weo einschenken. Das wird Euch aufrichten.« Eifrig griff Seine Majestät nach der Karaffe.

»Nein.« Sie gebot ihm mit einer Handbewegung Einhalt. »Ihr gestattet doch.«

Karavise vollzog die altehrwürdige Weo-Zeremonie mit knappen, anmutigen Bewegungen. Zuerst hob sie die Karaffe und ließ den warmen grünen Likör in zwei

Schwenker fließen. Dann stellte sie das Kristallgefäß beiseite und fuhr mit einem brennenden Span wie mit einem Zauberstab über den oberen Rand der Gläser. Die alkoholischen Dämpfe entzündeten sich sofort, und durchsichtige, geisterhaft bläuliche Flammen blühten auf. Das kalte Licht fiel auf ihr Gesicht und ließ es hart und böse erscheinen, was König Pusstis jedoch nicht bemerkte. Geschickt löschte sie die Flammen mit einem zu diesem Zweck bereitgelegten silbernen Hütchen und rührte den Weo mit einem winzigen Silberbesen kräftig um. Dabei hielt sie den Kopf leicht gesenkt und hob die Augen. Die Wirkung war durchschlagend. König Pusstis war hingerissen, fasziniert. Wie gebannt starrte er in diese Augen, die so viel verheißungsvolle Wärme ausstrahlten. Während er damit beschäftigt war, öffnete ein schneller Druck auf eine verborgene Feder einen Deckel in Karavises massivem Ring, und aus der kleinen Vertiefung darunter rieselte ein weißes Pulver in das Glas des Königs, schäumte kurz und löste sich auf. Noch eine Prise Zucker in jeden Schwenker, und die Zeremonie war vorüber.

»Ihr macht das wunderbar, Mylady.« Die Finger des Königs streiften ganz unnötig die ihren, als sie ihm sein Glas reichte. »Und nun — ein Trinkspruch! Auf eine glorreiche Zukunft!« Die Gläser klirrten. Sie tranken. »Ausgezeichnet!«

»Ich fürchte, ich habe zuviel Zucker genommen, Majestät.«

»Keineswegs.« Pusstis nahm einen Schluck und sah seine Begleiterin anerkennend an. »Hervorragend. Wirklich hervorragend.«

»Seid Ihr sicher, Majestät? Probiert lieber noch einen Schluck.«

Der König gehorchte. »Köstlich.«

Karavise beobachtete ihn aufmerksam. Nach einer Weile wurden seine Augen starr, das Glas entglitt seiner Hand und zerschellte auf dem Deck. Er fiel vornüber, die Stirn schlug auf dem Tisch auf. Sie wartete noch einen Augenblick lang, aber er regte sich nicht mehr.

Sie sah sich um. Kein Whurm Didnis-Lord war in der Nähe, denn der König hatte sich ausdrücklich ein romantisches Tête-à-Tête mit ihr allein gewünscht. Vorsichtig verließ Karavise das Achterdeck und schlich sich nach unten in den Frachtraum. Unterwegs blieb sie nur einmal stehen, um Raith Wate Basefs Ledertasche an sich zu nehmen, die sie schon vor Tagen ausfindig gemacht hatte.

Die *Sublimity* brauchte Nahrung. Diesmal war Grono ihr Opfer. Schwacher Laternenschein erleuchtete die grausige Szene. Grono lag auf seiner Bahre, die weißen Tentakel pulsierten an seinen Schläfen, der Kehle, der Brust und den Handgelenken. Die Augen des Dieners waren geschlossen, die Lider zuckten krampfhaft. Er war kaum noch bei sich. Seine Kräfte schwanden, und im gleichen Maße nahm die Energie der *Sublimity* zu.

Gequält von verzweifelten Schuldgefühlen betrachtete Devras den alten Mann.

Die Tür öffnete sich, und Karavise trat ein. Sie stürzte zu Wate Basef, ließ die Tasche fallen und riß ihm den Knebel aus dem Mund. »Ihr habt nicht viel Zeit«, erklärte sie ihm.

Der Adept nickte zustimmend mit dem Kopf. »Dreht den Ring an meinem Finger, während ich spreche.«

Karavise gehorchte. Nach einer Weile glühten Metall und Stein schwach auf. Mit geschlossenen Augen und schwankender Stimme sprach Wate Basef fast unhörbare Worte. Ein Zittern durchlief die weißen Seile, aber sie gaben ihn nicht frei.

»Was ist los?« Aus Karavises kühler, beherrschter Stimme klang erste Besorgnis.

»Schwach. Müde.« Wate Basefs Augen öffneten sich nicht. »Ich versuche es noch einmal.« Er runzelte angestrengt die Stirn. Wieder glühte der Ring auf, diesmal heller. Die weißen Tentakel der *Sublimity* wanden sich, erbebten, wurden schlaff und fielen von allen drei Gefangenen ab. Die Venerise verlangsamte die Fahrt, und über ihnen waren Schreie zu hören.

»Sie werden in wenigen Sekunden hier sein.« Karavise war blaß, aber ruhig. »Könnt Ihr Euch alle bewegen?«

Langsam und mühevoll zog sich Wate Basef zum Sitzen hoch. Er ruhte sich einen Augenblick aus, dann schwang er die Beine über den Rand der Bahre und versuchte aufzustehen. Ein Schwindel erfaßte ihn, und er fiel keuchend zurück. Karavise trat nervös von einem Fuß auf den anderen.

Devras war jünger, seine Kräfte kehrten schneller zurück. Er kam schon beim ersten Versuch auf die Beine und stolperte zu Grono hinüber. Der Diener lag reglos da, die Augen geschlossen, die Stirn schweißnaß. Als Devras ihn schüttelte, reagierte er nicht.

»Wach auf! Versuch es!«

Grono stöhnte, öffnete die Augen und sah seinen Herrn mit leerem Blick an.

»Steh auf! Stütz dich auf mich!« Devras legte ihm den Arm um die Schultern und stellte fest, daß der Diener wie ein Mehlsack an ihm hing. »Grono kann nicht gehen.«

»Dann tragen wir ihn. Ich helfe Euch.« Karavise legte ihren erstaunlich kräftigen Arm um Grono und zog den Diener gemeinsam mit Devras in die Höhe. Sein Körper war so schlaff wie die kognitiv betäubten Seile der *Sublimity.* Seine Augen waren geöffnet, schienen aber nichts wahrzunehmen.

Oben trommelten hastige Schritte wie Kanonenfeuer über das Deck. Ein Schrei ertönte, erschrocken und zornig. »Der König ist tot!«

Devras starrte Karavise ehrfürchtig an. »Ihr habt ihn getötet?«

»Nur betäubt«, erklärte sie ungeduldig. »Ein schwaches Mittel, und er hat nur sehr wenig zu sich genommen. Er wird nur zu bald wieder munter werden.«

»*Wo ist dieses Weib?*« Die wütende Stimme gehörte Kronprinz Krotz. »Ich lasse diese mörderische Hure zu Tode peitschen! Ich werfe sie der *Sublimity* zum Frühstück vor! *Wo ist dieses Weib?*« Von oben waren verwirrte und bestürzte Schreie zu hören. Schritte kamen die Holztreppe herunter, und die drei Gefangenen, die bei Bewußtsein waren, erstarrten vor Schreck. Grono hing kraftlos, in seliger Weltvergessenheit zwischen seinen beiden Helfern. Devras ließ ihn los, warf die Tür zu, schob die Riegelstange vor und verschloß damit den Raum von innen.

»Das ist das Ende. Jetzt kommen wir nicht mehr an ihnen vorbei.« Karavise war immer noch so kalt wie ein Friedhof im Winter. »Es sei denn, Raith kann uns mit seiner Kognition helfen.«

Wate Basef schüttelte den Kopf. Er hatte Mühe, sich auf den Beinen zu halten. »Müde«, murmelte er. »Dieses Schiff hat mich völlig ausgesaugt.«

Von draußen wurde wütend gegen die verriegelte Tür gepoltert. Gleich darauf war übles Fluchen zu hören.

»Wieso ist sie verschlossen?« fragte die Stimme eines Whurm Didnis-Lords.

»Weil das Miststück sich da drin versteckt«, erklärte der rachedurstige Kronprinz. »Brecht sie auf!« Seine Anverwandten gaben sich alle Mühe, und die Tür wankte unter ihrem Ansturm.

»Raith!« zischte Devras. »Ihr seid der Adept — unternehmt etwas!«

»Eine zweite Gelegenheit bekommt Ihr nicht«, bemerkte Karavise ruhig.

Vor der Tür kreischte Kronprinz Krotz hysterische Verwünschungen.

»Könntet Ihr sie nicht betäuben oder lähmen?« flehte Devras.

»Kann ich nicht«, murmelte Wate Basef. »Keine Kraft,

um auf lebendes Fleisch einzuwirken. Höchstens Schatten — Illusionen — mehr ist im Moment nicht möglich.«

»Dann los«, drängte Karavise, »macht voran!«

Die Schläge wurden heftiger, aber noch hielt die schwere Tür stand.

»Holt eine Axt!« befahl Kronprinz Krotz.

Im Innern des Raums schloß Raith Wate Basef die Augen und senkte den Kopf. Lange blieb er so stehen, als müsse er die letzten Reste von Kraft und Entschlossenheit zusammenkratzen. Dann begann er zu sprechen. Seine Worte waren unhörbar, wurden übertönt von den dröhnenden Axthieben, die jetzt gegen die Tür geführt wurden. Schweiß perlte ihm über die Schläfen. Als er endlich zur Kognition gelangte, schwankte er. Dann war die Beschwörung zu Ende, er ließ sich schwer auf seine Bahre sinken und rieb sich mit beiden Händen die Stirn.

Ein Splittern und Krachen, die Tür gab nach. Kronprinz Krotz stürmte herein, die Axt in der Hand, dicht gefolgt von Lord Xen und zwei Verwandten ohne Namen und Einfluß.

»Königsmord!« rief der Prinz.

»Euer Vater ist nicht tot, er schläft nur«, erklärte Karavise ungerührt.

»Ihr werdet auch schlafen, wenn ich Euch Euren Intrigantenkopf von den knochigen Schultern schlage.« Prinz Krotz hob die Axt, und Karavise zuckte zurück. Er schlug zu, traf sie aber nicht, die Schneide sauste herab und durchtrennte eine der größeren Lebensadern des Schiffs. Das weiße Seil hauchte sein Leben aus und begann zu schrumpfen. Ein Zittern durchlief die *Sublimity*.

»Vorsicht, Vetter«, mahnte Lord Xen, »nehmt Euch in acht, Ihr beschädigt noch das Schiff.«

»Dieses Luder hat meinen Vater getötet, und dafür wird sie bezahlen. Zuerst hacke ich ihr die Füße ab, einen nach dem anderen und nicht zu schnell, und dann arbeite ich mich schön langsam über die Beine nach oben vor.« Wieder holte der Kronprinz aus, und wieder ging der Schlag daneben. Ein zweiter der dicken weißen Tentakel wurde durchtrennt, und die *Sublimity* erbebte wieder.

Karavise war totenblaß geworden und wich zurück. Vergeblich suchten ihre Augen den Raum nach einer Waffe ab.

»Einer von Euch — packt sie!« befahl Krotz.

Lord Xen sprang vor, stolperte aber über Devras Har Fennahars gut plazierten Fuß. Er taumelte, fing sich wieder und wirbelte herum, den Dolch in der Hand. »Jetzt bist du ein toter Mann, Käsegesicht!« versprach er und ging auf den geschwächten, unbewaffneten Devras los, der hastig den Rückzug antrat.

»He — Drep! Hilf mir!« kommandierte Prinz Krotz. Mit Unterstützung seiner Brüder drängte er Karavise in eine Ecke.

Wate Basef senkte den Kopf und versuchte zur Kognition zu gelangen — ohne Erfolg. Die *Sublimity* hatte wahrlich an seinen Kräften gezehrt. Nun taumelte er, ein lächerlicher Anblick in seiner Wehrlosigkeit, auf den axtschwingenden Krotz zu.

»Legt sie auf einen der Blöcke!« verlangte der Kronprinz, und seine Gefolgsleute beeilten sich, ihm zu Willen zu sein.

Karavise versteifte sich, als sie ihre Hände spürte, leistete aber keinen Widerstand, als sie zur nächsten Bahre getragen und rücklings daraufgelegt wurde. Prinz Krotz zögerte, wog verschiedene reizvolle Möglichkeiten ab. Ehe er noch zu einer Entscheidung gelangt war, erhob sich auf Deck erneut wildes Geschrei. Hastige Schritte polterten auf und ab. Die Schreie steigerten sich zu rasendem Kreischen. Eine Stimme war über alle anderen zu hören: »Lords und Prinzen! Hierher, Ihr edlen Anverwandten!«

»Das ist Seine Majestät!« rief Prinz Drep ehrfürchtig. »Er *lebt!*«

»Was war das?« fragte Prinz Krotz.

Und wieder ein Schrei: »Merkt auf, Ihr edlen Lords und Prinzen! Gefahr!«

»Er lebt!«

»Er ruft uns.«

»Und ...?« Prinz Drep zog vielsagend eine Augenbraue und deutete mit dem Kopf auf Karavise.

»Später, Prinz. Später.«

Die Whurm Didnis-Verwandten ließen ihre Gefangene unvermittelt los und stürmten aus dem Raum.

»Was ist geschehen?« Ganz grün im Gesicht, aber unverletzt erhob sich Karavise von der Bahre.

»Das werdet Ihr sehen, wenn wir auf Deck sind«, vertröstete sie Wate Basef. Der Adept zitterte vor Schwäche, doch trotz seiner Mattigkeit vergaß er nicht, seine Tasche vom Boden aufzuheben und sich den Lederriemen um den Hals und über eine Schulter zu schlingen.

»Grono braucht Hilfe«, sagte Devras.

Der Alte lag, nur halb bei sich, auf dem Boden. Devras und Karavise hoben ihn behutsam auf und schleppten ihn aus dem Raum und durch einen schmalen Gang bis an den Fuß einer geschnitzten, intarsiengeschmückten Leiter. Die Luke darüber war offen. Mit vereinten Kräften gelang es ihnen, Grono in fieberhafter Eile die Leiter hinauf und durch die Öffnung zu schieben. Noch ein schmaler Gang, eine weitere Leiter, dann waren sie auf Deck, unter dem sternenübersäten Himmel, und sahen sich der Ursache für die Panik der Whurm Didnis-Sippe gegenüber. Die Luft war mild, der Mond leuchtete durch einen dünnen Dunstschleier. Doch vor ihnen ragte eine Vision auf, die die ganze Schönheit der Nacht zunichte machte.

Die *Sublimity* war an die als ›Frejeerias Zähne‹ bekannte Todesfalle gekommen, wo der Yl sehr seicht war und das Wasser schäumend um schroffe Felsen schoß. In der Mitte des Flusses saß eine riesige nackte Frau, so groß, daß sie mit einem Diadem aus Sternen gekrönt zu sein schien. Die aufgeschwemmte Gestalt, ein riesiger Fleischberg, quoll von einem Ufer bis zum anderen. Das grünliche Haar hing wie Strähnen von Seetang über gewaltige Hängebrüste. Das Gesicht mit der Schweinsnase und den schwachsinnigen Augen strahlte einen geisterhaften grünen Schein aus. Zwischen den weit gespreizten Knien des Kolosses hüpfte eine ganze Flotte von gekenterten Booten, Barken und Flößen im Wasser auf und ab. Das Weib spielte mit den Schiffen wie ein Kind in der Badewanne, das irre Lächeln entblößte algenverschleimte Zahnstümpfe.

»Was ist *das?*«

Die Schreie der entsetzten Whurm Didnis-Lords beantworteten Devras' Frage:

»Frejeeria! Frejeeria!«

Die *Sublimity* pflügte sich mit unverminderter Geschwindigkeit auf das Ungeheuer zu. Frejeeria hob die blöden Augen, erblickte die Venerise und patschte entzückt auf das Wasser. Der Fluß zuckte zurück. Die Wracks tanzten zwischen ihren Knien.

»Ist sie wirklich?« fragte Devras.

»Schatten. Illusion«, antwortete Wate Basef.

Frejeeria schlug jetzt mit den Fersen auf den Fluß, und die *Sublimity* wurde in den Wasserwirbeln hin- und hergeworfen. Eisiger Gischt sprühte über das Deck.

»Wenden!« brüllte König Pusstis, der durch den Schrecken wieder ganz der alte war.

Gehorsam riß Herzog Cheedle an der Ruderpinne, und die *Sublimity* schwenkte nach Steuerbord herum — zu weit. Man spürte nur eine schwache Berührung, einen leichten Schlag, als eine unter Wasser liegende Felsspitze eine lange Schramme in den Rumpf riß. Wasser strömte in den Frachtraum, und Frejeeria klatschte in stumpfsinnigem Entzücken in die Hände. Die *Sublimity* wurde langsamer, setzte aber ihre verhängnisvolle Fahrt stromaufwärts fort. Frejeeria breitete grüßend die monumentalen Arme aus.

»*Wenden!*« heulte der König in machtloser Panik.

Lautlos lachend strampelte Frejeeria mit den Beinen und schlug mit der flachen Hand auf den Fluß. Dann griff sie nach dem Rumpf eines zerschellten Bootes und warf ihn spaßeshalber nach der *Sublimity.* Das Geschoß krachte nur wenige Meter neben der Venerise ins Wasser. Eine gewaltige Fontäne schoß in die Höhe, das sinkende Schiff neigte sich schwindelerregend zur Seite, und daraufhin gaben ihre Besitzer den Kampf auf.

»Verlaßt das Schiff! Springt!« befahl der König, seine Anverwandten stürzten sich vom Deck ins Wasser, und plötzlich wimmelte der Fluß von Lords und Prinzen.

»Wahrscheinlich empfiehlt es sich, ihrem Beispiel zu folgen«, meinte Karavise.

»Noch nicht«, wehrte Wate Basef ab, »noch nicht.«

Direkt vor ihnen rührte Frejeeria mit einem Riesenfinger im Wasser und verursachte einen Strudel, der die *Sublimity* unerbittlich zu dem tödlichen Hafen zwischen ihren gespreizten Beinen zog. Nun hatte sich auch der Rest des Stammes der Whurm Didnis, einschließlich des Königs, über Bord geworfen und schwamm auf das Ufer zu, während Frejeeria begeistert sabberte und kicherte.

»Wir müssen springen. Jetzt!« drängte Devras.

»Bleibt!« befahl Wate Basef. »Es ist nur eine Illusion. Bleibt, wo Ihr seid!«

Sie zweifelten, aber sie gehorchten.

Die *Sublimity* kämpfte sich weiter. Frejeerias Beine ragten wie grünliche Klippen zu beiden Seiten auf.

Grono kam zu sich, hob den Kopf und entdeckte das Ungeheuer. Die Augen traten ihm fast aus den Höhlen. »Herr Devras …!« flehte er.

»Eine Illusion«, tröstete Devras und hoffte inständig, daß er die Wahrheit sprach. »Es ist nichts da. Nichts.«

Im letzten Augenblick, als der Bug schon fast den Mammutleib berührte, nahm die *Sublimity* Fahrt auf, Devras klammerte sich an die Reling und wappnete sich gegen den unvermeidlichen Aufprall. Nichts geschah. Und plötzlich konnte er Frejeeria nicht mehr als Ganzes sehen. Die *Sublimity* tauchte tief in sie ein, und die Luft wurde kalt und trüb. Das unwirkliche Ungeheuer war überall, Knochen, Blutgefäße, Organe waren deutlich sichtbar und doch nur Illusion. Kalt war es in Frejeerias Tiefen — kalt, still und unheimlich. Devras sah das grauenhafte sechskammrige Herz pumpen, das zeltartige Zwerchfell hob und senkte sich, die gewaltigen Lungen blähten sich — alles war durchsichtig, gespenstisch. Er nahm kurz die krampfartigen Kontraktionen der Köröffnung wahr, in der sie dahinfuhren, dann wurde seine Aufmerksamkeit auf den mißgebildeten Fötus gelenkt, der den gewaltigen Leib aufblähte. Und hinter alldem sah er immer noch den Fluß, die Bäume, den Mond. Neben ihm starrte Grono verwirrt und entsetzt das Schauspiel an.

Der Nebel lichtete sich, und es wurde wärmer, als die *Sublimity* weiterfuhr und an Frejeerias Rückseite wieder herauskam. Für einen Augenblick ragte das grausige Riesenscheusal noch hinter ihnen auf, dann verblaßte es und war verschwunden. Flußabwärts hüpften die Köpfe der Whurm Didnis im Wasser auf und ab.

Die *Sublimity* lag sehr tief und neigte sich bedenklich, aber sie quälte sich weiter, bis ein markerschütternder Schlag sie zum Stehen brachte. Die Venerise war wieder auf einen verborgenen Felsen aufgelaufen. Wasser strömte ein. Das nasse Deck kippte scharf nach hinten, Fracht und Fahrgäste rutschten nach achtern, die *Sublimity* sank.

»Jetzt müssen wir schwimmen.« Devras klammerte sich an die Reling. Das Heck war bereits überflutet. »Sonst zieht sie uns mit hinab.«

Wate Basef und Karavise nickten. Nur Grono, wach, aber völlig verwirrt, meldete Widerspruch an. »Ich kann nicht.«

»Keine Wahl — wir sinken«, erklärte ihm Devras.

»Dann muß ich mit untergehen, denn ich kann gar nicht schwimmen. Sportliche Betätigung fällt nicht unter die Anforderungen, die man an den Diener eines vornehmen Herrn zu stellen pflegt. Lebt wohl, Herr Devras. Lebt wohl.«

»Soweit sind wir noch nicht. Jemand muß mir helfen.« Devras saß schon rittlings auf der Decksreling, faßte nun den Diener unter den Achseln und zog ihn zu sich hoch. Karavise schob von unten nach.

»Euer Lordschaft — Euer Gnaden — was habt Ihr …«

»Fertig, Karavise?«

»Fertig.«

Gemeinsam schwangen sie den benommenen Diener nach draußen und ließen ihn über dem Wasser fallen. Mit einem erstickten Aufschrei stürzte Grono hinab. Er kam mit dem Rücken auf, ging unter und tauchte wild um sich schlagend wieder auf. Devras sprang und tauchte in die kalten Fluten. Karavise und Wate Basef folgten ihm.

Wo der Fluß sich an Frejeerias Zähnen brach, war die Strömung ziemlich stark. Devras kam keuchend an die Oberfläche und schüttelte sich das Wasser aus den Augen. Auf den schrägliegenden Aufbauten der *Sublimity* brannten noch immer einige Laternen und warfen ihr rötliches Licht auf den aufgewühlten Yl. Ein paar Armlängen entfernt strampelte Grono keuchend und spritzend in den Wellen. Devras schwamm auf den Ertrinkenden zu, packte ihn am Kragen und begab sich zum Ufer. So erschöpft er auch war, die Verzweiflung gab ihm die Kraft, gegen die Strömung anzukämpfen. Ein gutes Stück unterhalb des sinkenden Schiffs erreichten Diener und Herr festen Boden. Grono fiel in den Schlamm und blieb reglos liegen. Devras drehte sich um, blickte über das Wasser, und was er sah, nahm ihm den Mut.

Raith Wate Basef war fast am Ende seiner Kräfte. Er bewegte sich langsam und träge und schien kaum noch fähig, die Arme zu heben. Lady Karavise war in noch schlimmerer Verfassung. Ihr schwerer langer Rock und die vielen Unterröcke hatten sich ihr um die Beine gewickelt. Das enge Korsett, das ihre Taille auf Wespenformat brachte, schnürte ihr den Atem ab. Als sie nach Luft rang, atmete sie Wasser ein. Sie erschrak, wurde unsicher, schlug um sich und versank. Einen Augenblick später tauchte sie hustend und würgend wieder auf. Das lange nasse Haar klebte ihr im Gesicht, verdeckte ihr die Augen und drohte sie zu ersticken. Während sie an den Strähnen zerrte, schleuderte die Strömung sie gegen einen Felsen. Sie schrie laut auf, schluckte Wasser und sackte wieder ab.

Devras rang kurz mit sich.

Ich kann nur einem von ihnen helfen. Raith ist unersetzlich. Aber Karavise ertrinkt; sie stirbt vor meinen Augen.

Er warf sich in den Yl und hatte die Entkräftete mit ein paar Zügen erreicht. Obwohl er selbst völlig abgekämpft war, gelang es ihm, sie ans Ufer zu schleppen. Dort fiel Karavise zu Boden, das lange Haar hing ihr wirr ins Gesicht, die Beine steckten noch immer in durchnäßtem Samt wie in einem Futteral, ihr makellos gepflegtes, kühles Äußeres gehörte endgültig der Vergangenheit an. Hundert Meter flußabwärts kroch Raith Wate Basef — mit zahlreichen blauen Flecken, triefend naß und völlig ausgepumpt, aber ansonsten unversehrt — aus dem Wasser. Und die Whurm Didnis-Piraten? Von König Pusstis und seinen Anverwandten war nichts zu sehen. In der Mitte des Flusses bebte die *Sublimity* im Todeskampf. Von Krämpfen geschüttelt, mit wild zuckenden Nervenfasern riß sich die Venerise selbst entzwei. Vor Devras' Augen vibrierte das Vorderdeck — die Laternen schwangen wie toll hin und her, Lichtreflexe huschten über vergoldete Statuen, verschnörkelte Türmchen und zerschlissene Wimpel. Das Blattgold löste sich in Schuppen ab, die wie ein magisch glitzernder Schauer umherwirbelten. Große Risse durchzogen das alte Holz, das zierlich geschnitzte Türmchen an der Spitze stürzte herab. Mit einem letzten wütenden Poltern versank das Schiff, ganz zum Schluß tauchte das ganz oben angebrachte Seidenbanner in die schwarzen Fluten. Die Laternen erloschen, nur der Mond erhellte den Sogtrichter, das einzige, was noch von der Existenz der *Sublimity* kündete. Kurz darauf stiegen Blasen auf, der letzte Luftschwall entwich, dann strömte der Yl ungerührt weiter.

Eine Weile blieben die Gestrandeten reglos wie angeschwemmte tote Fische kreuz und quer am Ufer liegen. Devras verspürte undeutlich, daß er kalten Schlamm berührte, daß spitze Felsen sich ihm ins Fleisch bohrten, daß er schmutzig und naß war, an vielen Stellen blutete und von neugierigen Insekten umschwärmt wurde. Trotz der Schmerzen und der Kälte konnte er sich erst überwinden, seine Stellung zu verändern, als der Mond bereits hinter dem Horizont versank. Dann richtete er sich langsam auf. Neben ihm regte sich Karavise. Grono entdeckte er ein Stück weiter weg, er gab kein Lebenszeichen von sich. Mit heftig klopfendem Herzen kroch Devras zu seinem Diener hinüber. Grono lag totenbleich mit dem Gesicht nach unten im Schlamm, die Augen hinter den wie durch ein Wunder intakt gebliebenen Brillengläsern waren geschlossen. Devras drehte ihn behutsam auf den Rücken, und da hob der Alte die Lider.

»Habt Ihr alles gut überstanden, Herr Devras?« flüsterte Grono.

Devras nickte.

»Ihre Gnaden? Und Kognoszenz Wate Basef?«

»Beide in Sicherheit.«

»Das Schiff?«

»Lief auf einem Felsen auf und sank.«

»Die Riesin?«

»Hat nie existiert. Eine kognitive Illusion.«

»Die Piraten?«

»Haben das Schiff verlassen. Ich weiß nicht, was aus ihnen geworden ist.«

»Ich weine ihnen keine Träne nach. Und was den Anspruch dieses Pusstis auf einen Adelstitel betrifft, so kann ich nur lachen. Ich sage, es war ordinäres Pack, und davon wird mich niemand abbringen. Helft mir aufstehen, Euer Lordschaft!«

»Willst du dich wirklich schon bewegen?«

»Natürlich, ich bin ein Diener des edlen Hauses Har Fennahar, und ein solcher Diener entweiht seine Livree nicht, indem er einer Schwäche über Gebühr nachgibt. Das überlasse ich solchem Gesindel wie den Whurm Didnis-Briganten. Bitte seid mir behilflich, Sir!«

Devras stützte seinen Diener, und dann schleppten sie sich beide am Ufer entlang zu Lady Karavise, die dabei war, ihre Röcke zu entwirren. Sie wirkte ganz ruhig, aber die kalte Nachtluft auf der nassen Haut verursachte ein Frösteln; die Zähne klapperten ihr vor Kälte oder Anspannung. Bald gesellte sich auch Wate Basef zu ihnen, und nun bewies die Tasche, die ihm immer noch um den Hals hing, endgültig, wie kostbar sie war. Sie enthielt nämlich eine flache Holzkohlenscheibe, die auf den Befehl ihres Besitzers hin Wärme abgab und damit schnell die Feuchtigkeit aus einem hastig gesammelten Haufen nasser Pflanzen und Zweige vertrieb. Nach einer Weile flammte das Brennmaterial auf, und die durchnäßten, erschöpften Schiffbrüchigen kauerten sich dankbar ans Feuer — alle bis auf Karavise, die sich für ein paar Minuten unauffällig zurückzog. Als sie wieder erschien, wirkte sie völlig verwandelt. Das Korsett, das ihr das Atmen erschwerte, war verschwunden. Sie hatte die verschmutzten Spitzenunterröcke abgelegt und den bodenlangen Samtrock auf Wadenlänge gekürzt. Ihr Haar war locker zu einem einzigen dicken Zopf geflochten, der ihr bis zur Taille reichte. Wortlos setzte sie sich zu ihren Gefährten. Die Wärme und das flackernde Licht übten auf alle eine fast narkotisierende Wirkung aus. Die Köpfe sanken herab, die Augen fielen ihnen zu, und fast gleichzeitig überwältigte sie der Schlaf.

Allein sein Instinkt mußte Devras geweckt haben, denn die Feinde hatten sich angeschlichen, ohne ein Geräusch zu verursachen. Als er die Augen aufschlug, erblickte er drei nasse Gestalten, die mit finsterer Miene am Rand des Feuerscheins standen. König Pusstis Whurm Didnis, Herzog Cheedle und Kronprinz Krotz hatten sie aufgespürt. Alle drei waren bewaffnet und hatten unverkennbar feindliche Absichten. Prinz Krotz trug immer noch seine Axt, und auf seinem Gesicht lag ein Grinsen, das nichts Gutes verhieß.

»Ist das nicht eine Überraschung?« fragte der Kronprinz.

Seine Stimme weckte die drei Schläfer, und sie fuhren starr vor Schreck in die Höhe. Wate Basef atmete tief durch, und Herzog Cheedle sprang, einen gestohlenen Kavalleriesäbel gezückt, an seine Seite. »Kein Wort, Ehrenwerter Adept«, warnte der Herzog, »kein einziges Wort, Ihr Meister des Verrats.«

»Aha.« König Pusstis' vorwurfsvolle Worte klangen fast melancholisch. »Nun haben wir Euch also gefunden. Ihr Verräter, Ihr Zerstörer, Ihr undankbaren Gesellen, Eure Verbrechen haben Euch eingeholt.«

»Was wollt Ihr?« fragte Karavise kalt.

»Gerechtigkeit«, gab Seine Majestät zurück. »Nichts sonst. Obwohl die Wunde, die vor allem Ihr, Mylady, unserem weichen, allzu vertrauensseligen Herzen geschlagen habt, nach Rache schreit, werden wir uns mit einfacher Gerechtigkeit begnügen.«

»Mit schneller und unwiderruflicher Gerechtigkeit«, fügte der Herzog hinzu.

»Wie könnt Ihr es wagen, uns gegenüber von Gerechtigkeit zu sprechen, Ihr niederträchtigen Piraten?« ereiferte sich Grono. »Das Wort sollte Euch auf den Lippen verdorren!«

»Schweig, Lakai!« mahnte der König. »Deine Unverschämtheit wird dir nichts mehr nützen. Wir raten Euch, geht in Euch und bereut Eure Verbrechen, solange Ihr noch könnt.«

»Verbrechen? Ihr habt uns entführt und versklavt, Ihr habt uns gefoltert und ausgebeutet, Ihr seid auf unseren angeborenen Menschenrechten herumgetrampelt, und nun sprecht Ihr von *unseren* Verbrechen, Ihr stinkender Abschaum!« schrie Grono.

»Ruhe! Es wird Euch nicht gelingen, mit sinnlosen, völlig aus der Luft gegriffenen Anschuldigungen die Tatsachen zu vernebeln. Glaubt ja nicht, Ihr könntet uns hinters Licht führen oder ablenken. Eure Dreistigkeit vergrößert die Summe Eurer Schandtaten nur noch.«

»Was genau wirft man uns eigentlich vor?« erkundigte sich Karavise.

»Ihr habt das Vertrauen eines Königs mißbraucht«, erklärte Seine Majestät. »Ihr habt den Glauben der ganzen Menschheit verraten, indem Ihr unsere große barmherzige Rettungsmission hintertrieben habt. Ihr habt ein empfindsames Männerherz gebrochen. Konkret gesprochen, Ihr seid verantwortlich für die Zerstörung unseres Schiffes *Sublimity* und aller an Bord befindlichen Habe, und das kommt einem Angriff auf unsere königliche Person und unser ganzes Geschlecht gleich. Schließlich hätten wir ertrinken können. Habt Ihr daran gedacht? Habt Ihr Euch überlegt, was ein solcher Verlust für unsere Untertanen bedeutet hätte? Begreift Ihr nun allmählich das gewaltige Ausmaß Eurer Schurkerei? Ihr habt uns behindert, unsere Pläne durchkreuzt und unser Ansehen geschädigt, das heißt, Ihr seid des Hochverrats schuldig.«

»Und darauf steht die Todesstrafe«, bemerkte Kronprinz Krotz.

»Der Thronfolger hat recht«, pflichtete Seine Majestät bei. »Wir betrachten uns als einen liberalen, fortschrittlichen und gnädigen Monarchen, dem persönliche Gehässigkeit fremd ist. Dennoch ruht die Hoffnung unseres Volkes auf uns, und deshalb ist die Erhaltung des Lebens aller Whurm Didnis unsere heiligste Pflicht gegenüber dem Staat. Unsere Entscheidung mag dem oberflächlichen Betrachter hart erscheinen, aber in einem weiteren Sinne wird sie durch die Liebe zu den Menschen gerechtfertigt. In gewissen traurigen Fällen verlangt die Politik drastische Verteidigungsmaßnahmen. Leider haben wir es hier mit einem solchen Fall zu tun.«

»Wir werden jetzt also vollenden, womit wir an Bord der *Sublimity* gerade erst begonnen hatten.« Der Prinz schien Karavise mit gierigen Blicken durchbohren zu wollen. »Wißt Ihr noch, mein Mädchen? Aber zuerst — Majestät, Hoheit — sollten wir den Hexenmeister beiseite schaffen, meine ich. Ich war von Anfang an dieser Ansicht, und wenn Ihr damals auf mich gehört hättet, hätten wir die *Sublimity* auch nicht verloren, nicht wahr?«

»Wir haben uns bereits selbst mit allen Vorwürfen überhäuft, die Ihr uns machen könntet, Prinz.«

»Dann begeht nicht zweimal den gleichen Fehler. Wir brauchen den Hexenmeister nicht — wir brauchen keinen von diesen Leuten hier. Deshalb sage ich, wir erledigen ihn auf der Stelle, ehe er wieder etwas ausheckt.«

»Ich bin auch dieser Meinung, Majestät.« Herzog Cheedle hatte die linke Hand über Wate Basefs bärtiges Kinn gelegt und drückte mit der rechten seine Klinge fest an die Kehle des Adepten.

»Dann will ich mich Eurer Weisheit beugen. Ehrenwerter Adept« — König Pusstis wandte sich nun direkt an Wate Basef —, »Ihr seid des Hochverrats schuldig, und die Strafe dafür ist — leider — der Tod. Darüber gibt es keine Diskussion, und deshalb hat es wenig Sinn, Eure Stellungnahme dazu zu verlangen. Im Interesse einer schnellen Abwicklung werden wir auch auf

Eure Abschiedsworte verzichten. Herzog Cheedle, Ihr könnt das Urteil vollstrecken.«

Wate Basef zappelte und wand sich in dem vergeblichen Bemühen, den Unterkiefer aus Herzog Cheedles Griff zu befreien. Devras, Grono und Karavise sprangen auf und stellten sich der Axt des Prinzen und dem Dolch des Königs. Mit einer geschickten Drehung zwang der Herzog Wate Basef zu Boden. Dann setzte er den Fuß fest auf den Nacken des Adepten und hob den Säbel. Die Klinge war gerade im Begriff, nach unten zu sausen, als aus den Schatten eine flache, tonlose Stimme erklang:

»Gebt diesen Mann frei! Er gehört mir.«

Alle starrten in eisigem Schrecken die kleine zierliche Gestalt an, die nun ins Licht trat.

»Im Namen der Esoterikerloge erhebe ich Anspruch auf den Gefangenen«, verkündete die Ehrenwerte Snarp.

»Ich glaube, das ist eine Frau«, sagte der Prinz.

Ohne ihn zu beachten, wandte sich Snarp an Herzog Cheedle. »Laßt ihn los!«

»Wir wissen nicht, wer Ihr seid, Gnädigste, aber was Ihr verlangt, ist unmöglich«, erklärte König Pusstis. »Der Verräter wurde verurteilt, und nun muß die Gerechtigkeit walten. Findet Euch damit ab. Er wird in diesem Augenblick sterben.«

»Ich bringe ihn nach Lanthi Ume zurück«, erklärte Snarp.

»Ihr könnt gern seine Leiche mitnehmen, wenn Ihr das wünscht.« Seine Majestät sah den Herzog an. »Hoheit, schreitet zur Hinrichtung.«

»Laßt ihn los!« wiederholte Snarp.

Herzog Cheedle entschied sich, seinem Bruder zu gehorchen. Wieder hob sich das Schwert. Gleichzeitig verließ ein Messer die Hand der Vollstreckerin. Die Klinge flog blitzend über das Feuer und grub sich bis ans Heft ins Cheedles Brust. Der Säbel fiel ihm aus den plötzlich kraftlos gewordenen Fingern. Der Herzog schwankte, kippte vornüber und war bereits tot, ehe er noch den Boden berührte.

Kronprinz Krotz stieß einen schrillen Wutschrei aus, schwang seine Axt und ging auf die Mörderin los. Sie ließ einen lebenden Draht durch die Luft zischen. Die Schlinge legte sich um den Hals des Prinzen und spannte sich. Der plötzliche Schmerz nahm Prinz Krotz den Atem und warf ihn auf die Knie.

Pusstis wollte seinem Erben, dessen Gesicht sich dunkelrot verfärbte, zu Hilfe eilen, aber Snarp tat einen gewaltigen Satz und trat zu. Ihr Fuß traf ihn in die Brust, und Seine Majestät taumelte zurück. Ein zweiter Tritt landete im Unterleib, und er brach mit weit aufgerissenem Mund und schreckensstarrem Gesicht in die Knie. Mühelos entwand Snarp ihm den Dolch, riß ihm den Kopf an den Haaren nach hinten und schnitt ihm von einem Ohr zum anderen die Kehle durch.

Dieser Anblick verlieh Prinz Krotz die Kraft, sich den lebenden Draht von der Kehle zu reißen. Er schleuderte das zischende Ding beiseite, erhob sich und wollte zum Angriff übergehen. Gelassen, mit völlig ausdruckslosem Gesicht drehte Snarp sich um und sah ihm entgegen.

Devras und seine Gefährten warteten den Ausgang des Kampfes nicht ab. Hastig hoben sie Wate Basefs Tasche und Herzog Cheedles Säbel vom Boden auf und flüchteten in die Dunkelheit hinein. Die Zweige peitschten ihnen ins Gesicht, und hinter ihnen waren die heiseren Schreie des Kronprinzen zu hören. Sie steigerten sich zu einem lauten Kreischen, das unvermittelt abbrach, und dann war alles still.

Instinktiv beschleunigten die Flüchtlinge ihre Schritte, entfernten sich schweigend vom Fluß und drangen in den Wald ein. Sie eilten durch tiefschwarze Schatten und durch helle Streifen, auf denen das Mondlicht spielte, umgingen eine silberbeschienene Lichtung, wo die nächtens blühenden Geisterlilien weiß unter dem klaren Himmel leuchteten, schlüpften wieder zwischen den Bäumen hindurch, überquerten einen mondhellen Graben und liefen einen schmalen Pfad entlang. Oft blickten sie hinter sich, aber wenn Snarp sie verfolgte, dann war sie nicht zu entdecken. Eventuell noch lebende Nachkommen des königlichen Geschlechts der Whurm Didnis waren im Moment ohnehin die größere Gefahr.

Hinter ihnen auf dem Pfad waren unbekümmert laute Schritte und Stimmen zu hören. Unmöglich zu schätzen, wie viele Verfolger es waren. Die Flüchtigen wichen vom Weg ab und kämpften sich, über Wurzeln und Steine stolpernd, im Laufschritt durch das Unterholz. Die Stimmen kamen näher. Mit pochendem Herzen und rasselndem Atem rannten sie weiter, bis sich ganz unvermittelt die Nacht wie eine Faust um sie zusammenballte. Mond und Sterne erloschen, als wären sie niemals dagewesen, jede Spur von Licht verschwand. Ein absoluter, unbeschreiblicher Schatten deckte alles zu, eine Schwärze ohnegleichen lastete mit fast spürbarem Gewicht auf ihnen. Die Luft wurde heiß und feucht. Ein widerlicher Geruch verpestete die schwüle Atmosphäre, ein übelkeiterregender Gestank nach Schimmel oder verwesenden Pflanzen. Devras spürte, wie sein Magen rebellierte. Innerhalb von wenigen Sekunden war er in lauwarmen Schweiß gebadet. Er konnte nichts sehen, war leicht benommen, und jeder Atemzug schien eine bewußte Anstrengung zu erfordern. Aber das körperliche Unbehagen war nicht das Schlimmste — in der Schwärze gedieh eine unsagbare, krankhafte, hilflose, hoffnungslose Angst, die alle wie eine Seuche befiel.

»Was ist das, Herr Devras? Was ist es?« Gronos zitternde Stimme war ganz nahe, aber sie klang gedämpft, als töte diese Luft nicht nur das Licht, sondern auch den Schall.

»Das ist die Kognition, die sich gegen die ganze Menschheit richtet«, antwortete Raith Wate Basef an Devras' Stelle. »Das Leichentuch für ganz Dalyon. Begreifst du jetzt?«

So waren sie in den Einflußbereich von Terrs Fal Grizhnis Finsternis gekommen.

12

DIE DÄMMERUNG BRACH AN, als Snarp den Rand der kognitiven Finsternis erreichte. Ihre Auseinandersetzung mit dem Königsgeschlecht der Whurm Didnis war nicht eindeutig und insgesamt unbefriedigend ausgegangen. Seine Majestät, Seine Hoheit und der Kronprinz waren tot, aber Snarp selbst hatte dem axtschwingenden Krotz eine klaffende Wunde am rechten Oberarm zu verdanken. Es war eine lange tiefe Verletzung. Ein Notverband konnte den Blutstrom kaum stillen, und jetzt war ihr Merinoärmel über und über mit roten Flecken verschmiert. Den Arm würde sie eine Weile nicht gebrauchen können, aber das war nicht weiter schlimm, denn sie war mit beiden Händen gleich geschickt, eine der vielen physischen Besonderheiten, die sie für ihre Tätigkeit so geeignet machten. Von weit größerer Bedeutung als die Wunde war die Tatsache, daß ihre Beute sich aus dem Staub gemacht hatte. Wate Basef und seine Komplizen hatten sich in den stillen Wäldern verkrochen, und Snarp hatte sie die ganze Nacht hindurch vergeblich verfolgt. Nun, im ersten grauen Licht des Morgens, hatte sich ihr Blickfeld vergrößert und reichte auch über den Lichtkreis hinaus, den die am Sattel befestigten Laternen warfen. Sie riß an der Trense, unnötigerweise, denn das Pferd war schon stehengeblieben und wollte keinen Schritt weitergehen. Direkt vor ihnen lauerte das Grauen.

Gleich hinter der nächsten Baumgruppe erhob sich die Finsternis wie eine massive Mauer. Undurchdringlich, unglaublich schwarz und fast greifbar böse, bedeckte sie das Land wie ein Lavastrom von alptraumhaften Ausmaßen. Snarp saß reglos im Sattel, das gestohlene Pferd zitterte unter ihr, der Schatten kam mit der Geschwindigkeit eines Fußgängers immer näher.

Zwei Eichen wurden verschluckt. Eine Gruppe von Ulmen verschwand. Stumm und unerbittlich glitt die Finsternis weiter und fraß alles auf, was ihr im Weg stand. Snarp sah sich das Schauspiel noch einen Moment länger an, dann senkte sie den Blick und musterte prüfend die frischen Fußspuren, die sich in der weichen Erde klar und deutlich abzeichneten. Sie führten weiter in die Finsternis hinein. Das genügte ihr, sie richtete sich auf und trieb ihr Pferd an. Das Tier sträubte sich mit aller Kraft, und die Reiterin setzte die Sporen ein, bis das Blut über die braunen Flanken strömte. Das Pferd bockte und stieg unter dieser Behandlung, war aber durch nichts zum Weitergehen zu bewegen. Eine schwache Brise drang seufzend aus der Finsternis, und als das Pferd sie witterte, schnaubte es heftig und tänzelte schaudernd, mit geblähten Nüstern seitwärts.

Snarp stieß ein gereiztes Zischen aus und saß ab. Normalerweise hätte sie den Kampf bis zum bitteren Ende fortgesetzt — das Pferd hätte sich ihrem Willen unterworfen oder es wäre tot gewesen. Im Augenblick wollte sie damit jedoch keine Zeit verschwenden. Schnell verstaute sie den Inhalt der Satteltaschen so gut wie möglich in ihrem Ranzen, löste eine der brennenden Laternen vom Sattel und versetzte dem Pferd schließlich einen letzten schmerzhaften Schlag, der es im Galopp davonschickte.

»Du wirst ihn nicht bekommen.« Snarp sprach die Mauer aus Finsternis an, als sei diese ein Gegner, der sie verstehen konnte. »Er gehört mir.«

Dann schritt sie der schwarzen Flut entgegen. Nur einmal blieb sie stehen, um das verschreckte Quibbid beruhigend zu streicheln, dann setzte sie ihren Weg fort. Kein einziges Mal stockte ihr Schritt, und bald war die graue Gestalt in den unnatürlichen Schatten verschwunden.

»Was werden wir essen? Wo finden wir Unterkunft? Wie sollen wir in dieser entsetzlichen Umgebung überleben? Besteht jetzt überhaupt noch Hoffnung, diese verfluchten Höhlen zu finden? Ist es nicht endlich Zeit, nach Hause zurückzukehren?« Gronos Stimme klang eindringlich, aber schwach. Sein Gesicht, müde, sorgenvoll und von krankhafter Blässe, wurde von einem Haufen Steinen erhellt, die ein kognitiv erzeugtes, reines, aber hartes, blauweißes Licht abgaben. In der schwülen, stickigen Atmosphäre hätte die Wärme eines Lagerfeuers die allgemeine Beklemmung nur noch gesteigert. Außerdem gab es nichts zum Kochen. Deshalb hatte Raith Wate Basef seine Kognition eingesetzt, und der Erfolg, die strahlende Helligkeit, hatte die Finsternis ein paar zögernde Schritte weit zurückgedrängt. Das kalte Licht entzog den bleichen Gesichtern den letzten Rest von Farbe und verlieh ihnen das Aussehen schwitzender Leichen. Seit die Reisenden das Reich von Grizhnis Finsternis betreten hatten, fühlten sie sich krank, elender, als es aufgrund der atemberaubenden Hitze, der schimmligen Feuchtigkeit und der abstoßenden Gerüche gerechtfertigt war. Sie litten unter ständigem Brechreiz, Mattigkeit und Schwindel, und darunter regte sich Angst, eine Urangst, die aus den dunklen Tiefen des Körpers wie des Geistes aufstieg, ein innerer Schatten, der nach außen drang und sich mit dem gleich gearteten Schatten vermischte, der die Atmosphäre erfüllte. Er war immer da, oft unterdrückt, aber niemals zu vertreiben.

In der Hoffnung, diesen inneren Schatten unter Kontrolle zu bringen, antwortete Devras nur halb im Scherz: »Wir werden schon zurechtkommen, Grono. Hast du nie Klam Leboids *Köstlichkeiten Dalyons* gelesen? Wußtest du, daß es auf dieser Insel mehr als hundert verschiedene ungiftige Pilzarten gibt? Außerdem finden sich hier alle möglichen Wurzeln, nahrhafte Pflanzen, eßbare Schnecken, Maden, Käfer und Larven. Wir werden nicht verhungern.«

»Hat der Lord Har Fennahar etwa die Absicht, nach Larven und Maden zu graben?« erkundigte sich der Diener mühsam beherrscht.

»Grono, manchmal wünsche ich mir, du wärst nicht gar so halsstarrig.«

»Halsstarrig — ich? Meinen Hals plagt keinerlei Starre, in diesem Punkt kann ich Euch beruhigen. Ich danke Eurer Lordschaft für die Anteilnahme. Wenn Euer Lordschaft also nach Maden wühlen wollen, habt Ihr dann auch vor zu erkunden, welche Nährstoffe in Aas, verwesten Pflanzen und Fäkalien enthalten sind?«

»Heute noch nicht. Aber ich schlösse die Möglichkeit nicht ganz aus, wenn ich du wäre.«

»Das ist vulgär und abscheulich, Herr Devras!« Empört richtete Grono sich auf. »Wo bleibt Eure gute Erziehung?«

»Vermutlich habe ich sie im Dunkeln verloren. Aber essen müssen wir trotzdem.«

»Wir würden sehr gut essen, wenn wir nach Lanthi Ume zurückkehrten, je früher, desto besser.«

»Du weißt genau, daß das nicht möglich ist. Du glaubst doch nicht etwa, daß wir die weite Reise bis hierher gemacht haben, um dann aufzugeben?«

»Aber welche Wahl haben wir denn sonst? Überlegt doch, Sir! Wir haben nicht nur unsere Habseligkeiten, sondern auch die Orientierung verloren, wir haben uns in einer entsetzlichen — wahrhaft *entsetzlichen* — Gegend verirrt und werden verhungern. Wir werden ständig schwächer und kränker, wir sterben auf Raten — und alles umsonst. Wir können diese Höhlen im Dunkeln nicht finden. Ohne Karten, die uns führen, und ohne sichtbare Landmarken sind unsere Bemühungen sinnlos. Darauf habt Ihr keine Antwort, Sir. Es ist töricht, eine aussichtslose Sache weiterzuverfolgen. Auch das könnt Ihr nicht bestreiten. Nach allen Regeln des gesunden Menschenverstandes bleibt uns jetzt nur noch eines übrig — der Rückzug. Und ich schlage vor, ihn unverzüglich anzutreten, solange wir noch Kraft genug haben, um zu gehen.«

»Deine Beweisführung hat einen Fehler, Grono«, bemerkte Wate Basef und lächelte breit, als er sah, wie sich die Miene des Dieners verfinsterte. »Wir haben noch eine Karte.« Er griff in die Tasche — das einzige Gepäckstück, das ihm geblieben war — und zog ein Bündel aus wasserdichtem Stoff heraus, dem er eine Karte aus Pergament entnahm. Das Bad im Fluß hatte ihr nicht geschadet. Er entfaltete sie und breitete sie so aus, daß das blauweiße Licht der Steine darauffiel. »Siehst du« — der Adept zeigte mit dem Finger auf eine Stelle —, »hier ist der Eingang, den wir suchen, und er kann nicht weit entfernt sein.«

»Woher wollt Ihr das wissen?« fragte Grono. »Wir haben keine Ahnung, wo wir uns befinden, keine Möglichkeit, Zeit oder Entfernung zu messen, nichts, woran wir uns orientieren könnten. Wie könnt Ihr Euch zu der Behauptung versteigen, wir seien in der Nähe des Eingangs, wenn Ihr das in Wahrheit gar nicht wissen könnt?«

»Eine ungefähre Schätzung der Geschwindigkeit der *Sublimity* über einen Zeitraum von fünf Tagen und Nächten erlaubt es mir, die zurückgelegte Entfernung in etwa zu berechnen.«

»Pah, das sind nichts als Vermutungen. Aber nehmen wir einmal an, Ihr habt recht — was dann? Wir könnten drei Meter an Eurem Eingang vorbeigehen, ohne ihn überhaupt zu bemerken. In dieser gräßlichen Finsternis hat es gar keinen Sinn, danach zu suchen. Es hat überhaupt keinen Sinn und ist, wenn ich so sagen darf, sehr töricht.«

»Und da irrst du dich Grono. Es gibt bestimmte Anhaltspunkte, die nicht einmal durch Kognition ausgelöscht werden können. Einer davon ist der Fluß selbst. Wie du siehst« — Wate Basef zog seine Karte zu Rate — »führt unser Weg am Ufer des Yl entlang. Wir brauchen also nur dem Fluß zu folgen, und das schaffen wir sogar im Dunkeln.«

»Wie weit und wie lange sollen wir ihm folgen? Das wissen wir nicht! Wir wissen nicht einmal, ob es Tag oder Nacht ist! Wir wissen nicht, wann wir schlafen sollen — nicht, daß es ein Dach gäbe, unter dem wir schlafen könnten!«

»In dieser Hitze brauchen wir auch kein Dach. Aber um deine erste Frage zu beantworten, wir wandern so lange am Fluß entlang, bis wir die Eisige Ambition erreichen, einen verlassenen Glasturm unbekannten Ursprungs, dessen spiegelnde Oberfläche selbst im Dunkeln leicht auszumachen sein dürfte. Keine dreißig Meter vom Fuß dieses Bauwerks entfernt, in gleichem Abstand vom Fluß und vom Turm, liegt der Eingang.«

»Der zweifellos verschlossen ist wie alle anderen zuvor.«

»Nun, wir können nur hoffen, daß wir diesmal Glück haben. Verdient hätten wir es allmählich.«

»Glück, Ehrenwerter Wate Basef, hat selten eine ausgeglichene Buchführung. Auch begünstigt die Göttin des Glücks nicht die Tollkühnen, die ihre Warnungen mißachten, sondern bestraft sie vielmehr für ihren Hochmut.«

»Oder belohnt sie für ihre Tapferkeit.«

»Darüber läßt sich streiten, Sir. Leider kann nur durch eine Katastrophe bestätigt werden, daß mein Urteil weise ist, und auf einen so wenig erfreulichen Sieg würde ich gern verzichten.«

»Bravo, Grono! Aber du willst doch sicher nicht weiterhin behaupten, wir könnten unsere Reise unmöglich fortsetzen.«

»*Ihr* wollt doch sicher nicht weiterhin behaupten, daß es ratsam wäre.«

»Soweit es uns selbst betrifft, nein«, räumte Wate Basef ein. »Aber es gibt auch noch andere Überlegungen, vergiß das nicht.«

»Ihr braucht mich nicht zu belehren, Sir! Lanthi Ume und seine Schwesterstädte werden nicht im mindesten einen Nutzen davon haben, wenn wir einsam inmitten der Finsternis unser Leben aushauchen.«

»Hast du jemals die Möglichkeit in Erwägung gezogen — nur in Erwägung gezogen —, daß wir Erfolg haben könnten?«

»Eine bestenfalls sehr entfernte Möglichkeit, die es nicht lohnt, das Leben Seiner Lordschaft aufs Spiel zu setzen.«

»Nicht? Sind der künftige Titel und der künftige Wohlstand Seiner Lordschaft nicht untrennbar mit Lanthi Ume verbunden?«

»Beides ist mir egal!«

»Aber mir ist es nicht egal. Ich mache mir Sorgen um Lanthi Ume«, mischte sich Karavise unerwartet ein. Sie lag auf der Seite, den Kopf in eine Hand gestützt, ganz dicht an den kalt leuchtenden Felsen. Ihr Gesicht war aschgrau und glänzte vor Schweiß, und ein paar Strähnen des braunen Haares klebten ihr an der feuchten Stirn. Die blutunterlaufenen Augen funkelten wie Diamanten, und die Worte kamen ihr merkwürdig überstürzt und atemlos über die aufgesprungenen Lippen. »Ich werde alles tun, was notwendig ist, um die Stadt zu retten, ganz gleich, was es mich kostet. Wenn es sein muß, tue ich es auch allein. Flieht die Finsternis, ihr alle, flieht ganz Dalyon, wenn ihr wollt, ich werde nicht aufgeben. Nachdem ich diese Finsternis gesehen habe und weiß, was Lanthi Ume droht, wird mich nichts mehr zurückhalten, das schwöre ich.«

Die anderen starrten sie betroffen an.

»Euer Gnaden ...«, begann Grono.

»Ich hoffe, daß Terrs Fal Grizhni vor seinem Tode leiden mußte«, fuhr sie fort. »Daß er leiden mußte für die Missetaten, die er Tausenden von unschuldigen Menschen angetan hat — *meinem* Volk, den Lanthianern. Ich bedauere nur, daß er tot ist, denn ich würde ihm gern mit eigener Hand den Garaus machen. Ich wünschte nur, ich könnte mich irgendwie an ihm rächen.«

Ihre Gefährten wechselten erschrockene Blicke

»Euer Gnaden, ich beschwöre Euch ...«, versuchte es Grono noch einmal.

»Aber er wird nicht gewinnen. Er wird mein Lanthi Ume nicht zerstören.« Karavise wälzte sich rastlos hin und her und warf sich den schweren Zopf über die Schulter nach vorn, weil er ihr im Nacken klebte. Aber die schwarze Luft legte sich wie heißer Leim auf ihre Haut und brachte keine Erleichterung. Sie murmelte weiter vor sich hin. »Wir werden Grizhnis Kognition brechen. Aber selbst wenn uns das gelungen ist, gibt es noch andere Probleme, viele Probleme. Der Niedergang von Lanthi Ume muß aufgehalten werden. Wir müssen irgendwie unsere Schulden bezahlen, und wir müssen diese lammischen Soldaten aus der Stadt verjagen. Vor allem brauchen wir Geld, viel Geld. Die Steuern können wir nicht erhöhen. Den Menschen geht es ohnehin schon schlecht genug — sie sind arm, hungrig, unwissend, überlastet und zornig. An die Mittel der Adeligen will Vater nicht heran, er fürchtet, persönliche Freunde zu kränken. Doch wenn ich Herzogin bin, werde ich genau das tun — und wen ich damit kränke, kümmert mich nicht. Keine Sorge, Devras, das Har Fennahar-Vermögen wird Euch fast ungeschmälert erhalten bleiben. O ja, Ihr sollt es bekommen. Ich glaube Euch nämlich Eure Geschichte. Ihr wärt doch nicht einmal einer Lüge fähig, wenn es um Euer Leben ginge. Ich könnte es natürlich. Lügen, meine ich. Betrügen. Stehlen. Sogar morden, wenn das Wohl von Lanthi Ume davon abhinge. Manchmal sind solche Maßnahmen notwendig, genau wie dieser Pirat mit dem Fliegengehirn es behauptet hat. Ich bin nicht stolz darauf, es ist eben so.« Ihr zerstreutes Lächeln wirkte seltsam wehmütig. »Eine tüchtige Herzogin kann schließlich keine sanftmütige Frau sein.«

»Karavise, hört auf!« bat Devras.

»Oh, das macht nichts, ich habe mich schon lange damit abgefunden und kann wohl auch damit leben, obwohl ich manchmal wünschte ...« Jetzt keuchte sie. »Aber keine Angst, Devras, Ihr seid ein guter Mensch, und Ihr sollt bekommen, was Euch von Rechts wegen zusteht. Mein Vater würde sagen, es war eben so bestimmt. Armer Vater! Wie ich ihn jetzt vermisse! Sicher ist er meinetwegen ganz krank vor Sorge. Er ist der gütigste, liebste, harmloseste, zärtlichste Mensch, den es gibt, und deshalb hat er als Herzog auch keinen Erfolg. Wenn ich davon spreche, mich mit dem Herzog von Hurba zu verloben, um von Hurba militärische Unterstützung zu erhalten — oder einen Krieg zwischen Gard Lammis und Rhel anzuzetteln, was für Lanthi Ume offensichtlich von Vorteil wäre —, dann versteht er mich nicht, er versteht mich einfach nicht. Oh, er spricht oft von Rücktritt — davon, zu meinen Gunsten abzudanken —, und ich wollte, er würde es tun. Er wäre viel glücklicher, und für Lanthi Ume könnte es nur gut sein.«

»Raith, sie hat Fieber«, sagte Devras. »Ich glaube, sie phantasiert.«

»Ja.« Wate Basef beugte sich vor und legte die Hand auf Karavises Stirn. Sie ließ sich die Berührung widerspruchslos gefallen, schloß die Augen und stieß seufzend den Atem aus. »Ja. Früher, als ich erwartet hätte.«

»Erwartet?«

»Das war leider unvermeidlich. Wie fühlt Ihr Euch — und Grono?«

»Müde. Unwohl. Schwach, ein wenig schwindlig. Du auch, Grono?« fragte Devras.

Der Diener nickte.

»Wir sind nicht unvorbereitet«, erklärte Wate Basef. »Ich hatte gehofft, nicht so früh darauf zurückgreifen zu müssen, aber ...« Er verstummte, wandte sich seiner Tasche zu und holte einen Beutel voll bunt schillernder Tabletten heraus. »Das ist unser Gegenmittel. Es ist — ich möchte Euch alle bitten, genau zuzuhören.« Karavise öffnete widerstrebend die Augen. »Diese Tabletten werden die meisten negativen Wirkungen der Finsternis aufheben. Jeder von Euch wird eine pro Tag nehmen — unter den gegebenen Umständen auch mehr, wenn Ihr selbst es für nötig haltet —, und sie werden Euch für eine Weile einigermaßen munter machen. Hier.« Er verteilte die Tabletten gleichmäßig in die ausgestreckten Hände seiner Gefährten. »Ihr solltet gleich jetzt eine kauen.« Er steckte sich eine Pille in den Mund, und die anderen taten es ihm nach.

Devras zerbiß seine Tablette vorsichtig, und ein Wirrwarr verschiedenster Geschmacksempfindungen breitete sich in seinem Mund aus. Als er schluckte, kribbelte es ihm in den Adern — ein eigenartiges, aber nicht unangenehmes Gefühl. Einen Augenblick später war der Schwindel verflogen. Er fühlte sich kräftiger, wacher und verspürte plötzlich einen wütenden Heißhunger. Neben ihm saß Grono mit klaren Augen und von neuer Vitalität erfüllt. Wate Basef wirkte ähnlich erfrischt. Karavise sank zu Boden. Innerhalb von Sekunden war sie fest eingeschlafen.

»Wenn sie aufwacht, wird es ihr besser gehen«, versprach Wate Basef. »Die Tabletten werden das Fieber für eine Weile unterdrücken.«

»Wenn sie so wirksam sind, warum habt Ihr dann gehofft, wir müßten nicht so früh darauf zurückgreifen?« erkundigte sich Devras.

»Sie versetzen dem Organismus einen gewissen Schock«, erklärte Wate Basef. »Man wird ziemlich abhängig davon, und bei längerer Anwendung kommt es zu einem kumulativen Verfall der körperlichen, charakterlichen und intellektuellen Kräfte. Davon abgesehen sind sie harmlos.«

Gronos Doppelkinn bebte, aber er schwieg.

Devras' Begeisterung starb eines schnellen Todes,

aber der Hunger blieb. »Ich werde sehen, ob ich etwas zu essen finde«, verkündete er. »Willst du mir helfen, Grono?«

»Eure Lordschaft haben doch nicht etwa die Absicht, nach Larven zu graben? Dabei werde ich Euch nämlich nicht unterstützen.«

»Nur Beeren, Wurzeln und Pilze, sonst nichts.«

»Sicher, Sir?«

»Ich verspreche es dir. Vielleicht ein bißchen eßbares Moos und Flechten oder auch eine Schlange, wenn wir eine finden.«

»Nein! Keine Schlangen, Sir!«

»Ach Grono, nun hab dich nicht so! Klam Leboid sagt, Schlangen sind bekömmlich, nahrhaft und wohlschmeckend.«

»Klam Leboid hat einen abartigen, widerwärtigen Geschmack.«

»Wir müssen dafür sorgen, daß Ihr beiden nicht verlorengeht«, unterbrach Wate Basef den Streit. »Als erstes nimmt jeder am besten einen Stein von diesem Haufen und benützt ihn als Laterne. Sie sind nicht heiß, Ihr könnt sie also bequem tragen, aber laßt Euch ja nicht einfallen, daran zu lecken oder sie in den Mund zu stekken.«

»Sind wir denn kleine Kinder, Kognoszenz?« fragte Grono.

»Gewiß nicht, aber die Reaktion auf diese Kombination verschiedener Strahlungsabsonderungen ist je nach der geistigen Struktur des ihnen ausgesetzten Individuums verschieden. Außerdem rate ich Euch, Euch die Hände zu waschen oder wenigstens abzureiben, nachdem Ihr die Steine berührt habt, besonders vor dem Essen.«

Seine Zuhörer beäugten die Lichtquellen ziemlich mißtrauisch.

»Ihr dürft Euch auch nicht auf die Steine allein verlassen«, fuhr der Adept fort. »Zum einen ist es möglich, daß ihr Licht jäh versagt. Selbst wenn diese Gefahr nicht bestünde, Ihr könnt niemals mehr als ein paar Schritte weit sehen, und deshalb braucht Ihr ein anderes Mittel, um den Rückweg ins Lager zu finden. Aber seht, ich habe auch dafür gesorgt.« Er schob den rechten Ärmel zurück und legte eine farblose Seilschlinge frei, die um sein Handgelenk gebunden war. Von der Schlinge hing ein kurzes Fadenende, etwa so schwer und dick wie eine Angelleine. »Nehmt das Ende des Fadens«, verlangte Wate Basef, »wickelt es um Euren Finger oder befestigt es an Eurem Gürtel, dann geht, wohin Ihr wollt, und wenn Ihr zurückkommen möchtet, folgt Ihr einfach der Schnur.« Als er die ungläubigen Gesichter seiner Gefährten bemerkte, fügte er hinzu: »Sie ist dehnbar.« Er nahm das freie Ende zwischen Daumen und Zeigefinger und zog. Der Faden streckte sich mühelos. Als er ihn losließ, blieb er ein paar Sekunden lang reglos hängen, dann schrumpfte er, schneller, als das Auge folgen konnte, auf seine ursprüngliche Länge zurück.

»Wie weit läßt er sich dehnen?« fragte Devras.

»Auf jeden Fall mehrere Meilen weit.«

»Und wenn er reißt?«

»Ich rate Euch, so vorsichtig damit umzugehen, daß das nicht geschieht. Und laßt ihn nicht los, sonst ist er weg.«

»Ich werde ihn mir ums Handgelenk binden.« Devras kettete sich auf diese Weise an den Adepten. Das Band übte einen leichten Druck aus, der sich auch dann nicht verstärkte, als er ein paar Schritte rückwärts ging. Die Schnur war straff gespannt. Als er sie berührte, schwirrte sie wie eine Harfensaite. Ein dünner klarer Ton durchschnitt die schwüle Luft. Devras zuckte zusammen, und Wate Basef lächelte.

»Wenn Ihr Euch einmal daran gewöhnt habt, könnt Ihr an diesem Ton in etwa die Länge abschätzen.«

»Ist das eine Erfindung von Euch, Raith?«

»Kaum, mein Junge. Das Ding ist seit den Tagen von Nes dem Auge bei den Angehörigen der Esoterikerloge in Gebrauch.«

Selbst Grono zeigte sich widerwillig beeindruckt. Ohne ein weiteres Wort wählten Devras und sein Diener zwei faustgroße Steinbrocken aus dem leuchtenden Haufen und machten sich damit auf den Weg.

Die Schnelligkeit, mit der die kognitive Atmosphäre das Licht verschluckte, war erschreckend. Sie hatten sich nicht mehr als ein paar Schritte entfernt, als Devras zurückschaute und vom Lager nur noch einen unscharfen blauweißen Fleck erkennen konnte. Wate Basef und Lady Karavise waren völlig unsichtbar. Noch ein paar Schritte weiter, dann war auch der letzte Lichtschein verschwunden. Nun waren sie allein inmitten eines schwarzen Universums, und nur das Licht der beiden kleinen Steine hielt die feindliche Finsternis in Schach. Devras sah Grono neben sich, der blaue Schein spiegelte sich auf dem verzerrten schweißnassen Gesicht des Dieners. Auch den Boden zu seinen Füßen sah er, wo die Pflanzendecke bereits nach der Sonne lechzte. Darüber hinaus — nichts als nachtschwarze Leere. Die Welt und ihre Bewohner waren fort, als hätte es sie nie gegeben. Nur der leichte Druck am Handgelenk war ein tröstlicher Beweis für Wate Basefs Existenz. Spontan zupfte er an dem Faden und hörte einen schwirrenden Ton. Gleich darauf spürte er als Antwort ein Vibrieren, wieder erklang der Ton. Wate Basef war noch da.

»Und was nun, Herr Devras?« Gronos joviale Herzlichkeit klang gezwungen.

»Nun suchen wir uns etwas zu essen.« Devras' Zuversicht war nicht weniger gekünstelt. »Wenn man Klam Leboid Glauben schenken kann, gibt es überall genießbare Pilze. Könntest du zum Abendessen ein paar Pilze gebrauchen?«

»Immer noch besser als Maden, würde ich meinen. Woher wollt Ihr eigentlich wissen, daß jetzt Abend ist,

Sir? Vielleicht haben wir ja gerade Morgen oder Mittag.«

»Vielleicht. Aber die letzte Mahlzeit, die wir zu uns genommen haben, war der Haferschleim an Bord der *Sublimity.* Meinem Heißhunger nach zu schließen, müssen seither mindestens ein Tag und eine Nacht vergangen sein, aber das ist nur eine Schätzung, und ich kann mich auch täuschen. Schon Heselicus schrieb: ›Schmerz und Entbehrungen verlangsamen den Ablauf der Zeit. Die im Leid verbrachten Stunden dehnen sich ins Unendliche. Das läßt den logischen Schluß zu, daß der Kummer das Leben verlängert, daß absolutes Elend das Leben absolut verlängert und daß daher im Unglück das Geheimnis ewiger Jugend verborgen liegt.‹«

»Dieser geschwätzige Hanswurst hielt sich zweifellos für sehr geistreich. Nun denn, Sir, machen wir uns eben auf die Suche nach diesen Pilzen.«

Die Wildnis bot keineswegs den Überfluß an Nahrung, den Klam Leboid ihnen verheißen hatte. Wenn es jemals Beeren gegeben hatte, so waren sie jetzt von den Büschen verschwunden. Die eßbaren Wurzeln, die in der gelehrten Abhandlung so wortreich gepriesen wurden, waren nirgends zu finden. Pilze gediehen jedoch üppig in der feuchten Wärme und sprossen überall aus der Erde. Einige Sorten waren mit Sicherheit giftig, bei vielen anderen war es nicht auszuschließen, und diese rührten sie nicht an. Doch dann entdeckte Devras eine Gruppe der bekannten und eßbaren Lebenden Perlen. Die beiden hatten, obwohl sie zwischendurch immer wieder davon aßen, bald eine ansehnliche Menge gesammelt, genug, um den ärgsten Hunger zu stillen. Aber auch wenn ausreichend Pilze vorhanden waren, so waren sie nicht besonders sättigend, und so entschlossen sie sich, die Suche noch ein wenig fortzusetzen. Sie wanderten durch die Finsternis, ihre Welt war auf den winzigen Raum geschrumpft, den zwei kleine kognitive Fackeln mit ihrem Schein erhellen konnten. Sie gingen langsam, denn ein falscher Tritt in dieser Umgebung hätte eine Katastrophe zur Folge gehabt. Vor allem fürchtete Devras um die dünne Leine, die ihn mit Raith Wate Basef verband. Wenn die Schnur riß, würden sie niemals zum Lager zurückfinden.

Irgendwann ging es leicht bergauf, und Devras spürte, daß sie sich auf einem freien Feld befanden, auf dem man einst Getreide angebaut hatte. Nun knisterte nur noch verdorrtes Gras unter ihren Füßen. Nach einer Weile versperrte ihnen eine Barriere aus querliegenden Stämmen den Weg. Sie blieben verdutzt stehen, doch gleich darauf erkannten sie das Hindernis — die Wand einer kleinen Bauernkate oder eines Schuppens. Sie tasteten sich daran entlang, bogen um eine Ecke und fanden schließlich den Eingang. Die Tür stand weit offen, aber das Licht der Steine drang nicht über die Schwelle ins Innere. Behutsam, um niemanden zu erschrecken, rief Devras nach den Bewohnern. Als er keine Antwort erhielt, vermutete er: »Verlassen.«

»Nehmt Euch in acht, Herr Devras.«

»Vielleicht finden wir etwas zu essen.«

»Das müssen Euer Lordschaft entscheiden.«

»Mein Magen hat bereits entschieden.« Devras führte vorsichtig den Faden um den Türpfosten herum und betrat die Kate. Grono folgte ihm dichtauf. Sie standen in einem leeren Raum, in dem ein wirres Durcheinander herrschte, die bescheidenen Möbel waren umgestoßen worden und lagen überall verstreut.

»Ist hier jemand?« Devras' Ruf verhallte ungehört.

»Das Haus ist sicher verlassen, Sir. Hier droht keine Gefahr. Und was das Essen angeht, so hattet Ihr recht.« Grono deutete in eine Ecke, wo aus einem aufgebrochenen Verschlag Säcke mit Weizen- und Hafermehl sowie geborstene Behälter mit Salz, Zucker, Tee, Trockenobst, Bohnen und Linsen herausquollen. An der Wand standen Kisten mit verschiedenen Wurzelgemüsen. Würste hingen an Haken von den Dachbalken. »*Fleisch,* Sir!

Und wir brauchen nur zuzugreifen. Die Besitzer sind gewiß geflüchtet.«

»So sieht es aus. Ich verstehe nur nicht, warum sie diese Sachen nicht mitgenommen haben.«

»Vielleicht hatten sie dazu keine Zeit mehr. Jedenfalls dürfen diese herrenlosen Schätze nicht vergeudet werden. Wir haben wieder zu essen, Sir! Alle vier. Stellt Euch nur vor, was das für Ihre Gnaden bedeutet!«

»Du hast recht. Schön, du kannst die Nahrungsmittel einsammeln, während ich mich nach Waffen, Kochgeschirr, Laternen, Decken und so weiter umsehe.« Devras machte sich auf die Suche. Obwohl in der Hütte weiterhin alles still blieb, verstärkte sich sein Unbehagen immer mehr, und als er einen grobgewebten Vorhang erreichte, hinter dem sich offenbar eine Nische oder eine Abstellkammer verbarg, wurde es fast unerträglich. Zögernd zog er das Tuch beiseite, das eisige Licht strömte in den Alkoven und beleuchtete eine Ansammlung von Leichen. Ein Mann, eine Frau und zwei halbwüchsige Knaben lagen blutüberströmt und mit weit aufgerissenen Augen vor ihm. Alle hatten Waffen — eine Axt, eine Egge, ein Hackmesser und ein Tranchiermesser —, an denen eine fast durchsichtige farblose Masse klebte. Pfützen des gleichen Stoffes waren auf dem Boden geronnen und hatten sich mit dunklem menschlichen Blut vermischt. Devras stand wie erstarrt da.

»Herr Devras?« Gronos Stimme kam aus der Richtung des blauweißen Lichtflecks am anderen Ende des Raumes. »Herr Devras, hier gibt es mehr, als wir beide tragen können. Ich meine, wir sollten so viel mitnehmen wie möglich und später noch einmal wiederkommen ...«

»Das werden wir nicht tun«, sagte Devras tonlos.

»Wieso denn nicht, Sir? Herr Devras, was ist geschehen?« Ohne eine Antwort abzuwarten, eilte Grono an die Seite seines Herrn. Beim Anblick der Leichen keuchte er entsetzt auf. Als er sich wieder gefaßt hatte, flüsterte er: »Die Weißen Dämonen, Sir?«

»Ich glaube ja.«

»Es sind wahrlich Dämonen. Töten sie denn nur zum Vergnügen?«

»Ich weiß es nicht. Sie waren vor kurzem noch hier, und vielleicht kommen sie wieder. Wir müssen fort.«

»Glaubt Ihr, sie sind in der Nähe, Sir?«

»Ja, Grono. Ich habe das Gefühl, sie sind ganz nahe.«

Direkt unter Devras und Grono, in etwa sechzig Metern Tiefe, lag der Raum, den die höhlenbewohnenden Vardrul als Weiße Tunnelkammer bezeichneten. Er war klein und schmucklos, hier gab es weder Stalaktiten und Stalagmiten noch farbige Kristalle, und die einzige Besonderheit war eine Reihe dunkler, polierter, sechseckiger Platten, die in den Natursteinboden eingelassen waren. Diese Platten — ein Werk des legendären Vardrul/Menschen Fal Grizhni Terrs, des Patriarchen und Stammvaters der Grizhni-Sippe, der im Selbststudium zur Kognition gelangt war — sahen ganz ähnlich aus wie Raith Wate Basefs Ophelu und dienten auch dem gleichen Zweck. Zu jeder Platte gehörte ein Gegenstück, das sich irgendwo in den weitläufigen Höhlen befand. Einige hatte man sogar an verschiedenen strategisch wichtigen Punkten des Oben installiert und getarnt. Auf diese Weise war es für die Sippenangehörigen theoretisch möglich, unmittelbar von einem Ort zum anderen zu gelangen. In Wirklichkeit war das Verfahren jedoch so fremd, so disharmonisch — und die Anlage selbst von der Konzeption und der Ausführung her so verwirrend menschlich —, daß außer den Angehörigen der Grizhni-Sippe nur wenige Vardrul je den Wunsch verspürt hatten, sich dieser Einrichtung zu bedienen. Die Angehörigen des Grizhni-Clans waren eben besonders unempfindlich für solche Untertöne von Disharmonie, und das war schon immer so gewesen. Angesichts des alten Makels der Menschlichkeit, von dem die Sippe sich niemals hatte befreien können, war das freilich kein Wunder.

Eine der sechseckigen Platten war außergewöhnlich klein und befand sich genau im Zentrum der Kammer. Sie war als einzige mit einer Blende aus farbigen Mosaiksteinen eingefaßt und stellte das Gegenstück zum Gnrfrl K'frazh dar, was in der Menschensprache soviel wie Wandernde Ebene bedeutete. Diese wiederum — ein kognitives Meisterstück, relativ leicht und daher tragbar — wurde im Zug des Grizhni-Patriarchen mitgeführt und gestattete es dem großen General zu jeder Koloration des Kleinen Ven ohne Zeitverlust seine heimatlichen Höhlen aufzusuchen. Ganz gleich, wohin seine siegreichen Feldzüge kreuz und quer durch Dalyon ihn auch führen mochten, der Grizhni-Großpatriarch konnte im Zeitraum eines Lidschlags in die Weiße Tunnelkammer zurückkehren. Im Moment erwartete man ihn beim Wechsel zur Violetten Koloration, der nahe bevorstand.

Zum Empfang des Großpatriarchen — der Titel drückte aus, daß sein Einfluß auch über seine eigene Sippe hinaus akzeptiert wurde — standen drei angesehene Vardrul bereit: der noch junge, aber sehr tüchtige F'tryll'jnr Drzh, die Zmadrc-Matriarchin, die bereits zweimal die Kältestarre überlebt hatte, und Dfjnr'l Gallr, der die menschlichen Sprachen vollendet beherrschte und erst vor kurzem als unerwünschter Besucher bei Vaxalt Gless Vallage aufgetaucht war. Vom Aussehen her waren die drei typische Vertreter ihrer Gattung, ihre geschmeidigen, unbehaarten, ausgemergelten Körper waren menschenähnlich, besaßen allerdings so gut wie keine sichtbaren Geschlechtsmerkmale, sie hatten knochenlose Tentakelfinger, ihr weißes Fleisch leuchtete greller als das Felsenlicht der Höhlenwände, und ihre riesigen, hellen, strahlenden Augen waren von dreifachen Muskelwülsten umgeben. Im

Laufe der Großen Vens hatte ihre Rasse sich äußerlich nur wenig verändert. Ein Vorfahre aus einer früheren Epoche hätte jedoch bei seinen Verwandten der Neuzeit eine qualitative Veränderung des Ruu festgestellt (ein Begriff, der sich auf den Zustand der Selbsterkenntnis, der inneren Heiterkeit, der Harmonie mit der Umgebung und mit der gesamten Rasse in Vergangenheit und Gegenwart bezog, in dem sich ein Vardrul jeweils befand). Seit der Fal Grizhni Terrs seine Metamorphose zum Vardrul abgeschlossen hatte und schließlich als Angehöriger und Gründer einer Sippe aufgenommen worden war, hatte sich allmählich der Charakter der ganzen Rasse verändert. Die Ausgeglichenheit war dahin, ebenso die Schüchternheit und Friedfertigkeit und damit auch die elementare Unschuld. Das tiefverwurzelte Zusammengehörigkeitsgefühl der Rasse war beträchtlich schwächer und der Zugang zu den Ahnen schwieriger geworden. Die Verkümmerung dieser liebenswerten Eigenschaften hatte die Entwicklung von Energie, Entschlossenheit, Mut, Tatkraft und einer Art ruhelosen Ungestüms begleitet, von Charakterzügen also, die man nur als menschlich bezeichnen konnte. Es war eine tiefgreifende Veränderung, gleichzeitig schmerzlich und gewinnbringend, und noch war die Frage offen, ob sie der Rasse als Ganzem zum Nutzen oder zum Schaden gereichte.

Melodische Klänge erfüllten die warme Luft. Ein Vardrul-Gespräch war im Gang. In die Sprache der Menschen übersetzt, hätte es etwa folgendermaßen gelautet:

»Dies ist der zweite Besuch des Großpatriarchen in sechs Kleinen Vens.« F'tryll'jnr Drzh war der Sprecher. Das Flackern seines leuchtenden Fleisches und seine geweiteten Augenwülste drückten Zweifel, sogar Mißbilligung aus. »Wie wird es den Oben befindlichen Angehörigen ohne ihren Patriarchen ergehen?«

»Seine Abwesenheit ist immer nur kurz«, gab die Zmadrc-Matriarchin zu bedenken. »Und sie ist jedesmal gerechtfertigt. Es bleiben nicht mehr viele Kolorationen bis zur endgültigen Vereinigung des alten Grizhni Inrl mit seinen Ahnen.«

Die kollektive Abschwächung des Leuchtens war ein Zeichen für den Kummer, den die Vardrul über den bevorstehenden Abschied von Grizhni Inrl empfanden, dem allseits geschätzten Künstler/Lehrer und dem letzten noch lebenden Verwandten des Großpatriarchen.

»Wenn Inrl uns verläßt, steht der Patriarch ganz allein da«, summte Dfjnr'l Gallr, und das unrhythmische Flakkern zeigte seine Besorgnis. »Er wird einsam sein, es wird keinen Sippenangehörigen seines Namens mehr geben. Wie entsetzlich — fast unvorstellbar — muß es sein, ohne Sippe zu leben.«

»Die Grizhni-Sippe war nie sehr zahlreich«, bemerkte die Zmadrc-Matriarchin. »Ihre Disharmonie zehrte an ihrer Vitalität, unterhöhlte das Einssein und führte schließlich dazu, daß die Grizhni-Angehörigen für das Leben in unseren Höhlen fast nicht mehr geeignet waren.«

»Ein hartes Urteil, Matriarchin«, antwortete F'tryll'jnr Drzh, und seine Augenwülste weiteten sich. »Die Grizhni-Sippe hat unsere begnadetsten Künstler und Techniker und unsere größten Patriarchen hervorgebracht. Ihre Disharmonie, wenn man es denn so nennen muß, verleiht ihnen Kraft.«

»Aber sie zerstört die Einheit und tötet damit die innere Heiterkeit«, gab die Matriarchin zurück. »Der gegenwärtige Grizhni-Großpatriarch mag vielleicht der größte Führer aller Zeiten sein, und er besitzt alle Voraussetzungen, um die Verheißungen der Ahnen zu erfüllen. Doch er ist auch der einsamste und am wenigsten harmonische Angehörige seiner Sippe. Seine Disharmonie tut sich auch nach außen hin nur allzu deutlich kund — der Grizhni hat Ähnlichkeit mit seinen menschlichen Vorfahren.«

Der Hiir der anderen schwankte heftig und signalisierte ihre Bestürzung über diesen offenen Hinweis auf eine allseits bekannte, aber bisher niemals ausgesprochene Beobachtung. Der Hiir der Zmadrc veränderte sich nicht, und ihre Augenwülste blieben unbewegt.

Dfjnr'l Gallr brach das betretene Schweigen und erklärte: »Wir alle haben menschliches Blut in den Adern. Und wir alle leiden unter Disharmonien, die unsere Ahnen nicht kannten.«

»Aber wir haben unsere Identität als Sippenangehörige, Verwandte und Vardrul bewahrt.« Die bewußte Kontrolle der Zmadrc über ihren Hiir, um vor ihren Mit-Vardrul ihre Gefühle zu unterdrücken, strafte diese Aussage freilich Lügen, denn dergleichen war bei den Ahnen fast unbekannt gewesen. »Kann man das auch vom Grizhni sagen? Er ist nicht mit sich im Einklang. Er kennt kein Zusammengehörigkeitsgefühl, kein Einssein mit anderen seiner Art. Sein Ruu ist exzentrisch und unverständlich, sein Wesen fremd und abweisend. Er ist nicht so wie wir. Er unterscheidet sich so sehr von uns, wie sich alle Menschen voneinander unterscheiden, er lebt weder mit seiner Rasse noch mit seiner Umwelt in tiefer Harmonie. Seine Finger sind Stöcke mit Gelenken. Seine Augen sind schwarz. Er ist einem Menschen sehr ähnlich.«

»Matriarchin, er ist kein Mensch.«

»Aber er ist auch nicht ganz ein Vardrul.«

»Er vertreibt die Menschen aus dem Land und erfüllt damit das Versprechen der Ahnen.«

»Es ist ein Maßstab für seine Disharmonie, daß er dazu fähig ist.«

»Es ist auch ein Maßstab für seine Größe. Das Oben selbst ist sein Geschenk an die Sippen. Bald werden wir uns ohne Angst auf der Erde bewegen können.«

»Welche Wesen werden im Oben wandeln?« fragte die Matriarchin, und ihr Leuchten dämpfte sich mit einem Schlag. »Wenn wir uns aus den Höhlen hervorwagen, müssen wir uns verändern, und ich sehe den Auswirkungen dieser Veränderung mit Schrecken entgegen. Wie sollen wir über der Erde bewahren, was von unserer Harmonie, unserem Verständnis füreinander, unserem innersten Wesen noch übrig ist? Werden wir nicht die Gewalttätigkeit und die Einsamkeit der Menschen erben, wenn wir an ihre Stelle treten? Werden wir nicht, indem wir diesen sogenannten Sieg erringen, uns selbst verlieren und alles, was wir sind — wie der Grizhni es bereits verloren hat?«

»Sieg und Freiheit sind nichts Befürchtenswertes«, widersprach Dfjnr'l Gallr. »Diese Höhlen sind ein Ort der Verbannung. Haben wir uns etwa so an die Gefangenschaft gewöhnt, daß die Aussicht auf Freiheit uns in Schrecken versetzt? Sehnen wir uns nicht nach Gerechtigkeit? Sollen die Verbrechen der Menschen an den Ahnen denn nicht gesühnt werden?«

»Und was ist mit Rache?« Das Trällern der Zmadrc-Matriarchin triefte vor Ironie. »Sehnen wir uns nicht auch nach Rache?«

Dfjnr'l Gallr schwieg, und sein Hiir wurde schwächer.

»Vielleicht sollte die Zmadrc-Matriarchin zwischen den persönlichen Problemen des Grizhni und den Disharmonien unterscheiden, die die Rasse als Ganzes belasten«, schlug F'tryll'jnr Drzh vor.

»Ist beides nicht untrennbar miteinander verbunden?«

»Nicht immer. Der Grizhni-Großpatriarch befindet sich in einer beispiellos unglücklichen Lage. Wenn Grizhni Inrl von ihm geht, so verliert er seinen letzten Verwandten, und das kurz nach dem unerwarteten Tod der Schwester/Gemahlin des Patriarchen. Der persönliche Schmerz des Grizhni-Patriarchen wirkt sich zwangsläufig auf das gemeinschaftliche Ruu aus, und doch ist es allein sein Schmerz.«

»Trotz alledem ist die Grizhni-Sippe nicht verloren«, summte Dfjnr'l Gallr. »Eine neue Gemahlin für den Großpatriarchen ...«

»Würde alles verändern?« Die Tentakelfinger der Zmadrc rollten sich verneinend nach hinten. »Die heimgegangene Grizhni Neun hat dem Patriarchen keine Nachkommen geschenkt. Einer neuen Gemahlin würde es nicht anders ergehen. Das Blut der Grizhni ist ausgelaugt und steril, weder menschlich-rot, noch vardrulrein. Die letzte Energie der Grizhni erschöpft sich in heldenhaften Taten, aber die einfacheren Dinge, die wahren Schätze — Friede, Harmonie, die Sippe — gehen dabei verloren. Das ist das Unglück der Grizhni, aber die übrigen Sippen brauchen kein ähnliches Schicksal zu erleiden. Noch ist Zeit, einen anderen Weg einzuschlagen.«

Die Begleiter der Matriarchin sahen sie ausdruckslos an, ihre Augenwülste waren entspannt und verrieten nichts. Ehe jemand antworten konnte, zog eine leichte Vibration die Aufmerksamkeit aller auf das Gegenstück der Wandernden Ebene. Die tropische Luft flimmerte und tanzte. Eine weiße Dampfwolke wallte über der sechseckigen Platte auf, ein weißer Windstoß fuhr pfeifend durch den Raum, der heulende kognitive Wirbel, von dem sich die Bezeichnung ›Weiße Tunnel‹ ableitete. Einen Augenblick lang spiegelte sich das Felsenlicht auf den eisglatten Wänden einer scheinbar massiven senkrechten Säule. Dann erstarb das Kreischen des Sturms, der Wirbel drehte sich langsamer, wurde heller, verblaßte und verschwand. An seiner Stelle stand reglos eine einsame Gestalt. Der Grizhni-Großpatriarch war zu Hause.

Wortlos trat er von der sechseckigen Platte. Sein Schritt war fest, und er schien unverletzt, aber als seine Untertanen bemerkten, wie schwach sein Hiir war, konnten sie ein erschrockenes Trällern kaum zurückhalten. Sein Fleisch leuchtete fast gar nicht mehr — ein äußeres Zeichen für panische Angst, schweren Kummer oder Krankheit. Ganz erlosch das Licht nur im Tode, doch der Hiir des Grizhni war so weit abgesunken, daß er fast so fahl und undurchsichtig wirkte wie ein Mensch, und den Vardrul erschien ihr Großpatriarch wie eine lebende Leiche.

»Patriarch, seid Ihr krank?« Unwillkürlich wurde auch das Fleisch des jungen F'tryll'jnr Drzh aus Mitgefühl schlagartig matt. Obwohl alle Sippenangehörigen in den Höhlen sich der Wunderlichkeit des Grizhni mit Unbehagen bewußt waren, fühlten sie sich ihrem Großpatriarchen in größter Ergebenheit, in Achtung und Zuneigung tief verbunden.

»Nein, ich bin bei guter Gesundheit und bedaure, den jungen F'tryll'jnr Drzh unnötigerweise zu einer Schwächung seines Lichts veranlaßt zu haben.« Der Grizhni hob die Schultern, eine traditionelle Vardrul-Geste, mit der die Besorgnis eines anderen zur Kenntnis genommen wurde. Seine beherrschte, verschlossene Miene ermutigte nicht zu weiteren Fragen.

Die drei betrachteten ihn verblüfft und ratlos — auch das Empfindungen, die den Ahnen im Umgang miteinander so gut wie unbekannt gewesen waren. Endlich flüchtete sich die Zmadrc-Matriarchin ins Zeremonielle. »Wir sind gekommen, um im Namen unserer Sippen unseren geliebten Großpatriarchen willkommen zu heißen«, summte sie mit einer gelassenen Ruhe, die sich mit der des Grizhni durchaus messen konnte.

»Ich danke der Matriarchin und ihren Begleitern und bitte sie, allen unter der Erde Wohnenden meine Grüße und meine Zuneigung zu übermitteln. Eine persönliche Zusammenkunft mit den Sippenangehörigen ist in dieser Koloration leider nicht möglich, denn mein Aufenthalt kann nur von kurzer Dauer sein. Ich bin gekommen, um den kranken Grizhni Inrl zu besuchen, dann werde ich nach Oben zurückkehren, an die Ufer des Lebenden Wassers Mfra, wo die Sippen einen Angriff vorbereiten. Nun denn, ganz kurz — was gibt es Neues in den Höhlen?« Der Grizhni sprach ruhig, wenn auch etwas schnell. Nur sein entsetzlich mattes Fleisch zeugte von den Qualen, die er litt, aber das genügte, um den kollektiven Hiir der anderen tief absinken zu lassen.

»In den vergangenen sechs Kleinen Vens hat sich nicht viel ereignet, Patriarch«, antwortete Dfjnr'l Gallr. »In Eurer Abwesenheit herrscht Ruhe in den Tunnels, Höhlen und Grotten — alles ist still und fast leer. Die wenigen von uns, die zurückgeblieben sind, schöpfen Kraft aus dem Erkennen der Ahnen, um in Abwesenheit ihrer Verwandten die Harmonie zu wahren. Alle erwarten sehnsüchtig die Koloration, die die Kunde des endgültigen Sieges bringt, denn sie wird uns auch das Wiedersehen mit unseren geliebten Verwandten bescheren. Der Zustand des Grizhni Inrl verschlechtert sich weiter, seine endgültige Vereinigung mit den Ahnen steht unmittelbar bevor — aber das wißt Ihr bereits. In einem Bauchschrapper im Hllsreg-Netz hat sich ein Spalt aufgetan, und der Gang wurde für unbegehbar erklärt, bis die notwendigen Reparaturen durchgeführt werden können. Die kleine Lbavbsch Elf hat unbeabsichtigt die Höhlen verlassen, konnte aber schnell aufgefunden und zu ihren Verwandten zurückgebracht werden. Das ist alles, was ich zu berichten habe.«

»Die kleine Lbavbsch Elf hat keinen Schaden genommen?«

»Nein, Patriarch. In dieser gesegneten Zeit, in der sich Wärme und Finsternis ausbreiten, wurde die schreckliche Bedrohung der Kältestarre von uns genommen. Außerdem können wir uns alle nach Oben wagen, ohne geblendet zu werden und Verlust oder Beeinträchtigung des Augenlichts befürchten zu müssen. Ein Glück für Lbavbsch Elf — und für alle Sippenangehörigen.«

»Vielleicht«, summte der Grizhni in leisen Tönen, die Nachdenklichkeit verrieten. »Der Ursprung dieser Finsternis ist weiterhin unbekannt?«

»Ja, Patriarch. F'tlyrlbsch K'fl hat beim Studium der alten Schattenskulpturen Hinweise darauf entdeckt, daß diese Finsternis das magische Werk Eures großen menschlichen Ahnen, des Ersten Fal Grizhni, sein könnte, des Adepten von Lanthi Ume und Wohltäters unserer Rasse. Mehrere R'jnrllsch-Angehörige haben beim Erkennen der Ahnen Einsichten gewonnen, die diese Theorie stützen, Gewißheit besteht freilich noch immer nicht.«

»Bei weitem aufschlußreicher ist die Prophezeiung im Prolog des Erkennens«, warf die Zmadrc-Matriarchin ein. »Dort wird geweissagt, daß die Himmel unsere Macht verkünden sollen und daß das Oben sich auf unser Kommen vorbereiten wird. Die Kräfte der Natur werden uns willkommen heißen, der Mensch wird vor uns fliehen. Dies alles ist nun eingetroffen. Das Oben hat sich vorbereitet. Die gegenwärtige Finsternis ist anregend, bekömmlich und unbeschreiblich erquickend, nicht wahr?«

»Ja«, trällerte F'tryll'jnr Drzh, und sein Hiir verstärkte sich. »Man spürt dort eine Schönheit ohnegleichen — eine Harmonie, wie ich sie außerhalb unserer Höhlen niemals zu finden gehofft hätte. Man ist von Mut, Kraft, Trost und Einssein erfüllt. Es fällt leichter, im Schutz dieses Schattens die Ahnen zu erkennen, und es fällt leichter, sich selbst zu erkennen. Dies ist gewiß die Welt, die für uns bestimmt ist. Unsere Heimat ist nicht länger auf die Höhlen beschränkt.«

Die beiden inneren Augenwülste des Grizhni entspannten sich, und das äußere Muskelband kontrahierte, was bei den Vardrul einem Lächeln gleichkam, aber sein Hiir verstärkte sich nicht, sein Fleisch blieb leichenhaft matt. »Wenn dem so ist, dann hat sich unsere ›Heimat‹ weiter ausgedehnt, als Euch bewußt ist«, erklärte er. »Der Schatten wandert weiter, und seine Schnelligkeit vergrößert sich. Immer geschwinder bedeckt er das Oben. Wenn es so weitergeht, werden wir in wenigen Kleinen Vens am Ufer des Meeres stehen.«

»Und dann, Patriarch?«

»Dann haben wir verschiedene Möglichkeiten. Alle Städte der Menschen befinden sich an der Küste, und im Laufe der Zeit werden wir sie alle einnehmen. Es empfiehlt sich jedoch und steht außerdem im Einklang mit den Wünschen der fernen Grizhni-Ahnen, daß wir unsere Schritte zuerst nach Lanthi Ume lenken.«

»Was ist mit den menschlichen Siedlungen, die sich zwischen unseren Kriegern/Verwandten und der Stadt befinden?« erkundigte sich die Zmadrc.

»Sie sind inzwischen größtenteils verlassen.«

»Schwärmen denn keine menschlichen Flüchtlinge durch die Finsternis? Ihr Sinn ist böse, und wir müssen Vorkehrungen zu unserem Schutz treffen.«

»Sie stellen keine Gefahr dar. Die Finsternis, die den Vardrul Kraft gibt, zerstört die Menschen. Die Menschen müssen ihr weichen, oder sie gehen daran zugrunde. In jedem Fall verlieren sie ihre Häuser, ihre Gesundheit und ihre Verwandten. Soviel haben wir erreicht, und mehr ist kaum nötig.« Ein Senken der Stimmhöhe, ein leichtes Weiten der Augenwülste, mehr gab der Grizhni von seinen Empfindungen nicht preis.

Die anderen sahen ihren Führer staunend an, und F'tryll'jnr Drzh fragte: »Ihr bedauert sie, Patriarch?«

»Bis zu diesem Kleinen Ven hallen der Schmerz und das Entsetzen der hingemordeten Ahnen in unseren Adern wider«, summte Dfjnr'l Gallr. »Die Ahnen erkennen heißt, ihr Leid teilen. Und Ihr, der Führer, den sie uns verheißen haben, empfindet Mitleid mit den Unterdrückern unserer Rasse?«

»Wir wollen nicht davon sprechen«, erklärte der Grizhni. »Die Zeit ist knapp, und ich muß die Kammer des kranken Grizhni Inrl aufsuchen.«

»Grizhni Inrl liegt nicht mehr in seiner Kammer«, teilte die Zmadrc dem Patriarchen mit. »Auf seinen eigenen Wunsch wurde er zum Todesteich der Grizhni gebracht, um dort die Vereinigung mit den Ahnen zu erwarten.«

Der Grizhni bewegte zustimmend die Knochenfinger. Sein ohnehin schon totenähnlich schwacher Hiir veränderte sich nicht. Ohne ein weiteres Wort drehte er sich um und verließ die Weiße Tunnelkammer durch einen breiten Spalt. Keiner der anderen erbot sich, ihn zu begleiten. Da sie weder mit der Grizhni-Sippe verschwägert waren, noch ihr selbst angehörten, wäre es unhöflich gewesen, sich ohne Aufforderung dem Todesteich der Grizhni zu nähern.

Nachdem ihr Patriarch verschwunden war, flackerten die drei zurückgebliebenen Vardrul vielsagend. Der junge F'tryll'jnr Drzh sprach aus, was alle dachten: »Seine Disharmonie läßt mich zweifeln.«

»Mit gutem Grund«, pflichtete ihm die Zmadrc-Matriarchin bei.

»Mit der Rückeroberung des Oben beseitigen wir altes Unrecht und bringen wieder Frieden und Ordnung in die Welt«, erklärte Dfjnr'l Gallr. »Wir müssen an die Gerechtigkeit unserer Sache glauben. Wäre sie nicht gerecht, warum sollte das Oben selbst uns so herzlich empfangen? Die Natur und alle Elemente arbeiten für uns, das muß uns doch Zuversicht geben.«

»Die Natúr steht unter dem Einfluß menschlicher Kognition«, summte die Zmadrc-Matriarchin. »Künstliche und zeitlich vielleicht begrenzte Veränderungen dürfen unser Urteil nicht beeinflussen. Auch der Weisheit der Ahnen können wir nicht völlig vertrauen, denn unser eigenes menschliches Blut dämpft ihre Stimmen. Unsere Vorfahren wandelten Oben, aber wir haben uns verändert. Wir können die kalten Winde, das schmerzhafte Sonnenlicht, die leeren freien Räume des Oben nicht ungeschützt ertragen. Wir lieben die Sicherheit der vom Felsenlicht erhellten Mauern, die uns umgeben, uns einschließen, uns beschirmen. Ist es nicht Zeit, uns als das zu begreifen, was wir in Wahrheit sind — Wesen, deren Lebensraum die Höhlen sind? Das allein sichert uns dauerhafte Harmonie.«

»Matriarchin, seit Generationen träumen die Verwandten davon, die Höhlen zu verlassen. Und nun, da der verheißene Führer endlich erstanden ist und uns nach Oben bringt, wollt Ihr diesen Traum aufgeben?«

»Das Blut des Vardrul/Menschen Terrs hat uns alle verändert. Wir haben viel von unserer engen Verbundenheit mit den Ahnen und damit viel vom Verständnis unserer selbst verloren«, gab die Zmadrc zurück. »Und der Grizhni-Großpatriarch ist vielleicht der Unglücklichste von uns allen.«

Die Bedenken seiner Gefolgsleute hatten sich in ihren Augen, in der Tonhöhe und im Hiir ebenso deutlich ausgedrückt wie in ihren Worten, aber der Grizhni hatte keine Zeit, sich damit länger zu befassen. Rasch durchquerte er das fast verlassene Labyrinth von Korridoren und erreichte schließlich die Todesteichkammer, wo der sterbende Inrl im Felsenlicht auf einer Matte neben dem trichterförmigen Wasserbecken lag. Inrls Kopf ruhte auf dem flachen Sprecherstein. Nahrung und Wasser standen unberührt in Reichweite seiner Hand. Der alte Vardrul wirkte heiter. Wenn er Schmerzen litt, so war ihm nichts davon anzumerken. Nur sein stumpfes, mattes Fleisch verriet, daß seine Lebenskraft fast erschöpft war. Inrl wandte das Gesicht dem Eingang zu. Seine Augenwülste zogen sich zusammen, als er seines Verwandten ansichtig wurde, und er brachte sogar eine ganz schwache, fast gespenstische Aufhellung seines Hiir zustande.

»Sei mir gegrüßt, Patriarch«, flötete er in schwachen, aber klaren Tönen.

»Sei mir gegrüßt, geliebter Verwandter/Lehrer«, antwortete der Grizhni. »Sind die Ahnen nahe?«

»Sie kommen zu langsam. Ihre Stimmen werden mit jeder Koloration deutlicher, aber sie zögern noch immer. Ich rufe nach ihnen, aber sie lassen sich nicht drängen.«

»Beeinträchtigt das Warten dein Ruu?«

»Ein wenig. Aber der Besuch meines Verwandten heilt alles.«

Auf die unausgesprochene Bitte hin trat der Grizhni-Großpatriarch näher und umfaßte Grizhni Inrls Hand. Als seine Gliederfinger die Tentakel des Alten berührten, spürte der Patriarch das vertraute Aufwallen der Clanwärme, jenes wortlosen Verstehens, das sich im Zusammengehörigkeitsgefühl der Rasse nur schwach widerspiegelte. Blut sprach in einer Weise zu Blut, wie es bei keinem anderen Kontakt möglich war. Mit dem Tod von Grizhni Inrl, dem letzten Verwandten seines Namens, würde diese Einheit verlorengehen. Und der Grizhni-Großpatriarch, der für seine Größe so teuer bezahlen mußte, würde bald allein sein, würde als letzter seiner disharmonischen Sippe in Kälte und unerträglicher Einsamkeit leben.

»Die Berührung eines Verwandten ist doch der größte Trost«, trällerte Inrl und riß damit ahnungslos neue Wunden auf. Vielleicht war er auch gar nicht so ahnungslos, denn seine Augenwülste zuckten, seine großen Augen wurden scharf, und er bemerkte: »Dein Licht ist fast erloschen, und du scheinst den Ahnen näher zu sein als ich. Belastet dich der Kampf um das Oben? Trauerst du um den Verlust deiner Schwester/Gemahlin Grizhni Neun, um den Niedergang deiner Sippe? Oder bist du nur disharmonisch wie immer, mein glänzender Schüler/Patriarch Grizhni T'rzh? Welches dieser Dinge zehrt an deinem Hiir?«

»Alle«, gestand der Grizhni, »vor allem das erste.« Während er sprach, belebte eine Spur von Licht sein Fleisch. Selbstoffenbarung war ein wahrhaft seltener Luxus.

»Ist der Widerstand der Menschen zu stark?«

»Ganz im Gegenteil. Sie setzen sich kaum zur Wehr. Ich hatte damit gerechnet, daß sie alle Kräfte gegen uns aufböten. Aber die Finsternis hat sie bereits zermürbt, und ich stoße nur auf Krankheit und verzweifelte Ratlosigkeit. Sie sind schon besiegt, ehe wir angreifen. Ist dies unsere große Bestimmung — hilflose Geschöpfe niederzumetzeln, die Bauern des Oben, ihre Kinder und ihre Alten zu töten? Du brauchst mich nicht an die Verfolgungen zu erinnern, denen unsere Ahnen ausgesetzt waren, Verwandter/Lehrer. Ich kenne ihr Leid, und es ist auch das meine. Aber ist das eine Entschuldigung für uns?«

»Das ist noch nicht alles«, bemerkte Grizhni Inrl.

»Du kennst mich zu gut, Verwandter/Lehrer. Ja, es ist nicht alles. Hast du jemals den Ersten Grizhni erkannt?«

Inrl rollte verneinend die Finger nach hinten, ohne die Hand von der Matte zu heben. »Ich bin ihm nie begegnet. Ist denn jemals einer von uns so weit in die Vergangenheit gereist?«

»Ich habe es getan. Eigentlich fällt es mir oft leichter, die fernen menschlichen Ahnen zu erkennen als jene, die uns näherstehen und wesensmäßig mehr der Vardrulseite zuneigen.«

Inrls Augenwülste weiteten sich erschrocken.

»Verwandter/Lehrer«, fuhr der Grizhni fort, »der Erste Grizhni-Patriarch — der menschliche Adept aus Lanthi Ume — fordert uns mit allem Nachdruck auf, die anderen seiner Art zu töten. Ich habe seinen Willen oft gespürt.«

»Ein Mensch, der seinesgleichen den Tod wünscht?« Ein schwaches Flackern durchzuckte Inrls Fleisch. »Das verstehe ich nicht.«

»Ich weiß seine Motive nicht recht zu deuten — sie sind mir fremd und zutiefst gewalttätig. Ich spüre unbeschreibliche Disharmonie — Aufruhr — Zorn, so grausam wie das Sonnenlicht — Durst nach Rache. Doch den Grund dafür kenne ich nicht. Ich habe stets der Weisheit der Ahnen vertraut, denn so ist es bei uns Brauch. Und der Erste Grizhni ist unser Wohltäter, der Schöpfer des kognitiven Feuers, ohne das unsere Höhlen zum größten Teil unbewohnbar wären. Gewiß ist es angezeigt, den Willen eines solchen Ahnen zu respektieren, und ich habe mich auch stets bedingungslos daran gehalten.«

»Und nun, Grizhni T'rzh?«

»Nun kommen mir Bedenken. Ich führe Krieg gegen das Oben — ich zerstöre, ich töte —, und ich ziehe die Gerechtigkeit der Ahnen in Zweifel. Ich kann darüber nur mit dir sprechen, Grizhni Inrl, denn du bist mein letzter Anverwandter, und nur ein Anverwandter kann mich verstehen. Indem wir das Oben einnehmen, holen wir uns lediglich zurück, was den Ahnen in ferner Vergangenheit entrissen wurde, und das ist sicher gerecht. Aber eine solche Gerechtigkeit verlangt es, eine unschuldige Bevölkerung auszurotten, und ich kann den Aufschrei meines Gewissens nicht mehr zum Schweigen bringen.«

»Eine unschuldige Bevölkerung, Grizhni T'rzh? Du sprichst von Menschen.«

»Sag mir, Grizhni Inrl — hast du dich den Menschen jemals verwandt gefühlt?«

»Das ist unvermeidlich. Wir sind mit ihrem Blut verseucht.«

»Mehr als das. Wir sind ihnen sehr ähnlich, so ähnlich, daß ein menschlicher Ahn in der Lage war, mit einer Vardrul-Gemahlin Nachkommen zu zeugen. Für mich ist ein Krieg gegen die Menschen nichts anderes, als zöge ich das Schwert gegen Sippenangehörige. Verstehst du mich, Grizhni/Verwandter? Denn wenn du es nicht kannst, dann vermag es niemand.«

Inrl schwieg eine Weile, und seine großen schwarzen Grizhni-Augen schlossen sich. Endlich hob er die Lider und antwortete: »Du sprichst von Dingen, die ich immer von mir weggeschoben habe. In diesem Augenblick, an der Schwelle der endgültigen Vereinigung, habe ich weder körperlich noch geistig die Kraft, mich mit solchen Fragen zu befassen. Patriarch, der Konflikt, der dich zerreißt, ist nicht zu lösen. Du mußt den einen oder den anderen Weg wählen.«

»Wählen ist leicht. Schwierig ist das Festhalten an der getroffenen Entscheidung.«

»Dann rufe die Ahnen an, damit sie dir beistehen. Erkenne sie, das wird deine Entschlossenheit stärken. Am Todesteich unserer Sippe fällt es nicht schwer, mit ihnen in Verbindung zu treten.«

Der Grizhni bewegte die Finger.

Inrls Fleisch erhellte sich ganz leicht. »Und leg Fürsprache für mich ein, Grizhni T'rzh. Sag ihnen, ich bin des Wartens müde.«

»Lehrer/Verwandter, ich werde sie bitten, zu dir zu eilen.« Ohne ein weiteres Wort trat der Grizhni-Großpatriarch seine innere Reise nach rückwärts in die Zeit an. Die Muskelbänder um seine Augen erschlafften, seine Züge wurden ausdruckslos, er konzentrierte sich mit aller Kraft. Selbst hier, am Ufer des Todesteichs der Grizhni, hatte er Mühe, die Ahnen zu erreichen. Aber seine Not war groß, er bemühte sich intensiv, und endlich wurden die Ahnen aufmerksam. Das leichenblasse Fleisch wurde ein wenig heller. Augenblicke vergingen, das Licht flackerte, kämpfte verzweifelt darum, nicht zu erlöschen. Plötzlich verstärkte sich der Hiir des Grizhni schlagartig, Licht strahlte aus jeder Pore, er war am Ziel. Diesmal waren die Stimmen der sanfteren Vardrul-Verwandten fast nicht zu vernehmen, der Patriarch spürte stärker denn je den Willen, die Unerbittlichkeit seiner menschlichen Vorfahren. Ihre erbarmungslose Entschlossenheit versetzte sein Blut in Wallung, ihre unverständlichen Instinkte ergriffen Besitz von seinem Geist.

Unverständlich? Fremd? Nicht ganz. Selbst inmitten des Erkennens existierte noch eine kleine Festung unverletzlicher Identität, und tief in seinem Innern gestand sich der Grizhni ein, mit menschlichen Instinkten und Wünschen vertraut zu sein. Er kannte sie, irgendwie hatte er sie immer gekannt.

Die Zwiesprache mit den Ahnen dauerte etwa ein Achtel einer Koloration. Dann erwachte der Grizhni-Großpatriarch aus seiner Trance, immer noch bedrückt, aber doch gestärkt und von neuer Entschlußkraft erfüllt. Er nahm sich nur noch die Zeit, Grizhni Inrl eine schnelle und freudige Vereinigung zu wünschen, dann eilte er zurück in die Weiße Tunnelkammer, trat auf das Pendant der Wandernden Ebene und kehrte auf diesem Weg zu den Vardrul-Truppen zurück, die sich am Ufer des Lebenden Wassers Mfra — bei den Menschen der Fluß Yl genannt — versammelt hatten.

13

»Wo ist meine Tochter, Vaxalt?« flehte Herzog Bofus. In seinen blauen Augen standen die Tränen. »Wo ist meine Kara?«

»Zweifellos in Sicherheit, Hoheit«, tröstete ihn Gless Vallage.

»Aber wie könnt Ihr dessen so gewiß sein? Mein Liebling, meine Kara, hat die Stadt verlassen, wer weiß, was ihr alles zustoßen könnte — *da draußen?* O Vaxalt, wir leben in gefährlichen Zeiten!«

»So gefährlich nun auch wieder nicht, Hoheit. Die Meldungen und Gerüchte, die uns erreichen, sind jedenfalls entsetzlich übertrieben.«

»Oh, ich hoffe, Ihr habt recht! Ich hoffe es wirklich!« Herzog Bofus stapfte unermüdlich von einer Wand des Kleinen Audienzsaals zur anderen und wieder zurück. Am Fenster blieb er für einen Augenblick stehen und starrte auf den Lureis-Kanal hinab, auf dessen Uferstraßen sich mehr Menschen als gewöhnlich drängten, dann nahm er seine ziellose Wanderung wieder auf. »Aber irgend etwas geschieht da draußen, Vaxalt! Etwas Schreckliches! Und es hilft nichts, wenn wir so tun, als ob nichts wäre!«

»In der Tat geht etwas vor«, räumte der Adept ein. »Das habe ich nie geleugnet. Ich zweifle nicht daran, daß ein mehr oder weniger ungewöhnliches atmosphärisches Phänomen auf Lanthi Ume zukommt. Aber rechtfertigt die bloße Existenz dieses Phänomens eine so weit verbreitete Besorgnis? Bester Herr, die Unwissenden haben stets eine zumeist grundlose Furcht vor dem Unbekannten, aber ich bin davon überzeugt, daß Ihr, ein aufgeklärter, gebildeter Mensch, solche völlig aus der Luft gegriffenen Ängste verachtet.« Seine warme, respektvolle Stimme klang vertrauenerweckend und beruhigend. Seine Miene verriet nichts von dem inneren Druck, unter dem er stand, und ebensowenig war ihm anzumerken, daß ihn das unaufhörliche Auf- und Abgehen des anderen fast unerträglich reizte.

»Nun, Vaxalt, es tut mir leid, aber ich muß Euch enttäuschen — denn ich verachte sie nicht, und ich *bin* beunruhigt, sogar sehr. Was ist denn mit den Flüchtlingen aus dem Landesinneren? Tagtäglich treffen sie zu Hunderten in Lanthi Ume ein. Die Bedauernswerten sind bettelarm und heimatlos. Und sie fressen uns noch die Haare vom Kopf. In der Stadt gibt es nicht genug zu essen, um sie alle zu ernähren, und die Lage ist allmählich wahrhaft besorgniserregend. Die meisten sind sehr merkwürdige, fremde Wesen. Viele sind, milde ausgedrückt, sonderbar, und einige — zum Beispiel diese gräßlichen Flüchtlinge des Zoushe — können einem regelrecht Angst einjagen. Sie drängen sich auf unseren Straßen und Wegen, sie kennen die Kanalvorschriften nicht, niemand versteht ihr Geschnatter, sie behindern und beleidigen meine lanthianischen Bürger. Vermutlich sollte man sie am Stadttor abweisen, aber dazu habe ich nicht das Herz, sie sind so verzweifelt. Wenn man jene fragt, die eine zivilisierte Sprache sprechen, dann erzählen sie alle die gleiche Geschichte. Sie berichten von der schrecklichen, sich immer weiter ausbreitenden Finsternis, und sie beschreiben die weißen Ungeheuer, die darin leben. Sie können sich doch nicht alle irren?«

»Gewiß nicht ganz, aber die Angst hat ihren Verstand getrübt«, gab Gless Vallage zurück. »Es handelt sich um einfache Leute, ungebildete Ausländer, bestenfalls Landbevölkerung, sie sind verwirrt und fürchten das Unbekannte. Die Finsternis kann und wird abgewendet werden. Was die ›weißen Ungeheuer‹ angeht — bei Licht betrachtet wird man einen kleinen Stamm von mordlustigen Albinos finden, die sich die Finsternis zunutze machen, um die unglücklichen Siedler zu überfallen und auszurauben. Solche Verbrecher — grausam vielleicht, aber ganz und gar menschlich — sind den treuen Gardisten Eurer Hoheit gewiß nicht gewachsen.«

»Glaubt Ihr das wirklich, Vaxalt?«

»Ich bin überzeugt davon. Hoheit, habe ich Euch nicht vor Wochen versprochen, daß wir Angehörigen der Esoterikerloge unsere ganze Aufmerksamkeit und Energie dieser Sache widmen werden?«

Bofus nickte und riß staunend die blauen Augen auf.

»Das haben wir getan, und ich bin nun in der Lage, meinem Herzog zu versprechen, daß seine ergebenen Untertanen von der Esoterikerloge sich als durchaus fähig erweisen werden, diese Finsternis zu besiegen, wenn oder falls sie Lanthi Ume erreicht.«

»Bei Eurer Ehre, Vaxalt?«

»Bei meiner Ehre. Ich werde selbst dagegen kämpfen. Seid also ganz beruhigt, Hoheit, und habt Vertrauen zu Eurem treuen Diener.« Vallages Zuversicht war echt. Er sprach mit reinem Gewissen, da er sich seiner heimlich erworbenen Fähigkeiten völlig sicher war.

»Das macht mir wahrhaft wieder Mut! Lieber Vaxalt, Eure Loyalität und Euer Eifer sind aller Ehren wert, und Ihr sollt sehen, daß ich nicht undankbar bin. Nachdem ich Lanthi Ume jetzt in Sicherheit weiß, ist mir eine große Last von der Seele genommen. Dennoch bleibt die Frage, was mit meiner Tochter geschehen ist. Wo mag sie sein? Warum hat sie keine Nachricht geschickt? Ist sie krank oder verletzt? Steckt sie in Schwierigkeiten, braucht sie vielleicht die Hilfe ihres Vaters? Und wenn sie nun gestorben ist, allein oder unter Fremden, denen nichts an ihr liegt? Ich glaube, das bräche mir das Herz. Ich kann die Ungewißheit nicht ertragen, Vaxalt, ich muß es wissen! Ich bitte Euch, mir mit Eurer Kognition zu helfen.«

Gless Vallage rutschte verlegen auf seinem Stuhl hin und her. Er gestand nur ungern ein, daß seinen kognitiven Fähigkeiten Grenzen gesetzt waren, aber in diesem

Fall blieb ihm nichts anders übrig. »Hoheit, meine früheren Nachforschungen haben keinen Hinweis ergeben, wo Ihre Gnaden sich aufhalten könnte. Wenn Lady Karavise die Stadt verlassen hat, kann ich sie nicht finden. Auch die stärkste Kognition versagt, wenn es um größere Entfernungen geht.«

»Und wenn sie insgeheim nach Lanthi Ume zurückgekehrt ist? Wenn sie jetzt hier ist, und wir wissen nichts davon?«

»Würde sie Euch dann nicht benachrichtigen?«

»Was ist, wenn sie ihr Gedächtnis verloren hat?«

»Das scheint mir doch sehr unwahrscheinlich.«

»Und wenn man sie irgendwo gefangenhält?«

»Wer würde es wagen, Hand an die Tochter Seiner Hoheit zu legen?«

»Aber unmöglich ist es nicht?« flehte Bofus. »Wenigstens ist es eine Möglichkeit! Und deshalb beschwöre ich Euch, noch einmal nach ihr zu suchen. Seht, Vaxalt, seht nur — alles ist für den Taucher bereit!«

Die Handbewegung des Herzogs galt einem großen flachen Becken aus völlig durchsichtigem Glas, das bis zum Rand mit destilliertem Wasser gefüllt war.

»Es ist bereit, Vaxalt.« Bofus lächelte schüchtern. »Ich habe es hierherbringen und füllen lassen. Ihr braucht nur den Taucher loszuschicken, das ist alles. Ich werde hierbleiben und zusehen, Ihr braucht weiter nichts zu tun.«

Vaxalts Lächeln strahlte inniges Mitgefühl aus. »Ich werde alles tun, was in meiner Macht steht, um meinem geliebten Herrn zu helfen.« Mit diesen Worten begab sich der Großmeister zu einem Podest mit einer reich verzierten Schatulle, die er von Haus Vallage mitgebracht hatte. Er öffnete den Deckel und holte eine Handvoll Glasphiolen und einen Deckelkrug mit weiter Öffnung heraus. Dann trat er an das Becken, entkorkte die Phiolen und goß den Inhalt hinein. Sofort schossen Farbschlieren durch das Wasser — zarte rote, gelbe, tiefblaue und schwarze Kringel und eine farblos leuchtende Substanz, die das Weiß ersetzen sollte. Die Schlieren verschwammen und breiteten sich aus. Innerhalb von Sekunden vermischten sich die Primärfarben und ließen erst Grün, Orange und Violett und dann viele weitere Kombinationen entstehen. Bald wirbelten hundert verschiedene Farbtöne kunterbunt durch das Wasser. Vallage brachte mit einer Handbewegung Ordnung in das Chaos. Die Farben wurden kräftiger und setzten sich ab, die Pastelltöne wurden intensiver, erkennbare Formen entstanden. Die Nase an das Glas gedrückt, sah Herzog Bofus in kindlichem Entzücken zu, wie die bunten Gebilde auf den Boden des Beckens sanken und sich scheinbar verfestigten. Aber noch kamen sie nicht ganz zur Ruhe. Beulen und Knötchen schoben sich heraus, Rippen kerbten sich ein, Kanäle taten sich auf. Endlich lag die ganze Stadt Lanthi Ume im Kleinformat unter Wasser da. Die Konturen der berühmten Neun Eilande waren genauestens umrissen, ebenso das von der Stadtmauer abgegrenzte Festlandsgebiet. Jeder Kanal war exakt dargestellt, und bestimmte Wahrzeichen waren deutlich erkennbar — die quadratische Vayno-Festung auf der Festlandsseite, der schlanke spitze Glockenturm von Ka Nebinnon, der golden glänzende Herzogspalast am Lureis, die Kuppel der Shonnet-Arena, Nes' Sieg, ein schattenhafter Fleck inmitten der Parnis-Lagune, und vieles andere, alles war komplett und bis ins letzte Detail genau nachgebildet.

»Und der Taucher?« fragte der Herzog. »Ist es soweit, Vaxalt?«

»Es ist soweit, Hoheit.« Gless Vallage sprach in zuversichtlichem Ton rhythmische Silben und gelangte mühelos zur Kognition. Plötzlich strahlte in dem Krug ein helles Licht auf. Vallage öffnete den Deckel und ließ den Inhalt ins Becken gleiten. Ein formloser glühender Punkt schoß dicht unter der Oberfläche durch das Wasser, leuchtende Tentakel und ein knopfförmiger Kopf

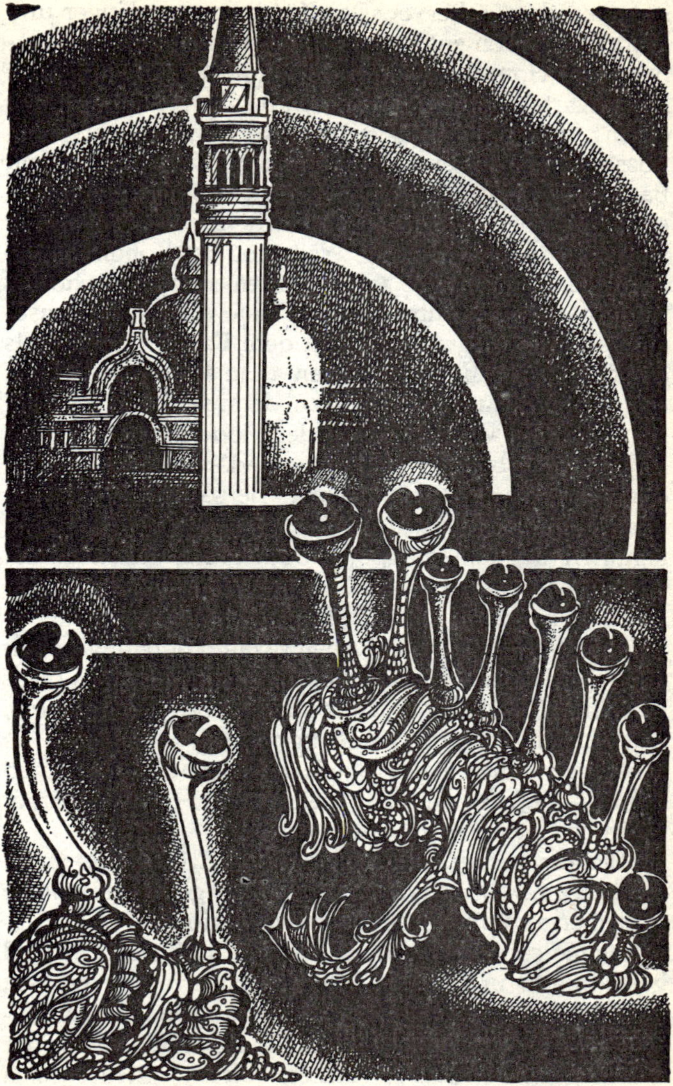

sprossen daraus hervor. Der Körper wurde länger und hatte einen Moment lang Ähnlichkeit mit einem schimmernden Homunkulus. Doch dann keimten aus dem Kopf haarfeine Antennen, die in nackten Augäpfeln endeten. Arme und Beine verbreiterten sich zu Schwimmflossen. Wie Pickel wuchsen Augen aus Rücken und Bauch. Seitenflossen entfalteten sich. Die anfangs verschwommenen Umrisse des Tauchers wurden schärfer und klarer umgrenzt. Eine Weile zog der Kobold Kreise im Wasser und testete seine Flossen. Plötzlich schoß er wie eine Sternschnuppe in die Tiefe und wurde zusehends kleiner, je mehr er sich dem Boden näherte, als entschwinde er in weite Fernen. Man sah ihn kurz über den Miniaturkanälen aufblitzen, dann sank er noch weiter hinab und verschwand in der Modellstadt.

»Und nun beginnt die Jagd«, erklärte Gless Vallage, ohne sich anmerken zu lassen, wie sehr ihn das Spiel langweilte. »Der Taucher wird die ganze Stadt durchkämmen und keinen Fußbreit Boden unerforscht lassen. Wenn unsere reizende Lady Karavise nach Lanthi Ume zurückgekehrt ist, werden Hoheit es bald erfahren.«

»Wenn es nur so wäre! Aber Vaxalt, können wir nicht durch die Augen des Tauchers sehen?« Da Bofus diese kognitive Darbietung nicht zum ersten Mal miterlebte, war ihm die Antwort bereits bekannt.

»Wenn Hoheit wollen, jederzeit. Außerdem können wir den Taucher an jeden beliebigen Ort in der Stadt schicken, wohin es Hoheit beliebt.«

»Sicher, sicher. Eine herrliche Erfindung, mein Freund, ein wahres Wunder. Wenn Ihr gestattet, möchte ich sehen, wohin der Taucher sich begibt.«

Vallage senkte das silberne Haupt und flüsterte und gestikulierte unauffällig. Wie üblich erreichte er sein Ziel elegant und schnell. Die Stadt am Boden des Bekkens schrumpfte zu einem Nichts zusammen. Aus der Bindung an bestimmte Formen befreit, verteilten sich die Farben im Wasser, wirbelten in wilder Freude umher und ordneten sich dann neu. Die Szene wechselte, und Bofus sah, jedenfalls zum Teil, was auch der Taucher sah. Allerdings konnte sein Verstand die Überfülle von Bildern, die die vielen Augen gleichzeitig registrierten, weder aufnehmen noch deuten, deshalb erlebte er alles nur wie ein Mensch mit mäßig verstärkter Sehschärfe. Das Bild veränderte sich ständig auf verwirrende Weise, manchmal, wenn sich nämlich die biegsamen Antennen mit den Hauptaugen abwinkelten und in verschiedene Richtungen blickten, teilte es sich sogar in mehrere Ansichten von beiden Enden des Beckens.

Der Taucher glitt durch die Destula, eine mit uralten verfallenen Mietshäusern gesäumte Gasse entlang. Schnell wurde ein Gebäude nach dem anderen abgesucht, alle waren in einheitlich verheerendem Zustand — schmutzig, übelriechend, übervölkert und unbeschreiblich verwahrlost. In den elenden Räumen kauerten die Ärmsten der Stadt — die Kranken, die Hoffnungslosen, die Verbrecher, die Bedürftigen und die Asozialen. Herzog Bofus wurde unruhig, sein Gesicht rötete sich schuldbewußt. Er stellte sich vor, was Karavise sagen würde, wenn sie das sehen könnte, und er errötete noch tiefer. Zum Glück für den Seelenfrieden Seiner Hoheit war Lady Karavise in diesen Mietskasernen nicht zu finden.

Dann ging es wieder auf die Gasse hinaus, wo eine Familie von geflüchteten Bexae, erkennbar an ihren großen Augen, dem ungeschnittenen, goldbraunen Haar und den geschmeidigen Bewegungen, auf Spießen über einem kleinen Feuerbecken Gemüse briet. Der Geruch nach gerösteten Pfefferschoten und Zwiebeln hatte eine Gruppe hungriger Destulaner angelockt, die jetzt die Fremden umringten. Die Unterwasserszene war stumm, aber man konnte davon ausgehen, daß die Gasse von Geschrei und Gejohle widerhallte. Die Lanthianer hatten die Münder weit aufgerissen, und ihre Augen funkelten haßerfüllt. Die Bexae drängten sich mit hochgezogenen Schultern und niedergeschlagenen Augen dicht aneinander. Ihre Friedfertigkeit konnte die Destulaner jedoch nicht beschwichtigen, die Menge rückte immer näher. Angefeuert vom Hohngelächter seiner herumhüpfenden Kumpane, sprang ein frecher, zerlumpter Gassenbengel mit einem Satz auf das Feuerbecken zu, schnappte sich ein Stück roten Kürbis und suchte das Weite. Andere folgten seinem Beispiel, und das Gemüse wurde immer weniger. Endlich protestierten die Bexae mit aufgeregten Gesten, die absichtlich mißverstanden wurden. Im nächsten Augenblick ging die Menge zum Angriff über, die Fremden wurden angerempelt, bespuckt und mit Fausthieben traktiert. Die Bexae ergriffen die Flucht und ließen ihre ganze Habe zurück. Einige der Destulaner verfolgten sie, während andere zurückblieben, um zu plündern.

Die verängstigen Bexae liefen die Gasse entlang, der Taucher blieb ihnen dicht auf den Fersen. Endlich erreichten alle den Alten Marktplatz. Die Bexae wandten sich nach Süden und strebten dem Strichwasserkanal zu. Der Taucher schwamm weiter in den Platz hinein. Viele Stände waren geschlossen. Da bereits zahlreiche Lieferanten ihre Höfe verlassen hatten, gab es nur noch wenige Händler, die Nahrungsmittel zum Verkauf anboten. Die Reihen der Stände, die gewöhnlich überquollen von Gemüse, Obst, Fleisch, Fisch und Geflügel, waren verlassen. Zwischen den Buden lungerten mürrische Stadtbewohner herum und suchten vergeblich nach einem Opfer, an dem sie ihre aufgestaute Wut und Enttäuschung auslassen konnten.

Hin und her, von einer Seite zur anderen — der Taucher inspizierte gleichzeitig alle Winkel des Alten Marktplatzes. Lady Karavise war nirgendwo zu entdekken, und das war angesichts der Stimmung der Öffentlichkeit auch gut so. Einer der Stadtbewohner schleuderte in ziellosem Protest einen Stein und traf den leeren, mit Brettern vernagelten Stand eines Geflügelhändlers. Andere gelangweilte Müßiggänger ließen sich anstecken und erweiterten den Angriff bald auch auf die Nachbarbuden. Steine schwirrten durch die Luft und krachten gegen Holzwände, bis ein Trupp lammischer Soldaten aus der verhaßten Vayno-Garnison den Platz betrat. Die Lammier näherten sich den Zerstörungswütigen, erteilten offenbar Befehle und zogen sich damit den Zorn jedes in Hörweite befindlichen lanthianischen Bürgers zu. Ein Steinhagel prasselte auf die Soldaten nieder, sie drehten sich um und flüchteten, dicht gefolgt von den tobenden Lanthianern, in die sichere Vayno-Festung.

»Das ist häßlich.« Herzog Bofus wandte den Blick ab. »Das will ich nicht sehen. Glaubt Ihr, daß jemand verletzt wurde? Wenn seinen Soldaten etwas zustößt, wird der Keldhar von Gard Lammis tief gekränkt sein, und sein Zorn wird sich gegen mich richten. Warum können sich meine Untertanen in Zeiten der Not nicht gegenseitig beistehen? Warum können sie nicht sanft und gütig miteinander umgehen? Dann wäre doch alles gut, nicht wahr, Vaxalt?«

»Gewiß. Hoheit sind der Vorbote eines neuen Goldenen Zeitalters.«

»Wenn nur mein Liebling, meine kluge Kara, hier wäre, um mich zu beraten! In einer so berüchtigten Gegend wie dem Alten Marktplatz werden wir sie gewiß nicht finden, Vaxalt. Schickt den Taucher anderswohin. Was ist mit Nes' Sieg? Vielleicht hat sich meine Tochter an Eure Adepten um Hilfe gewandt.«

»Unmöglich, Hoheit. Nes' Sieg ist gegen kognitive Beobachtung abgeschirmt. Sollte der Taucher versuchen, dort einzudringen, so würde er sich in einem Labyrinth von Schatten verirren und vielleicht nie wieder herausfinden.« Es paßte nicht in Gless Vallages Pläne, dem Herzog einen Blick in die Bastion der Esoterikerloge zu gestatten, wo die erschöpften Adepten sich vergeblich abmühten, das Rätsel von Fal Grizhnis Tod durch Lichts-Kognition zu lösen. Natürlich würde ihnen das niemals gelingen, denn über die zur Rettung von Lanthi Ume erforderlichen Kräfte und Fähigkeiten verfügte nur Vaxalt Gless Vallage allein. Diese Tatsache würde die Welt erfahren, wenn die Zeit dafür gekommen war, aber keinen Augenblick früher.

»Dann zum Hafen«, schlug Bofus vor. »Vielleicht ist sie mit einem Schiff zurückgekehrt. Vielleicht landet sie in diesem Moment. Laßt uns den Hafen absuchen!«

Vallage sprach ein paar Worte, und das Wasser verdunkelte sich. Als es wieder hell wurde, konnte man die großen lanthianischen Hafenanlagen erkennen. Es waren auffallend wenige Schiffe zu sehen.

»Wo sind nur alle die Schiffe geblieben?« Stirnrunzelnd zupfte sich Bofus am Spitzbart.

»Sie haben die Segel gesetzt und Kurs auf fremde Häfen genommen, Hoheit. Wenn man Flüchtlinge aus Dalyon wegbringt, läßt sich damit ein Vermögen verdienen.«

»Sie laufen einfach davon!« Der Herzog nagte an der Unterlippe. »Sie lassen Lanthi Ume im Stich! Liegt ihnen denn gar nichts an ihrer Stadt?«

»Ihr Leben bedeutet ihnen mehr.«

»Aber Vaxalt, Ihr habt doch gesagt, es bestünde gar keine echte Gefahr.«

»Die Kleinmütigen glauben nicht daran, Hoheit.«

»Ha! Sie werden sehr dumm dastehen, wenn sie ihren Fehler erkennen! Was, Vaxalt?«

»Sehr dumm, Hoheit.«

»Aber sie haben es sich selbst zuzuschreiben. Was sind das für merkwürdige Leute, die sich da auf den Kaimauern drängen?«

Der Hafendamm wimmelte von Emigrationswilligen. Hier mischten sich wohlhabende Lanthianer mit Siedlern aus dem Landesinneren, mit Dendern, Feeniad, Sumpfspritzern und bedrohlich aussehenden Burbies. Dicht an dicht stand der Blaublütige neben dem Proleten, neben dem Verbrecher und manchmal sogar neben dem Halbmenschen. Die Not hatte alle gesellschaftlichen Schranken hinweggefegt. Der Taucher verschaffte sich einen schnellen Überblick über die Szene, glitt vorbei an den violetthaarigen Vemi-Sippen, die dicht am Wasser lagerten, an den Zelten der Zoniander und an den bootsförmigen Planwagen der Turo. Sie alle hofften auf die Gelegenheit, eine Passage auf einem Kauffahrer zu buchen, der Strell oder Szar anlief. Aber die wohlhabenden lanthianischen Handelsherren winkten vergeblich mit ihren Silber-Shorns, die Kojen waren so teuer und die Fahrgäste so zahlreich geworden, daß man mehr zu bieten haben mußte als Geld, um auch nur ein freies Plätzchen auf dem Oberdeck zu ergattern. Die Angst schlug zunehmend in Verzweiflung um, je mehr Tage vergingen und je weiter die mörderische Finsternis sich ausbreitete.

Der Taucher glitt an den Hafenmauern entlang, und seine vielen Augen glotzten gleichzeitig nach allen Seiten. Lady Karavise war nirgends zu sehen. Der Taucher schwamm weiter, vorbei an feilschenden Menschentrauben. Die strellische Bark *Golden Talgh* sollte in wenigen Stunden die Segel setzen. Innerhalb eines Tages hatte sich der Preis für eine Koje an Bord vervierfacht, und jetzt erreichte die fieberhafte Handelstätigkeit den Höhepunkt

Schnell durchsuchte der Taucher die Schiffe, dann strebte er weiter, den Lagerhäusern zu, die sich am anderen Ende des Kais erhoben.

»Da ist sie nicht, Vaxalt.« Der Herzog wurde allmählich ungeduldig. »Dessen bin ich mir fast sicher.«

Gless Vallage verkniff sich ein Achselzucken. »Hoheit dürfen die Hoffnung nicht aufgeben.«

»Das werde ich nicht. Ich muß daran glauben, daß meine Kara zurückkehren wird. Vielleicht nähert sie sich, während wir uns hier noch unterhalten, vom Festland her der Stadt. Vielleicht ist sie schon kurz vor dem

Tor. Vaxalt, schickt den Taucher zur Stadtmauer! Laßt ihn über die Landstraße blicken, dann werden wir ja sehen!«

Vallage erfüllte ihm den Wunsch. Im Becken wechselten die Bilder, die Stadtmauer löste den Hafen ab. Der Taucher folgte der Mauer und hielt schließlich am Nordtor an, um das Gelände vor der Stadt zu betrachten. Bofus sah wie gebannt zu, der Atem stockte ihm in der Kehle. Meilenweit lagen Felder und Weiden ruhig unter klarem Himmel. Dahinter hing die kognitive Finsternis wie ein hungriger Alptraum.

Nach Großmeister Gless Vallages Aufbruch — er hatte die Ängste des Herzogs nicht ganz beschwichtigen können — dachte Bofus lange und angestrengt nach. Über den Kanälen dämmerte es bereits, und es wurde kühl, als er endlich einen Entschluß faßte. Er rief einen Boten und erteilte ihm Anweisungen. Sein Privat-Dombul wurde bereitgestellt, und Bofus legte, begleitet von zwei Sendill-Kommandos mit Gardisten in grüngoldener Uniform, vom herzoglichen Kai ab.

Auf dem Lureis-Kanal schien alles ruhig zu sein, die umstehenden Paläste zeigten sich in gewohnter Pracht. Links glänzte Haus Vallage, der eleganteste unter den lanthianischen Herrensitzen. Vor dem Herzog ragten die vier blauen Türme des unbewohnten Haus Fennahar so stolz wie eh und je in den Himmel. Hier und dort leuchteten die goldenen Lichter des Abends auf, und auf dem Prendiprom — einem Spazierweg, der in früheren Zeiten unter dem Namen Prendivet-Promenade bekannt gewesen war — war der Laternenanzünder bereits bei der Arbeit. Irgendwo in der Nähe war Musik zu hören, die salzige Luft trug die fröhlichen Melodien über das Wasser. Die ersten Sterne glitzerten am Himmel, und nur der einzelne rote Lichtpunkt, der immer noch direkt über der Stadt stand, zerstörte die Illusion völliger Normalität.

Der Herzog zupfte sich nachdenklich am Spitzbart. Nun endlich erkannte er, wie sehr dieser Schein trog. Vor wenigen Stunden hatte er ein Bild des kognitiven Schattens erspäht, und jetzt wurde ihm das Ausmaß der Bedrohung erstmalig klar. Natürlich hatte Gless Vallage auf tröstlichste Weise Zuversicht und Optimismus verbreitet, und es zeugte von einem beschämenden Mangel an Vertrauen und Freundschaft, wenn er die Fähigkeiten des Adepten in Frage stellte oder sie gar bezweifelte. Aber Bofus konnte seine Bedenken nicht unterdrücken. Die gräßliche Finsternis wartete gleich *dort draußen,* jenseits der Mauer, und sie war im Begriff, sich auf die Stadt herabzusenken — diese Aussicht war so entsetzlich, daß Gless Vallages Versprechungen nicht mehr genügten, um die Furcht zum Schweigen zu bringen. Jemanden zu finden, der ihn wirklich beruhigen konnte, war freilich nicht leicht, denn es gab keinen lebenden Lanthianer, der über mehr geheimes Wissen verfügte als der Großmeister der Esoterikerloge.

Man konnte sich also nur noch an die Toten wenden.

Dicht am Wasser, in den alten Shonnet-Gärten befand sich eine Kristallfigur des Eatch-Adepten Jun, angeblich ein Selbstporträt. Schon vor dem Aufstieg der Esoteriker in Lanthi Ume hatte die Statue hier gestanden, sie hatte also viele Epochen überdauert, doch sie zeigte keinen Sprung, keine Beschädigung, keine Verfärbung, keine Spur von Verfall. Der Zahn der Zeit hatte ihr nichts anhaben können, und diese aufsehenerregende Tatsache schrieb man allgemein den außergewöhnlichen Fähigkeiten des Künstlers beziehungsweise des Modells zu. Dem Volksglauben nach hatte Juns Bild in der Vergangenheit dann und wann gesprochen, wenn große Gefahr für die Stadt bestand, und nach Ansicht vieler Bürger war nun wieder ein solcher Augenblick gekommen. Deshalb drängten sich die Massen erwartungsvoll um die Statue, und Bofus beabsichtigte, sich zu ihnen zu gesellen.

Das Dombul glitt weiter, vorüber am Glockenturm von Ka Nebbinon, vorüber an Palästen und Schlössern, die stumm in der violetten Abenddämmerung lagen, vorbei am grotesken Croino Deth-Monument und in den Kanal von Vho hinein, der wiederum in den Strichwasserkanal mündete. Es fuhr unter der Brücke der Bettler hindurch, ohne daß seine Fahrgäste den Bitten der dort postierten Scharen von Bedürftigen Gehör geschenkt hätten, und weiter, an immer weniger prächtigen Gebäuden vorbei, bis es den Rand der Shonnet-Gärten erreichte. An Juns Pier legte es an. Von dort war es nicht mehr weit zu dem berühmten Standbild.

Seit Tagen strichen die Lanthianer um diese Stelle herum und hofften auf ein Wunder. Die Menge war immer weiter angewachsen, und jetzt hatten sich einige hundert hier versammelt. Der Boden war mit Decken, Essenskörben, leeren Flaschen und abgenagten Knochen übersät. Einige Menschen waren, von der langen Wache ermüdet, im Gras am Fuß des Standbilds eingeschlafen, aber die meisten schienen hellwach und warteten gespannt. In den letzten Stunden hatte es verschiedene Anzeichen dafür gegeben, daß Jun sich nun bald äußern würde. Gegen Mittag hatten einige aus der Menge bemerkt, daß um die Figur herum eine geisterhafte Aura entstand. Später hatten angeblich die Kristallaugen aufgeleuchtet. Und vor weniger als einer Stunde, so behaupteten viele, hätten Juns Lippen und sein Kinn vibriert. Das Eintreffen ihres Herrschers und seiner Gardisten bestärkte die lanthianischen Bürger in ihrem Glauben. Jun mochte vielleicht zögern, zum Gemeinen Volk zu sprechen, aber dem Herzog würde er sich gewiß offenbaren.

Ein Raunen ging durch die Menge, die Reihen teilten sich, und man machte dem Herzog und seinem Gefolge Platz. Auf dem Weg durch die Gasse hielt Bofus immer wieder an, um seinen Untertanen die Hände zu schütteln. Dann war er am Fuß der Statue angelangt, und dort blieb er stehen und heftete die großen blauen Augen auf Juns kristallenes Antlitz. Die farblosen Augen verrieten nichts, und Bofus zögerte ein wenig ratlos. Was nun? Was war, wenn Jun nicht sprechen wollte? Vor den Augen seiner Untertanen von einem Standbild zurückgewiesen zu werden — wäre das nicht peinlich! Wenn wenigstens Kara hier gewesen wäre, sie hätte ihm gesagt, was er tun sollte! Aber sie war nicht hier, und er mußte etwas unternehmen. Er fuhr sich mit der Zunge über die Lippen und begann mit einigermaßen fester Stimme: »Großer Jun, wir grüßen dich und bekunden dir unsere Bewunderung und unseren Respekt. Mögest du dich noch lange deiner ewigen kristallenen Heiterkeit erfreuen.«

Die Statue antwortete nicht.

»Da wir deine Großmut kennen, sind wir gekommen, um dich um Rat zu bitten«, unternahm der Herzog einen neuen Vorstoß. »Wir flehen dich an, in dieser Stunde der Not dein Wissen mit uns zu teilen.«

Die Statue blieb stumm, und die Menge wurde unruhig.

Bofus trat verlegen von einem Fuß auf den anderen. »Als Herzog von Lanthi Ume beschwöre ich dich, uns zu Hilfe zu kommen. Im Namen aller Lanthianer der Vergangenheit, der Gegenwart und der Zukunft rufe ich dich an. Großer Jun, deine lanthianischen Brüder und Schwestern warten auf ein Wort von dir. Ich bitte dich, sprich zu ihnen.« Damit war die Phantasie des Herzogs erschöpft, und er verstummte. Zum Glück für sein öffentliches Ansehen war auch nicht mehr erforderlich.

Das Standbild leuchtete auf, und die Zuschauer keuchten erschrocken. Viele, darunter auch einige Gardisten, traten hastig zurück. Bofus blieb, wo er war, er hatte die Hände gefaltet, und auf seinem Gesicht lag ein verzücktes, staunendes Lächeln. Jun schimmerte in der zunehmenden Dämmerung so hell wie der Mond. Ein strahlender Glorienschein umgab das kristallene Haupt.

Ein leichtes Beben erschütterte die Erde, und so mancher Lanthianer flüchtete laut schreiend. Fast wie ein Mann zogen die Gardisten ihre Waffen. Herzog Bofus sah jedoch keine Gefahr. Er streckte die pummelige Hand aus, als wolle er die Figur berühren, doch dann zog er sie schüchtern wieder zurück.

Intelligenz funkelte in den farblosen Augen. Das durchsichtige Kinn klappte herunter. Kraftwellen durchfuhren knisternd die starren Gliedmaßen.

»Steh uns bei, Jun«, drängte Herzog Bofus mit neuem Mut. »Wir brauchen deine Führung.«

Wieder bebte die Erde, und ehe die Vibration noch ganz zum Stillstand gekommen war, lösten sich Worte von Juns reglosen Lippen:

»DIE ZEIT IST.«

Schweigend wartete die Menge auf eine Erklärung.

»DIE ZEIT WAR«, fuhr die Statue fort.

Verwirrtes Gemurmel erhob sich.

»DIE ZEIT IST VORÜBER.«

Die Erdstöße endeten. Die knisternde Aura verblaßte. Herzog Bofus begriff, daß sein Ratgeber sich bereits wieder zurückziehen wollte, und rief erschrocken: »Großer Jun, verlaß uns noch nicht! Wir bitten um deinen Rat!«

Eine Pause trat ein, als überlege die Statue, ob weitere Mitteilungen nötig seien, dann kam die Antwort:

»LANTHIANER, RETTET EUCH, FLIEHT.«

»Wir sollen unsere Stadt verlassen?«

»SIE IST NICHT MEHR EUER.«

»Unsere Häuser?«

»DEM UNTERGANG GEWEIHT.«

»Unser Hab und Gut?«

»VERWIRKT.«

»Ist das nicht ein wenig zu schwarzseherisch? Ich meine, bist du ganz sicher?«

»AUSREICHEND.«

»Wohin sollen wir fliehen?«

»ÜBER DAS MEER.«

»Großer Jun, das können wir nicht. Wir haben nicht genügend Schiffe für uns alle. Welches Schicksal erwartet die Zurückbleibenden?«

»DER TOD.«

»Das kann nicht wahr sein!«

»IHR WERDET ES SEHEN.«

»Was ist mit den Unschuldigen?«

»ZUSAMMEN MIT DEN SCHULDIGEN VERDAMMT.«

»Das ist ungerecht, es ist schrecklich!«

»TRÖSTET EUCH, HERZOG. DER TOD IST KEIN GANZ UND GAR UNBEFRIEDIGENDER ZUSTAND. IHR WERDET EUCH DARAN GEWÖHNEN. ICH HABE ES AUCH GETAN.«

Die bestürzte Antwort des Herzog ging in einem plötzlichen Gebrüll unter. Durch die Shonnet-Gärten kamen im Laufschritt vier Männer in braunen Uniformen, ihre topfförmigen Kopfbedeckungen und die stahlgefaßten Epauletten wiesen sie als Offiziere aus Gard Lammis aus. Die Fremden wurden von einer Schar aufgebrachter Lanthianer verfolgt. Keine dreißig Meter vor Juns Statue überholte der Mob die Flüchtlinge und ging mit Stöcken, Steinen, Fäusten, Keulen und abgebrochenen Sendill-Rudern zum Angriff über. Einer der Offiziere zog eine Steinschloßpistole und feuerte. Ein ruderschwingender Bürger fiel tot zu Boden. Einen Moment lang waren seine Spießgesellen verblüfft, fast benommen, doch dann wich die Erstarrung einem weißglühenden Zorn. Man schleuderte den Lammiern wütende Verwünschungen entgegen und kreiste sie ein.

Der Herzog war neben der Statue stehengeblieben und beobachtete das Getümmel in ratloser Verwirrung. »Was ist nur in die Leute gefahren? Was wollen sie denn? Haben sie den Verstand verloren?« wandte er sich schließlich verzweifelt an Rish Frayner, den Kommandanten der Gardisten. »Ihr müßt dazwischengehen!

Macht der Sache ein Ende! Und stellt fest, was wirklich vorgeht!«

Kommandant Frayner salutierte zackig, dann stellte er ein Kontingent von Gardisten zum Schutz des Herzogs ab und strebte mit seinen restlichen Männern auf den tobenden, schreienden Hexenkessel zu. Ehe sie ihn erreichten, gellte der Pfiff aus einer Trillerpfeife durch die Luft. Augenblicke später erschien eine Patrouille braungekleideter Soldaten. Da sie nicht in den Pöbel hineinschießen konnten, ohne ihre eigenen Kameraden zu verletzen, gingen sie mit angelegten Bajonetten auf die Menge los, und innerhalb von Sekunden lag ein Dutzend lanthianische Bürger am Boden.

Erbost befahl Kommandant Frayner seinen Männern den Angriff. Sie stürmten bereitwillig auf die Lammier los und hatten sie kurz darauf überwältigt. Die braune Linie zerriß wie ein morscher Faden. Wutschnaubend drängten die Lanthianer nach. Die überlebenden Lammier gaben Fersengeld und rannten um ihr Leben. Die herzoglichen Gardisten ließen sie ungehindert ziehen, aber eine Rotte empörter Zivilisten trieb die Flüchtenden durch die Straßen bis an die Tore der Vayno-Festung.

Solange der Kampf tobte, stand Herzog Bofus schwitzend vor Angst hinter einer schützenden Mauer ergebener Gardisten. Jenseits dieser Mauer herrschten Gewalt und Panik. Von den Bürgern, die sich um Juns Statue gedrängt hatten, eilten nun viele ihren Landsleuten zu Hilfe. Andere brachten sich hastig in Sicherheit, während ein Teil, der sich das Schauspiel nicht entgehen lassen wollte, in einiger Entfernung stehenblieb. Bofus nahm nur flüchtige Eindrücke wahr: Gruppen von Randalierern, rennende und stürzende Menschen, gelegentlich ein bleiches Gesicht, in dem sich Zorn, Angst, Qual oder Jubel spiegelte. Schmerzvolle und haßerfüllte Schreie gellten ihm in den Ohren. Und als schließlich die Gardisten eingriffen und die Lammier in die Flucht schlugen, brachen die Lanthianer in wildes Triumphgeheul aus. Die Menge geriet in Bewegung und löste sich auf, die Menschen zerstreuten sich nach allen Seiten.

»Ich will mit einem von ihnen sprechen«, teilte Herzog Bofus dem nächststehenden Gardisten mit.

Der Soldat trat vor und schnappte sich einen davonlaufenden Halbwüchsigen. Der Gefangene schlug und trat um sich wie ein Kaninchen in der Schlinge, doch als er erkannte, wen er vor sich hatte, beruhigte er sich.

»Ihr solltet nicht so grob mit dem Jungen umgehen«, mahnte der Herzog vorwurfsvoll. »Glaubt Ihr nicht, daß Ihr ihn jetzt loslassen könnt?«

Der Gardist gehorchte zögernd.

»Du brauchst keine Angst zu haben, mein Junge«, versicherte Bofus dem Gefangenen freundlich.

»Ich habe keine Angst«, antwortete der Bursche, und das war offensichtlich die Wahrheit. Trotz seines hohen Ranges flößte Bofus Dil Shonnet seinen Untertanen selten, wenn überhaupt jemals, Furcht ein.

»Dann wärst du vielleicht so freundlich, mir zu erklären, warum es zu diesem schrecklichen Aufruhr kam?«

»Es sind die Nachttöpfe, Hoheit! Diese lammischen Schweine sollte man in Stücke reißen!«

»Was ist geschehen?«

»Wir haben ihre Offiziere unten an den Werften dabei erwischt, wie sie für die ganze Garnison Schiffe besorgen wollten.«

»Was ist denn daran so schlimm?« fragte Bofus. »Es ist doch ganz natürlich, daß sie den Wunsch haben, sich zu retten.«

»Ihr habt mich nicht verstanden, Hoheit! Sie wollten alle Schiffe im Hafen requirieren und sie an der Küste entlang nach Gard Lammis schicken, für ihre eigenen Leute. Und wir Lanthianer sollten hier in der Finsternis verfaulen.«

»Weißt du das ganz genau?«

»Das habe ich gehört«, rechtfertigte sich der Junge. »Und das sagen alle.«

»Egoistisch, ja, ungerecht von den Lammiern«, überlegte Bofus. »Andererseits ist es verständlich, daß sie zuerst an ihr eigenes Volk denken ...«

»Hoheit *verteidigen* sie auch noch?« schrie der Junge empört.

»Nein, nein, nein. Ich will sie nicht verteidigen, ich versuche nur, die Sache von ihrem Standpunkt aus zu sehen, um gerecht urteilen zu können ...«

»Gerecht, sagt Ihr? Diese Fremden machen sich in unserer Stadt breit, als ob sie ihnen gehört, kommandieren uns alle herum, und jetzt schießen sie uns schon auf der Straße nieder wie streunende Hunde. Wollt Ihr ihnen das durchgehen lassen, Hoheit? Ich risse ihnen am liebsten die Därme heraus und würde sie als Wursthaut verwenden. Das wäre Gerechtigkeit.«

»Ach, Junge, das verstehst du nicht ...«

»Ich verstehe immerhin, daß diese lammischen Schweine Lanthianer töten. Hoheit sind vielleicht bereit, das zu schlucken, wir anderen aber nicht. Und wir werden den Nachttöpfen genau das geben, was sie verdienen.« Ohne zu warten, bis er entlassen wurde, stürmte der Junge hinter den flüchtenden lammischen Soldaten her.

»Soll ich ihn zurückholen, Hoheit?« erkundigte sich der Gardist.

»Nein, welchen Sinn hätte das? Soviel Zorn und Gewalttätigkeit ist mir unbegreiflich. Ich verstehe das einfach nicht.« Dem Herzog stiegen die Tränen in die Augen. »So sollten Menschen sich nicht benehmen, das darf nicht sein. Es ist unvernünftig und schrecklich. Warum tun sie das? Begreifen sie denn nicht, daß es falsch ist?«

Die Klagen seiner Hoheit verhallten ungehört, denn in diesem Augenblick kehrte Kommandant Frayner zurück und befahl kurz und bündig: »Bringt den Herzog von hier weg.«

Bofus protestierte vergeblich. Sanft, aber unerbittlich

drängten die Gardisten ihren Herrn zu seinem wartenden Dombul. Augenblicke später legte das Boot vom Pier ab und brachte Seine Hoheit zum herzoglichen Palast. Kommandant Frayner und einige seiner Untergebenen blieben zurück, um den Abtransport der Leichen zu überwachen und durch ihre Anwesenheit einen neuerlichen Ausbruch der Gewalttätigkeiten zu verhindern. Nun galt ihnen die Aufmerksamkeit des Eatch-Zauberers Jun. Noch Stunden nach dem Kampf erstrahlte die Statue in einem unheimlichen Licht. Ein Wirbel von Farben umtanzte das kristallene Haupt, helle Blitze zuckten über die Gliedmaßen. Offensichtlich war der Geist des toten Zauberers sehr aktiv, aber womit er sich beschäftigte, blieb ein Geheimnis, denn Jun sprach kein Wort mehr.

Langsam vergingen die Stunden, und die kognitive Finsternis strömte weiter auf Lanthi Ume zu, manchmal schien sie zu rasen, dann ließ sie sich wieder unerklärlich viel Zeit. Nachdem der Schatten den Morlin Hill und die Burg Io Wesha verschlungen hatte, hielt er eine Weile an, als wolle er einen besonders köstlichen Bissen genießen, um sich dann mit neuem Eifer weiterzubewegen. Unregelmäßig, aber unaufhaltsam rückte die schwarze Masse vor und stieß schließlich trotz der verzweifelten Bemühungen der Esoteriker, sie abzuwehren, prüfend gegen die Steine der alten Stadtmauer. Und dort machte sie halt.

Die Bevölkerung beobachtete die Gefahr mit wachsender Angst. Nun konnte man sie nicht mehr übersehen oder gar leugnen. Eine grausige Mitternachtsschwärze türmte sich direkt vor Lanthi Ume auf und bedeckte am hellen Mittag den halben Himmel. Man konnte sich nicht einreden, sie existiere nicht, sie werde die Stadt verschonen — und man konnte auch kaum mehr davor fliehen. Die letzten Boote hatten den Hafen verlassen. Die menschenfreundlicheren, abenteuerlicheren oder habgierigeren unter den Kapitänen würden vielleicht noch einmal zurückkehren, um weitere Passagiere in Sicherheit zu bringen, vielleicht aber auch nicht. Geblieben waren nur noch die Flotten von Dombuli, Sendilli, Renn-Jistylli und einige wenige Venerisen. Möglicherweise mit Ausnahme der letzteren war jedoch keines dieser Fahrzeuge auch nur im entferntesten seetüchtig.

Die Finsternis hatte die ganze Insel Dalyon überzogen und eilte nun dem Meer entgegen. Lanthi Ume war der letzte Zufluchtsort, nun gab es kein Ziel mehr, zu dem man laufen konnte.

Die Straßen der Stadt waren Tag und Nacht überfüllt. Ein buntes Völkergemisch von Flüchtlingen aus dem Landesinneren war zu Tausenden in Lanthi Ume und seinen Schwesterstädten an der Küste zusammengeströmt. Nun schlug das Geplapper fremder Zungen an lanthianische Ohren. Der Anblick fremdartiger Gesichter und Körper, deren Zugehörigkeit zur menschlichen Rasse nicht immer gesichert war, verletzte lanthianische Augen. Der Geruch fremden Fleisches und fremden Atems empörte lanthianische Nasen. Außenseiter wurden zu Konkurrenten um lanthianische Nahrungsmittel, um Raum und Luft. Noch unerträglicher war, daß diese Außenseiter auch Rivalen um die kostbaren Schiffspassagen waren. Bereits mehr als einmal waren alle Plätze auf auslaufenden Schiffen von den wohlhabenden grünhäutigen Zoniandern aufgekauft worden. Man empfand es als ungerecht, daß anständige Lanthianer auf ihrem eigenen Grund und Boden von fremdem Mammon verdrängt werden sollten, und die Bürger machten aus ihrem Mißfallen kein Hehl. Einwanderer — besonders, wenn ihr Äußeres auffallend exotisch war oder ihre Sprache besonders fremdartig klang — wurden oft Opfer spontaner und barbarischer Vergeltungsaktionen. Fremde Leichen verpesteten die Kanäle, und alle Ausländer, die auch nur im mindesten nichtmenschlich aussahen, hatten unter den verschiedensten Schikanen zu leiden. Überall in der Stadt brachen ziellose, fast sinnlose Krawalle aus, die erbittertsten Demonstrationen fanden auf dem Platz vor der Vayno-Festung statt, während die verhaßten lammischen Soldaten von den Festungswällen heruntersahen und gleich dahinter die Finsternis drohte. Diese kleineren Rebellionen waren ein bestenfalls ungenügendes Ventil für den Volkszorn. Sie erreichten nicht viel und konnten nicht einmal die Angst der Öffentlichkeit beschwichtigen — ganz im Gegenteil. Im Laufe der nächsten Stunden steigerte sich diese Angst zu kopfloser Panik. Lanthi Ume war verzweifelt, hatte jeden Halt verloren und wartete sehnsüchtig auf einen Retter.

Auf diesen Moment hatte Gless Vallage seit langem gewartet.

Und so kam es, daß sich der Großmeister der Esoterikerloge der Finsternis entgegenstellte, allerdings nicht von den Mauern der Vayno-Festung aus, denn die verängstigten lammischen Soldaten, die sich dort verschanzt hatten, ließen sich durch nichts bewegen, irgendeinem Lanthianer Einlaß zu gewähren. Statt dessen stand er allein auf der Stadtmauer, die ja eine Fortsetzung der alten Festungswälle darstellte. Davon abgesehen spielte sich jedoch alles genau so ab, wie er es sich oft ausgemalt hatte.

Gless Vallage war in weite, raffiniert geschnittene Gewänder gehüllt, die seine Größe und seine breiten Schultern betonten. Das goldene, doppelköpfige Drachenemblem der Esoterikerloge glänzte an seiner Kehle, sonst lockerte nichts das dramatische Schwarz auf. Sein dichtes Haar war makellos frisiert und glänzte wie Silber. Seine Miene drückte ruhige Überlegenheit aus. Unter und hinter ihm war der Platz überfüllt mit verängstigten Lanthianern, die ehrfürchtig flehend nach oben blickten — zu Vaxalt Gless Vallage, ihrem einzigen Beistand, ihrer einzigen Hoffnung. Vor ihm dräute die grauenerregende Finsternis. Zu seinen Füßen, für die Menge unsichtbar, lag ein Sortiment von kognitiven Hilfsmitteln und thaumaturgischen Geräten bereit, die es ihm erleichtern sollten, zur Höheren Kognition zu gelangen. Gless Vallage hielt es nicht für erforderlich, überall zu verbreiten, in welchem Maße er sich auf mechanische Unterstützung verließ. Ein solches Eingeständnis würde, gewiß zum Leidwesen seiner Bewunderer und künftigen Untertanen, nur das strahlende Bild trüben, das sich die Öffentlichkeit von ihm gemacht hatte.

Lange Zeit stand Vallage völlig reglos da, um seine Erscheinung auf die Zuschauermassen unter sich wirken zu lassen. Sie würden ihn vor einem Hintergrund von unsäglicher Schwärze sehen. Seine dunklen Gewänder würden mit der Finsternis verschmelzen. Doch das Sonnenlicht, das auf seinen Kopf herabbrannte, würde sein helles Haar und das kräftige, blasse Profil großartig hervorheben. Auch seine Hände mit den langen, schmalen, weißen Fingern würden deutlich sichtbar sein. Es würde so aussehen, als schwebten sie körperlos im Nichts, wodurch jede seiner eleganten Gesten doppelt eindrucksvoll wurde.

Vallage ließ den Lanthianern Zeit, sich sattzusehen. Dann, genau in dem Augenblick, den ihm sein hochentwickelter Instinkt für das Theatralische eingab, veränderte er seine Stellung. Inmitten von effektvoll wallenden schwarzen Stoffbahnen hob er die Arme und begann zu sprechen oder vielmehr zu singen. Er hatte eine herrliche Stimme und war sich dessen auch bewußt. Die schmelzenden Töne erklangen in Rhythmen von genau berechneter Schönheit und mußten jedem Zuhörer wie ein Traum erscheinen. Der Gesang setzte sich minutenlang fort und steigerte sich immer mehr, bis Gless Vallage schließlich viermal hintereinander mit erhobenen Händen eine entschiedene Geste vollführte, woraufhin schlagartig vier große, edelsteinfarbene Lichtsäulen entstanden. Kurz trotzten sie mit ihrem Licht der Finsternis, dann zerplatzten sie lautlos und schickten dabei tausend farbige Lichtfäden über den schwarzen Himmel. Die Spuren kreuzten sich wieder und wieder und bildeten schließlich ein strahlendes kognitives Netz, das sich in die Lüfte erhob, höher, als ein menschliches Auge zu schauen vermochte, um die bedrohliche Finsternis zurückzudrängen. Erregte, freudige Zurufe waren von unten zu hören. Nur einige Adepten der Esoterikerloge, die sich unter die Zuschauer gemischt hatten, bewegten sich nicht und verzogen keine Miene, denn sie allein erkannten, wie banal Vallages Effekte waren. Das funkelnde Netz war so hübsch wie ein hurbanesisches Feuerwerk und in diesem Fall auch ebenso wirkungslos.

Gless Vallage tat so, als habe er den Beifall nicht gehört. Den Kopf in den Nacken gelegt, das Gesicht zum schwarzen Himmel erhoben, sang er voll Inbrunst weiter. Während die volltönenden Silben von seinen Lippen strömten, drückte er unauffällig mit dem Fuß auf verschiedene Aktivierungsmechanismen. Ein Chor von Stimmen antwortete ihm aus dem Nichts wie der Gesang einer Geisterschar. Die unglaublich reinen, klagenden Töne trieben vielen Zuhörern die Tränen in die Augen. Die Wirkung war meisterhaft berechnet, und die Menge zollte ihr auch gebührende Bewunderung. Nur die Adepten im Publikum blieben mürrisch und ließen sich nicht beeindrucken. Der Kognoszent Nem Kilmo verschränkte die Arme, und seine Lippen wurden schmal. Kognoszent Jair Zannajair wandte sich ab, ohne seine Entrüstung zu verbergen. Vallage schenkte ihnen keine Beachtung, denn jetzt war sein großer Augenblick gekommen.

Nun endlich, unter den Blicken aller Menschen, würde er die gewaltige kognitive Leistung vollbringen, auf die er sich so lange und mit solcher Gründlichkeit vorbereitet hatte.

Gless Vallages Haltung und sein Gebaren veränderten sich. Er verzichtete jetzt auf alle Effekthascherei, setzte nur die sparsamen Bewegungen und die kraftvolle Sprache des geübten und begnadeten Adepten ein, der er ja tatsächlich war. Unter Aufbietung aller seiner geistigen Kräfte sprach er die Finsternis an, forderte mit seinen mächtigen Fähigkeiten die Kognition des längst verstorbenen Terrs Fal Grizhni heraus. Sofort traf er auf nachdrücklichen Widerstand. Er spürte, wie die giftige Finsternis sich auf seinen Verstand legte und gegen seinen Willen anbrandete. Es überraschte ihn nicht, damit war zu rechnen gewesen, es paßte zu den Empfindungen, die er während der langen Monate, in denen er sich bemüht hatte, die Tod-des-Lichts-Kognition zu meistern, immer wieder erlebt hatte. Ja, dies war der kritische Moment des ganzen Prozesses. Wenn er diese erste Schranke überwunden hatte, würden die Schwierigkeiten deutlich geringer werden. Folglich konzentrierte Vallage seine ganze Kraft auf einen Vorstoß von ungestümer Heftigkeit, der alle Barrieren gleich zu Anfang hinwegfegen sollte. Die Finsternis, der er jetzt gegenüberstand, war gigantisch, überwältigend. Verglichen damit waren die winzigen kognitiven Schattensplitter, die er in seinem Arbeitszimmer besiegt hatte, lächerlich gering. Und doch galten in beiden Fällen die gleichen kognitiven Regeln. Er hatte lange und beharrlich an der Verfeinerung seiner Technik gearbeitet, nun konnte ihm der Erfolg nicht versagt bleiben.

Er stand an der Schwelle zur Kognition und glaubte schon zu spüren, wie die Finsternis vor ihm zurückwich. Dieser Eindruck wurde noch verstärkt durch die Bewegung des regenbogenfarbenen Lichtgespinsts, das sich jetzt von der Stadtmauer nach außen wölbte. Neue Rufe ertönten von unten, und selbst die Adepten hatten ihre frühere Skepsis vergessen und sahen in atemloser Spannung zu.

Er war ganz sicher, sie bewegte sich. Die gewaltige Finsternis wurde schwächer, war im Begriff, vor Vaxalt

Gless Vallage zu kapitulieren. Er spürte, wie sich die Kraft in ihm regte, wie sie ihn erfüllte. Und dann war mit einem Schlag alles ganz anders.

Es war, als hätten seine Bemühungen Fal Grizhnis großer Kognition eine Maske vom Gesicht gerissen und das hämische Dämonengrinsen darunter freigelegt. Gless Vallage sah sich einer Elementargewalt gegenüber, wie er sie noch nie erlebt und ganz gewiß auch nie erwartet hatte. Nun endlich wurden ihm die wahre Macht, der wahre Schrecken des Todes des Lichts offenbart, und diese Enthüllung war niederschmetternd. Zum ersten Mal erkannte er das Wesen seines Feindes und gleichzeitig das Ausmaß seiner eigenen Torheit. Im Angesicht dieser Kognition war Gless Vallage, Großmeister der Esoterikerloge und größter Adept von Lanthi Ume, ein armseliger, inkompetenter, hilfloser Stümper. Ein Gegenangriff kam jetzt nicht mehr in Frage, selbst eine Verteidigung war unmöglich. Vallage spürte, wie er zermalmt, überwältigt, mühelos ausgelöscht wurde. Seine flackernde Kognition wurde ausgeblasen wie eine Kerzenflamme. Schwankend preßte er die Hände an die Schläfen, wie um zu verhindern, daß ihm der Schädel zersprang. Ein dünnes Winseln, Erstaunen, Verzweiflung, drang aus seinem Mund.

Es dauerte ein paar Sekunden, bis die Bürger begriffen, daß ihr Retter gescheitert war. Der erste Verdacht kam auf, als das Lichtgespinst über der Mauer zerfiel. Die leuchtenden Strähnen lösten sich voneinander, schrumpften und verschwanden jäh. Dann sank Vaxalt Gless Vallage, der allmächtige Großmeister, kraftlos in die Knie, beugte sein silbernes Haupt und vergrub das Gesicht in den Händen.

Vielleicht durch den Widerstand gereizt, wählte die Finsternis genau diesen Augenblick, um weiter vorzurücken. Plötzlich ergoß sie sich wie ein reißender, unwiderstehlicher Sturzbach über die Stadtmauer. Erst im letzten Moment, als die Schwärze bereits über ihn hereinbrach, sah Vallage auf. Entsetzen und Reue spiegelten sich in seinen verzerrten Zügen, und dann war er verschwunden, wie weggewischt. Schreiend flüchteten die Bürger, und die Woge der Finsternis verfolgte sie. Sie fegte über Straßen und Kanäle, verschlang Schlösser, Denkmäler und Gärten. Paläste und Parks, Hütten und Mietskasernen, Speisehäuser und Schenken, Barkassen und Venerisen — innerhalb von Minuten war alles verschwunden. Die schwarze Flut breitete sich bis an den Rand des Festlands aus, und viele beteten, sie möge dort zum Stillstand kommen.

Sie tat es nicht. Über die Bucht von Tren glitt sie nach Jhannetta, dem ersten der Neun Eilande der Stadt, von Jhannetta nach Faneel und immer weiter von Insel zu Insel. Die Lanthianer stürzten in ihre Dombuli und Sendilli und flüchteten damit bis nach Jherova, dem äußersten Eiland. Dahinter gab es nichts mehr, und so kauerten sie, im Rücken die offene See, hilflos am Strand und sahen zu, wie die Finsternis ihnen entgegenraste. Innerhalb einer Stunde war auch Jherova überwältigt.

Es war Nachmittag, und irgendwo schien die Sonne. Lanthi Ume lag jedoch lebendig begraben unter einem giftigen Schatten, der schwärzer war als der tödlichste Haß.

14

SIE WAREN NICHT ALLEIN IM DUNKELN. Auch andere Wesen wandelten unsichtbar durch die Nacht, und Devras hörte oft schwere Körper durch das Unterholz schlurfen, schleppende Schritte, flüsternde Stimmen und mehr als einmal Schluchzen. Es klang jämmerlich, und anfangs empfand Devras Mitleid. Ein- oder zweimal versuchte er ohne Erfolg, den Ursprung des Geräusches zu finden, und beim dritten Mal wäre ihm das beinahe zum Verhängnis geworden. Es war an einem schwülen Tag oder in einer schwülen Nacht, Regen prasselte durch die stinkende Luft und spritzte ihm warm wie Blut ins Gesicht. Er war allein unterwegs und suchte nach Pilzen. Die kognitive Leine verband ihn mit Wate Basef. An einem Arm hatte er eine Laterne hängen, die aus dem Haus der ermordeten Bauernfamilie stammte. Die Lampe strahlte zwar eine unangenehme Wärme aus, doch war ihm ihr natürliches Licht weit lieber als der giftige kognitive Schein von Wate Basefs blauweißen Steinen. Die Scheiben waren über und über mit durchsichtigen Insekten verklebt. Das Licht zog die Tiere zu Hunderten an — große, zartgrüne Wesen mit Edelsteinaugen, fedrigen Fühlern und Flügeln so groß wie Untertassen. Sie hefteten sich an das Glas, wo sie schnell zugrunde gingen, und ihre zerbrechlichen Körper verliehen dem warmen Licht einen perlmuttfarbenen Schimmer.

Devras ging langsam, den Kopf gesenkt, die Augen auf den Boden gerichtet, in Gedanken mit den so schwer zu findenden Pilzen beschäftigt. Auf einmal verschwamm ihm alles vor den Augen, ein Schwindel ließ ihn taumeln. Er war von Kopf bis Fuß in Schweiß gebadet und spürte einen gallebitteren Geschmack im Mund. Die Zeichen waren ihm inzwischen wohlbekannt. Es war wieder einmal Zeit, eine von Wate Basefs

Tabletten zu nehmen. Sie waren unglaublich wirksam, wenn es darum ging, die Krankheitssymptome zu unterdrücken. Eine einzige vertrieb den Schwindel und die Übelkeit und brachte ihn innerhalb von wenigen Sekunden wieder ins Gleichgewicht. Es entging ihm freilich nicht, daß die Zeitspannen, in denen er sich kräftig und munter fühlte, immer kürzer wurden. Immer mehr Pillen waren erforderlich, um die Illusion von Gesundheit aufrechtzuerhalten, und dabei nahm seine Seele Schaden. Das trügerische Gefühl körperlichen Wohlbefindens konnte die chronische Niedergeschlagenheit, die schleichende Angst und das Krebsgeschwür der Verzweiflung nicht bannen. Außerdem würde der Tablettenvorrat bald erschöpft sein. Und was dann?

Denk nicht darüber nach.

Er zerbiß eine Tablette, schluckte sie hinunter und spürte das nun schon vertraute Durcheinander von Geschmacksempfindungen. Sofort legte sich der Schwindel. Er blieb stehen und atmete tief durch, die schwarze Welt richtete sich wieder gerade, und das Sausen in seinen Ohren wurde von einem ungeduldigen, von Heulen und Stöhnen unterbrochenen Affengeschnatter verdrängt. Devras rief die unsichtbaren Wesen mit lauter Stimme an, hob seine Laterne und gab damit Zeichen. Sofort verstummten alle Geräusche, tiefe Stille trat ein. Er wiederholte das Lichtsignal und rief wieder. Ringsum raschelte und knisterte es in der Dunkelheit. Augenblicke später sprang eine Rotte vierschrötiger, krummbeiniger Gestalten ins Licht und griff nach seiner Laterne. Devras erhaschte einen schnellen Blick auf flache, schwärzlichbraune, behaarte Gesichter, tiefliegende Glutaugen und gewölbte Brustkörbe mit Hunderten von winzigen, schwarzen Zöpfen, dann wurde er gepackt, geschüttelt und zu Boden geworfen. Zwei der Wesen knieten auf ihm, ein drittes durchsuchte seine Taschen, und ein viertes entwand ihm die Laterne. Vom Sturz benommen, atemlos und vor Überraschung fast gelähmt, leistete Devras kaum Widerstand. Die Taschen waren leer. Mit einem schrillen, enttäuschten Schnattern sprangen die Banditen auf, versetzten ihrem Opfer mit nackten Füßen noch ein paar kräftige Tritte in die Rippen und zogen mit der Laterne ab. Das Licht verschwand, Devras war allein in der feuchtwarmen Dunkelheit. Eine Weile blieb er liegen, bis die Schwärze immer belastender wurde, ihn flach zu Boden preßte und ihn unter ihrem Gewicht zu zermalmen drohte. Eiskalt kroch ihm die Angst durch die Adern. Dann spürte er den Zug der Leine an seinem Handgelenk, und sofort ließ der Druck auf seinem Herzen nach, denn er wußte, er war weder allein, noch hatte er sich verirrt. Raith Wate Basef und die anderen warteten irgendwo dort draußen, und die Leine würde ihn geradewegs zu ihnen führen. Devras rappelte sich auf und tastete sich zum Lager zurück, wo er allerdings den Verlust der Laterne eingestehen mußte. Von da an waren sie alle vier sehr viel mißtrauischer.

Die Vorsicht kam ihnen nicht lange danach zugute. Sie wanderten am Fluß entlang, denn er war das einzige, woran man sich in dieser schrecklich veränderten Welt zuverlässig orientieren konnte. Das Licht aus den beiden verbliebenen Laternen erhellte kaum ein Stückchen Boden voll abgestorbener Pflanzen, die nächsten sterbenden Bäume und das Wasser, das gegen das Ufer plätscherte. In der schwarzen Luft wimmelte es von Riesenfaltern. Die Insekten umflatterten die Laternen, stürzten sich auf das helle, menschliche Fleisch, hefteten sich in das Haar und die Kleidung der Menschen und trieben sie fast zum Wahnsinn.

Die so Geplagten vergaßen jedoch die Falter, als sie eine trübe Helligkeit am Flußufer herangleiten sahen. Der Schein, langgezogen wie ein Kometenschweif, kam schnell auf sie zu. Das Licht wurde stärker, und allmählich erkannten sie, wie überwältigend groß das rätselhafte Phänomen sein mußte. Unter ihren Füßen vibrierte die Erde. Trällernde Töne einer zutiefst fremden Musik erfüllten die Luft. Die vier Menschen löschten sofort ihre Laternen, traten zur Seite und machten den Weg frei, auf dem sich das Licht näherte. Dann faßten sie sich an den Händen, tasteten sich ein paar Meter weit durch die Dunkelheit zu einem absterbenden Brombeergestrüpp und kauerten sich schweigend dahinter. Der formlose Lichtfleck wurde immer größer, teilte sich schließlich, und sie erkannten, daß er sich aus vielen einzelnen leuchtenden Gestalten — groß, mager, blaß und mit riesigen Augen — zusammensetzte. Devras starrte sie wie verzaubert an. Es mußten Tausende sein — ein ganzes Heer unbehaarter Humanoider mit flakkerndem, hell strahlendem Fleisch und wohlklingenden Stimmen wie aus einer anderen Welt. Sie gaben ein so helles Licht ab, daß sogar die kognitive Finsternis davor zurückwich. Das waren also die legendären Weißen Dämonen — und sie fühlten sich sichtlich wohl in dieser Atmosphäre, die für Menschen tödlich war. Das Heer zeigte nicht die strenge Disziplin menschlicher Soldaten, es marschierte in lockerer Formation, einzelne Gruppen unterschiedlicher Größe und Zusammensetzung hatten sich nach Regeln zusammengefunden, die den versteckten Beobachtern unverständlich waren. An der Spitze der großen Kolonne ging ein Wesen, das sich durch ungewöhnliche Größe und riesige, schwarze Augen auszeichnete. Eine leichte Tunika, wahrscheinlich eine Art Rangabzeichen, hob es ebenfalls von den anderen ab. Noch auffallender war, daß sein Fleisch merklich matter strahlte als das seines Gefolges. Alles in allem hatte es mehr Ähnlichkeit mit einem Menschen als alle anderen im ganzen Zug. Devras' Herz schlug schneller, und er konnte den Blick nicht von diesem Anführer losreißen. In seinem Versteck überkam ihn ein fast unerträgliches Verlangen, herauszuspringen und dem schwarzäugigen Kommandanten seine Anwesenheit zu offenbaren. Sobald das Wesen vorbei war, legte sich auch dieser Drang. Nun wartete Devras mit jagendem Puls, bis die ganze schier endlose Kolonne vorübergeglitten war. Er registrierte die geschmeidigen, langgliedrigen Körper, die fließenden Bewegungen, die melodischen Stimmen, die intelligenten Augen und die empfindsamen Züge. Im Licht des Feindes bemerkte er auch Gronos ehrfürchtiges Staunen, Wate Basefs akademisches Interesse und Karavises undurchschaubare Spannung. Die Dämonen marschierten weiter, ohne sich der Gegenwart der Menschen bewußt zu werden. Der Anführer war bereits im Dunkeln untergetaucht, und die leuchtende Legion folgte ihm. Minuten vergingen, bis endlich die letzten Lichtgestalten den Blicken entschwunden waren. Dann lag die Welt wieder im Schatten der Finsternis.

Alle schwiegen, bis Devras fast verträumt bemerkte: »Sie sind eigentlich — schön.«

»Wie könnt Ihr so etwas sagen, Herr Devras?« Grono war verblüfft. »Es sind Ungeheuer!«

»Hast du auch bemerkt, wie anmutig sie sich bewegen.«

»Ja, wie Schlangen. Ich finde sie abscheulich.«

»Devras hat recht«, widersprach Karavise und fügte leise hinzu: »Aber das tut nichts zur Sache.«

Sie blieben noch eine Weile in ihrem Versteck und wagten nicht, sich zu regen, dann zündeten sie die Laternen wieder an und kehrten an den Fluß zurück. Hintereinander stapften sie am Ufer entlang. Oft hörten sie Stimmen, aber mit der Zeit lernten sie, nicht mehr darauf zu achten. Manchmal sahen sie ganz in der Nähe einen geisterhaften Lichtschein, dann machten sie einen Umweg, um ihm auszuweichen. Gelegentlich ertönten Schreie, und einmal vernahmen sie ein anhaltendes, schauerliches Gelächter, das ihnen stundenlang zu folgen schien. Grono, der das Schlußlicht bildete, schwor, er habe die Berührung fieberheißer Finger im Nacken gespürt. Erst als sie die Laternen löschten und sich geräuschlos vom Ufer entfernten, konnten sie dem Kicherer, wie sie ihren unheimlichen Begleiter getauft hatten, entkommen.

In diesem lichtlosen Universum verstrich die Zeit, ohne daß man sie messen konnte. Bald fiel den Reisenden auf, daß sich Müdigkeit, Hunger oder Durst in sehr unterschiedlichen Abständen einstellten. Geregelte Schlafenszeiten einzuhalten, erwies sich als unmöglich, und so war stets einer der vier übermüdet. Es fiel immer schwerer zu beurteilen, ob einer der häufigen Anfälle von Schwäche und Übelkeit kognitiven Ursprungs war oder schlicht die Folge der Strapazen. In letzterem Fall wirkten Wate Basefs Pillen nicht, und man vergeudete eine knapp gewordene Kostbarkeit. Die Tabletten verbrauchten sich zu schnell. Bald würde nichts mehr davon übrig sein.

Niemand konnte schätzen, wieviele Stunden und Tage in dieser endlosen Nacht vergangen waren, insgesamt war es jedoch eine lange Zeit — davon zeugte der zur Neige gehende Proviantvorrat. Die Säcke, die sie aus dem zerstörten Haus mitgenommen hatten, waren so gut wie leer. Wenn die Bestände erschöpft waren, würden die Reisenden gezwungen sein, sich, so gut sie konnten, von dem zu ernähren, was das Land ihnen bot, und Grono, der seine früheren Ansprüche in dieser Hinsicht aufgegeben hatte, experimentierte bereits mit gekochter Baumrinde und gerösteten Faltern. Bisher hatten seine Produkte nur wenig Anklang gefunden, doch allein die Versuche ließen erahnen, wie verzweifelt er war.

Eintönig kroch die Zeit dahin, und nichts in all den philosophischen Schriften der Alten hatte Devras dafür gerüstet, mit dem Stumpfsinn dieser Reise fertigzuwerden. Gespräche fanden so gut wie nicht mehr statt, die Vorsicht verlangte, daß man möglichst schweigend dahinwanderte. Außerdem gab es wenig, worüber sich zu reden lohnte. Beobachtungen konnte man nicht machen, denn vom Land war nichts zu sehen. Seinem körperlichen Unbehagen, dem Hunger, der Müdigkeit, der Angst, dem Überdruß, der Enttäuschung oder dem allgemeinem Pessimismus Ausdruck zu verleihen, war sinnlos, und man versagte es sich, also blieb kaum noch etwas zu sagen. Sogar Grono hatte seine Klagen eingestellt. Nur selten gönnte man sich kurze Ruhepausen, und dann plagten einen die Hitze, der gräßliche Gestank, die aufdringlichen Insekten und unbekannte Kriechtiere. Leiden gab es genug, aber sie wiederholten sich ständig, und die Stimmung war bei allen fast auf dem Tiefpunkt angelangt.

Die allgemeine Niedergeschlagenheit verstärkte sich noch, als die Nahrungsvorräte immer weniger wurden und schließlich nur noch ein einziger kleiner Sack mit steinharten Linsen übrig war. Auch als Grono seine geräucherten Falter auftischte, besserte sich die Laune nicht. Und als sich schließlich herausstellte, daß der als Eisige Ambition bezeichnete Glasturm nicht zu finden war, schwand auch die letzte Hoffnung dahin. Man wurde sich dieser Tatsache nur ganz allmählich bewußt. Viele Meilen hatte man bereits blind am Ufer des Yl zurückgelegt, bis die ersten Zweifel und dann die ersten zögernden Fragen auftauchten. Eine Weile gelang es Wate Basef noch, die Bedenken niederzuhalten. Stets wähnte man die Eisige Ambition gleich hinter der nächsten Flußbiegung oder jenseits der nächsten Baumgruppe. Aber Fluß und Bäume zogen vorüber wie ein endloser Strom. Die Zeit verging, und der Turm zeigte sich nicht. Vielleicht waren sie im Dunkeln daran vorbeigegangen, vielleicht existierte er auch gar nicht mehr. Die Zweifel wuchsen sich zu Befürchtungen und zuletzt zu einer Angst aus, die niemand offen eingestand. Die Klagen verstummten, aber man marschierte weiter, eine geisttötende Meile um die andere. Wate Basef ging an der Spitze der Gruppe. Sein Schritt war fest, er gab sich zuversichtlich, aber etwas verriet doch seine Unsicherheit: das charakteristische Lächeln war verschwunden.

Niemand geriet in Panik, als die letzten Tabletten eingenommen wurden. Es gab kein Gejammere, keine Vorwürfe. Bei allen machte sich eine unterschwellige Ernüchterung breit, das war anfangs alles. Kurze Zeit schien das Absetzen der Tabletten ohne Wirkung zu bleiben, die ohnehin vorhandenen körperlichen Beschwerden verschlimmerten sich kaum. Aber nach einer Weile machten sich die so lange unterdrückte Schwäche und die Übelkeit doch bemerkbar. Devras wurde benommen. Er spürte den Boden nicht mehr unter den Füßen und stolperte oft. Ein ständiger Nebel trübte seinen Blick, und er sah die Laterne in seiner Hand nur noch als verschwommenen, trüben, rötlichgelben Fleck. Seinen Gefährten erging es nicht anders, alle litten unter leichtem Fieber und schlurften mit gesenkten Köpfen und glasigen Augen dahin. Stunden vergingen, man schleppte sich mühsam weiter, aber die Eisige Ambition zeigte sich nicht. Trotz aller Entbehrungen, trotz der zunehmenden Hoffnungslosigkeit sprach niemand davon aufzugeben. Es wurde überhaupt nicht gesprochen. Die tiefe Stille bildete einen dramatischen Kontrast zu dem aufreizenden, schrillen Gelächter des Kicherers, dem es im Dunkeln gelungen war, sie zu überholen.

Anfangs hielt er sich noch etwas zurück. Sein Lachen gellte meilenweit und stundenlang hinter ihnen her, aber es blieb auf Abstand. Doch als sie endlich eine Pause einlegten, um ihre Linsen zu kochen, war es mit der Schüchternheit vorbei. Das Keckern näherte sich in immer enger werdenden Kreisen dem Lagerfeuer. Als sie sich von neuem auf den Weg machten, folgte ihnen der Kicherer dicht auf den Fersen. Er wurde immer dreister und zudringlicher, und am meisten hatte er es auf Karavise abgesehen.

Sie spürte, wie die feurigen Finger an ihrem Haar und ihren Röcken zupften. Heißer Atem strich ihr über Wangen und Nacken. Wütend fuhr sie herum, sah aber nichts als Finsternis, aus der ihr ein irres Gelächter entgegenschallte. Karavise sah sich nach allen Seiten um, aber der Plagegeist war nirgends zu entdecken. Schließlich tauschte sie mit Grono den Platz und setzte den Weg zwischen zwei Verbündeten fort. Der Kicherer verlieh seiner Enttäuschung lautstark Ausdruck. Das Gelächter bekam einen drohenden Unterton, und kurz darauf schrie Grono vor Schmerz auf. Seine Livree war mit Blut befleckt, aus seiner Schulter ragte ein Dorn. Gleichzeitig spürte Karavise, wie ihr eine glühend heiße Hand sehnsüchtig über den Rücken streichelte. Wieder wirbelte sie herum, wieder stand sie vor dem Nichts. Gleich außerhalb des Laternenscheins ertönte ein schadenfrohes Kreischen.

Das Wesen war unerträglich. Es abzuhängen, würde wertvolle Zeit kosten, aber es würde sich auszahlen. Folglich löschten sie die Lichter und folgten einer Abzweigung, die zu den verkohlten Überresten eines vor kurzem erst geschleiften Dorfes führte. Als das Gejohle des Kicherers hinter ihnen nicht mehr zu hören war, zündeten sie die Laternen wieder an. Eine Weile schlenderten sie ziellos zwischen den Trümmern der Häuser, Scheunen und Nebengebäude umher und registrierten bedrückt die Zeichen eines Vardrulüberfalls — ausgedehnte Zerstörungen und ganze Haufen von Leichen, deren Verwesungsgeruch sich mit dem vertrauten kognitiven Gestank mischte. Plötzlich sackten Grono die Beine weg, und damit war an ein Weitergehen nicht mehr zu denken. Der Diener taumelte und setzte sich unvermittelt. Mit wortreichen Entschuldigungen wollte er sich erheben, sank jedoch kraftlos zurück und rang nach Luft. Der Schwindelanfall mochte den Ausbruch einer Krankheit ankündigen, vielleicht war er aber auch nur die Folge schlichter Unterernährung. Dieser Verdacht brachte Devras auf die Idee, das Dorf nach neuen Vorräten abzusuchen, um die schmale Kost aus Linsen und geräucherten Faltern etwas anzureichern. Vielleicht ließ sich damit der ständig zunehmenden Schwäche entgegenwirken.

Die anderen entschieden sich dafür, bei Grono zu bleiben, und ließen sich inmitten der Trümmer nieder. Die Laterne in der Hand, einen Bauernkorb über einem Arm und den kognitiven Faden am Handgelenk, machte Devras sich allein auf den Weg und stolperte von Ruine zu Ruine, bis er sich weit von seinen Freunden entfernt hatte. Am Rand des Dorfes fand er einen einzelnen Schuppen, der völlig unversehrt geblieben war. Als er eintrat, entdeckte er einen Vorrat an Wurzelgemüse, genug, um mehrere Tage den Hunger zu stillen. Bei dem Anblick knurrte ihm der Magen, er kniete nieder, stellte die Laterne ab, griff nach den Wurzeln — und dann rann ihm der Schweiß über das Gesicht, alles verschwamm ihm vor den Augen, und sein Magen rebellierte.

Wird uns das Essen überhaupt noch etwas nützen, nachdem Raiths Pillen zu Ende sind? Wie lange können wir ohne sie überleben?

Er saß ganz still und atmete tief durch. Nach einigen Minuten legte sich die Übelkeit, und er machte sich an die Arbeit. Als er seinen Korb und seine Taschen bis zum Rand gefüllt hatte, griff er nach der Laterne, stand auf und wandte sich der Tür zu. Auf halbem Wege zum Ausgang blieb er erstaunt stehen, denn die schwachen, rötlichgelben Strahlen hatten ein bisher unbemerktes Loch im gestampften Lehmboden erfaßt. Neugierig näherte er sich der Höhlung, beugte sich über den Rand und leuchtete mit der Laterne hinein. Aus der Grube stieg ein Geruch, der ihn überraschte, eine Mischung aus Blumenduft und stechendem Raubtiergestank, der einem selbst dann fremdartig vorkam, wenn man an die Ausdünstungen von Fal Grizhnis Finsternis gewöhnt war. Devras schnüffelte und rümpfte die Nase. Der Geruch sagte ihm wenig, und im schwachen Schein der

Laterne war nur eine alte Holzleiter zu erkennen, deren untere Sprossen im Dunkeln verschwanden.

Er lauschte angespannt, hörte aber nichts. Die Öffnung zog ihn wie magisch an, er kletterte die Leiter hinab. Sein Leichtsinn kam ihn teuer zu stehen, denn eine der morschen Sprossen brach unter seinem Gewicht, die Leiter kippte nach hinten, und er stürzte mit einem lauten Schrei, verzweifelt in der schwarzen Luft nach einem Halt suchend, ins Leere. Die Laterne entglitt ihm, fiel scheppernd in die Tiefe und erlosch. Er rutschte die ganze Leiter hinab und landete, erschrocken aber unverletzt, auf dem Grund des Loches. Einen Augenblick lang blieb er still sitzen und strengte alle Sinne an, aber vergeblich. Er war von undurchdringlicher Finsternis umgeben und hatte zudem das bedrückende Gefühl, daß etwas sehr Schlimmes geschehen war. Was es war, entdeckte er wenig später. Der Druck an seinem rechten Handgelenk war nicht mehr da. Der Faden war verschwunden, beim Sturz abgerissen. Damit war auch die kognitive Verbindung zu seinen Gefährten unterbrochen. In diesem Moment steigerte sich die Furcht zu panischer Angst, und er rief sich die weisen Worte der Philosophen zu Hilfe, um dagegen anzukämpfen.

›*Angst beraubt den Menschen seiner Vernunft und macht ihn dem Tier unterlegen. Kapituliert er also unter ihrem Einfluß, so gibt er damit unausweichlich sein Menschsein auf, was moralisch gesehen einer Selbstentleibung gleichkommt. Da der Selbstmord zu verurteilen ist, muß ungezügelter Schrecken demnach als unethisch angesehen werden.*‹ Der Verehrungswürdige Disitch — heldenhaft intolerant, unbestechlich und unbeugsam.

›*Der verängstigte Geist ist in eine Finsternis gehüllt, die schwärzer ist als der Schatten von tausend Krypten.*‹ Der gute alte Omee Nofid. Wie treffend er sich ausdrückte, und wie gut seine Worte in diesem Fall paßten.

Devras holte tief Luft und überlegte angestrengt. Der kognitive Faden war unwiderbringlich verloren, er war inzwischen sicher zu Raith Wate Basefs Handgelenk zurückgeschnellt. Der Adept würde sofort begreifen, was geschehen war, und würde, nötigenfalls unter Zuhilfenahme seiner Kognition, nach seinem verschwundenen Begleiter suchen. Die Lage war also heikel, aber nicht unbedingt lebensgefährlich. Devras brauchte nur zu bleiben, wo er war, dann würde Wate Basef ihn bald finden. Außerdem war es nicht nötig, im Dunkeln zu sitzen. Die Laterne lag ganz in der Nähe. Er würde sie suchen und sie wieder entzünden.

Etwas getröstet kroch Devras ein Stück weiter und tastete mit ausgestreckten Händen um sich. Er traf weder auf die Laterne, noch spürte er eine Wand. Dabei konnte die Laterne doch gewiß nicht mehr als einen Schritt entfernt sein, aber es war erstaunlich schwer, sie zu finden. Die Finsternis verwirrte alle Sinne, besonders das Gefühl für Abstände und Entfernungen. Zum Beispiel war es kaum zu glauben, wie geräumig das Loch zu sein schien — er hatte noch kein Ende gefunden. Entweder war die unterirdische Höhle weit größer, als er geschätzt hatte, oder, was wahrscheinlicher war, er bewegte sich im Kreis. Der seltsame stechend-liebliche Geruch verstärkte sich, je weiter er vordrang. Vermutlich näherte er sich der Quelle, und diese Aussicht fand er keineswegs erfreulich. In seinem Gesicht kribbelte etwas. Er fuhr sich mit der Hand über die Stirn, und ein Gewirr feiner Fäden heftete sich an seine Finger. Sie waren klebrig, elastisch, fast so stark wie dünner Draht und wollten sich nicht lösen, als er sie abzuschütteln versuchte. Achselzuckend setzte er seine Suche fort. Das Loch schien kein Ende nehmen zu wollen. Die Hitze, die Finsternis und die Stille zerrten an seinen Nerven. Er zwang sich bewußt zur Ruhe, und in diesem Moment glaubte er, die Andeutung eines Geräusches zu vernehmen: ein schwaches Klicken, ein winziges Scharren, ein leises Zischen. Sofort erstarrte er, hörte auf zu atmen und lauschte gespannt, aber der Laut wiederholte sich nicht. Also nichts als Einbildung. Eine Reaktion seiner dummen, verängstigten Phantasie auf die Finsternis. Ein wenig Licht würde den Spuk sofort verjagen. Ach ja, wo war eigentlich die Laterne? Er konnte sich nicht leisten, sie zurückzulassen. Wie sollte er denn vor die anderen hintreten und gestehen, daß er — *zum zweiten Mal* — einen so kostbaren Gegenstand verloren hatte? Nein, er mußte sie finden.

Devras kroch weiter, und die klebrigen Fäden legten sich ihm über Augen, Nase, Mund. Unmöglich, sie alle zu entfernen. Bald war er mit einem zähen Gespinst überzogen, unter dem seine Haut kribbelte und juckte. Das Zeug haftete unglaublich fest. Wenn er versuchte, es abzuschälen, blieben seine Finger daran hängen, als wären sie mit Kleister bestrichen. Nun fielen ihm die Fäden gar über die Augen. Er blinzelte, und seine Lider ließen sich nicht mehr öffnen. In dieser Dunkelheit änderte das zwar kaum etwas an seinem Sehvermögen, aber er empfand es doch als unerträglich. Vergebens rieb er sich die Augen. Sie waren zugekleistert. Sein Herz schlug schneller. Nun konnte auch die Philosophie des Verehrungswürdigen Disitch seinen rasenden Puls nicht mehr verlangsamen. Jede Faser seines Wesens drängte ihn zur Flucht.

Devras gab die Suche nach der verlorenen Laterne auf, drehte sich um und wollte sich zur Leiter zurücktasten. Seine Hände und Arme fuhren durch zähe Wolken aus klebrigen Fäden. Die waren doch einen Augenblick zuvor sicher noch nicht dagewesen? Er bewegte sich in die falsche Richtung. Der Ausgang mußte weiter links liegen. Oder rechts? Er hielt inne und versuchte, sich zurechtzufinden, und während er so in der Dunkelheit kniete, hörte er es wieder — ein Klicken, ein Scharren, ein kaum vernehmliches Zischen. Zutiefst erschrocken wich er vor dem Geräusch zurück. Als er hastig durch die schwüle Finsternis kroch, verwirrt, orientierungslos, stolperte er in einen ganzen Wald von Fäden hinein. Sie waren überall, hefteten sich an sein Gesicht, seinen Rücken, seine Gliedmaßen, spannen ihn in einen immer dichter werdenden Kokon ein. Er konnte die Arme nicht mehr anheben, seine Beine waren gefesselt. Er wehrte sich mit aller Kraft, verlor das Gleichgewicht, fiel längelang zu Boden und stieß sich dabei den Ellbogen hart an einem Stein. Er schrie vor Schmerz auf, aber seine Stimme klang gedämpft. Eine klebrige Masse verschloß ihm den Mund. Einen Augenblick lang lag er still, lauschte auf das Scharren, das Zischen. Er hörte nichts. Hatte er sich alles nur eingebildet? Er versuchte aufzustehen und stellte fest, daß er sich nicht vom Boden lösen konnte. Je heftiger er zappelte, desto mehr klebte er fest.

Völlig erschöpft blieb Devras schließlich liegen, sein Herz hämmerte, und er rang mühsam nach Luft. Er konnte sich nicht bewegen, und er konnte nicht um Hilfe rufen. Er war blind, und ihm war ganz übel vor Angst. Die schwarzen Minuten krochen weiter, und seine Furcht wurde immer größer, je plastischer er sich seinen langen, einsamen Todeskampf im Dunkeln ausmalte. Seine Freunde würden nach ihm suchen, aber in den Tiefen dieses Kellergewölbes würden sie ihn vielleicht niemals finden. Er würde blind, stumm und gelähmt hier liegen, und schließlich würde ihn der quälende Durst töten. Das Entsetzen verlieh ihm neue Kräfte, und er kämpfte wie rasend gegen seine Fesseln an, verausgabte sich aber nur, ohne etwas zu erreichen. Endlich gab er sich geschlagen. Nur sein Kopf drehte sich weiter hin und her, in dem vergeblichen Bemühen, den klebrigen Strähnen zu entgehen, die weich und lautlos wie sanfte Mörder über seiner Nase schwebten.

Endloses, hilfloses Warten. Dann hörte er über sich die Stimme seines Dieners, die seinen Namen rief. Devras nahm alle Kräfte zusammen, aber sein ersticktes Quieken drang nicht bis nach oben. Gronos besorgtes Rufen entfernte sich wieder, und Devras ließ den Kopf sinken. Seine Wange berührte den Boden und blieb dort kleben. Die aufwallenden Tränen konnten den Leim nicht auflösen, mit dem seine Lider verschlossen waren.

Und dann bekamen seine Ängste eine neue, erschrekkende Aktualität, denn etwas regte sich in der Luft, er hörte ein Klicken, ein Scharren, ein schwaches Rascheln, und er spürte ein fremdes Wesen an seiner Seite. Ein leises Stöhnen entrang sich seiner Kehle, als etwas leicht und kalt über seinen Körper streifte. Das Glied — Tentakel oder Rüssel, gewiß keine menschliche Hand — zeichnete die Umrisse seines Gesichts und seines Kiefers nach, glitt über seine Brust und seine Schultern. Devras schauderte unter der eisigen Berührung.

Eine Stimme sprach aus der Dunkelheit — langsam, zischelnd, erkennbar weiblich. »Ein Mensch. Was will er hier? Er ist warm.«

Eine Antwort, ein Flehen lagen auf Devras' Lippen, aber er blieb stumm. Ein frostiger Hauch strich über sein Gesicht, beseitigte die Fäden. Er konnte die Augen öffnen, sah aber dennoch nichts.

»Was will er hier?« wiederholte die Stimme. Die kalte Berührung hielt auf seiner Brust, über seinem Herzen inne.

»Ich wollte mich umsehen.« Devras' Gelassenheit war bewundernswert. »Ich fiel die Leiter herunter, verlor meine Laterne, und dann ...«

»Dich umsehen. Aha. Und was suchst du?«

»Ich suche die Höhlen der Vardrul.«

»Hast du schon deinen eigenen Geist erforscht, in dem die ganze Welt enthalten ist?«

»Du hast mich falsch verstanden. Ich suche einen ganz bestimmten Ort, und dieser Ort liegt in der Welt, nicht im Geist.«

»Wenn er nicht im Geist ist, dann ist er kein Teil von dir, und das Suchen hat wenig Sinn.«

»Die Vardrul besitzen gewisse Informationen ...«

»Mit denen du nichts anfangen kannst.«

»Wieso nicht?«

»Alles, was die weißen Vardrul mitzuteilen haben, alles, was sie sind, kann deinen Verstand nur über deine Sinne erreichen, und sie verzerren und verfälschen, führen irre und trügen. Weit besser ist es, gar nicht auf die verräterischen Sinne zu achten, sich in Dunkelheit und Stille zurückzuziehen und in sich selbst nach wahrer Erkenntnis zu suchen. Du bist warm.«

»Du vertrittst ähnliche Ansichten wie der Philosoph Vu Bubash. Ich finde jedoch, daß diese Denkweise eine gewisse Unlogik enthält. Normalerweise wäre es mir ein Vergnügen, über diese Frage mit dir zu diskutieren, aber unter den gegebenen Umständen fällt es mir schwer, meine Gedanken zu ordnen.« Devras schauderte. Das eisige Organ lag noch immer auf seiner Brust.

»Du zitterst«, bemerkte die Stimme.

»Wer bist du? Was bist du?«

»Ich bin das, was diesen Ort bewohnt.«

»Was ist das für ein Ort? Was befindet sich hier unten?«

»Alles, was du siehst.«

»Ich sehe nichts.«

»Damit hast du dir die Antwort selbst gegeben.«

»Wirst du mir helfen?« fragte Devras verzweifelt.

»Was bedrückt dich?«

»Ich bin gefangen, gefesselt, mit klebrigen Fäden bedeckt. Ich kann mich nicht bewegen.«

»Ach ja. Du bist in Chuls Netz geraten. Es hat keinen Sinn, wenn du dagegen ankämpfst. Vielleicht hilft dir gerade die Einschränkung deiner körperlichen Bewegungsfähigkeit, deine Gedanken nach innen zu wenden und nach wahrer Erkenntnis zu suchen.«

»Diese Wirkung scheint nicht einzutreten. Wer ist Chul?«

»Sie existiert. Sie bewohnt diesen Ort. Sie webt Netze.«

»Ist sie jemand wie du?«

»Ja, aber jünger und hungriger.«

»Hat Chul die Absicht, mir Schaden zuzufügen?«

»Schaden kann vieles bedeuten. Am besten fragst du sie selbst.«

»Wann?«

»Jetzt. Sie ist hier.«

Die Finsternis erzitterte, und eine zweite weibliche Stimme war zu hören. »Er ist warm«, zischte Chul.

»Meine Damen, ich bin euch auf Gnade oder Ungnade ausgeliefert.« Devras versuchte es auf diesem Weg, obwohl er sich bewußt war, daß derartige Appelle fast nie zum Ziel führten. »Ich wende mich an euer Gerechtigkeitsgefühl und flehe euch an, mich freizulassen.«

»Er gehört mir«, sagte Chul, und wieder strich die eisige Berührung langsam über den ganzen Körper des jungen Mannes.

»Er gehört uns«, protestierte die erste Stimme.

»O nein! O nein! Er hat sich in meinem Netz verfangen.«

»Einem Netz, das nur mit meiner Duldung hier aufgespannt wurde.«

»Chul webt ihre Netze, wo es ihr beliebt.«

»Anmaßung, Chul, Anmassssung!«

Der Streit wurde immer heftiger, und bald hallten Kampfgeräusche durch den Keller. Devras hörte Zischen, Schreie, und das klatschende Aufeinanderprallen großer, weicher Körper. Er nutzte die Gelegenheit, solange seine Bewacherinnen abgelenkt waren, um laut um Hilfe zu rufen, erhielt aber keine Antwort. Der Kampf tobte weiter, bis ein besonders heftiger Schlag, gefolgt von einem Schmerzensschrei, verriet, daß eine Partei den Sieg errungen hatte. Ein klägliches Wimmern war zu vernehmen und entfernte sich in die Finsternis. Dann war alles still.

»Wer ist da?« schrie Devras, als er die Spannung nicht länger ertragen konnte.

»Was soll ich darauf antworten? Identität ist etwas

sehr Komplexes«, kam es gereizt zurück. Es war nicht Chuls Stimme.

»Wohin ist Chul gegangen?«

»Das weiß ich nicht. Dalyons Höhlen sind riesig. Sie kann in der Nähe sein oder auch weit entfernt.«

»Höhlen? Dieser Keller ist Teil der großen Höhlen?«

»Gewiß.«

»Hier kann ich also die Vardrul finden?«

»Wenn du weit genug gehst und lange genug suchst, wirst du sie vielleicht finden, allerdings weilen nur noch wenige von ihnen unter der Erde. Wahrscheinlich wirst du durch irgendein Mißgeschick zu Tode kommen. Und sollte es dir zufällig doch gelingen, zu den weißen Vardrul zu gelangen, dann werden sie dich töten, denn sie haben inzwischen gelernt, die Menschen zu hassen. Ein trauriges Los für jemanden, der so warm ist wie du.« Die Stimme war nun dicht an seinem Ohr. Die eisige Berührung glitt über seine Kehle und hielt über der pulsierenden Halsschlagader an.

»Was hast du mit mir vor?« Devras zitterte, als entzöge allein die Nähe dieses Wesens seinem Körper jede Wärme. Der fast liebevolle Druck auf seine Kehle war ihm widerwärtig. Er wünschte von ganzem Herzen, niemals nach Dalyon gekommen zu sein, niemals das Tageslicht verlassen zu haben.

Eine lange, nachdenkliche Pause trat ein, dann raschelte etwas, und ein schwerer Körper ließ sich neben ihm nieder. »Ich werde dich befreien«, erklärte die Stimme. »Mit dieser Geste kann ich meine tiefe Verachtung für Chul ausdrücken. Ich werde dich befreien, auch wenn du bei deiner Suche nach dem Vardrul-Volk gewiß zugrunde gehen wirst. Aber noch nicht gleich. Nicht alles von dieser Wärme soll so leichtfertig vergeudet werden. Verschwendung ist mir ein Greuel.«

Im nächsten Augenblick fand sich Devras in einer erdrückenden, grausigen Umarmung wieder. Unmenschliche Lippen preßten sich auf seinen Mund, und dann drang ihm die Kälte bis ins Mark, er starb, wurde ausgesaugt und gefror bis in die innersten Tiefen seines Seins. Er gab keinen Laut von sich, er konnte sich nicht bewegen, aber im Geiste schrie er. Die groben Zärtlichkeiten nahmen kein Ende. Er war jetzt völlig gefühllos, sein Herzschlag verlangsamte sich, sein Blut kroch zäh durch die Adern, die betäubten Nerven spürten die Kälte nicht mehr. Aber er war bei vollem Bewußtsein und glaubte zu erkennen, daß er an der Schwelle des Todes stand. Dies war jedoch ein Irrtum. Seine unsichtbare Gefährtin wollte nicht darauf verzichten, Chul zu demütigen, und gab ihn seufzend frei, obwohl ihre Begierde nur zum Teil gestillt war. Devras stöhnte auf, und dann versank er in der Finsternis.

Als er erwachte, war alles ganz anders. Rötlicher Laternenschein erhellte den Keller. Wate Basef, Karavise und Grono waren bei ihm, und das warme Licht ließ ihre Gesichter trügerisch gesund und lebendig aussehen. Devras lag unter Wate Basefs Jacke, Grono rieb ihm die Handgelenke. Er war noch immer betäubt und wie gelähmt von der Kälte, aber den gräßlichen Hauch des Todes spürte er nicht mehr.

»Was ist geschehen?«

»Ihr sollt nicht sprechen, Euer Lordschaft«, mahnte Grono. »Bleibt ganz still liegen und ruht Euch aus.«

»Raith hatte genau verfolgt, in welche Richtung Ihr gegangen wart und wie weit Ihr Euch entfernt hattet«, erklärte Karavise. »So wußte er ungefähr, wo Ihr Euch in dem Augenblick befinden mußtet, als der Faden zerriß. Er führte uns zu diesem Schuppen, und wir entdeckten das Loch und die Leiter. Wir stiegen hinab und fanden Euch besinnungslos hier liegen.«

»Die Leiter ist unter Eurem Gewicht durchgebrochen, Ihr seid abgestürzt und habt Euch den Kopf angeschlagen, was, mein Junge?« vermutete Wate Basef.

»Ich bin gestürzt, das ist richtig«, stimmte Devras zu, »und dabei habe ich die Laterne verloren. Als ich herumkroch, um sie zu suchen, verfing ich mich in dem Netz, in Chuls Netz …«

»Was für ein Netz?«

Devras schob die Jacke beiseite und sah an sich hinunter. Sein Körper war völlig frei von den Fäden, die ihn gefesselt hatten. Von der klebrigen Masse war keine Spur mehr zu sehen. »Sie muß mich abgeputzt haben, aber wie sie das gemacht hat, möchte ich mir lieber nicht ausmalen.«

»Sie?«

Lustlos, aber inzwischen wieder bei klarem Verstand, erzählte Devras die ganze Geschichte. Er sprach ruhig und logisch, konnte aber den Adepten nicht überzeugen.

»Ihr habt Euch bei dem Sturz den Schädel angeschlagen, mein Junge.« Wate Basef schüttelte nachsichtig den Kopf. »Und jetzt seid Ihr ein wenig wirr im Kopf.«

»Ich bin ganz und gar nicht wirr im Kopf.« Der Zorn trieb eine leichte Röte in Devras' aschgraue Wangen. »Wenn Ihr mir nicht glauben wollt, dann laßt es eben sein.« Er setzte sich auf.

»Ihr sollt Euch doch noch nicht bewegen, Herr Devras«, flehte Grono. »Und Ihr sollt Euch auch nicht aufregen!«

»Hör auf, mich zu bemuttern, Grono. Mir geht es gut.«

Der Diener und der Adept protestierten und fragten wild durcheinander.

Während die anderen sich zankten, sah Lady Karavise sich um. Sie hatte eine Laterne bei sich, und in ihrem Schein untersuchte sie die Steinwände, den Boden und die Decke. Alles war natürlich entstanden, keine Spuren von menschlicher Bearbeitung waren zu sehen. Der Keller war unglaublich groß. Sie drang so weit vor, bis die Stimmen der anderen allmählich leiser wurden, dann kehrte sie zurück. Devras war aufgestanden, er war noch etwas zittrig, aber zu allem entschlossen.

»Es hat den Anschein, als könnte Devras recht gehabt haben«, verkündete Karavise. »Der Keller geht endlos weiter.«

»Wenn sie die Wahrheit gesagt hat, befinden wir uns jetzt in den Höhlen«, sagte Devras.

Wate Basef zögerte, und sofort erklärte Grono: »Der Lord Har Fennahar lügt nicht!«

»Das hat auch niemand behauptet. Trotzdem, es ist so unwahrscheinlich ...«

»Wir werden uns selbst überzeugen«, sagte Karavise, »wenn Devras sich soweit erholt hat, daß er gehen kann.«

Devras wollte die anderen nicht länger aufhalten und gab vor, wieder ganz bei Kräften zu sein. Mit Mühe verbarg er alle Anzeichen von Schwäche, und die Gruppe machte sich auf den Weg in die unterirdische Nacht hinein.

Die kleine, trübe Lichtblase umschloß zwei Gestalten. Die eine war ein Mensch, klein, zierlich, schweigsam und unerbittlich. Die andere war winzig und hatte vier Beine und riesige Ohren. Die Zeit in der Finsternis hatte bei Snarp deutliche Spuren hinterlassen. Sie hatte an Gewicht verloren. Ihr immer schon hagerer Körper war zum Skelett abgemagert — das Schlüsselbein ragte scharf wie eine Messerklinge hervor, die Wangen waren eingefallen wie bei einer Toten. Die gelben Augen lagen tief in den dunklen Höhlen und glitzerten fiebrig hell. Der verletzte rechte Arm war dick angeschwollen und eiterte, eine schmutzig-weiße Flüssigkeit sickerte durch den Notverband. Trotz ihrer Schwäche und der Schmerzen, die sie litt, war ihre Entschlossenheit jedoch ungebrochen. Ihr Schritt war fest, und sie wirkte so siegessicher wie eh und je.

Das Quibbid trippelte vor seiner Herrin am Boden dahin. In seinem Fell zeigten sich große kahle Stellen, und sein nackter Schwanz zuckte unaufhörlich in nervöser Erregung. Die Nase hatte es auf den verdorrten Boden gesenkt und suchte mit geblähten Nüstern die Witterung seiner Beute aufzunehmen. Die Einsatzbereitschaft des kleinen Wesens konnte jedoch seine Angst nicht verdrängen. Schließlich hielt es an, setzte sich auf die Keulen, rollte die zitternden Fledermausohren zu voller Größe aus und schnatterte kläglich.

Snarp ließ sich ungewohnt schwerfällig auf die Knie nieder. Einen Augenblick lang erstarrte sie in dieser Haltung und schloß die allzu hellen Augen. Dann streckte sie die Hand aus und streichelte den bebenden Rücken des Quibbid. »Hab keine Angst, kleine Schönheit«, versprach sie. »Wir werden ihn finden. Wir werden ihn nach Lanthi Ume zurückbringen. Es wird bald vorüber sein. Bald.« Allmählich legte sich die Panik des Tierchens. Das Zittern hörte auf, und es drückte sich mit dem Rücken gegen die liebkosende Hand. Snarp erhob sich mühsam. Plötzlich prasselten Steinchen und Erdklumpen auf sie nieder. Sie wirbelte herum, das Messer bereits in der Hand, um auf einen unsichtbaren Angreifer loszugehen. Schrilles Gelächter gellte aus der Finsternis. Reglos, im Augenblick wieder voller Spannkraft, wartete sie, die Augen zusammengekniffen, auf alles gefaßt. Das Gelächter hüpfte außerhalb des Lichtkreises auf und ab, aber der Angriff wiederholte sich nicht. Endlich stieß Snarp einen Pfiff aus, und das Quibbid, das es nur zu eilig hatte, diesen unheimlichen Ort zu verlassen, senkte die Nase wieder auf den Pfad.

Der Kicherer ließ sich jedoch nicht so leicht entmutigen. Meilenweit folgte er ihnen durch die Dunkelheit, sein irres Gelächter verstummte nur ganz selten. Sie blieben am Ufer des Yl, bis ein Pfad vom Fluß abzweigte, der unerklärlicherweise schräg in die Wälder hineinführte. An dieser Stelle zögerte das Quibbid und lief suchend hin und her, um die Witterung wieder aufzunehmen. Snarp blieb stehen, und während sie das Tierchen beobachtete, berührte ein heißer Hauch ihren Nacken, feurige Finger zwickten sie und zogen ihr den Hut vom Kopf. Halb geduckt fuhr sie herum, bereit zum Sprung, aber trotz ihrer Katzenreflexe war sie nicht schnell genug. Der Kicherer war bereits fort. Gelächter heulte durch die Wälder.

Mit zusammengepreßten Lippen hob Snarp ihren Hut auf. Darunter lag ein faustgroßer Stein. Einen Moment lauschte sie, dann packte sie den Brocken und warf. Ein dumpfer Schlag, gefolgt von einem erschrokkenen Quieken, signalisierte, daß sie genau getroffen hatte. Das Lachen verstummte, tödliche Stille trat ein. Sekunden vergingen, das Geräusch kam nicht wieder.

Das Quibbid hatte die Fährte wiedergefunden. Jetzt lief es auf und ab, um seine Herrin zu drängen, ihm zu folgen. Snarp tat ihm den Gefallen, und die beiden drangen in den Wald ein. Zwischen toten und sterbenden Pflanzen wanderten sie dahin, gelegentlich wurde das Tier unsicher, verlor die Spur aber nie für lange. Der tief gekränkte Kicherer keckerte boshaft hinter ihnen her. Das unheimliche Gegröle ertönte einmal auf der einen, dann wieder auf der anderen Seite, bisweilen weit entfernt, gleich darauf bedrohlich nahe. Zweimal pfiffen Steine aus den Schatten und sausten nur eine Handspanne über Snarps Kopf hinweg. Jedesmal entfernte sich das Kichern hastig, und die darauffolgende Stille ließ einen Gegenschlag sinnlos erscheinen. Snarps Augen waren starr auf den Boden geheftet. Sie schien weder den Hohn noch die Gefahr zu spüren.

Die Spur führte zu einem leblosen Dorf, wo die verkohlten Überreste von Häusern und Nebengebäuden den Schluß nahelegten, daß hier vor kurzem ein Massaker stattgefunden hatte. Nun wurde es für das Quibbid schwierig, denn der Leichengestank überdeckte die Witterung der Beute fast ganz. Sie kamen nur langsam voran, die Spur führte von einer Ruine zur nächsten, es war fast, als habe der verbrecherische Adept Wate Basef aus irgendeinem Grund selbst eine Suche durchgeführt.

Durch das Dorf, vorbei an geschwärzten Schutthaufen, an tierischen und menschlichen Kadavern, an denen das flammenäugige Nachtwesen ganz unbefangen knabberte, setzte Snarp unaufhaltsam ihren Weg fort. Der Kicherer, falls er ihr noch folgte, meldete sich nicht. Das konnte Gefahr bedeuten. Ein- oder zweimal blieb die Vollstreckerin stehen, die Hand auf den Messergriff gelegt, und lauschte aufmerksam, aber sie hörte nichts. In dieser ekelhaften, von Hitze und Verwesungsgeruch erfüllten Nacht war es totenstill.

Die Gebäude lagen jetzt weiter voneinander entfernt. Das Quibbid hatte Snarp an den Rand des Dorfes geführt. Hier wellte sich der kahle Boden in vielen Senken und Buckeln. Auf einer solchen Anhöhe erblickte Snarp einen völlig unversehrten Lagerschuppen. Drei Holzstufen, von einem primitiven Geländer flankiert, führten zu einem kleinen Treppenabsatz und zu einer geöffneten Tür, auf deren Schwelle das Quibbid schnatternd sitzenblieb. Snarp stieg die Stufen hinauf. Auf halber Höhe spürte sie, wie zwei glühend heiße Hände sich um ihre Knöchel schlossen. Ein plötzlicher, scharfer Ruck riß ihr beide Füße unter dem Körper weg. Sie kippte nach vorne, schlug sich die Rippen an der Kante der obersten Stufe an. Ein messerscharfer Schmerz durchzuckte sie, und einige Augenblicke lang blieb ihr die Luft weg. Während sie dalag und japste, gellte schadenfrohes Gekreische aus der Finsternis.

Allmählich begann ihre Lunge wieder zu arbeiten. Snarp setzte sich langsam auf und preßte eine Hand an den heftig schmerzenden Brustkorb. Jeder Atemzug jagte ihr ein Stechen durch den Körper. Wahrscheinlich hatte sie sich eine Rippe gebrochen, aber damit mußte sie sich jetzt abfinden. Vorsichtig streckte sie die Hand aus und stellte die umgefallene Laterne auf, die zum Glück nicht erloschen war. Mit derselben Hand streichelte sie beruhigend das Quibbid, das sich zitternd gegen ihren Oberschenkel preßte.

»Nur ruhig, mein schöner Liebling. Du brauchst keine Angst um mich zu haben.«

Ein paar Schritte entfernt schwelgte der Kicherer in seinem Triumph. Snarp hörte ihm eine Weile mit gesenktem Kopf zu. Dann zog sie gemächlich ihr Messer, zielte auf das Geräusch und warf. Das Messer verschwand in der Finsternis. Einen Augenblick später gellte ein gräßlicher Todesschrei durch die Nacht. Ein schwerer, unsichtbarer Körper stürzte zu Boden. Etwas schlug in Panik um sich. Der Schrei ging in ein Wimmern über, das immer leiser wurde und schließlich ganz erstarb.

Snarp wartete. Minuten vergingen, ohne daß etwas geschah. Endlich stand sie vorsichtig auf, nahm die Laterne und ging ein Stück weit zurück. Ein paar Meter von den Stufen entfernt entdeckte sie eine große, frische Blutlache, die im trüben Licht pechschwarz glänzte. Der Kicherer war jedoch verschwunden, und mit ihm ihr Messer — aber das war nicht weiter von Belang. Sie hatte noch mehrere andere Klingen bei sich und außerdem Waffen von weit ausgefalleneren Art.

Sie kehrte zum Lagerhaus zurück und folgte dem Quibbid ins Innere. Die Spur konnte noch nicht kalt sein, denn das Tierchen huschte direkt auf ein Loch im Erdboden zu und kauerte sich aufgeregt, mit zuckenden Ohren davor nieder. Snarp untersuchte die Öffnung gewissenhaft, dann setzte sie sich das Quibbid auf die Schulter und stieg vorsichtig die zerbrochene Leiter hinab. Der darunterliegende Keller erwies sich als unerwartet interessant, er schien sich in unermeßliche Tiefen zu erstrecken. Snarp hielt sich nur so lange auf, bis sie sich zum Schutz für ihre schmerzenden Rippen einen Verband aus Leinenstreifen angelegt hatte, dann setzte sie die Jagd fort. Die trockenen Lippen fest zusammengepreßt, mit fiebrig glänzenden Augen schritt sie in die Dunkelheit hinein.

15

Wie lange sie schon unterwegs waren, wußte niemand zu sagen. Tief im Inneren der Höhlen unterteilte der Blutende Stalaktit die Zeit in Große und Kleine Vens, aber das Oben bot den Sippenangehörigen keine vergleichbare Maßeinheit. Sonne, Mond und Sterne, an denen sich die Menschen zu orientieren pflegten, waren vom kognitiven Schatten verdeckt. So erquickend und köstlich dieser Schatten auch war, er ließ eine gewisse Verwirrung entstehen, und die Kleinen Vens flossen ineinander und waren nur durch besonders markante Ereignisse zu unterscheiden. Auf jeden Fall war es ein langer Marsch, und die zurückgelegte Entfernung war beträchtlich. Beschwerlich war er freilich nicht, denn die Atmosphäre weckte die Lebensgeister, Nahrung gab es in Hülle und Fülle und Widerstand seitens der Feinde so gut wie nicht.

Für den Grizhni-Großpatriarchen war diese Reise von einem zunehmenden Verfall seiner inneren Harmonie, vom Verlust des Zusammengehörigkeitsgefühls und von einer deutlichen Abkehr von den Ahnen gekennzeichnet. Auch die errungenen Siege waren der Gemütsverfassung des Generals kaum förderlich. Gerade die Tatsache, daß das Oben so mühelos zu erobern war, deprimierte ihn, der große Feldzug, den man in solcher Einigkeit und mit so großem Idealismus begonnen hatte, war für ihn in ein schändliches Gemetzel ausgeartet, das auch mit dem Argument der Selbsterhaltung oder der Verteidigung nicht zu rechtfertigen war. Tod und Zerstörung ließ er hinter sich zurück. Sein Weg war mit menschlichen Leichen übersät, und noch war keineswegs ein Ende abzusehen, denn nun galt es, die Küstenstädte zu unterwerfen. Der Grizhni fühlte sich besudelt von seinen eigenen Taten, Friede und Harmonie schienen ihm für immer verloren. Die innere Disharmonie eines einsamen Patriarchen war ein geringer Preis, wenn dafür die gesamte Vardrul-Rasse triumphierte und endlich Genugtuung bekam. Das sagte sich der Grizhni immer wieder vor, denn allein diese Überlegung gab ihm ein gewisses Maß an innerer Ausgeglichenheit zurück. Die Sippen würden neuen Auftrieb, neue Hoffnung erhalten. Vielleicht konnte auch der lange Prozeß des Niedergangs, der chronische Schwund von Energie und gewöhnlicher Vitalität, der in der Grizhni-Sippe auf besonders tragische Weise sichtbar wurde, aber doch alle Sippen betraf — vielleicht konnte dieser allgemeine Degenerationsprozeß endlich aufgehalten werden. In diesem Fall war der Preis nicht zu hoch — jedenfalls mußte der Grizhni-Großpatriarch daran glauben, wenn er sein Volk nach Oben führen wollte.

Auch wenn solche Gedanken den Grizhni ein wenig trösteten, seinen Hiir verstärkten sie nicht. Matt und fahl marschierte er an der Spitze seiner strahlenden Horde dahin. Die Zweifel, die die Harmonie des Großpatriarchen so empfindlich störten, schienen die verschiedenen Sippenangehörigen nicht zu quälen. Ihr Leuchten nahm angesichts der ständigen Siege immer weiter zu. Nach der Zerstörung der letzten größeren Siedlung der Menschen, die zwischen ihnen und der Stadt Lahnzium — oder Lanthi Ume, wie die menschlichen Bewohner sie nannten — stand, spiegelte sich der Optimismus der Vardrul in einer Stärke des Hiir wider, wie sie außerhalb der Höhlen nur selten erreicht wurde. Das Heer leuchtete so hell, daß es die Dunkelheit verdrängte und eine schimmernde Aura entstehen ließ, eine sanfte Helligkeit ähnlich dem Felsenlicht in den heimatlichen Grotten. Das lebende Licht hob sich perlenweiß gegen die schwarze Kulisse der kognitiven Nacht ab und ließ große, klare, strahlende Augen, zuversichtliche Augenwülste, lebhaft zuckende Tentakelfinger sichtbar werden. In der Kolonne war man ständig mit den verschiedensten Dingen beschäftigt, denn die Sippenangehörigen marschierten nicht mit der starren Präzision menschlicher Soldaten. Viele knabberten im Gehen an Pilzen, einige sangen, andere brachen aus den Reihen aus und gesellten sich zu ihren Verwandten. Abgerichtete Fledermäuse flatterten ständig auf und ab und übermittelten Botschaften. Die Vardrul schlichen nicht länger verstohlen wie verfolgte Eindringlinge durch das Oben wie in vergangenen Großen Vens. Nun schritten sie als selbstbewußte Eroberer einher. Wenn man die Mauern von Lanthi Ume erreichte, würden sich Disziplin und Wachsamkeit vielleicht wieder durchsetzen, doch bis dahin herrschten unangefochten Freiheit, Hoffnung und ein fester Sippenzusammenhalt.

Der gedämpfte Hiir des Großpatriarchen war nicht unbemerkt geblieben. Den Sippenangehörigen fiel das matte Leuchten ihres Generals durchaus auf, aber sie schrieben es der Last der Führungsverantwortung zu, verbunden mit der Trauer über jüngste persönliche Verluste. In diesem Augenblick stand der letzte Grizhni-Angehörige an der Schwelle der endgültigen Vereinigung mit den Ahnen. War es da ein Wunder, daß das Fleisch des Patriarchen von Disharmonie kündete? Er würde sich schon wieder erholen. Bis dahin aber durfte der private Kummer des Grizhni, auch wenn er für alle eine Quelle der Sorge war, das gemeinsame Ruu nicht stören.

Das Ruu der Vardrul war kaum in Gefahr, in größerem Maße beeinträchtigt zu werden, solange die siegreichen Sippen das Oben überschwemmten. Die Neuheit, die Erregung und der Erfolg des großen Unternehmens versetzten alle in Hochstimmung. Nur ganz wenige Verwandte, jene, deren Harmonie besonders schwach ausgeprägt war, teilten die Zweifel des Grizhni, den Massenmord an Menschen betreffend. Für die meisten stellte die Menschheit den Erbfeind der Rasse dar, sie war

der Zerstörer, der Unterdrücker, der Mörder der Ahnen. Die Erfüllung uralter Prophezeiungen — ganz offensichtlich eine Manifestation kosmischer Gerechtigkeit — verlangte den Tod der Menschen. Außerdem teilte oder verstand kein einziger Vardrul in der ganzen großen Streitmacht das Verwandtschaftsgefühl des Grizhni mit dem Feind.

Der kollektive Hiir blieb weiterhin stark. Der Vormarsch ging flott und fast ungehindert voran. Energie, Stimmung und Hiir erreichten einen neuen Höhepunkt, als die Vardrul-Streitmacht die Gravula-Wüste durchquerte und an den alten Granitweisen vorüberkam, dem traditionellen Schauplatz des gemeinschaftlichen rituellen Erkennens der Ahnen. Man ließ den Meister hinter sich zurück — den größten der Monolithen, in dessen Innerem es einen alten Beobachtungsposten gab, der inzwischen mit einer Ebene, einem Bestandteil des Transportsystems der Weißen Tunnel, ausgerüstet worden war — und zog weiter über die kahlen Hügel, über den Bergrücken aus Granit, der bei den Menschen als die Schroffen bekannt war, über leblos daliegende Felder und Weiden, bis die Stadtmauer auftauchte und den Weg versperrte. Erst hier, auf der Ebene vor der Mauer, unter den Kanonen auf den Wällen der Vayno-Festung, machten die Vardrul halt, um vor dem letzten Angriff Kraft zu schöpfen und ihr Einssein zu stärken. Hier sammelten sie sich zu Tausenden, und hier legten sie zum ersten Mal seit Beginn des Feldzugs die schwarzen Kapuzenumhänge und die Gesichtsmasken an, die sie aus den Höhlen mitgebracht hatten. Damit war ihre natürliche Lumineszenz verhüllt, die Sippenangehörigen verschmolzen mit der Finsternis und wurden unsichtbar. Ohne sich von Mauern, Waffen oder vergangenen Katastrophen einschüchtern zu lassen, bereiteten sie sich auf den großen Ansturm vor. Hoch oben auf den Festungsmauern erblickten sie die Signalfeuer der Verteidiger, Flammen, die die Finsternis zurückdrängen sollten. Sie wirkten rührend klein und schwach, ein Sinnbild für die schwindenden Kräfte der menschlichen Bewohner. Der Zeitpunkt für den Angriff war gekommen, das spürte der Grizhni trotz seiner inneren Zerrissenheit, und doch zögerte er unter der Mauer, hielt den letzten Befehl zurück, der seine Truppen auf die Neun Eilande hetzen würde. Er zögerte viel länger, als Vernunft und Klugheit es erfordert hätten, so lange, daß sich in seinem Gefolge ein verwundertes Trällern und Summen erhob. Und als sich die verstreichenden Kolorationen wie eine eiserne Klammer immer enger um ihn schlossen, wurde dem Grizhni ein kurzer Aufschub gewährt.

Weißer Dampf stieg wirbelnd und brausend über der Wandernden Ebene auf. Der Wirbelwind wurde langsamer, und schließlich erschien ein Bote und meldete, die Vereinigung Grizhni Inrls mit den Ahnen stehe nun unmittelbar bevor. Grizhni Inrl sehne sich nach der Anwesenheit seines einzigen noch verbliebenen Verwandten. Nach menschlichen Maßstäben wäre eine solche Bitte in diesem Moment lächerlich und unerfüllbar gewesen, doch bei den Vardrul hatte sie ein enormes Gewicht. Kein Vardrul hätte je in Zweifel gezogen, daß einem solchen Wunsch entsprochen werden mußte, und niemand konnte etwas dagegen einwenden, daß der Grizhni-Großpatriarch sich sofort dazu bereit erklärte. Dank der Wandernden Ebene würde die Abwesenheit des Patriarchen nur kurz sein. Es war eine geringfügige und absolut gerechtfertigte Unterbrechung, die Sippenangehörigen würden geduldig warten, bis ihr Anführer zurückkehrte.

Zu den Gemächern des Hausherrn im Haus Vallage gehörte ein kostbar ausgestattetes Schlafzimmer, in dem ein riesiges Himmelbett mit Behängen aus Silberbrokat und perlgrauem Satin stand. Hinter den prächtigen Portieren lag eine bleiche Gestalt: Vaxalt Gless Vallage, matt und teilnahmslos, ein Opfer der Hitze, der beklemmenden Atmosphäre und einer lähmenden Melancholie. Seit Tagen lag er nun schon fast reglos in diesem Raum mit den zweihundert Kerzen, die die giftige Finsternis ein wenig erträglicher machen sollten, durch ihre Wärme freilich die drückende Schwüle noch verschlimmerten. Gless Vallage, gewöhnlich der Inbegriff kühler Eleganz, war von Kopf bis Fuß in Schweiß gebadet. Die seidenen Laken klebten an seinem Körper, und auf seiner Stirn standen dicke Tropfen. Der Einsatz einiger einfacher kognitiver Verfahren hätte das alles ändern können, aber Vallage machte gar nicht erst den Versuch. Die demütigende Niederlage in aller Öffentlichkeit hatte ihm einen solchen Schock versetzt, daß er sich in die Einsamkeit zurückgezogen hatte, wo er Stunde um Stunde schlaflos dahindämmerte. Beschämung, körperliche Schwäche und ein ganz ungewohnter, krankhafter Pessimismus hatten ihn an sein Lager gefesselt. Aber die Natur hatte den Großmeister mit einer robusten Konstitution gesegnet, und nun erwachten seine Lebensgeister allmählich wieder.

Vallage erhob sich mühsam. Er fühlte sich schlapp und ein wenig schwindlig, Beschwerden, die auf die kognitive Finsternis zurückzuführen waren, wie er bald erkannte. Dem ließ sich leicht abhelfen. Ein hinter einer Schiebetür verborgenes Fach enthielt ein Fläschchen mit bunt schillernden Tabletten, ein ähnliches Mittel, wie es auch Raith Wate Basef entwickelt hatte. Vallage schluckte eine Pille, und innerhalb von wenigen Augenblicken waren die Symptome verschwunden und seine Vitalität wiederhergestellt. Interessiert sah er sich um. Das vertraute Schlafzimmer wirkte in dem unnatürlich gedämpften Licht fast ein wenig exotisch. Die zweihundert Kerzen konnten den kognitiven Schatten nur zu einem matten rötlichgelben Nebel aufhellen. So mußte es in ganz Lanthi Ume, auf ganz Dalyon sein. Vallage schlenderte ans Fenster und sah hinaus. Die ganze Welt war schwarz, nur hier und dort zeigten sich schwache, verschwommene Lichtflecken. Das mußten gewaltige Feuer sein. Direkt unter dem Fenster, draußen auf dem Anlegeplatz der Vallage, trieb sich eine murrende, feindselige Menge herum. Die Leute machten doch wohl nicht den Großmeister Vaxalt Gless Vallage für ihr Unglück verantwortlich? Sie mußten doch seine Großmut und sein Mitgefühl spüren? Ein zorniger Aufschrei, eine Salve von Steinen, die gegen die Fassade von Haus Vallage prasselte, beantwortete diese Fragen. Vallage zog sich ohne Eile vom Fenster zurück, wandte sich dem nächsten Sessel zu und ließ sich darin nieder, um in aller Bequemlichkeit nachzudenken.

Lanthi Ume war unbewohnbar geworden und würde es wohl auch bleiben. Wenn selbst Vaxalt Gless Vallages hochentwickelte Kognition nicht die Kraft besaß, die Finsternis zu vertreiben, dann war das Schicksal der Stadt besiegelt. Unglaublich, fast unvorstellbar, daß die Kognition des alten Dämons Terrs Fal Grizhni sich als so mächtig erweisen sollte. Natürlich hatte Grizhni Zugang zu einem großen Fundus von Geheimwissen gehabt, der den Adepten der Neuzeit nicht mehr zur Verfügung stand. Angesichts dieses Vorteils war ein Vergleich zwischen den gegenwärtigen und den früheren Großmeistern der Esoterikerloge gegenstandslos, und niemand konnte vernünftigerweise behaupten, die Fähigkeiten Vaxalt Gless Vallages seien unzulänglich. Vaxalt Gless Vallage hatte keinen Grund, sich Vorwürfe zu machen, und doch — Er durfte einfach nicht daran denken, das würde sein seelisches Gleichgewicht allzu sehr ins Wanken bringen.

Vallage schüttelte den Kopf, um diese unangenehmen Vorstellungen loszuwerden. Es hatte keinen Sinn, über vergangene Enttäuschungen nachzugrübeln, dies war der Moment, um in die Zukunft zu blicken. Er mußte Lanthi Ume verlassen, und zwar schnell. Seetüchtige Schiffe waren zwar Mangelware, aber die Kognition eröffnete ihm viele mögliche Fluchtwege. Er brauchte sich nur die günstigste Methode, das verlockendste Refugium im Ausland auszusuchen. Ein solcher Plan bedurfte sorgfältiger Überlegung, und dem stand im Moment seine schlechte körperliche Verfassung entgegen. Vallage läutete nach einem Diener — es waren nur noch eine Handvoll geblieben — und verlangte einen kalten Imbiß und ein Bad. Kurze Zeit später — sauber, rasiert, in frischer Kleidung und wesentlich besserer Stimmung — stärkte sich der Großmeister mit kühlem Wein, Muschelsalat und frischem Obst. Während er kaute, ließ er den Blick durch den Raum schweifen und betrachtete nachdenklich die unschätzbar wertvollen Gemälde und Statuen, den kunstvoll handgeknüpften Teppich, die in Entwurf und Ausführung so erlesenen Möbel, daß jedes Stück als Kunstwerk gelten konnte, das handgefertigte Goldgeschirr, die einzigartigen, langstieligen Gläser aus schillerndem Kristall und das Porzellan, dessen Muster er selbst entworfen hatte. Im Geiste wanderte er weiter durch die anderen Räume und ließ all die unersetzlichen und ihm ans Herz gewachsenen Dinge darin an sich vorüberziehen. Er dachte an das prachtvolle Gebäude selbst — seine makellosen Proportionen, seine hoheitsvolle Würde — und fragte sich, wie er es je ertragen sollte, diesen alten Familiensitz zu verlassen. In diesem Augenblick erkannte er die Lösung: er würde ihn gar nicht verlassen, er würde ihn mitnehmen, wo immer er auch hinging. Haus Vallage und alles, was darin war, würde über das Meer befördert werden.

Nachdem der Großmeister dieses drängende Problem gelöst hatte, aß er mit neuem Appetit weiter. Immer noch schwirrten ihm die Gedanken durch den Kopf. Die Versetzung von Haus Vallage war ein gewaltiges Unterfangen, das eine ausgereifte kognitive Technik voraussetzte. Aber Vaxalt Gless Vallage war diesen Anforderungen selbstverständlich mehr als gewachsen. Freilich hatte er in seinem ganzen Leben noch nie den Versuch unternommen, ein vollständiges Gebäude von einem Ort an einen anderen zu bringen, doch das Prinzip war ihm als Ältestem der Esoterikerloge wohlbekannt. Whorlos Schwingen waren eine Methode, die sich für den Transport größerer Gegenstände besonders gut eignete. Unerfahrene Adepten hatten oft Mühe, mit Whorlos Mitteln zur Kognition zu gelangen, aber Vallage beherrschte die Technik seit langem. Die besondere Abwandlung, die erforderlich war, um die Schwingen den kognitiven Dimensionen eines Palastes anzupassen, war ihm allerdings nicht so ohne weiteres geläufig. Derart ausgefallene Informationen waren gewöhnlich in den Tiefen der Archive vergraben, die ein ganzes Stockwerk des Nessiva füllten, der alten Bastion der Esoterikerloge auf Nes' Sieg in der Mitte der Parnis-Lagune. Er mußte also das Nessiva aufsuchen.

Ein neuer Steinhagel brachte ihn wieder in die Gegenwart zurück. Unten am Anlegeplatz tobte der wütende Mob und schrie in sinnlosem Haß nach einem Sündenbock. Diesen Menschen in ihrer dumpfen Wut war es zuzutrauen, daß sie sich auf das erstbeste Opfer stürzten, das ihnen über den Weg lief, und deshalb war es ratsam, sich möglichst unauffällig zu entfernen. Mittels eines sehr schlichten kognitiven Verfahrens veränderte Vallage gleichzeitig sein Aussehen und manipulierte das Wahrnehmungsvermögen aller, die eventuell auf ihn aufmerksam wurden. Dunkles Haar, eine etwas gedrungenere, dickliche Gestalt, eine Umformung der Nase und des Kinns, so würde ihn in der aufgebrachten Menge niemand erkennen. Ein paar letzte Anweisungen an den loyalen Haushofmeister, eine Laterne, um seinen Weg zu erleuchten, und schon verließ er das Haus durch einen Seiteneingang, um der Mehrheit der Randalierer auszuweichen.

Gless Vallage umging in weitem Bogen eine Reihe von vornehmen Häusern. Sein Ziel war der etwas weiter südlich gelegene Fennahar-Kai, doch trotz aller Vorsichtsmaßnahmen war der Weg dorthin nicht frei von unangenehmen Zwischenfällen. Die Straßen waren schwarz und stickig, in Abständen kämpften große Feuer gegen die Finsternis an und gaben Wärme und Rauch in die ohnehin schon überhitzte Atmosphäre ab. In diesem trüben Licht betrachtete der Großmeister das Gedränge — weit mehr Menschen hielten sich in der Stadt auf als zur Zeit des Lichts, und das Elend war viel größer. Bis zu dieser Stunde hatte er sich nicht klargemacht, wie viele Flüchtlinge in Lanthi Ume festsaßen; so viele, daß sie sich sogar hier, im vornehmsten Viertel herumtrieben. Jetzt sah er die Legionen von Verzweifelten und Notleidenden, deren Flucht vor der Finsternis am Meer endgültig zum Stillstand gekommen war. Die Boote waren fort. Für gewöhnliche Sterbliche, die nicht über die Kognition verfügten, war ein Entkommen unmöglich. Die Zurückbleibenden, dazu verdammt, während des kurzen, kläglichen Restes ihres Lebens die Schrecken der Finsternis zu erdulden, reagierten sehr unterschiedlich auf die Katastrophe. Alle zeigten Spuren von Krankheit. Die Feuer warfen ihr trübes rötliches Licht auf fiebrige schweißnasse Gesichter, auf glasige oder glitzernde Augen, auf farblose Lippen, die krampfhaft nach der vergifteten Luft schnappten. Aber so ähnlich sich diese Gesichter in ihrem Leid einerseits waren, so unterschiedlich war ihr Ausdruck — einige wirkten ruhig und entschlossen, andere ängstlich und verzweifelt, dumpf resignierend oder zornig aufbegehrend, gelegentlich war sogar ein trotziges Lächeln zu sehen. Vallage hielt die Augen fest auf den Boden gerichtet. Er wollte nicht in diese Gesichter sehen, wollte diesen hungrigen Augen nicht begegnen. Der Anblick erweckte in ihm ein Gefühl von — ja, wovon? Reue? Verantwortung? Schuldbewußtsein, weil er die Bevölkerung schon Wochen früher vor der nahenden Bedrohung hätte warnen, weil er mit Einsatz seiner Kognition Tausenden hätte zur Flucht verhelfen können? Das war natürlich lächerlich. Vaxalt Gless Vallages Absichten, großmütig und menschenfreundlich wie immer, waren durch einen grausamen Schicksalsschlag durchkreuzt worden. Vallage hatte für Lanthi Ume und seine Bewohner alles getan, was in seinen Kräften stand. Kein lebender Mensch hätte mehr erreichen können. Es war nicht seine Schuld, daß das grausame Schicksal sich gegen ihn verschworen hatte, niemand konnte ihn verurteilen. Vaxalt Gless Vallage hatte es nur gut gemeint.

Trotz dieser edlen Absichten konnte sich Vallage eines zunehmenden Unbehagens freilich nicht erwehren und wünschte jetzt, eine geschlossene Sänfte genommen zu haben. Dann hätte er die Vorhänge zuziehen und die bestürzenden Bilder ausschließen können. Um den Weg schneller hinter sich zu bringen, verlängerte er seine Schritte. Immer noch ohne die Augen vom Boden zu heben, eilte er an den prächtigsten Villen vorüber. Von Zeit zu Zeit boten sich ihm jedoch so bizarre Szenen, daß er sie nicht mehr ignorieren konnte. So war es zum Beispiel unmöglich, die Wiederbelebung des Ert-Kults zu übersehen. Die primitiven Rituale und grausigen Opfer, die die Königin des Alptraumreiches verlangte, waren schon vor Generationen aus der Mode gekommen, und man dachte, der alte Aberglaube sei ausgestorben. Aber als sich die Finsternis herabsenkte, stellte sich heraus, daß Ert nur geschlafen hatte. Nun war sie hellwach und meldete sich in den Herzen der Unwissenden und Ängstlichen lautstark zu Wort. Überall in der Stadt tauchten improvisierte Altäre auf, wo von goldgeschmückten Eiferern, die sich Priester nannten, die alten Zeremonien durchgeführt wurden. Auf offener Straße beschränkte man sich natürlich darauf, Ziegen, Schafe und andere unglückliche Tiere zu opfern, da man Erts allgemein bekannten Durst nach Menschblut nicht öffentlich stillen konnte. Doch wer konnte sagen, was sich im Geheimen abspielte, hinter verschlossenen Türen? Leichen mit den verräterischen drei Wunden der

Ert-Opfer trieben mit dem Gesicht nach unten in den Kanälen, aber niemand kümmerte sich darum. In dieser Zeit der Finsternis erlebte das Verbrechen eine nie gekannte Blüte. Als Gless Vallage nun durch die Gasse hinter dem Haus Beffel ging, begegnete ihm eine Gruppe von Cru Beffels Hausgesinde. Fast nackt, die Haut mit Goldbronze bemalt, erhoben sie ihre Stimmen zu einem heidnischen Gesang, während sie einen Käfig voll ahnungsloser Singvögel für das Opferritual vorbereiteten. Vallage warf ihnen im Vorübereilen einen verächtlichen Blick zu. Allerdings hätten ihm in einer dunklen Gasse weit schlimmere Dinge zustoßen können. So mancher darbende Flüchtling oder Bürger war, von Angst und Not getrieben, zum Straßenräuber geworden. Mord und Totschlag waren an der Tagesordnung, sogar noch weiter verbreitet als der Selbstmord, was einiges besagte, da organisierte Massenselbstmorde mittlerweile als beliebter Ausweg angesehen wurden. Ausländer, besonders wenn es fraglich war, ob sie zu den Menschen zählten, hatten am meisten zu leiden. Die Zoniander, die ihren Reichtum bekanntermaßen stets bei sich trugen, waren oft Ziel eines Angriffs, und den Schlammspritzern mit den Schwimmfüßen — die auf den gepflasterten Straßen so gut wie hilflos waren — erging es kaum besser. Die schüchternen Bexae waren die geborenen Opfer, und es herrschte die nicht ganz unbegründete Meinung, daß die Burbies, die ihren kannibalischen Gelüsten hemmungslos nachgingen, den Tod verdienten. Allerdings waren lanthianische Bürger nicht weniger gefährdet, und manche waren dazu übergegangen, sich nur noch in größeren Gruppen auf die Straße zu wagen. Eine solche Gruppe näherte sich jetzt, alle Mitglieder hatten sich an den Händen gefaßt, und jeder trug eine Laterne. Sie bewegten sich träge, hatten die Köpfe gesenkt, und ihre weißen Gesichter waren dumpf und teilnahmslos. Vallage trat zur Seite und betrachtete sie mit Mißfallen. Er fand diese kränklichen, schlurfenden, hoffnungslosen Geschöpfe zutiefst abstoßend und pries innerlich das kognitive Talent, das ihn vor einer ähnlichen Entartung bewahrte.

Die Gruppe verschwand mit schleppenden Schritten in der Finsternis, und Vallage setzte seinen Weg fort. Wenig später wurde er wieder angehalten, diesmal von einer krakeelenden Bande betrunkener Zecher, die mit rauhen Stimmen wüste Beschimpfungen grölten. Die krampfhafte Lustigkeit konnte jedoch die bleichen Wangen und die angsterfüllten Augen nicht vergessen machen. Vallage beobachtete sie mit tiefer Verachtung. Wo war ihr lanthianischer Bürgersinn, ihre Würde? Besaßen sie denn keine Seelenstärke, keinen *Stolz?* Sicher, die Umstände waren bedrückend, aber trotz allem hatte Vaxalt Gless Vallage kein Verständnis dafür, wenn jemand seiner Schwäche so haltlos nachgab. Die Bande torkelte johlend die Gasse hinunter, und innerhalb von Sekunden waren die Fackeln und Laternen verschwunden. Vallage war fast am Ziel. Wenige Minuten später hatte er den Fennahar-Kai erreicht, wo er eines der wenigen öffentlichen Dombuli bestieg, um sich zur Parnis-Lagune und zu Nes' Sieg bringen zu lassen.

Gless Vallage seufzte erleichtert auf, als er draußen auf dem Kanal war, in einigem Abstand von den vom Schicksal hart geprüften Massen. Es ging langsam voran, denn der Dombulführer stakte sein Boot nur zaghaft durch die Dunkelheit. Die am geschwungenen Bug und Heck befestigten Laternen konnten das umliegende Wasser kaum erhellen. Ein paar machtvolle Silben hätten das Licht um ein Hundertfaches verstärken können, aber Vallage wollte niemand auf seinen Status als Kognoszent aufmerksam machen und verzichtete deshalb darauf, sie auszusprechen. Seine Vorsicht erwies sich als begründet, als das Dombul die Einmündung des Lureis-Kanals in die Parnis-Lagune erreichte. Dort, am alten Vezhni-Ankerplatz, hatte sich die Menge zusammengerottet und schrie Verwünschungen zu Nes' Sieg hinüber. Unvernünftig wie immer gaben die Bürger offenbar den Adepten der Esoterikerloge die Schuld an ihrem Unglück. Glaubten sie etwa, die Adepten könnten die Finsternis nach Belieben vertreiben? Aber wer wußte schon, was diese hysterischen Narren dachten.

Glücklicherweise blieb das Dombul unbemerkt. Minuten später stieß es gegen den Pier der Insel, und Vallage trat an Land. Nachdem er den Dombulführer gebeten hatte, auf seine Rückkehr zu warten, entfernte er sich ein Stück, dann blieb er kurz stehen und verwandelte sich in seine natürliche Gestalt zurück, ehe er weiter auf das Nessiva zuging.

Die Hallen des Nessiva waren schwach erleuchtet, und hier war es merklich kühler als draußen. Der Temperaturunterschied war freilich minimal, denn die zur Kühlung erforderliche kognitive Energie wurde dringend zu anderen Zwecken benötigt. Man hatte einigermaßen erträgliche Arbeitsbedingungen für die Adepten geschaffen, aber mehr nicht. Vallage war erstaunt über die große Zahl von Logenbrüdern, die hier in ihre Arbeit vertieft waren. Er hatte angenommen, daß die meisten längst ihre Kräfte dazu eingesetzt hatten, sich in Sicherheit zu bringen, aber das war keineswegs der Fall. Die Studierzimmer waren voll von Männern und einigen Frauen, die verbissen und ohne Pause schufteten. Sie hatten die ganzen Stunden seit Einbruch der Finsternis gearbeitet und sich weder zum Essen noch zum Schlafen Zeit genommen. Ihre Experimente waren von unterschiedlichster Art, denn in welcher Form und von welcher Seite das Problem angegangen wurde, hing von den individuellen Fähigkeiten der einzelnen Forscher ab. Die angestrengten Bemühungen der letzten Tage und Nächte hatten jedoch nicht viele Erkenntnisse über das Wesen von Fal Grizhnis Tod des Lichts erbracht. Die dabei eingesetzte Kognition war, wie bei der Macht und Genialität ihres Schöpfers nicht anders zu erwarten, offenbar sehr komplex und anspruchsvoll, völlig unberechenbar und von einer ganzen Schar innerer Variablen abhängig. Es konnte Jahre dauern, bis man in der Lage war, Terrs Fal Grizhnis Methode nachzuvollziehen, und soviel Zeit hatte man nicht. Lange, ehe man die Antwort fand, würden Lanthi Ume und seine Menschen verloren sein, ein Opfer der Finsternis und der Wesen, die sie bewohnten. Man konnte nur weiterarbeiten und auf ein Wunder, auf das Glück hoffen.

Gless Vallage vermied bewußt jedes Aufsehen, aber sein Erscheinen blieb nicht unbemerkt. Als er schnell den Archiven zustrebte, standen plötzlich, wie aus dem Nichts aufgetaucht, die Kognoszenten Nem Kilmo und Jair Zannajair vor ihm. Beide Adepten waren verschwitzt und erschöpft, ihre geweiteten Pupillen verrieten die Wirkung der kognitiven Mittel, die sie vorübergehend vor den schlimmsten Folgen der Finsternis abschirmten. Bei Vallages Anblick hellten sich ihre Gesichter auf.

»Großmeister, Ihr werdet dringend gebraucht«, erklärte Kilmo ohne weitere Förmlichkeiten. »Der Kognoszent Rom Usine glaubt, eine Methode gefunden zu haben, wie sich die Toxizität der Finsternis reduzieren läßt, aber er möchte erst mit Euch sprechen, ehe er weitere Schritte unternimmt. Zannajair und ich haben Beobachtungen gemacht, die darauf schließen lassen, daß der Schatten sich laufend selbst erneuert, aber im Augenblick sind wir nicht einmal mit vereinten Kräften in der Lage, diesen Prozeß zum Stillstand zu bringen. Caus Zellacaus braucht Euren Rat zum Thema ...«

»Meine Herren, ich kann es kaum erwarten, mit jedem der Genannten zu sprechen und werde das auch bei nächster Gelegenheit tun«, versicherte ihnen Vallage. »Doch das augenblickliche Problem ist so dringend, daß es keinen Aufschub duldet.«

»Das augenblickliche Problem, Großmeister?«

»Ich stehe an der Schwelle einer Entdeckung von so umwälzender Bedeutung, daß sie durchaus unser aller

Leben verändern kann. Die Vorsicht verlangt jedoch die sofortige Überprüfung gewisser Fakten, deshalb muß ich die Archive aufsuchen, wo ich am liebsten ungestört und allein arbeite.«

»Großmeister, Ihr seid Euch doch gewiß im klaren ...«

»Meine Herren, ich stoße zu Euch, sobald ich kann. Setzt inzwischen Eure Bemühungen mit unvermindertem Eifer fort.« Vallage drehte sich um und stolzierte durch die Halle davon.

Kilmo und Zannajair sahen sich ungläubig an.

»Hat er uns nicht verstanden?« fragte Zannajair.

»Besser als wir ihn, glaube ich«, antwortete Kilmo. »Ich würde viel darum geben zu erfahren, worum es sich bei Vallages Nachforschungen handelt.«

So wie Kilmo erging es vielen, und Gless Vallage mußte zu seinem Leidwesen feststellen, daß in den Archiven reger Betrieb herrschte. Im Prinzip wurde sein Wunsch, man möge ihn unbehelligt lassen, respektiert, denn keiner der Adepten sprach ihn an oder kam in seine Nähe, aber er stand doch im Mittelpunkt des allgemeinen Interesses. Man registrierte genau, welche Folianten der Großmeister anforderte, und die Gerüchte überschlugen sich. Vallages Nachforschungen wurden so lange aufmerksam beobachtet, bis sie von einer weit wichtigeren und dringenderen Nachricht überschattet wurden. Ein Heer von leuchtenden Vardrul hatte sich auf der Ebene vor der Stadt versammelt, so wurde dem Nessiva gemeldet. Ein Angriff stand ohne Zweifel unmittelbar bevor.

Die entkräfteten und übermüdeten Adepten wußten genau, daß sie nicht in der Lage waren, massiven kognitiven Widerstand zu leisen. Lanthi Ume war nicht mehr zu retten, seine Bürger dem Untergang geweiht. So wandten sie sich verzweifelt der einen, der letzten Aufgabe zu, die sie noch bewältigen konnten — der Bewahrung der unersetzlichen Archive der Esoterikerloge, dieser Schatzkammer kognitiven Wissens seit den Tagen von Nes dem Auge.

Herzog Bofus wanderte mutterseelenallein durch seinen fast menschenleeren Palast. Einen goldenen Kandelaber in der pummeligen Hand, stapfte er durch die düsteren Korridore. Seine Schritte waren langsam, seine Miene hoffnungslos, ein Ziel hatte er nicht. Immer wieder blieb er stehen und sah sich um — soweit er etwas sehen konnte —, ungläubig, verständnislos, traurig. Endlich näherte er sich einem offenen Fenster, und die Schreie der am herzoglichen Anlegeplatz zwei Stockwerke unter ihm versammelten Menge erregten seine Aufmerksamkeit. Der Herzog spähte durch die Dunkelheit. Trüb flackerndes Laternenlicht, aufgeregt hin- und herlaufende Schatten, mehr konnte er nicht erkennen. Die Stimmen, die zu ihm heraufdrangen, waren unverkennbar feindselig, und eine tiefe Falte erschien auf der Stirn des Herzogs. Seine Untertanen waren zornig! Angst und Bestürzung zu einem solchen Zeitpunkt, das hätte er gut verstehen können, aber Zorn? Und auf ihn, ihren Herzog?

Bofus kam gar nicht auf die Idee, Kommandant Frayner und die wenigen noch verbliebenen Gardisten zu rufen. Ohne einen Augenblick zu zögern, drehte er sich um, eilte durch die Galerie, das große Treppenhaus hinab, durch die Eingangshalle und schließlich durch das große Portal nach draußen. Oben auf der breiten Kanaltreppe blieb er ein wenig ratlos stehen.

Man hatte den Herzog bald bemerkt, und sein Erscheinen wurde mit leidenschaftlichem, lautstarkem Protest quittiert.

»Ihr guten Leute — meine lieben Freunde ...« Bofus mußte selbst schreien, um den Lärm zu übertönen. »Womit habe ich Euren Zorn erregt? Sagt mir, was ich getan habe, und ich werde es wiedergutmachen, soweit es in meinen Kräften steht. Noch in dieser Stunde werde ich bereuen und mich bessern, das verspreche ich Euch.« Der Tumult legte sich allmählich, und der Herzog fuhr fort: »Ich verstehe Euer Leid, das wir alle teilen, nicht aber Euren Zorn. Gewiß macht Ihr doch nicht mich für diese Finsternis verantwortlich, mit der wir geschlagen sind? Ich würde alles tun, um der Not abzuhelfen. Liebe Freunde, ich würde mit Freuden mein Leben hingeben, wenn das etwas nützen würde!«

Die beschwörenden Worte beschwichtigten die Menge ein wenig. Die Schreie verstummten, und nach einem Augenblick verwirrter Stille ergriff einer der Männer am Fuß der Treppe das Wort. Er war von kleiner, kräftiger Gestalt, seine Züge waren im schwachen Licht fast nicht zu erkennen. »Hoheit, Ihr habt nichts getan, um unseren Zorn zu erregen. Ihr habt gar nichts getan, Punkt, und das ist das Problem. Wir brauchen einen Führer, und wir brauchen Taten. Jetzt, solange wir noch genügend Kraft haben, um uns überhaupt zu bewegen, ehe die Krankheit uns alle so geschwächt hat, daß wir keine Hand mehr heben können, um uns zu verteidigen. Ihr seid der Herzog, und Ihr solltet etwas unternehmen.«

»Aber was ist da zu tun?« erkundigte sich der Herzog ernsthaft.

»Wir müssen uns wehren! Wir wollen nicht herumsitzen und Däumchen drehen, bis sie kommen und uns abschlachten wie die Schafe. Wir müssen jetzt kämpfen!«

»Gegen die Finsternis?«

»Nicht gegen die Finsternis, Hoheit. Gegen die Weißen Dämonen.«

»Weiße Dämonen?« Bofus riß die blauen Augen weit auf. »Ich weiß nicht, was Ihr damit meint.«

»Sie sind hier, Hoheit. Das Dämonenheer wartet vor unseren Toren.«

»Ein Heer vor unseren Toren? Woher wißt Ihr das? Ich meine, man kann doch da draußen nichts *sehen*, oder? Selbst wenn dort ein Heer steht, wie kommt Ihr darauf, daß es Dämonen sind und nicht Menschen wie Ihr und ich?«

»Ihr könnt Euch selbst davon überzeugen, Herr. Sie leuchten sogar in dieser Finsternis, und Ihr könnt sie von der Stadtmauer aus beobachten.«

»Das ist noch nicht alles«, meldete sich ein zweiter Mann, »zwei von den jungen Burschen sind hinausgeschlichen und haben sie sich aus der Nähe betrachtet, und als sie zurückgekommen sind, haben sie uns erzählt, daß es keine Menschen sind. Es sind Weiße Dämonen.«

»Ich möchte die Aufrichtigkeit dieser Jungen wirklich nicht in Zweifel ziehen«, antwortete Herzog Bofus nachsichtig. »Sie glauben gewiß, daß alles wahr ist, was sie Euch berichtet haben. Aber junge Leute geraten manchmal in Erregung, und dann machen sie Fehler ...«

»Das ist kein Fehler, Hoheit. Aber wenn Ihr nicht wollt, braucht Ihr weder uns noch den Burschen zu glauben. Kommt doch einfach mit zur Mauer und seht Euch die Sache selbst an.«

»Ja. Ja, das klingt vernünftig.« Bofus nickte zunehmend überzeugt. »Ja, ich werde mit Euch kommen. Sofort, wenn es Euch recht ist.«

Aus rauhen Kehlen klang Jubel auf. Das Entgegenkommen des Herzogs schien seine Beliebtheit wiederhergestellt zu haben. Einen Augenblick später eilte Bofus an der Spitze einer Menschenmenge im Schein von Fackeln der Stadtmauer zu. Es war ein weiter Weg, und Bofus — selbst in guten Zeiten übergewichtig und untrainiert und jetzt durch die Finsternis zusätzlich geschwächt — wurde bald müde. Sein Gesicht rötete sich, er begann zu keuchen. Doch so sehr er sich auch nach einer Pause sehnte, er wagte nicht, das Tempo zu verringern. So marschierte er unermüdlich weiter, bis er, mit schmerzenden Füßen und ganz abgekämpft, am Fuß der Stadtmauer eintraf. Eine Steintreppe führte nach oben, dort brannten große Feuer. Der Herzog stieg hinauf, und die Bürger drängten hinter ihm her. Auf der Mauerkrone blieb Bofus unvermittelt stehen, und der Atem stockte ihm. Vor seinen Augen breitete sich auf der nachtschwarzen Ebene ein großer, formloser Lichtschein aus. Eine Weile betrachtete er ihn staunend, ganz gefesselt von der fremdartigen Schönheit. Dann vernahm er eine Stimme dicht neben sich.

»Die Weißen Dämonen.«

Der Herzog gab keine Antwort. Er konnte den Blick von der sich leicht bewegenden Lichtflut nicht losreißen, und nach einer Weile schien es ihm, als könne er da und dort einzelne grazile, leuchtende Gestalten erkennen, die sich aus dem Lichtmeer lösten, um kurz darauf wieder mit dem Ganzen zu verschmelzen. Der Bericht entsprach also der Wahrheit. Vor der Mauer wartete ein Heer. Und Bofus starrte weiter wie verzaubert nach unten, bis die Stimme neben ihm bemerkte:

»Ich wüßte gerne, wie man sie töten kann.«

»Sie töten?« Ein betroffenes Nein lag dem Herzog auf der Zunge, aber er sprach es nicht aus. Mit einem Schlag wurde ihm bewußt, daß er die Feinde von Lanthi Ume, die Feinde der ganzen Menschheit vor sich hatte. Einen Moment lang blickte er noch fast sehnsüchtig hinab, dann riß er sich von dem herrlichen, unheimlichen Schauspiel los, holte tief Atem und zwang sich zum Sprechen. »Nun, Ihr wißt ja, daß die Vayno-Festung errichtet wurde, um Lanthi Ume gegen einen Angriff vom Festland zu verteidigen, nicht wahr? Und wir haben auch die Kanonen und alles. Ich glaube, wir sollten den Lammiern, die sich immer noch dort verschanzt haben, die Lage erklären. Wenn sie begriffen haben, was auf dem Spiel steht, lassen sie uns vielleicht hinein, und dann kann man gegen das Heer da draußen die Kanonen einsetzen ...«

»Wir hatten gehofft, daß Hoheit das sagen würden!«

»Wenn die Nachttöpfe uns den Zugang verwehren

wollen, dann werden sie schon sehen, wozu wir fähig sind!«

»Und die Weißen Dämonen auch!«

»Glaubt Ihr, die Kanonen können etwas ausrichten?« fragte jemand aus der Menge. »Gegen Dämonen? Kann man sie überhaupt töten?«

»Es mögen Dämonen sein«, kam die zuversichtliche Antwort, »aber das heißt noch lange nicht, daß sie nicht sterblich sind. Unsere Kanonen werden ihnen schon den Garaus machen!«

Der Optimist hatte noch nicht zu Ende gesprochen, als die leuchtende Armee draußen auf der Ebene plötzlich verschwand. In diesem Augenblick legten die Vardrul nämlich ihre Umhänge und Masken an und löschten damit ihr eigenes Licht, aber das konnten die menschlichen Zuschauer nicht wissen. In einem Augenblick waren die weißen Dämonen noch da und strahlten deutlich sichtbar, im nächsten waren sie verschwunden, als habe es sie nie gegeben. Aus der Menge waren bestürzte Ausrufe zu hören, und dann trat eine schreckliche Stille ein, die endlich gebrochen wurde, als jemand erklärte:

»Wir sind erledigt.«

»Oh, das dürft Ihr nicht sagen«, flehte Herzog Bofus. »Ihr dürft die Hoffnung nicht aufgeben, meine lieben Freunde! Immerhin leben wir noch, nicht wahr?«

»Ja, aber wie lange noch, Hoheit? Wie können wir gegen ein unsichtbares Heer kämpfen?«

»Unsere Kanonen sind nutzlos.«

»Wir sind sowieso fast zu schwach, um zu kämpfen.«

»Wir sind hilflos.«

»Nein, hilflos sind wir noch nicht.« Der Sprecher war der kleine, kräftige Bürger, der sich an der herzoglichen Anlegestelle an seinen Herrscher gewandt hatte. »Hört mich an. Unsere Chancen stehen nicht gut. Wir sind wenige, wir sind krank und werden von Stunde zu

Stunde kränker, und gegen uns stehen die Finsternis und unsichtbare Dämonen. Alles in allem ist zu befürchten, daß es uns an den Kragen geht. Mag sein, aber ich glaube, die meisten von uns wollen ihre Heimat verteidigen, und dazu dürfen wir nicht herumsitzen und warten, bis es den Weißen Dämonen gefällt, uns abzuschlachten. Wir müssen uns vielmehr zusammennehmen, so gut wir können, wir müssen hinausgehen und sie angreifen, ehe sie darauf gefaßt sind. Siegen werden wir vermutlich nicht, aber wir werden kämpfend untergehen, und wir werden eine ganze Menge von ihnen mitnehmen. Zumindest werden diese glitzernden Maden hinterher wissen, daß sie auf Widerstand gestoßen sind. Ich glaube, das ist das Beste, was wir tun können, und wir sollten handeln, solange wir noch dazu imstande sind. Seid ihr dabei?«

Zustimmendes Gebrüll war zu hören. Herzog Bofus beobachtete die Menge mit geöffneten Lippen und staunenden Augen.

»Dann laßt uns beginnen«, drängte der namenlose Demagoge. »Zuerst geben wir den Dämonen eine Kostprobe unserer Geschütze. Das wird ihnen einen gehörigen Schrecken einjagen, auch wenn sie unsichtbar sind. Aber dazu müssen wir in die Festung hinein. Wir müssen also eine Delegation hinüberschicken, und wenn wir Glück haben, sind die Nachttöpfe vernünftigen Argumenten zugänglich. Zweitens müssen wir die Stadt nach jedem Bürger durchkämmen, der fähig und bereit ist zu kämpfen. Als nächstes sollten wir versuchen, mit den Esoterikern zu reden. Sie mögen etwas eigenartig sein, aber sie sind Lanthianer, und sie sind schlau. Wer weiß, vielleicht haben sie ein paar gute Ideen.«

Dieser Vorschlag traf auf einen Sturm der Ablehnung. Selbst in dieser verzweifelten Lage blieben die Bürger gegenüber den Adepten mißtrauisch. Während man noch heftig diskutierte, trat Herzog Bofus vor und sagte schüchtern: »Ein paar von Kommandant Frayners Männern sind hiergeblieben. Wir könnten die Gardisten um Hilfe bitten.«

»Das ist gut, Hoheit, das ist ausgezeichnet!«

Bofus strahlte.

»So soll es geschehen«, kommandierte der andere.

»Es soll geschehen!« wiederholte Bofus und fügte herrisch hinzu: »Und keine weiteren Verzögerungen!«

16

Sie waren unversehens in ein Labyrinth von gigantischen Ausmaßen geraten. Die von glänzendem Schleim überzogenen Steinwände, die aus der Decke sprießenden Stalaktiten, die schüchternen Fledermäuse mit den Dämonengesichtern und vor allem die eindrucksvolle Größe des Ganzen: dies alles überzeugte sie davon, daß sie endlich die Höhlen gefunden hatten.

Als ihnen das eindeutig klarwurde, blieben sie im Dunkeln stehen, um sich über ihr weiteres Vorgehen zu beraten. Leise drängten sie sich um die einzige noch brennende Laterne und besprachen sich mit vorsichtig gedämpften Stimmen.

»Nun haben wir also endlich unser Ziel erreicht, und das haben wir einzig und allein dem Scharfblick Seiner Lordschaft zu verdanken. Was jetzt? Wohin?« wollte Grono wissen.

»Berechtigte Fragen«, antwortete Wate Basef. Im schwachen, rötlichgelben Licht wirkte sein Gesicht abgezehrt, und er lächelte nicht. Offenbar wollte er seine kostbare Energie nicht länger auf Sarkasmus verschwenden. »Wir haben zwei Anliegen. Erstens müssen wir die Unterlagen finden. Zweitens — der Aufmerksamkeit der Bewohner entgehen. In beiden Fällen wird die Kognition uns helfen, und diesmal werdet Ihr mich gut gerüstet finden. Aber nun bitte keine Ablenkungen.« Ohne weitere Erklärung öffnete er seine Ledertasche und zog eine kleine Bronzefigur heraus, primitiv gearbeitet, aber als Mensch zu erkennen. Er senkte den Kopf und sprach fast unhörbar. Obwohl er krank und erschöpft wirkte, hatten seine Geisteskräfte und sein Wille offenbar kaum Schaden gelitten, denn er gelangte schnell zur Kognition. Der Erfolg zeigte sich daran, daß das Bronzefigürchen allmählich immer mehr an Substanz verlor. Vor den verzückten Augen der Gruppe wurde es zunehmend heller und durchsichtiger, bis es schließlich kaum noch zu sehen war. Als Wate Basef den Kopf hob und die Augen öffnete, schien er nur noch ein Stück Nebel in der Hand zu halten. Sorgfältig verstaute er die so verwandelte Statuette wieder in seiner Tasche und gönnte sich einen Augenblick Ruhe. Dann verkündete er: »Jetzt sind wir in Heejins Schleier gehüllt.«

»Soll das etwa heißen, daß Ihr Euren Hokuspokus mit *uns* getrieben habt, Ehrenwerter Wate Basef? Was habt Ihr uns *diesmal* angetan?«

»Grono, bitte dämpfe deine Stimme«, mahnte Devras leise. »Von jetzt an wird nur noch geflüstert.«

»Heejins Schleier«, erklärte Wate Basef, »ist der Inbegriff der Irreführung. Er wird die Aufmerksamkeit aller Wesen, denen wir begegnen, von uns ablenken.«

»Bedeutet das, Ihr habt uns unsichtbar gemacht?« fragte Devras.

»Nein, glaubt das ja nicht. Wir sind nicht unsichtbar, wir sind lediglich unauffällig. Wenn wir uns etwas in acht nehmen, wird uns niemand bemerken.«

»Und wie sollen wir uns verhalten?« fragte Karavise.

»Wir gehen auf Zehenspitzen«, erklärte Wate Basef. »Wir sprechen nur im Flüsterton und das möglichst selten. Wenn wir jemandem begegnen, bleiben wir reglos stehen, am besten irgendwo im Schatten. Wenn wir diese Vorsichtsmaßnahmen beachten, werden wir, wenn überhaupt, kaum bemerkt werden.«

»Ich fühle mich kein bißchen anders«, erklärte Grono. »Mehr noch, ich kann Euch alle drei ganz deutlich sehen. Keiner von uns scheint sich verändert zu haben.«

»Wir haben uns auch nicht verändert«, antwortete Wate Basef. »Die Kognition, die uns einhüllt, verändert das Wahrnehmungsvermögen der anderen. Sie werden uns einfach keinen Blick gönnen, vorausgesetzt, wir sind vorsichtig. Aber seid Euch darüber im klaren, das ist nur eine schwache Kognition — zu mehr bin ich im

Moment nicht imstande —, und sie ist leicht zu durchdringen. Ein falsches Wort, ein Husten, eine plötzliche Bewegung, und man wird uns auf jeden Fall sehen. Außerdem wirkt der Schleier nur vorübergehend, für ein paar Stunden.«

»Kann uns ein Ältester der Esoterikerloge nicht wirksamer helfen?«

»Ich muß mit meiner kognitiven Energie sparsam umgehen, Grono. Wenn wir gefunden haben, wonach wir suchen, werde ich sie dringend brauchen.«

»Woher wissen wir, wo wir mit dem Suchen anfangen sollen?« fragte Karavise.

»Wir haben Rillif Har Fennahars Armband«, erinnerte Devras. »Raith sagt, es erwärmt sich in der Nähe kognitiver Gegenstände. Es wird einige Zeit dauern, aber irgendwann ...«

»So viel Zeit haben wir nicht«, unterbrach ihn Wate Basef. »Ich werde Kognition einsetzen, um die Kognition zu finden. Die dazu erforderliche Energie kann ich erübrigen.« Das nun folgende Verfahren war für die Beobachter rätselhaft. Am Ende des Rituals öffnete der Adept die Augen und erklärte: »Ich habe eine Quelle kognitiver Kraft entdeckt — eine starke Quelle. Ich begreife nicht, wie eine Sammlung alter Schriften eine so mächtige — nun, lassen wir das. Ich habe eine Vorstellung der Entfernung und der Richtung, in die wir gehen müssen, und ein verschwommenes Bild unseres Ziels.«

»Ist es weit von hier?« fragte Karavise. Ihr Gesicht war ausdruckslos, aber unübersehbar gezeichnet von Krankheit und Erschöpfung.

»Ziemlich. Wir haben einen Fußmarsch von mehreren Stunden vor uns. Einen Trost kann ich Euch aber geben, ich habe keine größeren Hindernisse gespürt.«

»Dann sollten wir sofort aufbrechen«, gab sie gelassen zurück. Er zögerte, schätzte offenbar ihre Kräfte ab, und sie drängte: »Nun kommt schon, es hat keinen Sinn, es aufzuschieben.«

Zwischendurch: [redacted]

[redacted] „Ich habe eine Quelle kognitiver Kraft entdeckt – eine starke Quelle." Wird diese Quelle ausreichen? [redacted]

[redacted] Heutige Menschen brauchen allerdings zur Erhaltung der mentalen Fähigkeiten auch ganz schlichte Energie. Ohne ausreichende Nahrungszufuhr geht selbst kognitiv nicht viel. Doch wir wissen, wie wir zwischendurch neue Kräfte mobilisieren können: Einfach einen Löffel bereitlegen, Wasser kochen und aus dem Schrank die... [redacted]

Wate Basef senkte zustimmend den Kopf. »Dann folgt mir in geringem Abstand. Tretet leise auf. Sprecht nur, wenn es nötig ist. Und vor allem, wenn Ihr etwas von den Bewohnern seht oder hört, dann steht völlig still und verlaßt Euch auf den Schleier.«

Sie gehorchten, und der nun folgende Marsch durch die Dunkelheit zehrte an den Nerven, verlief aber im wesentlichen ohne Zwischenfälle. Schweigend glitten sie durch den Tunnel und tasteten mit allen Sinnen die Schwärze ab. Vor ihnen verzweigte, wand, mündete und trennte sich eine verwirrende Vielzahl von Gängen, aber zum Glück schien sich Wate Basef des Weges völlig sicher. Selten zögerte er, und niemals lange. Die Minuten dehnten sich zu eintönigen Stunden. Die feuchten Steinwände zogen langsam vorbei. Die Tunnel schienen verlassen, und von den Bewohnern war nichts zu sehen und zu hören. Nur zweimal in ebensovielen Stunden wurden sie kurz aufgehalten, einmal von einem plötzlichen kräftigen Schwirren, das zweite Mal von einem unregelmäßigen Pochen. Jedesmal löschte Wate Basef die Laterne, und alle erstarrten zur Reglosigkeit, bis die Geräusche als eine einzelne Fledermaus beziehungsweise als von der Decke tropfendes Wasser identifiziert waren. Angesichts der anhaltenden Monotonie erlahmte allmählich die Wachsamkeit. Ihre Schritte wurden schneller, und gelegentlich sprachen sie gedämpft miteinander. So zögerte Grono, der am Ende der Reihe ging, nicht, den anderen seine Beobachtung mitzuteilen:

»Meine Herren, Euer Gnaden — die Luft leuchtet.«

Er hatte recht. Die warme, feuchte Atmosphäre war von einer fahlen Lumineszenz erfüllt — dem Hauch eines Lichts, so schwach, daß sie fast ihren eigenen Augen nicht trauten.

»Vielleicht wird das Laternenlicht reflektiert?« vermutete Karavise unsicher.

»Wovon reflektiert, Euer Gnaden?«

»Etwas in der Luft? Staub? Dunst?«

»Illusion?«

»Gefährlich?«

»Was ist hier nicht gefährlich?«

Die Fragen waren im Moment nicht zu beantworten. Zögernd gingen sie weiter, der Weg führte steil nach unten, weiter in die Tiefen der Höhlen hinein. Der Schein schien sich immer mehr zu verstärken. Nach einer Weile gab es keinen Zweifel mehr — die feuchte Luft ringsum erhellte sich zusehends.

Devras betrachtete die Wände, den Boden, die tropfende Decke. »Das ist nicht die Luft«, bemerkte er. »Der Fels selbst gibt Licht ab.«

»Warum sollte das so sein, Herr Devras?«

»Ich weiß es nicht, Grono. Es ist einfach eine typische Eigenschaft dieses Gesteins. Der Naturphilosoph Mas Ravileen nennt die Erscheinung ›Kaltes Feuer‹ und bezeichnet sie als die Quelle des Mondlichts.« Devras verschwieg aus Rücksicht auf die anderen, daß Mas Ravileen außerdem glaubte, das Felsenlicht sei imstande, Menschen in den Wahnsinn zu treiben.

Der Tunnel wurde breiter und heller. Der fahle Schein nahm weiter zu, und schließlich konnten sie zum ersten Mal, seit sie auf ihrer Flucht in Fal Grizhnis Schatten geraten waren, die Laterne löschen. Devras nahm einen tiefen Atemzug, sog die warme Luft ein, die frei war vom Gestank der kognitiven Finsternis, und spürte, wie trotz der fremdartigen, ja feindlichen Umgebung die Niedergeschlagenheit von ihm wich. Zum ersten Mal in all jenen zahllosen schwarzen Stunden regte sich in seinem Herzen ein Fünkchen Hoffnung.

Der Tunnel mündete in einen großen Raum, wo Mengen von Stalaktiten in durchsichtigen Trauben von der Decke hingen und mit mineralischer Spitze geschmückte Stalagmiten, zwischen denen sich violette Boviste blähten, vom Boden aufragten. Hier legten sie eine kurze Rast ein. Devras setzte sich auf einen glimmergefleckten Stein und betrachtete seine Umgebung mit neu erwachtem Interesse. Der Boden war zum größten Teil mit Bovistkolonien bedeckt, dazwischen wuchsen silbrig glänzende, achteckige Kristalle, schwarzes Nachtkraut, kreisrunde Flecken vielfarbiger Blätterpilze und weißer Hexenbart in üppigen Büscheln. Daß so viele verschiedene Arten an einem Ort vorkommen sollten, war unwahrscheinlich, und die regelmäßige Anordnung noch mehr.

»Das ist ein Garten«, erkannte er.

»Dieses giftige Durcheinander?« Grono runzelte ungläubig die Stirn.

»Ich bin ganz sicher. Sieh doch nur, wie die Kristalle in einer Reihe stehen, und wie jeder schwarze Stein von weißen Pilzen umgeben ist. Das ist niemals durch Zufall so entstanden.«

»Dann müssen die Bewohner ganz in der Nähe sein«, folgerte Karavise.

Wie als Antwort darauf glitt durch eine der Spalten in der gegenüberliegenden Wand ein Vardrul in die Höhle. Die vier Menschen erstarrten vor Schreck.

Es war ein sehr kleiner, noch unreifer Vardrul von unbestimmbarem Geschlecht, offensichtlich noch zu jung, um mit seinen Verwandten Oben zu kämpfen. Das Kleine war eine Miniaturausgabe der Soldaten, die sie am Yl gesehen hatten — das gleiche leuchtende, weiße Fleisch, die Tentakelfinger, das hagere Gesicht und die riesigen, an Meerschaum erinnernden Augen. Auf dem Arm trug es zwei winzige, weiße Fledermäuse.

Das Kind schaute durch den Raum, und sein Blick ging über die reglosen Menschen hinweg. Ihm war die Anwesenheit der Fremden offenbar entgangen, aber die Fledermäuse waren immun gegen Heejins Schleier und bemerkten die Eindringlinge sofort. Sie breiteten ihre schneeweißen, ledrigen Flügel aus und erhoben sich in die Luft, dann huschten sie in großen Schwüngen aufgeregt durch den Raum und kreisten hysterisch flatternd über den Köpfen der Menschen. Manchmal stießen sie so tief auf Devras herab, daß er den Wind in seinem Haar spürte. Die Menschen regten sich nicht, zuckten nicht zusammen und zwinkerten nicht einmal mit den Augen, obwohl es ihnen schwerfiel.

Das Vardrulkind beobachtete die Tiere genau, vermutlich war es verwundert über ihr Verhalten. Die beiden inneren Augenwülste weiteten sich, das Leuchten seines Fleisches schwächte sich ab. Es ging bis in die Mitte des Raums und blieb einen Schritt vor den kognitiv getarnten Eindringlingen stehen, aber seine großen Augen verfolgten nur die zappelnden Fledermäuse. Sein Fleisch wurde heller, verdunkelte sich, blitzte zweimal auf und dämpfte sich wieder, anscheinend ein Signal. Die Fledermäuse gehorchten sofort und kehrten auf den Arm ihres Besitzers zurück. Wieder schweifte der Blick des Kindes suchend durch den Raum, ein sanftes, unverständliches Trällern kam aus seinem lippenlosen Mund. Dann drehte es sich um, eilte zu dem Spalt, durch den es gekommen war, und glitt mit einem letzten strahlenden Blick nach hinten geschmeidig durch die schmale Öffnung.

Nachdem das Kind verschwunden war, verharrten die Menschen noch ein paar Augenblicke lang in atemloser Stille. Der lähmende Schreck legte sich schließlich, aber sie hatten das Gefühl, wieder mehr Vorsicht walten lassen zu müssen. Auf leisen Sohlen verließen sie, geführt von Wate Basef, die Höhle durch einen mit Kristallgewächsen ausgekleideten Torbogen und gelangten über eine mit massiven, natürlichen Säulen gesäumte Galerie in einen Gang, der so schmal war, daß sie sich nur seitwärts hindurchzwängen konnten. Gesprochen wurde nicht mehr, nun schlichen sie so verstohlen durch die Tunnel, als würden sie bereits verfolgt. Der schmale Stollen ging über in einen breiten, hohen Korridor mit gewölbten Wänden, die von einer Schleimschicht in satten Farben überzogen waren. Sie waren auf dem Höhepunkt der Roten Koloration eingetroffen, und die Pflanzendecke färbte das Felsenlicht rot. Hier entdeckten sie nun deutliche Anzeichen von Besiedelung. Der Tunnel war künstlich verbreitert und eingeebnet worden, und man hatte die Wände geglättet. Die großen, in regelmäßigen Abständen plazierten stehenden Steine waren mit Bildern geschmückt, und Schattenreliefs zierten die Wände.

Immer weiter und tiefer drangen sie vor, durch eine Galerie voller Wunder, in der kein Laut zu hören war, einen gewundenen, abschüssigen Pfad entlang. Das blasse Felsenlicht tanzte über herrliche, natürlich entstandene Filigranmuster aus Stein, erhellte goldene Kristallspeere, erstarrte Katarakte und Felsformationen, die aussahen wie kunstvoll drapierter Stoff. Noch zweimal stießen sie auf Höhlenbewohner, und jedesmal rettete sie Heejins Schleier. Die Vardrul gingen trotz ihrer großen, strahlenden Augen an ihnen vorüber, ohne sie wahrzunehmen. Die Seltenheit solcher Begegnungen zeigte, wie wenige Bewohner sich noch in den Höhlen aufhielten. Fast die gesamte Bevölkerung war dem Patriarchen nach Oben gefolgt.

Weiter und tiefer, durch einen niedrigen Korridor mit vielen Windungen, durch etliche kleine, farbige Kammern, die sich aneinanderreihten wie Perlen an einer Schnur, hinaus in einen glatten, schmucklosen Tunnel, der wie ein Pfeil in den Fels hineinstieß und sich zu einer schmalen Brücke verjüngte, die einen von Felsspitzen strotzenden Abgrund überspannte. Dahinter verzweigten sich die Gänge zu einem so verwirrenden Labyrinth, daß Devras sich fragte, wie sie jemals wieder hinausfinden sollten. Dieser Gedanke führte ihm zum ersten Mal ganz klar vor Augen, wie unwahrscheinlich eine Rückkehr überhaupt war. Sie hatten sich schon zu weit vorgewagt, um aus den Tiefen dieses unterirdischen Reiches wohlbehalten wieder herauszukommen. Sie waren lebendig begraben.

Die Zweifel wurden vorübergehend zurückgedrängt, als das Har Fennahar-Armband zu reagieren begann. Devras spürte die erste Erwärmung an seinem Handgelenk und blickte hinab. Der vertraute Silberreif glitzerte im Felsenlicht. Nie zuvor hatte er die anscheinend spontanen Temperaturveränderungen begreifen können, doch jetzt kannte er dank Wate Basefs Erklärung den Grund dafür — er befand sich in der Nähe eines kognitiv beeinflußten Gegenstandes. Die Wärme wurde mit jedem Schritt stärker und drohte ihm nach wenigen Minuten bereits die Haut zu versengen. Er zog das Armband ab und steckte es in die Tasche.

Noch ein paar Meter einen abschüssigen Korridor entlang, dann erreichten sie eine breite, von einem Bogen überspannte Öffnung. Daneben ragte ein massiver Stalagmit auf, hinter dem sie sich versteckten. Der Weg führte durch den Bogen, aber in dem Raum dahinter befanden sich zwei hochgewachsene, ungewöhnlich muskulöse Vardrul, die mit eisenbewehrten Spießen und massiven Dolchen, größer als ein Messer, aber kleiner als ein Kurzschwert, bewaffnet waren. Man hatte wohl ein paar wehrhafte Bewohner als Höhlenwache zurückgelassen. Die beiden Posten flankierten ein merkwürdiges Gerät, das auf einem kleinen Podest in der Mitte des Raumes stand, ein undurchsichtiges, kastenförmiges Gebilde, von vier strahlenden Halbkugeln überragt, das an diesem Ort unerklärlich fremdartig wirkte. Die streng symmetrische Form, die keineswegs dem Geschmack der Vardrul entsprach, ließ irgendwie vermuten, daß es ein menschliches Produkt war.

Was ist das für ein Ding? fragte sich Devras. *Und wie kommen wir daran vorbei?* Er sah Wate Basef fragend an.

Der Adept bewegte die Lippen und formte unhörbar geheimnisvolle Silben. Offenbar hielt er die Gefahr für sehr groß, denn sonst hätte er zu diesem Zeitpunkt nicht einen Teil seiner wertvollen kognitiven Energie geopfert. Die beiden Vardrul-Wächter im Raum erstarrten.

Das Licht wich aus ihrem Fleisch, die Intelligenz aus ihren großen Augen. In ihrer Reglosigkeit und mit ihrem getrübten Blick wirkten sie wie zwei Statuen.

»Ich habe ihre Lebensfunktionen auf Schneckentempo verlangsamt«, flüsterte Wate Basef hastig. »Für sie bewegen wir uns nun so schnell, daß sie uns nicht mehr wahrnehmen können, aber die Wirkung wird nicht lange anhalten. Kommt, wir müssen dort hinein.« Er zeigte auf einen Spalt auf der anderen Seite des Raumes.

Hintereinander durchschritten sie den Bogen, eilten an den starren Wächtern vorbei und umgingen das Podest mit dem Gerät, das so verwirrend fehl am Platze war und irgendwie Erinnerungen an das Oben, an die Menschheit wachrief. Der Anblick eines menschlichen Erzeugnisses an einem solchen Ort erregte Devras so stark, daß er eine Frage nicht unterdrücken konnte: »Was ist das?«

»Ein Heizungssystem«, antwortete Wate Basef. »Von den Esoterikern entwickelt, vor sehr, sehr langer Zeit. Vielleicht wurde es sogar von Terrs Fal Grizhni persönlich geschaffen — alt genug wäre es. Ich wußte nichts von seiner Existenz, aber mir war klar, daß es etwas Derartiges geben mußte. Anders ist die Wärme in diesen Höhlen nicht zu erklären.«

»Wenn das Gerät so alt ist, wie Ihr behauptet, könnte es doch einmal versagen. Und was wäre dann?«

»Dann wehe den Weißen Dämonen, denn dann wird die Natur mit Macht ihren Einfluß geltend machen. Die kognitiv verdrängte Kälte von Jahrhunderten wird mit einem Schlag zurückkehren, über diese Tunnel hereinbrechen und sie im Frost erstarren lassen. Das wäre das Ende der Vardrul, denn Kälte können sie nicht ertragen, sie werden davon betäubt. Aber damit ist kaum zu rechnen — eine gut konstruierte, kognitiv betriebene Anlage versagt nicht so ohne weiteres ihren Dienst.«

»Kein Wunder, daß sie hier Posten aufgestellt haben.« Devras warf einen Blick über die Schulter, um nach den

Wächtern zu sehen, die Wate Basef außer Gefecht gesetzt hatte, und keuchte erschrocken auf. Die beiden standen immer noch blind und wie versteinert da, aber im Eingang waren drei weitere erschienen, bewaffnet und bei vollem Bewußtsein. Daß die Neuankömmlinge Heejins Schleier mühelos durchschauten, war keine Frage. Ihre strahlenden Augen wanderten zwischen den Menschen und ihren bewußtlosen Verwandten hin und her, ihre Haut flackerte heftig, und ihr flötendes Trällern schallte gespenstisch durch die Höhle.

Die Menschen fuhren erschrocken herum. Einen Augenblick lang starrten beide Gruppen sich erstaunt und verständnislos an. In diesem Augenblick brach die Kognition zusammen, und die Lebensfunktionen der beiden gebannten Posten beschleunigten sich wieder. Ihre Haut leuchtete schlagartig auf, und ihre Augenwülste zuckten. Nach einem melodisch geträllerten Wortwechsel glitten alle fünf Vardrul, die Spieße mit den Stahlspitzen zum Stoß erhoben, auf die Menschen zu. Sie handhabten die Waffen mit einer Selbstverständlichkeit, die von langer Übung zeugte. Gegen diese Wesen hatten die Menschen keine Chance.

»Durch den Spalt«, kommandierte Wate Basef und rannte auf die Öffnung zu.

Davonlaufen? Wozu? Man hat uns doch bereits gesehen. Raith muß seine Kognition einsetzen, er hat keine andere Wahl. Noch während ihm diese Gedanken durch den Kopf schossen, rannte Devras bereits so schnell, wie es sein geschwächter Zustand erlaubte. Karavise keuchte neben ihm her, Grono stolperte dicht hinter ihnen. Die Vardrul schwärmten aus, um ihnen den Weg abzuschneiden, und Wate Basef schlug unvermittelt einen Haken und strebte einer niedrigen, gezackten Lücke in der Wand zu. Tief geduckt verschwand er durch das Loch, und die Verfolger flöteten laut.

Noch zehn Schritte, den Kopf eingezogen, den Rükken gekrümmt, die Knie gebeugt, und Devras war durch die Lücke hindurch und stand auf einer schmalen Galerie. Karavise befand sich immer noch neben ihm, hinter sich hörte er hastige Schritte, der unheimliche Gesang der Vardrul schallte durch den Tunnel und ließ die Luft erzittern. Mit rasselnden Atem hetzte er über die Galerie, dann öffnete der Tunnel sich wie eine Blüte, und ein halbes Dutzend Gänge zweigte nach allen Seiten ab. Raith Wate Basef war nirgendwo zu sehen. Er war in einem dieser Gänge verschwunden, aber in welchem, das ließ sich nicht ausmachen. Keine Zeit, um lange darüber nachzudenken. Sechs lange Schritte, ein Abschwenken nach links und, dicht gefolgt von Karavise, in eine Lücke hinein. Ein schneller Blick zurück, da kam Grono, bleich und atemlos, und gleich dahinter die hochgewachsenen, leuchtenden Gestalten der Wächter.

Wie konnte man sie abschütteln? In einem solchen Labyrinth dürfte es doch nicht schwer sein, ihnen zu entwischen. Der Gang war schmal und hoch, kaum mehr als ein Felsspalt mit steilen, glatten Wänden. Keine Öffnungen, keine Nischen, kein Versteck, und mit jedem Schritt rückten die Wände näher zusammen. Dann weitete sich der steinerne Rachen, und nun gab es wieder Nischen, Grotten, auseinanderführende Korridore, mehrere Möglichkeiten. Der Pfad machte ein paar scharfe Biegungen, Jäger und Gejagte waren durch Steinwände voneinander getrennt. Die Geräusche der Verfolger verklangen.

Devras und Karavise hasteten den Korridor entlang bis zu einer Gabelung, dort blickten sie zurück und stellten fest, daß sie Grono verloren hatten. Der Diener mußte unterwegs zurückgefallen sein, und jetzt war er verschwunden. Atemlos und zittrig blieben sie stehen.

»Ich gehe zurück und suche nach ihm.« Devras drehte sich um.

»Nein, wartet.« Karavise war zwar völlig erledigt und lehnte sich keuchend gegen die Wand, aber sie bewahrte ihre Gelassenheit. »Wenn er hinter uns ist, wird er gleich hier sein. Wenn nicht, können wir beide nichts für ihn tun.«

Devras nickte zögernd.

Einen Augenblick war alles still, dann hörten sie das Getrappel laufender Füße, ein leuchtendes Quintett kam herangestürmt. Die beiden flüchteten weiter.

Todmüde waren sie jetzt, die feuchte, heiße Luft machte das Atmen fast unmöglich, und sie hatten völlig die Orientierung verloren. Vor ihnen lag wieder eine Tunnelgabelung, sie nahmen den linken Ast, wandten sich noch einmal nach links und gelangten in einen kleinen, schmalen Gang, der vor einer Steinmauer endete. Als sie umkehren wollten, erblickten sie die Vardrul-Wächter am Anfang des Ganges. Ihr Fleisch leuchtete hell wie der Mond. Unverständliche Erregung ließ ihre melodischen Stimmen vibrieren. Die Spieße mit den Dolchspitzen gezückt, rückten die Weißen Dämonen vor.

Die vom Felsenlicht erhellten Höhlen interessierten Snarp nicht. Sie hatte keinen Sinn für ihre Schönheiten, ihre Pracht ließ sie kalt, sie hielt die blutunterlaufenen Augen fest auf das Quibbid gerichtet, das vor ihr über den Boden trippelte. Das Tier folgte der Spur ziemlich mühelos durch die Gänge. Ja, verglichen mit der oberirdischen Finsternis herrschte in den Höhlen eine angenehme Atmosphäre, und das Quibbid erholte sich allmählich und wurde zusehends lebhafter. Von seiner Herrin konnte man das nicht behaupten. Von Fieber und ihrer eiternden Wunde geplagt, entkräftet und zum Skelett abgemagert, wirkte Snarp, als sei sie dem Grab entstiegen. Ihr rechter Arm hing stark angeschwollen und nässend an ihrer Seite. Sie hatte den Rücken gebeugt, um die gebrochene Rippe zu schonen. Ihr pilzbleiches Gesicht war das einer Toten. Nur ihre Augen brannten in gelbem fanatischen Feuer und spiegelten ihre unbezähmbare Vitalität wider. Ihr Schritt war gleichmäßig und entschlossen wie immer. Nur wenn das Quibbid Ermüdungserscheinungen zeigte, legte sie eine Pause ein, sonst stolzierte sie wie eine von einem Dämon besessene Leiche durch die Höhlen.

Auf ihrem Weg durch das unterirdische Reich war sie bisher keinem Lebewesen begegnet, aber das würde sicher nicht so bleiben. Sie hatte schon lange den Überblick über die Korridore, Galerien, Höhlen und Grotten verloren und sich auch die Biegungen und Kurven, die langen, gewundenen Abstiege nicht eingeprägt. Ihre Aufmerksamkeit schien ausschließlich dem spurensuchenden Quibbid zu gelten, aber in Wirklichkeit behielt die Vollstreckerin auch stets im Auge, was um sie herum vorging.

Etwas regte sich in der Luft, eine winzige Bewegung hinter der nächsten Säule, Snarp sprang zur Seite und sah sich einem flackernden Weißen Dämon gegenüber. Zum ersten Mal konnte sie eines dieser Wesen genauer und aus der Nähe betrachten, aber zum Staunen blieb ihr keine Zeit. Der Vardrul flüchtete, zweifellos, um seine Spießgesellen vor ihr zu warnen, sofort erschien das Messer in Snarps linker, ihrer gebrauchsfähigen Hand, und sie stieß kraftvoll zu. Farbloses Blut spritzte aus der Wunde, der Dämon fiel ohne einen Laut zu Boden, das Leuchten wich schnell aus seinem Fleisch. Snarp bückte sich und nahm ihre Waffe wieder an sich. Beruhigt von dieser Geste seiner Herrin, schlich das Quibbid neugierig näher. Mit aufgeregt zuckendem Schwanz, die riesigen Ohren ganz ausgerollt, beschnüffelte es den Dämon, der nur noch schwache Lebenszeichen von sich gab. Mit wachsender Zuversicht sprang es dem Wesen auf den Rücken, beschnupperte die Wunde und leckte das durchsichtige Blut auf.

Der Vardrul war jedoch noch nicht tot und stieß einen verzweifelten Schrei aus. Sein Fleisch loderte auf wie eine Sternschnuppe kurz vor dem Verglühen, eine letzte, heftige Erschütterung durchlief die hagere, weiße Gestalt. Das Quibbid wurde durch die Luft geschleudert, prallte mit dem Kopf gegen die Tunnelwand, fiel zu Boden und regte sich nicht mehr. Es hatte sich das Genick gebrochen.

Snarps Miene veränderte sich nicht. In ihrem Gesicht zuckte kein Muskel. Nur ein Wort entrang sich ihr. »Nein«, sagte sie ruhig, wie um sich zu bestätigen, daß dies unmöglich war. Sie wartete. Das Quibbid rührte sich nicht.

Ein leichtes Beben ging über Snarps Züge, aber ihre Stimme klang immer noch gelassen. »Komm, kleine Schönheit. Wir müssen weiter. Auf mit dir, du reizender Faulpelz.«

Das Quibbid lag still. Auf seinem Fell waren Blutflekken zu sehen. Snarp kniete nieder, streckte etwas unsicher eine Hand aus, berührte eines der schlaffen Ohren und ließ es wieder fallen. Mit zwei Fingern hob sie den Kopf auf dem allzu kraftlosen Hals an, ließ ihn sanft zu Boden sinken. Ihre Atemzüge hatten sich verändert. Etwas schien ihr in der Kehle zu stecken und den Luftstrom zu blockieren. Ihre Augen hatten sich getrübt und schwammen in Säure. Ein Schüttelfrost ließ sie von Kopf bis Fuß erbeben. Einen Moment lang war sie hilflos. Während sie darauf wartete, daß ihr Körper sich beruhigte, glättete sie sanft das zerdrückte Fell des Quibbid.

Endlich wurde ihr Blick wieder klar. Das Quibbid lag nur einen Schritt von dem Weißen Dämon entfernt, und beide waren unwiderruflich tot. Schaudernd sagte Snarp: »Das ist sein Werk. Er hat dich ermordet, du Freude meines Herzens. Ich werde seinen Kahlkopf in einem Sack nach Lanthi Ume bringen.«

Vorsichtig hob sie das Quibbid auf und legte die kleine Leiche in ihren Ranzen. Vielleicht hatte sie die Absicht, es später zu begraben, vielleicht konnte sie sich auch nur nicht von ihm trennen. Als sie den Ranzen wieder verschlossen hatte, erhob sie sich und warf einen suchenden Blick den Korridor entlang. Da sie nun ihren Spürhund verloren hatte, mußte sie sich auf ihre eigenen Fähigkeiten verlassen, um die Beute ausfindig zu machen. Sie zweifelte nicht daran, daß ihr das letztlich gelingen würde. Ohne dem toten Vardrul einen weiteren Blick zu gönnen, nahm sie die Jagd wieder auf. Sie schlich durch das bleiche Felsenlicht und lauerte auf das kleinste Anzeichen von Raith Wate Basefs Gegenwart. Ihr Raubtierblick huschte rastlos hin und her. In dem steinernen Gang gab es keinerlei Hinweise, und allmählich nahm der fanatische Funke in ihren Fieberaugen den roten Ton des Wahnsinns an.

»In einem Sack«, wiederholte Snarp und setzte ihre Suche fort.

Am Ufer des Todesteichs seiner Sippe stand der Grizhni-Großpatriarch und sah zu, wie das Licht im Fleisch seines letzten Verwandten ein für allemal erlosch. Grizhni Inrls endgültige Vereinigung mit den Ahnen war sacht und schmerzlos vor sich gegangen, sie hatten ihm einen herzlichen, friedvollen Empfang bereitet. Ein so sanfter Übergang wäre eigentlich ein Anlaß zur Freude gewesen, aber dazu konnte sich der Patriarch nicht durchringen.

Inrl war der letzte Angehörige seiner Sippe gewesen. Von dieser Koloration an stand Grizhni T'rzh allein auf der Welt. Natürlich gab es noch die anderen Sippen. Die Gattung der Vardrul setzte sich fort, und das war nicht wenig, denn das Zusammengehörigkeitsgefühl der Rasse war ein großer Trost. Aber niemals wieder würde der Patriarch jenes Gefühl der Gemeinsamkeit, jenes innere Aufleuchten, jenen Strom von Gefühlen erfahren, den eine Berührung zwischen Verwandten auslöste. Mit Grizhni Inrls Tod waren diese Freuden für immer dahin. Die von Anfang an disharmonische Grizhni-Sippe hatte sich schließlich doch erschöpft, für sie gab es keinen Platz mehr auf der Welt. Bis zu dem Kleinen Ven, in dem er selbst zu den Ahnen eingehen würde, mußte der letzte Grizhni-Patriarch nun irgendwie die Kraft und den Mut zu einem einsamen Leben ohne eigene Sippe aufbringen.

Inrl lag lichtlos und friedlich da. Der geliebte Verwandte/Lehrer hätte sicher verdient, unter Leitung des Patriarchen, den er selbst ausgebildet hatte, in allen Ehren beigesetzt zu werden. Aber Oben waren die Sippen versammelt und warteten auf die Rückkehr ihres Generals. Der Grizhni konnte nicht hierbleiben, um den Übergang seines einzigen Verwandten feierlich zu begehen, Inrl mußte fast ohne Geleit in den Wassern des Todesteiches versinken — eine Unhöflichkeit gegenüber den Ahnen, die ihn erwarteten, aber unvermeidlich.

Gedämpftes Flügelschlagen riß den Grizhni aus seinem Tagtraum. Als er aufblickte, sah er eine große, braune Fledermaus unter der gewölbten Decke kreisen. Er streckte den Arm aus, und die Fledermaus landete darauf. Der winzige Beutel am Halsband des Tieres enthielt eine Reihe von bunten Kieseln, deren Farben ihm mitteilten, daß er dringend gerufen wurde.

Widerstrebend verließ der Grizhni die Todesteichkammer. Draußen im Korridor begegnete er Dfjnr'l Gallr, der ihm eine unglaubliche Nachricht überbrachte. Menschen waren in die Höhlen eingedrungen, und zwei von ihnen hatte man lebend gefangen.

17

Der Raum war kahl und trostlos, es gab weder Möbel noch Pflanzen noch mineralische Formationen. Sein Aussehen paßte zu seiner gegenwärtigen Funktion — als Gefängniszelle —, nur eine verschlossene Tür fehlte. Es war überhaupt keine Tür vorhanden, weder verschlossen noch unverschlossen, denn derlei Vorrichtungen waren in den Höhlen so gut wie unbekannt. Der einzige Ein- und Ausgang war ein breiter Spalt in der Felswand. Draußen im Korridor standen drei bewaffnete Vardrul-Wächter.

Devras saß am Boden und lehnte sich mit dem Rükken an die Wand. Neben ihm saß Karavise, bewegungslos und scheinbar apathisch. Seit ihrer Gefangennahme hatten sie kein Wort mehr miteinander gesprochen. Devras musterte seine Gefährtin von der Seite. Sie wirkte völlig unbeteiligt, und er fragte sich, was sich wohl hinter der ausdruckslosen Maske abspielte. Ihr bleiches Gesicht verriet nichts, und er konnte nur hoffen, daß seine Miene ebenso undurchdringlich war; aber im Angesicht der Katastrophe war es nicht leicht, Gelassenheit vorzutäuschen. Ihre Ergreifung war gleichbedeutend mit Niederlage und Vernichtung — für Lanthi Ume wie auch für sie selbst, denn nach allem, was man hörte, machten die Weißen Dämonen im Kampf gegen die Menschen niemals Gefangene. Es war ein Wunder, daß er und Karavise überhaupt noch am Leben waren. Er konnte nur vermuten, daß man sie verhören wollte, und wer wußte schon, welche Methoden diese Wesen dabei anwenden würden?

Was ist wohl aus Grono und Raith geworden? Haben sie eine Chance zu entkommen? Vergiß Fal Grizhnis Unterlagen, Raith, drängte er lautlos. *Sieh lieber zu, daß du mit Grono lebend hier herauskommst, falls das noch möglich ist.*

Draußen im Korridor bewegte sich etwas, ein melodisch summendes Gespräch war zu hören, dann erschien eine neue Gestalt im Eingang, und Devras wäre vor Überraschung fast zusammengezuckt. An dieses hochgewachsene, aufrechte, hagere Wesen mit der beinahe lichtlosen Haut, an die Finger mit den ungewöhnlichen Gelenken und vor allem an die intelligenten, tiefschwarzen Augen erinnerte er sich genau. Dies war der Vardrul-General, den er zum ersten Mal an der Spitze seines Heeres am Ufer des Flusses Yl gesehen hatte. Eine Verwechslung war unmöglich, aber wie kam dieser namenlose Heerführer plötzlich hier herunter in die Höhlen? Sein Anblick übte eine merkwürdige Wirkung auf Devras aus. Der junge Mann fühlte sich von diesem Wesen eingeschüchtert, gleichzeitig aber zu ihm hingezogen. Zum Teil mochte das an den Mitternachtsaugen liegen, die soviel Kraft und Empfindsamkeit ausstrahlten, aber das war es gewiß nicht allein. Es gab keine vernünftige Erklärung für das Verwandtschaftsgefühl, das sich in Devras regte — Verbundenheit, ein instinktives gegenseitiges Verständnis. Natürlich nichts als eine lächerliche Täuschung. Diese Kreatur war der Feind aller Menschen. Seine Gedanken und Triebe mußten fremd und feindselig sein, und wenn die schwarzen Augen eine gewisse Faszination ausübten, dann wurden sie eben als Lockmittel eingesetzt, um das Urteilsvermögen der Opfer zu lähmen, aber mehr auch nicht. Trotz allem konnte Devras kaum den Blick abwenden, und er konnte sich auch nicht von dem Gedanken befreien, daß eine Bindung existierte, nicht faßbar, aber doch sehr real. Spürte Karavise etwas Ähnliches? Mit Mühe riß er sich vom General los und sah sie an. Sie beobachtete den Neuankömmling mit kalter, konzentrierter Ablehnung. Wahrscheinlich erkannte auch sie ihn, aber sicher war es nicht. Die beiden Menschen standen auf.

Der General trat ein, blieb vor den beiden Gefangenen stehen und sprach die verblüfften Menschen in fließendem, wenn auch sehr vorsichtig artikuliertem, fremdartig klingendem Lanthianisch an. »Fragen. Wer seid Ihr? Warum seid Ihr hierhergekommen? Wie viele haben Euch begleitet? Antwortet.«

Die Stimme war leise, klangvoll und von einer Musikalität, die nichts Menschliches hatte. In Devras verstärkte sich das quälende Gefühl, mit diesem Wesen irgendwie verbunden zu sein, und unwillkürlich drängte sich ihm eine wahrheitsgemäße Antwort auf die Lippen. Er unterdrückte sie entschlossen. Auch Karavise wahrte ein verbissenes Schweigen.

Die Muskelwülste um die Augen des Generals weiteten sich ein wenig, doch seine Beobachter wußten nicht, was das zu bedeuten hatte. »Es ist bekannt, daß andere Eurer Art in unsere Höhlen gekommen sind. Wie viele?«

Diese melodische Stimme hatte etwas Unwiderstehliches. Es war Devras unmöglich, überhaupt nicht zu reagieren, deshalb stellte er, um sich nicht zu verraten, eine Gegenfrage: »Wo habt Ihr die Sprache der Menschen gelernt?«

»Viele von uns beherrschen sie hinlänglich. Besonders für die Angehörigen meiner Sippe ist es die Sprache der Ahnen.« Diese offenbar ehrliche Antwort überraschte die beiden Zuhörer, vielleicht auch den General selbst, denn schließlich bestand wohl kaum ein Anlaß für ihn, sich einem menschlichen Eindringling anzuvertrauen, dessen Hinrichtung beschlossene Sache war. »Wir befinden uns im Krieg, und daher muß davon ausgegangen werden, daß Ihr destruktive Absichten verfolgt. Allerdings hat man mir mitgeteilt, daß keine Waffen bei Euch gefunden wurden. Habt Ihr irgendwo in den Höhlen Waffen versteckt? Was wollt Ihr hier? Sprecht.« Der General erhielt keine Antwort und stieß in einer Weise die Luft aus, die an einen menschlichen Seufzer erinnerte. »Nun kommt, wollt Ihr mich zwingen, die Methoden Eurer eigenen Gattung gegen Euch anzuwenden? Muß ich Euch mit Brutalität zu einer Antwort zwingen? Das wäre unschön und in höchstem Grade disharmonisch, aber wenn es nötig ist, werde ich es tun.«

Devras glaubte, hinter dieser Drohung einen Unterton von Schmerz herauszuhören, eine düstere, illusionslose Leere, die an Verzweiflung grenzte. Wie er darauf kam, hätte er nicht zu sagen gewußt, denn die stimmlichen Mittel, mit denen die Vardrul ihre Gefühle ausdrückten, waren ihm völlig unbekannt. Ebenso rätselhaft war, warum er selbst eher mit Mitgefühl als mit Angst reagierte. Es war fast, als habe irgend etwas seine Wahrnehmungen verzerrt und ihm die Fähigkeit geraubt, einen Feind als solchen zu erkennen.

Karavise hatte solche Probleme nicht. Ihre blauen Augen waren eisig, als sie antwortete: »Tut, was Ihr wollt, aber erspart uns Eure Heuchelei. Ihr und Euresgleichen habt bereits bewiesen, daß Ihr jeder Grausamkeit fähig seid. Ohne dazu herausgefordert worden zu sein, habt Ihr Unschuldige und Wehrlose hingemetzelt. Ihr selbst könnt es an Bestialität, Mordlust und Habgier mit jedem Menschen aufnehmen, der jemals geboren wurde.«

Das Fleisch des Vardrul wurde etwas heller. Einem Menschen wäre in der gleichen Situation das Blut in die Wangen geschossen, aber das konnten die Gefangenen nicht wissen. Devras hatte zwar eine Vermutung in dieser Richtung, traute aber seiner eigenen Deutung nicht.

»Seht Euch vor«, warnte der General, doch seine Stimme klang nicht weniger melodisch.

»Wozu?« Karavise zog die Brauen hoch. »Ihr werdet uns töten, ganz gleich, was wir sagen. Warum soll ich dann meinen Gefühlen nicht freien Lauf lassen?«

Die Finger des Generals bewegten sich in der Geste der Zustimmung, für einen Vardrul führte er sie jedoch recht unbeholfen aus. Das Licht schwand aus seinem Fleisch, und er antwortete: »Weib, es gibt viele Dinge, die Ihr nicht versteht. Ihr sprecht von unseren Verbrechen, von unserer Gewalttätigkeit, unserer Disharmonie — alles Eigenschaften, die traditionell der Menschheit zugeschrieben werden. Dabei vergeßt Ihr ganz, wieviel wir unter den Menschen zu leiden hatten, welch empörende Ungerechtigkeiten sie uns zugefügt haben.«

»Mir ist nichts dergleichen bekannt«, gab Karavise zurück.

»Nicht zu Euren Lebzeiten, das mag sein, denn Ihr seid noch jung, wie ich sehe. So höret denn, welches Elend Ihr Menschen über uns gebracht habt — wieviel Schrecken, Tod und unaussprechliches Leid. Vor vielen Großen Vens habt Ihr uns aus unserer Heimat, dem Oben vertrieben. Ihr habt uns unter die Erde gejagt, und selbst dort habt Ihr uns noch verfolgt, Ihr habt Eure Soldaten mit ihren stählernen Waffen geschickt, um die Sippen hinzumorden. Ihr habt uns gequält, habt uns gehetzt und gnadenlos abgeschlachtet, obwohl wir Euch nichts zuleide getan hatten. Wir haben sehr gelitten, und dieses Leid hallt bis auf den heutigen Tag in unserem Geist und unserem Körper wider. Doch stets haben die Ahnen uns Wiedergutmachung verheißen, und nun ist die Zeit der Abrechnung gekommen. Durch unsere Taten wird die Harmonie wiederhergestellt.« Der General richtete seine Worte eigentlich an Karavise, aber seine Augen ruhten nicht weniger lange mit einem sonderbaren Ausdruck auf Devras.

»Ihr setzt mich in Erstaunen«, antwortete Karavise, nachdem sie einen Augenblick überlegt hatte. »Ihr zählt Vergehen auf, von denen ich nichts weiß. Sie werden in unseren Geschichtsbüchern nicht erwähnt. Mir ist nichts von lanthianischen Angriffen auf Eure Höhlen bekannt — übrigens auch kein militärisches Eingreifen Hurbas, Gard Lammis' oder Rhels.«

»Ihr könnt versichert sein, daß solche Angriffe stattgefunden haben.«

»Welchen Beweis habt Ihr dafür?«

»Den Schmerz der Ahnen.«

»Ich verstehe Euch nicht, aber laßt uns einmal annehmen, daß Ihr die Wahrheit sprecht. Dann hat sich dies alles in ferner, dunkler Vergangenheit abgespielt.«

»Für uns ist die Vergangenheit weder fern noch dunkel«, gab der General zurück. »Sie ist uns stets gegenwärtig.«

»Mag sein. Aber das ändert nichts an der Tatsache, daß *wir* Euch keinen Schaden zugefügt haben«, gab Karavise zu bedenken. »Wir Menschen, die wir heute leben, haben Euch keinen Anlaß gegeben, uns zu bekämpfen, nicht mehr als Eure unschuldigen Ahnen es uns gegenüber getan haben. Kann man uns für die Verbrechen unserer Vorfahren verantwortlich machen — für die Taten von Menschen, die wir nicht kennen, die seit vielen Generationen tot sind? Wo bleibt da die Gerechtigkeit?«

»Nun kann ich Euch nicht verstehen«, erklärte der Vardrul. »Sprechen wir denn nicht von Euren Sippen, Euren Blutsverwandten, Euren eigenen Ahnen? Sind sie nicht von Eurem Fleische, ein Teil von Euch, stets bei Euch? Warum unterscheidet Ihr zwischen Euren eigenen Taten und denen Eurer Ahnen, wenn Ihr und Eure Ahnen doch eins seid? Wie kann man Vergangenheit und Gegenwart, schuldbeladene Vorfahren und unschuldige Nachkommen voneinander trennen? Das ist nicht möglich, denn eines geht in das andere über, Freud und Leid, Schuld und Unschuld beider Seiten sind unlösbar miteinander verbunden. Wir empfinden den Schmerz und das Entsetzen unserer Ahnen. Wollt Ihr etwa sagen, Ihr wißt nicht um die Schuld der Euren?«

Und Devras antwortete: »Bei uns ist es nicht so.«

Die Augen des Generals wandten sich ihm zu, und die Muskelbänder weiteten sich ein wenig.

»Ich habe nicht gerade die besten Voraussetzungen, um über menschliche Familienbeziehungen zu sprechen«, fuhr Devras fort, »da ich selbst keine Familie besitze.«

Das Leuchten des Generals schwächte sich merklich ab, seine Reaktion auf eine Enthüllung, die nach den Vorstellungen seines Volkes mit schrecklicher, unsäglich trauriger Einsamkeit gleichzusetzen war.

»Aber Ihr müßt den Unterschied zwischen unseren Rassen begreifen. Ich glaube, Ihr könnt uns verstehen, denn ich meine, einige menschliche Züge in Euch zu erkennen.« Devras sah den General bei diesen Worten flackern, sah seine Augenwülste zucken, und das gab ihm zu denken. »Wir Menschen sind mit unseren Vorfahren nicht so eng verbunden, wie es bei Euch der Fall zu sein scheint. Ganz offen gesprochen, wir wissen nicht allzuviel über sie. Schon eine einzige Generation schafft eine Distanz, eine gewaltige Kluft, und das Blut, das in der Vergangenheit vergossen wurde, befleckt uns nicht. Wenn Ihr also die Menschen unserer Zeit für die Verbrechen ihrer Ahnen bestrafen wollt, dann begeht Ihr ein Unrecht.«

»O nein. Es ist nicht mehr als recht und billig, wenn wir die Heimat zurückfordern, die unseren Ahnen gestohlen wurde. Unsere Städte sind zerfallen und unsere Todesteiche längst ausgetrocknet, aber wir werden alles wieder aufbauen.«

»Das Land über uns, die Stadt auf den Neun Eilanden, das alles gehört meinem Volk«, erklärte Karavise.

»Es wurde den Sippen gestohlen.«

»Nein. Es wurde uns ganz legal über viele Generationen hinweg vererbt. Selbst wenn unsere Ahnen dieses Land wirklich gestohlen haben sollten, was nicht bewiesen ist, so haben wir es jahrhundertelang gehegt, bebaut und gepflegt, und deshalb ist es jetzt von Rechts wegen unser. Es ist unsere Heimat, und Ihr sollt es nicht bekommen, trotz Eures magischen, vergifteten Schattens. Vertreibt uns, und wir werden wiederkehren. Tötet uns, und andere werden unseren Platz einnehmen, denn Lanthi Ume ist unser, und wir werden bis zum letzten Tropfen unseres Herzbluts kämpfen, um es zu behalten.«

»Und wir werden bis zum letzten Tropfen unseres Herzbluts kämpfen, um es zu erobern. Das sind wir den Ahnen schuldig. Es ist gerecht. Und es ist zum Wohl der Rasse notwendig. Könnt Ihr Euch vorstellen, was es heißt, an das Wohl eines ganzen Volkes zu denken? Begreift Ihr mich?«

»Das ist etwas, was ich gut nachempfinden kann.« Karavise nickte langsam. »Wenn ich an Eurer Stelle wäre, würde ich nicht anders handeln als Ihr. Ich kann den Mut Eures Volkes bewundern, kann sogar seine Fehler verstehen. Aber das ist nicht von Belang. Eure Rechtfertigung — Euer Anspruch auf das Land über uns — auch das tut nichts zur Sache. Was immer Euer Volk erreichen will, es mag berechtigt sein oder nicht, Ihr werdet es nicht auf Kosten der Menschen und ihres Besitzes erreichen. Wir werden uns verteidigen, und wir werden Euch aufhalten.«

»Wir haben Lahnzium praktisch schon eingenommen. In Dunkelheit gehüllt versammeln sich die Sippenangehörigen vor seinen Toren und warten auf den Befehl zum Angriff.«

»Auf *Euren* Befehl?« fragte Karavise. Er bewegte zustimmend die Finger, und ein gefährliches Glitzern trat in ihre Augen, als wolle sie, so vergeblich ein solcher Versuch auch sein mochte, physische Gewalt anwenden — einen Mord begehen — was auch immer, um diesen Befehl zu verhindern. »Wie nennt man Euch? Ich würde gerne den Namen meines Feindes erfahren.«

Schwarz wie der kognitive Schatten ruhten die Augen des Vardrul auf ihr. »Grizhni«, antwortete er.

Die beiden Gefangenen sahen sich erstaunt an, und schließlich bemerkte Devras zögernd: »Das ist ein menschlicher Name. Es gab in Lanthi Ume einst eine berühmte Familie Grizhni.«

»Vor langer Zeit kam die Grizhni-Matriarchin aus Lanthi Ume hierher, um ihren Sohn zu gebären, den Gründer meiner Sippe.«

Wieder malte sich staunendes Begreifen in ihren Zügen.

»Dann ist viel Menschliches in Euch«, sagte Devras. »Und Ihr könnt nicht ganz und gar unser Feind sein. Wir sind nicht in diese Höhlen eingedrungen, um Unheil anzurichten. Wir hoffen, uns retten zu können, aber nicht unbedingt auf Kosten Eures Volkes. Allein der Friede erzieht Geist und Herz in einer Weise, die dauerhaft fähig macht, sich mit dem zu begnügen, was man hat, das lehren uns die Philosophen. Dalyon ist groß. Das Oben bietet genügend Raum für zwei Rassen. Können wir nicht in Frieden miteinander leben?«

»Vor fünfhundert Großen Vens wäre das vielleicht noch möglich gewesen«, sagte der Grizhni. »Jetzt ist es dafür zu spät.« Sein Fleisch wurde leichenhaft matt.

Ein leises Summen erhob sich im Korridor. Ein Wächter trat ein, sprach kurz mit seinem Patriarchen und zog sich wieder zurück. Der Grizhni wandte sich an die Gefangenen. »Ein weiterer Mensch wurde aufgegriffen. Man hält ihn für einen Adepten aus Lanthi Ume, deshalb hat man ihm den Mund gestopft und die Hände gefesselt und hält ihn unter ständiger Bewachung.«

Die Gefangenen zeigten keine Reaktion.

»Wenn es noch andere gibt, werden wir sie bald gefunden haben«, fuhr der General fort. »Vielleicht ist dieser Neue gesprächiger als Ihr. Ich verlasse Euch jetzt, wir werden uns nicht wiedersehen. Ihr geht von hier aus zu den Unsichtbaren Fällen. Ich bedauere diese Maßnahme, aber es gibt keine andere Wahl.«

Keiner der Gefangenen erkundigte sich, was es mit den Unsichtbaren Fällen auf sich habe.

»Ich bin überzeugt, daß es wenig Sinn hat, Euch zu verhören. Deshalb verspreche ich Euch, daß man Euch nicht unnötig quälen oder demütigen wird. Wenn Ihr noch eine Bitte habt, die erfüllt werden kann, so ist jetzt der rechte Augenblick, sie zu äußern.«

»Ich habe eine Bitte«, sagte Devras nach kurzem Überlegen. »Als man uns nach Waffen durchsuchte, nahm der Wächter mir ein silbernes Armband ab. Es ist ein altes Familienerbstück, das einzige Andenken, das ich besitze, und ich hätte es gerne wieder.«

»Gewährt.« Der Grizhni trat an den Eingang und erteilte den Wächtern einen Befehl. Ein silberner Gegenstand ging von Hand zu Hand, Metall blitzte auf. Der General drehte sich wieder um und reichte Devras das Fennahar-Armband.

Der junge Mann nahm es entgegen, und dabei berührten seine Finger die Hand des Vardrul. Er war völlig überrascht, als dessen Fleisch plötzlich hell aufloderte, denn er konnte ja nichts wissen von dem mächtigen Strom von Wärme und Einssein, der nur bei der Berührung eines Verwandten aufwallte und den der Grizhni mit Grizhni Inrls Tod für immer verloren geglaubt hatte. Verblüfft über das Licht im Fleisch des Vardrul und über das Feuer in den großen, schwarzen Augen, trat Devras einen Schritt zurück und unterbrach den Kontakt.

Sofort verschwand die Wärme, der Grizhni war erneut von Kälte und Einsamkeit umgeben und fragte sich, ob er das alles nur geträumt hatte. Er trat einen Schritt vor, griff nach dem Handgelenk des Gefangenen, und wieder loderte sein Hiir auf, ehe sein Verstand erfassen konnte, was er empfand. Ohne zu überlegen, sprudelte er heraus: »Ihr seid mein Verwandter.«

Der Gefangene schien ihn nicht zu verstehen, und der Grizhni fügte hinzu: »Eure Berührung ist die Berührung eines Verwandten. Das muß Euch doch bewußt sein?«

Devras schwieg und starrte auf seine Hand hinab, die immer noch von den leuchtenden Fingern des Vardrul umschlungen wurde. Gewiß, er spürte ein eigenartiges, schwaches Kribbeln, ein Gefühl, das er nicht benennen und dessen Bedeutung er nicht erahnen konnte. Eine innere Stimme kämpfte gegen die Vernunft. Verwirrt antwortete er: »Ich begreife nicht. Das muß ein Irrtum sein.«

»Nein. Bei der Berührung eines Verwandten ist kein Irrtum möglich.«

»Es kann nicht sein. Wir gehören zwei verschiedenen Rassen an. Ich bin nicht von Eurer Art.« Devras' Einwände klangen merkwürdig halbherzig, als sei er selbst nicht so ganz überzeugt.

»Wie Ihr bereits selbst festgestellt habt, habe ich einige menschliche Züge«, sagte der Grizhni und fixierte den anderen mit seinen schwarzen Augen. »Unter den Ahnen meiner Sippe waren Menschen. Und es waren Menschen aus Lanthi Ume.«

Devras konnte dem Mitternachtsblick kaum standhalten, aber er konnte auch nicht wegsehen. Ein tiefer Instinkt sagte ihm, daß der General die Wahrheit sprach. In seinem Blut, in seinen Knochen regte sich etwas, eine Urerinnerung erwachte in den Tiefen seines Geistes, ein stummes Phantom, das eine Stimme suchte, um sich zu offenbaren. Er sträubte sich noch immer. »Ihr nennt Euch Grizhni, und das ist der Name eines einstmals großen Geschlechts von Lanthi Ume. Aber es ist nicht mein Geschlecht. Ich habe die Ahnentafeln meiner Familie gesehen, und ich würde mich erinnern, wenn der Name Fal Grizhni dort aufgetaucht wäre. Das ist nicht der Fall, und so ist eine solche Verbindung durch nichts belegt.«

»Die Verbindung existiert. Ich würde das hier« — die langen, leuchtenden Finger spannten sich um das menschliche Handgelenk —, »über alles andere stellen. Ein Irrtum ist nicht möglich. Ihr müßt der Grizhni-Sippe angehören.«

»Mein Name ist Fennahar«, sagte Devras langsam, wie betäubt. »Har Fennahar.«

Als der Grizhni diesen Namen hörte, begann sein Fleisch zu flackern. »Schnell, sagt das noch einmal«, bat er, und Devras gehorchte. Die Augenwülste des Vardrul zogen sich zusammen. »Da haben wir die Antwort, Sippenangehöriger, und da haben wir auch die Verbindung. Euer Sippenname hat sich in unserer mündlichen Überlieferung als verzerrtes Echo erhalten. Für uns lautet er H'rf'nnahrzh — verändert, aber zweifellos derselbe Name.«

»Einer meiner Vorfahren hat die Höhlen besucht«, erinnerte sich Devras, »vor sehr langer Zeit, vor vielen Generationen. Entsinnt man sich seiner noch — er hieß Rillif Har Fennahar?«

»H'rf'nnahrzh R'l, Patriarch seiner Sippe. In Kriegszeiten kam er in unsere Höhlen und lebte mehrere Kleine Vens unter den Ahnen, obwohl er ein Mensch war. Und als er Abschied nahm, ging die Grizhni-Matriarchin als seine Gemahlin mit ihm und kehrte niemals zurück. Ihr Sohn blieb jedoch hier, er nahm eine Vardrul zur Gemahlin und gründete so die Grizhni-Sippe.«

»Die Grizhni-Matriarchin? Es heißt, Urgroßvater Rillif habe eine Frau namens Verran geheiratet. ›Eine schöne, lanthianische Witwe, die das Sonnenlicht liebte‹«, zitierte Devras aus der alten Familienchronik.

»Verran, Witwe des Fal Grizhni-Patriarchen, des größten Adepten von Lahnzium. Hierher flüchtete sie vor den Feinden ihres Gemahls, und hier blieb sie viele Große Vens lang. Ich habe sie nie erkannt, doch ihrem Gemahl bin ich manchmal begegnet. Sie ist unser beider Vorfahrin. Von ihr stammen wir beide ab, durch sie ist unsere Blutsverwandtschaft begründet, und durch sie habe ich einen Bruder/Verwandten entdeckt, als ich schon glaubte, ich sei der letzte meiner ganzen Sippe.«

Das Fleisch und die Augen des Grizhni loderten in hellem Licht. Neben seiner Verwunderung spürte Devras eine wärmende Gewißheit in sich aufsteigen. Er glaubte — nein, er wußte —, daß dies die Wahrheit war. Und er, der sich ebenfalls für den letzten seiner Familie gehalten hatte, konnte die Gedanken, die Empfindungen dieses nichtmenschlichen Verwandten begreifen, denn in diesem Augenblick glichen sie den seinen wie ein Ei dem anderen. Reglos, getrennt und doch untrennbar verbunden, standen beide staunend da. Vielleicht wären sie sich in die Arme gefallen, hätte nicht eine leidenschaftslose Stimme ihre Gedanken gestört.

»Und diesen Bruder/Verwandten wollt Ihr zu den Unsichtbaren Fällen schicken?« erkundigte sich Karavise trocken.

Das rief die beiden in die traurige Wirklichkeit zurück. Nach einer Pause antwortete der Grizhni: »Durch mich soll ihm kein Leid widerfahren. Keine Hand soll gegen ihn erhoben werden.«

»Was habt Ihr dann mit uns vor?« fragte Karavise.

Das Leuchten des Grizhni dämpfte sich ein wenig. Auf diese Frage gab es keine einfache Antwort.

»Werdet Ihr uns freilassen?« beharrte sie. »Oder wollt Ihr Euren Verwandten einsperren?«

Der Grizhni schwieg, sein Hiir flackerte unschlüssig. Unmöglich, fast undenkbar, einem Verwandten — seinem *letzten* Verwandten — in irgendeiner Weise Schaden zuzufügen. Andererseits war der neue Grizhni/H'rf'nnahrzh ganz und gar ein Mensch, ein Erbfeind, der aus verdächtigen Beweggründen in die Höhlen eingedrungen war. Die beiden Attribute — Verwandter und Feind — stellten einen überwältigenden Widerspruch dar, sie waren völlig unvereinbar, schlossen einander aus. Für eine solche Situation gab es kein angemessenes Verhalten, der Grizhni war ratlos. Er brauchte Zeit, Zeit zum Nachdenken. »Für ein Urteil ist es noch zu früh«, antwortete er schließlich. »Und jetzt ist keine Zeit für lange Überlegungen. Oben warten die Sippen, ich muß zu ihnen. Wir werden uns wiedersehen, wenn ich zurückkehre, und dann werden wir über vieles zu sprechen haben. Bis dahin werdet Ihr hierbleiben, unter Bewachung, und solange Ihr nicht versucht, diesen Raum zu verlassen, wird Euch nichts geschehen. Leb wohl, Bruder/Verwandter.« Der Grizhni gab Devras' Handgelenk frei und verließ die Zelle. Am Eingang blieb er noch einmal kurz stehen, um den Wächtern einige Anweisungen zu geben, dann ging er den Korridor entlang zur Weißen Tunnelkammer.

Sein neuer Verwandter sah ihm nach, bis ihn Karavises kühle, überlegte Stimme aus seinen Gedanken riß und den Bann brach.

»Devras. Wir müssen ihn aufhalten. Ich hätte ihn mit bloßen Händen angegriffen, aber ich hatte nicht die geringste Chance.«

»Es hätte keinen Sinn gehabt«, murmelte Devras zerstreut, den Blick noch immer auf den Felsspalt gerichtet, durch den der Grizhni verschwunden war. »Die Sippen haben Lanthi Ume bereits erreicht«, sagte er.

»Noch können sie besiegt werden, wenn Raith Wate Basef die Finsternis vertreibt, die uns vergiftet. Man hält Raith gefangen, wir wissen nicht, wo, aber vielleicht können wir ihn trotzdem befreien. Wißt Ihr noch, was er über diese Maschine, über das kognitive Heizungssystem sagte? Devras, hört Ihr mir überhaupt zu?« fauchte sie ihn an.

»Ja, ich erinnere mich«, antwortete er, aus seinem Traum aufgerüttelt. »Er sagte, das Gerät sorgt für die Erwärmung der Tunnels. Ohne das System wären die Höhlen zum großen Teil unbewohnbar, da die Vardrul die Kälte nicht ertragen könnten. Ach, jetzt begreife ich, was Ihr vorhabt.« Seine Geistesabwesenheit verschwand, er dachte scharf nach. »Wenn wir das System zerstören, werden wir erleben, wovon Raith sprach — die Natur wird ihren Einfluß geltend machen und eine plötzliche, intensive Kälte erzeugen, die die Vardrul betäubt.«

»Alle werden auf einen Schlag das Bewußtsein verlieren«, nickte sie. »Und Raith, wo immer er ist, kann seinen besinnungslosen Wächtern entfliehen und tun, wozu er hergekommen ist.«

»Vielleicht, wenn jemand diesen Apparat zerstört. Aber uns beiden wird das wahrscheinlich nicht gelingen. Wie sollten wir an den drei bewaffneten Wächtern dort draußen vorbeikommen? Habt Ihr vielleicht eine Idee?«

Schweigend erwog und verwarf Karavise eine Reihe von Möglichkeiten, dann schüttelte sie den Kopf.

»Soweit wir wissen, befindet sich Grono noch in Freiheit«, überlegte Devras. »Wir können nur hoffen, daß er auf die gleiche Idee kommt wie wir. Wenn jemand diese Anlage erreichen kann, dann ist es Grono.«

Grono hatte jedoch anderes im Sinn.

Eine kurze Zeitspanne verstrich. Devras hockte wie vor dem Eintreten des Grizhni am Boden — mit dem Rücken zur Wand, die Hände um die angewinkelten Knie gelegt. Neben ihm saß Karavise in gleicher Haltung, die zusammengekniffenen Augen auf den Ausgang gerichtet, durch den die Wächter zu sehen waren. Was sie dachte, war nicht schwer zu erraten. In Devras' Kopf herrschte ein wildes Chaos: Pläne, Strategien und Kriegslisten kämpften gegen fassungsloses Staunen. Er mußte sich etwas einfallen lassen, um sich und seine Gefährten zu befreien, aber er konnte nicht denken, konnte sich nicht konzentrieren, konnte seinen Verstand nicht beherrschen, der immer wieder auf die Enthüllung des Grizhni zurückkam, wie sehr er auch dagegen ankämpfte. Dann bot sich von selbst eine Lösung, denn draußen im Korridor brach ein Tumult aus, wütende menschliche Schreie mischten sich mit fremden Tönen, und Stahl klirrte auf Stahl. Devras' Kopf fuhr in die Höhe, und er sprang auf. Karavise tat es ihm nach. Gronos streitbares Organ war unverkennbar.

»Euer Lordschaft, Ihr seid gerettet! Die Befreiung naht, Herr Devras, die Befreiung naht!«

Devras und Karavise liefen zum Eingang und erblickten den Diener, der mit König Pusstis' Kavalleriesäbel gegen drei strahlende Wächter kämpfte. Es war ein aussichtsloses, ja lächerliches Unterfangen. Grono war ein alter Mann, zudem geschwächt durch den langen Aufenthalt in der kognitiven Finsternis und ohne jede Kampferfahrung. Seine Stöße und Hiebe waren von mitleiderregender Schwerfälligkeit. Vor ihren Augen sauste ein Vardrul-Schwert nur um Haaresbreite am Gesicht des Dieners vorbei. Gronos Augen hinter seinen Brillengläsern weiteten sich erschrocken. Er keuchte, stolperte nach hinten, sein Säbel wackelte ziellos hin und her. Die Vardrul drängten nach, und Devras sprang hinzu und packte von hinten einen erhobenen, leuchtenden Arm. Der Vardrul wirbelte herum, riß sich los, flötete etwas und hob die Waffe. Devras wich zurück, die Klinge fuhr herab. Der Stahl streifte seinen Unterarm, Blut quoll heraus.

»Herr Devras!« Gronos schriller Aufschrei hallte durch den Tunnel. Wild mit dem Säbel fuchtelnd, stürmte der Diener vor, und die Wachen traten ihm geschlossen entgegen. Klingen trafen klirrend aufeinander, eine geschickte Drehung, und Gronos Säbel flog ihm aus der Hand. Er prallte gegen die Wand und fiel, kam aber nicht am Boden an. Eine knochige Klaue schloß sich um seinen Griff und fing ihn auf. Die Klinge richtete sich gerade, blitzte durch die vom Felsenlicht erhellte Luft und drang in die Brust eines Vardrul-Wächters. Der sank ohne einen Laut zu Boden, und der triefende Stahl glitt aus seinem Körper. Fast ohne Pause erfolgte ein zweiter, blitzschneller Ausfall, ein Stoß, und der nächste Wächter war ausgeschaltet. Ungläubig sahen die anderen zu, wie die schmächtige, leichenhaft blasse Gestalt mit dem unbrauchbaren rechten Arm und den schwefelgelb flammenden Augen auch den dritten und letzten Wächter erstach. Und dann, ehe sie einen Gedanken fassen oder reagieren konnten, wandte sich das fiebrige, tödliche Wesen mit dem Schwert gegen sie und krächzte heiser: »Wo ist er?«

Sie starrten sie schweigend an.

»Wate Basef«, erklärte die Ehrenwerte Snarp mit ruhigem, kaum noch menschlichem Gesicht. »Ich will ihn nach Lanthi Ume zurückbringen. Ihr werdet ihn mir übergeben.«

Niemand antwortete, und der Säbel zuckte. Die gelben Augen hefteten sich auf Karavise. »Sprecht, oder ich töte die Frau.«

Gronos Attacke kam so unerwartet, daß die Vollstrekkerin überrumpelt wurde. Ohne ein Wort sprang der Diener vor und wollte ihr die Waffe entwinden. Snarp wich einen Schritt zurück, fing sich wieder, riß ihren Arm aus seinem Griff und versetzte ihrem Gegner einen Tritt, der ihn taumeln ließ. Ein zweiter Stoß trieb ihn rückwärts gegen die Wand. Ächzend ging er in die Knie. Sie schlug ihn ins Gesicht, und er kippte nach hinten und krachte mit dem Kopf gegen den Fels. Dann brach er endgültig zusammen und regte sich nicht mehr.

»Grono!« Devras hatte unwillkürlich aufgeschrien, und Snarps Augen zuckten zu seinem Gesicht.

Der Korridor war im Moment frei.

»Die Anlage«, sagte Karavise ruhig und gelassen.

Devras reagierte nicht. Er starrte Grono an, der erschreckend still dalag.

Sie zupfte ihn am Arm. »Die Anlage — jetzt.«

Snarp wandte sich von dem Diener ab, der bewußtlos oder tot, in jedem Fall aber nutzlos war, und herrschte ungerührt seine Gefährten an: »Wo ist Raith Wate Basef? Ihr werdet mich sofort zu ihm führen.« Mit dem Säbel in der Hand ging sie auf die beiden zu.

Devras und Karavise drehten sich um und rannten davon. Snarp machte keine Anstalten, sie aufzuhalten, sondern sah ihnen nur mit ausdrucksloser Miene nach. Die Flüchtlinge weigerten sich also hartnäckig, den Verbrecher Wate Basef auszuliefern. Ihnen die erforderliche Information mit Gewalt zu entreißen, wäre langwierig und mühsam gewesen. Weit einfacher und zweckmäßiger war es, wenn sie sich von ihnen zu ihrer Beute führen ließ. Sie würde ihnen geräuschlos folgen, wo immer sie hingingen, und am Ende des Weges würde sie Raith Wate Basef finden. Etwa eine Minute Vorsprung sollten sie haben, das war genug, aber nicht zuviel. Stumm zählte Snarp die Sekunden. Als die Zeit abgelaufen war, warf sie den schweren Säbel beiseite und fiel in einen gemächlichen Trab.

Die Flüchtlinge liefen viel schneller, aber sie konnten das Tempo nicht lange halten. Von Snarp war nichts zu sehen, obwohl sie sich häufig umblickten. Offenbar war es ihnen gelungen, die Vollstreckerin abzuhängen.

Vielleicht ist sie auch bei Grono geblieben? Was wird sie mit ihm anfangen? Wie konnte ich ihn hilflos dort liegen lassen, ohne zu wissen, ob er noch am Leben ist oder nicht? Wie konnte ich das nur tun? Devras quälte sich mit verzweifelten Selbstvorwürfen und bedauerte aus tiefster Seele jeden Schritt, der ihn von der Seite seines Dieners wegführte. Er warf einen Blick auf Karavise, die blaß und angespannt neben ihm lief. *Würde sie zweifeln oder zaudern? Nein, denn sie denkt nur an Lanthi Ume und an nichts sonst.*

Ohne daß sie es merkten, wurden ihre Schritte langsamer. Sie waren müde und verwirrt und hatten in den Gängen, die sich teilten und um Kurven schlängelten, Gabelungen bildeten und sich wieder vereinigten, völlig die Orientierung verloren. Den Weg, den sie Stunden zuvor gekommen waren, hatten sie sich nicht gemerkt, dazu waren sie zu verstört gewesen. Es gab unzählige Korridore. Welcher davon führte zu dem Raum mit dem Heizungssystem? Bei der nächsten Abzweigung blieben sie keuchend stehen und sahen sich fragend an. Offenbar wurden sie noch immer nicht verfolgt. Doch dann spürte Devras, wie sich das Har Fennahar-Armband an seinem Handgelenk ein wenig erwärmte. Er wählte den rechten Ast, kehrte nach ein paar Schritten zurück und versuchte es mit dem linken. Das silberne Band wurde merklich wärmer. »Hier müssen wir weiter«, verkündete er, und Karavise folgte ihm ohne Widerspruch.

Im Felsenlicht ging es durch die Korridore, nach rechts, nach links, wieder nach rechts. Devras hatte die Führung übernommen und seine anfangs schüchterne Zuversicht steigerte sich in gleichem Maße wie die Temperatur des Fennahar-Armbands. Karavise blieb dicht hinter ihm, auch sie vertraute blind auf die Erfindung eines längst verstorbenen Adepten. Durch ein paar scharfe Zickzackkurven, die ihnen bekannt vorkamen, ging es in einen Tunnel. Das Silberband war glühend heiß geworden und versengte Devras fast die Haut. Hoffnungsvoll beschleunigte er seine Schritte, der Erfolg schien zum Greifen nahe, und dann brach in Gestalt zweier Vardrul-Posten die Katastrophe herein.

Die Wesen kamen aus einem Seitengang geglitten. Beim Anblick der Menschen verdunkelte sich ihr Fleisch, und sie begannen laut zu trällern. Ein stahlbewehrter Spieß drängte Karavise geschickt an die Wand, die scharfe Spitze war nur Zentimeter von ihrer Brust entfernt. Devras wich zurück, als der zweite Posten mit angelegter Lanze auf ihn zukam. Seine Augen suchten den Tunnel nach einem herumliegenden Stein, einem Stock, irgendeiner Waffe ab. Er fand nichts. Der Posten kam immer näher. Hatte es einen Sinn, wenn er dem Vardrul auf den Leib rückte und versuchte, ihm die Waffe zu entwinden?

Karavise sah ihm an, was er dachte. »Devras — lauft«, befahl sie gelassen. »Lauft.« Als er zögerte, fügte sie hinzu: »Die Anlage — Ihr müßt sie zerstören.«

»Ich habe Grono im Stich gelassen. Mit Euch werde ich das nicht machen.«

»Zerschlagt die Anlage. Wenn Ihr es nicht tut, war alles vergebens. Nun geht schon.«

Natürlich hatte sie recht. Devras flüchtete, aber er war zutiefst unglücklich, er haßte ihre unbarmherzige Logik, und er haßte sich selbst.

Der Vardrul-Posten folgte ihm ein paar Schritte weit, dann blieb er auf einen trällernden Zuruf seines Begleiters hin stehen. Die weibliche Gefangene sprang hin und her, täuschte Scheinangriffe vor und schrie mit ihrer mißtönenden menschlichen Stimme auf ihn ein. Ihre winzigen, abscheulich blauen Augen huschten hin und her, ganz offensichtlich suchte sie nach einer Möglichkeit zu entkommen. Die Eindringlinge sollten möglichst lebend gefangen werden, und um diese hier unter Kontrolle zu bekommen, waren mindestens zwei Verwandte erforderlich. Der andere Mensch, ihr Begleiter, würde ihnen zwar momentan entwischen, aber sie würden ihn gewiß bald wiederfinden. Also kehrte der Wächter zurück, und gemeinsam gelang es den Vardrul, die Menschenfrau zu überwältigen, sie gegen die Wand zu drükken und sie dort mit ihren Lanzen festzuhalten, wenn sie sich allzu sehr sträubte.

Karavise warf einen schnellen Blick durch den Korridor. Devras war verschwunden. Sie gab ihren Widerstand auf, und die beiden Häscher führten sie weg. Niemand bemerkte die zierliche Gestalt, die ganz in der Nähe in einer Nische kauerte. Snarp hatte die ganze Szene aus ihrem Versteck mit angesehen und mit Interesse den Ausgang des Konflikts abgewartet, sie hatte auch beobachtet, wie die Tochter des Herzogs festgehalten wurde und wie ihr Komplize geflohen war. Als Devras Har Fennahar um eine Tunnelbiegung verschwand, erhob sich die Vollstreckerin und wollte ihm folgen. Aber die beiden Vardrul-Posten und ihre Gefangene versperrten ihr noch immer den Weg. Sie überlegte kurz, ihre verkrampften Muskeln zuckten nervös, ihre Linke umklammerte den Griff ihres Messers. Wenn sie die drei schnell beseitigte, konnte sie die Jagd ungehindert fortsetzen. Doch so flink und behend sie auch war, bei drei Gegnern würde ein Kampf kaum ohne Gegenwehr und Geschrei abgehen, und damit lenkte man gewiß unwillkommene Aufmerksamkeit auf sich. Also sank Snarp wieder in die Hocke zurück und wartete, auch wenn die Ungeduld an ihren Eingeweiden nagte.

Als alles vorüber war — die Gefangene abgeführt, der Korridor wieder frei —, erst dann verließ sie ihr Versteck und nahm die verlorene Spur wieder auf.

Devras eilte durch den Korridor, ohne sich darum zu kümmern, ob ihn jemand bemerkte. Er nahm nicht wahr, daß er verfolgt wurde, er nahm überhaupt nichts um sich herum wahr, der Wunsch, die ihm zugewiesene Aufgabe durchzuführen, erfüllte sein ganzes Denken. Das Fennahar-Armband wurde ständig heißer, es glühte bereits, verbrannte ihm das Handgelenk, aber er spürte den Schmerz kaum, beschleunigte nur seine Schritte. Erregung und Entschlossenheit verdrängten die Erschöpfung, und er hastete fast im Laufschritt weiter. Nur diese eine Biegung noch, vorbei an den verzierten Stalagmiten und den Schattenreliefs und dann, das Herz drohte ihm die Brust zu sprengen, durch den Bogen und in den großen Raum hinein. Dort endlich befand sich die kognitive Apparatur, an die er sich so gut erinnerte, die quadratische Konstruktion mit den halbkugelförmigen Kuppeln.

Im Eingang blieb er stehen und rang nach Atem. In diesem Augenblick hörte er hinter sich melodische Stimmen summen, hörte sie näher kommen. Seine Augen suchten den Raum ab, blieben an der Einfassung aus polierten, glatten Steinen hängen, die das Podest mit der Anlage umgab. Mit ein paar Schritten hatte er sie erreicht, bückte sich und griff nach einem Stein. Selbst der kleinste war fast zu schwer, und er mußte alle Kräfte anspannen, um ihn über den Kopf heben zu können. Einen Moment zögerte er, etwas sträubte sich in ihm, und er mußte sich erst überwinden. Doch dann ließ er den Stein auf den offensichtlich schwächsten Punkt der Konstruktion, eine der glänzenden Kuppeln, herabsausen.

Sie war weit stabiler, als sie aussah, und sie zerschellte nicht, aber ein großer Sprung zog sich über die Oberfläche, und in den dunklen Tiefen zuckten weiße Funken auf. Ein merkwürdiger Geruch drang ihm in die Nase, ein beunruhigend ätzender Gestank, der Gestank eines Blitzes. Wieder hob er den Stein und schmetterte ihn auf die Kuppel, und diesmal durchschlug er sie. Wieder flammte das weiße Licht auf, weit heller diesmal, und der Geruch verstärkte sich. Die Luft knisterte fast hörbar, und winzige weiße Strahlen fuhren aus dem Loch.

Devras erstarrte, von neuem erfaßte ihn jenes seltsame Unbehagen, verstärkte sich, schwoll an und drohte, seine Entschlossenheit zu ersticken. Der Widerwille war so ausgeprägt, daß er sich schon fragte, ob Terrs Fal Grizhni seine Schöpfung wohl mit einer kognitiven Selbstverteidigungseinrichtung ausgestattet hatte. Aber das Bedauern, das an seiner Willenskraft nagte, war natürlich und spontan, und es ließ sich unterdrücken. Er biß die Zähne zusammen und schleuderte den Stein auf eine zweite Kuppel hinab. Sie barst beim ersten Versuch, wieder schossen die winzigen Blitze heraus. Schwarze Rauchschwaden stiegen auf, er hörte oder spürte ein Grollen wie von einem fernen Gewitter, im Herzen des Geräts wurde unter Schmerzen etwas geboren, ein fast unhörbares, bedrohliches Beben breitete sich aus.

Schnell jetzt, ehe die Skrupel wiederkehrten und ihm den Mut nahmen. Devras stemmte den Stein in die Höhe, schlug mit aller Kraft zu und zerstörte kurz hintereinander die beiden letzten Kuppeln. Dann ließ er ihn fallen und betrachtete schwer atmend, was er angerichtet hatte.

Von den Halbkugeln nur noch ein Haufen formloser, glitzernder Scherben übrig. Grelle Energieblitze umtanzten die glänzenden Trümmer, wurden größer und stärker, vereinigten sich zu hohen, breiten Lichtbögen. Der Brandgeruch stieg ihm in die Nase, und er trat vom Podest herunter und zog sich zum Eingang zurück. Dort blieb er stehen, jeden Muskel angespannt, jederzeit be-

reit zu fliehen. Das Grollen wurde lauter. Das melancholische Poltern erfüllte den Raum, schallte hinaus in die Tunnel, dröhnte meilenweit durch die Höhlen. Vibrationen erschütterten die Luft, die Wände, den Boden. Die Anlage selbst zitterte sichtbar. Ein letztes Donnergrollen, ein immer höher werdender Ton, der sich zu einem schrillen Kreischen steigerte. Devras fuhr zurück und riß instinktiv einen Arm hoch, um seine Augen zu schützen. In diesem Augenblick fuhr ein pfeifender Windstoß durch die Höhlen, und Terrs Fal Grizhnis Freundschaftsgeschenk an die Vardrul-Sippen explodierte in einem blendend hellen, blauweißen Flammenmeer.

18

Als die Kanonen von der großen Festung erdröhnten, die die Menschenstadt Lahnzium von der Landseite her schützte, waren die vor der Mauer angetretenen Sippenangehörigen nicht über Gebühr verstört. Wie ein stummes Meer teilte sich das Heer unter der Führung der F'tryll'jnr-Matriarchin, schwarzgekleidete Vardrul strömten im Schutz der undurchdringlichen Finsternis unsichtbar auseinander. Ein breiter Graben entstand zwischen den beiden Hälften der Streitmacht, und in diese Lücke schoß die Artillerie blind hinein, ohne Schaden anzurichten. Interessiert beobachteten die Vardrul, wie über den Festungswällen der Menschen Feuer aufblühte und wie auf jede Blüte Sekunden später ein dumpfes, tiefes Grollen folgte. Matte, rötlichgelbe Flammenstreifen rasten durch die schwarze Luft. Kanonenkugeln pflügten den Boden auf, und die Sippenangehörigen fragten sich, was wohl als nächstes kommen würde.

Sie blieben nicht lange im ungewissen.

Der wirkungslose Beschuß wurde eingestellt. Die Tore öffneten sich weit, und eine kunterbunt zusammengewürfelte Menge von Bürgern strömte heraus. Ihre lodernden Fackeln vermochten kaum, die kognitive Finsternis zu erhellen, sie bewegten sich in einer schmutziggoldenen Wolke. Soldaten waren das nicht, soviel begriffen sogar die Vardrul. Das schwache Licht tanzte über axtschwingende Händler und ihre Frauen, beleuchtete mit Spießen bewaffnete Handwerker und Bauern mit Stöcken, Hacken und sogar Steinen. Frauen schwenkten Sendilli-Ruder, hier und dort waren ein paar Aristokraten mit Schwertern zu sehen, und ein kleines Kontingent gut ausgerüsteter Gardisten umringte Seine Hoheit Bofus Dil Shonnet, den nominellen

Oberkommandierenden. Das Licht erhellte auch schwitzende, verbissene Gesichter, teils menschlich, teils fast menschlich, denn die Zoniander, die Dender, die Vemi, die Feeniad und sogar ein paar der ätherisch wirkenden Kinder der Verlorenen Illusionen hatten sich entschlossen, Seite an Seite mit den hier ansässigen Lanthianern zu kämpfen. Die Verteidiger waren schlampig gekleidet, unzulänglich bewaffnet und schlecht organisiert. Außerdem waren die meisten von der Finsternis geschwächt und hatten Fieber. Ihre schwerfälligen Bewegungen verrieten, wie erschöpft sie waren. Trotz alledem stürmten sie mit einem Eifer voran, der von Haß und Verzweiflung genährt wurde.

Mit wildem Geschrei strömten sie über die Ebene, und unter den Vardrul erhob sich ein erstauntes Summen. Niemals hätten die Sippenangehörigen erwartet, daß ihr bisher defensiver Feind plötzlich die Initiative ergreifen würde, niemals hätten sie mit einem so kühnen Verzweiflungsschlag gerechnet. Ein wahrhaft ungünstiges Zusammentreffen, daß dieser nicht vorhersehbare Angriff in Abwesenheit des Grizhni-Großpatriarchen erfolgen mußte, aber die F'tryll'jnr-Matriarchin zeigte sich der Situation durchaus gewachsen. Ruhig hielt sie ihre schwarz vermummten, fast unsichtbaren Krieger zurück und ließ die Lanthianer ungehindert weit in die Lücke vordringen, die die beiden Hälften des Vardrul-Heeres teilte. Und dann, als der geschwächte, wilde Pöbel — denn als solchen mußte man ihn fast bezeichnen — allmählich spürte, daß der Feind ihn umzingelt hatte, schnappte die Falle zu, und die Vardrul-Streitmacht fegte von beiden Seiten heran. Als erstes wurden die Fackeln gelöscht, die Sippenangehörigen warfen ihre schwarzen Umhänge ab und kämpften wie gewohnt im Schein ihrer eigenen Körper. Alle entkleideten sich, bis auf die Kolonnen der F'tryll'jnr und der Lbavbsch, die die Matriarchin in einem geschickten strategischen Schachzug außenherum durch die Dunkelheit schickte, damit sie den Menschen nach vorne und hinten jeden Fluchtweg versperrten. Erst als der tödliche Kreis geschlossen war, die Verteidiger völlig umlagert waren, wurde es ernst. Die Menschen kämpften zwar unerwartet verbissen und entschlossen, aber sie waren keine Gegner für die dynamischen, selbstbewußten, kampfgewohnten Vardrulsoldaten. Zahlreiche Sippenangehörige fielen den Klingen und Keulen der Verteidiger zum Opfer, und oft fehlte nicht viel, und der menschliche Ansturm hätte eine entscheidende Bresche in die Reihen der Vardrul geschlagen. Doch der Kreis hielt. Die Anstrengungen der Lanthianer und ihrer Verbündeten waren eindeutig zum Scheitern verurteilt. Die martialische Begeisterung allein konnte sie nicht lange bei Kräften halten, und allmählich zerstob die anfänglich hysterische Angriffswut. Nun kam die überlegene Konstitution und Disziplin der Sippenmitglieder zur Geltung, die Menschen wurden zusammengetrieben und noch fester umzingelt. Es gab keinen Ausweg mehr, scharenweise fielen sie unter den Klingen der Vardrul, und ihr übelriechendes, rotes Blut besudelte den Boden. Die trällernden, flötenden Stimmen der Sippen erhoben sich und ließen ihren Triumphgesang durch die Dunkelheit bis zu den Mauern von Lanthi Ume erschallen, Stahl klirrte auf Stahl und drang tief in weiches Fleisch ein, der Widerstand wurde schwächer, und schreiend starben die Menschen.

Durch die Gewalt der Explosion wurde Devras rückwärts durch den Eingang aus dem Raum hinausgeschleudert. Einen Augenblick lang blieb er wie betäubt liegen, dann erhob er sich zögernd, etwas angeschlagen, aber nicht ernsthaft verletzt, um die Verwüstung zu betrachten, die er angerichtet hatte. Die qualmenden Trümmer von Fal Grizhnis Heizungssystem waren überall in der Höhle verstreut. Auf dem Podest lagen die größten Brocken, geschmolzenes, verformtes Metall, und darüber züngelten knisternd weiße Flammen. Dichte schwarze Rauchwolken schwebten über den Boden, ein schwaches Zischen war noch zu hören, aber allmählich erstarb es, und dann war alles still.

Devras sah sich ein wenig benommen um.

Und was geschieht jetzt?

»Nun?« flüsterte er laut, und das Flüstern hallte in dem leeren, stillen Raum wider wie ein Schrei.

Keine Antwort. Keine Auswirkung. Nichts.

Inmitten dieser Unsicherheit regte sich Enttäuschung, ein unerträglicher Spannungsabfall und sogar ein merkwürdiges Gefühl der Scham. Der Gewaltakt, von dem er sich so viel versprochen hatte, war ohne Folgen geblieben. Er hatte sinnlos, willkürlich etwas zerstört, ohne damit sein Ziel zu erreichen. Ganz umsonst hatte er seinen neugefundenen Verwandten verraten. Alles war vergeblich gewesen.

Nichts.

Das Wort dröhnte durch seinen Geist. Er schüttelte den Kopf, um das Echo loszuwerden.

Und wohin soll ich jetzt gehen? Nachdem ich bei Grono war? Er braucht als erster meine Hilfe, falls er noch lebt.

Karavise?

Nein — Raith. Wenn ich ihn befreien kann, ist vielleicht doch noch etwas zu retten. Aber wie soll ich ihn in diesem Irrgarten finden?

Dann fiel ihm die Tasche mit den kognitiven Gerätschaften ein, die dem Adepten so viel bedeutete.

Das Armband wird mich zu ihm führen.

Er blickte auf sein gerötetes, mit Brandblasen bedecktes Handgelenk hinab. Das Fennahar-Armband war jetzt kühl, kühl wie sein Fleisch, so kühl wie seit dem Tag nicht mehr, an dem er Raith Wate Basefs Wohnung in der Mauranyza-Kuppel betreten hatte. Er hatte gar nicht bemerkt, wann die Hitze daraus gewichen war, aber vermutlich war es geschehen, als der Apparat zerstört wurde.

Wenn ich ihn finde, werden Wachen in der Nähe sein.

Waffen? Eines der scharfkantigen Bruchstücke der zertrümmerten Heizungsanlage? Sie waren zu heiß, er konnte sie nicht anfassen. Ein Stein? Zu groß, um ihn tragen zu können. Es gab nichts, er mußte also erst einmal ohne Waffen zurechtkommen.

Und wohin jetzt? Wo hatte man Raith wohl hingebracht? Das Armband gab ihm keinen Hinweis. Er schlug willkürlich eine Richtung ein und eilte einen Gang entlang, der mit üppigem azurblauen Schleim ausgekleidet war. Das Silberband aber blieb weiterhin kühl.

Kühl. Die Atmosphäre schien etwas von ihrer tropischen Wärme, wenn auch nichts von ihrer Feuchtigkeit eingebüßt zu haben. Die Luft war schwül und unbewegt wie immer, aber geringfügig weniger drückend. Einbildung? Devras eilte weiter. Eine Gabelung im Tunnel. Linker Gang — rechter Gang — er versuchte beide, das Armband veränderte sich nicht. Aber die Atmosphäre veränderte sich, daran konnte jetzt kein Zweifel mehr bestehen. Nein, das bildete er sich nicht ein. Unverkennbar ein kalter Hauch, erfrischend und belebend — anfangs. Devras nahm einen tiefen Atemzug und füllte zum ersten Mal seit der Nacht, in der er Fal Grizhnis Schatten betreten hatte — wie lange war das her? — seine Lunge mit nur mäßig warmer Luft. Es war ein angenehmes Gefühl, eine schwache Erinnerung an unendlich ferne, im Freien verbrachte Zeiten, als die Sonne schien und frische Winde die Welt reinfegten.

Den Tunnel entlang, das Armband blieb kühl, wieder zurück, einen anderen Weg. Und jetzt wurde die Kälte tatsächlich stärker, eine leichte Brise bewegte die Luft und ließ den Schweiß erkalten, der seinen ganzen Körper bedeckte. Woher kam unter der Erde eine Brise? Er schauderte, weniger vor Kälte als vor Erregung, denn die Zugluft in dieser Tiefe schien ein Ding der Unmöglichkeit zu sein, und die Luft selbst war mit einer spürbar bedrohlichen Kraft aufgeladen, die er nicht benennen konnte.

Weiter durch den Korridor, jetzt achtete er auf den Weg, denn er wollte wieder hierher zurückfinden. Die vom Felsenlicht erhellte Luft strahlte immer noch Wärme ab, die unbegreifliche Brise fegte durch die Tunnel, und das Armband blieb so kühl wie seine Haut. Die Luft vibrierte, war von einer unterschwelligen Bedrohung erfüllt, sie prickelte in seiner Lunge und brannte in seinen Augen. Er spürte die unmittelbar bevorstehende Katastrophe, spürte, wie die Natur, seit Generationen mißachtet und behindert, sich anschickte, endlich Rache zu nehmen. Eine gewaltige Kraft schien sich aufzubauen und immer stärker zu werden wie die atmosphärische Spannung vor einem Gewitter, er spürte es mit jeder Faser seines Körpers. Für den Bruchteil einer Sekunde, der kein Ende nehmen wollte, war alles still, dann brach donnernd das Unwetter los. Devras wurde zu Boden geschmettert, er kauerte sich zusammen und schlang die Arme um sich, um den brutalen Ansturm der Kälte abzuwehren.

Die Brise schwoll zu einem tobenden, peitschenden Orkan an, der durch die Tunnel raste und alles vernichtete, was ihm im Wege stand. Nach Rache schreiend, verwüstete der gewaltige Wind das Reich der Vardrul und verschonte nichts und niemanden. Die Kälte, die von der Kognition jahrhundertelang zurückgehalten worden war, schwemmte nun in einer wütenden Springflut alles hinweg, innerhalb von wenigen Minuten sank die Temperatur in winterliche Tiefen, wie man sie an diesem Ort noch nie zuvor erlebt hatte. Das Wasser aus der feuchten Luft kondensierte und gefror, auf Böden, Wänden und Decken bildeten sich glitzernde Eisschichten. Die Pilze in den Gärten wurden schwarz und starben ab, erlagen innerhalb von Sekunden dem Frost. Die Teiche froren zu. Die Schleimpflanzen an den Wänden siechten dahin, und das Felsenlicht glühte matt und grau und tot durch gefrorene, geschwärzte Vegetationsschichten.

Die Bewohner — die wenigen, meist sehr jungen oder sehr alten Vardrul, die nicht mit ihren Verwandten in den Kampf um das Oben gezogen waren — wurden von der schrecklichen Kälte wie von einem Schwert getroffen. Da sie völlig überrascht wurden, hatten sie auch nichts dagegen unternehmen können, und jetzt war keine Zeit mehr — keine Zeit, um Feuer anzufachen, ihr empfindliches Fleisch mit warmer Kleidung zu schützen oder Grotten und Gänge aufzusuchen, in denen es heiße Quellen gab, jene alten Höhlen nämlich, in denen die Ahnen als erstes Zuflucht gefunden hatten und die nun von der Rache der Natur verschont blieben, weil sie nie von der Kognition des Menschen mit Wärme versorgt worden waren. Es blieb gerade noch so viel Zeit, um die Verwandten kurz zu umarmen, dann brach die Kälte über sie herein, schoß durch ihre Adern, dämpfte ihr Licht und ließ ihr Blut, ihre Sinne und ihren Verstand gefrieren. Gegen die Kältestarre gab es kein Mittel. Die schreckliche Lähmung machte alle in Minutenschnelle bewegungslos, alle bis auf die wenigen, die das Glück hatten, sich beim Aufkommen des kalten Windes in der Nähe natürlicher Wärmequellen aufzuhalten. Ob jung oder alt, stark oder schwach, keiner entkam. Als das Heulen verstummte und der Sturm seine Kraft erschöpft hatte, beleuchtete das verfärbte Felsenlicht eine trostlose Szene: eine Wüstenei aus kalten, stummen Gängen und Kammern, ein Meer von hingestreckten Körpern, besinnungslos, stumm und fast ohne Licht.

Raith Wate Basef — an Händen und Füßen gefesselt, geknebelt und zweifach bewacht — begriff sofort, was der eisige Sturm zu bedeuten hatte, er wußte, wie er entstanden war, und konnte vorhersagen, wie er sich auswirken würde. Weder der jähe Temperatursturz noch das schnelle Absterben des violetten Schleims auf den Wänden konnte ihn überraschen. Auch das Einsetzen der Kältestarre bei seinen beiden Wächtern sah er voraus. Seine braunen Augen über dem Knebel beobachteten die Vardrul scharf. Bald wich das Licht aus ihrem Fleisch, ihre Augenwülste weiteten sich, und sie stießen ein leises Trällern aus. Zweifellos erkannten sie, in welcher Gefahr sie schwebten, denn ihre großen Augen waren trüb vor Entsetzen. Wate Basef selbst zitterte heftig, und nur der Knebel verhinderte, daß seine Zähne klapperten. Wenn er — ein abgehärteter, voll bekleideter Mensch — die Kälte so stark spürte, wie mußte es dann erst den nackten, überempfindlichen Vardrul ergehen?

Die beiden Brüder/Verwandten klammerten sich fest aneinander und strebten mit unsicheren Schritten dem Ausgang zu. Ein paar Schritte vor dem Spalt wurden sie von der Kältestarre überwältigt. Engumschlungen sanken sie in die Knie und weiter zu Boden. Ihr Fleisch wurde matt, und sie blieben bemitleidenswert reglos liegen.

Wate Basef nahm sich freilich nicht die Zeit, um sie zu bemitleiden. Sobald er sicher sein konnte, daß seine Bewacher außer Gefecht gesetzt waren, ging er daran, sich zu befreien. Es gelang ihm, den Knebel zu verschieben, indem er seine Wange ein paarmal kräftig an der Felswand rieb. Nun konnte er wieder sprechen, und damit war er auch in der Lage, sich der Kognition zu bedienen. So ungern er auch nur ein Iota seiner kostbaren kognitiven Energie opferte, diese Notlage rechtfertigte es. Er sprach ein paar Worte, die Fesseln fielen von seinem Körper ab, er erhob sich und verließ sein Gefängnis.

Den Weg zur Höhle mit dem Heizungssystem, aus der er und seine Gefährten vor einer Ewigkeit, wie es ihm schien, vertrieben worden waren, hatte er sich eingeprägt, und jetzt kehrte er mit fast nachtwandlerischer Sicherheit durch die vereisten Korridore dorthin zurück.

Er hatte halb und halb erwartet, seine drei Gefährten

neben den Überresten der zerstörten Anlage vorzufinden, aber der Raum war leer. Der Boden war mit geschmolzenen Bruchstücken übersät, die in der kalten Luft noch qualmten. Offenbar hatte eine Explosion stattgefunden, aber die Urheber waren nirgendwo zu sehen. Wo waren sie hingegangen, warum waren sie nicht geblieben? Suchten sie vielleicht nach *ihm?* Er hatte keine Zeit, länger darüber nachzudenken.

Wate Basef hatte noch immer den Plan der Höhlen vor Augen, den ihm seine Kognition gezeigt hatte, und er wußte genau, wo sich der Schatz befand, dem sie so nahe gewesen waren, als sie von den Vardrul-Wächtern überrascht wurden. Er brauchte nur durch den Spalt an der anderen Seite des Raums zu schlüpfen, gleich dahinter würde er Terrs Fal Grizhnis Schriften finden. So dicht waren sie am Ziel gewesen. Aber jetzt war niemand mehr da, der ihn aufhalten, niemand, der ihn stören konnte, denn die Vardrul waren betäubt und hilflos. Wenn er jetzt scheiterte, war es ganz allein seine Schuld. Und die Möglichkeit eines Scheiterns bestand durchaus. Besaß er, Raith Wate Basef, die Kraft, die Kognition des größten Adepten aller Zeiten zu brechen? Sicher, er verfügte selbst über beträchtliche Fähigkeiten, aber es war ihm irgendwie nie gelungen, seine Kräfte wirklich zu konzentrieren, er hatte sie nie vollkommen gemeistert oder beherrscht. Sein Können war beträchtlich, und er besaß auch die Anlagen, um noch mehr zu erreichen. Doch trotz seiner Begabung hatte er es nie zu wahrer Größe gebracht — zu der Art von Größe, wie sie Nes dem Auge, dem wahnsinnigen Nulliad und vor allen anderen Terrs Fal Grizhni zu eigen gewesen war. Offenbar gab es noch eine Pforte seines Herzens und seines Geistes, die er erst durchschreiten mußte, um zur höchsten Stufe der Kognition zu gelangen, einen schmalen Spalt, durch den er seine Gedanken treiben mußte wie einen Fliegenschwarm. Das war ihm nie ganz gelungen, nie hatte er alle diese geflügelten Wesen hindurchscheuchen können, und er war nicht sicher, ob er jetzt dazu fähig war. Gronos diverse Spötteleien und spitze Bemerkungen gellten ihm in den Ohren. Bisher hatte er auf die Herausforderungen des Dieners nie reagiert, aber jetzt würde es eine Antwort geben, so oder so.

Wate Basef ging durch den Raum, passierte den Spalt und gelangte in einen winzigen, von eisglitzernden Stalaktiten starrenden Korridor. Am Ende dieses Ganges lag der Ort, den er in seiner Vision geschaut hatte, das Gewölbe, das bei den Vardrul als die Neue Bastion bekannt war. Dort wurden die größten Schätze der Sippen aufbewahrt, und man hatte sie selbst in diesen unruhigen Kleinen Vens nicht durch eine verschlossene Tür geschützt.

Viel gab es nicht zu sehen. Der schlichte Geschmack der Vardrul manifestierte sich auch hier. Wate Basef erfaßte alles mit einem Blick: Ein kleiner, karger, zweckmäßig eingerichteter Raum von unregelmäßiger Form. Nischen unterschiedlicher Größe, die vom Boden bis zur Decke in die Felswände gehauen waren. Eine kleine, bewegliche Plattform, offensichtlich dazu bestimmt, die obersten Höhlungen zu erreichen. Eine einzelne Schräge. In den Nischen verschiedene Bündel, Säcke und Päckchen, von grobem Stoff umhüllt. Er wußte nicht genau, wonach er eigentlich suchte. Grizhnis Unterlagen konnten die Form eines Buches haben, es konnte sich aber auch um eine Reihe von Pergamentrollen handeln, um einen Stapel loser Blätter, sogar um einen kognitiven Würfel. Vielleicht gehörten auch gewisse kognitive Hilfsmittel dazu, aber das mußte nicht sein. Da die Unterlagen aus einem von Menschen, von Lanthianern, von Esoterikern gefertigten Material bestanden, mußten sie eigentlich leicht zu erkennen sein. Sie konnten sich überall im Raum befinden, denn ein besonderes, sofort erkennbares Schema der Anordnung war nicht erforderlich. Einen möglichen Anhaltspunkt gab es jedoch,

Grizhnis Besitztümer waren sehr alt. Vielleicht war die Verpackung im Lauf der Zeit brüchig geworden. Folglich suchte Wate Basef die Nischen nach abgewetzten und ausgefransten Umhüllungen ab. Drei fadenscheinige Bündel öffnete er und entdeckte darin ein kunstvoll gearbeitetes Trinkgefäß mit zwei Henkeln, einen Satz schlichter Steintafeln, deren Zweck nicht erkennbar war, und ein ganzes Säckchen voll einzeln abgepackter und gepolsterter Lichtkristalle von J'frnial, deren Pracht ihn unter normalen Umständen in staunendes Entzükken versetzt hätte. Jetzt gönnte er ihnen kaum einen Blick.

Wate Basef bestieg die bewegliche Plattform, untersuchte die oberen Nischen, und sah sich gleich darauf genötigt, sich wegen seiner eigenen Dummheit zu verfluchen. Da steckte ein in vergilbtes Leinen gewickeltes Paket. Nicht das grobe Fasergewebe der Vardrul, sondern Leinen — unverkennbar von Menschenhand gewebt, und es hatte die ganze Zeit vor ihm gelegen, er hätte nur die Augen aufzumachen brauchen. Seine Finger zitterten vor Ungeduld, als er das Päckchen aus der Nische holte, von der Plattform stieg und die Umhüllung löste. Er hatte gefunden, was er suchte, das wußte er, wußte es mit absoluter Sicherheit, ohne sich erst überzeugen zu müssen. Dann fiel der Stoff ab, und ein brüchiger Foliant wurde sichtbar, eine Pergamentrolle, eine Ledermappe, trocken und rissig, und eine dünne Goldplakette mit eingeritzten Worten und Formen. Wate Basefs Herz schlug rasend schnell. Einen Augenblick lang gestattete er sich zu staunen. Einen einzigen Moment lang hielt er bewundernd inne. Dann öffnete er ganz vorsichtig die Mappe. Ein Blatt lag vor ihm, mit einer kühnen, entschlossenen Handschrift bedeckt, nur ein wenig verblaßt und noch immer so deutlich lesbar wie an jenem längst vergangenen Tage, als Terrs Fal Grizhni es beschrieben hatte.

Die Notizen waren auf Lanthianisch verfaßt, das trotz

seiner altertümlichen Form vollkommen verständlich war — der Schreiber hatte sogar einen bewundernswert klaren Stil, und sein Verstand mußte ganz außergewöhnlich gewesen sein. Besonders wichtige Passagen waren im alten Code der Esoterikerloge abgefaßt, der Raith Wate Basef nur wenig Schwierigkeiten bereitete. Der Adept überflog hastig den Inhalt, blätterte die morschen Seiten jedoch mit äußerster Vorsicht um, denn sie drohten schon bei der leichtesten Berührung zu zerfallen. Lange saß er ganz allein in der reifbedeckten Bastion der Vardrul und las beim Schein des Felsenlichts. Immer mehr enthüllte sich ihm das Genie Terrs Fal Grizhnis, und seine Bewunderung wurde von Ehrfurcht verdrängt.

In der Weißen Tunnelkammer stand der Grizhni-Großpatriarch bei F'tryll'jnr Drzh, der Zmadrc-Matriarchin und Dfjnr'l Gallr. Der Patriarch hatte einen weiten, schwarzen Kapuzenumhang übergeworfen, denn am Ende dieser Besprechung würde er zu den Sippen zurückkehren, die sich auf der Ebene vor den Mauern von Lahnzium versammelt hatten. Im Schatten seiner Kapuze strahlte sein Gesicht in einem schwachen, aber unübersehbaren Licht, und seine Gefährten waren über diesen Anblick erfreut. Sie wußten nichts von dem neu entdeckten Bruder/Verwandten des Grizhni, aber es war klar, daß irgend etwas den Hiir des Patriarchen positiv beeinflußt hatte. Sie konnten nur vermuten, daß das Erkennen der Ahnen ihm zu innerer Ruhe verholfen hatte.

Die Konferenz war zu Ende, die notwendigen Befehle und Anweisungen waren ergangen. Der Grizhni trat auf die sechseckige Platte, das Gegenstück zur Wandernden Ebene. Gerade als er die einfachen Aktivierungssilben aussprechen wollte, die ihn in den turbulenten weißen Raum schleudern würden, erbebten die Höhlen, und kreischend kam der eisige Sturm herangetobt. Der

Grizhni wurde zu Boden geschleudert, und die Kälte durchbohrte ihn wie ein Schwert. Eine unbestimmte Zeitlang — es mußten Stunden sein, eine Ewigkeit — lag er da wie gelähmt, taub vom Geheul, geschüttelt vom Wind und von der gnadenlosen Kälte, von Schmerzen, schrecklichen Schmerzen geplagt. Unendlich lange schien er, der Großpatriarch aller Sippen, sich in hilfloser Pein am Boden zu winden. Instinktiv zog er die schwarzen Falten seines Umhangs um sich, wickelte sich fest ein. Seine Hände umklammerten krampfhaft den Stoff, vergruben sich darin. Die Arme hoben sich, um das Gesicht zu schützen, die Knie wurden in Brusthöhe angezogen, krampfhafte Zuckungen durchliefen den langen, weißen Körper.

Vielleicht rettete ihn der schwarze Umhang vor der Kältestarre. Vielleicht lag es auch nicht nur an diesem äußeren Schutz — vielleicht waren die menschlichen Eigenschaften, mit denen er sich sein ganzes Leben lang herumgequält hatte, endlich zu etwas nütze und verliehen ihm eine Widerstandsfähigkeit gegen die Kälte, die weit über die Abwehrkräfte anderer Vardrul hinausging. Möglicherweise war es auch eine Sache des Willens. Warum auch immer, der Grizhni behielt die Herrschaft über Verstand und Körper. Er spürte, wie die Mattigkeit, die legendäre Apathie in sein Bewußtsein drängte, seine Lider schwer machte, sich auf seine Lunge und sein Herz legte. Er preßte sich fest an den Boden, kämpfte dagegen an und gewann die Oberhand. Und als der Wind sich legte, das Heulen verstummte, Stille sich über die vereiste Kammer senkte, da erhob er sich, unsicher, lichtlos, aber bei Bewußtsein.

Seine Gefährten hatten weniger Glück gehabt. Die F'tryll'jnr-, Gallr- und Zmadrc-Angehörigen lagen weiß und fast leblos tief in der Kältestarre. Einen Moment lang betrachtete sie der Grizhni — ohne Hilfe und ohne ein Feuer konnte er kaum etwas für sie tun. Doch dann wurde jeder Gedanke an die Gefahr für diese drei aus seinem Geist verdrängt, denn plötzlich hatte er eine Erleuchtung und erkannte mit tödlicher Sicherheit, was geschehen war. In diesem Augenblick wurde ihm klar, was den kalten Wind ausgelöst hatte, er folgerte, daß das Heizungssystem von den eingedrungenen Menschen zerstört worden sein mußte, und erriet, was sie mit dieser Gewalttat hatten erreichen wollen. Die Stimme eines kognitiv begabten Ahnen erklang in seinem Geist, und er wußte, was die Menschen wollten und warum sie es wollten.

Im Laufschritt verließ er die Weiße Tunnelkammer. Sein Herz schlug schnell, jagte ihm das farblose Blut durch die Adern und verlieh ihm vorübergehend neue Kräfte, aber im Laufen spürte er, wie die Kälte sich wie ein Eisengewicht auf seinen Geist und seinen Willen legte, ein Gewicht, dem er nur durch Aufbietung aller Entschlossenheit für eine Weile standhalten konnte.

Der Weg von der Weißen Tunnelkammer zu der Höhle mit dem Heizungssystem war nicht weit, aber dem Grizhni schien es, als wolle der Marsch durch die tödlichen Tunnel nicht enden. Die ganze Zeit über war in diesem im Eise erstarrten Reich außer seinen eigenen schnellen Schritten kein Laut zu hören. Hier und dort sah er die reglosen Körper der Kinder und der Alten in den Gängen liegen, sie waren noch am Leben und doch auch wieder nicht. Falls sie überhaupt wieder aus der Kältestarre erwachten, war möglicherweise ihr Verstand zerstört — eine neue Greueltat der Menschen, immer wieder der Menschen. Die Andeutung einer Lumineszenz erhellte das Fleisch des Grizhni, der Zorn beschleunigte seine Schritte und ließ ihn die Kälte für eine Weile vergessen. Endlich trat er durch den Bogen in den Raum mit der Heizungsanlage. Einen Moment lang blieb er stehen und betrachtete schockiert die Trümmer, obwohl er nichts anderes erwartet hatte. Er spürte, wie ein rein menschlicher Zorn in ihm aufloderte und sich unaufhaltsam Bahn brach, das fremde Feuer verzehrte seinen Geist, wie er es noch nie zuvor, nicht einmal mitten in einer Schlacht erlebt hatte. Sein Blick zuckte zu dem Spalt auf der anderen Seite des Raumes, und er wußte ohne jeden Zweifel, was er dahinter finden würde. Mit ansteigendem Hiir hastete er auf die Neue Bastion zu.

Endlich zog der kreischende Wind weiter, und Devras rappelte sich vom Boden auf. Fröstelnd schlang er die Arme um sich. Er hatte sich inzwischen an die höllische Hitze gewöhnt, und nun konnte er die plötzliche Kälte kaum ertragen. Eiskristalle hingen in seinem Haar und seiner Kleidung. Er schüttelte sie ab, und sie sanken glitzernd zu Boden, ohne zu schmelzen. Einen Moment lang blieb er stehen, um sich auf dieses neue Übel einzustellen, dann begann sein Verstand wieder zu arbeiten, und er eilte den Korridor entlang. Die vom Boden aufsteigende Kälte drang durch die dünnen Sohlen seiner billigen Schuhe, und binnen weniger Sekunden waren seine Füße gefühllos geworden. Wie auf Holzklötzen schlurfte er ein Stück weiter, und plötzlich spürte er eine leichte Wärme an seinem Handgelenk, die er nicht nur wegen ihrer Bedeutung freudig willkommen hieß, sondern auch als ausgesprochen angenehm empfand. Eine letzte Abzweigung, und er hatte eine Höhle erreicht. Zwei bewaffnete Vardrul mit mattem Fleisch lagen in inniger Umarmung, tief in der Kältestarre versunken, auf dem Boden, und daneben entdeckte er eine wohlbekannte Ledertasche. Ein Gewirr von Faserseilen und ein feuchter Lappen in einer Ecke ließen den Schluß zu, daß sich hier vor kurzem ein Gefangener befreit haben mußte. Wate Basef war also entkommen und würde sich auf schnellstem Wege zu Fal Grizhnis Unterlagen begeben, wo immer sie in diesem Labyrinth zu finden sein mochten. Es gab keine Möglichkeit, ihn zu verfolgen oder aufzuspüren, aber eines war sicher: Nach allem, was geschehen war, wußte der Adept gewiß, daß einer seiner menschlichen Gefährten den Raum mit der Heizungsanlage erreicht hatte, er würde diesen Raum selbst aufsuchen, sobald er seine Aufgabe erfüllt hatte, und es war am besten, dort auf ihn zu warten.

Devras nahm die Tasche und die beiden Vardrul-Schwerter an sich und ging den Weg zurück, den er gekommen war.

Für Raith Wate Basef war es eine Offenbarung. Er war Adept, Ältester der Esoterikerloge und sehr bewandert in den Künsten der hohen Kognition. Er hatte viel gelesen und studiert, aber in seinem ganzen der Gelehrsamkeit geweihten Leben war ihm nie etwas begegnet, was ihn auf Terrs Fal Grizhnis Schriften vorbereitet hätte. Kein Wunder, kein Wunder, daß dieser Mann eine Legende war, daß man ihn noch immer als den größten Adepten aller Zeiten feierte. Fal Grizhni hatte über ein unbegrenztes Wissen und einen gewaltigen, ehrfurchteinflößenden Verstand verfügt, aber nicht allein deshalb war er ein Genie. Das wichtigste war ein angeborenes Gespür, eine einzigartige Fähigkeit, Verbindungen zwischen scheinbar völlig verschiedenen kognitiven Elementen zu erkennen, Strukturen zu sehen, die fast unauffindbar waren, und daraus brillante Schlüsse zu ziehen, kurzum, eine bemerkenswerte persönliche Vision, die von niemand anderem nachvollzogen werden konnte.

Ein auch noch so aufschlußreiches Notizbuch genügte nicht, um Fal Grizhnis machtvolle Persönlichkeit zu erfassen, aber vieles andere ließ sich daraus doch entnehmen. Hier hatte der Adept seine größten kognitiven Leistungen einschließlich des Todes des Lichts mit peinlicher Genauigkeit in allen Einzelheiten aufgezeichnet. Die Arbeit seines scharfen Verstandes, seine Methoden und Techniken, wenn auch nicht die Quelle seiner Inspirationen waren in bewundernswerter Klarheit dargelegt. Beim Lesen enthüllte sich Raith Wate Basef, auf welche Weise der Tod des Lichts geplant, verfeinert und schließlich ausgeführt worden war, und diese Erkenntnisse ermöglichten ihm, was den Adepten von Lanthi Ume trotz aller Anstrengungen nicht gelungen war. Er sah, mit welchen Mitteln Fal Grizhnis Kognition ein für allemal Einhalt geboten werden konnte. Das Verfahren war nicht übermäßig kompliziert, allerdings auch nicht einfach, es erforderte eine lange intensive Konzentrationsphase, in der alle Willenskraft aufgeboten werden mußte. Aber mit den gleichen Mitteln, mit denen der Tod des Lichts bewirkt worden war, ließ sich auch eine Methode entwickeln, um diese Konzentration zu erreichen — überraschend unkonventionell, gewiß, aber enorm ausbaufähig. Der kühne Entwurf stand mit einem Schlag vor seinem geistigen Auge und löste eine ganze Flut neuer Beobachtungen und Ideen aus. Eine Weile berauschte sich Raith an diesen erregenden Möglichkeiten. Fal Grizhnis Werke waren in höchstem Maße inspirierend, als sei von der Brillanz des Schreibers ein Funken auf den Leser übergesprungen.

Der Adept war so sehr in diesen faszinierenden Überlegungen befangen, daß er nicht bemerkte, was um ihn herum vorging. Er hörte die leichten Schritte nicht, und deshalb war er völlig überrascht, als sich zwei lange, weiße Hände um seine Kehle legten und ihn in die Höhe rissen. Das Notizbuch fiel zu Boden. Sein Rücken brach, und die brüchigen, gelben Blätter flatterten nach allen Seiten davon. Der Adept starrte in ein grellweißes, fast fleischloses Antlitz mit großen, schwarzen Augen, die man unmöglich vergessen konnte. Nach einem Augenblick der Verblüffung erkannte er den Vardrul-General, den er zum letzten Mal am Ufer des Yl an der Spitze seiner Truppen gesehen hatte. Wie dieser General plötzlich hierher kam, war ein Rätsel, das er im Moment nicht zu lösen vermochte. Er konnte weder denken noch atmen. Ein brutaler Stoß warf ihn krachend gegen die Wand. Halb betäubt sank er in die Knie. Er sah die hochgewachsene, schwarzgekleidete Gestalt auf sich zukommen, ohne ihr ausweichen zu können. Die starken Hände packten ihn, zogen ihn auf die Beine, schleuderten ihn, wohin sie wollten. Wate Basef flog buchstäblich durch die Luft, prallte wieder gegen die Wand und stürzte zu Boden. Der Angreifer mußte die Verwirrung seines Opfers bemerkt haben, denn er beantwortete in melodischem Lanthianisch die unausgesprochene Frage:

»Ihr habt die Wärme getötet, unsere Heimat geschädigt, die Hilflosen verletzt und die Schätze der Ahnen entweiht. Euer Tod zieht das Gift aus unseren Wunden.«

Keine Zeit, keine Zeit, um zu widersprechen, um Gnade zu flehen oder den Gegner hinzuhalten. Die Hände hatten ihn schon wieder gepackt, und gegen ihren Griff konnte er nichts ausrichten.

»Nicht hier. Euer Blut soll diesen Raum nicht besudeln.« Scheinbar mühelos stieß der Grizhni sein Opfer in den kleinen Korridor, der zu der großen äußeren Höhle führte.

Der Adept fiel auf die Knie. Ehe er sich aufrichten konnte, wurde er gewaltsam in die Höhe gerissen, weitergeschoben und schließlich durch den Spalt in den Raum mit dem zerstörten Heizungssystem gestoßen, wo er einen verzweifelten Tanz vollführte, um sich auf den Beinen zu halten. Aber das nützte ihm nichts. Drei große Schritte, und der General hatte ihn eingeholt. Eine weiße Hand packte ihn an der Schulter und riß ihn herum. Dieselbe Hand hob sich, holte aus und krachte gegen seine Wange und sein Kinn. Sein Kopf flog zur Seite, er fiel längelang zwischen die noch warmen Trümmer und blieb liegen. In seinen Ohren rauschte es, fast wurde ihm schwarz vor Augen. Er stemmte sich auf Knie und Ellbogen hoch und unternahm einen schwächlichen Versuch, sich zu erheben. Ein brutaler Tritt warf ihn auf den Rücken. Durch die Nebel vor seinen Augen zeichnete sich eine schwarzgekleidete, flammenäugige Gestalt ab, die vor ihm stand und bis zur Decke aufzuragen schien. Die Gestalt hielt eines der ausgefallenen Messer/Schwerter der Vardrul in der Hand. Die Klinge hob sich, blitzte im kalten Felsenlicht auf, hielt einen Augenblick inne, würde gleich herabstoßen. Wate Basef starrte sie an. Dann durchschnitt eine vertraute, tonlose Stimme den Nebel, der seinen Geist verhüllte.

»Ihr werdet mir diesen Mann übergeben. Im Namen der Esoterikerloge von Lanthi Ume erhebe ich Anspruch auf ihn.«

Die Augen des Menschen wie des Vardrul wandten sich zum Eingang. Im Bogen stand eine zum Skelett abgemagerte, übel zugerichtete Gestalt — mit gelblich bleichem, von Krankheit gezeichnetem Gesicht, verletzt, vom Fieber geschwächt —, die dennoch eine fast greifbare Energie ausstrahlte. Snarps Miene war so ausdruckslos wie immer. Der Dolch in ihrer Linken zuckte ungeduldig.

»Er gehört mir«, sagte sie.

Wate Basefs Kopf wurde wieder klar, die Schleier vor seinen Augen lösten sich auf. Schnell blickte er zu dem Grizhni auf, der reglos dastand, vermutlich ganz fassungslos über die Dreistigkeit dieser Menschenfrau.

Snarp machte keine Anstalten, ihre Befehle zu wiederholen, sondern schleuderte ohne weiteres Zögern das Messer. Sie war schnell, aber der Grizhni war ihr gewachsen. Er wirbelte herum, sein schwarzer Umhang blähte sich, und die Klinge fuhr durch den schweren Stoff, ohne ihm auch nur die Haut zu ritzen. Einen Augenblick später fiel die Waffe klirrend zu Boden.

Noch ehe sie den Fels berührt hatte, war die Ehrenwerte Snarp, den aufgerollten lebenden Draht in der Hand, bereits nach vorne gesprungen.

»Mein«, murmelte sie. »In einem Sack.«

Der Grizhni fuhr zu ihr herum, und sie schleuderte

den Draht. Die Schlinge zischte durch die Luft, legte sich um den Hals des Vardrul und spannte sich, wurde jedoch durch den dicken Stoff der Kapuze behindert. Der Grizhni verschwendete keine Zeit damit, an dem Würgeseil zu zerren, sondern sprang sofort auf seine Gegnerin los. Vielleicht hatten die langen Entbehrungen ihre Reaktionen ein wenig verlangsamt, jedenfalls war sie nicht auf das ungewöhnliche Manöver gefaßt. Sie hatte gerade noch Zeit, ein zweites Messer zu ziehen, dann war er auch schon über ihr. Stahl klirrte auf Stahl. Zischend machte Snarp einen Satz, stieß zu, sprang zurück. Die Klinge des Grizhni fuhr pfeifend auf sie los, und Snarp wollte sich mit einem weiteren Sprung außer Reichweite bringen, doch in diesem Augenblick riß sich ihr Gegner scheinbar mühelos den lebenden Draht von der Kehle. Nun veränderte sich ihr Gesicht. Sie fletschte wütend die Zähne, duckte sich unter seiner Deckung hindurch, richtete sich auf und zielte direkt auf die großen, schwarzen Augen.

Raith Wate Basef hatte genug gesehen. Mühsam stand er auf und stolperte unsicher durch den Raum, durch den Spalt und in den winzigen Gang, der zur Neuen Bastion führte. Dort blieb er stehen, um zu Atem zu kommen und die Benommenheit abzuschütteln. Alles tat ihm weh, und er zitterte vor Schreck an allen Gliedern, aber sonst war ihm nichts geschehen. Er lebte noch und war mehr oder weniger im Vollbesitz seiner Kräfte. Ein Blick zurück auf die beiden Kämpfer, und sein Verstand nahm die Arbeit wieder auf. Wie immer der Streit ausging, der Sieger würde ihn töten. In seiner Eigenschaft als Adept konnte er beide Gegner mit kognitiven Mitteln vernichten oder zumindest kampfunfähig machen. Aber eine gegen vernunftbegabte Wesen gerichtete Kognition erforderte einen unverhältnismäßig hohen Aufwand an Energie, und das konnte er sich im Moment nicht leisten, wenn er noch genügend Kraft übrig behalten wollte, um seine Aufgabe zu erfüllen.

Dafür brauchte er jeden Funken kognitiver Potenz, den er besaß.

Wate Basef blickte zu den mächtigen Stalaktiten auf, die den kurzen Gang säumten, und sie zeigten ihm die Lösung. Während seine Feinde hinter ihm weiter aufeinander einschlugen, zog er sich in die Neue Bastion zurück, und dort wandte er die uralte, einfache kognitive Technik an, die als die Fallenden Steine bezeichnet wurde. Die Stalaktiten stürzten krachend herab, Dutzende von großen Steinspeeren blockierten den Korridor vom Boden bis zur Decke. Nachdem der Adept sich auf diese Weise eingemauert hatte, hielt er einen Augenblick inne, um Mut und Entschlossenheit zu sammeln, dann wandte er sich wieder Terrs Fal Grizhnis unersetzlichen Notizen zu, die wie welke Blätter über den Boden verstreut waren.

Als Snarp und der Grizhni die Stalaktiten herabstürzen hörten, fuhren sie überrascht zusammen. Dann drehte sich Snarp mit einem bösartigen Fauchen um und wollte dem Vardrul das Messer in die Kehle stoßen. Er drängte sie zurück, und wieder ging der Kampf hin und her, von einer Wand zur anderen. Insgeheim staunte der Grizhni über diese kleine, magere Frau, den aggressivsten Menschen, der ihm jemals untergekommen war. Er ging davon aus, daß sie den lanthianischen Adepten retten wollte. Vermutlich war sie dessen Gemahlin oder zumindest seine Schwester/Verwandte. Nur innige Zuneigung konnte den selbstvergessenen, fast wahnsinnigen Eifer erklären, mit dem sie sich um seine Verteidigung bemühte. Diese wild auflodernde Loyalität war in ihrer Art sogar bewundernswert. Er hatte den Menschen gar nicht zugetraut, daß sie zu solchem Einssein, solcher Liebe überhaupt fähig waren. Eigentlich war es grausam, ein Wesen von so eindrucksvoller Tapferkeit auszulöschen.

Snarp sprang, drehte sich, holte aus, stieß zu. Ihr Atem ging schnell und keuchend, ihr gemarterter Körper wurde endlich doch müde, so dicht vor dem Ziel, und immer noch wollte dieser gräßliche Fremde ihr ihre rechtmäßige Beute streitig machen. Sie hatte gesehen, wie er sich mit gezückter Klinge über den am Boden liegenden Raith Wate Basef gebeugt hatte. Dieses Wesen wollte den Adepten für sich, aber es sollte ihn nicht bekommen. Niemals.

»Mein«, keuchte Snarp. »Mein.«

Hieb, Sprung, Ausweichmanöver, Drehung. Der Weiße Dämon war noch immer unverletzt, und sie war erschöpft, ermattet wie nie zuvor. Zum ersten Mal in ihrem ganzen Dasein als Vollstreckerin der Esoterikerloge ging ihr in diesem Augenblick der Gedanke an eine Niederlage durch den Kopf, und so etwas durfte man gar nicht in Betracht ziehen — es war unerträglich, unannehmbar, es brannte wie Feuer. Sie würde nicht unterliegen. Sie würde diesen kahlen Schädel endlich an sich nehmen und ihn, wie sie es gelobt hatte, nach Lanthi Ume zurückbringen. In einem Sack. Aber ihre Kräfte ließen nach, ihre katzenartige Geschwindigkeit erlahmte.

Verzweiflung und Wut machten sie tollkühn. Sie sah eine Lücke in seiner Deckung, sprang hinein und stieß zu. Ihre Klinge fuhr über seinen Handrücken, farbloses Blut quoll hervor. Seine Waffe fiel zu Boden, in ihren Augen loderte Triumph auf. Aber sie hatte sich verrechnet, war zu weit gesprungen, verlor das Gleichgewicht. So schnell, daß das Auge nicht zu folgen vermochte, erhaschte er ihr ausgestrecktes Handgelenk, entwand ihr den Dolch und schleuderte ihren leichten Körper gegen die Wand, um ihn sogleich mit seinem eigenen Gewicht festzuhalten. Er wechselte blitzschnell seinen Griff, packte ihren Unterkiefer dicht unterhalb der Ohren. Dann war ihr Kopf fest zwischen seinen beiden Händen gefangen. Sie wehrte sich, zischte ihn mit gefletschten Zähnen an, versuchte vergeblich, eines ihrer verborgenen Messer zu erreichen, irgendeines, ganz gleich welches. Ihre gelben Augen, Zentimeter von den seinen entfernt, glühten in ungebrochenem Haß.

»Du wirst nicht lange von ihm getrennt sein, tapfere Frau«, sagte der Grizhni beinahe freundlich auf Lanthianisch. Eine abrupte Drehung, ein scharfes Knacken. Dann ließ er los, und die Ehrenwerte Snarp sank mit gebrochenem Genick zu Boden. Der Grizhni blickte auf sie nieder, und fast alles Licht war aus seinem Fleisch gewichen. Langsam wanderte sein Blick von der Leiche zu den herabgestürzten Stalaktiten, die ihm den Weg in die Neue Bastion versperrten. Er trat an die Barrikade, packte einen Steinspeer, zog ihn heraus und warf ihn beiseite. Nahm den nächsten, entfernte ihn, schleuderte ihn weg. Noch einen. Der vierte klemmte, ein Ende steckte zwischen den anderen, das zweite hatte sich an der Wand verkeilt. Er rang einen Moment lang damit, dann gab er auf und gönnte sich eine Pause. Er war eigenartig müde, eine Mattigkeit lastete auf ihm, die sich mit den jüngsten Anstrengungen weder erklären noch rechtfertigen ließ. Seine Glieder waren schwer wie Blei, sein Hiir ganz schwach, und das Herz lag ihm wie ein Stein in der Brust. Er erkannte die typischen Symptome der Kältestarre nicht sofort. Die eisige Luft tat ihre Wirkung. Körperliche Betätigung, Willenskraft, der schützende Umhang, seine menschlichen Eigenschaften — dies alles mochte ihn eine Weile retten, aber nicht auf Dauer. Früher oder später würde die Kälte siegen, die Starre ihn überwältigen. Dann fiel dem Grizhni die Weiße Tunnelkammer ein, die nicht weit entfernt war. Eine schnelle Flucht, und er befand sich Oben, bei den Sippen, vor den Mauern von Lahnzium, in warmer, erquikkender Dunkelheit. Er wurde dort erwartet, er wurde gebraucht, um den letzten Angriff zu führen. Seine schwarzen Augen richteten sich auf den Ausgang, er machte sogar einen Schritt in diese Richtung. Doch dann hörte er durch die Ritzen und Fugen der Stalaktitenbarriere die Stimme des menschlichen Adepten, die sich in rhythmischen Kadenzen hob und senkte, und wußte mit tödlicher Sicherheit, was das bedeutete. Der Geist eines fernen Ahnen sprach zu ihm, und er erkannte das Wirken der Kognition. Wenn der Adept nicht aufgehalten wurde, verschwand der warme Schatten, der über dem Oben lag, und dann würde das Unheil über die Sippen hereinbrechen.

Das gab dem Grizhni neuen Auftrieb, und wieder attackierte er mit seinen bereits gefühllosen, blutenden Händen die steinerne Barriere.

Raith Wate Basef kniete am Boden, hatte Fal Grizhnis Notizen vor sich ausgebreitete und hielt die goldene Plakette locker in einer Hand, während er mit der anderen die eingeritzten Figuren nachzeichnete. Er war schon ziemlich weit gekommen. Die Vorarbeiten waren getan. Er hatte sich innerlich bereitgemacht und sammelte nun Kraft und Schwung, um seinen Geist in einem strahlenden, ansteigenden Bogen auszuschicken, dessen Zenit durch den blendend hellen Ausbruch der Kognition in seinem Inneren gekennzeichnet war. Seine geistige Geschwindigkeit steigerte sich, er spürte das vertraute Schweben, freilich unsicherer, instabiler, als er es je erlebt hatte, denn diese Kognition überstieg alles, was er bisher in seinem Leben versucht hatte. Etwas Wildes enthielt dieser Vorgang, ein Element unkontrollierbarer Erregung, er raste schneller und schneller dahin ...

Und dann war von einem Augenblick auf den anderen alles vorbei, das Licht erloschen, er stürzte aus schwindelnder Höhe herab und kniete einsam und verwirrt in einer kleinen Felskammer, denn er hatte Steine knirschen gehört, das Grollen sich verschiebender und wieder zur Ruhe kommender Felsbrocken. Er wußte, was das bedeutete, und seine Konzentration brach mit einem Schlag zusammen. Der Vardrul-General stand vor der Barriere und riß sie Stalaktit für Stalaktit nieder. Es mochte eine Weile dauern, aber nicht allzu lange, bis es ihm gelang, eine Öffnung freizulegen, die groß genug war, um hindurchkriechen zu können. Das war also das Ende von Raith Wate Basefs Kognition, das Ende von Lanthi Ume und von ganz Dalyon.

Er konnte es nicht zulassen, er konnte sich keine Niederlage gestatten, nicht jetzt. In seinen Schläfen pochte es, seine Hände waren trotz der kalten Luft schweißnaß. Er kniete einen Moment reglos da und sammelte sich, dann begann er von neuem. Wieder der rasend schnelle Anlauf vor dem geistigen Höhenflug, der zunehmende Schwung, das Bewußtsein fast unbeherrschbarer Macht ...

Von außen drang das Geräusch eines fallenden Steins herein, ein Zittern durchlief den Stalaktitenstapel. Ein Hagel winziger Steinsplitter prasselte hernieder, und Wate Basefs Augen richteten sich auf die Barriere. Ein kleiner Steinzapfen löste sich vom oberen Rand und landete vor seinen Füßen, sein Unterkiefer spannte sich, die Kognition schwand. Er griff im Geiste danach aus, bekam sie aber nicht mehr zu fassen. Wieder hatte er verloren. Es erforderte eine fast übermenschliche Selbstbeherrschung, um abzubrechen, zu warten, jeden verkrampften Muskel zu lockern, während sich der Feind unerbittlich weiter durch die Barriere arbeitete. Es erforderte jeden Funken Willenskraft, den er besaß, aber er schaffte es. Als er ruhig war, als er sich sicher fühlte, stimmte er seinen Gesang von neuem an.

Der Grizhni spürte die Steine unter seinen Händen nicht mehr. Aus seinen Fingern und Handflächen war jedes Gefühl gewichen. Seine Arme waren schwer, und er hatte Mühe, sie zu heben. Er fror entsetzlich, die Kälte war ihm ins Blut, ins Herz gedrungen. Am schlimmsten war die Mattigkeit, die sich auf seinen Geist legte, seine Sinne abstumpfte, seine Denkprozesse verlangsamte. Am meisten sehnte er sich danach, aufzuhören, sich auszuruhen, der überwältigenden Müdigkeit nachzugeben. Aber das konnte er nicht zulassen, er konnte sich keine Niederlage gestatten, nicht jetzt. Die Sippen verließen sich auf ihren Großpatriarchen, sie vertrauten ihm. Er hatte schon einmal versagt. Eine Katastrophe war über die Höhlen hereingebrochen und hatte unermeßlichen Schaden angerichtet, aber diese verheerende Kälte war nichts im Vergleich zu der Gefahr, die dem Oben versammelten Heer nun drohte. Die Sippen konnten völlig vernichtet werden, wenn ihr Anführer diesmal keinen Erfolg hatte, wenn es ihm nicht gelang, den Adepten aufzuhalten.

Der Grizhni verdoppelte seine Anstrengungen, zwang die trägen Arme, schneller zu arbeiten, und nun machte er sichtbare Fortschritte. Der Stapel beiseite geworfener Stalaktiten neben dem Spalt wuchs, die Barriere schrumpfte. Er war schon weit in den Gang vorgedrungen. Die menschliche Stimme klang lauter, klarer, sang sich durch das Gewirr spitzer Speere und drang bis in die dahinterliegende Höhle. Sie spornte ihn an. Seine Hände flogen, und jetzt endlich hatte er eine Öffnung geschaffen, eine Ritze, durch die er den Adepten auf dem Boden der Neuen Bastion knien sah. So nahe — fast nahe genug, um ihn zu berühren. Das Gesicht des Menschen war bleich, leer, die Augen weit aufgerissen, aber blind. Wenn er seinen Feind bemerkte, so ließ er nichts davon erkennen.

Der Grizhni zerrte an den Rändern des Lochs, scharrte die Steine heraus und schleuderte sie von sich. Die Öffnung wurde größer. Er hatte sich an den scharfen Kanten die Hände aufgerissen, sie waren mit farblosem Blut überströmt. Gleichviel. Größer jetzt. Noch größer. Mach den Weg frei. Ja, das genügte, er konnte hindurchkriechen, es war geschafft. Geschafft.

Der Grizhni hielt inne. Er war unbewaffnet. Sein Stahlschwert lag draußen in der Höhle auf dem Boden. Er drehte sich um, hastete aus dem Gang und sah sich Devras Har Fennahar gegenüber.

Devras stand vor dem Podest mit den immer noch

qualmenden Trümmern. In den Händen hielt er eine Ledertasche und zwei Messer/Schwerter, wie sie die Vardrul verwendeten. Angezogen von Wate Basefs Stimme wie auch von dem Getöse der herabfallenden Steine, war er direkt auf den Spalt zugegangen, und nun versperrte ihm der unerwartet aufgetauchte Grizhni den Weg.

Die beiden starrten sich an. Dann trat der Grizhni vor, ging an der Leiche der Ehrenwerten Snarp vorüber, ohne ihr einen Blick zu gönnen, und bückte sich mit der fließenden Anmut der Vardrul, um seine Klinge aufzuheben. Devras' Augen schnellten von der toten Frau zu dem bewaffneten General und weiter zu dem Spalt, aus dem Wate Basefs Stimme zu hören war. Beide Seiten hatten die Lage schnell erfaßt.

»Du wirst dich nicht einmischen, Bruder/Verwandter«, warnte der Grizhni.

»Du würdest ihn töten, nur weil er ein Mensch ist? Du kannst uns nicht alle töten. Verschone ihn, er hat dir nichts getan.«

»Nichts getan?« Plötzlich funkelte es unter der schwarzen Kapuze auf. Mit einer weit ausholenden Geste wies der Grizhni auf die zerstörte Anlage. »Er hat uns eine Wunde geschlagen, die lange nicht heilen wird.«

»Nicht er. Ich habe den Apparat zerstört, und ich habe es allein getan.« Die Augenwülste des Grizhni zuckten, und Devras fügte hinzu: »Raith war zu dieser Zeit noch gefesselt. Wenn du mir nicht glaubst, dann frage seine Wächter, wenn sie aufwachen.« Er spürte die Betroffenheit des anderen fast körperlich. Jenes eigenartige Gefühl, miteinander verbunden zu sein, sich gegenseitig zu durchschauen, das ihm schon bei der ersten Begegnung bewußt geworden war, hatte sich weiter verstärkt.

»Es ist nicht sicher, daß sie aufwachen werden«, antwortete der Grizhni nach einer Pause. »Die Verwandten sind in die Kältestarre gesunken, und viele gehen von dort aus weiter in die Arme der Ahnen.«

»Sie sterben?« Nun war es an Devras, betroffen zu sein. Er hatte noch gar nicht erfaßt, wie weitreichend die Folgen seiner Tat waren. »Das wußte ich nicht. Aber ich bin allein dafür verantwortlich. Wenn du den Schuldigen bestrafen willst, ich stehe dir zur Verfügung. Raith hat nichts getan.«

»In diesem Augenblick bemüht er sich, die Kognition des Ersten Grizhni-Patriarchen zu brechen.«

»Er will nur die Finsternis vertreiben, die die Menschen vergiftet — das ist alles. Damit kann er den Vardrul nicht schaden. Er möchte das Leben seiner eigenen Rasse retten, und das ist kein Verbrechen. Verschone ihn, Bruder/Verwandter.«

Das Fleisch des Grizhni flackerte, als hätten die Worte des anderen eine Saite zum Klingen gebracht. Die Schwankung ging jedoch schnell vorüber, und er leuchtete wieder ruhig und stetig. »Er würde mehr Schaden anrichten, als du ahnst. Er muß daran gehindert werden, doch eines verspreche ich dir — es wird ein sauberer Tod sein, schnell und ohne Qualen. Aber es ist notwendig.« Damit glitt er auf den Spalt zu.

Verzweifelt ließ Devras alles fallen, was er in den Händen hatte, nur eine einzige Waffe behielt er. Dann warf er sich zwischen den Patriarchen und sein Opfer und stellte sich, das Messer/Schwert in der Hand, vor den Spalt. »Nein«, sagte er.

Der Grizhni hielt inne und starrte ungläubig die Klinge an. »Das ist unmöglich. Wir sind verwandt.«

»Wie du eben sagtest — es ist notwendig.« Devras sprach äußerlich ruhig, aber in Wirklichkeit rebellierte alles in ihm. Tiefes Bedauern war nicht die schwächste seiner Empfindungen.

»Du würdest also einen Verwandten bedrohen. So ist die Menschheit, ihr ganzes Wesen drückt sich in einer einzigen Handlung aus. Ich habe stets gegen den menschlichen Makel in mir selbst angekämpft, aber jetzt werde ich dieser Seite meines Wesens freien Lauf lassen. Tritt zurück, Bruder/Verwandter, sonst werde ich dich töten. Der Adept stirbt in jedem Fall.«

»Nicht, solange ich noch lebe.«

Der Grizhni bewegte die Finger seiner leeren linken Hand. Im nächsten Augenblick schoß er nach vorn, und um Haaresbreite wäre die Sache auf der Stelle erledigt gewesen. Devras sprang hastig beiseite, parierte ungeschickt. Der Grizhni wirbelte herum, sein schwarzer Umhang bauschte sich, er senkte den Arm und führte mit der Grazie eines Tänzers einen Stoß von unten. Seine Bewegungen verrieten Übung und Sicherheit. Nur das ständige kränkliche Flackern seiner Haut ließ sein Entsetzen erkennen. Er war im Begriff, einen Verwandten zu töten, seinen einzigen noch lebenden Verwandten. Aus solchem Stoff wurden Alpträume gemacht.

Devras stolperte schwerfällig zurück, so erschrocken, als habe er einem Panther die Käfigtür geöffnet. Kämpfe und Gewalttätigkeit waren nie seine Sache gewesen, und so hatte er sich auch nie mehr als die für einen Adeligen unerläßlichen Grundbegriffe des Fechtens angeeignet. Die Waffen, mit denen er trainiert hatte, waren lang und leicht und lagen ganz anders in der Hand als die Vardrulklinge, die er jetzt führte. Außerdem war er erschöpft, geschwächt durch den langen Aufenthalt in der Finsternis, und vor allem verlangsamte, ja, lähmte ihn eine tiefe Abneigung, das Blut seines neuentdeckten Verwandten zu vergießen. Der Grizhni war größer, weitaus stärker und unendlich geschickter im Umgang mit dem Schwert als er. Er hatte so gut wie keine Aussicht, den Vardrul-General zu überwältigen. Er konnte lediglich hoffen, den anderen ein wenig aufzuhalten, vielleicht gerade lange genug, um Raith Wate Basef Zeit zu geben, zur Kognition zu gelangen. Hinter sich hörte er die Stimme des Adepten, die sich gleichmäßig und stetig hob, senkte und wieder anstieg.

Schneller, Raith.

Aber die Kognition ließ sich nicht drängen.

Der Grizhni vollführte Finten und Pirouetten, glitt geschmeidig unter der Deckung seines Gegners hindurch und brachte ihm mit seiner Klinge eine Schramme über den Rippen bei. Devras spürte einen kurzen Schlag, einen merkwürdigen, kalten Druck auf ungeschützter Haut, dann einen brennenden Schmerz und hervorquellendes Blut.

Er und der Grizhni zuckten gleichzeitig zurück, als seien sie beide verwundet. Wieder begann der unerklärliche Strom gegenseitigen Verstehens zu fließen, und Devras ahnte den inneren Aufruhr seines Gegners, seine widerstreitenden Empfindungen, sein Elend. Und er ahnte noch etwas: der Streich, der ihm eine flache Schmarre geschlagen hatte, hätte auch sein Herz durchbohren können, wenn der Grizhni das gewollt hätte.

»Du bist kein Krieger, Bruder/Verwandter«, stellte der Grizhni fest. »Sei klug. Du kannst mir nicht lange standhalten.« Seine Stimme klang melodisch wie immer. Nichts in seinem Gesicht oder seinem Verhalten verriet die Schwere, die seine Glieder belastete, seine Bewegungen verlangsamte und Herz und Verstand einfrieren ließ. Nichts deutete auf die schreckliche Wirkung der gnadenlosen Kälte hin. Und gar nichts ließ erkennen, daß er immer mehr das Gefühl hatte, unter Zeitdruck zu stehen. Sein menschlicher Bruder/Verwandter mußte sich in den nächsten Augenblicken ergeben, sonst hatte er wirklich keine andere Wahl mehr und mußte ihn töten.

»Lange genug«, sagte Devras.

Hinter ihm sang Raith Wate Basef ungerührt weiter.

Wieder ein schneller Hieb, eine plumpe Parade, ein Stoß, Devras wurde Schritt um Schritt zurückgedrängt, immer weiter, bis er im Spalt stand, von drei Seiten vom Fels abgeschirmt, hinter ihm die sich hebende und senkende Stimme des Adepten, vor ihm der tödliche Gegner. Ein Klirren, seine Verteidigung wurde durchbrochen, die Klinge des Grizhni schoß auf ihn zu und trank sein Blut. Eine rote Linie erschien auf seiner Brust. Wieder der Verdacht, nein, die Gewißheit, daß der Stoß weniger heftig ausfiel, als es hätte sein können, und daß der Grizhni dies auch so gewollt hatte. Die Klinge wurde zurückgezogen, Devras' eigene folgte und durchdrang wie durch ein Wunder die Deckung seines Gegners, die einen Moment lang unerklärlich schwach zu sein schien. Der Vardrul sprang zurück, Devras hatte seinen Unterarm nur leicht berührt. Blockiert von einem unbenennbaren Instinkt hatte der Mensch nicht nach dem Körper gestoßen, der ganz kurz ohne Schutz gewesen war.

Raiths Stimme hob und senkte sich noch immer. Er war noch nicht am Ziel.

Ein wenig mehr Zeit, halte ihn noch ein bißchen auf.

Die Atempause war nur kurz. Sofort war der Grizhni wieder da, aber es schien, als würde sein Angriff langsamer, als ließe die Wucht seiner Schläge nach, als verlören seine Bewegungen an Rasanz und Präzision. Das Leuchten seines Fleisches dämpfte sich merklich, und die großen, schwarzen Augen funkelten nicht mehr so hell. Devras atmete rasselnd, seine Wunden brannten, auch er fühlte seine Kräfte schwinden. Die Vardrulklinge schien wie mit Blei beschwert, sein Arm schmerzte, wenn er sie heben wollte. Wieder bedrängte ihn der Grizhni, trieb ihn zurück.

Raiths Stimme klang lauter, näher. Der Grizhni rückte vor.

Nein.

Devras ging in die Offensive, mit einem ungeschickten Hieb, den der Grizhni mühelos abwehrte. Dann schloß sich die linke Hand des Vardrul wie ein Schraubstock um sein rechtes Handgelenk. Devras war nicht vertraut mit dem ungewöhnlichen Fechtstil, den das Schwert/Messer der Vardrul verlangte, und wurde völlig überrascht. Gegen diesen Griff war er machtlos, er konnte seinen Schwertarm nicht mehr bewegen.

Raiths Stimme, ruhig und sicher, fast triumphierend. Ohne Zweifel stand er dicht vor der Kognition, aber er würde es nicht mehr schaffen. Er würde nicht lange genug leben.

Der Hiir des Grizhni flammte auf, denn in diesem Augenblick der Berührung durchströmte ihn die Clanswärme, und er spürte das Einssein, das nur durch den Kontakt mit einem Verwandten erfahrbar wurde. Seine Klinge senkte sich, ohne Blut zu vergießen, und er stieß seinen jungen Bruder/Verwandten aus dem Gang, ohne ihn zu verletzen. Er war erschöpft, ausgelaugt. Die kurze Wärme war bereits wieder verflogen, und die Kälte hatte sich überall ausgebreitet, hatte Körper und Geist besiegt. Er schwankte, torkelte. Nebel senkte sich vor seine Augen, die Müdigkeit war überwältigend. Er konnte nicht länger dagegen ankämpfen. Er mußte sich Ruhe gönnen, nur einen Augenblick.

Aber die Sippen, die auf ihn vertrauten — eine letzte Anstrengung, dann Ruhe ...

Der Grizhni wandte sich wieder der Lücke in der Barriere zu. Er konnte sie kaum noch erkennen. Trat einen Schritt darauf zu. Und dann war der selbstmörderische Bruder/Verwandte wieder bei ihm, unbewaffnet, soweit er feststellen konnte, griff ihn, es war unglaublich, mit bloßen Händen an, riß ihn zurück, weg von der Neuen Bastion. Vergeblich bemühte er sich, seine Klinge zu heben, aber es war ohnehin sinnlos, denn er konnte seinen eigenen Verwandten nicht töten, würde es niemals über sich bringen. Die Waffe entfiel seiner tauben, nutzlosen Hand. Der Grizhni stürzte. Durch die immer dichter werdenden Nebel erspähte er ein Gesicht, das sich über ihn beugte. Er konnte den fremden, menschlichen Ausdruck nicht deuten. Aber der andere faßte nach seiner Hand, und noch einmal wallte die Wärme bei der Berührung eines Verwandten auf. Es war das letzte, was er mitnahm, als er in Dunkelheit und Kältestarre versank.

Devras blickte auf die reglose, fast erloschene Gestalt des Grizhni-Großpatriarchen hinab. Eine ganz schwache Spur von Lumineszenz verriet ihm, daß der Grizhni noch lebte. Erst als er dessen sicher war, hob er den Kopf, und erst in diesem Augenblick kam ihm zu Bewußtsein, daß die Stimme in der Neuen Bastion verstummt war.

19

Devras erhob sich und trat an die Barriere. Durch die Lücke sah er Raith Wate Basef bewegungslos am Boden der Neuen Bastion liegen. Sein Herz machte einen Satz, dann kroch er durch das Loch in den Raum und kniete neben dem Adepten nieder.

Bewußtlos? Tot?

Keines von beidem. Der Adept regte sich. Er schlug die Augen auf, stemmte sich langsam hoch und saß mit hängenden Schultern da.

»Seid Ihr krank? Verletzt?«

»Nein. Nur müde.«

»Habt Ihr deshalb aufgehört?«

»Nein.«

»Warum dann?«

»Fertig.«

»Fertig?« Devras warf einen schnellen Blick durch den Raum. Alles war ruhig, still und kalt. Alte, vergilbte Pergamentblätter lagen überall auf dem Boden verstreut.

»Und ...?«

»Geschafft. Kognition. Erfolg.« Er bemerkte die Verwirrung des jungen Mannes, und ein schwacher Abglanz des alten sarkastischen Lächelns erhellte seine verhärmten Züge. »Was habt Ihr denn erwartet, mein Junge? Ein Erdbeben? Blitze und Feuerwerk?«

»Irgendein Zeichen. Als die Heizungsanlage zerschlagen wurde, war immerhin ...«

»Wer hat das getan?«

»Ich.«

»Gut gemacht. Mich hatten sie nämlich erwischt. Hatten mich gefesselt und mir einen Knebel in den Mund gesteckt. Dann habe ich es also Euch zu verdanken, daß ich entkommen konnte.«

»Das wollte ich ja erreichen. Ich wünschte nur, es hätte eine andere Möglichkeit gegeben.«

»Die gab es nicht. Ich bin froh, daß Ihr auf die Idee gekommen seid.«

»Eigentlich war es Karavise.«

»Aha. Wo ist sie? Und wo ist Grono?«

»Ich weiß es nicht. Karavise wurde gefangengenommen, aber möglicherweise konnte sie zur gleichen Zeit entkommen wie Ihr. Wenn ja, dann wird sie sich direkt hierher begeben, falls sie den Weg findet. Was Grono angeht ...« Devras' Stimme wurde unsicher. »Er hat versucht, Karavise vor dieser Snarp zu beschützen, und dabei hat sie ihm den Kopf gegen die Wand geschmettert. Ich weiß nicht, ob er noch lebt oder ob er tot ist.«

»Snarp ist bis hierher vorgedrungen. Sie hat den Vardrul-General angegriffen, sonst hätte der mich getötet.«

»Und das hat sie selbst das Leben gekostet. Sie liegt dort draußen. Habt Ihr die beiden nicht gehört?«

»Als ich einmal angefangen hatte, habe ich nichts mehr gehört. Snarp sind wir also los, und sie ist umgekommen, weil sie mich retten wollte? Das ist ja reizend. Und der General?«

»Er lebt, ist aber von der Kälte betäubt.« Devras zögerte, wollte noch mehr sagen, biß sich aber auf die Lippen. Das war nicht der rechte Zeitpunkt. »Und jetzt? Sollen wir uns um Grono und Karavise kümmern?«

»Noch ein paar Minuten, mein Junge. Ich brauche eine kleine Atempause, und Ihr macht mir auch den Eindruck, als könntet Ihr etwas Ruhe vertragen. Wie ich sehe, habt Ihr ein paar Schrammen abbekommen. Ein Andenken an den General?«

»Ja, aber nichts Ernstes.« Die Verletzungen waren zwar geringfügig, aber sie pochten doch recht schmerzhaft. Devras war eine Weile damit beschäftigt, den Blutstrom zu stillen. Danach blickte er auf und sah sich um. Immer noch verblüfft über die Stille, das Fehlen irgendeines sichtbaren Zeichens für Raith Wate Basefs kognitive Aktivität, wandte er sich an den sichtlich erschöpften Adepten und fragte: »Seid Ihr wirklich sicher, daß Ihr es geschafft habt, Raith? Wißt Ihr genau, daß es funktioniert hat?«

Wate Basef lächelte schwach. »Ziemlich genau«, sagte er.

Es war eher ein Gemetzel als eine Schlacht. Die Ebene war übersät mit Leichen, zum größten Teil Menschen. Nachdem die Anfangsbegeisterung abgeflaut war, erwiesen sich die kranken und schlecht geführten Lanthianer kaum als ernstzunehmende Gegner, und sie waren erbärmlich leicht zu erledigen. Die Kinder der Verlorenen Illusionen waren besonders untüchtig und die Dender geradezu rührend hilflos. Nicht daß die Vardrul große Unterschiede zwischen den Opfern gemacht hätten. Die Verteidiger mußten ohne Ausnahme sterben. Nur die völlige Reinigung von Dalyons Oben garantierte in der Zukunft die Sicherheit der Sippen und war eine angemessene Vergeltung für das an den Ahnen begangene Unrecht. So töteten die Sippenangehörigen ganz fachmännisch und mit maschinenmäßiger Gründlichkeit, nicht anders, als die Menschen vor vielen Großen Vens die Ahnen ermordet hatten. Am gnadenlosesten waren die Vardrul der Zmadrc-Sippe, deren Ahnen noch immer von dem großen Massaker unter den Sippenangehörigen raunten, das die Lanthianer einst mitten im heiligen Bezirk der Todesteichkammer der Zmadrc angerichtet hatten. Diese Schuld mußten die Menschen nun bis auf den letzten Heller bezahlen. Wie lodernde Feuer leuchteten die Zmadrc-Angehörigen in der Finsternis. Ihre Waffen stillten den Blutdurst von Generationen, und ihr Triumphgesang mischte sich mit den Schreien ihrer unglücklichen Opfer. Wo die Zmadrc kämpften, war der Boden mit Blut getränkt, und die Sippenangehörigen kosteten den bisher so exotischen Geschmack wahrer Rache bis zur Neige aus.

Ungeachtet ihrer schlechten körperlichen Verfassung leisteten einige Menschen doch heftige Gegenwehr. In den Reihen der Verteidiger gab es Widerstandsnester, wo die Kampfeslust wild aufschäumte. Hier wurde flink und gekonnt gefochten, dort kraftvoll eine Axt geschwungen, anderswo traf ein Steinhagel sicher ins Ziel. An manchen Stellen fielen die Sippenangehörigen in Scharen den Schlägen einer gut geführten Klinge zum Opfer. Einige der Arbeiter wußten sehr geschickt mit ihren Stäben und Keulen umzugehen, und so manche der mit Sendilli-Rudern bewaffneten Frauen erwiesen sich als überraschend gefährlich.

Nirgendwo war der Widerstand heftiger als im Umkreis des Herzogs von Lanthi Ume. Die Sippenangehörigen kannten den Herzog zwar nicht persönlich, aber seine Bedeutung konnte ihnen nicht entgehen. Seine Hoheit war der einzige Mensch auf dem Schlachtfeld, der von einer Gruppe disziplinierter Kämpfer in Uniform umgeben war. Kommandant Frayner und die letzten Reste der herzoglichen Garde hatten ihren Herrscher begleitet. Nun umringte ein Trupp gut bewaffneter, kampferprobter und loyaler Soldaten den Herrscher und schirmte ihn mit Körpern und Bajonetten ab. Gelegentlich wurden Sippenangehörige aus geringer Entfernung von den Schüssen aus ihren Flinten zerfetzt. Der kleine, pummelige Mann, der hinter diesem menschlichen Schutzwall hervorspähte, mußte ein bedeutender Patriarch und daher ein wichtiges Ziel sein. Eine Vardrul-Welle nach der anderen brandete gegen die Mauer der Gardisten an, aber sie wankte nicht, und die Sippenangehörigen wurden immer wieder zurückgeworfen. Dieser hartnäckige Widerstand steigerte die Entschlossenheit der Vardrul, und sie strebten zu Dutzenden auf diese Stelle zu.

Als die ermattenden Menschen ihren Herzog bedroht sahen, verlieh ihnen das neue Kräfte. Ergrimmt gingen sie zum Gegenangriff über, schlugen die Sippenangehörigen zurück und schichteten Stapel von Vardrul-Leichen um den Kreis der Gardisten herum auf. Flötende Todesschreie drangen durch die heiße, schwarze Luft.

Es konnte nicht lange dauern. Die Vardrul konzentrierten schließlich ihre ganze Kraft auf diesen einzigen Punkt und rissen das menschliche Bollwerk systematisch nieder. Bofus wurde aufmerksam, als ein Gardist nach dem anderen zu Boden ging. Um sich herum sah er die Männer fallen und sterben. Er sah die klaffenden Wunden, der Blutgeruch stieg ihm in die Nase, und nun erkannte er endlich, wie aussichtslos die Lage der Lanthianer und wie nahe der Tod war — sein eigener und der aller seiner Mitmenschen. Dann dachte er an seine verschwundene Tochter, die diese widernatürlichen Fremden fast mit Sicherheit ermordet hatten, und die Vorstellung, daß seine Karavise in diese leuchtenden Hände gefallen sein sollte, übte eine merkwürdige Wirkung auf ihn aus. Bofus' Mund bewegte sich lautlos, seine schweißnassen Hände öffneten und schlossen sich. Einen Augenblick später kniete er nieder und entwand der Hand eines toten Gardisten die Flinte. Dann trat er an Kommandant Frayners Seite, stieß mit aller Kraft zu und spürte, wie das Bajonett in die Eingeweide eines Weißen Dämonen eindrang. Das Wesen ging mit einem flötenden Aufschrei zu Boden, und sein Licht erlosch schnell.

Frayner bemerkte erst jetzt, wer da neben ihm stand. »Tretet zurück, Hoheit«, mahnte er.

Bofus schüttelte den Kopf, stieß mit seinem Bajonett nach dem nächsten Dämon, und diesmal wurde der Hieb pariert und erwidert. Eine Vardrulklinge sauste zischend auf den Herzog herab, und der erstarrte vor Schreck und wußte sich nicht mehr zu helfen.

Ein Schlag mit dem Kolben von Frayners Flinte lenkte das Schwert ab und schleuderte den Dämon beiseite. »Zurück, Sir«, wiederholte der Kommandant.

Wieder schüttelte der Herzog den Kopf. Er packte seine Waffe fester, setzte seine Bemühungen fort und hatte überraschenderweise trotz seiner Unerfahrenheit Erfolg. Er tötete zwei weitere Dämonen, und in seinen blauen Augen stand das Entsetzen, als er sie fallen und sterben sah, aber er ließ in seinen Anstrengungen nicht nach.

Der Einsatz des Herzogs erregte die Aufmerksamkeit der Vardrul. Der Anblick eines menschlichen Patriarchen, der sich so ungeschützt den Feinden aussetzte, entlockte ihnen ein erstauntes Trällern. Doch die Verwunderung hielt nicht lange an, und ihr Eifer verdoppelte sich. Die F'tryll'jnr-Matriarchin selbst glitt nach vorne, um mit dem gegnerischen Anführer zu kämpfen, und in ihren strahlenden Augen las Bofus seinen eigenen Tod. Erneut scharten sich die Gardisten um ihren bedrohten Herrn, und die F'tryll'jnr-Angehörigen sammelten sich, um ihre Matriarchin zu unterstützen. Die Menschen schrien trotzig auf, die Vardrul antworteten mit melodischem Trillern, und beide Gruppen prallten heftig aufeinander.

Gegen seinen Willen von Beschützern eingesäumt, stand Herzog Bofus unruhig im tiefsten Schatten. Seine hochgewachsenen Gardisten versperrten ihm mit ihren breiten Rücken die Sicht auf den Feind, der mit seinen leuchtenden Körpern die wichtigste Lichtquelle darstellte. Auf allen Seiten konnte er den Lärm der Schlacht hören — klirrenden Stahl, dumpfe Schläge, Ächzen, Schreie, Kreischen und Trällern. Der Geruch von Blut, Schießpulver, Angst und kognitiver Finsternis stieg ihm in die Nase. Aber sehen konnte er nichts.

Oder doch? Bofus hatte den Eindruck, und anfangs war er nicht sicher, ob er es sich nicht nur einbildete, als verändere sich die Finsternis. Der Schatten schien etwas von seiner bedrückenden Dichte verloren zu haben, er lastete nicht länger mit fast spürbarem Gewicht auf ihm. Irgendwie kam es ihm auch so vor, als sei die Luft weniger verpestet, etwas erträglicher für die menschlichen Lungen. Hatte sich wirklich etwas verändert, oder gewöhnte er sich nur allmählich an diese gräßliche Atmosphäre? Der Gestank — gewöhnte er sich auch daran, oder war er tatsächlich nicht mehr so stark? Er atmete tief ein. Die Luft war heiß, dumpf und übelriechend, und doch — und doch …

Die Schlacht tobte weiter, und dem Herzog fiel auf, daß die Gardisten ungeheuer entschlossen kämpften, als sei ihnen von irgendwoher neue Energie zugeströmt. Und eine leichte Bewegung ging durch die Luft, keine Brise — nichts so Reines, Natürliches, aber ein schwaches Zittern, ein Hauch von Leben, von — ja, wovon?

Veränderung.

Bofus hätte gerne gewußt, ob es außer ihm noch jemand bemerkt hatte. Er war vermutlich der einzige auf diesem Feld, der nicht aktiv am Kampf beteiligt war. Vielleicht waren die anderen zu sehr mit Krieg und Tod beschäftigt, um es wahrzunehmen. Aber die Luft bewegte sich tatsächlich und, so schien es, reinigte sich selbst. Nein, das war nicht seine Phantasie, ganz eindeutig nicht.

Dann fiel Bofus auf, daß die Umrisse seiner Gardisten schärfer wurden. Er konnte sie jetzt besser sehen, die breiten Rücken zeichneten sich ab, die Bewegungen ihrer Arme und Schultern waren deutlich erkennbar, gelegentlich nahm er sogar das schwache Aufblitzen einer Klinge wahr. Und die Körper dahinter, die Schar der leuchtenden Feinde — ihr Fleisch strahlte so klar und hell, als habe der Schatten etwas von seinem übernatürlichen Hunger eingebüßt. Ja, auch sie konnte er jetzt besser sehen.

Und noch besser. Die Finsternis wurde schwächer, jetzt war es ganz unverkennbar. Das Schwarz ging über in ein tiefes Dunkelgrau, und das entging niemandem mehr. Als diese Erkenntnis über die lanthianischen Verteidiger hereinbrach, durchströmte sie eine solche Woge von Mut und Hoffnung, wie sie es seit dem Tag nicht mehr erlebt hatten, an dem ihr Himmel sich verdunkelte. Freudenrufe erklangen aus menschlichen Kehlen, die Musik der Vardrul veränderte sich, und die Kräfte der Lanthianer wuchsen.

Luftströmungen brachten die sich abkühlende Atmosphäre in Bewegung, die Finsternis verblaßte, und jetzt wurden die grauen Gestalten, die wie zornige Gespenster zwischen den dichten Schwaden zappelten, deutlich sichtbar. Die Lanthianer faßten neuen Mut, Schwäche und Verzweiflung waren vergessen. Sie stellten sich dem angreifenden Heer entgegen und hielten es fast wie durch ein Wunder noch eine Weile zurück. Während sie noch kämpften, verblaßten die Schatten, verblaßten wie durch Zauberei überall auf dem Schlachtfeld, bis es nur noch so dunkel war wie im Morgengrauen bei dichtem Nebel. Man konnte Männer, Frauen, Vardrul und ein Stück Gelände ringsum unterscheiden, und die Menschen, erfüllt von wildem Jubel und aufkeimender Hoffnung, kämpften wie die Titanen. Die Vardrul gerieten vorübergehend ins Hintertreffen. Viele von ihnen wurden getötet. Trotzdem waren sie in besserer Verfassung und den Menschen an Zahl, Kampfkraft und Erfahrung weiterhin überlegen, und die F'tryll'jnr-Matriarchin zweifelte keinen Augenblick lang daran, daß ihr Gefolge schließlich den Sieg davontragen würde.

Aber die Matriarchin wußte nicht — konnte es nicht wissen, denn dazu hätte sie auf Schwingen hoch über Dalyon dahinfliegen müssen — daß der Schatten nicht nur verblaßte, sondern sich auch verkleinerte. Er schrumpfte rasch, zog sich mit viel größerer Geschwindigkeit zusammen, als er anfangs gewachsen war. Sie konnte nicht wissen, daß Raith Wate Basef mit seiner Kognition die schützende atmosphärische Hülle ein für allemal zerstört hatte. Nichts verriet ihr, daß die Finsternis sich von Dalyons Küstenlinie zurückzog oder daß Jherova, das äußerste von Lanthi Umes Neun Eilanden, bereits unter einem klaren, heiteren Himmel lag. Die

Matriarchin konnte nur beobachten, daß die Luft heller und der köstliche Duft schwächer wurde, während der menschliche Feind mit aufreibender Hartnäckigkeit weiterkämpfte. Wäre der Grizhni-Großpatriarch hiergewesen, so hätte er zweifellos einen Weg gefunden, um die Schlacht zu einem schnellen, siegreichen Ende zu führen. Die F'tryll'jnr war kein so genialer Stratege und vertraute daher auf die klare Überlegenheit ihrer Truppen.

Niemand auf dem Schlachtfeld, weder Menschen noch Vardrul, war auf den gewaltigen Ansturm des kognitiven Windes vorbereitet, der die Reste der Dunkelheit wegfegte und den letzten grauen Schleier vom Himmel riß. Es war Mittag. Die Sonne brannte von einem wolkenlosen, blauen Himmel herab. Das harte, grelle Licht drang den Vardrul direkt in die ungeschützten Augen.

Selbst die Menschen, Geschöpfe des Sonnenlichts, waren dagegen nicht gefeit. Die plötzliche ungewohnte Helligkeit erschreckte und blendete sie. Die Tränen traten ihnen in die Augen und trübten ihnen vorübergehend den Blick. Das war jedoch gar nichts verglichen mit der Wirkung, die die grausamen Strahlen auf die Vardrul ausübten. Die Sippenangehörigen stießen schrille Angst- und Schmerzensschreie aus. Selten hatte man aus Vardrulkehlen solche Mißklänge vernommen. Das Licht durchbohrte die großen, empfindlichen Augen wie ein Feuerschwert und schädigte den Sehnerv. Der Schmerz war schrecklich, die Disziplin brach völlig zusammen. Die Sippenangehörigen ließen ihre Waffen fallen und stolperten unsicher und verstört durcheinander. Sie waren völlig blind und im Moment auch völlig wehrlos.

Die Menschen faßten sich schnell. Ihre Pupillen zogen sich zusammen, bald konnten sie ins Sonnenlicht schauen, das ja ihr Element war, und gleich darauf bemerkten sie die Qualen ihrer geblendeten Feinde. Jubelrufe brandeten auf. Die Menschen schrien der Sonne ihren Triumph zu. Krankheit und Schwäche waren nun wahrlich vergessen, als habe es sie nie gegeben. Kommandant Frayner, der Anführer der Gardisten, stieß der F'tryll'jnr-Matriarchin sein Schwert in die Brust. Die Matriarchin stürzte, und die Gardisten grölten wild. Überall auf dem Feld spielten sich ähnliche Szenen ab. Die Zuversicht der Lanthianer wuchs von Sekunde zu Sekunde, sie durchbrachen die schwankenden Linien der Vardrul, drehten sich um, fielen über ihre Feinde her und richteten ein Blutbad an. Die hilflosen Vardrul fielen zu Dutzenden, zu Hunderten. Da sie nicht mehr fähig waren, sich zu verteidigen, suchten sie ihr Heil in der Flucht. Sie schirmten ihre tränenden Augen gegen das unbarmherzige Licht ab und stolperten blind davon. Ihr Fleisch war tödlich matt, ihre Stimmen hatten alle Musikalität verloren. Die Lanthianer setzten ihnen nach, griffen sie von hinten an und machten sie in Scharen nieder. Bald war der Boden mit kreideweißen Leichen übersät, so weit das Auge reichte. Als der Rest des Vardrul-Heeres dem Schauplatz dieser Katastrophe in wilder Panik den Rücken kehren wollte, waren die meisten Menschen bereit, sie gehen zu lassen, aber nicht alle. Eine Gruppe von Lanthianern verschloß die Ohren vor den Bitten des entsetzten Herzogs, jagte die Besiegten vom Schlachtfeld und schlachtete alle blinden Nachzügler systematisch ab. Endlich verschwanden Verfolgte und Verfolger in der Ferne hinter der Granitanhöhe, die man die Schroffen nannte. Eine Spur regloser, weißer Leichen blieb hinter ihnen zurück.

Devras und Wate Basef traten aus dem Verbindungsgang und sahen den Grizhni-Großpatriarchen besinnungslos zu ihren Füßen liegen. Das Fleisch des Grizhni war matt, sein Atem fast nicht wahrnehmbar. Reuevoll, fast schuldbewußt schaute Devras auf ihn hinab. »Wird er sich wieder erholen?«

»Wahrscheinlich«, antwortete Wate Basef.

»Er sagte mir«, fuhr Devras fort, obwohl es ihn Überwindung kostete, »die Kältestarre könne tödlich sein und zerstöre manchmal den Verstand. Habt Ihr das gewußt?«

»Das erste ja. Das andere nicht.«

»Ihr habt es uns nicht gesagt. Wußtet Ihr auch, daß die Vardrul ihre Kinder und ihre Alten hier in den Höhlen zurückgelassen haben?«

»Nein. Aber es hätte auch nichts geändert, wenn ich es gewußt hätte. Hört mir zu. Diese Vardrul sind unsere erbitterten Feinde. Vieles an ihnen verdient unseren Respekt, ja sogar unsere Bewunderung, aber das ändert nichts an der Tatsache, daß sie uns alle töten würden, wenn sie könnten. Mir liegt es ebensowenig wie Euch, hilflose Wesen zu quälen, aber die Alternative — die Vernichtung unserer eigenen Art — ist noch weniger nach meinem Geschmack. Vielleicht haben die Vardrul gute Gründe, uns zu hassen, vielleicht ist es sogar gerechtfertigt, wenn sie sich das Land zurückholen wollen, das ihnen gestohlen wurde — aber mit solchen Fragen kann ich mich im Moment nicht beschäftigen. Letzten Endes gehört unsere Loyalität doch unserem eigenen Volk, unserem eigenen Fleisch und Blut.«

Devras starrte in das Gesicht seines bewußtlosen Verwandten und sagte nichts.

»Was die Kreatur angeht, die hier vor uns liegt, so dürft Ihr nicht vergessen, was sie getan hat. Denkt an die abgeschlachteten Siedler, an die vielen Unschuldigen, deren Blut an seinen Händen klebt. Er ist ein eiskalter Mörder.«

»Nein. Er hätte nämlich auch mich töten können«, widersprach Devras leise. »Dann wäre der Weg zu Euch frei gewesen, und Ihr wärt niemals zur Kognition gelangt. Aber er hat sich dafür entschieden, mich am Leben zu lassen.«

»Das muß ein Irrtum sein. Wenn er meine Absichten

geahnt hätte, hätte nichts auf der Welt ihn daran hindern können, mich davon abzuhalten.«

»Offenbar gab es doch etwas, wozu er nicht bereit war.«

»Ich will gar nicht behaupten, daß ich Euch verstehe. Aber jetzt kommt, quält Euch nicht mit Selbstvorwürfen. Ihr hattet keine andere Wahl, und außerdem ist die Starre nicht unbedingt tödlich. Es gibt eine ganze Menge Vardrul, die sicher in natürlich beheizten Höhlen saßen und von den schlimmsten Auswirkungen der Kälte verschont geblieben sind. Sie werden den weniger Glücklichen beistehen und sie wärmen, und wenn das schnell geschieht, sind die Chancen, daß diese überleben und sich erholen, recht gut.«

»Ich möchte, daß der hier am Leben bleibt. Ihr sagt, man müsse sie warm halten?« Devras zog seinen Mantel aus und legte ihn über den reglosen Körper in dem schwarzen Umhang.

»So viel Sentimentalität ist mir unbegreiflich.« Wate Basef lächelte säuerlich. »Wißt Ihr eigentlich, was Ihr da tut? Das ist der Patriarch der Vardrul. Er ist ein General mit beängstigenden Fähigkeiten, eine Bedrohung für die Menschheit, und wenn er überlebt, dann muß man damit rechnen, daß er sein Volk um sich schart, um es eines Tages wieder gegen Lanthi Ume zu führen. Alles in allem wäre es aus Gründen der Selbsterhaltung fast angebracht, die Beseitigung eines solchen ...«

»Hört auf damit«, bat Devras, und Wate Basef verstummte, erschrocken über den leidenschaftlichen Tonfall des Jüngeren. »Schluß damit. Wir haben ihnen schon mehr als genug angetan.«

»Wenn Ihr einmal in Ruhe überlegt, was sie uns angetan haben ...«

»Wohl kaum, ohne von uns dazu provoziert worden zu sein, das ist jedenfalls ihr Standpunkt.«

»Was wißt Ihr denn von ihrem Standpunkt?«

»Eines Tages werde ich Euch das erzählen, Raith.

Aber jetzt müssen wir Grono und Karavise finden, falls sie noch am Leben sind. Und dann machen wir uns auf den Heimweg, falls wir noch eine Heimat haben und die Kraft aufbringen, sie zu Fuß zu erreichen, was ich beides bezweifle.«

»Welcher Eurer alten Philosophen hat Euch so viel Pessimismus gelehrt?«

»Keiner. Alles eigene Erfahrungen.«

»Junge, wir haben getan, wozu wir hierhergekommen sind — was wir tun mußten, um unsere Heimat und unser Leben zu retten. Das bedauert Ihr doch nicht etwa?«

»Ich bedauere, daß es notwendig war.«

»Schuldgefühle führen nicht weiter. Jetzt habt Ihr Mitleid mit den Vardrul. Wäre es Euch lieber gewesen, sie hätten ihr Ziel erreicht?«

»Natürlich nicht. Aber ich schäme mich der Dinge, die wir getan haben, auch wenn sie noch so notwendig gewesen sein mögen.«

»Beide Seiten, Menschen wie Vardrul, haben Dinge getan, deren sie sich schämen müssen.«

Gemeinsam verließen sie den Raum mit der zerstörten Heizungsanlage und durchstreiften auf der Suche nach ihren Gefährten die vereisten Korridore. Devras erinnerte sich genau an den Weg, der sie zum Schauplatz von Gronos letztem Kampf führen würde, aber er folgte ihm nur zögernd, denn er fürchtete sich vor dem, was er vielleicht vorfinden würde. Er hatte ein schreckliches Bild vor Augen — eine weißhaarige Gestalt, die reglos und bleich wie ein Vardrul am Boden lag und ihn nie mehr mit einem bombastischen Wortschwall überschütten würde. Und das alles nur, weil seine Treue ihn gezwungen hatte, seinem Herrn in die Finsternis zu folgen.

Jetzt näherten sie sich der Stelle. Ohne seinen Mantel fröstelte Devras ein wenig. Doch dann wurde ihm plötzlich ganz warm ums Herz, denn eine weißhaarige Gestalt — weder bleich noch reglos — kam müde um eine Biegung gestolpert. Als Grono die beiden erblickte, blieb er stehen, und sein erschöpftes Gesicht hellte sich auf.

»Herr Devras! Herr Devras!«

»Grono, wie schön, dich zu sehen! Alles in Ordnung mit dir?«

»Soweit ja, Euer Lordschaft, in Anbetracht der Umstände. Diese Snarp hat meinem Körper, meinem Schädel und meinem Stolz harte Schläge versetzt, aber ich werde mein Mißgeschick wie immer in Sanftmut und Geduld ertragen. Was ist aus dieser Furie geworden?«

»Sie ist tot.«

»Ausgezeichnet. Es gibt also doch noch Gerechtigkeit im Universum. Und Ihr, Herr Wate Basef ...« Grono wandte sich höflich, aber ziemlich kühl an den Adepten. »Euch geht es gut?«

»Sehr gut, Grono.«

»Und Ihre Gnaden? Wo ist Ihre Gnaden?«

»Sie wurde gefangengenommen«, teilte Devras ihm mit.

»Die Tochter des Herzogs in den Händen der Weißen Dämonen? Oh, das ist ungeheuerlich! Wir müssen sie sofort retten!«

»Vielleicht haben wir das bereits getan«, sagte Devras. »Hast du schon bemerkt, wie kalt es geworden ist?«

»In der Tat, unangenehm kalt. Und Euer Lordschaft tragen keinen Mantel, was nicht gesund sein kann, dabei sind Euer Lordschaft auch noch verletzt!«

»Die Kälte betäubt die Vardrul«, fuhr Devras geduldig fort. »Einschließlich Karavises Bewachern, wie wir hoffen. Wenn dem so ist, dann konnte sie wahrscheinlich fliehen, und in diesem Fall wird sie versuchen, zu dem Raum mit der Heizungsanlage zurückzukehren.«

»Oh, welch seltenes Glück! Dann sollten wir Ihre Gnaden nicht warten lassen. Und wenn wir sie gefunden haben, was dann? Wird Herr Wate Basef sein unbesonnenes Vorhaben weiterführen?«

»Herr Wate Basef hat sein Vorhaben abgeschlossen«, antwortete der Adept, und in seiner Stimme war ein Anflug seines alten Keckerns zu hören.

»Was, Ihr gebt Euch endlich geschlagen, Sir?«

»Ganz im Gegenteil, ich erkläre mich zum Sieger. Es ist geschafft, Grono. Wir haben erreicht, wozu wir hierher gekommen sind.«

»Ihr habt jene mythischen Schriften entdeckt?«

»Entdeckt und davon Gebrauch gemacht.«

»Aber doch wohl ohne Erfolg.«

»Falsch, mein Freund. In diesem Augenblick befindet sich die Finsternis auf dem Rückzug. Fal Grizhnis Kognition ist endlich gebrochen.«

»Das sagt *Ihr*, Herr Wate Basef. Das sagt *Ihr*.«

»Du zweifelst an meiner Aufrichtigkeit, Grono?«

»Sie ist mindestens so groß wie Eure kognitiven Fähigkeiten. Was Euren Sieg über die Finsternis angeht, Sir, so gestattet mir zu bemerken, daß ich daran glauben werde, wenn ich mich mit eigenen Augen überzeugt habe.«

»Das ist nicht mehr als recht und billig. Laßt uns nun als nächstes Karavise suchen, und danach sollten wir zusehen, daß wir die Höhlen verlassen, ehe die Vardrul sich wieder erholen.«

»Verlassen? Kehren wir etwa nach Hause zurück?« Zum zweiten Mal in kurzer Zeit hellte sich Gronos Gesicht auf, verdüsterte sich jedoch gleich wieder. »Aber wie sollen wir aus diesem schrecklichen Labyrinth jemals wieder herausfinden? Und selbst wenn wir zufällig die Erdoberfläche erreichen sollten, dann stehen wir wieder inmitten dieser gräßlichen Finsternis.« Wate Basef setzte zum Sprechen an, aber der Diener ließ ihn nicht zu Wort kommen. »Und wenn die Finsternis tatsächlich verschwunden sein sollte, was mir, offen gestanden, schwerfällt zu glauben, haben wir immer noch einen endlos weiten Weg vor uns. Wir sind krank und erschöpft und haben nichts zu essen. Wo sollen wir die Kraft für eine solche Reise hernehmen?«

»Wenn es nötig ist, werden wir sie aufbringen«, sagte Devras. »Schließlich ist ›die menschliche Kraft der menschlichen Eitelkeit verwandt. Beide sind nur selten völlig erschöpft.‹«

»Heselicus, Sir?«

»Lapivoe.«

»Schön und gut«, mischte Wate Basef sich ein, »aber vielleicht gibt es eine einfachere Möglichkeit. Ihr erinnert Euch doch, daß wir den Vardrul-General an der Spitze seines Heeres gesehen haben. Dann war er plötzlich hier in den Höhlen. Ein so schneller Ortswechsel läßt darauf schließen, daß auch die Vardrul über ein Ophelu verfügen, ähnlich dem, das uns vier von meiner Wohnung in Lanthi Ume in mein Arbeitszimmer auf Burg Io Wesha brachte. Wenn wir eine solche Platte finden, könnten wir sie als Transportmittel verwenden.«

»Und wohin sollte sie uns transportieren?« fragte Devras.

»Dorthin, wo sich die zweite Hälfte des Ophelu befindet, wo immer das sein mag. Wahrscheinlich irgendwo am Ufer des Yl, denn dort sind wir dem General zum ersten Mal begegnet.«

»Und wenn wir nun mitten in einem Vardrul-Heer auftauchen?«

»Das wäre eine unangenehme, aber kurzlebige Überraschung. Doch das ist unwahrscheinlich. Die Vardrul waren auf dem Weg zur Küste. Bei ihrer Geschwindigkeit müssen sie das Ophelu inzwischen weit hinter sich gelassen haben.«

»Trotzdem wissen wir nicht, wo wir das Ding suchen sollen. Kann Eure Kognition uns dabei nicht helfen, Raith?«

»Vielleicht, aber noch nicht gleich. Es wird noch ein

Weilchen dauern, bis ich wieder in der Lage bin, zur Kognition zu gelangen. Jedenfalls müssen wir nach einer polierten, vieleckigen, in den Boden eingelassenen Platte Ausschau halten. Ihr beiden müßtet sie eigentlich erkennen, wenn Ihr sie seht.«

»Eine polierte, in den Boden eingelassene Platte, Herr Wate Basef? Vor kurzem erst kam ich an einem Raum vorbei, der voll davon war«, sagte Grono.

»Was, gleich mehrere? Wo?« wollte der Adept wissen.

»Nicht weit von hier. Soll ich Euch hinführen?«

»Unbedingt. Sofort.«

»Nein. Zuerst zu Karavise. Vielleicht braucht sie Hilfe«, mahnte Devras.

Seine Gefährten nickten. Gemeinsam machten sie sich auf die Suche nach der Tochter des Herzogs.

Als der schreckliche Wind heulend durch die Tunnel raste und die Kälte mitbrachte, beobachtete Lady Karavise interessiert, wie ihre Vardrul-Wärter schwankten, sich nicht mehr auf den Beinen halten konnten und zu Boden stürzten. Ihr Licht schwächte sich ab, und schließlich waren sie tief in der Kältestarre versunken und regten sich nicht mehr. Karavise selbst fror jämmerlich, aber ihr Verstand arbeitete so schnell wie immer. Ihr war sofort klar, daß Devras seinen Auftrag ausgeführt hatte, und sie wußte auch, wo sie ihn finden konnte. Sich von ihren Fesseln zu befreien — man hatte ihr nämlich Handgelenke und Knöchel zusammengebunden — war ein so langwieriges Unterfangen, daß sie fast daran verzweifelte. Die Knoten saßen fest und waren so gut plaziert, daß sie manchmal schon die Hoffnung aufgeben wollte, aber endlich gaben die Stricke doch nach. Sie stieg über die besinnungslosen Wärter hinweg und machte sich eilends auf den Weg zu dem Raum mit der Heizungsanlage, wo sie ihren Verbündeten vermutete.

Da sie den Weg nicht genau in Erinnerung hatte, verlief sie sich mehrmals und mußte wieder umkehren. Die Entfernung war nicht groß, aber der Weg schien kein Ende zu nehmen. Endlich erreichte sie die gesuchte Höhle, aber dort war alles still, und sie sah nur zwei Gestalten. Die eine, weiblich und ein Mensch, lag reglos zwischen den Trümmern des zerstörten Apparats. Karavise trat vorsichtig näher, aber ein Blick auf den unnatürlichen Winkel des Halses verriet ihr, daß die Ehrenwerte Snarp tot war. Ein paar Schritte entfernt lag der Grizhni-Großpatriarch.

Karavise ging zu ihm und sah auf ihn hinab. Lange Zeit stand sie so da, und endlich begann sich ihr bis dahin ausdrucksloses Gesicht zu verändern. Er war bewußtlos und völlig in ihrer Gewalt. Sie konnte es sich leisten, seine Kraft, seine Intelligenz und sogar seine fremdartige Schönheit zu bewundern. Aber wenn er erwachte — was dann? Würde er nach oben zurückkehren, um sein Heer im Triumph durch die dunklen Straßen von Lanthi Ume — *ihres* Lanthi Ume — zu führen, um die Stadt zu zerstören und zu besudeln? Wie viele Menschen hatte diese Bestie lanthianischer Abstammung schon getötet, und wie viele würde sie noch töten, bis sie genug hatte? In diesem Vardrul lebte die ganze rachsüchtige Bosheit Terrs Fal Grizhnis, und sie haßte ihn, wie sie seinen Vorfahren haßte, der den Fluch über die Stadt gebracht hatte. Jetzt hatte sie Gelegenheit, die Bedrohung zu beseitigen, jetzt, solange er noch wehrlos war. Ein Hieb mit einer Stahlklinge — und eine solche lag dicht daneben auf dem Boden —, und Lanthi Ume war, wenn schon nicht gerettet, so doch in gewissem Maße gerächt. Mittelbar wäre es ein Mord an Fal Grizhni, dem Urheber der Zerstörung.

Karavise bückte sich, hob das Vardrulschwert auf und sank, die Klinge über die Kehle ihres Feindes haltend, in die Knie. Ihre sonst so ruhige und geschickte Hand zitterte. Ein einziger Streich würde genügen.

Aber nein. Das war zu grausam. Nein.

Der Grizhni war mit einem Mantel zugedeckt, den sie erkannte. Er gehörte Devras, und sie wußte, warum der ihn hierhergelegt hatte. Er hatte seinen einzigen Verwandten vor den schlimmsten Auswirkungen der Kälte schützen wollen, und nun mußte er selbst darunter leiden. Das Gespräch in der Gefängnisgrotte kam ihr in den Sinn, der Augenblick gegenseitigen Erkennens, und untrennbar damit verbunden auch die Erinnerung, wie sanft der Vardrul-General mit seinem neu entdeckten Verwandten umgegangen war und wie er sofort die Verbindung mit einem Menschen akzeptiert hatte. Einsam war er gewesen, das hatte sogar sie gespürt, und außerdem besaß er etwas, das man fast ein Gefühl für Anstand nennen konnte. Sie dachte auch an seine Intelligenz — an die Art, wie er sich für die Interessen seines Volkes einsetzte, an die Verantwortung, die auf ihm lastete — Dinge, die ihr selbst nur allzu vertraut waren. Sie konnte sehr gut nachempfinden, welche Verpflichtungen er hatte und welche Entscheidungen er treffen mußte — wäre sie an seiner Stelle gewesen, sie hätte nicht anders gehandelt, und das hatte sie auch zugegeben. Und gerade weil sie ihn so gut verstand, wurde es ihr unmöglich, ihn als gesichtslosen Feind zu betrachten, als verbrecherisches Ungeheuer oder als seelenlose Vernichtungsmaschine. Er war ein empfindsames, vielschichtiges Wesen, ein Führer, ein großer Führer, der meistens danach trachtete, das Wohl seines Volkes zu sichern.

Wenn sie diesen Wehrlosen jetzt tötete, dann war das keine Hinrichtung, sondern Mord, schlichter, brutaler Mord. Ganz gleich aus welchen Motiven, ganz gleich, welche Rechtfertigung sie sich zusammenreimte, hinfort würde sie als Verbrecherin gebrandmarkt sein. Die Tat würde ihr Gewissen belasten, und sie würde bis ans Ende ihrer Tage mit dieser Schuld leben müssen. Als Karavise den hilflosen General betrachtete, der ihr seine

Kehle darbot, spürte sie ein kaltes Grauen in sich aufsteigen. Es pochte in ihren Schläfen, staute sich hinter ihren Augen, und die Spannung brauchte ein Ventil, entweder mußte sie handeln, oder sie würde in Tränen ausbrechen. Eine alberne Vorstellung — Tränen in einem solchen Moment —, dabei hatte sie seit ihrer Kindheit nicht mehr geweint, hatte schon lange gelernt, solche Ausbrüche zu unterdrücken. Und doch schnürte ihr etwas die Kehle zu, etwas, das sie von früher kannte. War es Kummer, Reue — oder Angst? Trauer um den Grizhni — oder um sich selbst? Sie zuckte heftig zurück, ihr Arm sank herab. Fast wäre sie aufgestanden. Doch dann tat sie, was sie in kritischen Situationen stets zu tun pflegte, sie holte sich Kraft, Mut und Entschlossenheit aus der einen Quelle, die niemals versiegte. Sie dachte an Lanthi Ume.

Sie stellte sich vor, wie die Stadt unter dem giftigen Schatten von fremden Eroberern überfallen wurde, unter Führung des Wesens, das vor ihr lag. Sie dachte an die geschwächten und grausam hingemetzelten Bürger, an die eingestürzten Türme, die geschleiften Paläste, die verseuchten Kanäle. Sie sah Lanthi Ume, die schönste aller Städte, als ewiges Trümmerfeld vor sich.

Ihre Schultern strafften sich. Sie hob die Vardrul-Klinge, brachte die Spitze genau über der Kehle des Grizhni in Stellung, wartete einen Augenblick, bis ihre zitternde Hand ganz ruhig war, und stieß dann mit aller Kraft zu, die sie besaß.

Noch ehe sie den gesuchten Raum erreichten, kam ihnen Lady Karavise entgegen. Sie hielt sich aufrecht und wirkte ganz ruhig, aber etwas in ihren allzu starren Zügen jagte den anderen Angst ein. Sie zögerten kurz, dann eilten sie auf sie zu.

Karavise blieb stehen. »Gut gemacht, Devras«, lobte sie. »Und ich bin froh, dich heil und gesund wiederzusehen, Grono.«

»Ich danke Euch, Mylady«, antwortete Grono. »Aber was ist mit Euch selbst? Wenn ich das bemerken darf, finde ich Euer Gnaden ein wenig ...«

»Das Heizungssystem wurde zerstört«, fiel ihm Karavise gelassen ins Wort, »und die Vardrul sind von der Kälte betäubt. Werdet Ihr jetzt die Suche nach Grizhnis Unterlagen fortsetzen, Raith?«

»Nicht nötig«, erklärte Raith. Ihre Brauen gingen in die Höhe, und er erläuterte: »Ich habe sie gefunden, die Arbeit ist getan. Es ist vollbracht.«

»Tatsächlich.« Sie war sichtlich skeptisch.

»Ich versichere Euch, noch während wir hier miteinander sprechen, befindet sich die Finsternis über uns auf dem Rückzug. Inzwischen ist der Himmel über Lanthi Ume bereits klar.« Sie schien noch immer nicht überzeugt, und er fügte hinzu: »Ihr werdet es selbst sehen, wenn wir zurückkommen.«

»Das wird noch lange dauern«, sagte Karavise gleichgültig. »Vorausgesetzt, wir finden erst einmal aus den Höhlen heraus.«

»Wir haben da gewisse Hoffnungen«, verkündete Devras. »Grono glaubt, er kann uns zu dem Ophelu führen, das dem Patriarchen als Transportmittel diente.«

»Ich werde es versuchen, vorausgesetzt, Euer Gnaden sind in der Lage, uns zu begleiten.«

»Warum nicht?« erkundigte Karavise sich ruhig.

»Ihr scheint — nicht ganz Ihr selbst zu sein«, erklärte Devras.

»Nicht? Mir geht es gut, und ich kann es kaum erwarten, von hier fortzukommen.« Ihre leise Stimme klang so ausgeglichen wie immer, aber irgendwie glaubten ihre Gefährten, einen stahlharten Unterton herauszuhören. »Es gibt keinen Grund, noch länger hierzubleiben, es sei denn, Raith möchte Fal Grizhnis Schriften holen, um sie mitzunehmen.«

»Ich habe daran gedacht.« Wate Basef lächelte matt.

»Eine Weile war ich auch in Versuchung. Aber ich bin ein Adept der Esoterikerloge und kein Dieb. Der große Terrs Fal Grizhni hätte nicht gewollt, daß ich seine Schriften an mich nehme, und ich möchte nicht, daß ausgerechnet sein Geist mir in meinen Alpträumen erscheint. Ich werde dem alten Dämonenfürsten nicht in die Quere kommen.«

»Dann laßt uns gehen.« Ohne ein weiteres Wort drehte Karavise sich um und schritt schnell den Korridor entlang, als fliehe sie vor dem Raum mit der Heizungsanlage. Etwas verdutzt folgten ihr die anderen.

Grono übernahm bald die Führung. Der Diener hatte die Wahrheit gesprochen, er hatte eine ziemlich klare Vorstellung, welchen Weg sie einschlagen mußten. In gleichmäßigem Tempo schritten sie durch kalte Korridore, vorbei an stillen Grotten, in denen hier und dort reglose, weiße Gestalten lagen, durch leuchtende Galerien, um Biegungen, Kurven und Vorsprünge herum. Zweimal führte er sie in die Irre, und sie fanden sich in einer unbekannten Umgebung wieder. Jedesmal kehrten sie an den letzten bekannten Orientierungspunkt zurück und gingen von dort aus weiter — ein langwieriges, beschwerliches Verfahren, mit dem sie aber schließlich doch zur Weißen Tunnelkammer gelangten.

Sie sah so aus, wie Grono sie beschrieben hatte — ein kleiner, schmuckloser Raum, der sich nur durch die vielen polierten, sechseckigen Platten auszeichnete, die in den Natursteinboden eingelassen waren. Etwa in der Mitte des Raums lagen drei reglose Vardrul — F'tryll'jnr Drzh, die Zmadrc-Matriarchin und Dfjnr'l Gallr, alle kalt und mit matter Haut. Devras fragte schnell, zu schnell, in der Hoffnung, sein Gewissen übertönen zu können: »Warum sind es so viele, Raith? Sind sie alle funktionsfähig, oder dienen sie zur Tarnung — oder zur Zierde?«

»Laßt mich einen Blick darauf werfen.« Wate Basef untersuchte alle Platten mit großer Sorgfalt und achtete dabei besonders auf die Symbole, die auf den erhabenen Steinkanten eingeritzt waren. Dann stieg er über die Vardrulkörper hinweg, kniete neben dem kleinsten Sechseck nieder und strich leicht mit den Fingern über die bunte Steineinfassung. Einigermaßen zufriedengestellt, stand er auf, um den anderen seine Erkenntnisse mitzuteilen. »Soweit ich feststellen kann, wird uns jede einzelne dieser Platten befördern — irgendwohin. Die Inschriften sind in einer vereinfachten Version des alten Codes der Esoterikerloge abgefaßt. Allem Anschein nach wurden die Platten mit Hilfe von Kognition geschaffen, aber so gestaltet, daß sie ohne Kognition zu benützen sind, was unter den gegebenen Umständen sinnvoll ist. Offenbar läßt sich jedes Ophelu allein durch die Wiederholung der einfachen Litanei aktivieren, die jeweils in den Stein eingemeißelt ist. Die Ausführung ist primitiv — der Adept, der sie geschaffen hat, muß ein Naturtalent gewesen sein, der keinerlei Feinheiten beherrschte. Das Verfahren funktioniert und könnte nicht einfacher sein. Ich kann Euch freilich nicht sagen, wo es uns hinbefördern wird. Jede Platte trägt ein Symbol, das wohl den Standort der anderen Hälfte verrät. Diese Symbole sind den Vardrul gewiß verständlich, aber ich vermag sie nicht zu deuten. So ist also die Lage. Wenn wir reisen, dann reisen wir blind.«

»Daran müßten wir doch inzwischen gewöhnt sein«, murrte Grono.

»Wir reisen blind, oder wir gehen zu Fuß«, sagte Devras. »Es ist doch nicht zu erwarten, daß wir mitten in einem See oder im Inneren eines Vulkans herauskommen, nicht wahr?«

»Nein, aber wir könnten uns mitten in der Wildnis im Landesinneren wiederfinden, fern von zu Hause, fern von jeder Hilfe«, warnte der Adept. »Ich finde, man sollte es riskieren. Meine Kognition ist momentan erschöpft, und Ihr anderen seid todmüde. In diesen Höhlen gibt es noch immer Vardrul, die bei vollem Bewußt-

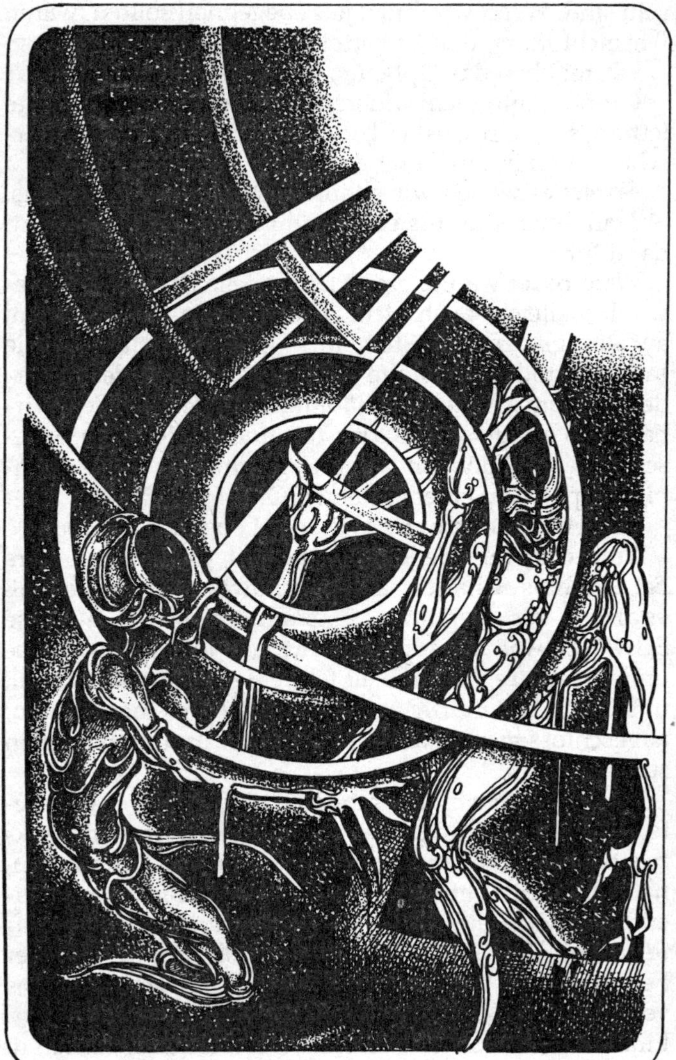

sein sind. Wenn wir ihnen jetzt begegnen sollten, wären wir nicht fähig, uns zu verteidigen.«

»Dann eben das Ophelu«, sagte Devras.

Grono fügte sich widerspruchslos. Karavise wirkte lethargisch, ein Zustand, den die Gefährten ihrer Erschöpfung zuschrieben.

»Welches wollen wir nehmen, Raith?« fragte Devras. »Wenn einer von uns ein Gefühl für solche Dinge hat, dann Ihr.«

Wate Basef wählte eine Platte, vielleicht aufs Geratewohl, vielleicht auch nicht. Die anderen traten zu ihm auf den glänzenden Steinblock. Der Adept las laut die Inschrift und wiederholte sie mehrmals. Und dann wurden sie zum zweiten Mal jählings von dem weißen Wirbelwind erfaßt, durch die tosende, eisige Leere geschleudert, hilflos hin- und hergeschüttelt und Augenblicke später an einem anderen Ort abgesetzt.

Von Weiß zu Schwarz wie vom Leben in den Tod.

Ringsum war wieder alles dunkel, dunkel wie Terrs Fal Grizhnis Schatten, aber irgendwie spürten sie, daß es nicht die kognitive Finsternis war, denn diese Schwärze war nicht so konzentriert, und eine gewisse undefinierbare Bösartigkeit fehlte. Die Luft war schwül, unbewegt und muffig — die Atmosphäre eines kleinen, abgeschlossenen Raumes. Sehr klein und vollkommen still.

Devras tastete blind umher. Direkt vor sich, Zentimeter von seinem Gesicht entfernt, spürte er flachen, senkrechten, grob behauenen Fels. Nach oben, nach unten, nach den Seiten hin setzte sich der Stein fort. Eine Mauer. Er bewegte die Hand nach links, berührte eine zweite Mauer. Er stand in einer Ecke, seine rechte Schulter berührte Wate Basefs linke. Hinter sich hörte er Gronos verängstigtes Keuchen, und das war der einzige Laut. Eine Weile sprach niemand ein Wort, alle vier fuhren in zunehmendem Schrecken mit den Händen über die steinernen Wände, die sie von allen Seiten einschlossen.

Sie waren in einem Würfel von gut einem Meter Seitenlänge eingezwängt — die Wände waren unglaublich massiv, soviel spürte man sogar in völliger Dunkelheit. Eine winzige Höhlung in lebendem Fels.

Ein Grab.

»Lebendig begraben«, flüsterte Grono und verlieh damit dem Verdacht Ausdruck, der alle quälte.

Devras spürte Urängste in sich aufsteigen, ihm wurde übel — sein heftig aufwallendes Entsetzen und das seiner Gefährten steigerte den Druck in dem engen Raum, bis er sie alle zu zermalmen drohte. Sein Herz hämmerte, er rang nach Atem. Schon jetzt war die Luft in der kleinen Zelle stickig. Wie lange würde es bei vier Personen dauern, bis sie verbraucht war? Wie lange, bis ...

Wate Basefs ruhige Stimme unterbrach seine Schrekkensvisionen.

»Die Platte wurde gewiß aus einem bestimmten Grund hier eingebaut. Nun wollen wir uns an die Arbeit machen und versuchen, den Weg nach draußen suchen.«

Die kühle Stimme in der schwülen Dunkelheit bremste die aufsteigende Panik. Devras gelang es, sich zu beruhigen. Er faßte wieder etwas Mut und begann, mit den Händen über die Wände zu streichen. Langsam und systematisch tastete er die ganze Fläche ab. Augenblicke später entdeckte er einen kleinen, kreisrunden Vorsprung, an dem seine Finger hängen blieben. Neugierig drückte, zog, drehte und bewegte er das Ding hin und her, bis es schließlich aus der Fassung glitt und er eine sich verjüngende Steinspitze in der Hand hielt. Ein Lichtstrahl schoß in die Zelle. Verglichen mit dem weichen, trüben Schein in den Höhlen erschien dieses Licht hart und grell. Devras blinzelte, dann legte er ein Auge an das Loch.

»Was seht Ihr, Euer Lordschaft?«

»Nicht viel«, antwortete Devras. »Gras und Hügel, das ist alles. Bekannt kommt mir die Gegend nicht vor.

Aber da draußen herrscht Tageslicht, Grono, Tageslicht! Wo immer wir sind, da draußen ist es hell!«

»Dann tretet beiseite, mein Junge, und laßt ein wenig von dieser Helligkeit hier herein«, schlug Wate Basef vor.

Devras gehorchte, und der dünne Strahl drang in den winzigen Kerker. Nun zeichneten sich seine Gefährten als schwache Umrisse ab. Er sah auch einige Stellen der rauhen Wand, fing einen Reflex des Ophelu unter seinen Füßen auf. Und da, tief unten in der Ecke, spiegelte sich das Licht ganz schwach auf einer glatten Ausbuchtung, die im Lauf der Jahrhunderte von der Berührung unzähliger Hände abgeschliffen worden war und jetzt matt schimmerte. Er drückte dagegen und löste, da er durch Zufall den richtigen Punkt gefunden hatte, einen verborgenen Mechanismus aus. Mit leisem Grollen schwang eine steinerne Tür auf, Sonnenlicht flutete in die Kammer, und einen Augenblick lang waren die Insassen geblendet.

Kurze Zeit später stolperten sie, die tränenden Augen gegen das grelle Licht abschirmend, aus dem Bauch des Meisters, des größten Monolithen der Granitweisen, hinaus in die Gravula-Wüste, wo kühl, herrlich rein und frisch der Wind blies. Alle vier tranken sie die klare Luft in vollen Zügen. Hinter ihnen ragten die Weisen mit ihren uralten Geheimnissen auf, vor ihnen erstreckte sich das kahle, hügelige Gelände nach Norden bis zu den Bergen des Nazara Sin. Im Süden lag, von den ansteigenden Schroffen verborgen, Lanthi Ume. Und in südwestlicher Richtung, deutlich zu erkennen und nicht mehr als ein paar Stunden entfernt — erhob sich der Morlin Hill, gekrönt von Raith Wate Basefs Burg Io Wesha.

»Wir sind zu Hause.« Wate Basef stieß einen erleichterten Seufzer aus.

»Licht«, sagte Devras. »Raith hat es geschafft. Die Finsternis ist fort.«

»Wie kommt Ihr darauf, daß sie jemals da war?« fragte Grono. Die anderen starrten ihn verdutzt an, und der Diener fügte hinzu: »Nun, warum sollten wir das denn glauben?«

»Der General sagte uns, sein Heer habe die Tore von Lanthi Ume erreicht«, sagte Devras. »Das Vardrul-Heer wäre nur im Schutz der Finsternis gereist.«

»Und *ihm* glaubt ihr«, höhnte der Diener. »Soweit ich sehen kann, ist alles noch genauso wie damals, als wir zum letzten Mal hier waren.«

»Nicht ganz. Schau hinauf zum Himmel«, riet ihm Devras.

»Sir?«

»Der rote Stern ist nicht mehr da, Grono. Du erinnerst dich doch an den Stern, der bei Tag schien? Er ist verschwunden.«

»Und wenn schon, Euer Lordschaft?« Grono zuckte verächtlich die Achseln. »Was geht das uns an?«

»Vielleicht eine ganze Menge, aber lassen wir es gut sein. Bald werden wir mit denen sprechen können, die in Lanthi Ume zurückgeblieben sind ...«

»Vater«, murmelte Karavise, das erste laute Wort von ihr, seit sie die Weiße Tunnelkammer erreicht hatten.

»... und dann werden wir erfahren, was hier geschehen ist, während wir fort waren.«

So lange brauchten sie gar nicht zu warten. Der Marsch nach Io Wesha dauerte viele Stunden, denn sie waren so erschöpft, daß sie oft stehenbleiben und sich ausruhen mußten. Die Sonne stand schon rot am Horizont, als sie auf halber Höhe des Morlin Hill stehenblieben und über die Landschaft blickten. In der Ferne ragten die Türme und Kuppeln von Lanthi Ume auf und glänzten im warmen Abendlicht. Zwischen den Staubwolken der erst vor kurzem zu Ende gegangenen Schlacht kämpften sich winzige Gestalten über die Ebene, fort von der Stadt. Es war der klägliche Rest des geblendeten Vardrul-Heeres, das so schnell es konnte dem

Nazara Sin zustrebte, um dort Schutz zu suchen. Eine Rotte von tobenden Lanthianern jagte hinterher, um auch noch den letzten Feind abzuschlachten.

Die vier auf dem Morlin Hill sahen wie gebannt in stummem Entsetzen zu, bis Grono schließlich bemerkte: »Ihr wißt natürlich, Herr Raith, daß ich niemals wirklich an Euch gezweifelt habe.«

20

In der Nacht nach dem Rückzug der Finsternis und dem Sieg über die Weißen Dämonen wurde in ganz Lanthi Ume gefeiert. Auf den Straßen sangen und tanzten die Menschen unter einem klaren Himmel voller Sterne. Spontan blühten Feuerwerke auf, farbige Lichter spiegelten sich in den Kanälen. Der Wein floß in Strömen, alte Feinde schlossen Frieden, künftige Generationen wurden gezeugt. Ein Schwarm beleuchteter Dombuli glitt über das Wasser, Bürger drängten sich auf den von Lampen erhellten Gehwegen, die Fenster der Paläste leuchteten golden, und die geisterhaft blauen Lichter auf dem Glockenturm von Ka Nebbinon funkelten in der sanften, natürlichen Dunkelheit. Der Wind, der durch die Stadt fegte, war frisch und kühl und brachte den frischen Geruch des Meeres mit. Ein prachtvoller Mond stand am Himmel, und überall herrschte eitel Freude.

Doch bald schon sollte die Freude nicht mehr unangefochten herrschen.

Als am nächsten Morgen die geliebte Sonne aufging, beschien sie ein grausiges Schauspiel. Die Ebene vor der Stadtmauer war mit Gefallenen übersät — mit Menschen, fast menschlichen Wesen und bleichen Dämonen. Als erstes stand, zum Schutz der Bevölkerung, eindeutig die Beseitigung dieser Leichen auf dem Programm — die Verteidiger von Lanthi Ume mußten mit allen Ehren bestattet und die Weißen Dämonen — Gefangene hatte man nicht gemacht — verbrannt werden. Mit einer Aufgabe von solchen Dimensionen waren die schlecht organisierten Überlebenden überfordert. Normalerweise hätte man von Herzog Bofus, der die Schlacht unversehrt überstanden hatte, erwarten können, daß er die Sache in die Hand nahm, aber Seine Hoheit war zwar ein wohlwollender, aber milde ausgedrückt willensschwacher Führer. Folglich wäre es eigentlich nötig gewesen, sich an die Esoterikerloge um Beistand zu wenden, doch die Bürger standen dem Orden so mißtrauisch gegenüber wie eh und je und konnten sich zu diesem Schritt erst nach einigem Zögern durchringen. Endlich fuhr eine Abordnung der mutigsten Bürger zur Insel Nes' Sieg, wo sie am Pier von einer Gruppe erschöpfter, ungepflegter, schwarzgekleideter Männer empfangen wurden. Von ihren unermüdlichen Anstrengungen, von der Hitze, der vergifteten Luft und von Krankheit geschwächt, waren die Adepten nicht fähig, das Problem auf einen Schlag zu bewältigen. Ihre Kognition reichte nur dazu, die Leichen erst einmal vor Verwesung zu bewahren und so die unmittelbare Seuchengefahr zu bannen. Damit mußten sich die Lanthianer zufriedengeben. Kein Bürger wagte es, offen nach der Rolle der Esoterikerloge beim Sieg über die Finsternis zu fragen, aber allenthalben wurde darüber gemunkelt. Viele schrieben den Erfolg dem Großmeister Vaxalt Gless Vallage zu. Wer sonst wäre schließlich zu einer solchen Leistung fähig gewesen? Genaueres wußte freilich niemand. Gless Vallage wahrte — vielleicht aus Bescheidenheit — Stillschweigen, und von der Esoterikerloge war wie immer nichts zu erfahren.

In der Stadt selbst ging es chaotisch zu. Im Laufe des Tages wurden Mietshäuser und öffentliche Gebäude in Notlazarette umgewandelt, um die Scharen von Verwundeten und an der Finsternis Erkrankten versorgen zu können. Dort arbeiteten die Ärzte und die Adepten der Esoterikerloge ohne Pause. Die Straßen waren voll von Obdachlosen, von Hungrigen, von Verstörten, die das Grauen überwältigt hatte. Ziellos schlenderten diese Unglücklichen durch die kleinen Gassen und Seitenwege, vorbei an den verlassenen Altären der Ert, vorbei an den verkohlten, geschwärzten Stellen, wo die großen Feuer gelodert hatten. Hier und da lagen die Leichen der Bexae, Zoniander und Dender, die man ermordet hatte, um sie zu berauben, in manchen Fällen auch nur, weil sie angeblich keine Menschen waren. Und in einigen der überlebenden Menschen stieg ein Gefühl der Scham auf und dämpfte die Siegesfreude.

Der Hunger bemächtigte sich der Stadt. Die Stände der Gemüsehändler, die Buden der Metzger und Geflügelverkäufer waren zum größten Teil geschlossen. Den Markt der Bauern gab es schon lange nicht mehr, viele Bäckereien hatten ihre Türen versperrt, und Speisehäuser waren etwas, das der Vergangenheit angehörte. In den besseren Gasthäusern und Schenken servierte man Mahlzeiten zu Wucherpreisen. Die umliegenden Gehöfte waren verlassen, weil die Bauern geflohen waren, der Schiffsverkehr war völlig zusammengebrochen, und infolgedessen war die Stadt von der Versorgung mit Lebensmitteln völlig abgeschnitten. Die Reichen speisten noch immer fürstlich, aber den Armen fehlte es am Nötigsten. Mehrere Tage vergingen, bis der gütige Herzog Bofus endlich versuchte, die Verteilung von Brot an die Notleidenden in Gang zu bringen. Leider waren die Bemühungen Seiner Hoheit zwar wohlgemeint, aber eindeutig wirkungslos. Nicht besser erging es dem Herzog bei dem Versuch, Unterkünfte für die Obdachlosen zu beschaffen, die Toten bestatten zu lassen oder in irgendeiner Form die Ordnung unter der zunehmend verwirrten, beunruhigten und verärgerten Bevölkerung wiederherzustellen. Zu den Aufgebrachtesten und Enttäuschtesten gehörten die zahlreichen Flüchtlinge, die darauf drängten, in ihre Heimat im Landesinneren zurückzukehren, diese Reise aber nicht ohne Proviant antreten konnten. Selbst den treuesten Anhängern des Herzogs konnte es nicht entgehen, daß die administrativen Fähigkeiten Seiner Hoheit einfach unzulänglich entwickelt waren.

Inmitten dieser allgemeinen Unruhen und Wirren nahm kaum jemand Notiz davon, als Lady Karavise Dil Shonnet und ihre drei Gefährten plötzlich wieder auftauchten, ausgenommen natürlich der überglückliche Herzog. Auch Bofus' Freude war freilich nicht ungetrübt, weil seine Tochter sich doch sehr verändert hatte. Nach einem Aufenthalt in der Finsternis hatte man natürlich damit rechnen müssen, daß sie blaß und kränklich wirkte, ihre neue Art, sich schwermütigen Grübeleien hinzugeben, war dagegen nicht so einfach zu erklären.

Zu Anfang erregte Karavises Rückkehr wenig Aufmerksamkeit, und auch als sie öffentlich verkündete, welche Rolle der Kognoszent Raith Wate Basef beim Sieg über die Finsternis gespielt hatte, war die Reaktion erstaunlich gering. Viele hielten immer noch Großmeister Gless Vallage für den Retter der Stadt — schließlich sah er gut aus und besaß einen unwiderstehlichen Charme, während Kognoszent Wate Basef mit seinem süffisanten Grinsen, seinem Kahlkopf und seinem Bauch alles andere als anziehend war —, aber die meisten Bürger interessierten sich kaum für die geheimnisvollen Aktivitäten der Esoterikerloge. Man nahm an, die Adepten würden die Sache schon unter sich beilegen. Viele beschlossen, sich ein Urteil vorzubehalten, bis der Großmeister gesprochen hatte, bis dahin war es nicht von großer Bedeutung, welches der fremdartigen Geschöpfe, die man ›Adepten‹ nannte, in diesem Fall am Werk gewesen war. Was zählte, war allein das Ergebnis.

Nicht viel mehr Beachtung fand die Nachricht, daß Karavise ihren jungen szarischen Gefährten als Lord Devras Har Fennahar, den Herrn des großen Hauses Fennahar anerkannt hatte. Zu jeder anderen Zeit wäre dies eine Sensation gewesen, im Moment kümmerte es niemanden. Ungleich bedeutsamer war dagegen die Ankündigung, daß der amtsmüde, völlig überforderte

Herzog zugunsten seiner tatkräftigen jungen Tochter abgedankt hatte. So beliebt Bofus auch war, in das Bedauern über seinen Rücktritt mischte sich nicht wenig Erleichterung. Nach der feierlichen Amtsübergabe richteten sich die Augen von Lanthi Ume überrascht, neugierig und hoffnungsvoll auf die Nachfolgerin des Herzogs. Karavise nahm ihre neuen Pflichten sehr ernst und stürzte sich so eifrig in die Arbeit, daß ihr Vater sie eine ganze Woche lang nicht zu Gesicht bekam. Am Ende dieser Zeit trieb ihn die Angst um ihre Gesundheit, sie aufzusuchen.

Bofus klopfte an die geschlossene Tür und betrat auf Aufforderung seiner Tochter das schlichte Arbeitszimmer, in dem peinliche Ordnung herrschte. Sie saß an ihrem Schreibtisch, den Federkiel in der Hand, vor sich mehrere Dokumente. Sie war blaß und hatte dunkle Ringe unter den Augen.

»Kara, meine Liebe«, jammerte er besorgt. »Du siehst gar nicht gut aus.«

»Mir geht es ausgezeichnet, Vater. Ich bin nur ein wenig müde, das ist alles.«

»Mein Kind, du mußt essen, und du mußt schlafen, sonst wirst du mir noch krank, und das würde deinem Vater das Herz brechen.«

»Ausruhen kann ich mich später. Im Augenblick gibt es zu viel zu tun.«

»Ach, Kara, das Leben kann doch nicht nur aus Arbeit bestehen. Du warst so lange weg, und seit du wieder hier bist, habe ich dich kaum gesehen. Ich sehne mich nach der Gesellschaft meines kleinen Mädchens. Nun leg den Papierkram beiseite, iß einen Bissen mit mir, und dann plaudern wir ein wenig. Im Fensteralkoven des Pfauenzimmers ist ein köstlicher Imbiß angerichtet. Wir werden an süßen Früchten knabbern, kühlen Wein trinken und zusehen, wie das Sonnenlicht auf dem Lureis funkelt. Komm doch mit, mein Kind.«

»Es klingt verlockend, Vater.« Sie lächelte wehmütig. »Aber ich kann jetzt nicht. Ein andermal, das verspreche ich dir. Bald.«

»Ach, meine Kara, du machst mir Sorgen. Was kann denn so wichtig sein, daß es meine Tochter von ihrem Vater fernhält?«

»Es sind so viele, so schrecklich viele Dinge, daß ich sie gar nicht alle aufzählen kann. Es gibt so viel zu tun, daß ich nicht weiß, wie ich es jemals schaffen soll. Und man hat alles so lange schleifen lassen ...« Sie bemerkte seinen gekränkten Blick und unterbrach sich. »Ich meine, die Finsternis hat großen Schaden angerichtet. Die Stadt ist voll von hungrigen, obdachlosen Menschen, die dringend Hilfe brauchen. Aber im Augenblick kommen nur sehr wenig Lebensmittel herein, deshalb arbeite ich an einem Programm, um die vorhandenen Vorräte gerechter zu verteilen. Außerdem will ich in einigen der größeren öffentlichen Gebäude Notunterkünfte für die Armen einrichten — zum Beispiel in der Vayno-Festung.«

»Kara, mein Liebling, das ist gütig und großzügig gedacht, aber die lammischen Burschen, die in der Vayno-Festung einquartiert sind, werden mit deinem Vorhaben niemals einverstanden sein.«

»Das ist auch gar nicht nötig.« Karavise lächelte grimmig. »Ich habe sie bereits fortgeschickt. Sie sind weg und werden niemals wiederkommen. Kein fremder Soldat wird je wieder einen Fuß auf unseren Boden setzen, das gelobe ich.«

»Mein Kind, mein Kind!« Bofus riß bestürzt die blauen Augen auf. »Was hast du getan? Du machst mir Angst. Der Keldhar von Gard Lammis wird sehr gekränkt und tief betrübt sein.«

»Er wird es überleben.«

»Meine Liebe, die lammischen Soldaten hielten sich in der Vayno-Festung auf, weil Lanthi Ume bei Gard Lammis verschuldet ist. Wir haben die Bedingungen akzeptiert, und nun müssen wir uns auch daran halten. Das ist nicht mehr als recht und billig.«

»Vater, die Lammier beuten uns seit Generationen aus. Für die Darlehen an uns haben sie Wucherzinsen verlangt. Wir haben unsere Schulden schon mehrfach bezahlt! Wenn du einen kurzen Blick in unsere Kontobücher werfen willst ...«

»Ich brauche mir keine Kontobücher anzusehen, ich weiß auch so, daß wir unseren Freunden Redlichkeit und Aufrichtigkeit schuldig sind.«

»Freunde! Ha!« Sie bemerkte seinen bekümmerten Blick und mäßigte ihren Ton. »Vater, wir behandeln sie doch redlich. Erinnerst du dich an den Aufstand an jenem Tag, als du Juns Statue besucht hast? Du hast mir davon erzählt, und ich habe so weit wie möglich Nachforschungen darüber anstellen lassen. An diesem Tag haben lammische Soldaten eine ganze Reihe lanthianischer Bürger — unsere eigenen Leute — angegriffen und niedergemacht, Vater. Nun, ich habe dem Keldhar bereits mitgeteilt, daß die Entschädigung, die ich für das Leben unserer Bürger verlange, unsere Verbindlichkeiten gegenüber Gard Lammis mehr als abdeckt. Ja, meinen Berechnungen nach steht er sogar in unserer Schuld, aber als Gegenleistung für die bedingungslose Rückgabe der Vayno-Festung und der Festung von Wythe an uns bin ich bereit, die Sache auf sich beruhen zu lassen. Was könnte redlicher sein?«

»Ich weiß es nicht.« Bofus schüttelte den Kopf. »Ich weiß es einfach nicht. Und ich bin mir auch keineswegs sicher, ob der Keldhar damit einverstanden sein wird.«

»Es wird ihm kaum etwas anderes übrigbleiben.« Wieder erschien das grimmige Lächeln auf ihrem Gesicht. »Die Stadt Gard Lammis wurde von der Finsternis nicht weniger geschädigt als wir. Ich habe erfahren, daß dort alles drunter und drüber geht. Der Keldhar hat im Augenblick genügend eigene Schwierigkeiten und ist deshalb nicht in der Lage, sich auch noch mit Lanthi Ume zu befassen. Jetzt haben wir ihn — und es war auch höchste Zeit.«

»Und wenn der Keldhar seine Probleme gelöst hat? Was ist dann?«

»Bis dahin werden wir unsere Verteidigung so ausgebaut haben, daß wir Gard Lammis nicht mehr zu fürchten brauchen. Um das zu erreichen, will ich die alte lanthianische Bürgerwehr erneuern und wiederbeleben. Das Instrument ist bereits vorhanden, es wurde lediglich nicht mehr benützt. Das werde ich ändern. Außerdem werde ich mir die Unterstützung der Esoterikerloge sichern. Zu lange haben Adepten und Bürger sich gegenseitig mit Mißtrauen betrachtet. Die Fähigkeiten der Esoteriker könnten leicht im Interesse von Lanthi Ume eingesetzt werden, zum Wohle aller.«

»Aber Kara — kein Mensch hat das Bedürfnis, sich mit diesen Kognoszenten einzulassen. Ja, zugegeben, einige von ihnen sind ganz menschlich, aber im großen und ganzen ...«

»Sie können viel für uns tun, wenn man sie richtig zu nehmen weiß, und wir brauchen sie jetzt. Wir brauchen sie, um Lanthi Ume wieder stark und mächtig zu machen.«

»Bei meiner Ehre, meine Liebe, du hast dir eine Menge vorgenommen!«

»Du hast noch nicht alles gehört, Vater, es gibt noch viel mehr. Zum Beispiel habe ich vor, den Bau neuer Schiffe in Auftrag zu geben. Wir müssen unsere Marine vergrößern. Außerdem ist der Hafen leer, und vielleicht brauchen wir die Schiffe, damit sie uns Nahrungsmittel bringen. Niemand weiß, wieviel Schaden die Finsternis auf den Feldern angerichtet hat. Solange die Bauern nicht nach Hause zurückgekehrt sind und sich um ihr Land kümmern, haben wir keine Ahnung, wie viel von der Ernte noch zu retten ist. Wenn der Schaden groß ist, müssen wir im nächsten Jahr mit einer Hungersnot rechnen, und dann sind wir auf Einfuhren aus Übersee angewiesen.«

»Oh, ich hoffe, daß es nicht so weit kommt! Das hoffe ich wirklich!«

»Ich auch, aber wir müssen darauf vorbereitet sein. Natürlich werden viele unserer eigenen Leute mit ihren Schiffen zurückkehren, sobald die Nachricht von unserer Rettung im Ausland bekannt wird, aber auf sie möchte ich mich nicht verlassen. Wir brauchen neue Schiffe.«

»Aber — aber — ich meine — das klingt alles ganz großartig, meine Liebe, aber womit sollen wir es bezahlen?«

»Ach, da gibt es verschiedene Möglichkeiten, und ich will dich nicht damit langweilen, daß ich sie dir alle aufzähle. Eine Methode besteht in einer höheren Besteuerung des Adels, der seit Jahrhunderten keinen angemessenen Beitrag mehr geleistet hat.«

»Ich kann nur hoffen, daß du vorsichtig bist, Kara.« Bofus zupfte an seinem Spitzbart. »Du willst dir doch keine mächtigen Feinde schaffen, oder?«

»Ein gewisses Maß an Unmut ist wohl nicht zu vermeiden, aber das wird durch die Dankbarkeit des Gemeinen Volkes mehr als ausgeglichen werden. In *diesen* Kreisen werde ich mich beliebt machen, das kann ich dir versichern, und die Unterstützung von dieser Seite wird meine Stellung gewaltig festigen. Und was die Adeligen angeht, so mach dir keine Sorgen, Vater — ich werde schon darauf achten, sie nicht allzu rücksichtslos auszubeuten. Wie ich Devras Har Fennahar schon einmal sagte, übermäßige Habgier führt zum eigenen Untergang.«

»Devras Har Fennahar? Der Devras, der mit dir *dort draußen* war, ist derselbe Bursche, der mir vor einiger Zeit diese vielen Briefe geschrieben hat? Der Bewerber um den Fennahartitel?«

»Er ist kein Bewerber mehr, Vater. Ich habe sehr gute

Gründe, seine Ansprüche für berechtigt zu halten, und ich habe ihm den Titel offiziell zuerkannt.«

»Damit hast du sicher recht getan, mein kluges Mädchen.«

»Und es gibt noch etwas, womit ich recht getan habe, obwohl ich fürchte, daß es dir nicht sehr gefallen wird.« Sie sah ihm ein wenig trotzig in die Augen. »Ich habe Abgesandte nach Hurba geschickt, die die Möglichkeit einer Verlobung mit dem Herzog ausloten sollen.«

»O Kara, *Kara* ...«

»Bitte, versteh mich doch, Vater. Die Interessen von Lanthi Ume zwingen mich dazu. Militärische und wirtschaftliche Unterstützung von Hurba wäre im Moment von unschätzbarem Wert, und wir werden sie zu äußerst günstigen Bedingungen erhalten, wenn die Hurbanesen damit rechnen, daß wir uns durch eine Heirat an sie binden.«

»Mein Kind, ich bitte dich inständig, überlege dir das noch einmal. Als Frau des Herzogs wirst du niemals glücklich sein!«

»Ich habe ja auch gar nicht die Absicht, seine Frau zu werden.«

»Das verstehe ich nicht.« Traurig und verwirrt schüttelte Bofus den Kopf. »Es kann nicht richtig und es kann nicht gut sein. Ich begreife dich nicht.«

»Dann gib dir doch erst gar keine Mühe, Vater. Es wird alles gut werden, das verspreche ich dir. Du mußt nur Vertrauen zu mir haben. Ich hoffe«, fügte sie mit dem Anflug eines Lächelns hinzu, »du bist nicht noch immer entschlossen, mich mit Vaxalt Gless Vallage zu verheiraten.«

»O nein, meine Liebe. Ich sehe heute ein, daß das ein Irrtum war«, gestand Bofus. »Nicht, daß Vaxalt keine gute Seele wäre — er ist ein wunderbarer Mensch und ein treuer Freund. Aber er ist nicht ganz das, wofür ich ihn gehalten habe. Gewiß, er meint es gut, aber in der Zeit der Finsternis hat er die Esoterikerloge meiner Ansicht nach nicht so geführt, wie es nötig gewesen wäre. Er hat nicht besonders viel erreicht, wie mir scheint. Vielleicht hätte niemand anderer es besser machen können, aber irgendwie — nun, irgendwie genügte er den Anforderungen nicht. Es tut mir leid, wenn das unfreundlich klingt.«

»Du hast doch völlig recht, und was du sagst, überrascht mich nicht im mindesten. Ich bedauere nur, daß ich mit ihm als Großmeister der Esoterikerloge verhandeln muß. Jemand anderer in dieser Position wäre mir lieber. Die Adepten sollten Raith Wate Basef zu ihrem Großmeister wählen. Er ist schließlich derjenige, der die Finsternis besiegt hat. Niemand sonst wäre dazu fähig gewesen, und er sollte die Anerkennung erhalten, die er verdient. Ich werde ihn selbst öffentlich belohnen, sobald ich herausgefunden habe, womit man einen Adepten beschenkt.«

»Weißt du, es fällt mir noch immer schwer, das zu glauben. Wate Basef ist ein so merkwürdiger, unangenehmer Mensch. Bist du sicher, daß er wirklich getan hat, was er behauptet?«

»Vollkommen sicher, Vater.«

»Du mußt es schließlich wissen. Ich hoffe nur, daß die Wirkung auch anhält. Ich habe Gerüchte gehört, der König der Weißen Dämonen sei ein gefährlicher General, jemand, der einem wirklich Angst einjagen kann. Er hat sein Heer bis direkt vor die Stadttore geführt, bis man ihn aufhalten konnte. Was soll aus uns allen werden, falls er wiederkommt?«

»Er wird niemals wiederkommen.«

»Aber Kara — Kara, mein Liebling — was ist denn los? Du weinst ja!«

»Nein. Mir ist nur ein Staubkorn ins Auge geflogen.« Sie rieb sich heftig die Augen, und die Tränen verschwanden. »Siehst du? Alles in Ordnung. Und jetzt muß ich wieder an die Arbeit, Vater. Es gibt so viel zu tun.«

»Schön.« Bofus betrachtete sie besorgt. »Schön, meine Liebe. Wir sehen uns dann hoffentlich später. Kann ich dir inzwischen irgend etwas bringen? Vielleicht etwas zu essen? Ein Glas heiße Gewürzmilch? Ein paar Kissen für deinen Stuhl?«

»Nein, danke, Vater. Ich habe alles, was ich brauche«, sagte die Herzogin von Lanthi Ume.

Während Karavise und ihr Vater so miteinander sprachen, fand unweit davon eine ganz andere Unterredung statt.

Gless Vallage und Wate Basef saßen im vornehmen Empfangssalon von Haus Vallage, umgeben von stilvollem Luxus. Eine ganze Wand bestand aus einer einzigen riesigen, vollkommen durchsichtigen Glasscheibe, die ohne kognitive Unterstützung niemals hätte hergestellt werden können. Durch das Glas waren der Silberstreifen des Lureis-Kanal sowie eine Reihe prachtvoller Paläste zu sehen. Die übrigen Wände waren gekrümmt und von ausländischen Künstlern so raffiniert bemalt worden, daß sich das echte Stadtpanorama nahtlos darauf fortsetzte. Die so entstandene Illusion war eines der altehrwürdigen Wunder von Lanthi Ume. Auf Raith Wate Basef hatten die Bilder freilich nicht die gewünschte Wirkung, er ließ sich nicht verwirren.

Gless Vallage war in topasfarbenen Samt gekleidet, denn er war später mit dem ehemaligen Herzog zum Essen verabredet. Wie immer war seine Aufmachung von lässiger Eleganz. Neben ihm wirkte Raith Wate Basef in seiner verknitterten schwarzen Robe, mit seinem hageren, müden Gesicht noch mehr als sonst wie ein armer Schlucker.

»Raith, es ist mir eine Ehre, Euch zu empfangen«, murmelte Vallage und ließ sein geübtes Lächeln aufstrahlen. »Ihr seid so etwas wie eine Berühmtheit unter meinen Adepten geworden. Unglaubliche Gerüchte bezüglich Eurer jüngsten Aktivitäten machen die Runde, und ich versichere Euch, ich kann es kaum erwarten, das Rätsel zu ergründen. Wir fragen uns alle, wieviel von den Geschichten wahr ist. Klärt uns auf, mein Freund, und Ihr werdet die Anerkennung erhalten, die Euch gebührt. Aber bleibt doch noch ein wenig, ich lasse Wein kommen.«

»Macht Euch keine Mühe, Großmeister.« Wate Basefs Lächeln war weit weniger liebenswürdig und anziehend als das seines Gastgebers. »Mein Besuch ist weder gesellschaftlicher Natur, noch ist der Anlaß besonders erfreulich, und deshalb werde ich mich so kurz fassen wie irgend möglich.«

Vallage zog fragend die Augenbrauen hoch.

»Ich war einige Zeit nicht in der Stadt«, fuhr Wate Basef fort. »Ich habe viel gesehen, viel gelernt, viel nachgedacht und vielleicht etwas erreicht, was von Bedeutung ist.«

»Und was ist dieses ›Etwas‹, das Ihr erreicht habt, Raith? Wie ich bereits sagte, ist die Neugier groß. Es gibt wilde Spekulationen, Eure Abwesenheit sei irgendwie für die Beseitigung der jüngsten atmosphärischen Störung verantwortlich oder stehe damit in Verbindung.«

»Atmosphärische Störung?« Wate Basef zeigte erneut sein sarkastisches Lächeln. »Dem Großmeister der Esoterikerloge kann man doch wohl zutrauen, daß er erkennt, wenn Hohe Kognition am Werke ist?«

»Ich glaube nicht, daß es wirklich darum geht«, antwortete Vallage demonstrativ geduldig.

»Worum dann?«

»Um die Notwendigkeit, eine offizielle Verlautbarung der Esoterikerloge herauszugeben, in der die Natur des jüngsten Phänomens — seine Entstehung, seine Entwicklung und schließlich seine Beseitigung — enthüllt wird. Ich würde sagen — und ich hoffe, Ihr stimmt mir zu —, daß es die Pflicht verantwortungsbewußter Gelehrter ist, die Informationen, die für das Volk bestimmt sind, so abzufassen, daß Unruhe vermieden wird und eine unauffällige Lenkung gewährleistet ist. Das muß so schnell wie möglich geschehen, wenn die Esoterikerloge ihre Glaubwürdigkeit in der Öffentlichkeit nicht verlieren soll.«

»Oh, ich bin vollkommen Eurer Meinung, daß eine Verlautbarung herausgegeben werden sollte, Großmeister, und ich bin gerne bereit, daran mitzuarbeiten. Im wesentlichen müßte sie folgendermaßen aussehen: Vor langer Zeit wurde durch die Kognition Terrs Fal Grizhnis eine gewaltige, potentielle Bedrohung geschaffen. Fal Grizhni ordnete die einzelnen Elemente so, daß beim Zusammentreffen bestimmter natürlicher Bedingungen der Tod des Lichts ausgelöst wurde. Wann dies geschehen würde, konnte er nicht genau vorhersagen, aber er erkannte, daß es unvermeidlich war. Zufällig fiel das Schwert zu unseren Lebzeiten herab. Im Herzen von Dalyon entstand eine giftige Finsternis und breitete sich zum Meer hin aus. Diese für die Menschen so tödliche Finsternis wurde von den Vardrul aus den Höhlen als höchst angenehm empfunden, und sie wagten sich — da sie das Phänomen für die Erfüllung der Prophezeiungen ihrer eigenen Vorfahren hielten — aus ihrem unterirdischen Reich hervor und wollten das Land zurückerobern, auf das sie berechtigten Anspruch zu haben glaubten. Auf Grund meiner Nachforschungen in den Archiven der Esoterikerloge wußte ich, was vor sich ging und warum. Ich wußte jedoch nicht, wie ich es verhindern konnte — niemand wußte das. Dieses Wissen war nur aus Terrs Fal Grizhnis eigenen Unterlagen zu entnehmen. Es bestand Anlaß für die Vermutung, daß diese Unterlagen in den Höhlen zu finden sein könnten. Deshalb begab ich mich, begleitet von der jetzigen Herzogin Karavise, von Lord Devras Har Fennahar und von Fennahars Diener Grono dorthin. Gemeinsam machten wir die alten Schriften ausfindig, und sie vermittelten mir so viel Einblick in Fal Grizhnis Methoden, daß ich die Tod des Lichts-Kognition brechen, die Finsternis vertreiben und damit zur schnellen Vernichtung des Vardrul-Heeres beitragen konnte.«

»Das ist eine erstaunliche Behauptung, Raith. Wirklich ganz außergewöhnlich.« Vallage legte nachdenklich die Finger aneinander. »Natürlich würde ich die Aufrichtigkeit eines Ältesten der Esoterikerloge niemals in Zweifel ziehen, doch ließe sich vielleicht darüber diskutieren, ob Eure Deutung den Sachverhalt genau erfaßt. Was mir große Sorgen macht, ist die Wirkung Eurer ... äh ... phantasievollen Aussagen auf die Öffentlichkeit. Es steht uns als Adepten schlecht an, das Volk in Aufruhr zu versetzen. Tun wir das ungerechtfertigt, so erniedrigen wir damit unseren Orden und untergraben unsere Glaubwürdigkeit. Ich muß Euch dringend bitten, diese Warnung zu beherzigen und Euch alles noch einmal genau zu überlegen. Ehe Ihr sprecht, denkt an die Esoterikerloge und auch an Euch selbst — denn um Euch, Raith, bin ich offen gestanden am meisten besorgt. Ich würde ungern Zeuge sein, wie Ihr vor aller Augen gedemütigt werdet, und deshalb betone ich noch einmal die Gefahr größenwahnsinniger Behauptungen, die durch keinerlei Beweise gestützt werden.«

»Ganz so ist es wohl nicht, Großmeister. Meine Gefährten — einschließlich der Herzogin — werden meine Aussagen bestätigen.«

»Euren Gefährten — und das gilt auch für die Herzogin — fehlt es doch wohl an den nötigen Voraussetzungen, um über Belange der Kognition urteilen zu können, und deshalb hat das Zeugnis, das sie Euch geben können, wenn überhaupt, leider nur wenig Gewicht.«

»Das lanthianische Volk könnte da vielleicht anderer Ansicht sein, Großmeister. Das werden wir ja sehen. Außerdem bin ich mit der Verlautbarung der Esoterikerloge noch nicht fertig. Soll ich fortfahren?«

Vallage senkte zustimmend den Kopf.

»Vor meiner Abreise«, fuhr Wate Basef fort, »tat ich

alles, was in meiner Macht stand, um die Öffentlichkeit und die Esoterikerloge vor der herannahenden Gefahr zu warnen. Auch bemühte ich mich um die Unterstützung des Volkes und vor allem der Esoterikerloge. Dabei stieß ich auf den systematischen Widerstand des Großmeisters, der nicht nur mit beträchtlichem Erfolg versuchte, alle Informationen, die ich beibringen konnte, zu unterdrücken, sondern schließlich sogar so weit ging, mich unter Arrest zu stellen — eine Maßnahme, mit der er seine rechtlichen Befugnisse weit überschritt.«

»Ich habe aus meiner Sicht so gehandelt, wie es den Interessen von Lanthi Ume am dienlichsten war«, beteuerte Vallage ernst. »Ob ich meine Befugnisse überschritten habe, ist angesichts der damals herrschenden Umstände unklar. Letztendlich werden viele der Meinung sein, ich sei im Recht gewesen. Aber es hat wenig Sinn, sich mit den Animositäten und Mißverständnissen der Vergangenheit aufzuhalten. Über solche Dinge sind wir doch gewiß beide erhaben.«

»Nach meiner Flucht aus Lanthi Ume«, fuhr Wate Basef fort, als habe er nichts gehört, »setzte der Großmeister der Esoterikerloge einen berufsmäßigen Meuchelmörder auf meine Spur.«

»Das ist lächerlich.«

»Snarp ist übrigens tot. Falls Ihr das noch nicht wußtet.«

Vallage schwieg.

»Nach meiner Rückkehr in die Stadt«, fuhr Wate Basef fort, »holte ich Erkundigungen bezüglich der Aktivitäten des Großmeisters der Esoterikerloge während meiner Abwesenheit ein, und die Antworten waren recht aufschlußreich. Natürlich brauchte man mir nicht von den vielen zu erzählen, die sterben mußten, weil der Großmeister sich weigerte, sie frühzeitig vor der Gefahr zu warnen, die ihnen drohte. Die Reihen frischer Gräber verraten mir alles, was es darüber zu wissen gibt. Nein, Vallage, bitte sagt nichts — noch nicht. Was mir nicht bekannt war, bis ich zurückkam, war Euer erfolgloser Versuch, im Alleingang die Finsternis zu vertreiben. Ich wußte auch nichts von Euren Nachforschungen in den Archiven des Nessiva. Und schließlich war ich bis dahin nicht darüber informiert, daß Ihr Euch geweigert hattet, auch nur einen Finger zu rühren, um den anderen Adepten der Loge bei ihren verzweifelten Bemühungen zu helfen, Fal Grizhnis Kognition zu brechen. Als ich diese Dinge erfuhr, war ich freilich nicht überrascht, denn sie bestätigten nur die Schlußfolgerungen, zu denen ich ohnehin bereits gelangt war.«

»Schlußfolgerungen?« Vallage lächelte nachsichtig.

»Ich sagte Euch ja, ich habe viel nachgedacht, während ich fort war. Es wird Euch schmeicheln, wenn ich Euch gestehe, daß sich ein großer Teil meiner Überlegungen mit Euch beschäftigte. Warum, so fragte ich mich, sollte ein lanthianischer Adept und Adeliger gegen die Stadt arbeiten, deren Wohl so eindeutig in seinem Interesse liegt. Denn niemand, Großmeister, nicht einmal ich, könnte an Eurer Verbundenheit mit Lanthi Ume zweifeln. Was könnte dann das Motiv sein? Eure eigenen Ängste? Schlichte Unwissenheit vielleicht? Nein. Gerechterweise muß man sagen, daß Ihr weder ängstlich noch unwissend seid.«

»Was bin ich dann, mein lieber Raith?« Vallages leicht belustigte Gelassenheit war offenbar nicht zu erschüttern.

»Extrem eitel und oberflächlich. Eiskalt, gewissenlos und nur auf Euren Vorteil bedacht. Eine genauere Betrachtung dieser hübschen Kombination würde mir sicher die Antwort geben, dachte ich. Und ich glaube, so war es auch.«

»Ich nehme Euch Eure persönlichen Angriffe nicht übel, denn sie spiegeln nur Eure Verbitterung über Euer eigenes Versagen, das Euch am Aufstieg innerhalb der Esoterikerloge hinderte. Wenn es Euch tröstet, Euren

Großmeister zu schmähen, so möchte ich jemanden, der weniger vom Glück begünstigt ist als ich, dieses Vergnügens nicht berauben. Was die Antwort angeht, nach der Ihr sucht, so ist sie nicht schwer zu finden. Ich gebe offen zu, daß es mir nicht gelungen ist, die Finsternis abzuwehren. Das ist traurig, aber keine Schmach, denn alle anderen Adepten der Esoterikerloge sind ebenfalls gescheitert. Wir sind gescheitert, und doch hat das Glück uns gelächelt, denn die Kognition, die wir nicht zu brechen vermochten, fiel spontan in sich zusammen, man könnte sagen, durch ihr eigenes Gewicht, vielleicht auch infolge eines schwerwiegenden Mangels in der Technik, der dem Urheber vor langer Zeit entgangen ist.«

»›Fiel spontan in sich zusammen, durch ihr eigenes Gewicht!‹ Heuchler! Ihr wißt genau, daß es nicht so war, und alle anderen Mitglieder der Esoterikerloge wissen es ebenfalls.«

»Davon ist mir nichts bekannt. Mein lieber Raith, abgesehen von Eurer eigenen Aussage gibt es doch so gut wie keine Beweise für das Gegenteil. Ich halte es für meine Pflicht, Euch rechtzeitig zu warnen, daß ich nicht die Absicht habe, Eure Behauptungen vor dem Rat der Esoterikerloge zu unterstützen. In diesem Punkt gehen unsere Ansichten auseinander, und ich muß meinem Gewissen folgen — wie die anderen Adepten es ohne Zweifel ebenfalls tun werden.«

»Ihr werdet sie niemals überzeugen, Vallage. Sie werden Euch nicht glauben, denn sie wissen, wie feindselig Ihr mir gegenübersteht.«

»Diese Feindseligkeit existiert nicht, und Ihr macht einen großen Fehler.« Vallages einschmeichelnde Stimme klang immer noch freundlich. »Stets müßt Ihr Euer eigenes Versagen irgendwelchen eingebildeten Vorurteilen Eurer Vorgesetzten zur Last legen. Damit schadet Ihr Euch nur selbst, Raith. Ich kann nur hoffen, daß Ihr das eines Tages einsehen und Euch ändern werdet. Unsere

Mit-Adepten sind sich Eurer Voreingenommenheit jedenfalls bewußt und werden sie berücksichtigen, wenn sie sich ihre Meinung bilden.«

Raith Wate Basef schwieg einen Augenblick, um seinen Zorn zu beherrschen. Sein bärtiges Gesicht war bleich vor Wut, aber als er antwortete, hatte er seine Stimme vollkommen unter Kontrolle. »Großmeister, ich werde dem Rat hieb- und stichfeste Beweise vorlegen.«

Vallages Miene veränderte sich fast unmerklich. »Ihr habt doch nicht etwa Terrs Fal Grizhnis Schriften aus den Höhlen mitgebracht?«

»So vermessen war ich nicht. Nein, wenn meine Vermutungen zutreffen, befinden sich die Beweise, die ich suche, hier in Eurem Hause. Damit komme ich wieder auf die Frage zurück, die mir noch nicht beantwortet wurde — nämlich, welches Motiv der Großmeister hatte, um alle Informationen über die herannahende Finsternis zu unterdrücken? Warum die Gefahr leugnen, warum sie vertuschen, warum das Leben der Lanthianer in Gefahr bringen? Meiner Meinung nach wart Ihr anmaßend genug zu glauben, Ihr könntet allein mit dieser Bedrohung fertigwerden. Euer spektakulärer Versuch in aller Öffentlichkeit spricht dafür. Ihr hättet Euch nicht so exponiert, hättet Ihr nicht gute Gründe gehabt, an Euren Erfolg zu glauben. Wahrscheinlich hattet ihr im stillen geübt. Als Ihr da oben auf der Stadtmauer vor dem Volk standet, habt Ihr Triumph und Beifall erwartet.«

»Fast wäre mir auch beides zuteil geworden.«

»Ich fürchte, davon wart Ihr noch sehr weit entfernt. Aber hättet Ihr allein um des Ruhmes willen so viel riskiert, Großmeister? Ich glaube nicht. Ich glaube, es gab einen noch größeren Anreiz. Und was könnte das für ein Anreiz gewesen sein? Was konnten die Vardrul aus den Höhlen dem Großmeister der Esoterikerloge anbieten, um ihn zu bewegen, daß er Lanthi Ume verriet? Gewiß weder Geld noch Titel noch Land. Das alles habt

Ihr bereits im Überfluß. Was könnte den Großmeister dann in Versuchung führen? Ein Gegenstand von überragender künstlerischer Schönheit oder großem Seltenheitswert wäre vielleicht dazu geeignet. Das gleiche gilt für alle Objekte, die die Fähigkeit haben, Vallages Kognition zu verstärken. Das erste, woran ich dachte, waren Grizhnis Unterlagen. Aber ich weiß, daß Ihr sie nicht habt, und ich bezweifle, daß Ihr ohne Vorauszahlung gehandelt hättet. Was dann? Seit meiner Rückkehr habe ich mich über die Vardrul kundig gemacht, alle verfügbaren Informationen gesammelt, und ich bin zu dem Schluß gekommen, daß Ihr den Lichtkristallen von J'frnial wohl kaum hättet widerstehen können.«

»Raith, ich habe mich bemüht, Nachsicht mit Euch zu üben, aber allmählich geht meine Geduld zu Ende.«

»Dann werde ich mich beeilen. Ich glaube, Ihr habt Euch von den Vardrul bestechen lassen. Wenn ich recht habe, befindet sich der Beweis dafür wahrscheinlich hier im Hause, vermutlich in Eurem Arbeitszimmer. Dritte Etage, rechts von der Treppe, nicht wahr, Großmeister?« Wate Basef erhob sich und wollte zur Tür gehen.

»Bleibt wo Ihr seid, Basef!« Gless Vallage sprang auf. »Wie könnt Ihr es wagen?«

Ohne ihn einer Antwort zu würdigen, verließ Wate Basef den Empfangssalon. Gless Vallage holte ihn am Fuß der Treppe ein. Der silberhaarige Adept zitterte vor Wut. »Wo wollt Ihr eigentlich hin?«

»In Euer Arbeitszimmer, Großmeister. Habe ich mich etwa nicht klar genug ausgedrückt?«

»Ich verbiete es Euch.«

Wate Basef lief bereits die Treppe hinauf.

»Habt Ihr nicht gehört, Basef? Ich verbiete es Euch! Ihr werdet dieses Haus sofort verlassen, oder ich rufe meine Diener und lasse Euch mit Gewalt hinausbefördern.«

Wate Basef schien taub zu sein. Gless Vallage lief ihm

nach. Im dritten Stockwerk wandte Wate Basef sich nach rechts und strebte geradewegs der Tür des Arbeitszimmers zu. Sein Gastgeber schnitt ihm den Weg ab.

»Verlaßt sofort dieses Haus, Basef«, befahl Gless Vallage. »Ich werde Euch nicht noch einmal dazu auffordern.«

»Warum wollt Ihr mir eigentlich unbedingt den Zugang zu Eurem Arbeitszimmer verwehren, Großmeister?« erkundigte Wate Basef sich freundlich.

»Weil es mein privater Bereich ist und ich Euer Eindringen als mehr als unverschämt empfinde. Es steht Euch nicht an, nach Belieben im Hause Vallage umherzustreifen.«

»Ach, wenn Euch ein Adept-Kollege bittet, ihm Euer Arbeitszimmer zu zeigen, werdet Ihr ihm die kleine Gefälligkeit doch gewiß nicht abschlagen.« Immer noch lächelnd griff Wate Basef nach dem Türknopf.

Vallage schloß die Augen und sprach schnell und mit sicherer Stimme.

Ein Zischen, ein Knacken, knisternde Funken. Wate Basef schrie erschrocken auf und riß die Hand von der Tür zurück. Die Finger waren gerötet und mit Brandblasen bedeckt. Einen Augenblick lang starrte er sie an, dann hob er den Blick zu seinem Gastgeber.

»Und damit hat die Sache ein Ende«, bemerkte Vallage nun wieder ganz gelassen. »Ihr könnt jetzt gehen. Und seid versichert, daß ich diesen Vorfall nicht vergessen werde.«

»Das ist wahr«, sagte Wate Basef langsam. »Ihr werdet ihn nicht vergessen.« Er senkte den Kopf und begann ebenfalls leise zu sprechen, dann machte er eine routinierte Geste und griff wieder nach dem Türknopf.

Vaxalt Gless Vallage erstarrte, als sei er geohrfeigt worden, und riß erschrocken die Augen auf. Er war sichtlich überrascht, auf eine kognitive Opposition zu stoßen, die weit stärker war, als er es von diesem Gegner erwartet hätte. Sein Zögern dauerte nur einen Sekundenbruchteil. Dann holte er tief Luft, sammelte seine Kräfte und hielt dagegen.

Raith Wate Basefs Hand stieß mehrere Zentimeter vor der Tür auf Widerstand. Knackende, zischende Geräusche begleiteten seine Anstrengungen, die unsichtbare Barriere zu durchbrechen.

Gless Vallages sah ihm mit einem boshaften Lächeln zu. »Gebt auf, Raith«, riet er ihm. Er schien seine gute Laune wiedergefunden zu haben. »Wenn Ihr meine Kognition überwinden könntet, dann wärt Ihr Großmeister und nicht ich. Erspart Euch weitere Peinlichkeiten und geht, solange Ihr noch könnt.«

»Beim Studium von Terrs Fal Grizhnis Schriften gelangt man zu mancherlei Erkenntnissen«, bemerkte Wate Basef sanft. »Es ist nicht mehr alles so, wie es einmal war.« Wieder sprach er mit leiser Stimme und schob dabei die Hand nach vorne. Das Knacken wurde lauter, und blaue Lichter spielten über seine Finger, die sich dem Türknopf immer weiter näherten.

Vaxalt Gless Vallage schwankte. Die schönen Augen wurden schmal, er ballte die Fäuste, spannte alle Muskeln und setzte alles ein, was er an kognitiver Kraft besaß.

Raith Wate Basef mußte feststellen, daß er sich nicht bewegen konnte. Seine rechte Hand, sein ganzer rechter Arm waren gelähmt. Ein brennender Schmerz jagte durch seine Nerven, hüllte seinen Arm in unsichtbares Feuer, stieg höher, breitete sich mit rasender Schnelligkeit aus, leckte an seinem Herzen und seinem Gehirn …

Er konzentrierte seinen Verstand und seinen Willen. Er sprach und gestikulierte. Er drängte mit aller Kraft nach vorne, mit allem, was er war, was er in einem gezielten Ansturm zusammenballen konnte, der ihn geradewegs durch die Barriere brachte. Seine Hand umschloß den Knopf. Ein riesiger Blitz flammte auf und erhellte den Korridor, Funken sprühten, und dann erstarb das Licht. Die Kognition war gebrochen. Eine geistige Detonation warf Vaxalt Gless Vallage zu Boden, und er blieb mit weit geöffneten, blinden Augen reglos liegen.

Raith Wate Basef betrat das Arbeitszimmer. Er fand schnell, was er suchte. Gless Vallage hatte nicht im Traum daran gedacht, daß jemals ein anderer in sein Allerheiligstes eindringen könnte, und hatte sich deshalb keine Mühe gegeben, etwas zu verbergen. Eine reich verzierte Schatulle in einem unverschlossenen Schrank enthielt sechs makellose Lichtkristalle von J'frnial von solcher Pracht, daß Wate Basef ganz geblendet war und sich nicht enthalten konnte, sie eine Weile bewundernd anzustarren. Jetzt konnte er verstehen, ja fast nachfühlen, daß Vaxalt Gless Vallage dieser Versuchung erlegen war. Zögernd schloß er den Deckel über den Kristallen, klemmte sich die Schatulle unter den Arm und verließ den Raum.

Gless Vallage saß am Boden, mit dem Rücken zur Wand, den Kopf auf die Brust gesenkt. Als sein Feind aus dem Arbeitszimmer trat, blickte er langsam auf. Er bemerkte die Schatulle in den Händen des anderen und schloß kurz die Augen. Raith Wate Basef blieb neben ihm stehen.

»Vallage.« Wate Basef sprach sachlich, fast beiläufig. »Ich habe Euch etwas zu sagen. Seht mich an.«

Gless Vallage hielt unwillig seinem Blick stand.

»Beim nächsten Kongreß der Esoterikerloge werde ich Euch in aller Form als Großmeister herausfordern. Nach allem, was heute hier geschehen ist, wissen wir beide, daß ich gewinnen werde. Aber das ist noch nicht alles. Ich habe die Absicht, Euch öffentlich anzuklagen. Eure Handlungsweise war mehr als abscheulich, schlimmer als heimtückisch — Ihr habt die Esoterikerloge, Lanthi Ume und die ganze Menschheit verraten. Ihr habt unermeßlichen Schaden angerichtet, und indirekt seid Ihr sogar ein Mörder. Diese Lichtkristalle, die Ihr von den

Vardrul erhalten habt, liefern den Beweis, den ich brauche, um Euch zu überführen. Selbst wenn Ihr vor einer Strafverfolgung bewahrt bleibt, wird man Euch doch zumindest aus der Esoterikerloge ausstoßen, und Ihr könnt Euer Leben als Geächteter beenden. Natürlich habt Ihr das alles verdient. Dennoch gibt es eine Möglichkeit, diesem Schicksal zu entgehen.«

Gless Vallage wartete in trostlosem Schweigen.

»Eine öffentliche Demütigung des Großmeisters würde die gesamte Loge bloßstellen. Ich möchte vermeiden, daß meine Kollegen von Eurer Schmach mitbetroffen werden, und nur aus diesem Grund biete ich Euch einen Ausweg. Tretet zurück, Vallage. Gebt das Amt des Großmeisters auf, ehe ich es Euch wegnehme. Verlaßt freiwillig die Loge, am besten auch Lanthi Ume. Lebt weiter, so gut Ihr könnt, aber versucht niemals wieder, Euch in die Angelegenheiten der Esoteriker einzumischen. Falls Ihr übrigens vorhaben solltet, die Klage anzufechten oder die Öffentlichkeit von Eurer Unschuld zu überzeugen, so kann ich Euch versichern, daß Euch das nicht gelingen wird. Ihr würdet dabei Euren Ruf, Eure Freiheit und möglicherweise sogar Euer Leben verlieren. Seid also klug, Vallage, und dankt ab.«

Damit verließ Raith Wate Basef das Haus.

Vaxalt Gless Vallage blieb noch lange reglos am Boden vor dem Arbeitszimmer sitzen und starrte mit leerem Blick vor sich ihn. Er wirkte wie ein Mann, der von übermächtigen Kräften zerbrochen worden war. Viele Stunden saß er so da. Endlich setzte sich jedoch die robuste Natur des Großmeisters durch, und er faßte sich wieder. Er sammelte die Reste seines Stolzes ein, untersuchte die Scherben und kam zu dem Schluß, daß der Schaden vielleicht nicht völlig irreparabel war. Ja, alles in allem hätte es sehr viel schlimmer kommen können.

Das Schicksal hatte ihn hart getroffen. Doch bei seinem Einfallsreichtum würde es Vaxalt Gless Vallage gewiß gelingen, die Lage zu seinen Gunsten zu wenden.

Auch anderswo ließ es sich leben.

Mit diesem Gedanken erhob sich der Großmeister, betrat sein Arbeitszimmer und schloß sich darin ein. Eine der Mappen auf seinem Tisch enthielt seine Notizen zum Thema Whorlos Schwingen, einer Form der Kognition, die sich dazu eignete, besonders große Objekte zu befördern. Diese Unterlagen studierte er nun mit aller Sorgfalt.

Der Adept arbeitete den ganzen Tag hindurch und bis tief in die Nacht hinein. Als am nächsten Morgen die Sonne aufging, beschien sie eine große, freie Fläche dicht am Lureis-Kanal, die tags zuvor noch nicht dagewesen war. Im Zentrum gähnte eine riesige Grube, in der jahrhundertelang die Fundamente eines großen Palastes gestanden hatten.

Haus Vallage war verschwunden.

Die Bewohner von Haus Fennahar fanden das Verschwinden ihres nächsten Nachbarn zwar recht eigenartig, aber besonders erschüttert waren sie nicht darüber. Devras und Grono waren mit weit wichtigeren Dingen beschäftigt.

»Wann«, erkundigte sich Grono, »beabsichtigen Euer Lordschaft, die erste Einladung zu geben?«

»Einladung? Ist das dein Ernst? Daran habe ich noch keinen einzigen Gedanken verschwendet.«

Herr und Diener standen im großen Bankettsaal ihres neuen Heims. Die wie Eiskristalle funkelnden Kristallüster waren in Segeltuch gehüllt. Der endlos lange, polierte Tisch mit den zahlreichen dazu passenden Stühlen war ebenfalls abgedeckt — und doch war es ein großartiger Raum, großartig wie das ganze Haus. Der neu ernannte Lord Har Fennahar residierte erst seit zwei Tagen hier. Devras und Grono trugen gebrauchte Kleider von guter Qualität. Die zerlumpten Fetzen, in denen sie durch die Höhlen gewandert waren, hatte man weggeworfen, und der von Devras mit der Anfertigung seiner neuen Garderobe betraute Schneider hatte die Bestellung noch nicht ausgeführt. Sie hatten gerade erst angefangen, sich mit den Wundern des Familiensitzes vertraut zu machen. Es gab noch so viel zu tun — die Räume erkunden, die Listen der Fennahar-Besitzungen durchgehen, genügend Personal einstellen und so weiter —, bis sie sich wirklich wie zu Hause fühlen konnten. Und da träumte Grono von großen Empfängen.

»Euer Lordschaft müssen aber daran denken«, beharrte Grono. »In Eurer neuen Position habt Ihr viele gesellschaftliche Verpflichtungen.«

»Die Vorstellung ist mir fremd. Bisher stand für dergleichen nie Geld zur Verfügung.«

»Dieser Umstand hat sich drastisch geändert. Euer Lordschaft können über eines der größten Vermögen von Lanthi Ume verfügen. Darf ich Euch daran erinnern, Sir, daß es von nun an unter der Würde Eurer Lordschaft ist, sich mit banalen finanziellen Überlegungen zu befassen?«

»Ich werde versuchen, daran zu denken. Aber mit den Einladungen werden wir uns noch eine Weile gedulden müssen ...«

»Wir können uns nicht gedulden, und wir werden uns nicht gedulden«, verkündete der Diener.

»Warum nicht?«

»Euer Lordschaft müssen unverzüglich freundschaftliche Beziehungen zu den großen Häusern der Stadt anknüpfen. Nur auf diesem Wege können Euer Lordschaft schönen und vermögenden jungen Damen der Gesellschaft in passendem Alter vorgestellt werden, Damen also, unter denen man die künftige Lady Fennahar auswählen kann.«

»Lady Fennahar!«

»Gewiß, Sir. Ihr seid schließlich Lord Fennahar. Es ist Eure heilige Pflicht — nein, ein moralisches Gebot — für einen Erben zu sorgen.«

»Grono, ich bin achtzehn Jahre alt. Ich habe noch unendlich viel Zeit, um an Nachkommenschaft zu denken!«

»Da befindet Ihr Euch im Irrtum, Sir. Man hat niemals so viel Zeit, wie man glaubt. Ihr seid jung, kräftig und gesund. Möge das Glück Euch lächeln, damit das auch so bleibt. Ihr habt gewiß den Eindruck, Ihr würdet ewig leben. Aber was ist mit mir, Sir? Ich bin alt, schwach, meine Gesundheit ist angegriffen, ich bin ...«

»Du bist so gesund wie ein Ochse, und das weißt du ganz genau.«

»... ein bemitleidenswerter Tattergreis. Jeden Moment könnte es mit mir zu Ende gehen, Sir. Und wenn ich nun in die blinde Höhle der ewigen Nacht falle — wenn man mich schließlich auf diese längste, dunkelste Reise ruft —, was glaubt Ihr, wie mir zumute wäre, wenn ich meinen Herrn ohne Nachkommen zurücklassen müßte, unverheiratet, mutterseelenallein auf der Welt? Was meint Ihr, wie mir da zumute wäre, Herr Devras?«

»Grono, du bist wirklich ein gewissenloser Schurke!«

»Keineswegs, Sir! Und selbst wenn dem so wäre, hat nicht Heselicus gesagt: ›Ein edler Betrüger erheitert die Götter, während sie über die Aufrichtigkeit der Mittelmäßigen nur gähnen‹?«

»Ich kann mich nicht erinnern, daß Heselicus so etwas je gesagt hätte.«

»Nun, dann hätte er es eben sagen sollen.«

»Hör mal, Grono, ich habe ja nun gar nichts dagegen, die Damen kennenzulernen ...«

»Das ist ausgezeichnet, Sir, ausgezeichnet! Zufällig habe ich bereits eine Liste geeigneter Kandidatinnen zusammengestellt.« Der Diener zog einen langen Papierstreifen mit vielen Namen aus seiner Brusttasche. »Ihr werdet feststellen, daß die Namen der vielversprechendsten Vertreterinnen der holden Weiblichkeit mit roten Sternchen versehen sind. Meine Wahl würde am ehesten auf die reizende Lalliana Cru Beffel fallen. Sicher, sie ist von etwas zwergenhaftem Wuchs, hat vorstehende Zähne und neigt zu Blähungen, aber ihre Familie ist eine der vornehmsten in Lanthi Ume. Sie besitzt ein riesiges Vermögen und eine riesige Familie, und letzteres läßt günstige Schlüsse auf ihre Fruchtbarkeit zu ...«

»Einen Moment mal. Wie ich schon sagte, bin ich bereit — sogar sehr gerne bereit —, die Damen so bald wie möglich kennenzulernen. Aber was das übrige angeht — Heirat und Nachkommenschaft —, das wird noch ein paar Jahre warten müssen.«

»Denkt doch nach, Herr Devras, denkt nach! Solltet Ihr ohne einen Erben sterben, so war alles vergebens, was Ihr gelitten habt. Die anstrengende Reise, die Lebensgefahr in den Höhlen, alles umsonst ...«

»Mein lieber Freund, wir haben uns diesen Strapazen doch nicht unterzogen, um mir einen Titel und ein Vermögen zu sichern. Die Sache hatte eine sehr viel größere Bedeutung — für andere wie auch für uns selbst.«

»Für mich nicht«, murrte Grono.

»Nun komm, das nehme ich dir nicht ab. Denk doch nur, was wir alles gesehen, getan und gelernt haben. Es gibt so viel mehr auf der Welt als meine Bücher und Philosophen ...«

»Das sage ich Euch seit Jahren, Herr Devras.«

»Und jetzt glaube ich es dir. Ich möchte mehr sehen, mehr tun, mehr aus erster Hand erleben. Das ist einer der Gründe, warum die Heirat und die Erben noch ein wenig warten müssen.«

»Wahrscheinlich nicht der schlechteste Grund.« Aber der Diener wirkte noch immer unzufrieden.

»Grono, die Zeit ist noch nicht reif. Es gibt noch zu viel Neues, zu viel Verwirrendes für mich. Wenn ich dir etwas verrate, was ich in den Höhlen erfahren habe, wirst du mich vielleicht besser verstehen. Ich habe es dir nicht früher erzählt, weil es mir nicht gerade leichtfällt, darüber zu sprechen.« Der Diener sah ihn neugierig an, und Devras fuhr fort. »Dieser Vardrul-General — du hast ihn ja selbst gesehen — wir haben in den Höhlen miteinander gesprochen und herausgefunden, daß wir einen gemeinsamen menschlichen Vorfahren haben. Er ist mit mir verwandt.«

»Tatsächlich, Sir? Das hat Euch gewiß sehr erschüttert.«

»Ich bin noch nicht fertig. Er hätte mich dort unten in den Höhlen töten können, und wenn ich umgekommen wäre, dann hätte auch Raith nicht überlebt, und die Finsternis wäre niemals gewichen. Aber der General hat sich entschlossen, mich am Leben zu lassen, weil, glaube ich, für ihn die Vorstellung des Sippenzusammenhalts wichtiger war als alles andere. Irgendwo da draußen habe ich einen Verwandten, dem auch noch so entfernte Familienbande sehr viel bedeuteten — und das hat für mich irgendwie die Welt verändert. Wahrscheinlich werde ich ihn niemals wiedersehen, aber ich weiß, daß es ihn gibt. Wo immer er jetzt auch sein mag, ich hoffe, es geht ihm gut und er ist zufrieden, glücklich und mit sich im reinen.«

In den Höhlen tief unter der Insel Dalyon versammelten sich die versprengten Überreste der Vardrul-Sippen am Ufer des Todesteiches der Grizhni. Die Sippenangehörigen hatten sich in dicke Mäntel gehüllt, denn in dem ungeheizten Raum war es kalt, ein Umstand, der gut zu dem traurigen Anlaß paßte. Neben dem Teich lag reglos der erloschene Körper des Grizhni-Großpatriarchen. In seiner kalten Hand hielt der Patriarch ein Paket mit einem alten Folianten, einer Pergamentrolle und einer mit Notizen gefüllten Ledermappe. Auf seiner Brust ruhte eine dünne Goldplakette mit eingeritzten Worten und Figuren.

Die Bestattungszeremonie war zu Ende. Die harmonischen Gesänge der Vardrul wurden angestimmt, um den Patriarchen zur endgültigen Vereinigung mit den Ahnen zu begleiten. Der Todesteich nahm die Leiche auf, und sie sank hinab und nahm ihren Platz unter ihren Verwandten ein. Und dann schlossen sich die Wasser über dem letzten Abkömmling des Hauses Grizhni.